마지막 여행이 끝나면

1

마지막 여행이 끝나면 1

초판 1쇄 인쇄 2021년 9월 17일
초판 1쇄 발행 2021년 10월 29일

지은이 하늘가리기
발행인 오영배
편집 편집부
표지·내지디자인 Another
내지편집 오정인
제작 조하늬

펴낸 곳 (주)삼양출판사 · 피오렛
주소 서울시 강북구 도봉로 173
대표 전화 02-980-2112 / **팩스** 02-983-0660
편집부 전화 02-987-9393 / **팩스** 02-980-2115
블로그 blog.naver.com/dan_gul
출판등록 1999년 3월 11일 제9-00046호.

ISBN 979-11-283-7097-7 (04810) / 979-11-283-7096-0 (세트)

fioret 은 (주)삼양출판사의 로맨스 판타지 문학 브랜드입니다.

하늘가리기 장편 소설

마지막 여행이 끝나면

1

When the last journey ends,

Contents

신음 소리와 거친 호흡이 뒤섞였다. 어둑한 침실은 달큰한 열기로 가
득했다. 흐릿한 등불이 음란한 그림자를 만들었다. 침대 위에서 난잡하
게 몸을 섞는 남녀의 모습이 역동적으로 흔들렸다.

그는 상체를 세우고 무릎을 그녀의 둔부 아래에 바짝 붙였다. 저절로
엉덩이가 들린 여자의 발목을 붙들어 벌렸다.

깊은 안쪽으로 짓쳐 들어갈 때마다 사내의 올라붙은 엉덩이가 팽팽하
게 긴장했다. 넓은 어깨와 근육이 벌어진 등은 기름을 바른 것처럼 땀으
로 번들거렸다.

그의 억센 손아귀에 잡힌 발목이 가늘었다. 사나운 맹수에게 목이 물
린 어린 새처럼 그녀는 연약하게 흔들렸다. 뜨겁게 밀려드는 쾌락에 몸
부림쳤다.

"아! 흑!"

유진은 고개를 좌우로 흔들며 신음을 내질렀다. 손가락을 세워 시트를 긁었다.

한 치의 틈도 허용하지 않겠다는 듯 그가 아래를 꽉 채우고 들어올 때마다 명치까지 치밀어 올리는 것처럼 숨이 막혔다.

결합하는 부위가 점점 뜨거웠다. 다리를 오므리고 싶어도 그에게 단단히 붙들려 꼼짝할 수가 없었다.

그녀는 아직 이런 행위가 익숙하지 않았다. 첫 밤을 함께 보낸 남자와 이제 겨우 두 번째였다. 그런데 그와의 첫 섹스는 유진이 상상한 이상으로 야했다. 이제 겨우 걸음마 하는 사람 입장에서는 뛰는 것이나 다름없었다.

그래서 그 이상의 무언가가 더 있을 거라고는 생각하지 않았다. 아직 저 남자를 잘 모르기 때문에, 그래서 착각했다.

그는 유진의 예상을 뛰어넘는 정력적인 남자였다. 오늘의 그는 마치 첫날은 많이 양보했다고 말하는 것처럼 쉴 틈 없이 그녀를 몰아붙였다.

퍽 퍽 박혀 들던 그의 허릿짓이 조금 느슨해졌다. 그녀는 할딱할딱 가쁘게 숨을 내쉬었다.

그가 발목을 쥔 손을 들어 그녀의 종아리에 입을 맞췄다. 천천히 허리를 돌리는 그의 푸른 눈동자에 푸르스름한 빛이 맴돌았다.

"하아…… 하아……."

반쯤 뜬 유진의 눈은 몽롱하게 풀어졌다. 느릿하게 안쪽을 휘젓는 움직임이 뭉근하게 그녀를 자극했다. 온몸에 오슬오슬 소름이 돋았다.

이미 그가 한 차례 쏟아낸 정액이 애액과 섞여 그녀의 엉덩이골을 타고 흘렀다. 그가 추삽질할 때마다 찰박찰박 살이 부딪치는 소리가 났다.

흐르는 땀으로 그녀의 등에 닿는 시트가 축축했다. 물에 담가진 스펀지처럼 푹 젖어 흐물흐물해지는 기분이었다.

느릿하게 빠져나간 그가 유진의 허벅지를 잡아 고정한 상태로 단번에 삽입했다.

"흐읏!"

내벽을 긁는 찌릿찌릿한 감각이 날카롭게 그녀를 후려쳤다. 그에게 잡힌 다리가 그의 장골에 얹혀졌다. 자세를 낮춘 그가 그녀의 얼굴 옆으로 손을 디뎌 몸을 지탱했다.

내려오는 그의 입술이 유진의 입술을 감싸듯 덮었다. 그녀의 입술을 핥고 약간 고개를 틀어 그녀의 입술을 완전히 삼킨 그가 그녀의 입 안으로 깊이 혀를 밀어 넣었다.

단단히 세운 성기를 그녀의 몸 안에 쑤셔 박은 사내는 하복부의 흉흉한 기세와 달리 키스는 부드러웠다. 그녀의 입 안을 상냥하게 문지르고 혀끝으로 속살을 달래듯 애무했다. 유진은 버겁게 가슴을 들썩이며 입술을 움직였다.

다정한 키스는 금세 짓궂게 변했다. 그녀의 혀를 휘감아 올리더니 강하게 빨아들였다. 동시에 아래에 박혀 있던 그의 성기가 뒤로 물러났다가 말뚝처럼 안으로 치받았다.

"흑!"

얼굴 옆을 디딘 그의 팔을 붙든 채 충격받은 그녀의 몸이 바들바들 떨렸다. 다시 깊이 얽는 그의 혀의 움직임에 유진은 속수무책으로 휘말렸다.

그는 마치 내일 세상이 끝날 것처럼 집요하게 그녀를 탐했다. 그의 욕망은 거대한 파도처럼 그녀를 덮치고 뒤흔들었다.

시작의 신호라고 말하듯 그가 움직이기 시작했다. 그녀의 질벽을 한계까지 벌리며 파고드는 살기둥의 움직임이 그녀의 안쪽을 거칠게 훑었다. 저릿한 쾌감이 하복부에서 정수리까지 순식간에 달렸다.

"읏! 아!"

몸이 어지럽게 흔들렸다. 유진은 눈을 질끈 감았다. 목 안에서 신음이 흘렀다. 소리를 내지 않으면 온몸이 오그라들 것 같은 감각을 도저히 견딜 수가 없었다.

일교차가 크지 않은 요즘 날씨 때문인지 열이 오른 몸에서 땀이 흘렀다. 목덜미에 맺힌 땀이 꽉 짜인 그의 가슴 근육을 타고 흘러내렸다.

그는 열감이 가득한 눈으로 그녀의 입술을 물었다가 귓불을 핥았다.

"유진."

속삭이는 목소리가 영혼에 닿는 것처럼 짜릿했다. 그녀는 뜨거워지는 눈을 깜빡였다.

유진.

그녀의 이름이었다.

하지만 올라탄 사내에게 사정없이 흔들리는 그녀의 몸은 원래 유진의 것이 아니었다.

1. 사막의 나라

　눈을 떴다. 그녀는 누워 있었다. 모래가 날려 부옇게 흐린 하늘이 보였다.

　유진은 느릿하게 상체를 일으켰다. 몸을 지탱하느라 바닥을 디딘 손이 쑥 파묻혔다. 손에 잡히는 고운 모래를 한 움큼 쥐었다가 쏟아 냈다.

　그녀는 자신의 손등까지 덮어 나풀거리는 소매를 보며 의아했다. 낯선 옷이다. 하늘하늘한 소재가 퍽 고급스럽지만, 자신의 취향은 아니었다.

　원래 입었던 옷의 행방은 일단 나중으로 미루고 사방을 둘러보았다. 붉은 모래가 바람에 휘날렸다. 한 번도 가 본 적은 없으나 사진으로는 이런 비슷한 풍경을 많이 봤다.

　"……사막?"

헛웃음만 나왔다. 지구 반대편으로 날아온 걸까.

절박한 생존본능이 일깨워진 것인지 당혹스러움은 잠깐일 뿐, 머릿속은 명료했다. 그녀는 천천히 일어나 사방을 둘러보았다.

어디를 봐도 모래벌판과 모래언덕이었다. 작열하는 태양 빛에 숨이 턱턱 막혔다.

망연히 서 있던 그녀는 걷기 시작했다. 이대로 타죽고 싶지는 않았다.

얼마 걷지 않아서 그녀는 멈추어 섰다. 저 멀리, 뭔가가 움직이는 것 같았다. 미간을 찡그리며 눈에 힘을 주었다.

'신기루일까?'

정체를 파악하기 위해 주의 깊게 관찰하다가 흠칫 놀라 뒷걸음질 쳤다. 점점 커진다. 틀림없이 자신을 향해 빠른 속도로 달려오고 있었다.

그녀는 벌어질 수 있는 가장 최악의 상황을 상상하며 바짝 긴장했다. 모래 돌풍을 일으키며 달려오는 저들이 무장한 병사들 같다는 생각이 들었을 때 그녀의 안색은 파리하게 질렸다.

점점 모습을 대강 알아볼 수 있을 만큼 가까워졌다. 기괴한 형태의 투구를 씌운 말을 탄 자들이 일정한 거리를 두고 멈추었다. 선두에 있던 사람이 말 위에서 뛰어내렸다.

다가오는 건장한 덩치의 사내는 외국인이었다. 갈색 머리의 남자는 중동인보다는 유럽인에 가까워 보였다.

사내는 죽다 살아난 표정으로 바닥에 한쪽 무릎을 굽히며 말했다.

"왕비님."

겁에 질려 굳어 있던 유진의 눈이 휘둥그레졌다. 분명히 한국말은 아니었다. 그런데 자연스럽게 알아들을 수 있었다.

유진은 어떻게 반응해야 할지 몰라 눈만 깜빡이며 그를 보았다. 그러자 사내는 몹시 당황하며 말했다.

"송구합니다. 용서하시옵소서. 아니카. 괜찮으십니까?"

유진은 천천히 고개를 끄덕였다. 지금 그녀가 할 수 있는 최선이었다.

　　　　　*　　　*　　　*

사막 방향으로 높이 쌓은 성벽을 따라 병사들이 순찰했다. 사막 저편의 지평선을 따라 붉은 해가 걸렸다. 저물기 직전의 태양이 뿜어내는 시뻘건 빛이 모래 위로 길게 늘어졌다.

성벽을 경계로 한쪽은 사막, 한쪽은 왕성이 위치한 도읍지였다. 왕국과 맞닿은 사막은 바다처럼 끝을 가늠할 수 없다고 해서 사해(沙海)라고 불렀다.

일정한 간격으로 성벽 위를 순찰하는 병사들 움직임은 흐트러짐이 없었다. 사막의 지배자, 사왕(沙王)이 다스리는 하시 왕국은 군율이 엄하기로 유명했다.

습관적으로 사해를 흘끔 스쳐본 병사가 다시 휙 고개를 돌렸다. 병사는 걸음을 멈추고 눈을 가늘게 떠 먼 곳을 응시했다.

성을 향해 달려오는 모래 먼지가 점점 커졌다. 병사가 소리쳤다.

"사왕 전하께서 귀환하신다!"

병사의 외침은 입에서 입으로 전해져 순식간에 성문 초소로 전달됐다.

"문을 열어라!"

성문 주변은 순식간에 분주해졌다. 병사들 표정에 긴장과 흥분이 감돌았다.

돌로 만든 거대한 성문은 위로 들어 올려 여는 방식이었다. 그래서 문을 열기 위해서는 건장한 사내 수십 명이 힘을 합쳐야 했다. 병사 중 체격과 힘이 좋은 자들이 성벽으로 모여 성문과 연결된 도르래 손잡이를 잡았다.

사왕이 성을 비운 지 거의 한 달이었다. 오랜 외유를 마치고 돌아오시는 주인을 맞이하기 위해 우렁찬 구호를 흥겹게 맞췄다.

"하나! 둘! 당겨!"

돌문은 성벽 너머 사막으로 나갈 수 있는 유일한 출입문이다. 연중 일정한 기간에 해가 뜬 동안만, 그 외에는 특별한 경우에만 열렸다. 사왕의 귀환은 바로 그 특별한 예외에 해당했다.

돌문이 거의 위로 올라갈 때쯤 사왕과 전사들이 성벽에 다다랐다. 열린 성문 안으로 왕과 전사들은 속도를 늦추지 않고 달려 들어갔다.

내성으로 향하는 일직선의 길은 훤히 뚫려 있었다. 한창 바쁘게 오가는 사람들이 많을 시각인데도 왕의 귀환 소식을 들은 행인들이 재빠르게 비켜서서 길을 만들었다. 갑자기 발이 묶였으나 불평하는 자는 없었다.

왕은 자신을 맞이하며 환호성을 지르는 백성들에게 눈길을 주기는커녕 무정하게 스쳐 지나갔다. 하지만 아무도 개의치 않았다. 오히려 이미 저만치 가 버린 왕의 뒷모습에 절을 올렸다.

"돌아오셨군!"

"이번에는 좀 오래 나가계셨지?"

"이제야 발 뻗고 자겠네. 곧 건기가 끝날 거야."

"올해도 큰 사고 없이 지나갔으면 좋으련만."

다시 걸음을 옮기기 시작하는 사람들이 한층 밝은 안색으로 떠들었다.

사왕은 왕국의 지배자이자 동시에 수호신이었다. 누구도 이견은 없었다.

　　　　　　*　　　*　　　*

　　유진은 소파에 몸을 둥글게 말고 앉아 초조하게 입술을 깨물었다. 며칠 동안 제대로 잠을 이루지 못한 그녀의 눈에 피곤이 가득했다.

　　"진 아니카……."

　　그녀는 이제 자신이 이제부터 살아가야 하는 역할의 이름을 입 안으로 되뇌었다.

　　그녀의 진짜 이름은 유진. 성은 유, 이름은 진, 그런데 주변 사람들은 대부분 그녀를 '유진'이라고 불렀다.

　　유진은 올해 스물여덟 살의 평범한 여자다. 수렁 같은 삶에서 벗어나기 위해 아등바등 살아가던, 가진 것도 특별할 것도 없는 박봉의 회사원이었다.

　　고작 며칠 사이에 엄청난 일이 벌어졌다. 그녀는 자신이 창조한 소설 속 세계 '마하'에 뚝 떨어진 데다가 아예 다른 사람의 몸으로 들어왔다.

　　"왜 하필 진 아니카냐고."

　　하루아침에 전혀 다른 세상에서 살아야 하는 건 얼마든지 받아들일 수 있었다. 유진의 삶은 돌아보기도 싫을 정도로 고되었기 때문이다.

　　하지만 심각한 문제가 있었다. '진 아니카'는 소설에 등장하는 악역이었다. 그것도 정의의 이름으로 마지막에 처단당하는 최종 보스다.

　　"왕비면 뭐 해."

　　마하는 철저한 신분제 사회였다. 따라서 하시 왕국의 왕비인 진은 신분제 피라미드의 가장 꼭대기에 있었다. 그런데 왕비면 뭘 하는가. 마지막에는 공공의 적이 되어 남편의 칼에 맞고 숨을 거두는데.

　　유진은 일어나 화장대로 걸어갔다. 그녀는 거울에 비치는 모습을 물끄러미 바라보았다.

사막의 나라 **15**

거울로 바짝 고개를 가까이하고 손을 뻗어 거울을 짚었다. 거울 너머의 여자가 손을 뻗어 유진과 손바닥을 맞붙였다.

유진은 미간을 찡그렸다. 입술을 좌우로 삐죽거렸다가 혀를 쭉 내밀었다. 의자에 앉아 한 손으로 턱을 괴고 비스듬히 고개를 기울였다. 거울 속 여자가 모든 행동을 똑같이 따라 했다.

거울 속 여자는 꽤 머리가 길었다. 직모인 검은 머리카락이 허리까지 늘어졌다. 눈동자도 검은색이었다.

유진이 나고 자란 곳 사람들의 외형적 특징이니 익숙했다. 하지만 엄밀하게 말해서 진 아니카의 외모는 동양인과 전혀 달랐다.

머리카락은 가늘고 부드러웠다. 숱이 풍성하여 직모여도 두피에 달라붙은 느낌이 없었다.

눈동자는 마치 먹물을 담근 것처럼 새까맸다. 한참 보고 있으면 묘한 기분이 들 정도로 색이 짙었다. 눈동자의 동공과 홍채가 거의 구별되지 않을 정도였다.

골격은 서양인에 가까웠다. 그런데 일반적인 서양인보다 뼈대는 가늘고 선이 부드러웠다. 서양인을 기본 형태로 삼아 미화한 판타지 속 요정이나 이종족 느낌이었다.

솔직히 처음 거울을 봤을 때는 저절로 입이 딱 벌어졌다. 절세 미녀라는 표현이 과하지 않았다.

살짝 치켜 올라간 눈초리와 연지를 바른 것처럼 붉은 입술이 요염한 느낌을 자아내면서도 가느다란 팔다리와 티 없이 맑은 피부 때문인지 전체적인 분위기가 청초했다. 어울릴 것 같지 않은 상반된 매력이 아주 조화로웠다.

'악당이 미인이면 안 된다는 법은 없지만…….'

기분이 묘했다. 뭐랄까. 악랄하고 못된 여자를 상상했다가 막상 만나고 보니 그다지 나쁜 사람 같지 않을 때의 당혹스러움?

'생각해 보면 그렇게 최악은 아니지.'

노예나 죄인이 된 것보다는 훨씬 나았다.

'악당이면 어때. 미인이고 신분도 높잖아.'

유진은 조금씩 기분이 나아졌다.

'왕비면…… 진 아니카가 본격적으로 흑화하기 전이야.'

진이 마라의 술법을 통해 삿된 힘을 얻기 전, 잠시 숨죽여 지내던 준비기가 있었다. 그 시기에 진은 사왕과 결혼해 하시 왕국의 왕비가 되었다.

그러니까 아직 돌이킬 수 없는 짓은 저지르지 않았을 것이다. 그나마 다행이다.

'그런데 문제는…….'

잠시 밝아진 유진의 표정이 다시 심각해졌다.

'내가 그 시기에 관해 몰라.'

어떤 이야기든 악당이 주목받는 순간은 악행을 시작할 때부터다. 유진은 진 아니카가 악당이 되기 전의 평범한 일상은 전혀 생각해 본 적이 없었다. 악당의 일상이라니. 누구도 그런 걸 궁금해하지 않을 거다.

"아니카."

화들짝 놀란 유진이 소리가 들린 문으로 고개를 돌렸다. 그녀가 아무 대답을 하지 못하고 우물쭈물하는 동안 시간이 흘렀다.

"아니카."

다시 부르는 목소리는 몹시 조심스럽고 초조함이 느껴졌다.

"아니카. 사왕 전하께서 귀환하셨다는 소식입니다."

유진의 눈의 휘둥그레졌다.

*　　*　　*

왕을 태운 말이 내성으로 들어가는 또 하나의 문을 지나 왕성의 앞뜰에 이르렀다. 이미 많은 사람이 나와서 기다리고 있었다.

카세르는 말의 고삐를 손에 휘감아 거칠게 잡아당겼다. 왕의 말, 아부가 요란한 투레질을 하며 앞발굽에 힘을 주었다.

달리던 관성에 저항해 안정적인 자세로 갑자기 정지하기란 쉽지 않았다. 하지만 미리 속도를 줄이거나 방향을 바꿨다가 명령 불복종을 이유로 혼난 적이 있었다. 달리라면 달리고 멈추라면 멈춰야 한다.

제대로 명령에 따랐어도 사람을 다치게 했다가는 무시무시하게 혼쭐이 날 것이다. 아부는 필사적인 노력 끝에 가장 앞에 나와 서 있는 인간과 몇 걸음 간격을 두고 겨우 멈추었다.

'휴우.'

지켜보던 자들이 여기저기서 안도의 숨을 내쉬었다. 자주 보는 광경이라도 늘 오금이 저렸다. 그리고 말과 아슬아슬한 간격을 두고 서 있는 사내, 재상 베루스를 흘끔거리며 감탄했다.

말발굽에 차였으면 최소한 중상이다. 하지만 당사자가 가장 태연했다. 젊은 재상이 항상 짓고 있는 느긋한 미소는 고작 이런 일에 흔들리지 않았다.

카세르가 말에서 내려오며 투구를 벗었다. 그는 투구에 짓눌린 선명한 푸른색 머리카락을 한 손으로 대충 흩트렸다. 휙 내던지는 투구를 얼른 다가온 전사가 무사히 받았다.

크르릉, 소리를 내며 자신의 몸을 툭 치는 아부에게 카세르가 고개를 돌렸다. 투구를 쓴 짐승의 붉은 눈동자에 반감이 가득했다. 사람으로 치면 짜증 내며 씨근덕거리는 모습이었다.

카세르가 눈을 가늘게 좁혔다. 짐승의 붉은 눈을 지그시 바라보았다. 그의 푸른 눈동자에 빙그르르 회전하는 기운이 뱀의 눈처럼 세로로 길게 늘어났다.

"까분다."

주춤한 붉은 눈동자가 슬며시 옆으로 돌아갔다. 카세르의 입술 끝이 슬쩍 올라갔다. 예민한 짐승조차 알아차리지 못할 짧은 순간이었다.

그는 자신의 애마를 아끼지만, 좋은 의미로도 나쁜 의미로도 특별한 녀석이라는 사실을 절대 잊지 않았다. 녀석의 충성심은 힘의 우위에 기반했다. 친절한 애정보다 강압적인 명령이 녀석을 다루는 데 효과적이었다.

카세르는 아부를 인계받는 시종에게 지시했다.

"먹이는 생식으로 넉넉히 줘라. 온종일 굶었으니까."

채찍만으로는 안 된다. 적절한 당근도 필수였다.

"예, 전하."

시종은 대답하며 '소 한 마리는 잡아야겠구나.'라고 생각했다. 아부는 곧 먹게 될 별식에 신이 나서 순순히 시종이 잡아끄는 대로 움직였다.

카세르는 걸음을 떼며 주변을 빠르게 훑었다. 한 사람 얼굴이 보이지 않았다. 큰 수고를 들이지 않으면서도 자신의 위치를 주변인들에게 상기시킬 수 있는 이런 자리에 절대 빠지지 않을 사람이었다.

'별일이군.'

이유가 궁금하다기보다는 의아했다.

'차라리 이게 나아.'

그 여자의 연극을 볼 때마다 불편하고 거북했다.

성큼성큼 걷기 시작하는 왕의 곁에 베루스가 나란히 섰다. 왕성으로 들어가는 군신의 뒤를 시종들이 꼬리처럼 붙었다.

"무사 귀환하신 전하를 뵈니 기쁘기 한량없습니다."

"회의는 한 시간 뒤."

"예, 전하. 소집령은 내렸습니다."

"시급을 다투는 일은?"

"따로 없습니다. 상제께서 보내신 전언이 와 있습니다만, 곧 건기가 끝나므로 의례적인 당부인 듯합니다."

"뭔가를 감지하셨는지도 모르지. 아무래도 이번 활동기는 심상치 않을 것 같다."

"무슨 일이 있었습니까?"

"음. 자세한 얘기는 회의 때 하고 그동안 별다른 일이 없었다니 다행이군."

엷은 미소를 짓고 있던 베루스의 입매가 순간 경직됐다. 하지만 금방 표정을 관리했다.

"모두에게 미리 일러두겠습니다. 주된 안건은 성벽의 방비 강화가 되겠군요. 물러가 준비하겠습니다."

카세르가 고개를 끄덕였다. 베루스는 걸음을 멈추고 고개를 숙였다. 베루스가 한참 후 고개를 들었을 때 왕을 따르는 가장 마지막 시종의 뒷모습만 멀찍이 보였다.

그는 홀가분한 기분으로 한숨을 내쉬었다. 왕이 사막으로 나갈 때마다 항상 베루스에게 전권을 위임했다. 왕의 두터운 신임은 황송한 일이지만, 부담감은 뭐라 말할 수 없었다.

'차차 말씀드리면 되겠지.'

보고를 잠시 미루어 달라는 전대 총관의 요청을 떨떠름하게 받아들였다. 생각해 보니 왕의 피로를 가중할 보고는 하루 이틀 정도 미루어도 괜찮을 것 같다. 다행히 실종되었던 왕비는 무탈하게 돌아왔으니까.

'글쎄. 다행인 걸까? 차라리 그대로 사라지는 편이 이 왕국을 위해 더 나았을 수도 있지.'

베루스는 조소하며 중얼거렸다. 그의 얼굴에서 습관적인 미소가 사라졌다. 지난 며칠 동안 왕성을 발칵 뒤집은 장본인을 떠올리자 짜증이 치밀었다.

'도대체 왜 그런 짓을 한 거지?'

왕비 실종 사건은 왕비가 돌아왔다는 사실만 빼고 속 시원하게 풀린 의문점이 하나도 없었다. 왕비를 추궁할 수도 없는 노릇이니 배 속만 뒤틀렸다.

그는 왕비가 싫었다. 처음부터 싫었던 것은 아니다. 국혼이 열린 경사스러운 날에는 기쁜 마음으로 참석하여 진심으로 두 분의 앞날을 축원했다.

그런데 시간이 지날수록 왕비의 실체의 알게 되자 그는 점점 왕비를 혐오하게 되었다. 왕비는 그가 극도로 싫어하는 유형의 인간이었다. 권력만 누리며 책임은 지지 않고 의무는 내팽개쳤다.

'전하께서 중심을 잡고 계시니 아직 괜찮지만.'

왕비가 국정에 나서지 않아 그나마 다행이다. 그래도 왕비의 존재가 왕과 이 왕국에 해를 끼칠 거라는 자신의 직감을 도저히 떨칠 수가 없었다.

*   *   *

사막에서 돌아오면 늘 그랬던 것처럼 카세르는 옷을 갈아입고 간단히 요기만 한 후 곧바로 회의장으로 갈 생각이었다.

그는 침실에 들어서자마자 멈칫했다. 풍만한 체격의 반백 노부인이 잔잔한 미소를 지으며 깊이 허리를 숙였다.

노부인을 잠시 바라보던 카세르가 다시 걸음을 뗐다. 그가 적당한 곳에 자리를 잡고 서서 두 팔을 옆으로 벌렸다. 왕의 주변에 시종들이 붙어서 팔, 다리, 가슴 등 각자 담당한 부위의 갑옷을 신속하게 벗겨 냈다.

"다녀오셨습니까, 전하. 상하신 곳은 없으신지요?"

"베루스가 내게 거짓말을 했군. 성 내에 별다른 일은 없다고 했는데."

"재상님 말씀이 맞습니다. 고생은 험한 길 다녀오신 전하께서 하셨지요. 편안히 여기를 지키고 있는 저희에게 무슨 일이 있겠습니까."

"하면, 그대가 왜 여기 있지?"

푸른 머리카락 색보다 더 선명한 푸른 눈동자가 노부인을 응시했다.

노부인, 마리안은 미소로써 왕의 시선을 부드럽게 넘겼다. 아마 왕국 내에서 그녀만큼 왕을 스스럼없이 대하는 사람은 없을 것이다.

마리안은 왕의 유모이며 한때는 왕성의 궁인들을 다스리는 총관이었다. 그뿐만 아니라 비어 있는 왕비 자리를 대신해서 오랫동안 왕궁의 살림도 맡았다.

그녀는 재상에 버금가는 막강한 권력자였다. 하지만 자신의 권력을 사사롭게 휘두른 적은 없었다. 그리고 왕이 성혼하여 왕비를 맞아들인 후 스스로 물러났다.

자신의 존재가 왕비께 부담이 될 거라는 이유에서였다. 주변의 만류에도, 심지어 카세르가 직접 설득했는데도 마리안은 극구 사양했다.

그 후 마리안은 일선에 나서지 않았다. 사교 활동도 하지 않고 있는 듯 없는 듯 조용히 지냈다. 그러니 마리안의 예고 없는 등장은 예사롭지 않았다. 그저 안부 인사만 올릴 의도였다면 다른 날을 택해 조용히 알현을 청했을 것이다.

"전하. 과민하십니다. 정말 별일 없습니다."

카세르가 작게 코웃음 쳤다. 도대체 얼마나 어려운 얘기이길래 마리안을 앞에 내세우고 정작 이 자리에 있어야 할 후임 총관은 코빼기도 보이지 않았다.

"말해, 뭔지."

마리안이 슬쩍 왕의 눈치를 살피며 말했다.

"왕비님께서……."

카세르가 혀를 찼다.

"한동안 잠잠해서 깜빡했군. 이번엔 뭐. 누가 또 죽었나?"

마리안이 눈을 동그랗게 떴다.

"전하. 그렇게 말씀하시면……."

"없는 사실을 말하는 것도 아니잖아."

"전하. 왕비님께서 다소 엄하신 분이시라 그렇습니다."

"두 번 엄했다가는 매일 사람이 죽어 나가겠어."

카세르는 짜증스레 중얼거렸다. 왕비의 체벌에 죽은 궁인의 수가 상당했다. 처벌의 명분은 있었지만, 카세르가 보기에는 죽을 정도로 대단한 죄를 지은 자는 아무도 없었다.

주변인들은 왕을 달랬다. 왕비님께서 낯선 곳에서 새로운 질서를 잡느라 그러시니 모르는 척하시라고, 입을 모아 왕비 역성을 들었다. 이 먼 사막 왕국으로 와 주신 왕비의 존재에 그저 다들 황송하여 어쩔 줄 몰라 했다.

카세르는 참다 참다가 1년 전쯤 왕비에게 강하게 경고했다. 한 번만 더 누가 죽었다는 소리를 들으면 그냥 넘어가지 않겠다고 언성을 높였다.

그때 왕비 표정을 떠올리면 지금도 기분이 이상했다. 자신이 한 일이 왕의 심기를 건드리는 줄 정말 몰랐고 아주 뜻밖이라는 표정이었다. 고작 궁인 따위의 일에 왜 왕께서 나서냐고 의아해했다.

'아마 그날 이후였지.'

카세르는 절대 좁혀질 수 없는 마음의 거리를 느꼈다. 본래부터 살가운 사이는 아니었지만, 그 후 왕비를 대할 때 절로 표정은 굳고 말투도 딱딱해졌다.

그나마 다행히도 왕비는 왕의 경고를 무시하지 않았다. 궁인을 과하게 체벌하는 일은 없어졌다. 궁인들이 왕비를 두려워하며 알아서 몸을 사리니 트집 잡을 빌미도 없었을 것이다.

"저는 최근에 들은 일이 없습니다만, 혹시 제가 모르는 일이 있습니까?"

"……아니야."

마리안이 안도하는 표정으로 말했다.

"전하. 저는 그저 왕비님이 걱정되어 전하께서 왕비님을 살펴 주십사 청하러 왔을 뿐입니다."

"걱정? 왜?"

"왕비님께서 이틀 넘도록 식사를 거르고 계십니다."

전혀 예상치 못한 말을 들은 카세르는 눈을 크게 떴다.

"이유는?"

"무슨 일인지는 모릅니다. 왕비님께서 침실에서 꼼짝도 하지 않으십니다. 궁인들은 허락 없이 들어갈 수 없으니까요."

'그래서 마중을 안 나왔나. 단식 투쟁이라니, 그 여자가? 뭘 꾸미는 거지.'

마리안의 용건이 그다지 심각하지 않다는 것을 알고 그의 표정이 풀렸다. 모든 갑옷을 벗어 몸까지 가벼워지자 기분이 훨씬 나아졌다.

"이틀 굶는다고 안 죽어."

"전하!"

마리안이 정색했다.

"왕비님께서는 태어나 자란 고향을 등지고 이 먼 곳까지 혈혈단신으로 오셨습니다. 그분이 의지할 사람은 오직 부군이신 전하뿐이십니다."

"……."

"전하. 전하께서 왕비님을 위하지 않으시면 아랫것들이 그분의 위엄에 흠집을 낼 겁니다. 왕비님의 위엄은 곧 전하의 위엄입니다."

"……."

"전하!"

"하아…… 그래서 나더러 뭘 어쩌라고."

"왕비님께서 괜찮으신지 살펴 주세요."

"곧 회의가 있으니 끝나고 가 보지."

"언제 끝날지 모르는 회의 아닙니까. 잠깐 들르시는 게 그렇게 어려운 일은 아닙니다. 전하께서는 너무 무심하십니다. 제가 감히 참견할 일은 아니지만, 언제까지……."

"알았어, 알았다고."

카세르는 마리안의 길어지는 잔소리를 차단했다. 왕비가 한두 살 먹은 어린애도 아닌데 끼니까지 챙겨야 한다니, 입 안으로 구시렁거리며 몸을 돌렸다.

"전하. 지금 왕비님께 가시는 거지요? 화내지 마시고 말씀은 부드럽게 하셔야 합니다."

마리안의 끈질긴 당부를 등 뒤로 들으며 카세르는 묵묵히 걸었다. 다른 사람이면 어림없지만, 마리안의 이 정도 억지는 얼마든지 들어줄 수 있었다. 마리안은 그에게 따뜻한 정을 알려 준 유일한 사람이니까.

유진은 '사왕이 돌아왔다'라는 말을 들은 후 화장대에 앉은 그 자세 그대로 꼼짝하지 못했다. 그녀의 눈동자는 혼란스럽게 허공을 배회했다.

'어떡하지. 그 사람은 진의 가족이야. 이상하다는 걸 금방 눈치채지 않을까?'

긴장하는 그녀의 입 안이 바싹 말랐다. 부디 오늘만이라도 피할 수 있기를 간절히 바랐으나 그녀의 간절한 기도는 이루어지지 않았다. 문 바깥에서 목소리가 들렸다.

"아니카. 전하께서 납시셨습니다."

'뭐?'

"아니카. 들어가겠소."

이어서 들리는 남자 목소리에 유진은 흠칫했다. 덜컥, 문이 열리는 순간 그녀는 벌떡 일어났다.

침실로 들어온 카세르는 제일 먼저 침대, 소파를 살핀 후 화장대 앞에 서 있는 유진과 눈이 마주쳤다.

마리안의 등쌀에 못 이겨 오긴 했지만, 왕비를 전혀 걱정하지 않았다. 손해날 일은 절대 할 여자가 아니었다.

단식 투쟁이라는 조악한 수단을 쓸 리도 없거니와 그러는 척만 할 뿐이지 몸이 상할 정도로 식사를 거르지 않을 것이다.

그는 자신이 돌아오는 시기에 맞추어 안 하던 행동을 하는 왕비의 진의를 의심했다. 드디어 왕비의 꿍꿍이를 조금이라도 파악할 기회인지도 모른다고 한편으로는 기대했다.

그런데 동그랗게 커진 눈으로 자신을 바라보는 그녀 모습이 낯설었다. 그는 저런 표정의 왕비를 처음 봤다.

'사왕 카세르……'

유진은 눈앞의 남자에게서 눈을 뗄 수가 없었다.

조각같이 잘생긴 남자의 머리카락은 굉장히 선명한 푸른색이었다. 유진이 살던 세상에서 저런 머리 색은 염색으로만 가능할 것이다. 하지만 자연스럽게 윤기가 흐르는 푸른 모발은 염색으로 만드는 인위적인 색과 차원이 달랐다.

마하 사람 대부분은 기본적으로 갈색 머리카락에 갈색 눈동자를 가졌다. 개인마다 옅고 짙음의 미세한 차이만 있었다.

그의 머리카락은 특별했다. 신분과 능력을 상징하기 때문이다.

마하에는 여섯 명의 왕이 있다. 그리고 그들은 특수한 초능력을 지녔다. 왕마다 가진 능력이 다르며 머리카락과 눈동자 색도 달랐다.

마하에서 푸른 머리카락에 푸른 눈동자를 가진 사람은 오직 사왕, 그리고 사왕의 뒤를 이을 후계자뿐이었다.

유진은 자신이 구축한 세계의 중요 인물이 움직이고 말하는 모습을 직접 보자 무척 감격스러웠다. 반갑다고 악수라도 청하고 싶은 심정이었다. 하지만 그저 좋아할 수만은 없는 처지였다.

진 아니카가 악을 대표한다면 사왕 카세르는 그에 맞서 선을 대표하는 인물 중 하나였다. 그리고 그는 진 아니카의 마지막 숨통을 끊는 역할을 맡았다.

'내가 왜 그렇게 썼을까.'

자칫 잘못하면 이 남자 손에 죽는 건가? 등 뒤가 스산했다.

카세르는 헛웃음이 나왔다. 이 여자가 이상한 짓을 한다. 무례할 정도의 노골적인 관찰이었다.

"지금 뭐 하자는 거요?"

"……예?"

"할 말이 있거나 바라는 게 있으면 확실히 말로 하시오."

그의 말투가 짐짓 사나웠다. 그는 언제나 의뭉스러운 왕비의 태도에 넌더리가 났다. 그녀는 들킬 만한 거짓말은 하지 않지만, 딱히 진실을 말하지도 않았다.

유진은 눈을 몇 번 깜빡이다가 슬그머니 시선을 아래로 내렸다. 왕이 왜 언짢아하는지 알 수 없었다.

'쳐다보면 안 되는 건가?'

유진의 태도는 오히려 더 카세르를 자극했다. 그가 삐딱하게 고개를 기울였다.

'눈을 피해?'

왕비답지 않았다. 왕비는 눈이 마주치면 되레 눈초리를 휘며 웃었다.

왕비의 눈웃음이 보기 좋다고 생각한 적은 없었다. 왕비의 무기질 같은 검은 눈동자는 언제나 차가웠다. 가끔은 왕비가 사람 거죽을 뒤집어쓴 인형 같다고 생각했다.

"며칠 식사를 걸렀다고 들었소. 그래서 다들 걱정하고 있지. 무슨 일 있소?"

"없습니다."

"계속 이러고 있을 거요?"

"생각할 일이 좀 있었습니다. 이제 괜찮습니다."

유진은 시선을 내린 상태라 그의 표정 변화를 알아차리지 못했다. 한참 아무 말도 들려오지 않아 가슴이 두근거리고 진땀이 났다.

'실수한 게 있나?'

모르겠다. 짧은 대답 몇 마디를 했을 뿐이었다.

"무슨 생각에 그렇게 푹 빠져서 나와 보지도 않은 거요?"

그게 왕비로서 하는 거의 유일한 일인데 그마저도 이제는 안 할 셈이냐고, 카세르는 비꼬아 말했다.

'마중을 안 나갔다고 화가 난 건가?'

다녀오셨습니까, 인사를 하는 게 그렇게 중요한가? 유진은 살짝 기분이 나빴지만, 순순히 사과했다.

"죄송합니다."

카세르의 눈썹이 꿈틀했다.

'죄송?'

왕비가 자신의 잘못을 인정하는 말은 형식적인 빈말로도 들어 본 적이 없었다. 미심쩍은 눈으로 그녀를 유심히 보며 말했다. 그러나 그의 목소리는 확연히 누그러졌다.

"식사는? 점심은 한참 지났고 저녁은 아직 멀었군. 어찌하겠소?"

유진은 잠시 망설였다. 그런데 밥 얘기가 나오니까 갑자기 무척 허기가 졌다.

"지금…… 먹겠습니다."

"곧 회의가 있어서 가 봐야겠소. 나가는 길에 준비하라고 일러두지."

"예."

유진은 계속 고개를 숙이고 있다가 문이 닫히는 소리가 들린 후 고개를 들었다. 존재감이 대단한 남자였다. 갑자기 침실이 텅 빈 것 같았다. 그녀는 막힌 숨을 길게 내쉬었다.

사막에서 왕성까지 그녀를 호위한 전사들도, 왕성에서 만난 궁인들도 전부 왕비보다 신분이 낮았다. 유진이 실수해도 탓하거나 따지며 지적할 수 있는 사람은 아무도 없었다.

하지만 왕은 다르다. 그는 왕국에서 가장 높은 사람이고 진 아니카의 남편이었다.

"내 남편……."

유진은 무겁게 한숨을 내쉬었다.

결혼은커녕 연애도 제대로 안 해 봤다. 마지막 연애가 언제인지 까마득했다. 사랑도 우정도 전부 외면하며 살았다. 차라리 외로운 게 나았다. 자신의 곤궁한 처지를 다른 사람이 아는 게 자존심이 상했다.

그런데 자신에게 하루아침에 남편이 생겼다.

"큰일이다. 난이도가 갑자기 급상승했어."

잠깐 몇 마디만 나눴지만, 바늘 틈도 허용하지 않을 것 같은 남자였다. 대충 좋게 넘어가 줄 사람이 아니라는 건 확실히 알겠다. 앞으로 어떻게 처신해야 할지, 머리가 지끈거렸다.

*　　*　　*

회의장으로 향하는 복도를 걷던 카세르가 걸음을 멈추었다. 뒤를 따르던 시종들도 덩달아 멈추어 섰다.

잠시 생각에 잠겨 있다가 고개를 뒤로 돌렸다. 시종들이 왕의 시야를 가리지 않기 위해 신속하게 비켜섰다.

곧 있을 회의 안건이 아닌 다른 일이 그의 머릿속을 가득 채웠다. 지금껏 이런 적이 없었다.

그가 아무것도 없는 복도가 아니라 눈으로는 보이지 않는 그 너머를 응시했다. 저 복도를 지나 모서리를 돌고 계단을 올라가면 왕비의 침실이다.

지금 자신이 느끼는 묘한 기분의 정체가 무엇인지 모르겠지만, 한가지는 분명했다. 답을 얻기 위해서라도 왕비와 좀 더 이야기해 보고 싶었다. 곧 있을 회의만 아니면 그녀에게로 돌아갔을 것이다.

'이상하군.'

오늘 왕비는 정말 이상했다. 말투도 표정도 평소와 달랐다. 왕비는 절대 이랬습니다, 저랬습니다, 같은 딱딱한 어조로 딱 떨어지게 말하지 않았다. 비음이 섞인 사근사근한 목소리로 달라붙는 것 같은 말투를 썼다.

그녀는 자신의 매력을 아주 능숙하게 사용할 줄 아는 여자였다. 성도에서 왕비를 처음 본 날, 성년의 생일을 맞은 그녀는 사내들에게 둘러싸여 야살스럽게 웃고 있었다.

카세르는 그 구애자들 틈에 낄 생각이 없었다. 한눈에 봐도 그녀는 사막에 적응할 수 있을 것 같지 않았다. 가능성 없는 일에 헛된 수고는 하지 말자고 생각했다. 그런데 그녀가 먼저 카세르에게 접근하여 기묘한 제안을 했다.

「삼 년이면 되어요. 삼 년만 형식적인 혼인 관계를 유지하도록 도와주신다면 삼 년 후에 후계자를 낳아 드리겠어요.」

「왜 나지?」

「사왕께서는 제게 관심이 없으신 듯해서요. 그래야 제가 원하는 삼 년의 형식적 혼인 관계가 수월할 테니까요.」

「그대에게 가짜 결혼이 필요한 이유가 뭐요?」

「이유는 우리의 계약이 차질 없이 완수되면 말씀드리지요.」

「아이를 낳은 후에는 어쩔 셈이오?」

「그것도…… 나중에 말씀드릴게요. 사왕께 나쁜 제안은 아니라고 생각합니다만? 후계자가 필요하시잖아요?」

그녀의 말대로 그는 후계를 낳아 줄 아니카가 필요했다. '아니카'만이 왕이 지닌 능력을 그대로 이어받는 아이를 낳을 수 있기 때문이다.

역대 사왕들은 후계를 얻느라 항상 고생했다. 실제로 대가 끊길 뻔한 위기도 있었다. 카세르의 부친은 쉰 살이 다 되어 겨우 후계자를 얻었다.

하시 왕국은 성도에서 가장 멀리 떨어져 있었다. 험한 산맥도 넘어야 한다. 그러다 보니 자연스레 성도와 문화 교류가 적었다.

고립된 하시 왕국의 문화는 검박했다. 고급스럽고 화려한 귀족 문화가 발달하지 못했다. 향락을 즐기는 성도 귀족들에게 하시 왕국은 황량한 변방이었다.

왕이 후계자를 얻으려면 아니카와 결합해야 한다. 아니카는 모두 성도 출신이며 남부럽지 않은 풍족한 생활을 했다. 성도의 문물에 익숙한 그들은 먼 사막 왕국으로 가려 하지 않았다.

카세르의 나이가 젊으니 당장 급하지는 않아도 시간문제일 뿐이었다. 그는 자신의 부친처럼 후계자를 얻기 위해 이리 뛰고 저리 뛰고 할 생각만으로도 이미 진이 빠졌다.

그래서 그때는 괜찮은 계약이라고 생각했다. 그런데 시간이 지날수록 점점 모르겠다.

결혼 초에는 '저 여자가 과연 약속을 지킬까?'라고 의심했으나 이제는 '저 여자의 배를 빌려 태어나는 아이를 후계로 삼아도 괜찮을까.'라는 생각이 들었다.

그녀에게 무슨 문제가 있느냐 누군가 묻는다면 명확한 대답은 할 수 없었다. 본능적인 거부감이었다.

하지만 그는 계속 자신의 감을 무시해 왔다. 자신은 왕이고 그녀는 아니카이니 어쩔 수 없다고 생각했다.

'삼 년……'

그는 몸을 돌려 다시 걷기 시작했다. 그녀와 약속한 삼 년이 거의 다 되었다. 그녀가 왜 이런 이상한 계약을 계획했는지 조만간 이유를 들을 수 있을 것이다. 그리고 정말 그 계약대로 이행할지, 자신도 마음의 결정을 해야 한다.

늦은 오후에 시작한 회의는 휴식 시간 없이 장시간 이어졌다.

분위기가 다소 어수선했다. 왕이 주관하는 회의이지만, 엄격한 격식에 얽매이지 않았다. 중간중간 요깃거리가 들어왔고 볼일이 급한 사람은 잠시 자리를 비웠다가 돌아왔다.

넓은 회의장을 꽉 채울 정도로 참여자가 많았다. 고위 관료뿐 아니라 직위가 그다지 높지 않은 실무 담당관도 참석했다.

발언권은 제한이 없었다. 참석자는 누구나 의장인 왕에게 직접 의견을 말할 수 있었다. 직위나 신분에 경직되지 않은 분위기는 하시 왕국의 고유한 특성이었다.

하시 왕국은 독립국이라는 자의식이 다른 어떤 왕국보다 강했다. 고립된 지리적 위치와 준전시 상태나 마찬가지인 환경도 한몫했다. 똘똘 뭉쳐야 살아남을 수 있다는 공감대가 강한 결속력을 만들었다.

긴 회의는 밤을 새우고 이틀날 아침이 되어서야 끝났다. 최소 일 년에 두 번, 건기가 끝날 무렵에는 항상 밤샘 회의가 열렸다. 약 두 달간 이어질 활동기를 철저하게 대비하기 위함이었다.

"다들 수고가 많았다. 여기까지 하지."

왕이 폐회를 선언했다.

밤을 꼬박 새운 사람들 안색이 핼쑥했다. 흐느적거리는 걸음걸이로 하나둘 회의장을 빠져나갔다.

회의장이 텅 빌 때까지 카세르는 의장석에 앉은 채 회의 내용을 정리한 기록을 훑었다. 마지막 페이지를 넘긴 후 한 손으로 미간을 꾹 눌렀다.

한 달 가까이 사막을 가로질렀다. 돌아오자마자 밤샘 회의까지. 그의 체력이 남다르긴 하지만, 조금은 지쳤다.

시종장이 왕의 곁으로 조심스럽게 다가갔다.

"전하. 목욕물을 준비해 두었습니다."

"음."

"진지는 어찌할까요? 침수 먼저 드시겠습니까?"

밥보다는 잠이 더 필요했다. 카세르는 대답하려다가 멈칫했다.

"왕비는 이제 식사를 한다던가?"

어제 왕비 침실에서 나오면서 시녀에게 식사를 안에 들이라고 일러두 었다. 하지만 그 후 어떻게 되었는지는 챙기지 않았다.

시종장은 대답하지 못했다. 그는 몹시 당황했다. 왕이 왕비의 근황을 물은 적이 없었다. 국혼을 치른 후 초기에는 관심을 보였던 것 같은데 그 게 언제인지도 까마득했다. 왕이 아예 묻지 않는 일을 부지런히 알아보 고 다니지 않았다.

"송구합니다. 전하. 확인해 보겠습니다."

카세르는 시종장을 탓하지 않았다. 그도 자신의 질문이 뜬금없다는 걸 알고 있었다.

수족처럼 시중을 드는 궁인들은 국왕 부부의 사이가 건조하다는 걸 진즉 눈치챘을 것이다.

지금은 총관 자리에서 물러났어도 마리안이 기틀을 잡은 규율은 아직 건재했다. 궁인들은 입이 무거웠다. 그래서 국왕 부부 사이는 뭇사람들 입에 오르내리지 않았다. 왕비의 훌륭한 연극 덕분이기도 했다.

왕비는 공식적으로 자신이 필요한 자리, 특히 보는 눈이 많은 자리에 는 빠진 적이 없었다. 그리고 대외적으로 왕을 대할 때 많이 웃고 교태를 부렸다. 그런 모습을 목격하는 사람들은 국왕 부부가 그저 잘 지낸다고 생각했다.

"되었다. 왕비가 알아서 했겠지."

"……예, 전하."

카세르는 잠시 망설였다.

'슬슬 왕비와 얘기해 볼 때가 되긴 했어.'

그는 마음을 정했다.

"시종장. 점심은 왕비와 함께하겠다."

시종장이 눈을 크게 떴다가 고개를 숙였다.

"예, 전하. 준비하겠습니다."

시종장은 섣부르게 기대하지 않았다. 두 분 사이에 변화가 있다고 판단하기에는 아직 일렀다. 그래도 내심 이것이 좋은 신호이기를 바랐다.

재상 베루스가 회의장으로 되돌아왔다. 그는 복도에서 총관 사라와 마주쳤다.

사라는 마리안의 천거로 총관이 되었다. 마리안만큼 카리스마는 없지만, 성실하고 꼼꼼했다. 마리안의 빈자리를 걱정하는 주변 우려를 불식시키고 총관으로서 번듯하게 자리를 잡았다.

두 사람은 묵례로 인사를 나누었다.

"전하를 뵈러 가십니까?"

"예, 총관. 전하께서 이미 침수 드셨습니까?"

"지금은 목욕 중이십니다."

"아, 그럼 조금 이따가 와야겠군요."

"예. 그런데요, 재상님. 제가 재상님이니까 살짝 말씀드립니다만."

사라는 입이 근질근질해서 견딜 수가 없었다. 베루스가 입이 가벼운 사람이 아니니 괜찮다. 그리고 베루스는 국왕 부부의 냉막한 관계를 알고 있었다.

"전하께서 왕비님과 점심을 함께한다고 준비하라고 하셨습니다."

"예? 혹시……."

베루스가 말을 꺼내기도 전에 사라가 알아듣고 대답했다.

"아닙니다. 마리안 님이 나서신 게 아니에요. 전하께서 먼저 말씀을 꺼내셨답니다."

사라는 들뜬 표정을 감추지 못했다. 윗전의 부부 사이 일에 감히 참견할 수는 없으니 걱정만 많이 했다.

왕이 성혼한 지 거의 삼 년이 되었다. 슬슬 두 분 사이에 좋은 소식이 들릴 때가 되지 않았냐는 말을 꺼내는 사람이 늘었다. 그런 소리를 들을 때마다 사라는 내색은 못 하고 속으로 한숨만 내쉬었다.

"설레발인지는 모르겠지만, 느낌이 좋아요. 먼저 가 보겠습니다. 괜히 마음이 바쁘네요."

"예, 총관."

총총, 들뜬 걸음으로 가는 사라의 뒷모습을 보며 베루스가 묘한 표정을 지었다. 그가 주워들은 몇 가지 이야기만으로도 총관은 왕비한테 적잖이 곤욕을 치렀다. 드러나지 않은 일은 훨씬 많을 것이다.

그렇다고 총관이 속도 없이 착한 사람은 아니었다. 총관직이 그렇게 만만한 자리가 아니다.

다들 '우리 왕비님!' 하는 분위기 속에서 베루스는 자신만 악의로 뭉친 놈인 것 같은 기분이 종종 들었다.

'총관의 진심을 왕비님이 알아줄 날이 과연 올지는 모르겠군요.'

베루스는 삐딱하게 중얼거렸다.

'그나저나 어쩐다…….'

공교롭게도 왕의 뵈러 가는 목적이 왕비 때문이었다. 아직 왕께 며칠 전 발생한 사건을 말씀드리지 못했다. 왕비가 무사 귀환했으니까 스리슬쩍 넘어가기에는 걸리는 일이 한둘이 아니었다.

그는 복도에서 서성거리며 갈등했다. 왕비가 못마땅한 마음과는 별개로 국왕 부부 사이가 험악해지기를 바라지는 않았다.

이 나라의 미래를 위해서는 왕의 뒤를 이을 후계자가 있어야 한다. 냉랭한 부부 사이에서도 아이는 태어나지만, 어느 정도는 유대감이 있어야 확률이 높을 것이다.

'나중에 말씀드리자.'

그는 몸을 돌려 사라가 갔던 방향으로 걸어갔다.

*　　*　　*

예상치 못하게 왕과 대면한 일 외에는 특별한 사건 없이 하루가 또 지나갔다. 유진은 혹시 밤에 그가 와서 부부의 의무를 요구할까 봐 전전긍긍하며 늦게까지 잠을 이루지 못했다. 다행히 무사히 아침을 맞이했다.

왕비라는 자리는 제법 한가했다. 찾아오는 사람도 없고 곁에서 스케줄을 줄줄 읊는 보좌관도 없었다.

유진은 아침밥을 먹고 나서 다시 생각을 정리했다.

'진이 하시 왕국의 왕비로 지내는 동안 뭘 했을까.'

진이 왕비였던 시기는 소설 속에서 몇 문장으로만 간략하게 언급했다. 전체 흐름 속에서 그 기간은 전혀 중요하지 않았기 때문이다.

악당의 정체가 '진 아니카'라는 사실도 꽤 뒤늦게 드러난다. 처음에는 진의 지령을 받아 행동하는 자잘한 악당이 먼저 휘젓고 다녔다. 진은 최종 보스니까 정체가 드러나는 건 전체 이야기 흐름의 중반 이후였다.

"좀 자세하게 설정을 잡을걸."

후회해 봤자 늦었다. 어차피 그녀가 만든 이야기이니 지금이라도 만들면 어떨까, 같은 생각도 해 봤다.

하지만 아무것도 떠오르지 않았다. 이 세계에 들어온 순간부터 '마하'라는 거대한 시계의 부품 한 조각이 되어 버린 느낌이었다.

하시 왕국에 대해서도 잘 모른다. 이곳은 소설 속에서 나라 이름과 지리적 위치만 등장했다.

세계를 원으로 표현하면 중점에 있는 성도가 사건의 중심지이자 주요 배경이었다. 성도를 중심으로 여섯 왕국이 주변을 에워싸고 있다.

그런데 하시 왕국에서 성도를 가려면 거대한 산맥을 넘고 슬란 왕국을 통과해야 한다. 즉, 하시 왕국은 성도에서 가장 멀리 떨어져 있었다. 성도에서 무슨 일이 일어나건 거의 여파가 미치지 않았다.

"성도……."

성스러운 도시, 혹은 세상의 중심이라는 의미이기도 했다. 왕국마다 수도가 있고 왕성이 존재하지만, 절대 성도라고 부르지 않았다.

성도는 상제가 직접 다스리는 작은 나라다. 정치적이 아닌 종교적인 국가였다. 유진이 살던 세상에서 비슷한 사람을 찾자면 상제는 교황과 비교할 만하다.

'상제는 내게 일어난 이 현상이 뭔지 알지도 몰라.'

상제는 인간이 아니다. 아마 상제의 진정한 정체를 아는 사람은 그녀뿐일 것이다. 이 세상은 유진이 만들었으니까.

'상제를 만나 봐야 할까?'

그녀는 고개를 저었다. 그다지 내키지 않았다.

'상제가 내 정체를 안 후에 내게 호의적일 거라는 보장이 없어.'

그리고 굳이 모든 사건의 중심지인 성도로 가고 싶지 않았다.

"아니카."

유진이 고개를 돌렸다. 잠시 후 바깥에서 조심스럽게 또 불렀다.

"아니카, 아뢸 말씀이 있습니다."

"들어와."

유진이 처음에 가장 고역스러웠던 것은 사람들을 대할 때의 태도였다. 부리는 아랫사람들에게 왕비가 존댓말을 쓰지는 않을 것이다. 그렇다고 사극에서나 볼 법한 어투는 도무지 입에 붙지 않았다.

그녀는 얼마간 뻔뻔하게 나가자고 마음먹었다. 말투도 태도로 크게 신경 쓰지 않고 편하게 했다. 그런 일로 왕비를 트집 잡지는 못할 거라고 믿었다.

문이 열리고 시녀가 들어왔다. 바닥에 시선을 고정한 채 들어오는 여자의 머리카락은 아주 옅은 갈색이었다.

유진은 성에 들어온 후 워낙 많은 사람을 봤다. 현실 파악만으로도 벅차 정신이 없었다. 그리고 시녀들은 전부 똑같은 복장이라 분간이 어려웠다. 그래도 여러 번 봐서 눈에 익은 여자는 있었다.

"이름이 뭐지?"

시녀가 새파랗게 질리면서 더 깊이 고개를 숙였다.

"잔느입니다. 방해드려 송구합니다. 사왕 전하께서 전언을 보내셨습니다."

시녀는 유진이 이름을 물은 것을 '넌 내가 기억해 두지'라고 해석했다. 몹시 나쁜 의미로.

모아 쥔 시녀의 두 손이 식은땀으로 젖는 줄을 모르고 유진은 '여기는 위계질서가 굉장히 엄격한가 보다'라고 생각했다.

"무슨 전언?"

"전하께오서 왕비님과 점심을 함께하시고자 왕비님 의향을 여쭈러 시종이 다녀갔습니다."

유진은 잠시 고민했다. 피할 수 없는 상대라면 어서 빨리 탐색하고 파악하는 게 나을 것이다.

"그렇게 하지."

밥 한 끼 정도, 가볍게 생각했다가 유진은 뒤늦게 자신의 실수를 깨달았다. 점심 시각이 다가오자 시녀들이 우르르 들어와 준비를 시작했다.

유진은 요 며칠 아침에 일어나면 시녀들 시중을 받으며 옷을 갈아입었다. 고작 옷 입는 일에 다른 사람 도움을 받는 건 무척 황송한 경험이었다. 타인이 자신의 몸을 만지는 게 불편하고 괜히 미안했다.

그런데 사람이란 어찌나 간사한지. 고작 며칠의 경험만으로도 처음 느꼈던 거북함이 거의 사라졌다. 자신에게 주어진 특권을 누리자는 마음가짐으로 조금씩 변했다.

아침마다 입었던 옷이 유진이 살던 세계를 기준으로 실내복이었다는 것을 비로소 알게 되었다. 왕과 점심을 먹기 위해 차려입는 옷은 색상과 레이스가 훨씬 거창하고 치맛자락은 겹겹이었다.

'진품이겠지?'

거울에 비치는 드레스 소매와 가슴에 비즈가 촘촘히 박혀 반짝거렸다. 저게 다 보석이면 도대체 이 드레스 한 벌은 얼마인지 상상이 가지 않았다.

'진이 사치스러웠나? 아니면 이게 보통인가?'

옷을 갈아입는 동안 그녀의 표정은 굳어 있었다. 더 심각한 문제가 떠올랐다.

'식사 예절은 어떻게 하지. 그런 거 전혀 모르는데.'

아는 사람 소개로 호텔 레스토랑에서 잠깐 일하면서 서빙한 경험이 있어 다행이다. 그때 배워 둔 것이 부디 쓸모가 있기를 바랐다.

시각이 다 되어 유진을 데리러 사람이 왔다.

"모시겠습니다. 아니카."

유진은 남자가 누구인지 몰랐다. 일개 시종은 아닐 것이다. 나이가 지긋했고 복장은 다른 시종들과 달랐다. 중년인의 말투와 표정에서 연륜과 기품이 풍겼다.

「시종장.」

문득 머릿속에서 목소리가 울렸다. 중년인을 언젠가 그런 호칭으로 부른 것 같았다.

'시종장……… 호텔로 치면 총지배인인가?'

유진은 시종장과 함께 복도를 걸었다. 그녀는 두리번거리지 않도록 조심하며 주변을 눈에 담았다. 내내 침실에만 있어서 오늘이 첫 외출이었다.

현대식 건물 느낌은 아니어도 다른 식으로 호화로웠다. 복도의 바닥은 다양한 색상의 돌로 기하학적 무늬를 만들어 깔아 장식을 냈고 반질반질 윤이 났다. 벽과 기둥은 고풍스러운 부조가 가득했다.

사람들만 오가는 길일 텐데 복도는 또 어찌나 널찍한지. 대형차가 왕복으로 다녀도 문제없을 것이다. 모든 게 큼직큼직했다.

'생각보다 당황스럽지 않네.'

웅장함에 감탄은 하되 압도당하지 않았다. 그녀의 심장은 평온했다.

처음 입는 치렁치렁한 드레스를 입고 어떻게 걸어야 하는지 고민할 필요도 없었다. 그냥 자연스럽게 자세가 잡혔다. 몸이 기억하는 것 같았다.

'식당은 이쪽 길로 가면 나올 것 같아.'

시종장이 그녀의 막연한 직감과 다른 방향으로 움직이자 그녀가 주춤했다. 그러자 시종장이 몸을 돌려 말했다.

"응접실로 모시겠습니다. 전하께오서 응접실에 준비하라고 하셨습니다."

유진은 다시 시종장과 함께 걸으며 방금 느꼈던 기묘한 기시감이 뭐였는지 되짚었다.

곧 짙은 푸른색 문 앞에 도착했다. 유진은 시종장이 문을 열어 주는 안쪽으로 들어갔다.

테이블에 앉아 있던 카세르가 일어나면서 유진과 눈이 마주쳤다.

'처다보면 싫어했지.'

유진은 아쉬운 마음으로 시선을 내렸다. 사왕이 소설 속에서 진 아니카를 죽인다는 건 알지만, 그가 괜한 사람을 해코지할 리는 없으므로 무섭지 않았다.

그리고 그가 아내였던 진을 처단한 건 정의 구현만이 동기가 아니었다. 진은 하시 왕국에서 발생한 비극적 사건에 휘말려 실종된다.

그때 왕비도 사고사한 줄 알았지만, 나중에 그 사건을 진이 일으켰다는 사실이 밝혀졌다. 하시 왕국 백성들의 목숨을 제물로 바쳐서 암흑 술법에 성공한 진은 마라의 힘을 얻었다.

사왕 카세르는 나중에 그 사실을 알고 엄청난 분노를 터뜨렸다. 그가 진을 죽인 건 복수나 마찬가지였다.

'진은 아직 일을 저지르기 전이야. 내가 아무 짓도 하지 않으면 괜찮아.'

유진이 앉은 후 카세르도 앉았다. 유진은 그의 시선을 알아차리지 못했다.

카세르는 집요하게 왕비를 관찰하다가 그녀가 계속 고개를 들지 않자 시선을 거뒀다.

'오늘도 여전하군.'

그가 살짝 미간을 찌푸렸다. 잠시 이상한 변덕을 부린 줄 알았더니. 그런데 그녀가 웃지 않는 표정이 차라리 더 보기 편했다.

이미 테이블은 식사를 위한 준비가 되어 있었다. 국왕 부부가 모두 착석한 후 곧 요리가 들어왔다. 부부는 서로에게 의례적인 인사 한 마디도 나누지 않고 식사를 시작했다.

참 삭막한 식사 시간이었다. 두 사람을 바라보는 총관, 사라의 눈빛에 수심이 가득했다.

'저 두 분을 대체 어찌해야 좋을까.'

사라는 식사 준비를 직접 맡아 세세한 부분까지 신경 썼다. 계단을 오르락내리락하면서도 발걸음이 가벼웠는데 기대가 무너지니 기운이 쭉 빠졌다.

유진은 주변 분위기를 살필 겨를이 없었다. 실수하지 않기 위해 모든 신경을 집중했다. 식기와 도구는 서양식 디너와 비슷한 것 같으면서 달랐다. 요리도 모두 낯설었다.

'이건…… 버섯이야. 겉에 얹은 크림을 살짝 걷어 내고 칼로 잘라서 먹으면 되는구나.'

아까 유진이 시종장의 정체를 알아차리고 식당으로 가는 길을 직감한 것처럼 대충 어떤 식으로 먹는지 떠올랐다. 계기가 되는 매개물을 보고 있으면 그것에 관한 기억이 머릿속에 깊이 박혀 있다가 아주 느릿하게 재생되는 느낌이었다.

그녀는 서두르지 않고 기억을 더듬으며 천천히 먹었다. 식사를 마쳤을 때는 안도의 한숨이 나왔다. 실수하지 않은 것 같았다.

'밥이 입으로 들어갔는지 코로 들어갔는지 모르겠네.'

음식 맛을 음미할 여유가 없었다. 하지만 성취감으로 뿌듯했다. 완벽하지는 않아도 진의 기억이 남아 있다는 게 신기했다.

'나는 이를테면…… 다른 사람이 썼던 방에 들어온 건가?'

원래의 방주인이 어디에 무엇을 두었던지는 모른다. 잠긴 서랍의 열쇠가 어디 있는지도 모른다. 하지만 방 구석구석을 탐색하며 샅샅이 뒤지다 보면 조금씩 방에 익숙해질 것이다.

카세르가 물컵을 내려놓으며 대기해 있는 자들에게 손짓했다. 모두 나간 응접실에는 이제 두 사람만 남았다.

"전부 물렸소. 우리 이야기가 흘러 나갈 일은 없소."

유진은 사람들이 전부 나가는 것을 눈치채고 바짝 긴장한 상태였다.

"그대는 내가 마리안에게 미주알고주알 모든 것들을 말한다고 의심했지. 그때 그대 의혹을 확실히 풀어 주지 않은 건."

카세르가 인상을 찌푸렸다. 반년쯤 전의 일이었다. 왕비와 크게 충돌한 적이 있었다.

왕비가 전 총관 마리안을 멀리 보내라고 요구했다. 왕성 가까이에 사는 것도 싫으니까 먼 지역으로 보내라고 했고 카세르는 절대 그럴 수 없다고 맞섰다.

「그 여자의 그림자는 여전히 이 왕궁을 가득 채우고 있어요. 전대 총관일 뿐이라고요? 왕께서는 저를 허수아비 왕비로 두려 하시는군요.」

카세르는 왕비가 마리안을 그토록 싫어하는 이유를 아무리 해도 알수가 없었다. 마리안은 그저 힘없는 전대 총관일 뿐이었다. 사람들이 그녀를 따르는 이유는 그녀의 권력이 아닌 인덕이었다.

왕비는 마리안은 물론, 뒤이어 총관이 된 사라도 눈엣가시처럼 여겼다. 카세르는 그 사실 자체를 오랫동안 몰랐다.

누구도 왕에게 귀띔하지 않았고 마리안과 사라도 내색한 적이 없었다. 주변 입단속을 시킨 사람은 다름 아닌 마리안과 사라였다. 그래서 왕비에게 더 실망이 컸다.

「제가 모르는 줄 아시나요? 왕께서는 뭐든 그 여자에게 털어놓으시지요. 저만 우스운 꼴이 되고 있어요.」

「말도 안 되는 트집 잡지 마시오. 그대가 무슨 말을 하건 마리안이 여기를 떠날 일은 없을 거요.」

카세르는 왕비의 억지에 귀 기울일 필요 없다고 판단했다. 서로에게 앙금만 남긴 그날의 충돌 이후 왕비와 더 데면데면해졌다. 그는 자신이 조금 양보하자고 마음먹었다.

"……내 잘못이오. 그런 식으로 끝내지 말고 합의점을 찾았어야 했지."

유진은 말없이 들었다. 아는 것이 없으니 많이 들어서 정보를 얻어야 했다.

"그대 생각은 변함없소? 마리안이 앞으로 입궁하지 않도록 조치하겠소. 그 정도로는 안 되겠소?"

'마리안이 누구지?'

이름만 들어서는 전혀 단서가 떠오르지 않았다.

'웃어른은 아닌 것 같고…… 가족인가? 누이동생? 아니면 애인?'

진이 싫어했던 사람인가 보다. 그런데 편견일 수 있지만, 진이 싫어한 사람이니까 나쁜 사람은 아닐 것 같았다.

"아닙니다. 괜찮습니다."

"……진심이오?"

"예. 다만…… 그 사람을 제가 만났으면 합니다."

누군지 얼굴을 보면 뭔가 떠오르는 기억이 있을 것이다. 왕이 직접 이름을 거론하는 여자이니 상당한 중요 인물이 분명했다.

"그대가 마리안을 만나겠다고?"

"예."

"왜…… 아니, 알겠소. 조치하리다. 한데 왕비."

"예."

"날 보면서 말하면 안 되겠소? 죄인처럼 고개만 숙이고 있으니 내가 그대를 비난하는 것 같잖소."

유진은 '쳐다보는 걸 싫어하는 게 아니었나?'라고 생각하며 천천히 고개를 들어 조심스럽게 시선을 올렸다.

'와…….'

다시 봐도 감탄이 나왔다. 정말 잘생긴 남자다. 저 콧대를 가질 수 있다면 억만금도 지불할 사람이 지구에는 넘쳐날 것이다. 이목구비가 저렇게 입체적일 수 있다니.

침실에서 마주쳤을 때보다 거리가 가까워서 그의 눈동자 색이 더 잘 보였다. 그의 푸른 눈동자는 마치 보석 같았다. 새파란 하늘처럼 선명하고 맑았다.

그가 피식 웃어서 유진은 당황했다. 너무 노골적으로 봤나 싶어 겸연쩍었다.

"그대 속을 모르겠군. 내가 왕성을 비운 동안 심경의 변화라도 있었소?"

유진은 어색하게 입꼬리를 끌어 올려 웃었다. 가슴이 덜컹했다.

'아, 역시. 뭔가 다르다고 생각하는구나. 남편이니까 그렇겠지.'

"예. 조금…… 달라지고 싶어서요."

"어떤 점에서?"

"무엇이든 좋은 방향으로 변화를 주려 합니다."

유진은 긴장된 숨을 삼켰다. 차라리 고개를 숙이는 편이 나았다. 푸른 눈동자가 빤히 쳐다보니 저절로 긴장되었다.

과연 수많은 사람을 다스리는 왕의 눈빛은 뭔가 달랐다. 쳐다만 봐도 자신의 속마음이 낱낱이 읽히는 기분이었다.

"그대의 변화가 그 일 때문인가?"

"예?"

"모르는 척 마시오. 우리 계약."

'무슨 계약?'

"그대가 믿건 믿지 않건. 난 누구에게도 우리 계약에 관해 말하지 않았소."

'무슨 계약인데? 하아. 왜 기억이 안 나는 거야. 조금이라도 뭔가 떠올라라, 제발.'

"곧 삼 년이오. 그대가 이 나라에 온 지 어느덧 그렇게 되었지."

'삼 년…… 결혼하자마자 왕국으로 왔는지는 알 수 없지만 그래도 최소한 삼 년 가까이는 되었다는 거구나.'

진의 나이도 대충 감이 잡혔다. 최소한 스물세 살이며 사왕의 나이는 진보다 세 살이 많았다.

"어쩔 셈이오?"

유진은 에라, 모르겠다는 심정으로 대답했다.

"저는 전하 뜻에 따르겠습니다."

"내가 결정하는 대로 따르겠다?"

"예."

"약속을 지키겠다는 말인가."

"약속은…… 지켜야 하는 거니까요."

"내가 지금껏 그대한테 들은 말 중에서 가장 상식적이군. 비꼬려는 뜻은 아니었소. 언짢아하지 마시오."

유진은 한 가지 사실만은 확실히 알았다. 부부 사이는 좋지 않은 듯했다. 진을 대하는 그의 표정이나 말투 모두 절대 사랑하는 사람을 대하는 방식이 아니었다.

다행이다. 사랑은 곧 관심이니까 그는 진의 변화를 민감하게 받아들이지 않을 것이다.

'진이 사왕을 흘려서 결혼한 줄 알았더니 그건 아닌가 보네. 거래한 것 같아.'

이른바 계약 결혼.

'진이 왜 사왕과 결혼했는지 알아내야 해. 분명히 중요한 이유가 있을 거야.'

카세르는 왕비와 피곤한 설전을 벌일 각오를 했다. 절대로 그녀가 모호한 태도로 넘어가지 못하게 하리라, 단단히 마음먹었다. 그런데 뜻밖에 그녀가 순순히 나오니 맥이 풀렸다. 하지만 나쁜 기분은 아니었다.

'마리안 말대로 왕비에게 적응할 시간이 필요했던 걸까.'

지금껏 왕비가 뭘 하든 간섭하지 않고 내버려 두었다.

그녀는 삼 년 동안 형식적인 결혼이되 대외적으로는 완벽하기를 원했다. 그래서 어지간하면 삼 년은 그녀가 바라는 대로 다 해 주려 했다.

딱 한 가지, 마리안을 쫓아내는 일만 제외하면.

말을 안 해서 그렇지 불만은 많았다. 많은 것은 바라지는 않았다. 하시 왕국의 왕비 자리가 아주 오랫동안 비었었던 만큼 빈자리를 조금이라도 채워 주었으면 했다.

하지만 그녀는 왕비로서 거의 아무 일도 하지 않았다. 그녀는 의무 없는 권리를 원했다. 그녀가 말한 '대외적인 완벽'은 경제적인 풍요로움과 사람들한테 왕비로서 부족함 없이 대우받는 것이었다.

그나마 권력욕은 없는지 정치적인 세력을 만든답시고 이리저리 휘젓는 일은 하지 않았다. 제 말에만 껌뻑 죽는 시녀들을 총애하여 궁인들을 극심하게 차별했지만, 그 정도는 넘어갈 수 있었다.

사실 그는 마리안과 생각이 달랐다. 그녀가 변할 가능성에 회의적이었다. 그녀한테 후계자만 얻으면 된다. 그녀에게 왕비의 역할도, 어머니의 역할도 기대하지 않았다. 그런데 좀 더 인내심을 갖고 지켜봐야겠다는 생각이 들었다.

"내가……."

당장 후계자를 갖지 않아도 좋으니 현재 이 상태로 우리 계약을 조금 더 연장하는 건 어떠냐고 물으려다가 그만두었다. 그녀는 선택권을 자신에게 주었으니 이제 결정은 자신의 몫이었다.

"오늘 점심 식사 자리를 여기로 잡은 건 오늘 그대와의 대화가 거칠어질지도 모른다고 염려해서였소. 서로 기분 상하지 않고 마무리되어 다행이오."

그는 엷게 미소를 지었다. 의식하지 못했지만, 그가 왕비에게 진심이 담긴 미소를 보인 것은 처음이었다.

"아니카."

"예."

"오늘 그대는 솔직해 보여서 좋소. 마치 다른 사람 같아."

유진은 어색한 웃음으로 대답을 대신했다.

"그만 일어납시다. 그러고 보니 오늘이 이달의 마지막 날인가. 내일 가겠소."

'내일? 무슨 뜻이지?'

당황하여 자연스럽게 대답할 순간을 놓쳤다. 기분 탓인지 자신을 쳐다보는 그의 눈빛에 의심이 어리는 것 같았다. 유진은 뻣뻣해진 입가의 근육을 애써 위로 당겼다.

"예, 전하. 순간 날짜가 헛갈렸습니다."

다행히 어색한 표정은 짓지 않았나 보다. 시선을 거두고 일어나는 그를 보며 유진은 조용히 안도의 숨을 내쉬었다.

"예."

두 사람은 응접실에서 나왔다. 응접실 앞 복도에서 두 사람은 정반대의 방향으로 헤어졌다. 유진은 그녀의 침실로 향했고 카세르는 집무실로 갔다.

집무실 책상에 앉아 그는 쌓인 서류에 눈길도 주지 않고 오랫동안 생각에 잠겼다. 그는 왕비와 함께한 식사 시간을 떠올렸다. 그녀의 표정, 그녀와 대화한 내용, 모두를 천천히 되새김했다.

생각하면 할수록 이상했다.

'정말 다른 사람 같잖아.'

어떤 속셈이 있어 연극을 하는 거라면 그녀는 대단한 배우였다. 그녀가 그렇게 순수한 눈동자로 상대를 바라볼 수 있는 사람이었나.

평소와 다르게 그녀는 전혀 웃지 않았고 몹시 어색해했지만, 그래서 지극히 사람다웠다.

'내가 없는 동안 무슨 일이 있었지?'

변했건 연극이건 계기가 있을 것이다. 카세르는 총관을 불렀다.

잠시 후 카세르의 앞에 선 사람은 재상 베루스였다. 총관이 몹시 곤란한 표정으로 대답을 베루스에게 미루었다. 총관을 다그치는 대신 곧바로 베루스를 불러오라고 지시했다.

"내게 보고하지 않은 게 있지?"

"예, 전하."

"무슨 일이야?"

"전하께서 귀환하시기 며칠 전에 돌문을 열었습니다."

카세르의 표정이 굳었다. 사막으로 나가는 돌문은 카세르가 한 달 전쯤 사막으로 나갈 때 닫힌 후 그가 돌아올 때에만 열렸어야 했다.

베루스는 이어서 말하기 전에 숨을 골랐다.

"왕비님께서 며칠 전에 사막으로 나가신 후 행방을 알 수 없었습니다. 꼬박 하루의 수색 끝에 다행히 실종되신 왕비님을 찾아 무사히 모셔왔습니다."

쾅!

카세르가 손바닥으로 거세게 책상을 내리쳤다. 베루스가 움찔했다.

"대체 무슨 소릴 하는 거야. 왕비가 사막으로 왜 나가? 왕비에게 돌문을 열어 줬다는 건가? 내 허락도 없이?"

"돌문을 열고 나가신 게 아닙니다. 성벽에 밧줄을 걸고…… 그래서 왕비님의 실종을 알아차리는 데 시간이 걸렸습니다."

하, 카세르가 기가 막힌 웃음을 터뜨렸다.

"지금 왕비가 왕성을 나가 성벽을 타 넘었다는데 아무도 몰랐다고 말하는 건가?"

"……망극하옵니다."

"왕비 시중을 드는 자들은 다 뭘 하고!"

"측근에서 왕비님 시중을 드는 시녀 다섯 명을 전부 데리고 가셨습니다. 부르기 전까지는 들어오지 말라고 엄포를 놓으셔서 누구도 그 지시를 거스를 수 없었다고 합니다."

"그걸 핑계라고."

카세르는 노엽게 혀를 찼지만, 왕비를 두려워하는 궁인들의 심정을 이해했다.

1년 전 이후 왕비가 궁인들이 죽을 정도로 가혹한 체벌을 그만두었을 뿐, 관대한 사람이 되었다는 건 아니다. 여전히 그녀는 제 심기에 거스르는 궁인을 가만두지 않았다.

납작 엎드려 혜살거리는 시녀들이 그녀의 시중을 전담하게 되었고 그들은 왕비의 뒷배를 믿고 오만방자하게 굴었다. 총관마저도 우습게 보니 성내 궁인들의 위계질서가 아주 엉망이었다.

"왕비의 실종 사실은 어떻게 알았지?"

"아침 늦도록 왕비님께서 기침하지 않으시고 시중을 드는 시녀들이 아무도 보이지 않아 총관이 임의로 문을 열었습니다."

총관은 모든 책임을 자신이 질 각오로 문을 열었을 것이다.

"그리고?"

"수색대를 사막으로 보냈습니다."

베루스는 열 명씩 조를 짠 열 개의 수색대를 사막으로 내보냈다. 왕의 허락 없이 전사들을 움직이는 건 베루스에게도 큰 결단이 필요한 일이었다. 건기의 끝자락인 데다가 사람을 찾으러 이곳저곳 들쑤시고 다녀야 하므로 위험했다.

전사는 왕국의 보물이었다. 그들이 변을 당하면 베루스도 책임을 져야 한다.

"다친 자는?"

"전사들은 모두 무사 귀환했습니다."

카세르는 고개를 끄덕였다. 전사가 다쳤다면 베루스가 지금껏 보고를 미루지 않았을 것이다.

"하오나…… 왕비님과 동행한 시녀들은 찾지 못했습니다."

"변을 당한 게 아니라 찾지 못했다?"

"예. 왕비님을 발견한 수색조 조장 스벤 경 말에 따르면 왕비님께서 홀로 모래언덕을 오르고 계셨다고 합니다. 스벤 경은 왕비님을 모시고 즉시 귀환했습니다. 추가 수색 없이 마무리 지었습니다."

카세르는 말없이 작은 한숨만 내쉬었다. 돌문이 닫힌 기간에 사막으로 나간 자는 찾지 않는 게 불문율이었다.

무사히 돌아와도 무거운 처벌을 면하기 어려웠다. 그 시녀들이 돌아왔다 해도 윗전을 제대로 보필하지 못한 죄까지 더해져 어차피 살기는 틀렸다.

"왕비가 시녀들 행방에 관해 말한 건 있고?"

"그 일에 대해서는 말씀을 꺼낸 적이 없다고 들었습니다. 그런데 귀환하신 후 불안정해 보이셨다고 합니다. 식사도 거르시고 꼼짝하지 않으셔서 총관이 걱정이 많았습니다."

"내가 돌아오자마자 곧바로 보고하지 않은 건 마리안 생각이었나?"

베루스가 멋쩍은 표정으로 고개를 숙였다.

"송구합니다."

카세르가 쯧, 혀를 찼다. 오자마자 보고를 들었으면 화가 머리끝까지 나서 왕비가 굶어 죽든 말든 내버려 뒀을 것이다.

그래서 마리안이 중요한 전제 사실은 쏙 빼고 그를 떠밀어 왕비의 침실로 보냈다. 마리안이니까 할 수 있는 짓이었다.

시간을 두어 왕의 노여움을 가라앉히려는 마리안의 작전이 그런대로 성공했다. 카세르는 스스로 놀랄 만큼 화가 나지 않았다. 왕비가 갑자기 이상해져서 미심쩍게 생각했던 부분이 해결됐다.

'왕비가 라크의 공격을 받았을 수도 있겠군.'

항상 안전한 곳에서 보호받은 그녀가 라크와 맞닥뜨렸다면, 그리고 라크가 제 시녀들을 학살하는 생생한 현장을 목격했다면 크게 충격받았을 것이다.

그만한 경험이라면 사람이 달라지는 계기가 될 수 있지 않을까. 왕비의 실종 사건과 왕비의 변화 사이에 인과 관계를 납득할 수 있다.

라크. 마하 곳곳에 출몰하는 붉은 눈의 마물을 일컫는다. 건기에는 잠 잠하다가 활동기에 모습을 드러냈다.

라크의 형태는 다양했다. 네발 달린 짐승, 파충류, 벌레일 때도 있었다. 모습도 크기도 제각각이지만, 라크의 공통점은 인간에게 적대적이었다.

왕비 일행이 라크에게 공격받았다 해도 왕비만은 무사했을 것이다. 그녀는 아니카니까.

라크가 아니카를 해치지 못한다는 사실은 널리 알려져 있다. 상제가 공표한 사실이니 다들 그 말을 믿었다.

실제로 봤다는 사람은 없었다. 오래전에는 목격자가 있었을지도 모르지만, 아니카 대부분이 거주하는 성도에는 라크가 나타나지 않았다.

그렇다고 진위를 확인하기 위해 라크 앞에 아니카를 들이미는 미친 짓을 생각할 사람은 아무도 없을 것이다.

'그런데 애초에 왕비가 왜 사막으로 나갔지?'

왕비는 사막을 질색했다. 푹푹 발이 빠지는 모래도, 뜨거운 태양열도 끔찍이 싫어했다.

하시 왕국은 사막과 떼려야 뗄 수 없는 관계다. 활동기에는 더없이 위험한 곳이지만, 건기에는 보물 창고이자 터전 그 자체였다.

활동기가 끝나고 건기가 시작될 때마다 왕은 사막을 가로질러 사막 한복판에 있는 작은 오아시스로 갔다. 그곳에 있는 제단에 제를 올리기 위해서다.

왕비는 결혼한 첫해의 첫 건기에 딱 한 번 동행했다. 오가는 여정 내내 그녀는 가식적인 웃음조차 짓지 않았다. 그 후 다시는 함께 가지 않았다.

　"왕비가 사막으로 나가기 전에 뭘 했지? 뭔가 이상한 점은 없었나?"

　"평소와 다름없으셨다고 합니다."

　"흠…… 나가 봐. 총관 들어오라고 해."

　"예, 전하."

　사람이 느닷없이 뜬금없는 행동을 할 리가 없다. 카세르는 그녀가 실종된 날을 기준으로 꼼꼼히 알아봐야겠다고 생각했다.

2. 초야

　유진은 침실로 돌아와 초조하게 방 안을 서성거렸다. 왕과 나눈 대화 중에 알아들은 게 전혀 없었다. 아무리 애를 써도 왕과 관련한 일은 아무것도 떠오르지 않았다.

　'진의 기억이 남아 있기는 한 것 같은데 내가 원할 때 꺼내쓸 수가 없어.'

　유진은 새로운 작전을 모색했다. 시나리오를 짠 후에 잔느를 불렀다.

　"부르셨습니까. 아니카."

　잔느의 안색은 허옇게 질려 있었다. 잔뜩 겁을 먹은 모습이 안쓰러웠다. 보기에 참 딱했지만, '내가 무서운 사람이 아니란다.'라고 말하는 것도 웃기는 일이었다.

　유진은 신분 사회를 경험한 적 없어도 현대 사회에서 갑을 관계는 지긋지긋할 정도로 겪었다.

돈으로 지배하는 세상조차도 아랫사람은 비굴하게 엎드렸다. 하물며 여기는 윗사람이 생사여탈권까지 쥐었다. 아랫사람의 두려움을 어느 정도는 이해했다.

"이리 와서 앉아."

유진은 소파에 앉아 잔느에게 손짓했다.

"어찌 제가 감히……."

"앉으라고."

"예."

잔느는 소파 끄트머리에 겨우 엉덩이 끝만 걸치는 아주 불편한 자세로 앉았다.

"몇 살이니?"

"열아홉 살입니다."

유진은 나이, 가족, 언제 시녀가 되었는지 등 신변잡기 질문으로 잔느의 긴장을 풀었다. 바짝 얼어 있기는 해도 잔느는 묻는 대로 꼬박꼬박 대답은 잘했다.

처음에는 단답형이었다가 대답도 길어지고 표정도 점점 풀렸다.

"잔느."

"……예."

잔느는 왕비님이 자신의 이름을 기억한다는 게 믿기지 않았다. 아까 부름을 받을 때도 왕비님이 '잔느'를 정확히 부르며 찾았다길래 설마 했다.

왕비를 곁에서 가까이 모시지 않았을 뿐 잔느는 이런저런 잔심부름으로 여러 번 왕비의 침실에 드나들었다. 그동안 한 번도 왕비의 부름을 따로 받은 적이 없었다.

"네가 나를 도와줬으면 해."

잔느의 눈이 휘둥그레졌다.

"내가 사막에서 돌아온 후 약간 문제가 생겼어. 내 기억력이 좀……
완전하지 않아."

"아……."

"특히 사람에 대한 기억이 뒤죽박죽이야. 그래서 네게 몇 가지 질문을
할 거야. 내가 이런 말을 했고 어떤 것을 물어봤는지는 누구에게도 말하
지 마. 할 수 있지?"

"네, 네. 아니카."

잔느가 고개를 아래위로 힘차게 끄덕이며 대답했다.

"이름은 기억나는데 어떤 사람인지 가물가물해. 음…… 마리안. 누군
지 알아?"

"예. 압니다."

"네가 그 사람에 대해 아는 걸 전부 말해 주겠니? 듣다 보면 나도 기억
이 날 것 같거든."

"예. 마리안 님은 전대 총관이셨습니다."

잔느는 마리안에 대해 제가 아는 것 전부를 털어놓을 기세로 열심히
떠들었다. 잔느는 왕이 성혼하기 전에 시녀가 되어 왕성에 들어왔기에
총관이었을 때의 마리안을 기억했다.

어린 시녀를 살뜰하게 살펴 주고 실수도 감싸 안아 준 마리안은 잔느
가 가장 존경하는 어른이었다. 마리안이 총관 자리에서 물러날 때 펑펑
울었다.

유진은 잔느의 말을 듣다가 웃음이 나왔다. 잔느가 마리안을 무척 존
경하는 마음이 느껴졌다.

"마리안은 아주 훌륭한 총관이었구나."

잔느의 표정이 순식간에 얼어붙었다. 곧바로 소파 아래로 내려와 무릎을 꿇고 용서를 빌었다.

"용서하시어요, 아니카. 심기를 불편하게 해 드릴 의도는 아니었습니다."

유진은 놀라 눈을 깜빡였다.

'아, 맞아. 진이 마리안을 싫어했지.'

겁에 질린 잔느를 보고 있자니 어이가 없었다.

'도대체 얼마나 평소에 전대 총관에게 히스테릭한 반응을 보였으면 이래?'

잔느의 얘기만 들어서는 마리안은 능력 있고 인품도 훌륭한 사람이었다. 어느 정도 잔느의 주관이 들어갔겠지만, 없는 말을 지어내지는 않았을 것이다. 딱 봐도 잔느가 약삭빠른 성격은 아닌 듯했다.

"괜찮아. 내가 얘기하라고 했잖아. 그러지 말고 다시 앉아. 어서."

잔느는 우물쭈물하다가 일어나 소파에 앉았다.

"내가 그렇게 마리안을 싫어했어?"

"……저는 잘 모릅니다."

"괜찮다니까. 무슨 일이 있었길래?"

"저는 정말 잘 모릅니다. 두 분이 함께 계신 모습을 본 적은 없고 그저 들은 말만 있습니다."

"무슨 말을 들었……."

바깥에서 소란스러운 소리가 들려 유진은 고개를 돌렸다. '전하!' 하는 외침이 들리고 곧 문이 활짝 열렸다.

안으로 성큼성큼 들어오는 카세르를 보고 유진은 자리에서 일어났다.

왕은 잔뜩 화가 나 있었다. 무미건조했다고 생각한 아까 식사 분위기가 얼마나 온화했었는지 알 것 같았다. 자신을 노려보는 그의 눈빛은 시리도록 차가웠다.

"전하. 부디 고정하시고……."

따라 들어온 총관이 왕에게 간곡히 청했다.

"나가."

"전하."

"왕비와 나눌 얘기가 있다. 전부 나가!"

사라는 안타까운 눈으로 왕과 왕비를 번갈아 보다가 고개를 숙이고 물러갔다. 눈치를 살피던 잔느도 얼른 총관의 뒤를 따라갔다. 모두 나가고 문이 닫히자 침실은 적막에 휩싸였다.

"도대체."

카세르가 이를 악물었다. 머리에서 김이 난다는 기분이 뭔지 알겠다. 화가 나는 한편으로 기가 막혔다.

그는 여기 오기 전에 단단히 입단속을 했다. 다만 그건 왕비를 위해서가 아니라 이 일이 새어 나갔다가는 그런 망신도 없기 때문이었다.

그는 총관을 불러 왕비의 실종 전날 왕비의 행적을 조사했다. 왕비를 의심해서라기보다는 불확실함을 남겨 두지 않기 위함이었다.

왕비의 일과는 단조로운 편이었다. 평소에 식사 시간 외에는 거의 자신의 서재에 틀어박혀 있었다. 그런데 왕비가 며칠에 한 번씩 꼭 들르는 곳이 있었다.

왕실의 보물고였다. 엄중한 철통 경비에 둘러싸인 보물고에는 가격으로도 따질 수 없는 귀한 보물들이 잔뜩 쌓여 있었다.

그녀는 왕비이니 마땅히 보물고에 들어갈 자격이 된다. 하지만 원래 보물고는 원래 자주 여닫는 곳이 아니었다.

국가 행사에 쓰일 귀물을 꺼내거나 정기적으로 보물을 점검할 때 외에는 출입을 엄금했다. 왕비는 그곳의 자유로운 출입권을 요구했다.

> 「여자는 아름다운 것을 좋아하지요. 저 또한 마찬가지랍니다. 그저 눈
> 으로만 아름다움을 만끽하면 족해요. 허락해 주세요. 그런 구경거리라도
> 있어야 제가 하루라도 빨리 적응하지 않겠어요.」

하시 왕국은 성도와 달리 볼만한 문화 시설이 부족했다. 성도의 문물
에 익숙한 왕비 눈에는 차지 않을 것이다. 그나마 보물고 정도는 되어야
구경거리가 될 거라는 그녀 말에는 동의했다.

하시 왕국의 보물고는 제법 유명한 편이었다. 기둥을 황금으로 만들
고 주먹만 한 크기의 보석들이 가득하다는 말이 떠돌았다.

기둥이 황금은 아니지만, 카세르는 오히려 소문이 축소된 거라고 생
각했다.

가치를 매길 수 있는 보물은 가장 급이 낮았다. 자국보다 귀한 보물을
보유한 곳이 있다면 오직 성도에 있는 상제의 보물고뿐이라고 자신했
다.

왕비는 눈으로만 보고 절대 건드리지 않겠다고 약속했다. 결혼 초, 왕
비의 첫 요구를 거절할 수가 없었다.

> 「좋소. 대신 약속하시오. 보물고에서 아무것도 가지고 나와서는 안 되
> 오.」
> 「걱정하지 마셔요. 말씀드렸듯이 눈으로만 보겠습니다.」

이후 왕비는 꾸준히 보물고에 드나들었다. 최소한 이삼일에 한 번은
꼬박꼬박 들어갔다. 그녀는 약속대로 무엇도 건드리지 않았으며 비정기

적인 보물고 점검 결과도 아무 이상이 없었다.

시간이 지나면서 왕비의 보물고 출입은 당연한 일상이 되었다. 이제는 누구도 왕비 때문에 보물고가 수시로 여닫히는 일에 신경 쓰지 않았다.

초반에는 카세르가 관리를 불러 보물고 점검을 철저히 하라고 일렀으나 언젠가부터 그런 말을 하지 않은 지 꽤 되었다.

그런데 이런 식으로 뒤통수를 치다니.

점검을 소홀히 한 관리의 잘못이 가장 컸다. 하지만 보물의 가짓수가 수만 점이 넘는다. 이틀이나 사흘에 한 번씩 보물고를 점검하는 것은 현실적으로 불가능했다.

왕비가 실종 전날 보물고에 들렀다길래 카세르는 보물고로 갔다. 다 둘러볼 수는 없고 가장 깊은 곳에 위치한 국보 보관실만 살피고 나올 셈이었다.

국보가 놓여 있어야 할 자리 중 하나가 비어 있는 걸 발견했을 때 카세르가 느낀 감정은 당혹스러움과 수치심이었다. 왕비가 자국의 보물을 빼돌렸다. 이런 일은 들어 본 적도 없었다.

"처음부터 계획된 거였소? 그럴 작정으로 보물고를 열어 달라고 한 거요?"

카세르가 성큼 다가오자 유진이 놀라 뒷걸음질 쳤다. 소파에 다리가 걸려 휘청하는 그녀의 팔을 카세르가 붙들었다.

"어디까지가 진실이고 어디서부터가 거짓이란 말인가! 무슨 일에 쓰기 위해 그걸 가져갔소? 어디에다 뒀지? 그걸 갖고 사막은 왜 나갔소?!"

유진은 사납게 자신을 몰아세우는 그의 푸른 눈동자를 응시했다. 눈동자 안에 더 선명한 파란색의 기운이 소용돌이처럼 맴돌았다. 불꽃처럼 타오르다가 파도처럼 밀려왔다. 소름 끼치도록 신비로웠다.

'프라즈……'

오직 혈통으로만 이어지는 왕의 초능력 프라즈.

왕의 후계자도 초능력을 갖고 있으나 제어가 불안정하고 위력도 왕에 비교해 한참 부족했다. 후계자는 선대 왕의 죽음으로 왕위에 올랐을 때 비로소 온전히 능력을 물려받을 수 있었다.

그래서 왕의 초능력만이 완전한 프라즈였다.

유진은 그에게서 흘러나오는 강렬한 기운을 느낄 수 있었다. 그의 몸을 그릇으로 비유하면 끓어 넘치기 직전으로 아슬아슬했다.

뭐라 표현할 수 없는 이상한 감각이었다. 차가운 것 같기도, 뜨거운 것 같기도 했다. 취한 것처럼 몽롱한 기분으로 그를 바라보았다.

그의 눈동자 속에서만 맴돌던 기운이 자기들끼리 뭉쳐 형상을 만들었다. 마치 뱀의 눈처럼 세로로 쭉 늘어났다. 그 정도에서 그치지 않고 그의 몸 바깥으로 튀어나올 것처럼 부풀어 올랐다.

그녀는 흠칫 놀라 힘껏 그를 뿌리쳤다. 얼결에 그녀를 놓치고 뒤로 물러서는 카세르의 몸 주변으로 아지랑이처럼 피어오르던 기운이 순식간에 갈무리되어 사라졌다.

카세르는 당혹스러운 표정으로 제 손을 내려다보았다. 몸 안에서 프라즈가 멋대로 날뛰는 감각은 왕이 된 이후로는 처음이었다. 제어하지 못한 적이 없었는데.

"……대체 내게 무슨 짓을 한 거요?"

유진의 눈초리가 샐쭉하게 올라갔다. 왕이 화난 표정으로 들어올 때부터 진이 뭔가 큰일을 저질렀구나, 가슴이 덜컹했다. 그런데 이제는 뱃속에서 화가 울컥 치밀었다. 그녀는 바락 소리쳤다.

"뭐든 남 탓으로 미루면 속이 편해요?"

"……뭐요?"

"그렇게 윽박지르면 나오던 말도 들어가겠어요!"

자신은 모든 노력을 다하고 있었다. 전혀 다른 세상에서 살던 자신이 고작 며칠 안으로 주변의 상황을 파악하는 건 당연히 불가능하지 않은가.

혹시 기억나는 게 있을까 끙끙대다가 온갖 상상력을 동원하여 추리하다 보면 머리에서 쥐가 날 것 같았다.

잔느를 부르기 전에도 그럴듯한 대본을 만드느라 얼마나 머리를 쥐어짰는지 모른다. 이제 막 뭔가 대화가 시작되어 하나씩 알아볼 참이었다.

저 남자는 그마저도 방해해놓고 다짜고짜 화만 내고 있다. 그의 입장을 이해하자고 생각하다가도 자신이 하지 않은 일로 비난을 받는 게 억울했다.

진의 몸을 쓰고 있지만, 전혀 다른 사람이다. 자신이 원해서 진 아니카가 된 게 아니다. 적반하장이라고 말하는 듯한 남자의 표정을 보니 더 짜증이 났다.

"그대의 뻔뻔함은 익히 알았지만."

카세르가 어이없다는 웃음을 흘렸다.

"지금 그대가 큰소리 낼 입장이요?"

"그러시는 왕께서는 화가 나면 사람을 상대로 프라즈를 쓰시나요?"

카세르가 말문이 막힌 표정으로 유진을 응시했다. 그가 나직이 한숨을 내쉬었다.

"……그건 내 실수요."

"서로 하나씩 실수한 걸로 치고 차분하게 얘기 좀 해요."

"서로 실수?"

카세르가 뻐딱하게 되물었다. 그는 소파에 앉아 '앉으세요.'라고 말하는 유진을 노려보았다. 이제는 저 여자가 제정신인지마저 의심이 들었다. 그는 부글부글 끓는 속을 다스리며 길게 호흡했다.

'어디 봐 주지. 이번엔 또 무슨 수작인지.'

그는 내심 이를 갈며 유진의 앞에 마주 앉았다.

버럭 소리를 내지르고 났더니 유진은 속이 탁 트인 것처럼 시원했다. 자신이 기가 죽을 이유가 뭐가 있단 말인가.

이제 될 대로 되라는 심정이었다. 아무것도 모르면서 적당히 아는 척하는 것도 지쳤다.

아무 일도 없었다면 모를까, 아무래도 몸이 바뀌기 전에 진이 사고를 친 모양이니 진이 저지른 짓을 죄다 자신이 뒤집어쓰고 싶지 않았다.

'그리고 난 아니카야.'

마하에서 아니카는 아주 특별한 존재로 대우받았다. 오직 상제만이 아니카를 재판하고 유죄를 선고할 수 있었다.

유진의 소설 속에서 진이 저지른 죄가 백일하에 드러났음에도 상제가 재판 없는 처벌을 허락한 후에 비로소 왕들이 움직였다.

"굉장히 뜬금없고 믿기지도 않으시겠지만."

유진은 잔느에게 했던 거짓 핑계를 왕에게도 할 생각이었다. 수많은 고민 끝에 가장 단순하게 부딪히는 방식이 때로는 가장 좋은 해결책일 수 있다고 결론을 내렸다.

기억 상실.

만병통치약이나 다름없는 훌륭한 변명이었다.

"사막에서 돌아온 이후에 제 기억력에 문제가 생겼어요."

카세르의 표정이 점점 미묘해졌다. 그는 팔짱을 끼며 소파에 등을 기댔다. 비웃음과 경멸감이 뒤섞인 감정을 노골적으로 드러냈다.

"아하. 기억이 안 나신다?"

"정말이에요."

"그대는 정말 세상을 자기 편한 대로 사는군. 내가 우습소? 이 왕국이 우스워? 정말 그대는 어디까지 최악의 모습을 보여 주려는 거요? 얼마나 대단한 변명거리를 만들어 뒀나 했더니 설마 기억이 안 난다는 말을 들을 줄은 몰랐지. 내가 그대를 과대평가했어. 이제 보니 머리도 나쁘군."

유진이 한숨을 푹 내쉬었다. 어차피 쉽게 믿어 줄 거라고 기대는 안 했지만, 조롱 섞인 말을 들으니 명치가 꽉 막히는 기분이었다.

"제가 거짓말하고 있다고 단정 짓지 말고 열린 마음으로 들어주시면 안 되나요? 그……."

유진은 그를 일컬어 '그쪽'이라고 말하려다가 멈칫했다. 왕을 상대로 그런 호칭은 아무래도 적절하지 않을 것 같았다.

"당신은 제 남편이잖아요."

"……."

카세르는 정말 놀랐다. 당신. 남편. 왕비한테서 들을 수 있으리라고 전혀 예상 못 한 말이었다.

왕비는 항상 미묘한 거리를 유지했다. 부부라는 사사로운 관계를 상기시키는 호칭을 쓰지 않았다.

그는 가끔 의문이 들었다. 시기적으로 왕이 된 후에 그녀와 결혼한 것이 과연 잘한 일인가.

왕이 되기 전에 결혼했으면 진즉 이 결혼은 파탄에 이르렀을 것이다. 불명예는 얻었겠으나 속은 편했으리라. 그런데 그가 왕위에 오른 후 가장 먼저 치른 국가 경사가 결혼이었다.

막중한 책임을 지닌 자리에 앉았으니 성질대로 뒤집어엎을 수가 없었다. 막 시작된 자신의 치세에 벌써 오점을 남기고 싶지 않았다.

그래서 그는 지난 삼 년, 인내심을 갖고 그녀를 지켜봤다. 스스로 생각하기에도 놀라운 인내심이었다. 왕비에게 관대한 마음을 품어서 인내한 것이 아니라 이를 악물고 참는 것과 비슷했다.

지금 왕비는 상황을 모면하기 위해 거짓말을 하는 것이 분명했다. 전적을 생각하면 그쪽이 높은 확률이었다.

'……이상하군.'

국보가 사라진 사실을 알았을 때 손끝이 저릴 정도로 화가 났다. 왕비가 눈앞에 있었으면 목을 졸랐을 것이다. 그 격한 분노가 허무하게 누그러졌다.

왕비의 표정이 평소와 달랐다. 그녀를 대할 때 종종 느꼈던 '가증스럽다'라는 생각이 들지 않았다. 왠지 꼬이던 배 속이 풀리는 기분이었다.

"……자세히 말해 보시오."

"이 세상을 살아가는 사람으로서 기초 상식 같은 건 남아 있어요. 제도, 관습, 그런 거요. 말도 하고 글도 읽을 수 있어요. 그런데 저에 대한 건 기억이 나지 않아요."

"어느 정도나?"

"눈을 떴을 때 사막에 누워 있었어요. 웬 사람들이 나타났고 저를 왕비님이라고 부르더군요."

"왕비님이라고 불렀다고?"

"네."

"그대를 부르면서 왕비님이라고 했단 말이지."

"네."

유진은 생각해 보니까 그때 이후로는 왕비님이라는 호칭을 듣지 못했다. 다들 그녀를 아니카라고 불렀다.

"그렇게 부르면 안 되나요?"

카세르가 가볍게 고개만 저었다.

"그들은 그대를 찾으러 나간 수색대였소. 그들과 함께 왕성으로 돌아왔을 테지, 그 이후는?"

"기억해 보려고 애썼지요. 그런데 아무리 노력해도 안 되었어요. 부분부분 기억나는 건 사람 이름이나 얼굴…… 그마저도 몇 명뿐이에요."

"아무도 눈치채지 못한 것 같던데?"

"사람들과 접촉을 거의 안 했으니까요. 시간이 지나면 이상하다고 생각하는 사람이 많아지겠지요."

카세르는 표정과 말투가 바뀌는 것만으로 같은 사람이 얼마나 달라 보일 수 있는지 그녀를 보면서 깨달았다. 그녀가 어쩌면 정말 진실을 말하는 것 같다고 생각했다.

'그럴 리가.'

아직 믿을 수 없었다. 왕비는 아주 뻔뻔한 여자였다.

그녀가 결혼 초부터 제멋대로인 것은 아니었다. 처음에는 현숙한 왕비인 척 카세르를 쥐락펴락하는 수법으로 제가 원하는 것을 얻어 내려 했다.

하지만 카세르가 말려들지 않으니 작전을 바꿔 아예 대놓고 뻔뻔하게 굴었다.

사람은 누구나 어느 정도는 두 개의 얼굴을 갖고 있기 마련이지만, 그녀처럼 두 모습을 거리낌 없이 오가는 사람은 처음 봤다.

"사막에서 눈을 떴을 때 혼자였소?"

"네."

"그대는 왕성을 나갈 때 시녀들을 동행했지. 현재 그들은 전부 실종 상태요."

"세상에……."

유진이 경악하는 표정으로 입을 벌렸다.

"몇 명이나요?"

"다섯. 기억나지 않소?"

유진이 고개를 좌우로 흔들었다. 전혀, 감도 잡히지 않았다.

'그래서 시녀들을 봐도 아무것도 떠오르지 않았구나. 원래 그들은 진의 시녀가 아니었던 거야.'

측근 시녀들이라면 진은 거의 온종일 그들과 함께 지냈을 테니 그들은 누구보다도 먼저 진의 변화를 알아차렸을 것이다, 가장 상대하기 껄끄러운 자들이 사라져서 다행이라고 하기에는 다섯 명의 실종은 너무 비극적이었다.

"그들은 그럼 어찌 되었나요? 찾고 있어요?"

"이 시기에?"

"이 시기가 왜요? 사람이 실종되었는데 찾아야지요."

물끄러미 유진을 바라보던 카세르가 눈살을 찌푸렸다.

"정말 몰라서 묻는 거요? 하루 이틀 내로 건기가 끝날 거요."

"아……."

"다행히 건기가 뭔지는 기억하는가 보군."

유진은 고개를 끄덕였다.

마하에는 '라크'라는 괴물이 잠들어 있는 건기와 그들이 나타나는 활동기가 번갈아 반복된다.

건기는 넉 달 반, 활동기는 두 달. 하지만 건기에서 활동기로 접어드는 경계 기간에도 라크가 출몰하곤 하므로 완벽하게 안전한 건기는 넉 달 정도였다.

'그럼 그 시녀들은 죽게 되는 걸까? 이미 죽었을지도. 진 아니카. 넌 사라지기 직전까지도 죄를 저지르는구나.'

유진은 침울한 표정으로 한숨을 내쉬었다. 비록 한 번도 본 적 없는 사람들이지만, 마음이 편치 않았다.

그들은 소설에 한 번도 등장하지 못하고 죽은 엑스트라였다. 며칠 전까지 유진은 그런 엑스트라의 인생을 살았다.

"그들은 어떤 보상을 받게 되나요?"

"보상이라니?"

"그들이 돌아오지 않으면 가족에게 주는 위로금이라든가."

카세르가 헛웃음을 터뜨렸다.

"그들은 죄인이요. 왕명을 어기고 사막으로 나갔고 윗전을 위험에 빠트렸지. 돌아와도 죽음을 면하기 어렵소."

"하지만 그들은 명령을 어길 수 없는 처지예요."

"지금 시녀들이 아니라 본인 걱정을 해야 할 텐데?"

당황하여 말문이 막힌 유진이 입술만 달싹거렸다.

"믿어 주시는 거 아니었어요? 제 기억이……."

"당연히 믿지 않소."

그가 팔짱을 끼며 살짝 턱을 치켜들고 말하는 모습이 거만해 보였다.

유진은 황당하여 표정을 일그러뜨렸다.

"그럼 왜 믿는 것처럼 그러셨는데요?"

"그대가 변명을 들어 달라기에 들었을 뿐이지. 입장 바꿔서 생각해 봅시다. 그대면 이 상황을 납득할 수 있소? 그리고 기억이 안 난다고 해서 지은 죄가 사라진다는 건 어디 법이요?"

유진이 몹시 억울하다는 듯 울상을 지었다가 어깨를 축 늘어뜨렸다. 할 말이 없었다.

그녀는 시선을 떨어뜨리고 음울하게 말했다.

"진…… 제가 무슨 짓을 했나요? 뭔가 없어졌다고 하신 것 같은데 뭐예요? 자세히 말씀해 주세요. 뭔가 떠오르는 게 있을지도 몰라요."

"……."

사라진 국보는 왕실 대대로 물려 오는 귀물이며 역사적인 물건이라 가치도 따질 수 없었다. 하지만 그 보물이 없다고 해서 누가 위험해지거나 왕국에 큰일이 닥치는 건 아니다.

애초에 비밀리에 보관하던 국보라 존재조차도 아는 사람이 별로 없었다. 그러니 입단속만 잘하면 국보가 도난당한 사실은 적당히 묻힐 것이다.

그 보물을 되찾는 일보다 카세르는 지금 이 상황이 훨씬 더 흥미로웠다.

'왕비가 거짓말을 하는 거라면…… 왕비의 연기력이 이렇게 대단했나?'

왕비는 거짓 웃음에 능숙했다. 하지만 왕비가 거짓을 진심처럼 보이려고 꾸미려 연극 한 적은 없었다. 카세르의 눈에는 그녀의 가식이 빤히 보였다.

시녀의 보상 얘기를 들었을 때는 귀를 의심했다. 그녀는 정말 다른 사람 같았다.

생각해 보면 왕비와 이 정도로 주고받는 대화를 나눈 것도 처음이었다. 의례적인 인사말 아니면 항상 어느 한쪽이 화를 내거나 뭔가를 요구하는 상황이었다.

"이보시오. 왕비."

"네."

그가 아무 말도 하지 않아 유진은 고개를 들었다. 그녀는 카세르가 그녀를 떠보기 위해 '왕비'라고 불렀다는 사실을 알지 못했다.

카세르는 결혼 후 그녀를 '왕비'라고 불렀을 때 정색하던 그녀의 반응을 기억했다.

「아니카라고 불러 주세요, 전하.」

"그대가 정말 아무것도 기억하지 못한다면 아까 식사하면서 우리 계약에 대해 이야기한 건 뭐였소?"

"아…… 그건……."

유진은 식은땀이 났다. 갈수록 더 꼬이는 것 같다. 그녀는 체념의 표정으로 대답했다.

"사실 무슨 말씀인지 알지 못했어요."

"그럼 전혀 모르오? 우리 계약이 무엇인지?"

"네……."

"하지만 나는 그 계약을 파기할 생각이 없다고 한다면?"

"계약서가 있나요?"

"없소. 하지만 그대는 아니카의 이름을 걸고 맹세했지."

마하에서는 자신의 이름을 걸고 하는 맹세는 법과 마찬가지의 효과를 지녔다.

특히 귀한 신분일수록 자신의 명예가 목숨 이상의 가치이므로 이름을 걸고 하는 맹세를 어기는 건 차라리 죽는 게 나은 치욕으로 생각했다.

유진이 살았던 세상에서는 이름 따위는 별것 아니었다. 개명도 하는 마당에. 하지만 이곳은 마하다. 유진이 이 세상에서 아니카로 살아가려면 규칙에 따라야 했다.

하지만 계약한 당사자는 사라졌는데 무슨 내용인지도 모를 계약을 이행해야 한다니.

'진이 자기에게 불리한 계약을 맺진 않았을 거야. 손해 볼 짓을 할 리가 없지.'

"그렇다면…… 어쩔 수 없지요."

"흠…… 기억을 잃은 그대는 꽤 상식적이군."

유진이 미간을 찌푸렸다. 칭찬인지 조롱인지, 저런 식으로 말하는 건 딱 질색이다. 기분이 나쁜 것도 같고 아닌 것도 같고 아리송했다.

카세르는 괜한 헛기침으로 터지는 웃음을 참았다. 그녀의 뚱한 표정에 속마음이 그대로 드러났다. 절대 그가 아는 왕비는 지을 수 없는 표정이었다.

"전하."

다급한 목소리가 바깥에서 들렸다.

"전하. 마리안입니다."

카세르가 피식 웃었다. 자신이 화가 잔뜩 난 상태로 들이닥쳐 모두 쫓아냈으니 밖에서 안절부절못했을 모습이 눈앞에 그려졌다. 아마 이 사태를 진정시킬 수 있을 사람을 급히 불러온 것이리라.

"일단은 알겠소."

카세르가 소파에서 일어났다. 유진은 의아한 눈으로 그를 올려다보았다.

"무슨 뜻이에요?"

"마리안을 만나겠다고 했지."

"네."

"지금 만나 보겠소? 마리안은 기억하오?"

"아니요. 그런데 그것보다……."

"내게도 생각할 시간이 필요하오. 마리안은 그냥 만나 보겠소, 아니면 그대 상황에 대해 알려 주는 게 낫겠소?"

"……알려 주세요."

"알겠소."

그대로 몸을 획 돌리는 왕의 뒷모습을 멍하게 보다가 유진이 다급히 그를 부르려 했을 때 그는 침실에서 나가 버렸다.

"아, 뭐야. 무슨 계약인데? 진이 무슨 짓을 했는지, 그래서 날 어떻게 할 건지 말을 해 줘야지. 속 시원하게 알려 준 게 하나도 없잖아. 판결 기다리는 죄수처럼 찜찜하게."

유진은 한참을 투덜거렸다.

*   *   *

보물고에 다녀오고 왕비를 찾아가 한바탕 난리를 치르고, 그런 일들로 시간을 너무 빼앗겼다. 오랫동안 성을 비운 터라 가뜩이나 할 일이 잔뜩 밀렸다. 카세르는 저녁 식사도 대충 때우고 내내 집무실에서 일에 매달렸다.

시종장이 다가와 고했다.

"전하. 전 총관 마리안이 알현을 청합니다."

카세르는 보고 있던 서류를 내려놓으며 안으로 들이라고 대답했다. 생각보다는 늦게 왔다. 설마 지금까지 왕비와 함께 있지는 않았을 것이다.

그는 주변을 모두 물리고 마리안과 독대했다.

잠시 후 들어와 인사를 올리고 고개를 드는 마리안의 표정이 미묘했다. 항상 왕을 알현하는 목적이 분명했던 마리안이 정리가 안 되어 혼란스럽다는 듯한 표정을 하고 있었다.

"왕비와 이야기는 잘했나?"

"예……."

"감상은?"

마리안이 왕을 쳐다보고 한숨을 내쉬었다.

"전하. 심각합니다. 이 사태를 진지하게 생각하셔야 해요."

"글쎄. 뭐가 문제일까? 왕비가 거짓말하는 것 같아?"

마리안은 대답하지 못했다. 기억 상실이라니. 정말 말도 안 된다. 하지만 마리안은 왕비와 마주 앉아 무려 두 시간 가까이 이야기를 나누었다. 그 왕비와!

고압적이며 오만하고 적대적인 왕비는 온데간데없었다. 똑같이 생긴 전혀 다른 사람이라고 해도 믿어질 정도였다. 말투가 바뀌었고 표정도 달랐다.

마리안은 왕비를 만나고 나서 의사들을 찾아다니느라 분주했다. 기억 상실이라는 증상이 무엇인지, 기억을 잃으면 아예 다른 사람으로 바뀌는 것인지, 여러 의사를 붙들고 물었다. 하지만 누구도 속 시원한 답은 주지 않았다.

"왕비라는 호칭으로 불러 봤어?"

"예."

"왕비 반응은?"

"……별말씀이 없으셨어요."

"재밌지 않아? 그 호칭에 왕비가 얼마나 집착하는 잘 알 테지. 만약 왕비가 거짓으로 기억을 잃은 척하는 거라면 그 집착마저도 포기했다는 것일 텐데. 아주 중요한 의미를 두는 것을 포기한다는 게 쉬운 일은 아니거든."

왕비는 자신을 절대 왕비라고 부르지 못하게 했다. 그녀는 자신이 아니카라는 사실에 대한 자부심이 대단했다. 왕비라는 호칭이 아니카로서의 자신을 대신하는 것을 용납하지 못했다.

지금은 다들 조심하는 모양이지만, 결혼 초에는 시녀들의 실수가 꽤 있었다. 무의식중에 '왕비님'이라고 불렀다가는 호된 벌을 받았다. 심한 채찍질을 당해 목숨을 잃은 궁인이 여럿이었다.

"그럼 전하께서는 정말 왕비님이 기억을 잃으셨다고 생각하십니까?"

"모르지. 내가 사람 속을 읽는 건 아니니까. 그런데 거짓말이든 진짜든 둘 다 나쁘지 않아."

거짓말이라면 반드시 들통이 날 것이다. 사람 본성을 숨기는 일이 과연 언제까지 가능하겠는가.

거짓말이 들통나면 그때 더 큰 책임을 추궁하면 된다. 그 여자를 꽉 쥘 목줄을 쥐게 될 테니 오히려 잘 됐다.

정말 기억 상실이라도 괜찮다. 원래의 왕비보다 훨씬 나았다.

이전의 왕비는 자신에게 불리하다 싶으면 교묘한 화술로 핵심을 비껴갔다. 그러니 왕비와의 대화는 매번 흐지부지 끝났다. 그는 아까 처음으로 그녀와 제대로 된 대화는 나눈 기분이 들었다.

"기억을 잃었다고 해도 백치가 된 건 아니야. 기본적인 건 안다고 하더군."

"예. 왕비님과 말씀을 나누면서 그런 점에 문제가 있다는 느낌은 받지 못했습니다."

"그럼 뭘 걱정하는 거야?"

마리안은 집무실에 들어올 때부터 내내 심란한 표정이었다.

"제가 걱정할 일이 하나밖에 더 있습니까? 일이 이렇게 되었으니 아기님을 품에 안아 볼 날이 더 멀어질까 염려되어 그럽니다."

카세르가 슬쩍 시선을 피했다.

"전하. 두 분께서 성혼하신 지 다음 달이면 어느덧 만 삼 년을 꽉 채웁니다. 두 분께서는 도통 좋은 소식을 줄 생각이 없으시니 저만 속이 탑니다."

"다음 달? 다다음 달이 아니라?"

"전하. 이제는 그것마저도 헛갈리시는 겁니까?"

가만히 날짜를 셈하던 카세르가 반박했다.

"다다음 달 맞아."

"왕국에서 국혼을 올리신 날짜는 두 달 후가 맞지만, 상제 앞에서 혼인 증서를 먼저 작성하시지 않으셨습니까."

"아……."

카세르가 탄식했다. 정말 말도 안 되는 착각을 하고 있었다. 마리안의 말대로 혼인 증서에 따른 법적인 혼인 관계는 다음 달이면 딱 삼 년이 된다.

"다음 달이건 다다음 달이건 그게 중요한 건 아니지요. 전하. 정말 이제는 슬슬 후계자를 보실 때가 되셨습니다."

'아니. 그건 아주 중요해.'

카세르는 속으로만 대답했다. 삼 년은 결혼법에 아주 중요한 의미가 있었다. 결혼 후 삼 년이 지나도록 초야를 치르지 않은 부부는 결혼 무효가 가능하기 때문이다.

사실 두 사람 결혼은 성립부터 문제가 있었다.

왕과 아니카는 반드시 상제의 주례하에 성도에서 결혼식을 올린다. 초야를 보낸 후 이튿날 상제 앞에서 혼인 증서를 작성해야 한다. 그 후 왕국으로 돌아가 다시 국혼 의식을 거행했다.

그런데 두 사람은 초야를 치르지 않고 혼인 증서를 작성했다. 거짓으로 작성한 혼인 증서가 과연 유효한지, 다툴 여지가 있었다.

그건 양 당사자가 합의한 거짓말이니 넘어간다 쳐도 삼 년 동안 동침하지 않은 사실은 반드시 문제가 될 것이다.

결혼 후 삼 년이 다 되어 가는 국왕 부부가 아직도 초야를 보내지 않았다. 누구도 믿지 못할 것이고 눈앞에서 잔소리를 쏟아 내고 있는 마리안은 아마 이 자리에서 졸도할 것이다.

당연히 그 사실은 왕과 왕비, 두 사람만 아는 비밀이었다. 두 사람이 맺은 계약 때문이다.

왕비가 원한 '형식상의 결혼'이란 그런 의미였다. 남들 앞에서만 부부인 척하는 것이니 두 사람은 진정한 부부로 맺어지지 않았다.

그녀가 기이한 계약을 제안하면서까지 왕비라는 지위가 필요했던 이유가 있을 것이다. 카세르는 그 이유를 알지 못했다.

그녀는 삼 년 후 계약 기간이 끝날 때 말해 주겠다고 했다. 그런데 솔직히 이유 따위 상관없었다. 카세르는 후계자만 얻으면 된다고 생각했다.

'혹시 왕비는 내가 돌아오기 전에 도망칠 생각이었을까?'

카세르가 이번 정찰을 마치고 돌아온 후, 삼 년이 된다. 왕비가 약속을 지키지 않을 생각이었다면 카세르가 성을 비운 시기가 마지막 기회였다. 어디론가 사라져 삼 년을 채운 후 나타나 결혼 무효를 주장할 수 있다.

'하지만 왜 사막으로?'

성도까지는 너무 멀다면 가장 가까운 슬란 왕국으로 가도 되었을 것이다. 그녀가 어떤 거짓말을 꾸며서라도 자신의 신변 보호를 요청했다면 슬란의 왕이 절대 거절할 리가 없었다.

기억을 못 한다는 사람을 추궁할 수도 없는 노릇이다. 하지만 이해 안 가는 점이 그것뿐이겠는가.

그는 지난 삼 년 동안 왕비의 행태를 떠올렸다. 이 나라의 왕비로서 국가를 이끌어 나가려는 의지를 전혀 느낄 수 없었다.

먼저 계약 파기를 말해 주기를 바라며 그런 모습까지도 의도한 거라면?

의심하기 시작하니까 모든 게 미심쩍었다.

"주제넘은 말씀까지 드리면 아이는 그냥 생기는 게 아닙니다. 노력하셔야지요. 겨우 한 달에 한 번만 왕비님 침실에서 주무시고 일이 바쁘시다며 그냥 넘기는 달도 빈번하시다면서요. 그래서야 언제 부부 사이에 정을 쌓고 후계자를 보시겠습니까?"

카세르가 심드렁하게 대꾸했다.

"이젠 성교육까지 해 주려고?"

"전하!"

"알았으니 그만해. 곧 좋은 소식 있도록 노력하지."

마리안의 눈이 동그랗게 커졌다. 왕에게서 이 정도 대답을 들은 것이 처음이었다. 그녀는 기쁜 내색을 감추지 못하고 말했다.

"약속하셨습니다."

카세르는 고개를 끄덕였다. 마리안을 안심시키기 위해서라 아니라 그는 정말 마음을 굳혔다.

왕비가 후계자의 어머니로서 적합한가, 그런 문제는 따지지 않기로 했다. 그는 후계자가 필요했다. 지난 삼 년의 인내심을 헛수고로 만들이유가 없다.

'어머니?'

그는 픽 웃으며 냉소적으로 중얼거렸다.

'그런 거 없어도 난 잘 컸어.'

*　　*　　*

유진은 '내일 가겠다'라는 왕이 했던 말의 의미를 당일 오후가 되어서야 알았다.

"오늘 밤……?"

잔느가 고개를 조아리며 대답했다.

"예, 왕비님. 매달 첫날입니다."

"그러니까 매달 첫날에…… 전하께서 오신다는 말이지? 여기서 주무시러. 오늘이 이번 달 첫날이고."

"네. 가끔 정무에 바쁘시어 못 오시면 미리 알려 주십니다. 오늘은 아무 말씀이 없으셨습니다."

"진…… 내가 거절한 적은 없어?"

"없습니다."

'이게 무슨 날벼락이야.'

부부이니까 당연히 부부다운 행위를 하겠지만, 막연히 각오했던 거와 막상 현실로 닥치는 건 달랐다.

유진은 아직 자신이 진이 되었다는 사실이 실감 나지 않았다. '내가 지금 꿈을 꾸고 있나.' 같은 생각을 수시로 했다. 이 와중에 합방이라니.

더구나 아무리 진과 사이가 안 좋았어도 그 남자는 진의 남편이다. 불륜을 저지르는 것처럼 찜찜했다.

유진은 '거절하려면 어떻게…….'라는 말은 속으로만 삼켰다. 시녀를 통해 말을 전하는 것보다 왕과 직접 이야기하는 게 나을 것 같다.

'말이 안 통하는 사람은 아닌 것 같으니까.'

어제 왕과 짧은 대화를 나누고 얼마 후 찾아온 마리안과 오랫동안 차를 마시며 이야기했다.

마리안은 품위 있고 다정한 사람이었다. 기억을 잃었다는 사실을 왕한테 들어 알았을 텐데도 내색하지 않았다.

왕비가 아무것도 모른다는 사실을 기회 삼아 기선을 제압하려 들지도 않았다. 마리안이 자기 자신을 낮추고 유진을 왕비로서 공경을 다 한다는 태도는 꾸밈이 없었다.

마리안과 한참 대화하다 보니 몇 가지 떠오르는 키워드가 있었다.

「전 총관, 왕비 대행, 왕의 유모」

그 정도만으로 유진은 대충 마리안이 이 왕국에서 어떤 위치를 차지하는지 알 수 있었다. 그리고 진이 왜 마리안을 싫어했는지도 알 것 같았다.

진은 성격적으로 참 문제가 많은 캐릭터였다. 본성이 악한 데다가 자신의 이익을 위해 타인을 거리낌 없이 이용하며 철저한 신분 우월주의자였다.

고작 전대 총관 주제에 무시 못 할 존재감을 지닌 마리안을 용납할 수 없었을 것이다.

'진과 분명히 사이가 아주 안 좋았을 텐데 어제 날 대하는 태도를 보면 아주 신중한 사람이야.'

현재 왕비에게 문제가 생겼다는 걸 아는 사람은 잔느, 왕, 마리안뿐이다.

잔느는 나이가 어리고 아랫사람이라 이것저것 묻기에는 편하지만, 말단 시녀일 뿐이니 아는 것도 할 수 있는 일도 한계가 있었다. 왕은 편한 상대가 아니고 바쁠 테니까 제외.

'마리안의 도움을 받는 게 낫겠어. 마리안 정도면 조언을 구할 상대로 충분하지.'

"잔느."

"예, 아니카."

"전대 총관에게 심부름 보내서 내 말을 전해. 내가 만나고 싶으니까 내일 날 찾아왔으면 한다고."

"예."

"어제 전 총관과 따로 이야기해 봤어? 네가 무척 존경하는 사람이잖아."

잔느가 얼굴을 붉히며 배시시 웃었다.

"인사만 드렸어요."

"내가 네 얘기를 했거든."

"네? 아, 그래서…… 마리안 님이 절 부르셔서 인사말을 챙겨 주신 게 다 왕비님 덕분…….."

순식간에 창백해진 얼굴로 잔느가 바닥에 무릎을 꿇었다.

"잘못했습니다. 용서해 주셔요."

유진은 '얘가 또 왜 이래.'라는 표정으로 바라보았다. 눈물까지 찔끔거리는 잔느를 달래어 무슨 이유로 그러는지 대강 설명을 들을 수 있었다.

예전에 말실수한 시녀 여럿이 죽었다는 말을 들었을 때는 저절로 욕이 나왔다.

'미친. 정말 걔는 미쳤어. 아니, 무슨 그런 일로 사람이 죽도록 때리라는 벌을 내려.'

아니카라는 신분이 마하에서 특권 계층이라는 건 알지만, 너무 과했다.

'그래서 날 전부 아니카라고 불렀구나.'

아니카.

태어나면서부터 특별한 능력을 지닌 흑발에 검은 눈동자를 지닌 여자아이를 일컫는다.

아니카의 어머니는 반드시 아니카가 아니다. 그야말로 랜덤이었다. 다만 아니카의 부모는 전부 성도에서 나고 자란 사람이라는 공통점이 있었다. 즉, 왕국에서는 절대 아니카가 태어나지 않았다.

아니카의 탄생은 몇 년에 한 명이 태어날 희박한 확률이었다. 태어난 후 부모의 성을 받지 않고 이름 뒤에 아니카를 붙였다.

그들은 태어나자마자 상제의 세례를 받고 특권층이 되며 태어나면서 죽을 때까지 교육, 생활의 모든 비용을 부족함 없이 지원받았다.

아니카만이 오직 왕의 후계자를 낳을 수 있었다. 그리고 왕이 갖는 초능력 '프라즈'처럼 아니카에게도 초능력 '라미타'가 있었다.

'하지만……'

유진은 자신의 손을 내려다보며 생각했다.

'진은 거의 능력을 타고나지 못했어.'

왕의 초능력이 파괴의 힘이라면 아니카의 초능력은 창조의 힘이었다. 그래서 아니카의 초능력은 훨씬 더 신성하고 위대한 능력으로 인정받았다.

다만, 여섯 왕의 초능력은 왕마다 다소 차이는 있으나 기본적으로 강력했다. 그런데 아니카의 초능력은 왕의 능력에 비하면 약하고 개인마다 능력 차이가 컸다.

'진은 자격지심이 있었던 걸까?'

유진이 쓴 소설 속 진 아니카는 본격적으로 등장했을 때 이미 마라의 화신으로서 강대한 힘을 지녔다. 유년 시절에 타고난 라미타에 대해서는 간단히 서술했다.

유진은 자신이 썼던 내용을 기억을 더듬어 떠올렸다.

—진 아니카는 본래 타고난 라미타의 힘이 희미했다. 그녀의 빈 그릇 같은 몸은 암흑의 기운을 갈구했고 그래서 더욱 마(魔)와 강력하게 결합했다.

이런저런 생각에 빠져 있다 보니 어느새 날이 저물었다.

유진은 시녀들의 시중을 받으며 평소보다 긴 목욕을 했다. 목욕물에는 수면 아래가 보이지 않을 정도로 꽃잎을 띄우고 물에 뭔가를 탔는지 향이 진동했다. 시녀들의 잔뜩 들어간 기합을 느껴졌다. 왠지 낯부끄러웠다.

'씻는 게 아니라 단장을 하는 거잖아.'

시녀들이 입혀 준 잠옷도 평소와 달랐다.

'이게 말로만 듣던 잠자리 날개 잠옷?'

반투명하여 속이 아슬아슬하게 비치는 잠옷을 보니 심란했다.

시녀들이 모두 나가자마자 침대에 앉아 있던 유진은 벌떡 일어나 소파로 옮겨 앉았다. 이 상황을 어떻게 해야 할지 고민했다.

'무작정 싫다고만 할 수는 없잖아. 왕과 왕비의 합방은 개인적인 문제가 아니란 말이지.'

"아니카."

그녀는 흠칫 놀라 고개를 돌렸다. 문 바깥에서 이어서 목소리가 들렸다.

"사왕 전하, 납시었습니다."

잠시 후 문이 열렸다. 왕이 걸어 들어오면서 자신의 등 뒤를 향해 손짓했다. 따르던 시녀들이 고개를 숙이며 우르르 물러갔다. 문이 닫힌 침실에 두 사람만 남았다.

카세르는 소파에 엉거주춤 서 있는 왕비에게 다가갔다. 손을 뻗으면 닿을 만한 정도의 거리를 두고 멈추어 섰다. 물끄러미 그녀를 내려다보던 그가 낮게 웃음을 터뜨렸다.

"사막에서 라크와 마주쳐도 그 표정보다는 낫겠소."

유진이 어색하게 웃으며 손으로 입가를 더듬었다. 그 정도로 표정에 드러났나 싶어 겸연쩍었다.

카세르는 소파에 앉으며 말했다.

"시간 여유가 있는 줄 알았는데 착오가 있었소. 우리 계약은 이제 마무리를 지어야 하오."

유진이 서 있던 자세에서 그대로 소파에 앉았다. 자신 혼자만 긴장해서 안절부절못한 것 같아 민망했다. 그는 유진의 잠옷 차림새에 곁눈질도 하지 않았다. 약간은 기분이 묘하면서도 대화부터 시도하는 그의 태도에 안심했다.

'경우는 있는 사람 같아. 성격이 온순한 사람은 아니라 그렇지.'

유진의 소설 속에서 사왕은 악에 대항하는 선이지만, 친절하고 착한 사람은 아니었다.

'정의를 부르짖는 히어로도 아니었지.'

그가 진을 단죄한 동기의 상당 부분은 개인적인 복수심이었다.

사왕은 오만하고 냉소적이었다. 그는 주로 혼자 움직였고 여섯의 왕으로 구성된 최후의 결사대 내에서도 겉돌았다.

그는 다른 왕들과 사이가 그다지 좋지 않았다. 특히 염왕 라이너와 얼굴만 마주치면 분위기가 몹시 험악했다.

"그대는 계약 내용을 기억하지 못한다고 하니 그것부터 되짚어야겠지. 우리는 약 삼 년 전, 거래를 했소."

카세르는 두 사람의 거래에 관해 설명했다. 계약 내용 자체는 단순한 편이라 설명은 금방 끝났다.

유진은 한참 아무 말도 못 하다가 황당한 표정으로 물었다.

"아이…… 라고요?"

"그렇소. 내 후계자."

'아…… 이건 좀 강하네.'

상상도 못 했던 계약 내용에 유진은 등 뒤로 식은땀이 났다.

"그리고 이번 달이면 삼 년이 된다는 거군요."

"보름 남짓 남았소."

"……보름 안으로 애를 낳으라는 뜻은 아니겠지요?"

유진은 혹시 자신이 몰랐던 설정─SF영화 속 외계 생명체처럼 왕의 후계자는 비정상적일 정도로 빠르게 성장한다거나─이 있을까 봐 질문했다가 그의 표정을 보고 얼른 덧붙여 말했다.

"너무 갑작스러워서 나온 헛말이었어요."

"말했듯이 난 계약을 파기할 생각이 없소. 그리고 그대의 상황을 고려해 줄 시간적 여유도 없소."

유진은 혼란스러웠다. 자신이 그의 말을 제대로 듣고 이해한 거라면 지금 저 남자는 '애를 갖자'라고 말하는 거다. 어떤 긴장감도 없이 마치 식사나 같이하자고 말하는 듯한 이 분위기는 대체 뭘까.

'이 사람들이 이상한 거야, 아니면 여기 문화가 원래 이런 거야?'

유진이 쓴 소설 속에는 사랑이나 우정 같은 말랑말랑한 감정도 분명히 등장했다.

'저 남자가 이상한 거야. 틀림없어.'

유진은 지는 기분이 들어 더 담담히 말했다.

"아시다시피 전 기억을 못 해요. 우리가 맺은 계약이 그런 내용이라고 어떻게 보증하실 건가요?"

"내 이름을 걸고 거짓이 없음을 맹세하겠소."

"네, 그러시다면야. ……그럼 전에는 피임했나요?"

유진은 그가 미묘한 눈빛으로 자신을 물끄러미 바라보자 당황했다.

"한 적 없소."

'피임도 안 했는데 삼 년 동안 애가 안 생겼으면 원래 임신이 잘 안 되

는 것 같은데…… 지금 와서 갑자기 애를 갖자고 애가 생기나?'

"그대와 나는 동침한 적이 없소."

그를 쳐다보는 유진의 눈이 점점 커졌다.

"아…… 그러니까 두 사람……."

어물어물 말하던 유진은 소리를 내질렀다.

"우리가 안 잤어요?! 한 번도?"

카세르가 웃음을 터뜨렸다.

"그래서 내가 시간이 없다고 한 거요. 곧 결혼한 지 삼 년이 되거든."

"삼 년이 왜요?"

"혼인 후 삼 년까지 초야가 없으면 혼인 무효를 주장할 수 있소."

유진은 자신과 똑바로 눈을 마주치는 그의 시선을 슬그머니 피했다.

"……하지만 매달 첫날에는 여기서 주무신다면서요."

"잠만 잤지."

"어디서요?"

"잠은 침대에서 자는 거요."

유진이 손을 쭉 뻗어 자신의 침대를 가리켰다.

"저기서요? 같이?"

"두 사람이 누울 수 있을 만큼 충분히 넓소."

"……."

"그런 표정 지을 것 없소. 그대가 원한 계약 내용이었으니까."

'뭐야 그럼. 두 사람은 그냥 사이가 안 좋은 게 아니라 진짜 부부가 아니었던 거잖아.'

묘하게 안심이 되었다. 찜찜하지 않아서인지, 사왕과 진 사이에 아무 감정이 없어서인지는 유진 자신도 알 수 없었다.

유진은 그가 일어나는 바람에 화들짝 놀랐다. 자기도 모르게 있는 힘껏 소파에 등을 바짝 기댔다. 다시 태연한 척하기에는 늦었다. 이미 잔뜩 쫄려 있는 심리를 그대로 내보인 터라 그녀는 눈동자만 이리저리 굴렸다.

카세르는 낮게 웃었다. 자신이 왕비 때문에 웃는 날이 올 줄이야.

왕비에게 계약을 이행하라고 말했을 때 대답을 회피하는 왕비의 모습을 다양한 형태로 예측했지만, 절대 이런 모습은 없었다. 그녀의 반응이 인간적이라서 그는 아주 유쾌했다.

"그만 잡시다."

"네? 아, 저, 저기……."

"마음의 준비가 필요하오?"

유진이 힘차게 고개를 끄덕였다.

어차피 카세르는 오늘 그녀와 동침할 생각이 없었다. 오늘은 확실히 계약 내용을 상기시키고 최후통첩을 하러 왔다.

"좋소. 하지만 잊지 마시오. 남은 시간은 보름뿐이오."

"……네."

"딴생각은 하지 않는 게 좋을 거요."

"네, 그럼요."

그녀의 진의를 살피듯 지그시 내려다보던 그가 몸을 돌렸다. 유진은 태연하게 침대로 가서 눕는 그를 기이한 생명체 보듯 바라보았다.

'그냥 한 침대에서 잠만 잤다고? 삼 년이나? 이런 미녀가 옆에서 자는데?'

유진은 자화자찬하면서도 전혀 민망하지 않았다. 진의 미모는 확실히 특별했다. 시녀들을 살펴보건대 평범한 사람의 평균적인 외모 수준은 유진이 살던 세상과 크게 다르지 않았다.

'성 기능에 문제가 있든지, 저 남자가 정말 진에게 아무 관심이 없든

지, 약속은 철저히 지키는 사람이든지. 세 가지 이유가 전부 해당할 수도 있지.'

유진도 소파에서 일어났다. 밤새 이러고 있을 수는 없었다. 건드리지 않겠다는 남자를 의식해서 침대로 못 갈 이유가 없다.

그녀는 카세르가 누워 있는 반대쪽으로 갔다. 침대 끄트머리부터 슬며시 올라가 이불 속으로 슬금슬금 파고들었다.

그의 말대로 침대는 널찍했다. 막 굴러다니는 잠버릇만 없으면 옆 사람에게 닿지 않을 것이다. 그래도 침대에서 떨어지지 않는 아슬아슬한 수준으로만 가장자리에 붙었다.

똑바로 누워 눈을 감았다. 옆에 누가 있다고 생각하니까 기분이 이상했다.

'이해할 수 없는 계약이야. 진은 하시 왕국의 왕비가 되어 뭘 하려 했던 걸까.'

진은 목적을 위해 수단 방법을 가리지 않는 캐릭터였다. 계약 내용대로 끝내 왕과 동침하지 않은 건 진답지 않게 어리석었다.

임신이 싫으면 피임하는 방법이 있다. 왕과의 동침으로 진이 유리하게 이용할 수 있는 것들이 훨씬 많았을 것이다.

목적이 있어서 왕비가 됐으면 몸을 던져 유혹해서라도 왕이 간 쓸개 다 빼 주도록 만들어야 하는 거 아닌가?

사왕이 그런 유혹에 과연 홀딱 넘어가겠는가의 문제는 나중 일이고 진은 아예 시도조차 하지 않았다.

'진이 순결에 집착하는 고지식한 캐릭터는 아닌데……'

그녀는 감았던 눈을 떴다.

'순결. 그걸 지켜야만 하는 이유가 있었던 거야.'

그러면 앞뒤가 맞는다.

'그게 뭘까.'

아무리 생각해도 짐작 가는 데가 없었다. 유진은 다시 한 번 반성했다. 소설을 쓸 때는 설정에 빈틈을 두지 말자.

'진이 무슨 생각이었건 지금 그게 문제가 아니지. 내 발등에 불이 떨어졌는데.'

아이를 낳아야 한단다. 이쪽 세상에 인공수정이 가능할 리가 없다. 아이가 생길 때까지 섹스하고 임신한 후에 열 달을 배 속에 품었다가 드라마에서만 보던 산통의 과정을 겪어 출산해야 한다는 결론이 나왔다.

출산은커녕 결혼 의지도 없었던 유진에게는 불가능에 가까운 임무처럼 느껴졌다.

이래저래 상념이 많아 밤을 꼬박 새우려나 싶었지만, 어느새 그녀는 잠이 들었다.

*　　*　　*

사방이 암흑이었다. 아무것도 보이지 않는 어딘가에 그녀의 온몸이 꽁꽁 묶여 있었다.

도와 달라고 소리치려 해도 목소리가 나오지 않았다. 거대한 두 손이 그녀의 온몸을 쥐고 힘껏 조이는 것 같았다.

숨이 막힌다. 아픈 것 같기도 했다. 고통스러웠다. 어디가 아픈지 정확하지 않은데 너무 힘들었다. 귓가에서는 알아듣지 못할 주문 같은 속삭임이 메아리처럼 들리는 것 같았다.

"왕비!"

유진은 눈을 떴다. 저절로 헐떡이는 숨소리가 나왔다. 자신의 어깨를 쥐고 내려다보는 왕의 얼굴이 어렴풋이 보였다.

날이 밝지는 않았으나 등불이 약하게 켜 있어서 대강 주변이 식별 가능했다.

유진은 입술을 벌려 무언가 말하려 했다. 하지만 오한이 들어 따닥따닥 이가 부딪칠 정도로 턱이 떨렸다. 턱뿐만 아니라 온몸이 마구 떨렸다.

눈에서 주체할 수 없이 눈물이 흘렀다. 전에는 겪어 본 적 없었던 끔찍한 감각이 사라지지 않았다.

체한 것처럼 명치가 꽉 막혀 가쁘게 호흡했다. 원인을 알 수 없는 고통이 서럽고 덜컥 겁이 났다.

"아니카. 천천히 숨을 쉬어. 자신의 몸 안에 흐르는 기운을 의식하고 그 길을 따라 움직이시오."

유진은 고개를 마구 저었다. 그가 무슨 소리를 하는지 이해할 수 없었다.

"흑…… 아파. 아파요."

카세르는 울음을 터뜨리는 그녀를 보며 당황했다. 무방비하고 약한 모습의 왕비는 처음 봤다. 그녀의 증상이 무엇인지 짐작이 갔다. 쇼크 상태를 그대로 두었다가는 내상을 입어 몇 개월은 앓아누울 것이다.

그는 그녀의 등 아래에 손을 넣어 상체를 일으켰다. 몸부림치는 그녀의 몸을 단단히 끌어안았다. 그의 푸른 눈동자에 푸른색의 기운이 맴돌았다.

"도와줄 테니까 집중하시오. 진정하고 호흡을 천천히. 그대 힘으로 빠져나와야 해."

그는 말 그대로 조금만 도움을 주려 했다. 그런데 그녀의 몸에 프라즈를 약간 주입하자마자 강대한 기운이 쑥 빠져나갔다.

'뭐지?'

지금껏 한 번도 이런 적이 없었다. 카세르는 너무 당황하여 아무 대처도 하지 못했다. 강제로 흡수되었다기보다는 자유의지로 빠져나간 느낌이었다.

유진은 갑자기 숨이 편해지는 것을 느낄 수 있었다. 펄펄 끓는 용암 앞에서 괴로웠는데 시원한 바람이 불어 열기를 조금 식혀 주는 것 같았다. 그녀는 본능에 따라 청량한 기운을 좇았다.

'음?'

그는 미간을 찌푸렸다. 빠져나갔던 프라즈가 다시 그의 몸으로 쏟아져 들어왔다. 신이 난 아이처럼 그의 몸속을 회전했다. 그는 의식적으로 기운을 억누르며 그녀에게 조언했다.

"늪으로 깊이 빠져드는 느낌이 들 거요. 그게 늪이 아니라 맑은 물이라고 생각하시오. 그대는 걸어 나올 수 있소."

그녀의 몸부림이 서서히 멈췄다. 경련하는 듯한 잔떨림도 한결 진정됐다. 그런데 카세르는 아이가 어미 품으로 파고들듯이 달라붙는 그녀 때문에 곤혹스러웠다. 살겠다고 필사적인 사람을 야멸차게 밀어낼 수도 없었다.

'사람 체온이…… 원래 이렇게 높은가?'

뜨거운 물을 담은 물주머니처럼 그녀의 몸은 따끈따끈했다. 그는 더위에 강한 편인데도 체온이 올라가는 기분이었다.

낯선 촉감도 그를 당황하게 했다. 체술을 배울 때 전사들과 겨루기를 하느라 몸을 부딪쳐 느꼈던 타인의 피부는 훨씬 단단했다.

하지만 잠옷 너머로 만지는 그녀의 피부는 푸딩처럼 말랑말랑했다. 조금만 손에 힘을 주어도 뭉그러질 것 같았다.

그는 자신의 의지와 다르게 몸이 원색적인 본능에 따르기 시작하자 난감한 한숨을 내쉬었다.

애써 다른 생각을 했다. 조금 전 아까 그 현상은 뭐였을까.

'그러고 보니 그때도…….'

왕비를 다그치러 갔을 때도 프라즈가 멋대로 날뛰었다. 그때는 감정이 격해져서 잠시 통제력을 잃었나 보다 생각하며 넘겼지만, 두 번의 우연은 아무래도 이상했다. 프라즈가 마치 그녀에게 반응하는 것 같았다.

'그럴 리가 없는데.'

조금 전 분명히 프라즈는 그의 통제를 벗어났다. 이해할 수 없는 현상이다.

프라즈는 오롯이 왕의 것이었다. 왕만 통제할 수 있으며 오직 왕의 신변이 위험할 때만 스스로 움직였다.

생명체는 아니어도 그와 일체화된 힘이라 그런지 카세르는 가끔 프라즈의 상태를 인간의 감정에 빗대어 판단하곤 했다.

프라즈가 왕비를 위험 요소로 판단해서 그를 지키려고 움직인 거라면 그녀를 공격했을 것이다. 하지만 지금 그가 느끼는 프라즈의 상태는 경계가 아니라 호감에 가까웠다.

'왜 새삼스럽게?'

프라즈가 왕비에게 반응한다는 가설이 맞다고 전제해도 앞뒤가 맞지 않았다. 처음 만난 사람이 아니다. 그녀와 결혼한 지 거의 삼 년이었다.

그에게 안겨 있던 그녀의 몸이 축 늘어졌다. 떨림도 멈췄다. 카세르는 혹시 그녀가 혼절했는지 살폈다.

유진은 자신이 나무에 매달린 코알라처럼 그에게 찰싹 달라붙어 있다는 걸 알면서도 그걸 신경 쓸 정신이 아니었다. 이제 좀 살 것 같았다.

"……뭐였어요? 그건……."

바짝 마른 입 안이 까끌까끌했다. 호된 몸살을 앓고 난 후처럼 진력이 다 빠진 기분이었다.

"건기가 끝났소."

"건기가 끝날 때마다…… 다들 그런 걸 느껴요?"

"대부분은 모르지. 하지만 특별한 능력을 지닌 사람은 감지할 수 있소."

"특별한 능력이란 프라즈와 라미타?"

"맞소."

"당신도 느꼈어요?"

"물론이오. 건기가 끝나 활동기로 접어드는 순간을 비유하자면 파도가 밀려오는 것과 같소. 그 파도에 휩쓸리지 않도록 훈련하지. 그대도 알고 있을 거요. 기억을 잃어서 방법을 찾지 못했을 뿐이오."

유진은 그의 가슴에 고개를 기대고 있었다. 그가 말할 때마다 목소리가 울려 몸으로 진동이 느껴졌다. 그의 나직한 목소리는 듣기 좋았다. 불안이 가라앉고 점점 편안해졌다. 그가 조금 친절해진 것 같았다.

유진의 기분 탓만은 아니었다. 왕비에게 벽을 세웠던 카세르의 경계심이 한결 누그러졌다. 그의 몸 안에서 기분 좋게 고로롱대는 프라즈 때문이었다.

프라즈는 그와 한 몸이나 마찬가지였다. 하지만 교감보다는 통제의 대상으로만 여겼던 터라 프라즈가 자신의 감정에 영향을 미친다는 생각은 전혀 하지 못했다.

"지금도 좀 이상해요."

"공기가 무거워진 느낌이지."

"맞아요. 바로 그거예요."

"익숙해지면 괜찮을 거요. 그런데 이상하군. 기운을 다스리는 법은 말 타는 법과 비슷하지. 한 번 배우면 각인되는 거라서 잊을 리가 없을 텐데."

유진은 못 들은 척 말을 돌렸다.

"부탁이 있어요."

유진은 그의 가슴에 기댔던 고개를 들어 턱을 얹었다.

"이랬소, 저랬소. 그 말투, 안 쓰시면 안 돼요?"

유진은 사극에서나 나올법한 말투를 듣고 있으면 닭살이 돋았다. 작가가 체득한 문화는 창작물의 세계관에 어쩔 수 없이 반영되는 것일까. 마하에서는 상대방의 신분이나 나이에 따라 사용하는 어법이 다양했다.

"그냥 편하게 말씀하세요. 저보다 연상이니까 그 정도는 봐드릴게요."

그는 한참 아무 말이 없었다. 유진이 '내가 그렇게 터무니없는 걸 요구한 건가?'라고 생각할 때쯤에 그가 중얼거렸다.

"이제는 믿어져. 당신은 정말 기억을 잃었군."

"드디어 믿어 주신다니. 고무적이네요."

그가 말없이 유진을 바라보았다. 조심스럽게 탐색하는 시선이었다.

유진도 계속 그와 눈을 마주쳤다. 시간이 지날수록 그녀는 그에게 안긴 자세와 자신의 등을 받쳐 잡은 그의 손이 조금씩 신경 쓰이기 시작했다.

아까는 너무 힘들어서 그 괴로움에서 벗어나게 해 준다면 누구라도 붙들고 애원할 수 있었다. 타이밍 좋게 도움을 준 왕에게 무한한 호감이 샘솟던 순간이었다.

이제 아까의 고통이 희미해질 만큼 몸은 완전히 괜찮아졌다. 그러자 슬슬 제정신이 돌아왔다. 부쩍 가까워진 그와의 거리감이 당황스러웠다.

'좀 뻔뻔하게 친한 척한 거 같은데? 아무리 기억을 잃었다고 해도 사람이 전과 너무 달라지면 이상하잖아.'

유진이 자연스럽게 그를 밀어내며 몸을 뒤틀었다. 그런데 등에 얹은 그의 손이 오히려 유진의 허리를 감아 당겼다.

유진이 놀란 숨을 들이켰다. 그와 더 가까이 붙으면서 그의 눈동자가 바로 앞에 있었다. 유진은 동그랗게 커진 눈을 깜빡거렸다.

"기억나지 않는다는 사람에게 할 말은 아니지만, 난 당신이 다른 사람이라고 해도 믿을 수 있을 것 같아."

'하하. 예리하시네. 하지만 말은 그렇게 해도 내가 다른 사람이라고 주장하면 미쳤다고 생각할걸.'

유진이 애써 웃음 지었다.

"당신이 왕성을 몰래 빠져나간 이유. 어쩌면 나와 약속을 지키지 않을 셈이었을까, 의심이 들어."

'음. 그럴지도요.'

진은 목적 달성을 위해 명예 정도는 얼마든지 저버릴 수 있을 것이다. 유진은 자기도 모르게 고개를 끄덕였다가 아차 싶었다.

"그렇다는 말이 아니라요. 합당한 의심이라는 뜻이에요."

"지금은?"

"네?"

"기억하지 못하는 당신 입장에서는 무리한 요구라는 생각은 안 드나?"

"제 대답에 따라 뭐가 달라지나요?"

유진은 약간의 희망을 담아 물어봤다.

"달라지는 건 없어."

마주친 그의 눈빛에 무언의 경고가 느껴졌다. '빠져나갈 생각을 해? 어림없어.'라고 말하는 것 같았다. 유진은 한숨을 내쉬었다.

"그럼 어쩔 수 없네요."

카세르가 어이없다는 듯 웃었다.

"이봐. 애를 어떻게 만드는 줄은 아는 거야?"

"그걸 모를까 봐요? 그러시는 왕께서는 할 수 있겠어요?"

"뭐?"

"여자는 어찌어찌 가능하거든요. 근데 남자는 아마……?"

유진은 삼 년이나 한 침대를 쓰는 동안 손도 대지 않은 여자와 새삼 자고 싶은 마음이 들겠느냐, 그걸 지적하려는 의도였다.

카세르는 그녀의 도발이 너무 수가 얕아서 웃음이 나왔다. 그런데 그 형편 없는 도발에 은근히 속이 부글거리는 이유를 알 수 없었다.

지금껏 왕비의 매력에 흔들린 적이 없었다. 객관적으로 그녀가 미인 이라는 건 알지만, 유리관에 전시된 보석을 보는 것처럼 무감했다. 그녀 와 근본적으로 서로 맞지 않는다고 생각했다.

하지만 기억을 잃은 왕비는 볼 때마다 낯설었다. 그녀가 전혀 그녀답 지 않은 표정을 지으면 시선을 빼앗겼다. 콧소리가 섞이지 않은 그녀 목 소리가 듣기 좋다는 걸 처음 알았다.

그녀를 안고 달래는 동안 반응한 몸을 겨우 진정시켜 놓았는데 그녀 와 대화를 주고받으면서 다시 아랫배에 힘이 들어갔다. 그의 분신은 이 미 반쯤 단단히 일어났다. 자신의 의지에 반하는 몸 상태가 당혹스럽고 짜증이 났다.

그는 미간을 좁혔다가 삐뚜름하게 입술 끝을 끌어올렸다.

"내 능력이 의심된다는 거군. 그거 상당히 위험한 발언이야."

사내가 정력을 과시하는 건 무척 한심한 짓이고 그의 자존심은 그렇 게 하찮지 않았다.

하지만 그는 치솟는 치기를 참을 수가 없었다. 그녀의 손목을 붙들어 자신의 복부 아래를 눌렀다.

그에게 손목이 잡힌 채 멀뚱히 그를 보다가 유진은 자신이 만지는 단단한 살덩이의 정체를 뒤늦게 알아차렸다.

"꺅!"

유진은 짧은 비명을 지르며 후다닥 뒤로 물러났다. 분위기가 어색하게 얼어붙었다.

그녀는 굳은 자세로 그의 표정을 살폈다. 그는 지나치게 태연해서 무덤덤해 보였다. 자신만 너무 호들갑을 떨었나 싶었다.

'뭐야. 저 표정으로 아래는 왜…….'

시선을 마주치는 그의 눈을 응시하며 유진은 그가 무덤덤한 것이 아님을 느낄 수 있었다. 그의 눈동자에 감도는 희미한 욕망이 찰나에 보였다.

어둠에 가려져 그의 눈동자 색을 볼 수 없어서 아쉽다는 생각이 들었다. 차갑도록 푸른 저 눈동자가 지금 어떤 색을 띠고 있을까.

'진과 삼 년이나 한 침대를 썼으면서.'

침대에 나란히 누워 잠만 잤다던 남자가 반응한다. 그러니까 저 남자가 반응하는 사람은 진이 아니라 유진이었다. 그게 어쩐지 나쁜 기분은 아니었다.

그때 유진의 머릿속으로 한 가지 생각이 스쳐 지나갔다.

'저 남자와 자면……?'

진은 순결을 지켜야 하는 이유가 있었다. 추측하건대 진이 마라의 술법을 펼치는 데 중요한 연관이 있을 것이다.

유진은 자신이 처한 상황을 다양한 경우의 수로 짚어 보았다. 진의 영혼이 사라진 게 아니라 지금 몸속 어딘가에 잠들어 있다면? 그래서 다시 이 몸을 장악하려 한다면?

원주인이 되돌려 달라면 돌려주는 게 마땅한 도리이지만, 자신은 다시 유진의 몸으로 돌아간다는 보장이 없었다.

진의 몸에서 벗어나지 못하는 지박령 같은 신세가 될지도 모른다. 진은 파멸을 향해 차근차근 나아갈 테고 진이 죽으면 자신도 죽는다. 그런 식으로 허무하게 소멸하는 최후는 절대 싫다.

최악의 사태를 방지하고 살아남을 방법을 찾아야 한다. 그런데 저 남자와 섹스하는 것만으로 진의 계획을 어그러뜨리고 소설 내용을 비틀 수 있다.

'현실적으로 생각해 봐. 저 사람은 동침을 요구했고 난 도망갈 방법이 없어. 그리고 저 남자와 자면 진이 마라의 힘을 얻지 못할 가능성이 커.'

문제는 임신의 가능성이다. 유진은 아이 엄마가 된 자신의 모습을 도무지 상상할 수 없었다.

'……당장 할 수 있는 일부터 하자. 어차피 지금 내 상태는 내일 당장 어떻게 될지도 예측 못 해.'

유진은 무릎걸음으로 그에게 다가갔다. 자꾸 시선이 그의 하복부 쪽으로 내려가는 걸 무시하고 고개를 꼿꼿이 들었다. 가까이 다가가는 동안 그는 굳은 것처럼 움직이지 않았다.

"저기…… 보름 남았다고…… 하셨잖아요."

"……그랬지."

"그럼 어차피 오늘이나……."

유진은 말을 잇지 못하고 두 손으로 화끈거리는 얼굴을 감쌌다. 막상 '지금 나랑 섹스해요.'라는 말을 하려니 입이 떨어지지 않았다.

"아니에요."

그녀는 소심하게 후퇴했다. 아침이 오려면 아직 먼 것 같으니 잠이나 자야겠다. 한숨을 내쉬며 고개를 돌리는 순간 강한 힘에 팔이 붙들렸다.

몸이 휙 끌려가자마자 그가 덥석 그녀의 입술을 삼켰다. 그녀의 입술만 빨아들인 짧은 키스 후 그가 입술을 뗐다.

두 사람 입술 사이의 간격이 아슬아슬했다. 서로의 숨이 피부에 닿았다. 잠시 두 사람은 그 자세로 멈추어 있었다. 그가 살짝 고개를 기울여 다가오는 모습을 보며 유진은 눈을 감았다.

그녀의 입술 사이를 비집고 축축한 혀가 안으로 미끄러져 들어왔다. 커다란 손이 그녀의 목덜미를 받치면서 저절로 고개가 뒤로 꺾였다. 무게중심이 뒤로 쏠리자 유진은 무의식중에 그를 붙들었다.

그녀의 입 안을 진득하게 휘젓고 나간 혀가 그녀의 입술을 핥았다. 시야가 한 바퀴 돌아 정신을 차려 보니 어느새 침대에 누워 있었다. 그녀는 제 몸 위에 올라탄 남자를 멍하게 올려다보았다.

"기억을 잃더니 새로운 재주가 생겼어. 사람을 안달이 나게 해."

잔뜩 가라앉은 남자의 목소리는 소름이 끼치도록 귀에 착 감겨들었다.

"오늘이나, 며칠 후나. 그렇지?"

유진이 하려고 했던 말에 담긴 속뜻을 그가 정확히 해석해서 되물었다. 그녀는 마른침을 삼켰다. 느릿하게 고개를 끄덕였다. 귓가가 홧홧하게 달아올랐다.

"그런데요. 두 번째는 거부권을 행사할 거예요."

싸늘해지는 그의 눈빛을 보며 유진이 얼른 말했다.

"오늘 엉망이면 다시는 안 할 거라고요. 누가 물어보면 당신이 너무 형편없어서라고 대답할 거예요."

사랑하는 사람과 애틋함을 나누는 로맨틱한 섹스는 아닐 것이다. 고작 만난 지 며칠 안 된 저 남자가 어떤 사람인지도 모른다. 소설로 묘사한 사왕의 모습들은 그저 피상적인 것에 불과했다.

더구나 다른 사람의 몸을 뒤집어쓴 상태로 소설 속 세계에 풍덩 빠져 버린 자신의 운명은 전혀 예측 불가능했다.

저 남자의 목적은 혼인 무효가 안 되도록 초야를 보내는 것, 그리고 아니카를 통해 후계자를 보는 것이다.

하지만 종족 번식을 위해서만 하는 동물적인 섹스는 싫었다. 원래의 '유진'이든 진의 몸이 된 '유진'이든 첫 경험이었다. 최악의 기억으로 남기고 싶지 않았다.

비장한 표정으로 말하는 그녀를 보면서 카세르가 웃음 섞인 목소리로 물었다.

"어떻게 해야 엉망이 아니야?"

"……부드럽게, 다정히 해 줘요."

그가 씨익 웃었다. 처음 보는 시원한 웃음이라 유진의 눈이 동그랗게 커졌다.

"최선을 다하지."

다시 키스가 시작됐다. 처음에는 마치 달래는 것처럼 부드러운 키스였다. 그녀의 입술을 가볍게 빨고 쓸어올리듯 핥았다. 점점 서로의 타액이 섞이는 질척한 소음이 울렸다. 위에서 누르는 남자의 무게가 어쩐지 기분 좋았다.

'신기해.'

유진은 사막에서 눈을 떴을 때보다 지금이 더 비현실적으로 느껴졌다. 며칠 전에 처음 본 남자와 이런 친밀한 행위를 한다는 게 믿기지 않았다. 전혀 불쾌하지 않다는 것도 놀라웠다.

'아……'

두툼한 혀가 그녀의 입 안으로 거침없이 들어왔다. 그녀의 혀를 감아올리고 안쪽의 여린 살을 문질렀다. 혀가 빨리는 순간에는 손끝이 찌릿찌릿했다.

유진이 오래전에 경험한 첫 키스는 풋풋하고 서툴렀다. 섹스하듯 노골적인 욕망이 담긴 짙은 키스를 이렇게 길게 하는 건 처음이었다.

혀가 이토록 예민한 감각기관인 줄은 몰랐다. 그의 혀와 맞닿아 미끄러지는 감각이, 휘감겼다가 빨리는 느낌이 생생했다. 입 안을 샅샅이 그에게 내주는 기분은 부끄러우면서도 흥분되었다.

"흐응……."

저절로 목 안쪽에서 신음이 새어 나왔다. 꼭 감은 눈은 열이 나는 것처럼 시렸다. 온몸을 간질이는 기묘한 감각이 서서히 퍼져 나갔다.

한참 그녀의 입술을 탐하던 카세르가 살짝 고개를 들었다. 그녀를 내려다보는 그의 눈동자가 뜨겁게 이글거렸다. 타액에 젖어 도톰하게 부풀어 오른 붉은 입술이 살짝 벌어져 가늘게 숨을 토해 냈다. 눈을 뗄 수가 없었다.

아이를 가지려면 교합을 하긴 해야 하는데 자신도 왕비도 피차 순조롭지 않을 것 같았다. 그래서 떠올린 방책이 미약이었다. 하지만 오늘 왕비와 동침할 생각이 없어서 준비하지 않았다.

그는 예측하지 못한 상황에 당황했다. 미약의 힘을 빌리지 않아도 그의 성기는 이미 아프도록 발기했다.

왕비를 상대로 이토록 강렬한 성욕을 느낄 줄은 몰랐다. 이상한 위기감이 들었지만, 이 여자를 갖는 것 외에 지금은 다른 건 생각하고 싶지 않았다.

그는 다시 고개를 숙여 그녀의 입술을 삼켰다. 말캉한 입술을 깨물었다가 그녀의 입 안을 훑는 짧은 키스 후 그녀의 턱 아래에 입술을 붙였다.

눈가와 콧잔등, 귓가로 가볍게 입술만 눌렀다가 떼는 입맞춤이 이어졌다. 귓불을 입술 사이로 깨물었다가 핥아 올리자 그녀가 흠칫 반응했다. 그는 좀 더 집요하게 귓가를 애무했다. 칭얼거리는 듯한 신음 소리가 그를 자극했다.

'하, 미치겠네.'

부드럽고 다정하게.

엉망이면 다시는 안 한다는 말이 그에게 은근한 타격이 된 모양이다. 그녀가 한 말을 주문처럼 되뇌었다.

역시 왕비는 곤란한 요구만 한다. 조건이 너무 어려웠다. 어떻게 해야 부드럽고 다정한지 모르겠다.

마음 같아서는 당장이라도 그녀의 다리를 벌려 깊은 안쪽으로 파고들고 싶었다. 그는 갈망을 누르고 모든 노력을 다해 느릿하게 움직였다.

잠옷을 파고드는 손이 그녀의 가슴을 쥐었다. 가느다란 체구에 비해 풍만한 젖가슴이 손아귀에 가득 잡혔다. 살짝 힘을 주었더니 부드러운 살이 잡히는 모양대로 뭉개졌다. 손바닥에 달라붙는 느낌이 환상적이었다.

걸리적거리는 옷이 거추장스럽다. 그는 그녀의 가슴에 묶인 끈을 잡아 뜯었다. 얇은 천에 느슨히 묶였던 끈은 힘없이 뜯어졌다. 잠옷을 젖혀 드러나는 뽀얀 가슴을 보며 그는 숨을 몰아쉬었다.

입 안에 단맛이 돌았다. 그는 크림처럼 부드러운 가슴에 입을 맞추고 코를 묻어 크게 숨을 들이켰다.

"웃."

갑작스러운 자극에 놀란 유진이 몸을 움츠렸다. 그의 혀가 유륜 주변을 핥았다. 입술이 유두를 깨물고 스치듯 문질렀다.

"하아……"

처음엔 조금 간지러웠다. 그런데 그의 애무가 계속될수록 점점 강렬한 감각이 밀려왔다.

유두를 깨무는 그의 입술에 더 힘을 들어갔다. 그가 혀끝을 세워 곤두선 돌기를 파고들었다. 그리고 가슴을 삼켜 강하게 빨아들였다.

"아!"

갑자기 피가 도는 것처럼 찌르르한 감각이 손과 발에서 시작해 등허리를 타고 올라갔다. 쪽쪽 가슴을 빠는 소리에 질척이는 소리가 섞였다. 민망한 소음에 얼굴이 화끈거렸다.

그의 손이 그녀의 허리를 타고 오르며 그녀의 몸을 어루만졌다. 그의 손바닥은 단단하고 거칠었지만, 그래서 피부를 스치는 느낌이 자극적이었다.

"으응…… 아."

아랫배가 뜨겁게 뭉치는 것 같았다. 두 다리 안쪽 깊은 곳이 따끔거리다가 간지러웠다. 그녀의 두 가슴이 흥건히 젖는 만큼 그녀의 다리 안쪽도 촉촉하게 젖어 들었다.

카세르는 아까부터 몇 번이나 자신이 한계에 이르렀다고 생각했다. 그런데 서두르고 싶지 않았다.

그는 그녀의 온몸을 물고 빠는 이 행위에 진심으로 심취했다. 그녀의 다리 사이에 성기를 박고 흔들 때 기대되는 쾌감을 기꺼이 잠시 미룰 수 있었다. 그녀의 요구에 억지로 맞춰 주는 게 아니었다.

비음이 섞인 그녀의 신음, 손바닥에 미끄러지는 그녀의 피부 촉감, 작은 자극에도 놀란 듯 파르르 떠는 그녀의 반응, 모든 것이 그를 극도의 흥분 상태로 내몰았다.

자신의 아래에 흐트러져 누워 있는 여자에게 전에 없던 감정이 샘솟았다. 낯설고 불편하면서도 좀 더 파헤쳐 보고 싶었다.

그의 손이 유진의 허벅지 안쪽을 쓸었다. 놀란 조가비처럼 닫히는 그녀의 다리 사이에 그는 무릎을 끼웠다. 당황하는 그녀 반응을 느끼며 그의 입술이 휘어졌다. 아랫배를 살짝 누른 채 아래로 내려간 손이 속옷 안으로 파고들었다.

"훗, 잠깐……."

유진은 다급히 그를 밀어냈다. 하지만 그의 손가락이 젖은 속살을 아래위로 문지르는 행위를 막기는 역부족이었다. 애액에 그의 손가락이 미끄러지는 감각이 적나라했다. 질척한 소리가 들리는 것 같아 얼굴이 화끈거렸다.

그가 내리누르듯 유진의 입술에 키스하며 말했다.

"왜?"

"그건, 그건 하지……."

"그게 뭔데?"

그녀는 입술을 깨물며 고개를 옆으로 돌렸다. 커다란 손이 몸을 어루만지고 구석구석 입을 맞추는 애무는 기분 좋았다. 서서히 체온이 올라가는 느낌은 야릇한 쾌감이었다.

그런데 그가 직접 음부를 만지자 갑자기 지금 뭘 하고 있는지 현실감이 들었다. 복잡미묘한 심정을 뭐라 표현할 수가 없었다.

"마음이 바뀌었나?"

"아!"

문지르기만 하던 손가락이 안쪽으로 쑥 들어왔다. 낯선 이물감에 그녀는 비명을 질렀다. 그가 그녀의 턱을 깨물고 귓불을 핥았다.

"하기 싫어?"

유진이 고개를 좌우로 흔들었다. 싫지는 않았다. 몸에서 일어나는 변화가 당황스러울 뿐이었다.

그의 손가락이 균열 틈새를 비집고 음핵을 문지르자 저절로 몸이 꼬였다. 아래쪽에서 열이 나고 안에서 물이 흘러나오는 느낌이 들었다. 자신의 몸이 열렬히 환영하는 것 같아서 창피했다.

"다행이군."

그는 진심으로 안도했다. 도무지 여기서 그만둘 자신이 없었다. 괜히 물어봤다. 그녀 입에서 그만두겠다는 소리가 나올까 봐 겁났다.

그녀의 질구를 문지르던 손가락을 다시 안으로 밀어 넣었다. 미끈한 애액 덕분에 깊이 파고들기 수월했다. 내벽의 융기가 그의 손가락을 빈틈없이 감싸 죄었다.

뜨겁고 축축했다. 이 감각에 파묻힐 상상을 하면 눈앞이 아찔하면서도 한숨이 나왔다. 게다가 너무 좁았다. 이 안으로 과연 들어갈 수 있을지 모르겠다. 그의 손가락이 조금씩 속도를 더해 그녀의 안쪽을 드나들었다.

"홋…… 응……."

유진은 자신의 얼굴 옆을 디딘 그의 팔을 붙들고 간헐적으로 신음을 흘렸다. 이물감이 거슬리지만, 견디지 못할 정도는 아니었다. 그리고 하복부에서 시작된 저릿한 감각이 계단을 오르듯 점점 고조되었다.

갑자기 이물감이 선명해졌다. 아래가 더 벌어지는 듯 조금 뻐근했다.

그녀가 미간을 찡그리며 신음하자 벌어진 입으로 혀가 밀려 들어왔다. 그녀의 입 안을 짙게 훑으며 그가 입술을 뗐다.

유진은 바로 눈앞에 있는 그를 보며 숨을 헐떡였다. 이상하게 자꾸 밭은 숨이 나왔다.

"……한 거예요?"

그는 잠시 의아해하다가 팍 인상을 썼다. 손가락 두 개를 넣었을 뿐이었다.

"농담해?"

"아…… 아파요."

"아파? 이 정도로 아프면 안 되지. 이거보다 훨씬 큰 게 이 안으로 들어갈 텐데."

수위 높은 발언에 놀라는 그녀의 입술을 그의 입술이 다시 덮쳐 눌렀다. 질구를 드나드는 손가락이 더 빠르고 거칠게 움직였다.

통증인 듯 아닌 듯 이상한 불편함이 다른 감각으로 변했다. 아니, 애초에 통증이었는지도 불분명했다.

다리가 벌어지고 저절로 엉덩이가 들썩였다. 속옷이 완전히 벗겨지는 것도 알아차리지 못했다. 저릿한 느낌 너머에 훨씬 강렬한 뭔가가 있을 것 같았다.

애가 탄다. 수치심은 저 멀리 내버리고 그녀는 쾌감을 좇아 집중했다.

"으응……."

강렬한 쾌감이 느닷없이 밀어닥쳤다. 하복부에서 시작된 쾌감은 순식간에 온몸을 타고 번져 나갔다. 눈이 꽉 감기고 저절로 턱이 살짝 들리면서 목 안쪽에서 신음이 울렸다.

질구가 그의 손가락을 꽉 물면서 경련하는 것을 느낄 수 있었다. 그의 손가락이 빠져나갈 때는 아쉬웠다. 뭔가가 부족했다.

유진은 눈을 감고 숨을 몰아쉬었다. 잔상처럼 남은 감각이 계속 그녀를 잠식했다.

상체를 일으킨 그가 잠옷을 벗어 던졌다. 그의 두 무릎이 그녀의 다리 사이로 들어왔다. 다리가 강제로 벌려지자 그녀는 흠칫 놀라 눈을 떴다. 그의 맨가슴을 보고 숨을 들이켰다.

'와…….'

'예쁘다'라는 표현으로 남자의 몸을 묘사해도 위화감이 없었다.

단단한 탄력이 느껴지는 근육이 촘촘하게 상체를 가득 채우고 있었다. 그림처럼 근사했다. 우락부락하지는 않지만, 잔근육이라고 하기에는 밀도가 높았다.

운동으로 만든 관상용 근육이 아니었다. 저 근육들이 모두 실전에서 사용될 것이다. 마하의 여섯 왕은 마하에서 가장 강한 여섯 명의 무인들이기도 했다.

카세르는 기분이 묘했다. 누구도 그를 구경하는 시선으로 보지 못했다.

요 며칠 그녀가 자신을 뚫어지게 볼 때마다 불쾌하지 않았던 이유를 알았다. 그녀의 눈빛에는 순수한 경탄이 가득했다. 우쭐한 기분이 드는 자신의 감정이 너무 유치해서 그는 웃음이 나왔다.

한편으로는 가벼워진 분위기가 마음에 들지 않았다. 지금 자신은 아랫배 위로 바짝 기립한 성기가 터지기 직전이었다. 혼자만 몸이 단 것 같아 오기가 생겼다.

그는 한 손으로 그녀의 허벅지를 쥐고 한 손은 그녀의 고개 옆을 디뎠다. 상체를 숙여 그녀의 입술을 삼키고 깊이 혀를 밀어 넣었다.

어쩔 줄 몰라 하면서도 그녀는 금세 호흡이 가빠지며 반응했다. 그녀의 반응이 만족스러울 때마다 그는 아랫배가 저릿하게 당겼다.

그는 완전히 기립한 자신의 분신을 작은 구멍에 맞추어 느릿하게 문질렀다. 그녀의 혀를 쪽 빨아들이면서 입술을 떼고 그녀와 눈을 맞췄다.

당황해 흔들리는 눈동자를 보고 있으니 기이한 충동이 치밀었다. 그대로 허리에 힘을 주어 안쪽으로 밀고 들어갔다.

"아……."

유진은 미간을 일그러뜨렸다. 입을 벌리고 눈을 빠르게 깜빡거렸다.

경험은 없어도 주워들은 건 많았다. 첫 경험은 몸이 긴장해서 대부분

통증을 느낀다고 했다. 그다지 심각하게 생각하지는 않았다. 정말 괴로우면 사람들이 그 많은 치정 사건을 일으킬 리가 없으니까.

"흑……."

그러나 이건 무시할 수 있는 통증이 아니었다.

'아파. 진짜 아파.'

골반이 억지로 벌어지면서 거대한 쐐기가 몸을 관통하는 것 같았다. 멈추지 않고 계속 파고드는 게 더 고통스러웠다. 생리적인 눈물이 저절로 맺혔다. 눈을 깜빡이자 주르륵 옆으로 흘러내렸다.

꼭 깨무는 입술을 그가 부드럽게 핥았다. 짧은 키스가 그녀의 입술, 볼, 콧잔등에 내려앉았다.

그는 그녀가 익숙해지기를 기다리며 느릿하게 진입하느라 등에서 식은땀이 났다. 꽉 죄는 내벽의 속살은 통증이 느껴질 정도로 좁았다. 그런데 오밀조밀하게 그의 것을 감싸는 느낌이 미치도록 좋았다.

그는 끝까지 다 밀어 넣고 싶은 충동을 가까스로 참고 반쯤 넣은 상태에서 멈추었다. 처음인 여자에게 너무 깊이 넣으면 다칠 수도 있다고 들었다.

"아니카."

그는 훌쩍이는 그녀의 입술에 키스했다. 손가락만 넣었을 때는 엄살을 부리더니 별다른 투정 없이 미간만 찡그리는 그녀의 표정이 사랑스러웠다.

"그렇…… 그렇게 부르지 마요."

"그럼?"

"……."

"그럼 뭐라고 부를까? 왕비?"

그가 유진의 귓가에 입을 맞추며 부드럽게 속삭였다.

"……이름."

카세르는 살짝 미소 지었다. 언제는 아니카로 부르지 않으면 그 난리를 쳤으면서.

물론 기억을 잃기 전의 일이기는 하지만, 그녀의 변덕이 전혀 거슬리지 않았다.

"이름?"

"유진."

유진은 그가 진이라고 부를까 봐 얼른 대답했다. 아니카라고 불리는 것보다 진이라고 불리는 게 더 싫었다.

엄밀히 따지면 유진의 이름도 '진'이었다. 하지만 그가 진이라고 부르며 떠올리는 사람은 자신이 아닐 것 같았다. 비슷한 이름이니까 그가 물어보면 어릴 때 썼던 이름이 기억났다고 핑계를 대려 했다.

"유진."

하지만 그는 묻지 않았다.

"유진. 유진."

그에게 불리는 이름이 어떤 아름다운 음악보다 감미로웠다. 중력 없이 둥둥 떠다니던 자신이 드디어 어딘가에 발이 닿은 기분이었다.

'그래. 난 유진이야. 난 틀림없이 나야.'

그의 입술이 유진의 입술을 감싸 덮으며 아랫입술을 살짝 깨물었다. 유진은 조건반사처럼 입을 열었다. 파고드는 혀가 그녀의 속살을 문질렀다. 혀가 얽히는 깊은 키스에 조금은 익숙해졌다.

그녀는 머뭇거리다가 그의 어깨 위에 손을 얹었다. 조심스럽게 그의 목에 팔을 감았다.

다리 사이에 깊이 박혀 있던 것이 쑥 빠져나갔다. 유진은 눈을 질끈 감았다. 곧바로 두꺼운 기둥이 속살을 비집고 파고들었다.

"흑!"

그가 치받고 들어올 때마다 숨이 턱 막히면서 뜨거운 기둥이 질벽을 헤집는 것 같았다. 내벽을 긁으며 빠져나가는 느낌에는 몸서리가 쳐졌다. 몸이 무력하게 흔들려 시야가 어지러웠다.

"아! 흐윽!"

인체 구조는 정말 신비로웠다. 이런 통증이 계속되면 언제까지 버틸 수 있을까 생각했건만 진퇴가 반복될수록 통증은 점점 무뎌지고 얼얼한 느낌만 남았다. 그녀는 비명 대신 헐떡이는 숨소리만 냈다.

그녀는 열이 오르는 눈을 느릿하게 감았다가 떴다. 주변 공기조차도 달아올랐다. 살이 부딪치는 물기 어린 소리가 음란하게 울렸다.

그를 끌어안은 손이 자꾸 땀에 미끄러졌다. 대체 어느새 이렇게 흠뻑 땀으로 젖었는지 모를 일이었다.

그는 끈질기게 유진의 입술을 물고 빨았다. 이래서는 내일 입술이 퉁퉁 붓겠다. 내심 투덜거리면서도 소중한 존재가 된 것 같아서 고양감이 들었다.

그가 안쪽을 꽉 채우고 들어올 때마다 눈앞에서 작은 불꽃이 튀었다. 싫은 것 같기도 하고 좀 더 길게 보고 싶기도 했다.

작은 불꽃은 점점 커졌다. 불꽃이 별똥별이 되어 쏟아져 내렸을 때 유진은 길게 신음을 내질렀다.

"으응……"

허리가 휘어지고 고개가 뒤로 꺾였다. 질구가 움찔거리며 반복적으로 좁아졌다가 풀어지는 것을 느낄 수 있었다. 온몸의 감각이 곤두서는 쾌락이 휩쓸고 간 후 탈력감이 찾아왔다.

그녀는 다리 안쪽에 깊이 박힌 이물감이 여전하다는 것을 조금 늦게 알아차렸다. 멈추어 있던 그가 느릿하게 안쪽을 문질렀다.

"으……"

유진은 미간을 잔뜩 찡그리며 눈을 감았다. 아직 경련하는 질벽에 가해지는 자극이 힘들었다. 안쪽을 마찰하는 살기둥의 움직임이 훨씬 생생하게 느껴졌다.

천천히 빠져나간 그가 묵직하게 파고들었다. 머릿속에서 쩡 하는 소리가 들리는 것 같았다.

"훗. 아! 그만……"

유진의 비명을 그의 입술이 삼켰다. 그는 잔뜩 탁해진 눈빛으로 그녀의 입 안에 깊이 혀를 밀어 넣었다.

턱없이 부족했다. 뜨겁게 죄는 그녀의 속살을 더 맛보고 싶었다. 하지만 너무 괴롭혔다가는 그녀가 다시는 안 한다고 고집부리면 곤란했다.

그는 몇 번 더 치받으며 안쪽을 문지르다가 파정했다. 눈앞이 새하얗게 번지는 쾌감이었다. 축 늘어지는 그녀를 내려다보는 그의 눈동자에 충족하지 못한 갈증이 번들거렸다.

쌕쌕 숨을 몰아쉬는 그녀의 가슴이 오르락내리락했다. 그는 천천히 허리를 물렸다. 움찔하는 그녀의 반응이 그를 자극했다. 다시 박아 넣고 싶은 욕망과 싸우느라 그는 이를 악물었다.

유진은 눈을 감고 가쁘게 숨만 쉬었다. 꼼짝하기도 싫었다. 그의 손이 머리카락을 쓸어 넘겨 주는 느낌이 좋았다. 눈을 감고 그의 손길을 음미하다가 어느새 잠이 들었다.

"아니카."

카세르는 그녀의 볼을 손바닥으로 쓸며 다시 한 번 불렀다.

"유진."

그녀가 잠들었음을 알고 그는 '나, 참' 하고 중얼거렸다.

자신은 아주 상쾌하다 못해 사흘 밤낮을 뒹굴어도 부족할 것 같은데 고작 이 정도에 기력이 다한 사람처럼 잠이 들다니. 이 체력으로 잘도 삼 년 동안 이곳 생활을 버텼다 싶었다.

그는 덧옷을 걸친 후 줄을 당겨 시녀를 불렀다. 국왕 부부께서 동침하는 날, 그것도 이 시각에 불린 적이 한 번도 없는 시녀는 잔뜩 긴장하여 들어왔다.

"물수건을 가져오너라."

"예, 전하."

잠시 후 시녀가 따뜻한 물수건을 넉넉히 챙겨 가지고 들어왔다. 시녀는 침대 옆 협탁에 물수건 쟁반을 올려놓고 서둘러 물러갔다. 침실 안을 가득 채운 열기를 알아차린 시녀의 얼굴이 붉게 물들었다.

카세르는 물수건으로 땀으로 끈끈한 그녀의 몸을 닦기 시작했다. 그는 그녀의 얼굴, 팔, 다리를 조심스럽게 닦아 나갔다.

그는 자신이 다정다감한 성격이라고는 한 번도 생각해 본 적이 없었다. 지금 자신이 뭘 하는 건가 싶어서 헛웃음이 나왔다.

성가신 시중이 전혀 귀찮지 않았다. 그녀의 몸을 닦으며 더 만지고 싶은 욕심을 채웠다. 손목도 발목도 한 줌이었다. 새삼 그녀가 작고 약하다는 생각이 들어 손길이 더욱 조심스러워졌다.

허벅지를 쥐어 벌리는 순간 그녀가 다리를 오므렸다. 카세르가 시선을 들어 눈을 뜬 그녀와 눈이 마주쳤다. 유진이 흠칫 놀라며 시선을 돌렸다.

"자는 척한 건가?"

유진이 붉어진 얼굴을 흔들었다.

"……자다가 깼어요."

잠깐 선잠이 들었을 뿐이었다. 아마 그대로 푹 잠들 수도 있었지만,

물수건이 몸을 스치고 지나가는 촉감이 그녀를 깨웠다.

카세르는 다시 그녀의 허벅지를 쥐어 벌리려다가 그녀가 더 강하게 다리를 모으는 바람에 실패했다.

"하지 말아요."

"왜?"

"제가 할게요."

유진은 얼른 몸을 일으켜 그가 손에 쥔 수건을 빼앗았다.

"왜 싫지? 내가 만지는 게 싫어?"

몰라서 묻는 거냐고, 유진은 쏘아붙이려다가 그의 진지한 표정을 보고 그가 정말 몰라서 묻는다는 걸 깨달았다. 유진은 그를 흘겨보며 '창피하다고요.' 하고 중얼거리고 그를 등지고 돌아앉았다.

뒤에서 픽 웃는 소리가 들렸다.

"당신 기준은 이해할 수 없군."

섹스는 하면서 그런 게 창피해? 그의 말에 담긴 뜻을 알아들은 유진은 내심 투덜거렸다.

'알아, 안다고. 그치만 창피한 걸 어쩌라고.'

유진은 물수건으로 끈적한 다리 안쪽을 닦아 냈다. 닦아 낸 수건을 무심코 확인했다가 '헉!' 비명을 질렀다.

"왜 그래?"

카세르는 굳은 것처럼 움직이지 않는 그녀의 등을 쳐다보며 참을성 있게 기다렸다. 하지만 그의 인내심은 금방 바닥이 났다. 그녀의 어깨를 잡아 돌렸다.

"무슨 일⋯⋯."

돌아보는 그녀의 얼굴이 완전히 붉게 물들어 있었다. 그녀는 카세르를 보고 기겁하는 표정으로 서둘러 손에 든 것을 안 보이는 방향으로 감추었다.

그는 왠지 울컥했다. 집요하게 파헤치고 싶어 그녀의 팔을 잡아 끌어당겼다. 그 바람에 유진의 손에 든 물수건이 툭 아래로 떨어졌다.

두 사람의 시선이 동시에 아래로 내려갔다. 순백의 물수건에 붉은 핏자국이 선명했다.

유진은 두 손으로 제 얼굴을 감쌌다. 민망해서 온몸에 열이 나는 것 같았다.

"아, 진짜."

그녀는 잔뜩 울상을 지으며 고개를 들었다가 흠칫했다. 그가 자신을 뚫어지게 보는 눈빛이 심상치 않았다.

순식간에 다가온 남자에게 떠밀려 눕자마자 그가 입술을 깊이 포갰다. 남자의 무게에 사정없이 몸이 눌렸다.

헤집고 들어오는 혀가 안쪽을 깊이 건드렸다. 그녀의 혀를 휘감아 문지르며 한 손이 가슴을 움켜쥐었다. 손가락이 유두를 잡고 비틀더니 곧바로 그의 입술이 가슴 끝을 물고 빨아들였다.

그의 허벅지가 유진의 다리 사이로 파고들었다. 허벅지가 밀부에 밀착해 아래위로 움직였다. 애액으로 미끄러지는 감각이 선명했다. 갑자기 가해지는 다양한 자극에 유진은 정신이 없었다.

부어오른 틈새에 뭉툭한 끝이 닿았다. 곧 벌어질 일을 깨닫자마자 단단한 살기둥이 내벽을 가르며 거침없이 밀고 들어왔다.

"악!"

마찰하는 질구가 화끈했다. 쑥 빠져나간 그의 것이 치고 올라올 때마다 저절로 비명이 터졌다. 유진은 주먹을 쥐어 그의 가슴과 어깨를 때렸다.

"아! 흡!"

그의 손이 유진의 손에 깍지를 쥐어 내리눌렀다. 덮치는 입술에 비명도 모두 삼켜졌다. 그녀의 입술을 깨물고 혀를 쪽쪽 빨면서 그는 그녀의 안쪽으로 계속 파고들었다.

지나치게 열중한 자신의 상태를 자각하면서도 도저히 멈출 수가 없었다. 그는 쾌락을 탐하는 자들의 마음을 처음으로 이해했다.

미약이 주는 효과가 흐느낌이 섞인 그녀의 신음만큼 강력하다면 아무리 강철 같은 의지라도 무너질 것이다.

잠시 식었던 침실의 공기가 다시 뜨겁게 달아올랐다.

3. 달라지는 관계

　만나고 싶다는 왕비의 전언을 받은 후 마리안은 온종일 싱숭생숭했다. 이전과 달라진 왕비의 모습을 두 눈으로 확인했는데도 왕비를 만나는 건 여전히 부담스러웠다.

　왕비가 자신을 고깝게 보는 건 알고 있었다. 처음에는 개의치 않았다. 조용히 숨죽이고 지내면 자신의 존재를 잊을 줄 알았다.

　그런데 갈수록 왕비와 골이 깊어져 시름이 컸다. 조용히 수도를 떠나 멀리 갈 생각도 하던 중이었다.

　마리안은 자기 자신을 낮게 평가하는 경향이 있었다. 그녀는 본래 고귀한 신분을 타고나지 않았다. 처음부터 왕자의 유모로서 입궁한 것도 아니었다.

　어쩌다 지금은 왕이 되신 왕자님의 수발을 들었고 자연스레 유모로 불리게 되었다. 그런 식으로 어찌하다 보니까 그녀는 꽤 높은 자리에 앉게 되었다.

그녀는 총관으로 있을 때도 항상 정말 이 자리에 어울리는 사람이 오면 당연히 자신이 물러난다는 마음가짐으로 일했다.

친아들 이상으로 보듬어 키운 왕자님이 드디어 왕위에 오르시고 성혼까지 하셨을 때는 더는 바랄 게 없었다. 두 분의 행복을 바라며 기꺼이 총관 자리에서 물러났다.

마리안은 큰 욕심이 없었다. 왕께서 행복하기를 바랐고 그 모습을 지켜보고 싶었다. 왕자님이 태어나시면 안아 보고 가끔 뵙는 게 마지막 소망이었다.

기억을 잃은 왕비를 뵌 후 마리안은 '혹시' 하는 희망을 품었다. 왕비님과 새롭게 좋은 관계를 만들 수 있지 않을까.

생각이 많아 밤새워 뒤척이며 잠을 설쳤다. 이튿날 아침이 되자 언제쯤 왕비를 뵈러 가면 좋을지 한참 고민했다.

'너무 이른 아침은 적당하지 않을 거야. 오후에 가자.'

마리안은 점심 시각을 두 시간 정도 넘긴 이른 오후에 입궁했다. 자신의 입궁 사실을 왕비께 말씀 올리라고 시녀를 심부름 보낸 후 응접실에서 기다렸다. 잠시 후, 사라가 들어와 마리안에게 다가갔다.

"오셨습니까, 마리안 님."

마리안의 표정이 엄하게 굳었다.

"총관. 이러지 말라고 했습니다. 내 인사를 따로 챙기지 말라니까요."

"그게 아니라…… 오늘 왕비님을 뵈러 오셨지요?"

마리안의 표정이 안타깝게 흐려졌다.

"왕비님께서 만나지 않겠다고 하십니까?"

"그건 아닙니다만."

사라는 주변을 둘러보며 주저하다가 시녀들을 모두 내보냈다. 둘만 남은 후 사라는 마리안의 맞은편 자리에 앉았다.

"저녁에 다시 오시거나 내일 오셔야 할 것 같습니다."

"무슨 일이 있니?"

"왕비님께서 아직 누워 계십니다."

"어디 편찮으시냐?"

"간밤에 전하께서 납시었는데…… 힘들어하셔서요."

"어머나."

마리안이 놀란 탄성을 질렀다. 지금껏 이런 일이 없었다.

두 분이 주무신 후 침실을 정리하는 시녀들 뒷말이 우연한 경로로 마리안의 귀에 들어왔다. 누워만 있다가 일어난 것처럼 침구가 항상 깔끔하다고 했다.

감히 두 분께 물을 수 없는 일이지만, 제대로 부부 관계는 하시는지 의구심을 품었다.

왕비님을 뵐 일로 안절부절못하느라 어제가 새달의 첫날이라는 사실을 까맣게 잊고 있었다. 좋은 소식이기는 한데 마리안은 기분이 말끔하지가 않았다.

'기억을 잃으셨다니 가뜩이나 불안하실 터인데. 전하께서도 참. 평소에는 왕비님을 그토록 멀리하시면서 왜 어제는 납시었단 말인가.'

왕비님께 적응할 시간을 좀 주실 일이지. 생판 남처럼 느껴질 남편과 잠자리했을 왕비의 심정을 가늠하며 마리안은 애써 불편한 마음을 내색하지 않았다.

"네 표정이 밝지가 않구나."

사라가 한숨을 푹 내쉬었다.

"왕비님께서…… 하혈을 하셨습니다."

"뭐?"

처녀혈임을 알 리가 없는 두 사람 표정이 아주 심각했다.

마리안이 벌떡 일어났다가 다시 털썩 주저앉았다. 아무리 그녀가 왕을 어릴 때부터 보살폈다지만, 왕의 은밀하고 사적인 부분까지 관여할 자격은 없었다.

"도대체 전하께서는!"

마리안은 근심 가득한 표정으로 이마를 짚었다. 왜 그분은 '적당히'를 모르실까.

"이럴 때는 왕실에 어른이 안 계신다는 게 안타깝구나."

마리안은 탄식하다가 고개를 들어 사라에게 캐물었다.

"그래서? 왕비님은 어떠시냐? 의관은 불렀니?"

"아침에 조금 늦게 일어나시기는 했지만, 목욕하시고 진지도 드셨습니다. 침구를 정리한 시녀가 핏자국이 있다고 말해서 알았습니다. 왕비님께서 따로 내색은 없으셨고 아침을 드신 후 낮잠을 주무시기에 그냥 주무시도록 두었습니다. 아직 일어나지 않으셨어요."

"……."

"어찌…… 할까요?"

마리안이 한참의 침묵 끝에 말했다.

"이따 일어나시거든 넌지시 여쭈어라. 불편하신 곳은 없으시냐고 돌려서 말씀을 올려. 괜찮으시다고 하시면 더는 나서지 말고."

"예."

"한 번 더 이런 일이 있으면 꼭 내게 말해. 주제넘지만 내가 그때는 전하께 말씀을 올려야겠다."

"예. ……한데 어찌시겠습니까? 내일 다시 오시겠습니까?"

"아니다. 기다려야지."

"언제까지 기다리셔야 할지 모릅니다."

"왕비님의 부름을 받아왔는데 내 멋대로 돌아갈 수야 없지. 내가 왔더라는 말이 전하께는 들어가지 않게 해라. 괜한 오해 하실라."

"예, 그리하겠습니다."

두 사람은 전혀 드러내지 않았지만, 속으로는 왕을 향해 잔뜩 눈을 흘기며 혀를 끌끌 찼다.

＊　　＊　　＊

다들 왕비의 낮잠이 길어진다고 생각했지만, 사실 유진은 잠들지 않았다. 아침을 먹고 낮잠을 잔다며 침대에 누운 건 맞지만 잠깐 자고 깨어났다. 그리고 낮잠 든 시간보다 더 오래 침대에 누워 게으름을 부렸다.

유진은 옆으로 누운 자세에서 손가락 끝을 멍하니 응시했다. 몸져누울 정도의 상태는 아니어도 노곤하게 몸이 늘어졌다.

그녀는 한숨을 내쉬며 중얼거렸다.

"정말 다이나믹한 인생이구나."

유진은 자신의 인생이 순탄한 편은 아니라고 생각했다. 그런데 지난 며칠 사이에 벌어진 일에 비하면 별 게 아니었다. 어떤 스펙터클 어드벤처 영화도 이보다 박진감이 넘치지는 않을 것이다.

특히 어젯밤은 여러 가지로 충격적이었다. 자신이 '마하'라는 낯선 세계에 뚝 떨어진 게 정말이구나, 실감이 났다고나 할까.

정신 똑바로 차렸다고 생각했지만, 이제는 알겠다. 지난 며칠 동안 자신은 여전히 이방인을 자처했다.

마치 영상 속 세계를 관람하는 시선으로 주변을 구경하며 붕 떠 있었다. 그런데 카세르, 그 남자가 꿈속에 있는 자신을 현실로 끌어 내렸다.

피부가 스치는 선명한 촉감, 땀으로 미끄러지는 질척한 느낌, 귓가에 들리는 호흡 소리, 온몸이 부서질 것 같은 강렬한 감각들.

그 열기, 쾌락, 고통. 그것들은 절대 꿈일 수가 없었다.

그리고 몸속 어딘가에 진의 영혼이 숨어 있을 거라는 가설은 배제했다. 밤새 그런 엄청난 경험을 했는데도 진은 나타나지 않았다. '순결'은 진에게 중요한 키워드일 테니까 방해할 수 있으면 방해했을 것이다.

유진은 몸을 움직이다가 '으…….' 하고 신음을 흘렸다. 진은 평소에 운동은 그다지 좋아하지 않았던 게 틀림없다. 등산한 이튿날처럼 온몸이 근육통으로 아팠다. 특히 사타구니 안쪽의 근육이 몹시 땅겼다.

"……초심자를 상대로 너무하잖아."

투덜대면서 원망의 대상을 떠올리자 저절로 어젯밤이 생각나 얼굴이 화끈거렸다. 금욕적인 표정과 말투의 남자가 그렇게 짐승처럼 달려들 줄은 몰랐다.

밤새 벌어지고 쓸린 질구 안쪽이 욱신욱신했다. 차마 남에게 설명하기 곤란한 부위가 아파서 더 민망했다.

"일어나자."

생각이 많아지니 머릿속만 더 복잡해졌다. 일단 몸을 움직여야겠다.

'한 가지는 확실히 해결했고.'

이제 진의 몸은 순결하지 않았다. 마라의 힘을 받아들이기 위해 순결한 몸이 필요하다면 그 조건은 깨뜨린 셈이었다.

'진이 왜 사왕과 결혼했는지 알아보자. 그리고 내가 이 세상에 적응하려면 배울 게 많아.'

유진은 줄을 당겼다. 잠시 후 잔느가 안으로 들어왔다. 유진은 잔느에게 손짓하여 침대로 가까이 오도록 불렀다.

"잔느."

"예, 아니카."

"전대 총관에게 내가 만나자는 말, 전했니?"

"예. 아니카께서 부르시기를 기다리고 있습니다."

"이미 왔어? 언제? 왔으면 말을 해 주지."

잔느가 아무 말도 못 하고 눈치만 살피자 유진이 가볍게 웃었다.

"널 탓하는 게 아니야. 기다리고 있다니 얼른 만나 봐야겠네. 옷은 갈아입어야겠지?"

"예, 아니카. 준비하겠습니다."

유진은 고개를 숙이고 물러가는 잔느를 불러세웠다.

"날 그렇게 부르지 말고. 음…… 보통은 어떨까? 다른 왕국에서는 왕비님이라고 부르겠지?"

"제가 다른 왕국의 사정은 알 수 없으나…… 그럴 거라고 생각…… 합니다."

"그래. 그럼 이제 왕비님이라고 불러. 아니카라고 하지 말고."

"……."

"불러 봐."

"……예?"

"어서."

겁에 질린 잔느의 표정을 보니 유진은 쓴웃음이 나왔다. 아무래도 악명 높은 진의 이미지를 개선하기 위해 한동안 노력해야 할 것 같다.

"와…… 왕비님."

"응. 모두에게 말해. 이제 날 그렇게 부르라고 해."

"예. 왕…… 비님."

잔느가 나가고 나서 문득 유진은 생각했다.

'다들 속으로는 내 욕을 하겠지?'

아니카라고 부르지 않으면 죽도록 때릴 때는 언제고 또 이제는 그렇게 부르지 말라고 하다니. 어느 변덕에 맞추란 말인가, 한탄할지도 모르겠다.

따지고 들면 자신은 진과 똑같은 짓을 하고 있다. 물론 진이 그랬듯 왕비님이라고 부르지 않는다고 해서 해코지하지는 않을 테지만 계속 주의는 줄 것이다.

진은 아니카라는 호칭에 과도하게 집착했다. 호칭부터 바꿔야 이 세상에 비로소 '유진'의 자리가 생길 것 같았다.

'아무리 불만스러워도 누구도 내게 대놓고 말은 못 할 거야. 난…… 왕비니까.'

유진은 묘한 감상에 젖었다가 한숨을 내쉬었다. 달콤한 전율이 온몸을 스쳤다.

'권력이란 정말 좋은 거구나.'

아직 제대로 맛보지 않았는데도 어깨에 힘이 들어갔다.

자리가 사람을 만든다는 말을 뜻도 어렴풋이 알 것 같았다. 주변에서 모두 자신을 떠받드니까 또박또박 말하게 되고 태도가 당당해졌다.

'더구나 권력 암투 속에서 살아남아야 하는 막장 드라마를 찍을 염려도 없지.'

왕의 변덕이나 주변의 등쌀에 위태롭게 흔들리는 왕비 자리가 아니었다. 왕의 후계자를 낳을 수 있는 유일한 여자를 누가 건드리겠는가.

유진은 진심으로 이 세계에 적응해서 잘 살아 보고 싶었다.

유진은 마리안을 반갑게 맞이했다. 두 번째 만남인 데다가 마리안만큼 긴 대화를 나눈 사람이 없어서 친근감을 느꼈다.

"어서 와요."

"인사 올립니다. 아니카."

"앉아요. 그리고 다른 사람에게 말해 두긴 했지만, 이제 나를 아니카라고 부르지 않았으면 해요."

마리안이 놀란 눈으로 유진을 바라보았다.

"굳이 날 아니카라고 부르지 않아도 내가 아니카라는 사실은 모르는 사람이 없을 거예요. 왕비라는 호칭으로 충분해요. 나중에 딴소리하는 변덕은 부리지 않을 테니까 그건 염려하지 마세요."

"염려라니요. 저희는 지시에 따를 뿐입니다."

마리안은 푸근하게 미소 지으며 유진과 마주 앉았다.

"좀 어떠십니까?"

마리안의 우려 가득한 표정 속에는 하혈한 왕비의 몸 상태 자체를 걱정하는 뜻이 담겼지만, 유진은 기억을 잃은 상황에 관해 묻는다고 생각했다.

"여전해요."

유진의 안색이 괜찮아 보여서 마리안은 안도했다.

"왕비님. 부디 말씀을 낮추어 주십시오."

첫 만남에도 마리안은 똑같은 요청을 했고 그날 유진은 차차 그러겠다는 말로 넘어갔다. 나이 어린 시녀에게 말을 놓는 건 부담이 없지만, 훨씬 연상의 어른이고 사회적인 위치도 제법 있는 사람에게 함부로 말하는 건 내키지 않았다.

"마리안."

"예, 왕비님."

"마리안은 사왕 전하의 유모이고 전대 총관이었고 없어서는 안 될 위치에 있었지요. 내가 마리안에게 예의를 차린다고 해서 질서를 어지럽힌다고는 생각하지 않아요. 그러니 우리 그것에 관해서는 더는 얘기하지 말지요."

마리안은 아무 말 없이 침묵하다가 '예, 왕비님.' 하고 대답했다. 과장되게 감격하는 표정을 지어 호들갑스러운 반응을 꾸며도 자연스러운 상황이었다. 하지만 마리안은 그저 담담히 감정을 눌러 속내를 드러내지 않았다.

마리안 같은 성격은 윗전의 눈에 들기 어려울 것이다. 그런데 유진은 자신 역시 윗사람 비위를 맞추며 아부하는 재주가 영 없던 터라 담백한 마리안의 태도가 더 마음에 들었다.

"오늘 마리안을 보자고 한 이유는…… 단도직입적으로 말해서 날 도와줬으면 해요."

"……제 도움이 필요하다고 하셨습니까?"

마리안은 한 박자 늦게 신중한 태도로 되물었다. 유진은 마리안의 반응이 뜻밖에 무거워서 당황했다.

"내 상황. 지금 내 상태를 모든 사람에게 알리는 건 좋은 생각이 아닌 것 같아요."

"예. 제 생각도 그렇습니다."

"그럼 내가 잊어버린 모든 것을 다시 익힐 수 있도록 도와줄 사람이 필요해요. 마리안이라면 날 충분히 도와줄 수 있겠지요?"

"왕비님. 부족한 저로서는……."

"거절하지 않았으면 좋겠어요. 나는 다른 누구보다도 마리안의 도움이 필요해요."

잠시 말없이 유진을 바라보던 마리안의 표정이 부드럽게 풀어졌다.

"부족한 제가 왕비님께 도움을 드릴 수 있다면 기쁜 마음으로 성심을 다하겠습니다."

"고마워요."

"감사 인사는 제가 왕비님께 올려야지요. 제게 기회를 주셔서 감사합니다."

유진은 마리안이 불편했던 과거를 언급한 걸 눈치챘지만, 모르는 척했다. 앞으로 마리안과 잘 지내고 싶을 뿐이지 마리안과 진 사이의 골을 메울 생각은 없었다.

"왕비님. 저는 이미 왕성을 떠난 사람입니다. 제 자리를 다시 만들기 위해서는 사왕 전하께 허락을 받아야 합니다."

"그렇군요. 그러면 내가 전하께 말씀드리면 될까요?"

"제가 전하께 말씀 올리겠습니다. 왕비님께서 직접 말씀드리겠다면 왕비님 뜻대로 하십시오."

"아니에요. 마리안이 하는 편이 낫겠어요."

유진의 대답이 빨랐다. 마리안이 유진의 표정을 살피며 조심스레 물었다.

"전하를 대하기가 불편하십니까?"

"그게 아니라."

유진은 멋쩍게 웃었다. 아침에 눈을 뜨고 나니 심경이 복잡했다.

최악의 첫날밤은 아니기를 바랐지만, 그렇다고 그렇게 적나라한 밤을 기대한 것도 아니었다. 어떤 표정으로 그 남자와 다시 얼굴을 마주해야 할지 알 수 없었다.

해 본 적은 없지만, 아마 원나잇을 하고 난 이튿날의 심정이 이와 비슷할 것이다. 그래서 가능하면 당분간은 피하고 싶었다.

"말수가…… 적은 분이셔서요."

"마음은 따뜻한 분이십니다. 표현을 잘 하지 않으실 뿐입니다."

"말투도 딱딱하시고."

"그분 자리가 자리이니만큼 습관이 되어서 그럽니다. 함부로 말씀하시지는 않습니다."

열심히 역성을 드는 마리안을 보고 있으니 슬며시 웃음이 나왔다. 제 새끼를 싸고도는 고슴도치 엄마 같다.

"그분은 대놓고 말씀하시던데요. 기억을 잃은 걸 못 믿겠대요."

"그게……."

마리안은 이번에는 변명하지 못하고 한숨만 내쉬었다.

"괜찮아요. 마리안도 내 말을 어디까지 믿어야 할지 고민이 많을 거에요. 이해해요."

"……왕비님께서 거짓말하신다고 생각하지는 않습니다."

"그럼 궁금한 게 있어요."

"제가 아는 것은 모두 말씀드리겠습니다."

"나와 사왕 전하. 부부 사이는 어땠어요?"

유진은 그들이 진짜 부부가 아니었음을 알지만, 주변에서 그들을 보는 시선은 어땠는지 궁금했다.

"좋지 않았다는 건 짐작해요. 솔직히 말해 줘요."

마리안은 난처해하며 주저하다가 입을 열었다.

"공식적인 자리와 그렇지 않을 때 두 분은 사뭇 다른 모습을 보이셨습니다."

"아. 누가 보면 사이좋은 척했다는 거군요?"

쇼윈도 부부였구나. 유진은 대충 감을 잡아 고개를 끄덕였다.

'그럼 두 사람 사이가 안 좋다는 것을 아는 사람은 생각보다 많지 않겠네. 하긴, 진이 그렇게 바보는 아니지. 왕과 사이 나쁘다고 공공연하게 티 내봤자 좋을 게 없을 테니까.'

"그리고 엊그제 마리안을 만나기 바로 전에요. 전하께서 크게 화를 내셨어요. 그런데 이유는 말씀을 안 해 주셨지요. 혹시 그 일에 관해 아는 게 있어요?"

"왕비님께서 아무 말씀 없이 왕성을 나가신 일로 노여워하셨습니다. 그래서 감정이 격해지셨나 봅니다. 왕비님 걱정을 많이 하셨지요."

유진은 마리안의 이번 대답은 진실이 아니라고 생각했다. 그가 과연 진을 걱정했을까?

그날 잔뜩 화가 난 왕은 뭔가가 없어졌다면서 따지러 왔다. 기억을 잃었다고 말했을 때 넌더리 난다는 왕의 표정을 기억했다. 진을 걱정하는 마음은 전혀 느껴지지 않았다.

'내가 정말 기억 상실이었다면 아마 그때 꽤 상처받았을 거야.'

아무래도 마리안은 왕이 무엇을 잃어버렸는지 모르는 모양이다. 알아도 모르는 척하는 것이든지. 왕은 그 뒤로 별말이 없고 주변도 조용한 것으로 봐서는 중요한 물건은 아닌 것 같다.

'그 남자한테 직접 물어봐야겠다. 음…… 뭐, 급한 건 아니니까 나중에.'

"나와 함께 사막으로 갔다가 실종된 시녀들은……."

유진은 그들을 생각하면 마음 한편이 무거웠다. 그들의 빈자리를 느낄 수 없어서 더 안쓰러웠다.

그들의 실종을 안타까워하기보다는 속 시원하게 생각하는 자들이 많다는 뒷사정을 알지 못했다. 그래서 유진은 사람들이 너무 냉정하고 정 없다고 생각했다.

"그들이 살아 있을 가능성은 없겠지요?"

답이 뻔한 질문을 했음을 알고 유진은 착잡한 표정을 지었다.

"하긴, 전하께서 그러시더군요. 살아 돌아와도 죽음을 면하기 어려운 죄인들이라고."

마리안이 살짝 인상을 썼다. '그런 식으로밖에 말씀 못 하십니까?'라고 속으로 왕을 비난했다.

"마리안이 도와줄 수 있어요?"

"제가 무엇을 도와드릴까요?"

"기억이 나지 않아서 그들의 개인 사정은 모르겠어요. 누군가는 결혼했을 수도 있고 누군가는 집안의 가장이었을 수도 있겠지요."

기억 상실이라 모르는 게 아니라 원래부터 왕비는 그들의 개인 사정에 관심 없었다. 알 생각도 하지 않았을 것이다. 마리안은 그 사실을 굳이 지적하지 않았다. 말없이 왕비 말에 귀를 기울였다.

"그들의 가족이 어려움을 겪고 있다면 보상해 주었으면 해서요. 내가 직접 나서려면 어떤 절차인지 모르겠고 전하께서도 허락하지 않으실 것 같아요. 곤란한 부탁인가요?"

마리안이 미소 지었다.

"부탁이라니요. 그저 명을 내리시면 됩니다. 그 일은 제가 알아서 하겠습니다."

"고마워요."

한시름 놓은 표정으로 웃는 유진을 보며 마리안은 가슴 안쪽이 뭉클했다. 기억을 잃었다고 사람의 본질이 바뀌지는 않을 것이다. 미처 몰랐을 뿐이지 본래 이렇게 따뜻한 심성을 가진 분이셨다.

나쁜 일과 좋은 일은 번갈아 온다고 했던가. 마리안은 왕비의 기억 상실이 좋은 반전의 계기가 되기를 간절히 바랐다.

＊　　＊　　＊

카세르는 아침 일찍부터 오후까지 내내 외성벽을 따라 거닐며 주변을 순찰했다. 막 활동기가 시작되었으니 당장 큰일이야 있겠는가마는 이번 활동기는 유난히 느낌이 좋지 않았다.

성벽의 군데군데 모여 있는 병사들은 기름 먹인 화살을 만드느라 분주했다. 그들은 왕이 곁으로 지나가도 자신들이 하는 일에만 집중했다.

라크는 몸 전체에 특수한 기운이 감도는 방어막을 쓰고 있어서 보통의 무기로는 그 방어막을 깨뜨릴 수가 없었다. 반드시 특수한 기름을 바른 화살이나 검을 써야 공격이 먹혔다.

그런데 기름 먹인 무기의 효과는 지속 시간이 반나절 정도이므로 무기가 떨어지지 않도록 병사들은 끊임없이 작업해야 했다.

카세르는 걸음을 멈추고 사막을 응시했다.

"태양의 열기가 달라."

뒤에서 말없이 왕을 보조하던 대장군 레스터가 말을 받았다.

"예. 어제와 확실히 다릅니다."

"바람도 부드럽고. 항상 생각하지만, 성벽 안에서 꼼짝할 수 없는 활동기에 오히려 날씨가 더 좋다니, 참 불합리해."

"가장 긴장을 늦출 수 없는 시기에 혹독하지 않은 날씨는 병사들의 사기 진작에 도움이 된다고 생각합니다."

카세르가 가볍게 웃었다.

"그건 또 그렇군."

레스터는 왕의 심기가 불편해 보이지 않아 안심했다. 그는 왕을 보좌하여 함께 사막으로 나갔다가 며칠 전 돌아왔고 왕비 실종 사건을 뒤늦게 알았다.

국왕 부부 사이가 별로라더라는 말은 얼핏 들었다. 하지만 레스터는 부부 일은 부부만이 안다고 생각했다. 그래서 되도록 국왕 부부 일에는 호기심도 갖지 않으려 했다.

'좋게 잘 해결되었나 보다. 다행이야.'

레스터는 무인치고 섬세한 편이었다. 왕은 감정 표현에 인색하지만,

오랫동안 모신 터라 왕의 기분을 어느 정도는 파악할 수 있었다.

카세르는 자신의 가슴에 한 손을 얹었다. 내부에 웅크리고 있는 프라즈를 관조했다. 활동기가 시작되면 프라즈는 항상 예민하게 자신의 존재를 드러냈다. 그런데 이번에는 이상하게 조용했다.

'왜 이 녀석이 이렇게 얌전하지?'

어제부터 프라즈의 움직임이 이상했다. 나쁜 의미로 이상한 건 아니었다. 마치 배부른 짐승이 만족스럽게 늘어져 있는 상태와 비슷했다. 그러니 더욱 이해할 수 없었다.

그가 어제 왕비를 돕기 위해 그녀의 몸에 기운을 주입했다. 얼마간의 희생을 각오한 행위였다. 예상대로면 그는 약간의 내상을 입었어야 했다. 하지만 타격은커녕 프라즈의 상태가 더 좋았다.

왕의 프라즈와 아니카의 라미타는 기본 성질이 극과 극이었다. 파괴와 창조이니 당연히 서로 맞지 않았다.

물과 기름 같은 그들의 능력은 서로에 대한 호감도에도 영향을 미쳤다. 그래서 왕과 아니카는 서로에게 이성적으로 끌리는 일이 거의 없었다. 왕이 후계자를 얻기가 수월하지 않은 결정적인 이유이기도 했다.

하시 왕국은 환경적 조건이 열악해서 더 어려울 뿐 다른 왕들의 사정도 다 고만고만했다. 왕들은 후계자를 얻기 위해 자신이 가진 모든 수단을 동원하여 아니카에게 구애했다.

카세르가 왕비의 계약 제안을 큰 거부감 없이 받아들인 것도 그래서였다. 어차피 왕과 아니카의 결혼은 아주 넓은 범위에서 놓고 보면 전부 서로의 이득을 견주는 계약이었다.

그는 사막을 응시하며 딴생각에 빠졌다.

이번 활동기는 이상하다. 항상 빈틈없이 맞물려 돌아가는 무언가가 어긋나기 시작한 기분이었다. 하지만 불길한 예감이 들지 않아 그게 더 이상했다.

'어젯밤은……'

밤새도록 이성을 잃고 그녀를 탐하는데 몰두했다. 온몸의 피가 부글부글 끓는 것 같았다. 몇 번을 파정해도 단단하게 일어난 성기는 수그러들지 않았다. 그녀가 완전히 지친 기색이 역력하기에 거우 놓아 주었다.

새벽녘에 기상하여 깊이 잠든 그녀를 한참 내려다보았다. 그녀를 깨울까 말까, 수 없이 고민했다. 활동기가 시작되어 점검할 일이 많지만 않았어도 다시 그녀 몸에 올라탔을 것이다.

그는 자신이 성욕에 담백한 편이라고 생각했다. 왕비를 상대로 그토록 열중할 줄은 몰랐다. 지난 삼 년, 단 한 번도 마음이 동한 적이 없었는데 왜.

지금도 그는 부드러운 그녀의 피부 촉감을 떠올렸다. 갈증이 난다.

'미치겠군.'

진정이 안 되는 마음 상태가 못마땅했다. 본래 남녀의 정사가 그런 것인지, 어디 물어볼 데도 없었다.

시종이 성벽 저쪽에서 종종걸음으로 왕에게 다가왔다. 만일의 위험에 대비하여 무거운 갑옷을 꿰입은 시종은 걸을 때마다 뒤뚱거렸다.

"전하."

"왕비는?"

"조금 전 일어나시어 전 총관을 만나고 계시다고 합니다."

카세르는 아침부터 여러 번 시종을 심부름 보내 왕비 근황을 살폈다. 늦도록 일어나지 않아 걱정했고 아침을 먹고 또 들어가서 잔다기에 의관을 부르라고 해야 하나 고심했다.

"전 총관? 입궁한다는 말은 못 들었다."

"왕비님께서 부르셨다고 합니다."

"알았다. 무슨 일이 있으면 곧바로 와서 알려라."

"예, 전하."

잠자코 대화를 듣는 레스터는 처음 보는 일이라고 생각했다. 왕이 왕성을 나온 후 왕비를 챙기는 모습은 본 적이 없었다.

시종이 왔던 길로 되돌아가고 카세르는 다시 걷기 시작했다. 레스터는 얼른 곁에 따라붙었다.

"레스터."

"예, 전하."

"결혼한 지 얼마나 됐지?"

"올해로 오 년입니다."

"그럼…… 아니다."

왕이 사적인 질문을 하는 것도, 뭘 묻다가 말을 돌리는 것도 처음이었다. 레스터는 고개를 갸웃했다.

날이 어두워진 후에 카세르는 왕성으로 돌아왔다. 그는 오늘처럼 조금이라도 빨리 성으로 돌아가고 싶어 초조했던 적이 없었다. 그런데 오늘따라 유난히 그를 붙잡는 일이 많았다.

시간이 꽤 늦기는 했지만, 그는 혹시나 해서 시종장에게 왕비가 저녁을 먹었는지 물었다. 하지만 시종장의 대답은 실망스러웠다.

"왕비님께서는 일찍 저녁을 드시고 침수 드셨습니다."

카세르는 총관을 불렀다.

"왕비는 괜찮은가? 낮잠도 길게 잤다더니 벌써 잠자리에 들었다지?"

사라는 왕비님의 낮잠을 왕께서 안다는 사실 자체가 놀라웠지만, 내색하지 않고 대답했다.

"오늘 많이 곤하신 모양입니다. 의관을 부를까 여쭈었더니 괜찮다고 하시어 왕비님 뜻에 따랐습니다. 내일도 오늘과 같으시면 의관을 부르겠습니다."

"알았다."

총관이 물러간 후 시종장이 의관이 기다리고 있음을 고했다. 의관은 왕의 부름을 받아 아까부터 대기하고 있었다. 카세르가 기억 상실이라는 증상에 관해 알고 싶어서 아침에 나가는 길에 의관을 부르라고 일러 두었다.

현재 왕비의 기억 상실을 아는 사람은 왕을 비롯하여 소수의 몇 명뿐이었다. 그 증상으로 그녀는 아직 의사의 진찰도 받아 보지 않았다.

왕비는 실종 후 돌아오자마자 건강부터 점검했고 이상이 없었다고 들었다. 왕비의 건강에 문제만 없다면 카세르는 비밀을 공유하는 사람들을 늘리지 않을 생각이었다.

기억 상실은 생소하면서도 심각하게 느껴지는 증상이었다. 알려지면 백성들의 동요를 일으킬 수 있었다. 지배자의 건재함이야말로 왕국을 지탱하는 가장 중요한 주축이기 때문이다.

"이번에 나와 동행하여 사막에 다녀온 전사 중에 기억을 잃은 자가 있다. 이런 증상에 대해 아는 게 있느냐?"

카세르는 적당히 거짓 사실을 섞어 의관에게 물었다.

"환자가 머리에 큰 충격을 받은 일이 있었습니까?"

"자세히 말할 수는 없지만, 그런 듯하다."

"기억 상실은 종종 발견되는 증상입니다. 머리에 큰 충격을 받은 후 짧게는 몇 시간, 며칠 동안 증상이 계속되기도 합니다."

"자기 자신이 누군지 전혀 기억하지 못하는 증상은?"

"그 정도면 아주 심각합니다. 아주 드문 일입니다. 소신은 기록으로만 봤는데 며칠 혹은 몇 년이나 기억이 돌아오지 않는 경우도 있었다고 합니다."

"결국은 기억이 돌아온다는 건가?"

"소신도 확답은 드릴 수 없습니다."

"기억이……."

돌아오지 않게 하려면? 하고 물을 뻔했다. 카세르는 얼른 말을 바꿨다.

"돌아오게 할 방법은?"

"계기가 될 수 있을 충격 요법을 주면 도움이 될 수 있습니다. 가령 애착 있는 물건을 보여 준다거나 자주 갔던 장소에 가 보는 것도 좋은 방법입니다."

의관에게 입조심을 당부하여 돌려보낸 후 카세르는 생각에 잠겼다.

'애착…… 장소…….'

가장 먼저 떠오르는 것은 보물고였다. 왕비는 지난 삼 년 동안 꼬박꼬박 드나들 정도로 보물고를 좋아했고 심지어는 국보를 몰래 가지고 나왔다.

그녀가 국보를 어디에 따로 숨겨 두었는지, 사막으로 가지고 나갔다가 잃어버린 것인지는 불분명했다.

그는 무거운 한숨을 내쉬며 책상에서 일어났다. 발코니 창가에 서서 어둠이 내린 바깥을 응시했다. 하늘에는 붉은 달이 떠 있었다. 건기에는 노랗고 희뿌연 빛을 내뿜는 달이 활동기에 접어들면 붉게 변했다.

그는 지난 건기 내내 알 수 없는 불안감에 시달렸다. 그래서 다른 때보다 열흘은 이르게 돌문을 내리라고 지시했고 무려 한 달 가까이나 사막에 나가 있었다.

사막에서 뭔가 큰일이 터지려나 싶어 긴장했는데 정작 정찰 중에는 별사건이 없었다. 오히려 사건은 왕성에서 벌어졌다.

왕비의 실종, 국보의 도난, 왕비의 기억 상실. 큰일이라면 큰일이었다. 그런데 나쁜 일인지는 모르겠다.

왕비의 실종 사건은 당사자인 왕비가 무탈하게 돌아왔으니 이대로 덮을 것이다. 도난당한 국보의 행방은 몰라도 상관없다. 그녀의 기억이 돌아와야 되찾을 수 있다면 차라리 국보를 포기하겠다.

기억을 잃어 불안해할 왕비에게 미안하지만, 그녀가 현재의 모습 그대로였으면 좋겠다. 그녀가 이전의 모습으로 돌아가지 않기를 바랐다.

'이전의 모습……. 현재의 모습……'

하지만 그녀가 어떤 사람이든 그와 상관없었다. 그가 계약을 통해 얻으려는 것은 그녀가 낳을 아이였지, 그녀가 아니다.

풀 수 없는 수수께끼를 앞에 두고 그는 명치가 꽉 막힌 듯 답답했다.

어젯밤이 남긴 강렬한 기억은 뜨거운 정사만이 아니었다. 그녀와 소소하게 주고받은 대화가 오늘 온종일 머릿속에서 떠돌아다녔다.

「저보다 연상이니까 그 정도는 봐드릴게요.」

그녀가 한 말이 문득 떠올라 픽 웃음이 나왔다. 그가 어디에서도 들어 본 적이 없는 억양과 말투였다.

묘한 경험이었다. 그는 자신과 동등한 위치에 있는 누군가와 그런 식으로 편하게 이야기를 나눠 본 적이 없었다.

"전하."

시종장이 다가와 그를 불렀다.

"전 총관이 알현을 청합니다."

"들어오라고 해."

곧 마리안이 들어왔다.

"인사 올립니다. 전하."

마리안은 발코니 창 앞에 서 있는 왕의 뒷모습을 잠시 바라보다가 천천히 다가갔다. 들어오기 전에는 왕비님께 말씀을 좀 부드럽게 하시라고 잔소리를 할 생각이었지만, 왕의 뒷모습이 어쩐지 심란해 보여 마리안은 마음이 약해졌다.

카세르가 고개를 돌렸다.

"왕비를 만났다지."

"예, 전하. 전하께 허락을 구할 일이 있습니다. 당분간은 제가 왕비님의 시중을 들었으면 합니다."

"누구 생각이야?"

"왕비님께서 부족한 제 도움을 바란다고 하셨습니다."

"어쩌고 싶어? 내키지 않는데 억지로 할 필요는 없어."

"억지가 아닙니다. 지금 왕비님은 순백의 상태이시라 자칫 어디선가 잘못된 사실을 듣고 믿으실까 봐 염려됩니다. 꼭 제가 아니더라도 왕비님 곁에서 중심을 잡을 사람이 있어야 합니다."

카세르가 낮게 웃었다.

"이번에는 잘 지내고 싶다 이거지?"

마리안이 멋쩍게 웃었다.

"허락하신다면 제가 왕비님 시중을 드는 동안은 왕비님의 유모가 될까 합니다."

마리안은 왕비 시중을 드는 동안 보고 들은 것들을 왕께 보고하지 않겠다는 표현을 돌려 말했다.

두 사람의 시선이 마주쳤다. 자칫 오해를 불러일으킬 수 있는 발언이었으나 그는 마리안을 믿었다. 카세르는 언짢은 기색 없이 대답했다.

"좋을 대로 해."

마리안이 미소 지으며 고개를 숙였다.

"황공하옵니다. 전하."

"기억…… 일시적인 증상일 수도 있다고 하더군."

"……예. 하지만 나중 일은 나중에 생각하겠습니다. 그분이 기억을 잃어서 달라졌다고는 생각하지 않습니다. 기억과 상관없이 왕비님은 왕비님이십니다."

본질은 같은 사람이라는 마리안의 말에 카세르는 동의할 수 없었다. 비록 데면데면하게 지냈어도 삼 년 동안 부부였다. 그가 결혼하자마자 곧 왕성을 나간 마리안은 모르는 일들이 많았다.

기억의 잃기 전의 왕비와 현재의 왕비가 얼마나 다른지 아마 그가 느끼는 만큼 실감하는 사람은 없을 것이다.

"그럼 이제 성에서 지낼 건가?"

"그래야겠지요."

"뭐부터 시작할 거지?"

"서두르지는 않을 겁니다. 일상부터……."

"보물고 이야기는 하지 마."

"예?"

"왕비의 일상이라면 보물고가 빠질 수 없겠지. 왕비가 묻는데도 숨기라는 말은 아니야. 하지만 먼저 왕비에게 보물고 이야기는 하지 말도록. 모두에게 함구령을 내리겠다."

마리안은 이유를 물으려다가 입을 다물었다. 왕의 뜻은 단호했다. 이미 왕께서 결정하신 일은 따를 뿐이었다.

"분부대로 하겠습니다. 전하."

＊　　＊　　＊

유진은 이튿날 아침, 마리안과 마주 앉아 왕비의 일과를 이야기하는 것으로 하루를 시작했다. 왕비로서 해야 할 일은 차차 살피기로 하고 기억을 잃기 전 왕비가 온종일 무엇을 했는지를 먼저 들었다.

유진은 표정을 관리하기가 어려웠다. 일이 많아서가 아니라 진이 한 일이 없어서였다.

"음…… 서재…… 그러니까 밥 먹고 자는 시간 외에는 서재에 틀어박혀 있었다는 거네요."

"그 외에도 여러 가지……."

"아니요. 다른 일이라고 해 봤자 분기마다 한 번 정도 자리를 마련해서 귀부인들과 차를 마시고 매년 두 번 정도 있는 공식 연회에 참석하고. 그 외에 얼굴을 내미는 소소한 행사가 몇 번 있기는 한데 다 합쳐도 일 년에 다섯 번?"

말하면서 유진은 어이가 없었다. 원래 악당은 부지런하지 않나?

'얘는 어쩜 이렇게 뺀질거리면서 놀았을까. 어쩐지 참 한가하다 했지. 내가 쉬도록 배려한 게 아니라 그냥 원래 하는 일이 없었구나.'

밤낮으로 파티에 빠져 살았으면 백번 양보해서 사교 활동을 열심히 했다고 주장할 수는 있겠다. 그런데 진은 사람 만나는 일도 거의 하지 않았다.

"원래 왕비는 하는 일이 없나요?"

마리안이 대답하지 못하고 애매하게 웃었다.

'그건 아닌가 보네.'

"서재에서는 뭘 했어요?"

"……모릅니다."

"하루 대부분 시간을 서재에서 보내는데 진…… 내가 서재에서 뭘 하는지 몰라요?"

"왕비님 서재에는 왕비님 외에는 누구도 들어갈 수 없었습니다."

"온종일 책이라도 읽은 건가……."

유진은 은둔형 외톨이처럼 서재에서 꼼짝하지 않고 책만 들이파는 진의 모습을 상상했다. 뭔가 막연히 그렸던 이미지와 한참 어긋났다.

마리안은 찻잔을 들어 입으로 가져가면서 슬쩍 나오는 웃음을 감췄다. 지금 이 자리에 없는 사람에 관해 이야기하는 기분이 들었다.

"왕비님께서는 고서를 수집하는 취미가 있으셨습니다. 왕국으로 오실 때 가져오신 짐이 전부 책이었습니다."

"고서 수집이라…… 우선 나는 서재부터 보고 와야겠어요."

"예, 왕비님."

마리안이 잔느를 불러 서재로 모시도록 지시했다.

서재는 침실에서 꽤 멀리 떨어져 있었다. 긴 복도를 지나 계단을 몇 번 오르내렸다.

유진은 그 서재가 진에게 중요한 곳인지, 그저 서재일 뿐인지, 아리송했다. 며칠 동안 서재가 떠오른 적이 없기 때문이다. 마리안이 말해서 처음 알았고 지금 서재로 가는 길도 낯설었다.

모퉁이를 지나 꺾어진 복도를 근위 병사 둘이 지키고 있었다. 긴 창을 들고 서 있는 모습이 위압적이었다. 유진을 안내하던 잔느가 걸음을 멈추고 고개를 숙였다.

"복도 끝에 보이는 문이 서재입니다. 왕비님."

유진이 지시한 호칭 변경은 아주 잘 지켜졌다. 이번에는 왕비님이라고 부르지 않았을 때 봉변을 당할지도 모른다고 생각했는지 다들 말끝마다 '왕비님'을 붙였다.

"왜 병사가 지키고 있지?"

"귀한 고서적이 많아 항상 경비를 서고 있습니다."

"오래 걸릴지도 몰라. 가도 좋아."

"예, 왕비님."

닫힌 서재 문 앞에 이르러 유진은 심호흡했다. 마리안이 서재 이야기를 했을 때 서재가 진의 비밀기지 같은 곳일지도 모른다는 생각이 얼핏 들었다. 다만, 확신은 할 수 없었다.

위험한 술법을 연구하는 곳이라기에는 접근이 너무 쉬웠다. 타인의 출입을 금지했다지만 진의 지시를 무시할 수 있는 사람, 즉 왕이라면 얼마든지 들어갈 수 있을 것이다.

천천히 손잡이를 돌려 제법 묵직한 문을 밀고 안으로 들어갔다. 주변을 둘러보는 유진의 눈이 휘둥그레졌다.

생각보다 넓었다. 천장이 높고 사방 벽이 붙박이 책장이었다. 책장에는 책이 가득했고 특유의 책 냄새가 공기 중에 떠돌았다. 책장 가장 위칸에 닿을 수 있는 견고한 사다리가 중간중간에 놓여 있었다.

그림 속에서나 볼 듯한 고풍스러운 서재였다. 책을 좋아하는 사람이라면 누구나 꿈꾸는 공간일 것이다.

"……정말 책을 좋아한 건가?"

유진은 주변을 둘러보며 안으로 들어갔다. 내부는 육각형의 구조였다. 가운데에는 긴 소파와 테이블이 놓였다.

그녀는 대충 눈으로 훑으며 책장을 따라 걸었다. 그리고 한쪽 벽 책장의 일부분이 문처럼 갈라져 있는 것을 발견했다.

"비밀 공간?"

가슴이 두근거렸다. 문을 여는 장치가 따로 있나 싶어서 근처를 기웃거렸지만, 아무것도 발견하지 못했다.

유진은 일단 힘을 주어 밀었다. 잠겼을지도 모른다고 생각했는데 스르릉, 소리를 내며 회전문처럼 돌아갔다.

돌아가는 문 너머는 작은 방이었다. 방 안도 벽은 전부 책장이었고 책이 가득했다.

유진은 눈에 띄는 책을 한 권 꺼냈다. 한 손으로 꺼내려다가 너무 무거워서 두 손으로 잡아당겼다. 책장에서 꺼내자마자 몸이 아래로 휘청했다.

"뭐가 이렇게 무거워."

그녀는 책을 들고 작은 방을 나와 테이블에 올렸다. 책 표지부터 펼치며 책을 꼼꼼하게 관찰했다.

"표지는 가죽이고 이 장식한 돌은 보석이겠지? 안쪽은 종이라기에는 촉감이 이상해. 아, 혹시 양피지 같은 걸까?"

마하에서는 종이의 사용이 보편적이었다. 인쇄술이 발달한 편이어서 책의 크기도 작고 가벼웠다. 그러니까 지금 유진이 보는 책은 무척 오래된 고서일 것이다.

아까 마리안이 한 말이 떠올랐다. 왕비의 취미가 고서 수집이라고 했다.

"이런 책이면 굉장히 비쌀 거야."

작은 방에 따로 모아 놓은 것이 이해가 갔다. 그녀는 다시 작은 방으로 들어갔다. 작은 방을 꽉 채운 책은 천여 권 정도였다. 전부 보석으로 장식하고 금가루로 글씨를 쓴 화려한 고서들이었다.

유진은 고서들의 책등을 쭉 눈으로 보다가 흠칫했다. 그녀는 굳은 듯 멈추어 선 채 그 책을 노려보았다. 책등에는 두 개의 뿔이 달린 소의 머리가 그려져 있었다.

그녀는 마른침을 삼켰다. 그 책을 가지고 작은 방에서 나와 테이블에 올렸다. 표지를 넘겨 맨 앞장에 나오는 그림을 보며 유진은 숨을 들이켰다.

뿔 두 개가 달린 소가 사람처럼 두 발로 서서 한 손에는 번개를, 한 손에는 긴 채찍을 든 모습이 붉은색으로 그려져 있었다.

"마라……."

유진은 다시 작은 방으로 들어갔다. 고서들 속에서 '마라'를 다루는 내용의 책을 몇 권 더 뽑아 작은 방에서 꺼내 테이블 위에 올려놓고 고민했다.

'이게 위험한 책일까?'

그 작은 방은 비밀 장소라고 하기엔 허술했다. 서재에 들어온 사람은 누구나 쉽게 이 책들을 찾을 수 있을 것이다.

'오히려 작은 방의 값비싼 고서는 미끼일 수도 있지.'

유진은 벽을 빼곡히 채운 수만 권의 책들을 둘러보았다. 평범한 책으로 위장해서 저 안에 진짜를 숨겼을지도 모른다.

"전하. 왕비님께서는 서재에 들어 계시다고 합니다."

카세르는 읽던 서류에서 시선을 떼고 고개를 들었다.

"서재?"

"예, 전하."

그는 살짝 고개를 끄덕이며 손을 내저었다. 시종이 꾸벅 고개를 숙인 후 멀찍이 물러갔다. 그는 다시 서류로 시선을 내렸지만, 더 이상 글자가 머릿속으로 들어오지 않았다.

오늘 아침 일찍, 마리안이 마차 한 대분의 간단한 짐만 우선 챙겨서 입궁했다. 마리안은 카세르에게 인사만 올리고 곧장 왕비를 보러 갔다.

그는 오전 내내 가득 쌓인 서류들과 씨름하는 동안에도 온전히 집중하지 못했다. 두 사람이 뭘 하고 있을지 궁금해 일하다가 자꾸 딴생각이 들었다. 끝내 시종을 보내서 슬쩍 알아 오라고 지시했다.

'서재…… 거길 잊고 있었다니.'

그는 탄식했다. 보물고에 정신이 쏠려 서재를 간과했다. 왕비가 애착을 가질 첫 순위로 꼽히는 장소는 단연코 서재일 것이다.

서재도 보물고처럼 함구령을 내렸어야 했는데.

'아니야.'

그는 고개를 내저었다.

'서재를 숨기는 건 불가능해.'

먹고 자는 시간을 제외하면 왕비는 하루 대부분을 서재에서 보냈다. 서재를 빼놓고 그녀의 일상을 설명할 방법이 없다.

왕비는 고서 수집에 공을 들였다. 그가 일부러 관심을 두지 않아도 매년 두 번, 결산서를 확인하면 왕비의 취미 생활을 저절로 알게 되었다.

어지간한 거액의 단위에 익숙한 카세르가 놀랄 정도로 왕비의 지출 규모는 대범했다. 하지만 지금껏 관여한 적은 없었다.

지출 내력이 확실한 데다가 다행히 왕국의 재정이 넉넉하여 그 정도는 감당할 능력이 되었다. 후계자를 얻기 위한 대가라고 생각했다.

'서재를 둘러보면서 기억이 되살아날 수도 있겠군.'

그는 심란해하다가 피식 웃음이 나왔다. 기억을 잃었다는 왕비의 일방적인 주장을 순진한 아이처럼 믿고 있는 자신의 상태가 우스웠다.

지금 그녀는 감쪽같은 거짓말 중이거나 일부 기억을 되찾았는데도 모르는 척 숨기고 있을 수도 있다. 그리고 기억 상실이 사실이라고 해도 며칠 후 혹은 몇 달 후에는 회복될 수도 있다.

자신은 그녀를 믿고 싶다가도 끊임없이 의심할 것이다. 두 사람 사이에는 신뢰가 형성될 최소한의 유대감조차 없기 때문이다.

계약을 맺은 당사자 관계일 뿐 두 사람 사이에는 아무것도 없었다. 정말 아무것도.

「왕비님은 왕비님이십니다.」

마리안은 좋은 의도로 말했을 것이다. 하지만 카세르는 '사람은 변하지 않는다'라는 뜻으로 해석했다.

그렇다면 지금의 왕비는 절대 그녀의 본모습일 리가 없었다. 마리안의 그 말 때문에 오히려 카세르는 무뎌진 경계심에 날을 세웠다.

하지만 심경이 복잡했다. 미약을 준비하려 했을 정도로 왕비와의 동침은 '내키지 않으나 해야 하는 일'이었다.

결혼 성립의 완전성을 위해 결혼 삼 년 만에 치른 초야가 이토록 자신을 동요하게 할 줄은 몰랐다. 여자에게 빠져 앞뒤 분간 못 하는 머저리가 된 기분이었다.

펑!

폭발 소리를 듣자마자 카세르가 굳은 표정으로 고개를 들었다. 그는 벌떡 일어나 서둘러 창을 열고 발코니로 나갔다. 그는 시선을 높이 올렸다. 하늘에 노란색 연기가 바람에 흩어지고 있었다.

라크가 나타났다. 노란색 신호는 성벽 쪽이었다.

그는 아래쪽을 내려다보며 길게 휘파람을 불었다. 그는 휘파람에 특별한 기운을 담았다. 사람은 들을 수 없으나 예민한 짐승은 자신을 부르는 소리를 알아차릴 것이다.

오래 기다리지 않아 곧, 저 멀리에서 말갈기를 휘날리며 달려오는 흑마가 보였다.

왕의 말 '아부'는 고삐를 매지 않고 안장도 얹지 않았다. 녀석은 등 위에 주인을 태울 때가 아니면 제 몸을 구속하는 어떤 것도 용납하지 않았다.

"전하!"

시종장이 다급히 뛰어 들어왔다. 시종장과 동행한 전사는 장검 한 자루를 들고 있었다. 전사는 공손하게 두 손에 검을 올린 자세로 왕의 발치에 무릎을 굽혔다.

왕이 라크를 사냥할 때 자신의 프라즈를 무기에 주입한다. 평범한 무기는 즉시 터지거나 녹아 버렸다. 왕실 대대로 물려 내려오는 왕가의 보검만이 버텨 낼 수 있었다.

활동기에 접어들면 왕국은 상시 비상 경비 체제에 돌입했다. 건기에는 보물고 깊은 곳에 보관하는 보검이 활동기에는 왕의 근처에서 항시 준비 대기 중이었다.

카세르는 전사한테 검을 건네받자마자 발코니 난간을 한 손으로 짚고 까마득한 아래로 망설임 없이 뛰어내렸다. 지켜보던 자들 누구도 놀라지 않았다.

아래로 떨어지는 그의 몸 주변을 푸른 기운이 에워쌌다. 거대한 뱀의 형상이 되어 그의 몸을 칭칭 감았다. 왕의 프라즈는 낙하 속도를 감속시키고 바닥에 발을 디뎠을 때의 충격도 흡수했다.

"아부!"

왕을 향해 달려오던 흑마가 부풀어 오르는 것처럼 덩치가 커졌다. 양쪽 귀 옆에 솟은 작은 두 개의 뿔이 크게 뻗어 올라가고 목덜미를 덮은 갈기가 짧게 줄어들었다.

다리는 두툼해지고 딱딱한 말발굽이 갈라져 짐승이 발톱으로 변했다. 변하지 않는 것은 짐승의 붉은 눈동자뿐이었다.

카세르는 거대한 덩치의 흑표범으로 변화한 아부의 등에 올라탔다. 목덜미를 움켜쥐고 자세를 낮추는 동시에 아부가 크게 몸을 도약했다.

짐승이 한 번 뛰는 것만으로 이미 왕성의 반을 가로질렀다. 순식간에 내성의 성벽을 타 넘고 거리를 달려갔다.

거리를 오가는 백성들의 분위기는 비교적 차분했다. 노란색 신호탄은 위험 단계가 낮았다. 활동기 동안 터지는 신호탄 대부분이 노란색이었다.

"헉!"

"으앗!"

거대한 짐승이 옆으로 스쳐 지나가자 사람들은 놀라서 뒷걸음질을 쳤다. 하지만 두려워하는 표정이 아니라 경외의 눈빛으로 이미 저만치 멀어진 뒷모습을 응시했다.

왕이 길들여서 부리는 환수의 존재는 왕국의 백성이라면 모르는 자가 없었다. 사왕의 환수는 특히 유명하여 다른 왕국까지 소문이 자자했다.

"국왕 전하께서 가셨으니 곧 푸른색 신호탄이 터지겠군."

"암, 그깟 괴물, 왕께서 가시면 놈들 제삿날이지."

사람들은 훨씬 밝아진 낯으로 호기롭게 떠들었다. 거리의 모습은 평소와 다름이 없이 평화로웠다.

왕을 태운 환수는 금방 성벽에 다다랐다. 왕께서 납시었다고 호들갑스럽게 맞이하는 자는 아무도 없었다. 신호탄이 터진 순간부터 전시 상태나 마찬가지였다. 모두 무기를 굳건히 쥐고 각자의 자리를 지켰다.

바닥을 박차고 높이 몸을 띄운 아부가 성벽을 딛고 다시 껑충 뛰었다. 몇 번의 도약만으로 높은 성벽 위로 올라갔다.

카세르는 주변을 둘러보며 빠르게 상황을 파악했다. 그가 있는 위치에서 가장 가까운 곳에 병사들이 모여 있고 그들을 독려하는 대장군 레스터의 고함 소리가 들렸다.

카세르는 고개를 기울여 사막 쪽을 바라보는 바깥벽을 살폈다. 거대한 뱀이 유유히 성벽을 타고 오르고 있었다. 굵기가 사람 몸통만 했다.

붉은 눈의 뱀에게 병사들이 기름 먹인 화살을 퍼부었다. 군데군데 전사들이 창을 아래쪽으로 거누고 라크가 더 올라오면 찌를 준비했다.

'뱀.'

카세르는 미간을 찌푸렸다. 뱀은 독이 있어서 까다롭다. 방어막이 깨지면 곧바로 독을 뿜을 것이다. 그 전에 신속히 해치워야 한다.

라크는 형태를 본뜬 생물의 본성과 유사한 특징을 지녔다. 뱀은 성벽을 타고 오를 수 있으므로 1차 방어벽인 높은 성벽을 쓸모없게 만들지만, 무리 짓는 습성은 없었다.

카세르를 발견한 레스터가 먼 뒤쪽 성벽을 가리키며 소리쳤다. 목소리는 들리지 않으나 무슨 뜻인지 알아들었다.

'두 마리인가?'

무리 동물이 아니라도 둘, 혹은 셋이 동시에 공격하는 경우는 종종 있었다. 이곳의 상황은 급하지 않으니 레스터에게 맡기고 카세르는 아부를 재촉해 성벽 위를 달렸다.

첫 번째 공격지점과 정반대 방향의 성벽 위에 병사들이 모여 있었다. 거의 다 올라온 뱀이 성벽 위로 머리를 꼿꼿이 쳐들고 위협적으로 혀를 날름거렸다. 조금 전에 봤던 녀석보다 반 배는 더 컸다.

작은 생물은 약하고 큰 생물은 강하다는 법칙에서 라크는 예외가 없었다. 크면 클수록 강하고 위험하며 공격적이었다.

병사들이 쏘는 화살은 뱀의 몸에 닿기 전에 허공에서 튕겨 나갔다. 카세르의 눈에는 라크의 몸을 감싼 방어막이 보였다.

그것은 얇은 유리 덮개 같았다. 기름을 먹인 화살에 맞을 때마다 미세하게 금이 갔다. 하지만 아직 깨지려면 멀었다.

카세르가 아부의 몸에서 뛰어내리며 검을 뽑아 들었다. 검날에 푸르스름한 기운이 감돌았다.

"아부. 기다려."

그는 아부가 날뛰지 못하게 단속부터 했다. 말 잘 듣는 애완견처럼 흑색 표범이 얌전히 그 자리에 엎드렸다. 왼쪽 오른쪽 번갈아 바닥을 탁탁 치는 꼬리가 불만스러운 짐승의 심정을 나타냈다.

"모두 물러서!"

병사들이 일제히 활을 거두는 순간에 맞추어 카세르가 움직였다. 빠르게 접근하여 라크의 몸통을 내리쳤다. 라크를 둘러싼 방어막이 단번에 깨졌다.

화살 공격 속에서도 그저 여유로웠던 라크는 자신의 위기를 감지하자 공격적으로 변했다. 입을 쩍 벌려 팔뚝만 한 송곳니를 드러내며 카세르를 향해 찍어 내렸다.

라크를 노려보는 카세르의 눈동자에 푸른 기운이 소용돌이치다가 세로로 길게 늘어났다. 그의 몸속에 깃든 프라즈가 자신의 존재를 드러냈다. 푸른 안개가 그의 몸을 감아 올라가며 꼬리부터 비늘이 돋았다.

뱀의 형상으로 변모한 프라즈는 그대로 라크의 머리를 꿰뚫어 관통했다. 라크의 뱀 머리가 퍽 소리를 내며 터졌다. 살점과 뒤섞인 끈적한 체액이 사방으로 튀었다.

카세르는 뱀의 너덜너덜해진 머리 아래를 검으로 베어서 날려 버렸다. 그의 검날에 스민 프라즈의 기운이 재생을 늦출 것이다.

라크는 머리를 베고 심장을 찌른다고 해서 죽지 않는다. 잠시 움직임을 둔하게 만들 수 있을 뿐이었다.

핵을 파괴해야 하는데 핵의 위치는 고정적이지 않았다. 크기도 작았다. 무작위로 공격해서 핵을 파괴할 확률이 희박하므로 라크는 온몸을 난도질해야 겨우 죽일 수 있다고 사람들은 생각했다.

카세르는 핵이 어디 있는지 알 수 있었다. 오직 왕만이 가능했다. 그는 뱀의 몸통 중간에 희미하게 빛나는 지점 위로 검을 세워 그대로 내리꽂았다.

발작하며 뒤틀리는 뱀의 몸이 꿈틀꿈틀하다가 축 늘어졌다. 숨이 끊어진 라크는 사막의 모래보다 고운 가루로 부스러져 바람결에 흩어졌다. 터진 머리 조각도, 카세르의 몸 여기저기에 얼룩진 체액도 가루로 변했다.

그야말로 흔적도 없이 사라졌다. 허무한 최후였다.

숨을 고를 틈도 없었다. 나머지 한 마리와 맞서 싸우는 쪽의 상황은 어찌 되었을까. 그는 때때로 자신의 몸을 여럿으로 나누어 쓸 수 있으면 좋겠다고 생각했다. 그는 아부의 등에 올라타 즉시 달려갔다.

*　　*　　*

유진은 폭발음을 듣고 놀라서 서재에서 나왔다. 그녀는 굳건히 자리를 지키고 있는 병사들을 보며 진정했다. 큰일은 아닌 것 같았다. 복도 끝에는 아까 가라고 했던 잔느가 기다리고 서 있었다.

유진이 다가오자 잔느가 자세를 바로잡고 고개를 숙였다.

"계속 여기 있었니?"

"예, 왕비님."

유진은 '필요하면 부를 테니까 그러지 않아도 돼.'라고 말하려다가 그만두었다. 지루하게 서 있을 잔느를 배려하는 마음이어도 받아들이는 사람은 다르게 해석할 수 있었다.

잔느가 시녀의 소임을 다 하기 위해 기다렸는지, 가라고 해서 갔다가 트집 잡힐까 봐 가지 못했는지는 알 수 없지만, 이러지도 저러지도 못하는 아랫사람의 곤란한 처지가 이해는 갔다.

"서재는 대충 살펴봤으니까 그만 가자."

"예, 왕비님."

유진은 복도에 지나가는 다른 사람이 없는지 확인하고 목소리를 낮추어 물었다.

"폭발 소리가 들리던데 무슨 일이야?"

"라크가 나타났다는 신호입니다."

긴장한 유진의 심장이 뛰었다. 유진이 살던 세상과 마하의 결정적인 차이는 라크의 존재다. 그 괴물은 마하에서 살아가는 인류를 위협하는 강력한 적이었다.

그렇다면 이곳의 인류는 라크의 완전한 말살을 최종 목표로 하고 있느냐고 물을 때 '그렇다'라고 대답할 사람은 많지 않을 것이다.

활동기가 끝나면 라크는 모습을 감춘다. 라크가 남긴 '씨앗'은 건기에 인간들이 채취하여 이용했다. 씨앗은 인간의 삶을 윤택하게 해 주는 필수 자원으로 자리 잡았다.

건기는 인간들의 시간, 활동기는 라크의 시간이다. 어찌 보면 마하는 인간과 라크가 공존하는 세상이었다.

"괜찮은 거지?"

"예, 왕비님. 노란색 신호탄이 올라갔으니 크게 염려하지 않으셔도 됩니다."

'위험 등급에 따라 신호 체계가 있나 보네.'

유진은 더 자세한 내용은 마리안에게 물어봐야겠다고 생각했다. 잔느보다는 마리안이 훨씬 아는 것이 많고 설명도 잘해 줄 것이다.

잔느는 나이 어리고 지위도 낮은 말단 시녀였다. 왕비로서 의존할 상대로 적절하지 않았다. 까마득하게 높은 분의 부족한 모습을 자꾸 보게 되면 윗사람의 권위를 무시하고 업신여기는 마음이 생길 것이다.

'사람 나름이니까 안 그런 사람도 있겠지만.'

유진은 쓴웃음을 지었다. 상대의 악의를 먼저 경계하는 자신의 팍팍한 마음이 씁쓸했다.

살면서 인간의 선의보다는 악의를 많이 겪었다. 마하로 건너오기 전에 유진의 삶은 적자생존의 정글과 다를 바 없었다.

하지만 그 덕분이라고 해야 할까. 낯선 세계로 뚝 떨어진 유진이 충격에서 빠져나오는 시간이 짧았다. 살기 위한 발버둥은 그녀가 지금까지 항상 해 오던 일이었다.

유진은 침실로 돌아와 마리안을 불렀다. 폭발 소리를 들었다고 하자 마리안이 걱정스럽게 물었다.

"많이 놀라셨습니까?"

"아니에요. 주변이 차분해서 별일 아니구나, 짐작은 했어요."

"예, 염려하지 않으셔도 됩니다. 전하께서 가셨으니 곧 푸른색 신호탄이 올라올 겁니다. 처음 올리는 신호탄은 경계경보이고 위험이 해소되면 푸른 신호탄을 쏘아 올립니다."

"항상 전하께서 가시나요?"

"예. 전하께서는 밤낮 가리지 않고 가장 빠르게 달려가십니다. 전하께서 나서시면 최소한의 피해로 안정을 찾으니까요."

마리안은 왕의 유모가 아닌 왕의 신하로서 군주를 향한 경애하는 마음을 뿌듯하게 드러냈다.

유진은 수긍하여 고개를 끄덕였다. 모든 왕이 사왕처럼 백성의 희생을 줄이고자 라크 사냥에 앞장서지는 않았다.

소설 속에 등장하는 암왕 페레드는 라크 사냥을 귀찮아했다. 염왕 라이너는 자신의 힘을 과시하기를 좋아하여 본인의 만족을 위해 강한 라크만 사냥하러 다녔다. 그들이 폭군은 아니지만, 애민 정신이 넘치는 성군도 아니었다.

'그 남자는 좋은 왕인가 보네.'

유진의 소설에 군왕으로서의 사왕 모습은 등장하지 않았다. 하시 왕국은 지명으로만 언급될 뿐이고 주된 배경은 성도이기 때문이다. 소설 속에서 그는 군왕이라기보다는 강한 전사였다.

"신호탄은 색으로 구별해요?"

"예, 왕비님."

마리안은 신호탄의 체계를 설명했다. 성벽 바깥에서 라크가 공격했을 때는 노란색, 라크가 성벽을 완전히 넘어 들어오면 초록색, 라크가 도시 안에 출몰하면 붉은색이다.

노란색 신호탄은 많을 때는 하루에 여러 번, 보통은 사나흘에 한 번꼴로 터졌다. 초록색 신호탄은 활동기 동안 한 번도 없을 때도 있고 평균 서너 번이었다.

붉은색 신호탄이 터지면 반드시 인명 피해가 발생했다. 단단히 무장한 병사들이 지키는 성벽 부근은 빠르게 대처할 수 있으나 무방비한 사람들이 다니는 거리에 라크가 나타나면 방법이 없었다.

"붉은색 신호탄 횟수는 활동기 동안 몇 번이나 되나요?"

"최소 두세 번 정도입니다."

"아······."

유진은 생각보다 많아서 당황했다. 마리안의 말대로라면 활동기마다 항상 사상자가 발생한다는 뜻이다.

"붉은색 신호가 한 번도 없었던 적이 있어요?"

"없습니다. 그래도 사왕 전하께서 계시는 수도는 상황이 나은 편입니다."

마리안이 유진의 표정을 조심스럽게 살피며 물었다.

"서재는 둘러보셨습니까? 뭔가 기억나는 것이 있으신지요?"

"처음 가 본 것처럼 낯설더군요. 그런데……."

"무슨 문제가 있었습니까?"

"음…… 이상한 책을 발견했어요. 마라…… 그림이 그려진……."

마리안이 '아…….' 하고 탄성을 지르더니 긴장이 풀어진 표정으로 미소 지었다.

"오래된 책 중에는 더러 그런 것들이 있지요."

"그런 책을 갖고 있어도 괜찮은가요?"

"금서이기는 하지만 책은 책일 뿐이니까요. 마라에 관한 책은 특히 화려한 장식이 많아서 수집가들에게 인기가 높다고 들었습니다."

'아, 그렇구나.'

유진은 오히려 마리안의 말에서 단서를 얻었다.

'진. 머리를 썼네. 수집품으로 모으는 거니까 대놓고 마라의 책을 구해도 의심받지 않았겠구나.'

유진은 확신했다. 서재는 틀림없는 눈속임이다. 분명히 어딘가에 진의 비밀 제단이 있을 것이다.

진은 단순히 학문적인 호기심으로 마라에 관한 지식을 탐독한 게 아니었다. 금지된 힘에 닿을 방법을 어디선가 얻었고 그녀는 장차 마라의 화신이 될 예정이었다.

'물론 이제는 그렇게 안 되겠지만.'

유진은 조급한 마음을 진정시켰다. 괜히 제단을 찾겠다고 여기저기 뒤지고 다녔다가는 눈에만 띌 것이다. 천천히 기억이 떠오를 수도 있다. 진이 허술하게 숨겼을 리가 없었다.

"내가 왕국으로 올 때 책을 많이 가져왔다고 했지요?"

"예, 왕비님."

"내가 가져온 책과 그 후 수집한 책을 구별할 방법을 찾고 싶어요."

"왕비님께서 따로 정리해 두셨을 것 같지만, 지금은 기억을 못 하시겠군요. 그렇다면 지출 내용을 확인해 보시겠습니까? 자세한 내용은 없어도 매달 책 구매 비용을 파악하실 수 있을 겁니다."

"좋은 생각이에요."

얼마 후 유진은 올해 왕비에게 배정한 예산과 지출 명세를 받아 볼 수 있었다.

"빠르게 보실 수 있는 올해 자료로 가져왔습니다. 지난 몇 년 동안의 더 자세한 명세서는 정리할 시간이 필요하다고 합니다."

올해가 반이 지나갔으므로 마리안이 가져온 자료는 약 반년 동안의 지출 내력이었다.

'금화가 기준 단위구나. 다행이다.'

생필품 가격까지는 몰라도 가장 큰 화폐 단위인 금화의 가치는 대략 알고 있었다.

"고마워요. 나 혼자서 천천히 살펴볼게요."

"예, 왕비님."

모두 물러간 후 유진은 꼼꼼하게 서류를 읽어 내려갔다. 그녀의 표정이 점점 굳고 입술이 미세하게 움찔거렸다. 서류를 쥔 손에 저절로 힘이 들어갔다.

'미쳤어. 책 두 권에 이 가격? 고서 한 권이 거의 집 한 채 값이잖아.'

진은 사교 활동은 거의 하지 않았으므로 옷이나 보석 등의 사치재에는 큰돈을 쓰지 않았다. 아예 안 썼다는 건 아니다. 품위 유지를 위한 지출은 현대적인 화폐 개념으로 매달 몇억은 썼다.

그런데 고서를 사들인 비용이 워낙 어마어마해서 몇억 정도가 우스워 보였다. 그 비용은 당연히 전부 왕실 예산이다.

'진짜 나쁜 년이네. 왕이 주는 돈으로 책을 사고 그 책에서 얻은 지식으로 마라의 술법을 익히고 왕국 백성을 제물 삼아 힘을 얻었다는 거잖아.'

다른 왕국도 왕비에게 이 정도의 거금을 배정해 줄까? 올해 반년 동안 쓴 돈을 평균으로 잡아 삼 년을 계산하면 엄청난 금액이었다.

'하시 왕국이 부유해서? 진이 사왕과 결혼한 이유가 그건가?'

펑!

유진은 흠칫 놀라 고개를 들었다. 그녀는 벌떡 일어나 창가로 달려갔다. 창밖을 내다보니 하늘에 푸른색 연기가 퍼지는 모습이 보였다.

"끝났구나……."

괴물이 나타나는 세상에서 살아가는 사람들에게 자신들을 지켜 주는 왕이 어떤 존재인지 어렴풋이 알 것 같았다. 벌써 이곳 사람이 다 된 모양이다. 든든한 안도감을 느끼며 유진은 작게 웃음을 터뜨렸다.

"와!!!"

"국왕 전하 만세!"

귀가 먹먹할 정도의 함성이었다. 병사들은 경상자 몇 명을 제외하면 큰 사고 없이 라크를 막아 낸 것을 자축했다. 그리고 모두가 압도적인 활약으로 오늘의 승리를 이끈 왕의 덕분이라고 생각했다.

카세르는 자신에게 환호성을 지르는 병사들을 응시했다. 그의 무심한 표정에는 승리의 주역으로서의 우쭐거림이나 어떤 감동도 없었다.

활동기가 시작된 후 첫 전투에 불과했다. 앞으로 두 달 동안 얼마나 많은 라크를 사냥해야 할지 알 수 없다.

하지만 병사들에게 굳이 그 사실을 깨우치지 않았다. 저들이 모를 리가 없다. 지금은 마음껏 기뻐하도록 내버려 두었다.

두 달 후, 저들 중 누군가는 크게 다치고 누군가는 아예 다시는 볼 수 없을 것이다. 적은 희생도 희생이다. 그는 괴물에게 단 한 명의 백성도 잃고 싶지 않았다.

그는 시선을 돌려 끝이 안 보이는 사해를 바라보았다. 그리고 다시 성벽 안쪽의 자신의 왕국으로 눈을 돌렸다.

그의 왕국이다. 그의 백성들이었다.

그가 평생 온 힘을 다해 지켜야 하는 보물들이 바로 여기 있었다.

사막 근방에서 출몰하는 라크는 보통 사람이 상대하기 버거운 괴물들이 대부분이었다. 다른 왕국에서는 사람 몸통 굵기의 뱀 라크가 나타나는 경우가 거의 없다고 들었다. 하지만 이곳에서는 흔했다.

그가 없으면, 왕이 없으면 왕국의 백성들은 괴물과 싸우다가 죽어 갈 것이다. 이 왕국은 순식간에 황폐한 나라로 변할 것이다. 왕이 없는 나라의 백성들 처지가 얼마나 비참해질지는 상상력을 동원하지 않아도 눈에 보였다.

'후계자가 있어야 해.'

자신의 뒤를 든든히 받쳐 줄, 만약의 경우에도 안심하고 뒤를 맡길 수 있는 후계자.

그는 세상을 떠난 자신의 부친이자 전대 사왕의 마음을 요즘 들어 조금은 이해했다. 그런 여자와 결혼해서까지 후계자를 낳아야 했던 절박한 마음이 무엇인지 알 것 같다.

'나도 다를 게 없지.'

그는 자조했다. 그녀가 좋은 사람이라서, 왕비로서 부족함이 없어서, 아이의 좋은 어머니가 되어 줄 사람이라서 결혼한 게 아니다.

'쓸데없는 고민을 하고 있었군.'

왕비가 기억을 잃었든 잃은 척하는 것이든 무슨 상관인가. 후계자만 낳아 준다면 그녀가 무슨 꿍꿍이를 가졌는지 알 바 아니었다.

지난 삼 년의 인내심과 잃어버린 국보까지, 대가는 적지 않게 치렀다. 어쭙잖은 감정놀음에 빠져 있을 때가 아니다.

온종일 갈피를 잡지 못하던 그의 눈빛에서 망설임이 사라졌다. 그는 단호한 표정으로 결심을 굳혔다.

*　　*　　*

"왕비님."

"들어와요."

마리안이 들어와 조심스레 유진의 안색을 살피며 말했다.

"전하께서 전언을 보내셨습니다."

"무슨 일이에요?"

"오늘 밤 납시겠다고 합니다."

"아……."

유진이 말을 잇지 못하고 당황했다. 밤에 오겠다는 뜻은 뻔했다. 이전처럼 침대에 나란히 누워 잠만 자지는 않을 것이다.

그녀는 사실 약간 기분이 상해 있었다. 이틀 전에 첫 밤을 보낸 이후 그 남자는 코빼기도 보이지 않았다. 하룻밤을 보낸 남자와 연락이 닿지 않을 때의 마음이랄까. 자존심이 상하는 것 같고 짜증도 나고, 아무튼 좀 그랬다.

하지만 아까 신호탄이 터진 이후 꽁했던 마음이 풀렸다. 마리안의 설명을 듣고 난 후 그녀는 비로소 활동기의 의미를 다시 생각했다.

활동기는 누군가의 삶과 죽음을 결정하는 비극적인 기간이었다. 본인이, 혹은 가족이 언제 어디서 괴물에게 죽을지 모른다. 왕국의 안전에 온통 정신이 쏠려 딴생각할 여유가 없을 왕의 심정이 이해가 되었다.

"내키지 않으십니까?"

유진은 느릿하게 고개를 끄덕였다. 그에게 유감은 없지만, 그와 얼굴을 마주하기가 거북했다.

사적인 거리는 멀찍이 떨어진 두 사람이 육체적으로만 노골적이고 음란한 밤을 보냈다. 그 간극이 어색해서 유진은 눈 둘 데를 찾지 못하는 기분이었다.

"예, 알겠습니다."

"마리안."

유진은 돌아서는 마리안을 불러세웠다.

"예?"

"거절해도…… 괜찮아요?"

마리안이 미소 지었다.

"왕비님. 부부 관계는 일방적인 강요로 이루어져서는 안 됩니다. 양쪽의 의사가 합치해야지요. 왕비님께서 내키지 않으시면 당연히 거절하실 수 있습니다."

유진도 마리안과 의견이 같았다. 하지만 여기는 신분제 국가이고 그는 왕이었다. 그리고 마리안은 왕의 유모가 아닌가. 굉장히 보수적인 사람일 거라고 생각했다.

"감히 여쭙습니다. 전하께서 무슨 잘못을 하셨습니까?"

"아니에요. 그냥 내 문제예요."

"그렇다면 저는 아무 걱정이 없습니다."

침실을 나오면서 마리안은 속으로 혀를 찼다. 틀림없이 왕께서 뭔가 잘못하셨다. 기억을 잃은 왕비님께서 왕을 피할 이유가 뭐가 있겠는가.

그리고 왕의 잘못이라면 말실수일 것이다. 마리안이 생각하는 완벽한 왕의 유일한 오점이었다. 왕은 돌려 말하는 은유적 화법을 싫어했다. 곁에서 듣는 사람이 무안할 정도로 대놓고 말했다.

'말씀을 부드럽게 하시라고 조언을 올려도 귀담아듣지를 않으시니.'

마리안이 왕의 성장기를 옆에서 지켜보는 동안 성품이 엇나가지 않도록 신경 썼다. 특히 모친 때문에 여성관이 비뚤어지지 않도록 무척 공을 들였다.

하지만 사람들과 두루두루 사귀는 사교술은 귀족이 아닌 마리안의 분야가 아니라 상대적으로 소홀했다. 지금 와서 생각하면 아쉬움이 많았다.

이튿날 아침, 마리안이 왕께서 전언을 보내셨다고 고했다.

"전하께서 점심을 함께하자고 하십니다."

"점심이요?"

"예, 왕비님."

마리안은 조마조마한 심정으로 유진의 대답을 기다렸다. 식사 초대마저 거절하면 왕비님께서 아예 왕을 거부하신다는 의미였다. 그래서 유진이 '그러지요.'라고 대답했을 때는 안도의 숨을 내쉬었다.

식사 시각에 맞추어 시녀들 시중을 받으며 준비하는 동안 유진은 얼마 전에 왕의 식사 초대를 받은 일이 떠올랐다. 그때 자신은 바짝 얼어 있었고 실수하면 어쩌나 안절부절못했다.

그날이 까마득한 옛날도 아닌데 고작 며칠 사이에 그녀의 마음가짐은 완전히 달라졌다. 그녀는 이제 두려움이나 어색함은 느끼지 않았다.

유진은 문득 기이하다는 생각이 들었다.

'나는 이쪽 세상에 너무 빨리 적응하는 것 같아. 이게 보통일까?'

그녀가 창조한 세상이고 원래 존재하는 인물에 빙의했다는 점을 참작

해도 이 비현실적인 현상을 쉽게 납득하며 받아들였다.

낯선 몸은 맞춤옷처럼 잘 맞았다. 거울에 비치는 자신의 모습을 처음 봤을 때만 놀랐을 뿐, 이제는 덤덤했다. 그냥 원래부터 자신의 얼굴인 것 같았다.

유진은 자신이 남들보다 대담하다거나 적응 능력이 뛰어나다고 생각해 본 적이 없었다. 어디 물어볼 데는 없어도 자신이 어딘가 남다른 것 같았다.

잔느가 곁으로 다가와 고했다.

"왕비님. 시종장이 왕비님을 모시러 왔습니다."

"그래. 가자."

지난번처럼 이번 점심 식사 장소도 응접실이었다.

카세르는 미리 와서 기다리고 있다가 유진이 들어오자 자리에서 일어났다. 그는 안으로 걸어 들어오는 유진을 계속 시선으로 좇았다. 잠시 흔들린 눈빛이 다시 차분하게 가라앉았다.

"초대에 응해 줘서 고맙소."

"초대 감사합니다. 전하."

"잘 지내셨소?"

"예, 전하. 평안하셨습니까?"

"잘 지냈소."

두 사람은 착석 후 의례적인 인사를 나누었다. 그가 건네는 인사말에 미사여구가 잔뜩 들어간다거나 비유적인 표현이 없어서 유진은 들은 그대로 인사를 되돌리기만 하면 되었다.

'날 배려해 준 걸까, 원래 인사 방식인 걸까.'

그의 배려는 알아차리기 어려웠다. 그는 과시하지 않는 사람인 것 같았다.

진이 수집한 고서 목록과 지출 내력을 살피며 유진은 한 가지 사실에 주목했다.

그가 진과 맺은 계약에 관해 처음 말을 꺼냈을 때 '네가 삼 년 동안 이만큼을 누렸으니 계약을 이행해라.'라는 식으로 말하지 않았다. 그저 계약 내용 자체를 담백하게 설명했을 뿐이었다.

공치사를 늘어놓는 사람은 꼴불견이어도 어떤 사람인지 파악하기는 차라리 쉽다. 사왕처럼 자신을 잘 드러내지 않는 사람은 예측이 힘들었다.

시종들이 요리를 내왔다. 분위기는 며칠 전의 식사와 다르지 않았다. 두 사람은 말없이 식사에 열중했고 궁인들은 잔뜩 긴장하여 시중을 들었다.

식사가 끝난 후 카세르는 궁인들을 모두 내보냈다. 유진은 마지막 시녀가 나가면서 문을 닫는 모습을 흘끔 곁눈질했다.

"유진."

유진은 흠칫 놀라 돌아보았다. 이름을 불러 달라고 요구했던 그날 밤 자신의 모습이 떠올랐다. 지금 생각하면 분위기에 휩쓸려 이상한 어리광을 부린 것 같아 낯이 뜨거웠다.

하지만 그 말을 철회하고 싶지는 않았다. 그가 한 톤 낮은 목소리로 불러 주는 이름이 듣기 좋았다.

유진은 그와 눈이 마주치자마자 다시 시선을 아래로 내렸다.

"……네."

둘만 남아 있으니 긴장이 되어 더욱 그를 못 쳐다보겠다. 저 그림처럼 반듯하게 잘생긴 남자가 얼마나 저속해질 수 있는지 몸소 겪었다. 자꾸 그날 밤 광경이 떠올랐다.

카세르는 그녀를 유심히 보다가 말했다.

"아픈 것 같지는 않고. 어제는 왜 거절했지?"

유진이 그의 직접적인 질문에 놀라 고개를 들었다. 그는 짧게 헛기침을 하더니 말했다.

"내가…… 엉망이었어?"

유진은 처음에 그의 말뜻을 알아듣지 못했다. 하지만 곧 자신이 했던 말이 떠올랐다.

「오늘 엉망이면 다시는 안 할 거라고요.」

당황한 유진이 빠르게 눈을 깜박거렸다. 그런 걸 대놓고 물어보면 뭐라고 대답을 한단 말인가.

"당신이 동침을 거부하는 이유가 나 때문이라면 내가 납득할 만큼 충분히 설명을 해 줬으면 좋겠군."

"서…… 설명이요?"

"문제를 알아야 해결책을 찾지."

유진은 자신의 마음을 자기 자신에게도 제대로 설명할 수 없었다. 그가 싫은 건 아니다. 민망할 뿐이지.

이미 할 거 다 했으면서 뭐가 민망하냐고 하면 할 말은 없지만, 어쨌든 사람 마음이란 딱 자를 수 없이 복잡미묘한 것이다.

"문제…… 없어요. 제 문제예요."

"무슨 문제?"

"……."

"임신했나?"

"네?"

유진은 큰소리로 되물었다. 무슨 뜻으로 하는 말인지 이해가 가지 않았다.

"전 그날이 처음이었어요."

"알아."

"그럼 벌써 임신했는지 어떻게 알아요?"

"그러니까. 당신이 특별한 재주가 있어서 임신 여부를 벌써 알 수 있는 게 아니라면 동침을 거부하는 이유가 뭐냐고 묻는 거야. 우리 계약을 이행할 의지는 있는 건가?"

유진은 그를 멍하게 바라보다가 중얼거렸다.

"계약……."

그녀는 갑자기 얼음물을 뒤집어쓴 것처럼 정신이 확 들었다. 저 남자가 바라는 건 오직 후계자다. 그날 밤 섹스는 아이를 얻기 위한 과정에 지나지 않았다.

'너 왜 이러니.'

수치심과 자괴감으로 얼굴이 뜨거워졌다. 몰랐던 것도 아니면서 새삼 충격받는 자신을 꾸짖었다.

그녀 역시 진의 계획을 어그러뜨리겠다는 목적으로 시작했다. 특별한 의미를 두지 않았으면서 그새 까맣게 잊고 설렌 자신이 너무 바보 같았다.

유진은 마음을 다잡으며 그를 보며 미소 지었다.

"중요한 이유는 없어요. 그냥 마음이 복잡해서 그랬어요. 아시다시피 제가 기억이 없잖아요."

당황한 카세르의 눈동자가 흔들렸다. 그녀가 엄연히 환자라는 사실을 잊었다. 기억을 잃은 사람의 불안과 고통을 그는 도저히 짐작할 수 없었다.

"미안. 내가 조급한 마음에 당신을 몰아붙였어."

"아니에요. 비록 기억에는 없지만, 약속은 지켜야지요."

"기억은…… 여전해?"

"네."

"기억나는 건?"

"딱히 없어요."

카세르는 안도의 숨을 내쉬었다. 명치를 틀어막고 있던 무언가가 내려가는 것 같았다. 그녀가 어제 서재에 들어가서 오랫동안 나오지 않는다기에 도통 일이 손에 잡히지 않았다.

"재촉하지 않을게."

"괜찮아요. 오세요, 오늘."

두 사람의 시선이 마주쳤다. 카세르가 말을 꺼내려는 순간에 유진이 선수를 쳤다.

"노력해도 임신은 뜻대로 되지 않아요. 제 기억은 언제 돌아올지 기약이 없지요. 오히려 더 서두르셔야 하지 않아요? 제가 기억을 되찾고 딴소리하면 어쩌려고요."

유진은 그의 침묵을 대답으로 해석했다.

"가 볼게요. 가도 되지요?"

유진을 물끄러미 바라보던 그가 짧게 대답하며 고개를 끄덕였다. 돌아서는 유진의 표정이 일그러졌다가 펴졌다.

그날 밤, 모든 게 처음이라 낯설고 아팠지만, 그 하룻밤으로 그와 깊은 교감을 나눴다고 생각했다. 상대방은 그럴 생각이 전혀 없는데 멋대로 혼자 감상에 젖었다.

그가 갑자기 가깝게 느껴지고 문득 설레고 그를 생각하면 두근거리기도 하고, 그런 감정들은 전부 어리석은 착각이었다.

'역시 세상에 공짜는 없구나.'

유진은 헛헛한 마음으로 복도를 걸었다. 진의 몸을 가진 덕분에 진의 아름다운 외모와 높은 신분을 얻었으나 진이 맺은 악연들도 모두 떠맡아야 한다는 사실을 뒤늦게 깨달았다.

미루어 짐작하건대 사왕은 단순히 무관심한 정도를 넘어 진을 싫어했을 가능성이 크다. 왕비의 역할에는 관심 없고 엄청난 돈을 취미 생활로 쓰고 시녀들은 때려죽이고. 이 몇 가지 사실만으로도 사왕이 진을 싫어할 이유가 충분했다.

'그리고 아무리 기억을 잃었다고 해도…… 그 남자 눈에 난 진일 뿐이지.'

새로운 인연을 맺는 것보다 악연을 좋을 인연으로 바꾸는 일이 더 어렵다. 남편을 배신한 진과 아내를 제 손으로 죽이는 사왕의 인연은 분명히 최고의 악연이었다.

자신이 과연 그 복잡한 타래를 풀어낼 수 있을지 모르겠다.

'좋은 인연은 무슨. 적이 안 되는 것만으로도 다행이지.'

유진은 해피엔딩을 낙관하지 않았다. 진이 수습할 수 없는 엄청난 짓을 저질렀으나 아직 드러나지 않았을 가능성도 있었다.

그럼 그때 사왕이 어느 정도까지 참아 주고 어느 선 이상을 넘었을 때 돌아설지 기준점을 알 수 없었다.

등을 돌린 저 남자는 최악의 적이 될 것이다.

'아이를 낳아야겠네.'

막되어 먹은 남자는 아니라서 제 자식을 낳아 준 여자는 아주 높은 기준까지 참아 줄 것 같다.

'아, 왠지 나 되게 쓰레기 같다.'

아이를 수단으로 생각하는 자신이 한심해서 쓴웃음이 나왔다.

유진은 침대에 앉아서 그를 기다렸다. 첫날밤보다 더 긴장되었다. 그날은 그를 어떻게든 설득해서 잠자리를 피하려는 생각만 머릿속에 가득했고 오늘은 그가 들어오면 침대에서 벌어질 일을 뻔히 알기 때문이다.

"왕비님. 사왕 전하, 납시옵니다."

문이 열렸을 때 유진의 긴장감은 극에 달했다. 카세르는 안으로 들어오다가 침대 위에 앉아 있는 그녀를 보고 뒤따르는 시녀들을 내보냈다.

그는 유진의 앞으로 다가가 몸을 숙여 앉았다. 침대에 앉은 유진보다 그의 눈높이가 낮아졌다. 그는 바짝 굳어 있는 유진의 표정을 보고 피식 웃었다.

"오늘 밤 오라고 호통치던 여자는 어디 갔지?"

"호통친 적 없어요."

유진은 부루퉁하게 대꾸했다.

"싫으면 말해. 싫다는 사람, 강제로 안는 취미는 없어."

"싫지…… 않아요."

그에 대한 첫인상은 무척 고압적인 남자라는 느낌이었다. 그런데 생각보다 괜찮은 사람이었다.

말투는 딱딱해도 기본적인 예의를 지켰다. 처음부터 기대치가 낮아서 더 후한 점수를 주는 것일 수도 있지만, 어쨌든 그가 싫지 않았다. 최소한 그와 살을 맞대고 밤을 보내는 행위에 거부감은 없었다.

그의 얼굴이 가까이 다가오자 유진의 볼에 홍조가 번졌다. 이 남자는 왜 이렇게 자연스러운 걸까. 자신만 예민한 사람이 된 것 같다.

그가 두 손을 유진의 양쪽 허벅지 옆 침대를 딛고 상체를 기울였다. 두 사람의 코끝이 아슬아슬하게 닿을 것처럼 가까워졌다.

그가 고개를 살짝 옆으로 돌리자 유진은 눈을 감았다. 탄력 있는 입술이 그녀의 입술과 맞물렸다. 벌어진 입술 사이로 그의 혀가 미끄러져 들어갔다.

느릿하게 안쪽을 훑은 혀가 그녀의 혀를 휘감았다. 꼭 감은 유진의 눈썹이 파르르 떨렸다. 그가 유진의 혀를 쪽 빨아들이면서 입술을 뗐다.

그의 한쪽 팔이 유진의 어깨를 감싸고 다른 팔은 오금 아래로 들어가 가뿐히 그녀를 안아 들었다.

유진의 등이 침대에 닿았다. 그녀가 얕게 내뱉는 숨을 곧바로 그가 삼켰다.

카세르는 그녀를 온몸으로 내리누르지 않도록 적당히 무게를 분산하며 그는 그녀의 작은 입 안으로 깊이 혀를 밀어 넣었다.

순순히 입을 여는 그녀의 태도가 만족스러웠다. 초야를 보낼 때 느꼈던 미약한 저항감이 이제는 느껴지지 않았다.

그는 그녀의 입술을 살짝 깨물고 따끈한 입 안을 혀로 문질렀다. 깊이 얽히는 혀만큼이나 타액이 뒤섞였다. 그녀의 혀를 휘감아 빨아들이자 그녀의 목 안에서 울리는 신음이 그를 흥분시켰다.

그녀의 발목을 잡은 손이 치맛자락의 안쪽으로 종아리를 타고 올라갔다. 가늘고 미끈한 다리가 손바닥에 스치는 느낌이 부드러웠다. 허벅지 안쪽을 더듬던 그의 손이 속옷 위로 둔덕을 문질렀다.

입술을 떼자 그녀의 눈이 동그랗게 커져 있었다. 그녀의 흔들리는 눈을 보니 짓궂은 마음이 들었다. 그는 입술 위에 가볍게 키스하며 물었다.

"여기, 괜찮아?"

"뭐, 뭐가요?"

유진이 다리를 오므리며 허리를 뒤틀어 소극적으로 그의 손을 밀어내려 했다. 하지만 그는 오히려 손가락으로 둔덕의 위쪽을 꾹 눌렀다.

"그날 새벽에 보니까 꽤 부었던데."

유진은 붉어진 얼굴로 힘껏 그를 노려보았다.

"이튿날, 낮잠 자고 저녁에는 일찍 잠들었지. 많이 힘들었나, 생각했어."

유진의 눈에서 힘이 풀렸다. 그가 자신에게 아예 무관심했던 건 아니었나 보다. 그의 손가락이 속옷 안쪽으로 파고들었다. 유진의 몸이 흠칫 놀랐다.

그는 균열의 틈에 손가락을 끼우고 아래위로 문질렀다. 파드득 떠는 그녀의 몸을 누르고 그녀의 입술을 삼켰다.

"홋……."

그녀의 말캉한 혀를 감아올리고 빨아들였다. 달콤한 과즙이 새어 나오는 과일을 깨무는 기분이 들었다. 하지만 그가 맛보았던 어떤 과일의 식감도 이렇게 보들보들하면서 동시에 쫀득하지 않았다.

그는 왕비의 침실로 오는 길에 다짐했다. 후계자를 얻기 위한 과정일 뿐이다. 오늘 밤은 초야처럼 절제하지 못하는 한심한 꼴은 보이지 않으리라.

하지만 벌써 그의 이성은 흔들리기 시작했다.

남녀가 몸을 섞는다는 의미란 이런 것이었나. 그는 들끓는 자신의 욕망이 당혹스러웠다.

더 집요하게 그녀의 입 안을 탐하고 싶었다. 그는 치미는 욕망을 누르고 입술을 뗐다.

두 사람의 입술이 아슬아슬하게 맞닿았다. 그의 인내심도 아슬아슬했다. 그녀의 숨에서조차 달콤새콤한 향이 났다.

미끈거리는 애액이 음부를 문지르는 그의 손가락을 적셨다. 끈끈하면서도 질척한 촉감이 맛있었다. 지금 느끼는 감각이 촉감인지, 미각인지, 알 수 없게 뒤섞였다.

"아프지는 않아?"

"괜찮…… 아요."

그는 손가락을 세워 안쪽으로 찔러 넣었다. 젖은 질구 안으로 손가락이 쭉 미끄러져 들어갔다.

마주 보고 있던 그녀의 눈동자가 흠칫 떨리는 순간 간신히 누른 욕망이 그의 눈에 확 타올랐다. 그는 다시 그녀의 입술을 덮쳤다.

"흐읏……."

유진은 어느새 그의 목에 팔을 감았다. 격렬한 키스에 빠져들었다. 삼키지 못한 타액이 그녀의 턱을 타고 흘러내렸다.

그는 그녀의 혀를 깨물고 삼키며 때로는 혀가 그녀의 목 안쪽을 훑었다가 나갔다. 마치 섹스 같았다.

동시에 그의 손가락은 그녀의 음핵을 문지르고 질구 안으로 들락이며 자극했다. 손가락이 애액으로 미끄러지는 젖은 소리가 들리는 것 같았다.

"아!"

유진은 짧은 비명을 질렀다. 어느새 그가 입술 대신 그녀의 가슴을 삼켰다. 따끈하고 촉촉한 점막이 가슴을 감싸는 느낌이 오싹했다.

그의 입술이 유륜만 감싼 상태로 빨아들였다가 유두를 깨물었다. 혀끝을 세워 파고든 후 혀로 감싸 핥았다.

유진의 입에서 간헐적인 신음과 가쁜 숨소리가 흘러나왔다. 자잘한 쾌감이 온몸으로 번졌다. 그의 손가락이 질벽을 누르고 문지를수록 하복부에서는 열이 났다.

유진은 눈을 감고 점점 고조되는 쾌감에 잠겼다. 이다음에 무엇이 올지 알고 있기에 기대하는 한편, 좀 더 지금의 찰랑거리는 상태를 즐기고 싶었다.

그의 손이 온몸을 어루만지는 느낌이 좋았다. 그의 손길은 부드럽다가도 긴장이 풀어지려 할 때 자극적으로 변했다.

'잘하는 거 같아.'

애무도, 키스도.

비교할 상대는 없어도 알 수 있었다.

딴생각하는 그녀를 나무라는 것처럼 느릿하게 움직이던 그의 손이 음핵을 빠르게 마찰했다. 순간 그녀의 머릿속이 깜깜해졌다.

"으읏."

짧고 강렬한 오르가슴이 밀려왔다. 유진은 꽉 다문 잇새로 희미한 신음을 흘리고 턱을 들어 올렸다. 머릿속이 징 울리면서 저절로 등이 휘어 떠올랐다. 질구로 물을 쏟아 내는 느낌이 생생했다.

유진의 등 전체가 다시 침대에 닿았다. 이완된 몸이 허벅지가 잡히자 긴장했다.

키스와 애무는 좋다. 손으로 클리토리스를 자극하는 오르가슴까지도 기분 좋았다. 하지만 직접적인 성기 삽입 때 느꼈던 고통은 아직 뇌리에 선명했다.

유진은 겁먹은 눈으로 자신의 허벅지를 잡아 벌리는 그를 올려다보았다. 눈이 마주친 그가 픽 웃었다.

유진은 빠르게 눈을 깜빡였다. 어쩌면 그가 '그만할까?'라고 자신의 의사를 물을지도 모른다는 생각이 들었다. 그러면 고개를 끄덕이고 싶었다.

하지만 그는 질문 대신 더 바짝 하복부를 붙이며 그녀의 다리를 자신의 허벅지에 얹었다.

'약았어.'

물어보지 않아도 될 때는 일일이 허락을 받을 것처럼 굴면서.

그는 멈추지 않을 것이다. 유진은 고개를 옆으로 돌리고 눈을 감았다. 질구에 뭉툭한 끝이 닿았다. 유진은 입술을 앙다물었다.

'아······.'

두툼한 귀두가 안쪽을 벌리며 느릿하게 파고들어 왔다. 뻐근한 통증은 지난번처럼 끔찍하지 않았다. 지레 겁을 먹어 그런지 생각보다 견딜 만했다. 그녀의 미간에 잡힌 주름이 점점 펴졌다.

그런데 지난번과 다른 기묘한 감각이 느껴져 당황스러웠다. 쾌감이라 하기엔 그다지 짜릿하지 않으나 통증도 아니었다.

그녀는 점점 가쁘게 호흡했다. 이상하다. 아래쪽이 꽉 찬 것 같은데 그는 여전히 진입했다.

"아픈가?"

유진은 숨을 할딱이며 말했다.

"모르······ 겠어요."

아프다기보다는 버거웠다. 초야 때는 고통 때문에 이런 감각이 뒤로 밀려나 알지 못했던 걸까.

카세르는 그녀의 표정을 살피면서 천천히 삽입했다. 단번에 내지르고 싶은 욕구를 참고 느릿하게 움직이느라 그의 등 근육이 팽팽하게 긴장했다.

그는 사타구니가 서로 맞닿을 정도로 완전히 그녀의 안에 자신을 묻은 후 참았던 숨을 내쉬었다. 처음으로 끝까지 다 넣었다.

초야 때는 그녀가 워낙 아파해서 완전한 삽입은 안 했다. 그날 거의 정신이 반쯤은 날아간 상태였는데도 끝까지 참은 자신이 솔직히 놀라웠다.

꽉 조이는 내벽이 빈틈없이 감싸는 느낌은 환상적이었다. 사정하지 않았는데도 온몸이 따끔거리는 쾌감이라니.

이런 쾌감을 지금껏 모르고 지내 다행이라는 생각이 들었다. 어린 나이에 맛보았다가는 모든 것을 내팽개치고 빠져들었을지도 모른다.

그는 느릿하게 허리를 약간만 빼내었다가 다시 천천히 밀어 넣었다. 질벽에 쓸리는 느낌이 좋아서 그는 낮은 한숨을 내쉬었다.

그는 느리게 허리를 움직였다. 조금만 뒤로 물러났다가 다시 파고들어 그녀가 익숙해지기를 기다렸다.

"아…… 앗."

안쪽이 쿡 찔릴 때마다 유진은 흠칫 놀랐다. 그가 빠져나갈 때는 숨이 조금 편해지고 그가 다시 꽉 채우고 들어오면 숨이 턱까지 차올랐다.

그가 뒤로 거의 끝까지 물러났다. 갑자기 안이 텅 빈 것처럼 허전했다. 그리고 쑥 밀고 들어오는 강렬한 느낌에 그녀는 비명을 질렀다.

다시 그가 빠져나갔다가 더 빠른 속도로 치받았다. 눈앞이 번쩍했다.

"아!"

그가 속도감 있게 박아 넣기 시작했다. 질벽을 넓히며 밀고 들어와 안쪽 깊은 곳을 찔렀다. 그가 허리를 물리면 좁아진 질벽을 사내의 살기둥이 다시 쑥 넓히고 들어왔다. 반복되는 추삽질 따라 질벽은 경련하듯 움직였다. 유진은 자극을 견디지 못해 비명처럼 신음을 질렀다.

"아! 흐윽! 아아!"

그가 박아 넣을 때마다 온몸이 쿵쿵 울렸다. 고통은 차라리 단순했다. 하지만 온몸이 간지러우면서 손끝이 찌릿찌릿하고 눈앞이 아득해지는 감각은 실체를 알 수 없어 두려웠다.

흐드러진 여자를 내려다보는 카세르의 눈에 열기가 가득했다. 언젠가는 불을 환하게 밝힌 상태에서 그녀를 안아 봐야겠다. 그녀의 하얀 피부가 붉게 물드는 모습이 보고 싶었다.

그는 오싹하게 밀려오는 사정감을 참았다. 조금만 더. 강렬한 사정의 쾌감만큼은 아니어도 아랫배가 저릿하게 당기는 이 상태도 만족스러웠다.

그가 강하게 치받는 순간, 유진은 눈을 크게 떴다. 목에서 막힌 비명이 나오지도 못하고 숨만 헉헉 내쉬었다.

저절로 목이 뒤로 꺾이고 허리가 휘어졌다. 발끝에서부터 정수리 끝까지 훑고 지나가는 쾌락에 전율했다.

그의 나직한 신음 소리가 들리고 안쪽으로 뜨거운 것이 쏟아져 들어왔다. 유진은 눈을 질끈 감았다. 저절로 고인 눈물이 흘러내렸다. 오한이 드는 것처럼 온몸이 덜덜 떨렸다.

질벽의 경련은 꽤 오래 이어졌다. 시간이 지나 그녀의 떨림이 점차 가라앉았다. 팔딱팔딱 뛰던 질구의 경련도 간격이 점점 길어졌다.

그녀의 몸이 천천히 늘어졌다. 다리 안쪽에 깊이 박혀 있던 그의 성기가 뭉근하게 안쪽을 문질렀다. 아직 여운이 남아서 느릿한 마찰만으로도 오싹했다. 유진이 힘겹게 신음을 흘리자 그가 뒤로 물러났다.

"하아…… 하아……."

유진은 숨을 몰아쉬며 천천히 눈을 감았다가 떴다. 머릿속이 몽롱했다. 온몸의 기력이 다 빠져나간 것처럼 손가락도 꼼짝하기 싫었다.

그녀의 이마에 그의 입술이 닿았다. 그는 유진의 눈두덩이에 입을 맞추고 입술에 가볍게 키스했다.

유진은 미간을 찡그렸다. 마주친 그의 눈동자에 생생한 기운이 흘러넘쳤다. 불길하다. 이 밤이 무척 길 것 같은 예감이었다.

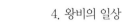

4. 왕비의 일상

눈을 뜨니 이미 날은 환하게 밝아 있었다. 언제나처럼 옆자리는 비었다. 유진은 베개에 얼굴을 깊이 묻은 자세로 느릿하게 눈을 깜빡였다. 몸이 무겁게 가라앉았다.

'일, 이, 삼……'

유진은 머릿속으로 날짜를 셌다.

'맙소사.'

유진이 사막 한복판에 떨어진 지 거의 3주가 지났다. 처음 며칠은 시간이 지독히 느리게 흐른다고 생각했건만 그 후부터 그야말로 눈 깜짝할 새에 지나갔다. 그리고 뭘 했는지도 기억에 없었다.

없을 수밖에. 거의 정오 가까이 기상해서 씻고, 밥 먹고, 낮잠 한숨 자고 나면 또 밥 먹고. 그러면 금세 저녁이 되었다.

너무 피곤해서 서재에서 책 몇 권 훑어본 게 전부였다. 진의 비밀 제단을 찾아내겠다는 목표까지 아직 근처에도 접근하지 못했다.

시간을 통째로 도둑맞은 기분이었다.

'다 그 남자 때문이야.'

두 번째 밤을 보낸 이후 근 2주간 그는 매일 시종을 보내 방문을 예고하고 밤마다 왕비의 침실을 찾아왔다.

활동기가 시작된 이후 노란색 신호탄이 하루도 터지지 않은 날이 없었다. 그는 그때마다 성벽으로 달려갔을 것이다.

매일 괴물과 전투하고 국정을 살피고 하루에 한두 번은 내성 바깥을 순찰하러 나간다고 들었다. 꽉 짜인 일정에 지치지도 않는지 넘치는 기운을 다 써 버리겠다는 기세로 유진을 밤새도록 괴롭혔다.

'체력이 정말 대단하다니까.'

그의 체력을 따라가지 못하는 유진만 괴로웠다. 후계자를 얻고 싶은 그 남자의 마음은 이해했다. 왕에게 뒤를 맡길 후사의 존재란 왕으로서 단단한 입지를 다지기 위한 필수 조건일 것이다.

하지만 이러다가 애를 낳기도 전에 자신의 몸이 축나겠다.

'이대로는 안 돼. 뭘 할 수가 없잖아.'

유진은 부스스 몸을 일으켜 앉았다.

'사람들 보기도 창피하고.'

이불 뒤집어쓰고 발을 구를 만한 포인트가 한두 군데가 아니었다.

왕과 왕비의 침실이 원래 따로 떨어져 있어서 왕이 왕비의 침실을 찾아온다는 자체가 오늘 밤에 섹스한다고 사방에 알리는 꼴이었다.

엉망이 된 침구를 시녀들이 정리하는 것도 낯부끄러웠다. 목욕 시중을 드는 시녀에게 알몸을 보이는 것도 창피했다. 그가 남긴 흔적으로 온몸이 온통 울긋불긋했다.

'분명히 시녀들이 뒤로 이런저런 말을 떠들 거야. 하아. 정말 남사스러 워서.'

한 달에 한 번 동침하던 국왕 부부가 갑자기 불붙은 연인처럼 매일 한 침대를 쓰고 있으니 오죽 뒷말이 많겠는가.

입단속을 엄하게 해도 자기들끼리 속닥거리는 것까지 막을 수는 없 다.

유진은 높은 신분이 주는 이득을 누리는 만큼 포기해야 하는 것도 있 음을 깨달았다. 왕비에게 완벽한 사생활이란 없었다. 항상 주변에 누군 가의 눈과 귀가 있었다.

'진이 게으른 왕비였다는 사실이 도움이 될 줄이야.'

정오까지 늘어져 잠을 자도 깨우는 사람이 없었다. 먹고 자기만 해도 왕비의 빈자리는 티가 나지 않았다.

놀고먹는 생활은 즐겁지만, '이래도 괜찮은 건가.'라는 생각이 들기 시 작했다.

유진은 없어도 되는 사람이 아니라 자신의 자리를 만들고 싶었다.

'오늘은 이상하게 몸이 찌뿌둥하네.'

유진은 시녀를 부르는 줄을 당기려다가 인상을 쓰며 아랫배를 눌렀 다.

'으⋯⋯.'

이 기분 나쁜 통증이 뭔지 알고 있다. 유진은 잠옷 치맛자락을 위로 들추었다.

"아⋯⋯."

붉은 핏물이 허벅지에 묻었다. 월경이 시작됐다.

유진은 초경이 시작된 소녀처럼 생경한 것을 보는 표정으로 핏자국을 내려다보았다.

육체를 갈아탄 상태로 처음 경험하는 월경이었다. 영혼이 바뀌어도 몸은 아랑곳하지 않고 착실히 세포 분열을 하고 있다.

선명한 붉은 색 피는 그녀를 새로운 충격에 빠뜨렸다. 갑자기 현실감이 확 들었다.

유진은 자신이 마하에 왔다는 사실을 알게 된 후부터 '지금 나는 꿈을 꾸고 있지 않아. 여긴 현실이야.'라고 수없이 되뇌었다. 거의 자신을 세뇌하다시피 했다.

자기 암시는 효과가 좋았다. 이곳에 제법 잘 적응한 데에 큰 역할을 했다고 생각했다.

하지만 이런 식으로 소스라칠 때가 있었다. 부드러운 솜털 위를 걷다가 갑자기 거친 돌밭을 밟은 기분이랄까.

유진은 오싹한 기분을 추스르며 눈을 감고 크게 숨을 몰아쉬었다.

'차차 이 세상에 동화되겠지. 조급해하지 말자.'

이쪽 세상에 떨어진 지 한 달도 되지 않았으니까.

"……임신 안 했네."

'살았다'라는 생각이 가장 먼저 들었다. 대범한 척했으나 혹시 임신할까 봐 조마조마하게 긴장했던 자신의 마음을 비로소 제대로 깨달았다.

임신과 출산은 많은 문제를 해결하는 확실한 방법은 맞다. 머리로는 알지만, 마음먹기 쉬운 일은 아니었다.

그런데 안심하는 마음과는 별개로 막상 임신하지 않았다는 사실이 믿기지 않았다.

"그렇게 하는데 왜 임신이……."

유진은 중얼거리다가 두 손으로 얼굴을 감싸 쥐었다. 본능에 충실한 그와의 정사가 떠올라 얼굴이 화끈거렸다.

목적이 뚜렷한 교합이었다. 쾌락이나 애정 확인을 위해서가 아니라

'번식'을 위해서다. 야만적이지만, 그래서 더 아무 생각 없이 몰두할 수 있었다.

그 남자는 임신시키기 위해 정말 최선을 다했다. 그가 유진의 자궁 깊숙이 정액을 쏟아 낸 횟수는 셀 수 없었다. 그는 사정 후에도 삽입한 채 안쪽을 문지르는 후희를 좋아했다.

유진은 잡생각을 털어 내듯 붉어진 얼굴로 고개를 흔들었다. 얼른 줄을 당겨 시녀를 불렀다.

"평안히 주무셨습니까."

유진은 멋쩍게 웃었다. 아침 겸 점심을 먹고 난 후에 아침 인사를 받으려니 공연히 민망했다.

마리안은 하루도 빠짐없이 아침저녁으로 안부 인사를 잊지 않았다. 성가시게 간섭하는 것이 아니라 세심하게 챙겨 준다는 느낌을 받았다.

'대단한 사람이야.'

자신을 낮추는데도 아부한다거나 비굴해 보이지 않았다. 상대방의 신뢰를 끌어내는 능력이 있었다.

유진은 방어적인 성격이라 누군가와 쉽게 친해지지 못했다. 어릴 때는 바보같이 순진하게 사람을 쉽게 믿었던 때도 있었으니 원래의 성격이라기보다는 살다 보니까 그렇게 되었다.

유진은 어릴 때부터 생활 전선이 뛰어들었다. 일하면서 알게 된 사람들도 유진만큼 힘들거나 혹은 더 힘들게 살아가는 사람들이었다.

삶의 여유가 없는 사람은 마음의 여유도 없었다. 그런 사람들한테 받는 상처가 늘면서 유진은 자신을 보호하고자 사람과 거리를 두었다.

그런데 만난 지 한 달도 안 된 마리안과 함께 있으면 마음이 편했다. 아마 마리안은 어떤 사람이 왕비로 왔어도 잡음 없이 잘 보필했을 것이다.

'근데 하필 진이 왕비가 되어서…… 걔는 정말 뼛속까지 악한 애니까.'

진은 성악설에 딱 들어맞는 인물이었다.

불우한 환경 탓을 하자니 부유하며 명망 있는 신분 높은 가문의 막내딸로 태어났다. 혈통 탓을 하자니 그녀의 가족은 모두 온화한 사람들로 막내딸에게 흠뻑 애정을 쏟았다.

따라서 진 아니카의 악독한 품성은 누구의 탓도 아닌, 그저 타고났다는 말 외에는 표현할 방법이 없었다.

'내가 너무 극단적인 캐릭터를 설정했나 봐.'

회개하고 새 사람으로 다시 태어날 여지조차 없는 악마. 현대적인 개념으로 사이코패스 같은 인물을 유진이 만들었다.

'혹시 난 내가 만든 이야기를 수습하기 위해 여기 온 게 아닐까?'

"왕비님. 지시하신 사안의 처리 결과를 보고드립니다."

유진은 어리둥절한 표정으로 눈을 깜빡거렸다. 마리안이 갑작스럽게 꺼낸 말이 무슨 소린지 알 수 없었다.

"일전에 실종된 시녀들의 집안 사정을 살피고 필요하면 보상하라고 명하셨습니다."

'아, 그거.'

명령보다는 부탁에 가까웠지만, 유진은 잠자코 들었다.

"죄인들은 왕명을 거역했으며 죄상이 명백합니다. 하오나 왕비님께서 자비를 베푸시고 그들을 가련하게 여기시니 왕비님 뜻에 따라 죄인들의 장례를 치를 비용을 지원하고 생활고를 겪는 일부 유족에게는 보상금을 지급하였습니다. 왕비님의 높으신 은덕에 모두 엎드려 감사 인사를 올릴 겁니다."

"……수고했어요."

한 일도 없이 공치사를 받자니 기분이 머쓱했다.

그때는 순간의 동정심으로 마리안에게 부탁했다. 솔직히 잊고 있었다.

얼굴 한 번도 본 적 없는 사람들의 고통에 공감하여 진심으로 마음 아파할 만큼 자신은 착하지 않았다. 그들은 죄인일 뿐이라고 잘라 말하는 사왕의 태도에 약간의 반발심도 작용했던 것 같다.

"보상금이 그들에게 정말 도움이 될까요?"

사람이 죽었는데 돈으로 무마하는 것 같아 영 개운하지 않았다.

"왕비님. 보상금은 왕비님께서 죄인들에게 베푸신 은혜 중 일부에 불과합니다. 왕명을 거역한 죄는 아주 무겁습니다."

이어지는 마리안의 설명에 따르면 중죄인은 장례를 치를 수 없었다. 중죄인의 가족으로 낙인찍히면 따돌림당하고 암묵적인 차별에 시달린다. 대부분이 견디지 못하고 도망치듯 살던 곳에서 떠난다고 했다.

"장례를 치르고 보상금까지 받았으니 그 가족들은 지금처럼 지낼 수 있을 겁니다."

"……."

유진은 남에게 해는 끼치지 않지만, 오지랖도 부리지 않으며 살아왔다. 그런데 자신이 지나가듯 한마디 했을 뿐인데 누군가의 삶에 큰 영향을 미친다고 생각하자 기분이 이상했다.

'왕비라……'

갑자기 어깨에 무거운 돌이 얹어진 기분이었다. 책임과 의무를 져야 할 만큼의 권력을 누리며 살아본 적이 없었다. 그래서 왕비라는 자리의 무게가 실감이 나지 않았다.

'좀 더 진지해져야 하는 건가?'

"전하께서도 아세요?"

"예, 알고 계십니다."

"아신다고요?"

"이만한 일을 전하께 보고드리지 않고 처리할 수 없습니다."

"별말씀…… 없으시던가요?"

사왕은 그들이 죽어 마땅한 죄인이라고 차갑게 잘라 말했다. 그래서 마리안에게 부탁했다. 왕 모르게 잘 처리해 달라는 뜻이었으나 그런 의도가 마리안에게 정확히 전달되지는 않은 모양이다.

"예. 그리고 이미 끝난 일이라 전하께서 후에 두말하시는 일은 없을 겁니다. 그 점은 염려 마시어요."

"……."

마리안이 유진의 안색을 살폈다.

"심려하시는 일이 있으신지요?"

"의외라서요. 전하께서 그들을 용서하지 않으실 줄 알았어요."

마리안이 미소 지었다.

"왕비님께서 나서셨으니까요."

왕비의 명이 왕명보다 우선한다는 뜻은 아닐 것이다.

'내가 하는 일에 왕이 딴지를 걸면 내 체면이 서지 않아서?'

그는 그저 형식적으로 배려한 것일지도 모른다. 국왕 부부가 대외적으로는 부딪치지 않는 편이 좋으니까.

그래도 기분이 꽤 괜찮았다. 유진은 멋쩍은 기분으로 괜히 찻잔을 들어 찻물을 넘겼다.

"왕비님. 그리고 드릴 말씀이 있습니다."

마리안은 길고 동그란 통을 열어 안에 둘둘 말려 있는 종이를 꺼내 테이블에 펼쳤다. 중년 남자의 얼굴이 그려져 있었다.

남자는 정면을 바라보고 있으며 그림은 어깨 정도에서 잘렸다. 머리카락과 눈동자에 채색은 되어 있으나 전체적으로 미완성작처럼 마무리가 꼼꼼하지 않았다.

'꼭 몽타주 같네.'

"왕비님. 이 사람이 누군지 기억나십니까?"

유진은 고개를 저었다.

"와콤 백작입니다. 와콤 백작은 상단을 소유하고 있는데 특히 값비싼 수집품을 취급합니다. 왕비님께서는 백작을 통해 고서를 구매하셨습니다."

유진은 유심히 그림을 들여다보았다. 직접 만나면 뭔가 떠오르는 게 있을까? 그림을 봐서는 낯설기만 했다.

"기억은 어떠십니까?"

"여전해요."

유진이 얼굴을 직접 봐서 약간의 키워드를 얻은 사람은 몇 명뿐이었다. 마리안을 비롯한 총관 사라, 시종장과 시녀장. 그 외에는 만난 사람도 없었다.

진의 기억을 끄집어내는 방법을 찾지 못했고 그런 방법이 있기는 한지 의구심이 들었다. 진이 온종일 지냈다는 서재에 가도 아무것도 생각나는 게 없기 때문이었다.

"왕비님께서 모든 사람을 기억하실 필요는 없습니다. 그런데 알아보지 못하시면 다소 곤란할 수 있는 사람이 몇 있습니다. 그래서 제가 그들의 초상화를 가져와 보여 드리려고 합니다."

'오. 좋은 생각이야.'

유진은 감탄했다. 마리안은 시키지 않아도 척척 일을 찾아서 하는 사람이었다.

"초상화는 매일 한 점에서 두 점을 가져오겠습니다."

"더 여러 명을 봐도 기억할 수 있어요."

"초상화 제작에 시간이 걸립니다."

'아…… 여긴 사진이 없지, 참.'

"제작하는 중이었어요? 이미 만든 초상화는 없나요?"

"개인이 소장한 가족 초상화는 빌리기가 어려운 물건입니다."

"그럼 본인을 앉혀 두고 그리지는 않았을 테고…… 어떻게 그렸어요?"

"외형적 특징을 듣고 그림으로 재현하는 재주가 있는 화가가 있습니다."

'역시 몽타주였구나.'

마리안은 와콤 백작의 나이, 가족 관계 등 주변 정보를 덧붙여 설명했다. 백작이 얼마나 자주 왕비를 만나러 왔는지, 책 구매는 어떤 방식인지 등 유진이 추가로 질문하고 마리안이 대답했다.

"저는 거래의 일반적인 형태만 말씀드릴 수 있습니다. 왕비님께서 백작과 어떤 사담을 나누셨는지는 알지 못합니다."

유진은 고개를 끄덕였다.

'더는 고서를 구입할 계획은 없지만…… 한번 만나 봐야겠어. 진이 책을 살 때 기준이 있었을 거야. 단서를 얻을 수 있을지도 몰라.'

"와콤 백작을 만나려면 백작이 찾아올 때까지 기다려야 하나요?"

"부르시면 됩니다. 하지만 지금 백작은 성도에 가 있습니다. 활동기가 끝나고 건기가 시작되면 돌아옵니다."

펑!

두 사람이 동시에 창가로 시선을 돌렸다. 신호탄이 터지는 소리였다. 마리안이 창가로 다가가 하늘을 확인한 후 안도하는 표정으로 돌아왔다.

"노란색입니다. 왕비님."

긴장했던 유진의 표정도 풀어졌다.

신호탄은 수시로 터졌다. 유진은 주변 사람들이 노란색 신호탄에 그다지 반응하지 않는 이유를 알게 되었다. 매번 놀라고 두려워했다가는 일상생활이 어려웠다.

다행히 아직은 노란색 탄만 터졌다.

'라크가 밤에 출몰하지 않는 건 흥미로워.'

라크는 일출 후 일몰 전에 나타났다. 그래서 신호탄은 언제나 태양이 뜬 동안에만 터졌다.

그래서 활동기 기간 중 낮에는 거리에 인적이 없고 해가 진 밤에 사람들이 쏟아져 나온다고 한다.

아이러니한 일이지만, 활동기 기간에는 밤에 인간들이 저지르는 강력 범죄 사건이 더 늘어난다고 들었다.

'그 남자는 지금 성벽으로 달려가고 있겠지.'

아직 라크를 한 번도 보지 못했다. 라크는 아니카를 해치지 않는다지만, 호기심에 구경 가고 싶다고 말하는 건 정신 나간 짓일 것이다. 누군가에게는 죽고 사는 문제일 테니까.

"왕비님. 저는 이만 물러가겠습니다. 곤하신 듯하니 낮잠을 한숨 주무시지요."

역시. 마리안은 눈치챘을 줄 알았다. 아까부터 몇 번이나 나오는 하품을 입을 앙다물고 견뎠다.

유진은 웃으며 고개를 저었다. 신호탄 소리에 잠이 단번에 깼다.

"같이 나가요. 서재에 가려고요."

"예, 왕비님."

"아, 참."

유진은 일어나다가 멈칫했다.

"마리안. 라미타에 관해 아는 것이 있어요?"

"라미타…… 말씀입니까?"

"어디 물어볼 데가 없어서요. 내가 참고할 만한 책이 서재에 있을까
요?"

아니카의 초능력 라미타.

진의 타고난 초능력이 미약하다고 해도 어쨌든 능력을 지녔을 것이
다. 그런데 유진은 어떤 방식으로 라미타를 느끼고 쓸 수 있는지 전혀 감
을 잡을 수 없었다.

무엇을 물어도 막힘없이 대답하던 마리안이 무슨 말을 해야 할지 모
르겠다는 표정을 지었다.

"왕비님. 라미타에 관해 알고 싶으시다면 성도를 가셔야 합니다. 성도에
는 상제의 허락을 받은 자들만 드나들 수 있는 특별한 서고가 있다고 들었
습니다. 어쩌면 그 안에 참고할 책이 있을지도 모릅니다."

"있을지도 모른다는 건 정확하지 않다는 말인가요? 그 안에 책이 없으
면요?"

"그럼 상제를 뵈면 됩니다. 아니카이시니까요. 언제든 상제 성하를 알
현하실 수 있습니다."

상제를 알현할 권리는 아니카에게만 주어지는 특권이었다. 왕이라고
해도 알현을 청한 후 허락을 기다려야 하지만, 아니카는 만나고 싶으면
아무 때나 가서 만날 수 있다.

하지만 유진은 성도를 갈 생각이 없다. 상제를 만나고 싶지도 않았다.

"이미 왕비님은 알고 계실 겁니다. 지금은 기억이 안 나실 뿐이니 차
차 생각나실 테지요."

"……."

마리안은 유진의 눈치를 살폈다. 왕의 프라즈와 아니카의 라미타는
신성한 능력이었다. 함부로 입을 대서는 안 된다.

혹시 잘못 말하여 오해를 살까 염려되지만, 마리안은 조심스레 입을 열었다.

"제가 아는 것이 정확한 정보인지는 모르겠습니다."

골똘히 생각에 잠겨 있던 유진이 시선을 들었다.

"아니카는 자신의 라미타를 물의 이미지로 본다고 합니다."

"물이라고요?"

"그 이상은 모릅니다. 저도 어쩌다 들은 이야기입니다. 아마 전하께서는 더 아실 것 같습니다."

마리안은 슬그머니 왕을 끌어들였다. 일부러 모르는 척 시치미 떼는 것은 아니었다. 왕이 정말 답변해 줄 수 있을지도 알지 못했다.

기회만 생기면 두 분이 말 한 마디라도 나눌 계기를 만들기 위해 노력했다. 하지만 무리했다가는 역효과가 날까 봐 조심스러웠다.

데면데면했던 두 분 사이에 훈풍이 불기 시작했다는 징조는 나타나고 있었다. 왕께서 열흘 내내 왕비님의 침실에 들었다. 지금껏 이런 적이 없었다.

마리안은 궁인들이 술렁거리지 못하도록 주의시켰다. 주변에서 호들갑을 떨었다가는 잘될 일도 어긋날 수 있었다.

두 사람은 침실을 나왔다. 함께 복도를 따라 걷다가 갈라지는 방향에서 멈추었다.

"더 배웅할 필요 없어요. 마리안은 할 일을 하세요."

"황공하옵니다."

고개를 숙이는 마리안을 보며 유진은 어색하게 웃었다. 극존칭을 담은 궁중 언어는 들을 때마다 온몸이 근질거렸다.

한참 후 마리안은 고개를 들었다. 막 모서리를 돌아 사라지는 왕비의 뒷모습이 보였다.

심경이 복잡했다. 현재의 평화로움이 좋으면서도 살얼음판 위에 서 있는 기분이었다.

가끔은 아침에 눈을 뜨면 이유 없이 가슴이 덜컹했다. 하루아침에 모든 것이 다 예전처럼 돌아갈 것 같았다.

"마리안 님."

마리안이 흠칫 놀라 고개를 돌렸다. 어느새 곁에 사라가 다가와 있었다. 사라는 마리안이 바라보던 복도 저편을 흘끔거렸다. 아무것도 없었다.

"무슨 걱정이라도 있으십니까?"

"아닙니다. 왕비님께서는 서재에 계십니다."

"마리안 님을 뵈러 왔습니다. 전하께서 마리안 님을 찾으십니다."

"알겠습니다."

마리안은 돌아서서 몇 걸음 걷다가 멈추었다.

"총관."

"예."

"주변 정리는 잘하고 있지요?"

"신경 써서 관리하고 있습니다."

왕비의 기억 상실은 극소수 몇 명만 아는 비밀이었다. 기억 상실 이후 왕비는 다른 사람처럼 바뀌었다. 점차 왕비의 변화를 알아차리는 자들이 늘어날 테고 소문이 돌 것이다.

왕비가 소문의 대상이 되어 사람들 입에 오르내리는 것 자체가 좋지 않았다. 말이 옮겨지다 보면 이상하게 곡해하는 소문으로 변질하기 때문이다.

그래서 왕비를 직접 뵙고 시중을 드는 시녀를 선별하고 인원도 줄였다. 왕비의 변화를 사람들이 급작스럽지 않게 받아들이도록 천천히 노출하려는 계획이었다.

사라가 시녀들 모두와 매일 개인별로 면담하여 단속했다.

"그 아이는요?"

마리안은 최근에 왕비의 최측근 시녀가 되어 시중을 전담하다시피 하는 잔느에 관해 물었다. 이름을 말하지 않아도 사라는 알아듣고 대답했다.

"성품이 순하고 입이 무거운 아이라 걱정하지 않으셔도 됩니다."

"가만히 서 있어도 주변에서 흔드는 법입니다."

나이가 어리고 서열도 낮은 시녀가 하루아침에 왕비님의 측근 시녀가 되었으니 주변에서 시기할 것이다. 불미스러운 일이 일어나지 않도록 세심한 관리가 필요했다.

"염려 놓으셔요. 제가 어느 분께 배웠는지 잊으셨습니까?"

마리안은 실수를 깨달았다. 현재 총관은 자신이 아니라 사라였다. 간섭을 언짢아할 법한데도 사라는 궁인들 앞에서 마리안의 체면을 올려주는 방식으로 에둘러 말했다.

마리안은 너스레를 떠는 사라에게 미소를 지었다. 사라는 반짝이는 기지는 부족해도 속이 깊었다. 그래서 삼 년 전에 안심하고 사라에게 뒤를 맡겼다.

"나이가 드니 노파심만 늡니다."

"좋은 변화가 있습니다. 궁인들의 표정이 밝아진 것 같습니다. 제 기분 탓인지도 모르겠습니다."

"때로는 말로 설명할 수 없으나 느낌이 정확할 때가 있지요."

마리안은 사라가 누구보다 먼저 변화를 감지했을 거라고 짐작했다. 전보다 궁인들을 통솔하기 수월해졌을 것이다. 왕비의 총애를 믿고 방자하게 굴던 시녀들이 전부 사라졌기 때문이다.

마리안은 늘 사라에게 미안한 마음이 있었다. 왕께서 성혼하신 후 총관 자리를 사라에게 물려주고 떠날 때는 사라가 그토록 마음고생 할 줄은 짐작하지 못했다.

궁인들에게 총관의 명보다는 당연히 왕비의 명이 우선순위에 있었다. 그리고 두 윗사람의 지시가 충돌하는 일이 빈번할수록 왕비에게 승복해야 하는 총관의 권위는 무너질 수밖에 없다.

사라가 내색하지 않아 마리안은 꽤 오랫동안 위계질서가 엉망이 된 사실을 몰랐다.

'지금 누구보다 답답한 사람은 왕비님이시겠지만.'

왕비님이 라미타에 관해 질문해서 놀랐다. 그런 것도 잊으실 정도면 그분의 기억 상실 정도는 심각했다.

'그런데 요즘 같은 나날이 계속되기를 바라는 내 마음이 죄스럽구나.'

마리안은 왕의 집무실로 갔다. 막 도착했을 때마침 안에서 재상 베루스가 나왔다. 두 사람은 묵례로 인사를 나누었다.

베루스는 복도를 따라 걸으며 고개를 갸웃했다.

'무슨 일이 있는 것 같기는 한데⋯⋯.'

전 총관이 돌아왔다는 소문은 얼핏 들었다. 대외적인 관직을 받아 복귀한 것은 아닌 듯했다.

관리의 인선이라면 재상에게도 보고서가 올라갔다. 하지만 베루스는 관련 문서를 받아 본 적이 없었다. 그렇다면 내선 관리, 즉 왕실의 관리라는 의미였다.

국왕은 나라의 주인인 동시에 한 가문의 가주였다. 국정과 무관하되 가주로서 필요한 인재를 들일 때는 비교적 자유로웠다.

'혹시 전하께서 전 총관을 이용해 왕비님을 누르려 하시는 건가?'

왕비와 전 총관의 관계가 껄끄럽다는 사실을 아는 자는 제법 많았다.

하지만 대부분은 국왕 부부 사이를 무난하다고 생각하므로 전 총관의 복귀를 국왕 부부와 연결 지을 사람은 거의 없을 것이다. 베루스는 속사정까지 아는 소수의 사람에 포함되었다.

'그런 것치고는 조용해. 폭풍 전야일지도 모르겠군.'

왕비의 실종 사건을 왕께 고할 때는 한바탕 난리가 날 줄 알았다. 내심 그러기를 바라는 마음도 있었다.

왕은 왕비에게 관대하다 못해 방임에 가까운 태도를 보였다. 두 분 사이가 개선될 여지가 없다면 차라리 왕께서 냉철하게 왕비의 의무와 책임을 묻는 편이 낫다고 생각했다.

그런데 지금까지 왕은 별다른 말씀이 없고 관련자의 문책도 없었다.

'왕실이 편안해야 나라도 편안한 법이지.'

베루스는 한숨을 내쉬었다. 국왕 부부를 생각하면 항상 마음 한구석이 무거웠다.

카세르는 마리안과 독대했다.

"보여 줬나?"

"예, 전하."

"그래서?"

담담한 척하고 있으나 사실 그는 초조했다.

"기억하지 못하셨습니다."

"와콤 백작을 못 알아봐?"

"예, 전하. 낯설어하셨고 와콤 백작이 현재 성도에 가 있다는 사실도 모르셨습니다."

마리안은 왕비에게 초상화를 보여 주기 전에 미리 왕과 의논했다. 초상화를 그리려면 입이 무겁고 솜씨가 좋은 화가들을 조용히 모집해야 했다. 정보와 재물이 필요하며 왕의 도움이 없이는 곤란했다.

처음에 카세르는 반대했다. 그는 굳이 왕비의 기억을 자극하고 싶지 않았다. 그런데 마리안이 강하게 주장했다.

　　「전하. 감추려 하면 더 캐고 싶은 것이 사람의 심리입니다. 공기 주머니 는 바람이 많이 들어갈수록 터질 때 소리가 큰 법이지요. 저는 왕비님께서 자연스럽게 기억을 되찾도록 도와드리는 방법이 옳다고 생각합니다.」

카세르는 결국 마리안의 의견을 받아들였지만, 첫 초상화의 인물로 와콤 백작을 선택한 점은 못마땅했다.

와콤 백작은 왕비가 꾸준히 만나던 사람이며 왕비가 성도에서 지낼 때부터 아는 사이라고 들었다. 더구나 왕비가 애착을 품고 수집하는 고서를 대주는 상인이었다. 그자를 기억할 확률이 높다고 생각했다.

'그자를 알아보지 못했다고?'

안심이 되어서 그런지 한숨이 저절로 나왔다.

"왕비가 기억을 되찾은 것 같다고 느낀 적은 없어? 아는데도 모르는 척한다거나."

"저는 모르겠습니다. 전하께서는요? 근래 왕비님과 부쩍 함께 보내시는 시간이 늘지 않았습니까?"

"……."

카세르는 말문이 막혔다.

매일 밤 왕비의 침실로 갔다. 아마 결혼 후 삼 년 동안 왕비와 보낸 시간을 전부 합쳐도 그녀와 보내는 하룻밤의 시간보다 적을 것이다.

하지만 마리안의 질문에 답해 줄 말은 없었다.

그동안 그가 탐색한 대상은 그녀의 몸이었다. 왕비의 침실에 들어가 그녀에게 입을 맞추고 침대에 눕힌 그녀의 몸 위에 올라타는 순간부터 시간은 통째로 날아갔다.

그녀와 제대로 이야기해 본 적이 없었다. 하룻밤이 너무 짧아서 말할 시간 따위는 없었다.

간간이 기억나는 것은 자신을 밀어내며 칭얼대던 그녀의 표정이었다. 그만 좀 자자면서 자신의 어깨와 팔을 손바닥으로 찰싹찰싹 내리치던 모습도 떠올랐다.

아주 헛된 시간은 아니었다. 그녀가 진심으로 짜증 내는 표정은 이제 구별할 수 있었다. 그녀가 그 표정을 지을 때는 치근대던 손길을 거두고 자야 할 시간이었다.

그는 심각한 척 고개를 기울여 손으로 이마를 짚었다. 지금 그의 머릿속에서 되새김하는 장면 중 어떤 것도 마리안에게 말할 수 없었다.

왕의 침묵이 길어지자 마리안이 이해한다는 표정을 지었다.

"왕비님께서 솔직히 말씀하시지 않는 한 누구도 알 수 없는 일이지요."

카세르는 크흠, 괜한 헛기침을 했다.

"걸리는 일이 있으면 즉시 보고하도록."

"예, 전하."

왕의 집무실을 나오는 마리안의 표정이 가라앉았다. 왕께 거짓말을 했다. 미묘하게 걸리는 점이 있는데도 보고드리지 못했다.

'왕비님께서 기억이 돌아오신 것 같지는 않아. 하지만……'

처음에는 달라진 왕비님의 모습이 신기하고 왕비님께 받는 신뢰가 그저 기꺼웠다. 그런데 시간이 지날수록 위화감을 느꼈다.

왕비님은 자신이 누군지조차 전부 잊은 사람치고는 이상할 정도로 평온했다. 불안해하거나 혼란스러워하는 기색이 없었다.

의사는 기억 상실 증상이 나타난 환자는 몹시 불안정한 심리 상태를 보이며 감정 기복이 심할 테니까 주변 사람들의 세심한 보살핌이 필요하다고 말했다.

그런데 왕비님의 증상은 의사가 당부한 내용과 전혀 일치하지 않았다. 전보다 오히려 더 밝아지신 것 같고 호기심도 많았다.

'말투도 달라지셨지. 기억을 잃었다고 체득한 습관이 바뀔 수가 있나?'

나쁜 의미의 변화는 아니라 굳이 왕께 보고해서 걱정을 끼치고 싶지 않았다. 그런데 참 아리송했다.

마리안이 왕비의 곁에서 오래 시중을 들었으면 의아하다는 생각을 넘어 의혹을 품었을 것이다. 하지만 마리안은 오랫동안 왕궁을 떠나 있었고 왕비와 대면한 경험이 많지 않았다.

왕비를 누구보다 잘 알고 있을 과거의 측근 시녀들은 모두 실종 상태다. 기억을 잃기 전과 후, 얼마나 달라졌는지 확실히 아는 사람이 없었다. 마리안은 복잡한 기분으로 고개만 갸웃거릴 뿐이었다.

*　　*　　*

저녁에 왕의 시종이 찾아왔다. 유진은 월경 때문에 동침이 불가하다는 이유를 내세워 부담 없이 시종을 되돌려 보냈다.

오랜만에 유진은 혼자 잠들었다. 이튿날 아침, 그녀는 이른 시간에 눈을 떴다. 힘껏 기지개를 켜는데 몸이 날아갈 것처럼 가벼웠다.

'아아. 바로 이거야.'

생리 중인데도 더 몸이 가뿐했다.

유진은 원래 생리통이 심한 편이었다. 생리 기간 내내 진통제를 입에 달고 살았다. 그런데 진의 몸은 생리를 시작할 때 약간 아랫배가 묵직했을 뿐 증상이 거의 없었다.

그녀는 최상의 컨디션으로 하루를 시작했다.

유진은 곧장 서재로 갔다. 책을 빼내어 책장 안쪽에 비밀 장치를 없는지 꼼꼼하게 살폈다. 다시 책을 꽂고 다음 책장으로 걸음을 옮겼다.

그녀는 책을 빼려다가 한숨을 푹 쉬었다. 허리에 손을 얹고 제자리에서 한 바퀴 돌았다. 서재는 넓고 책은 너무 많았다.

'이래서 어느 세월에 뭘 해.'

무엇을 찾아야 하는지도 모르니 사막에서 바늘을 찾는 심정이었다.

유진은 서재 중앙에 놓인 소파에 털썩 앉았다. 테이블에는 작은 방에서 꺼내 올려 둔 고서가 그대로 있었다. 서재는 오직 유진만 출입 가능하므로 모든 물건은 그녀가 건드린 상태로 남았다.

유진은 표지에 마라의 상징이 그려진 고서를 응시하다가 책을 펼쳤다.

'차라리 이런 책을 읽는 편이 낫지 않을까? 마라에 대해서 좀 알아 둘 필요가 있어.'

유진이 창조한 세상이지만, 생각지 못한 빈틈이 많았다. 그녀가 아는 정보는 사건 위주, 주요 인물 위주였다.

실제로 이 세상에서 살면서 필요한 세부적인 정보에는 깜깜했다. 숲을 보는 전체적인 시선은 일상생활에 그다지 도움이 되지 않았다.

유진은 아예 편하게 자리를 잡고 읽기 시작했다. 글자가 자연스레 읽혀서 얼마나 다행인지.

페이지를 넘기던 그녀의 손이 멈칫했다. 다시 앞장으로 넘겼다. 양손으로 양쪽 페이지를 누르고 바깥쪽으로 잡아당겼다.

'페이지가 없잖아.'

한 장이 밑부분만 남긴 채 잘려 나간 상태였다. 종이가 아니라 찢을 수 없어서 아마 칼로 자른 것이리라.

'원래 잘린 걸까? 아니면 진이 자른 건가? 이 없는 페이지에 무슨 내용이 있었길래?'

유진은 시선을 들어 작은 방을 바라보았다.

'진이 단지 눈속임으로 고서를 모은 게 아니라면 분명 저 안에도 페이지가 일부 없는 책이 있겠지.'

그녀의 눈빛이 반짝거렸다. 드디어 뭘 찾아야 하는지 찾아냈다. 그 후 유진은 이틀에 걸쳐 페이지가 없는 책을 더 찾아냈다. 이로써 가설에 확신이 더해졌다.

'페이지 없는 책만 모은 후에 어떤 내용이 빠졌을지 연구해 봐야겠어. 며칠이면 고서들을 전부 훑어볼 수 있을 거야.'

유진은 한꺼번에 모두 해치우겠다는 욕심을 내지 않았다. 온종일 서재에 틀어박혀 있기는 아까웠다.

진의 계획을 밝혀내는 일에 모든 기력을 소진할 생각은 없었다. 몸이 바뀌기 전에 유진은 잠시의 쉴 틈도 없이 종종거리며 살았다. 돌아보면 남은 게 없이 제 살만 깎아 먹는 짓이었다.

마하에 온 이후에 유진은 삶을 바라보는 자세가 바뀌었다. 세상일이 반드시 개인 의지만으로 좌우할 수 있는 게 아니었다.

어느 날 갑자기 마하에 온 것처럼 내일 아침에 눈을 떠보면 돌아가 있을지도 모른다. 그래서 이곳에서 보내는 하루에 충실하자고 마음먹었다.

'오늘은 성안 구경을 해야지. 아직 못 본 데가 많으니까.'

그녀는 서재에서 침실로 가는 늘 다니던 길이 아닌, 멀리 돌아가는 방향으로 길을 잡았다. 1층으로 내려갔다가 전에는 보지 못한 작은 문을 발견했다.

시야가 넓어지는 현상은 그녀가 점점 이곳에서 지내는 생활에 익숙해진다는 신호였다. 유진은 주저 없이 그쪽으로 걸어갔다.

뒤에서 잔느가 따라오고 있으므로 길을 잃을 염려는 없었다.

문밖으로 나가자마자 앞으로 쭉 뻗은 회랑이 보였다. 기둥이 세워져 있고 한쪽 벽이 트였다. 회랑의 끝으로 또 다른 문이 연결되어 있었다.

유진은 회랑을 따라 걷다가 멈추어 섰다. 벽이 트인 방향으로 고개를 돌려 하늘을 올려다보았다.

'생각해 보니까 성에 들어온 후에는 처음 마시는 바깥 공기네.'

성이 워낙 넓어서 갑갑하지는 않았다. 마하에 온 지 얼마 안 되어 활동기가 시작되는 바람에 성 밖으로 나갈 생각은 아예 하지 못했다.

'날씨가 좋은데 정원에 나가 볼까. 내성 안을 돌아다니는 건 괜찮겠지.'

"이쪽으로 가면 길이 막혀 있어?"

"평소 오가는 길은 아니지만, 막다른 길은 아닙니다, 왕비님."

유진은 회랑에서 내려와 땅을 밟았다. 단단한 돌바닥 복도만 걷다가 흙이 밟히는 느낌이 좋았다. 그녀는 어디로 갈지 생각하지 않고 발길 가는 대로 걸었다.

그녀는 멀찍이 움직이는 사람이 아닌 뭔가를 발견했다. 좀 더 가까이 가서 유심히 보니까 말이었다. 머리부터 발끝까지 새카만 흑마.

주변 풍경과 어울리지 않는 이질적인 모습이었다. 마구간에 있어야 할 말이 돌아다니는 모습이 이상하고 주변에는 말을 통제하는 사람도 보이지 않았다.

"잔느. 저 말은 마구간에서 몰래 나온 걸까?"

"아…… 아닙니다, 왕비님. 원래 자유롭게 나다닙니다."

"고삐도 안 보이고…… 길들인 말 같지가 않은데? 주인이 있는 말이야?"

"예."

"주인이 혹시 사왕 전하?"

"예, 왕비님."

그래서 그렇구나. 유진은 납득했다. 왕의 애마라서 제멋대로 다녀도 내버려 두나 보다.

'의외네. 그 남자는 아무리 애완동물이라도 응석을 받아 주지 않을 성격 같은데. 저 말을 굉장히 아끼나 보다.'

"사납니?"

"사람을 해치지는 않습니다만……."

유진은 좀 더 가까이 다가갔다. 흑마는 목적지 없이 여기저기 기웃거리다가 어느 순간 가만히 서서 유진을 쳐다봤다.

그녀는 적당히 멀리 떨어져 구경하려 했다. 그런데 보면 볼수록 아름다운 말의 외관에 감탄하여 홀린 듯이 다가갔다.

"왕비님! 위험하십니다."

다급히 잔느가 부르는 소리가 제대로 귀에 들어오지 않았다.

언젠가 세상에서 가장 아름다운 말 대회에서 우승한 말의 사진을 본적 있었다. 저 흑마는 그 사진 속 말보다 훨씬 근사했다.

흑마는 균형 잡힌 신체 비율과 완벽하게 다부진 몸매를 갖고 있었다. 저 말이 얼마나 우수한 혈통이고 얼마나 비싼지 몰라도 알 수 있었다.

우아한 긴 목을 풍성하게 덮은 갈기가 바람에 흔들렸다. 햇빛에 반사되어 윤기가 반지르르 흐르는 검은색 털이 탐스러웠다.

영민한 기운이 흐르는 붉은색 눈동자는 마치 보석 같았다.

'붉은색?'

유진은 놀라 멈추어 섰다. 또렷이 자신과 시선을 마주치는 흑마의 눈동자는 선명한 붉은색이었다. 마하에서 붉은 눈은 라크의 상징이다.

　　　*　　　*　　　*

카세르는 오전부터 매달려 살피던 서류의 결재를 마쳤다. 복잡한 사안을 막 해결해서 그런지 선뜻 다른 서류로 손이 가지 않았다.

눈치 빠르게 시종장이 다가왔다.

"차를 올릴까요? 전하."

"음."

시종장이 꾸벅 고개를 숙이고 물러갔다. 차가 나오기를 기다리는 동안 카세르는 잠시의 휴식을 만끽하려 자리에서 일어났다.

그는 창을 열고 발코니로 나갔다. 하늘을 올려다보니 구름 한 점 없이 맑았다. 저 하늘에 언제 신호탄 연기가 번질지 모른다. 활동기 동안 그는 늘 대기 상태였다.

언제 신호탄이 터져 달려 나가야 할지 모르기 때문에 진득하게 앉아 집중하기가 어려웠다. 그래서 예전에는 해가 진 후부터 새벽까지 일하고 조금씩 낮잠을 자며 잠을 보충했다.

그런데 요즘은 밤마다 왕비 침실로 가느라 낮에 일할 수밖에 없었다. 낮에 하는 일은 효율성이 떨어져서 쌓인 서류가 좀처럼 줄지 않았다.

당분간 왕비와 동침할 수 없게 되었다. 며칠은 집중해서 일할 수 있는 밤 시간을 확보했지만, 그는 조금도 즐겁지 않았다. 이렇게 일하기 싫었던 적이 없었다.

그는 아래를 내려다봤다가 혀를 찼다.

'저 녀석 또.'

아부가 아무리 말의 모습을 하고 있다고 해도 본래 괴물이었다. 궁인들치고 그걸 모르는 사람이 없기에 다들 아부를 두려워했다.

그는 아부에게 성 내에서 멋대로 다니지 말라고 주의시켰다. 하지만 아부는 그 명령만큼은 잘 지키지 않았다.

사막을 질주하던 녀석이 그에게 종속되었다고 해서 자유로운 본성마저 바뀌는 건 아니었다. 꼼짝하지 말라는 요구를 녀석이 지키기는 무리였다.

딱히 문제를 일으킨 적은 없어서 카세르는 평소에 눈감아 주었다.

그는 아부가 움직이는 방향을 시선으로 좇았다. 그리고 아부에게 다가가는 두 사람을 발견했다.

'유진?'

그는 눈살을 찌푸렸다. 그녀와 아부 사이의 거리가 점점 줄어들었다.

'겁도 없이!'

카세르가 아부에게 사람을 다치게 하면 가만두지 않겠다고 수없이 경고한 덕분에 아부는 사람이 근처에 오면 먼저 피했다.

그런데 녀석이 평소와 달랐다. 가만히 서서, 마치 다가오기를 기다리는 것처럼 그녀를 바라보았다.

그는 급하게 돌아서려다가 멈칫했다. 밑으로 내려가려면 복도와 계단을 지나야 하므로 한참 걸렸다. 왕의 체면에 달려갈 수도 없다. 하지만 지금 여기서 뛰어내리면 금방이었다.

흘끔 뒤를 돌아보았다. 집무실로 들어가는 창문 근처에는 아무도 없었다. 시종들은 왕의 휴식을 방해하지 않을 것이다.

그를 훈육한 마리안은 규칙과 예절을 중요시하는 사람이었다. 귀족이 아닌 자신의 손으로 보살핀 왕자님이 잘못 배웠다는 말을 들을까 봐 늘 안절부절못했다.

그는 마리안이 상처받지 않기를 바랐다. 자신이 왕자로서 흠잡을 데 없는 자질을 갖추어야 마리안을 누구도 함부로 대할 수 없다고 생각했다.

그는 고지식한 원칙주의자로 성장했다. 자신이건 타인이건 변칙을 허용하지 않았다.

그런 그가 삼 년 전, 처음으로 원칙에서 벗어난 일을 저질렀다. 비밀 계약을 맺고 상제 앞에서 거짓으로 혼인 서약을 했다.

허위 결혼은 왕국의 미래를 위해서라는 명분이 있었다. 얼마 전에 발생한 국보 도난 사건을 숨긴 것도 후계자를 얻기 위해서라고 이유를 붙일 수 있다.

그러나 지금은······.

발코니 난간을 잡은 그의 손에 힘이 들어갔다. 사사로운 일로 발코니를 뛰어넘은 적은 없었다. 물론 위법은 아니다.

하지만 자신이 뚜렷한 이유도 없이 작은 일탈을 저지르려 한다는 게 마음이 걸렸다. 원래 거대한 성탑도 작은 구멍을 시작으로 무너지지 않던가.

그는 한숨을 한 번 내쉬고 훌쩍 발코니를 뛰어넘었다. 빠르게 추락하는 그의 몸을 반투명한 푸른 기운이 감쌌다.

유진은 특이한 품종의 말이려니, 생각했다. 왕의 말이라지 않는가. 라크일 리가 없다.

그녀는 흑마의 독특한 특징을 또 하나 발견했다. 양쪽 귀 옆에 두 개의 작은 뿔이 나란히 솟아 있었다.

'뿔? 아무래도 평범한 말은 아닌 모양인데.'

유진은 아래위로 흑마를 유심히 살펴보다가 흑마와 눈이 마주쳤다. 마치 짐승도 그녀를 관찰하는 것 같았다. 초식 동물 특유의 약간은 멍청하면서도 맑은 느낌이 없었다. 동물이 아니라 사람과 눈을 마주 보는 기분이 들었다.

"안녕. 넌 이름이 뭐니?"

골목길에서 마주친 길고양이에게 괜한 인사말을 건네는 것처럼 말을 걸었다. 그런데 흑마가 고개를 갸웃했다. 유진은 흑마가 반응하자 신기했다.

"내가 무슨 말을 하는지 알아들어?"

흑마가 푸르릉 콧바람을 내뿜으며 머리를 아래위로 움직였다. 유진의 눈이 휘둥그레졌다.

"세상에. 잔느. 저거 봤어? 저 애가 지금 대답을 했어."

누군가와 이 놀라운 목격담을 공유하고 싶어 유진은 고개를 돌렸다. 그리고 잔뜩 굳어 있는 잔느의 표정을 이제 봤다.

"왜 그래?"

"왕비님. 더 가까이 가지는 마셔요."

"왜? 해치지 않는다며."

"그래도 위험합니다."

"시녀의 말을 들으시오, 왕비."

잔느가 화들짝 놀라 머리를 푹 숙이는 동시에 유진이 목소리가 들리는 방향으로 고개를 돌렸다. 카세르가 성큼성큼 다가와 유진과 흑마 사이에 벽을 세우듯 섰다.

"전하."

유진은 하늘에서 뚝 떨어진 것처럼 갑작스러운 그의 등장이 놀라웠다. 그동안 한 번도 우연히 마주친 적이 없었다.

그는 거의 온종일 집무실에서 나오지 않는다고 했다. 식사 시간도 일정하지 않아서 유진은 넓은 식당에 혼자 앉아 밥을 먹었다.

그와 만나는 장소는 항상 어두운 침실 안이었다. 가끔은 성안 어딘가에 그가 정말 있기는 한지 의문이 들었다.

갈색의 머리카락과 눈동자를 지닌 사람들만 보다가 환한 낮에 바깥에서 그를 보니까 그의 화려한 외모가 눈에 확 들어왔다. 흑백 사진 속의 유일한 컬러 같았다.

왠지 그를 똑바로 볼 수가 없었다. 유진은 슬쩍 시선을 피했다. 그의 등 너머 흑마에게 시선을 고정했다.

"전하의 말이라고 들었어요. 혹시 제가 실수한 건가요?"

카세르는 살짝 미간을 찌푸렸다. 자신을 외면하는 그녀의 태도가 거슬렸다.

"순한 녀석이 아니라오. 그대가 다칠까 봐 염려되어 그러지."

"먼저 해를 끼치지 않는데 저를 해코지할 리는 없잖아요."

유진은 자신을 보는 그의 시선을 느끼면서도 꿋꿋하게 흑마만 쳐다보았다.

"평범한 말이 아니라 그렇소."

"네. 그냥 봐도 알겠어요. 평범한 말이 이마에 뿔이 돋아나 있지는 않겠지요. 좀 더 가까이 가서 보고 싶어요."

"왕비."

"……네?"

그의 집요한 시선을 더는 뿌리칠 수 없었다. 유진은 일부러 그를 외면한 것처럼 느껴지지 않도록 자연스럽게 고개를 돌렸다.

그녀가 드디어 자신과 눈을 마주치자 카세르는 불편한 기분이 나아졌다.

"가까이 가면 안 되나요? 만지면 제 손을 깨물까요?"

"그러지는 않겠지만."

기억을 잃기 전 왕비는 아부에게 관심을 보인 적이 없었다. 딱히 왕비만 유난하게 짐승을 싫어해서라기보다는 모든 사람이 다 아부 근처에 가기를 꺼렸다.

라크에 대한 인간의 공포심은 죽음을 두려워하는 심리와 비슷했다. 환수는 넓게 보면 라크의 일종이었다.

'아부를 그냥 말이라고 생각하는 건가?'

카세르는 그녀가 잃어버린 기억의 범위가 어느 정도인지 알 수 없었다.

처음에는 주변 사람의 얼굴을 기억하지 못하고 그녀 자신의 과거를 잊은 정도인 줄 알았다. 그런데 상식적인 일들도 상당히 모르는 것 같았다.

그녀가 아부에게 흥미를 보이는 모습이 싫지 않았다. 그는 내색하지 않아도 나름대로 자신의 환수를 아꼈다. 그런데 다들 기겁하며 아예 다가오려고 하지 않아 아쉬웠다.

그는 몸을 돌려 아부에게 걸어갔다. 아부의 곁에 서서 목덜미 갈기를 꽉 붙잡았다. 혹시 모를 만일의 사태에 대비한 후 그녀에게 손짓했다.

"가까이 와도 괜찮소."

잔느는 여전히 그 자리에 못 박힌 듯 서 있고 유진만 거리낌 없이 다가갔다. 그녀는 흑마와 손 내밀면 닿을 거리까지 가서 놀란 표정으로 올려다보았다. 생각보다 훨씬 거대한 말이었다.

유진은 말을 이 정도로 가까운 거리에서 본 적이 없었다. 그래서 말이 어느 정도 크기인지 정확히 알지 못했다. 그런데 흑마는 아무래도 보통의 말보다는 훨씬 큰 것 같았다.

"이름이 뭔가요?"

"아부."

"아부? 귀여운 이름이에요."

유진은 말이 놀라지 않도록 천천히 손을 뻗어 아부의 콧잔등에 올렸다. 조심스럽게 콧잔등의 털을 손바닥으로 쓸었다.

"어쩜. 털이 아주 부드러워요. 아부. 너 정말 예쁘구나."

카세르는 활짝 웃는 유진의 얼굴에서 눈을 떼지 못했다. 그녀야말로 예뻤다. 대체 전에는 왜 몰랐는지 의문이 들 정도로 카세르는 그녀가 미인이라는 사실을 근래 여러 번 느꼈다.

아부가 푸르릉 콧바람을 내뿜자 유진이 놀라 손을 뗐다. 아부의 혓바닥이 유진의 손바닥을 핥았다. 유진이 짧은 비명을 질렀다.

아부는 유진이 싫어하는지 아닌지 표정을 살피면서 그녀의 손에 주둥이를 대고 문질렀다. 유진이 즐거워하며 더 바짝 다가가자 아부는 아예 그녀의 얼굴에 자신의 콧잔등을 비볐다. 유진이 까르르 웃음을 터뜨렸다.

"순하고 착한 아이네요. 전하."

카세르가 떨떠름한 표정으로 그녀에게 애교를 부리는 아부를 어이없다는 듯 바라보았다. 이놈이 뭘 잘못 먹었나. 사람들이 아부를 멀리하는 만큼 아부 역시 사람을 그다지 좋아하지 않았다.

성격도 좋은 편이 아니었다. 짓궂은 어른이 어린아이를 놀리는 것처럼 고약한 장난을 종종 치곤 했다. 사납게 으르렁대어 겁을 주고 나서 혼비백산하는 사람들 표정을 보며 즐거워하기도 했다.

지켜보고 있으니 점점 가관이었다. 푸릉푸릉 콧소리를 내며 아부가 더 만져 달라는 것처럼 그녀에게 머리를 바짝 내밀었다.

그는 은근히 심사가 뒤틀렸다. 쥐고 있는 말의 갈기에 힘을 주어 잡아당겼다. 강제로 머리가 들린 아부가 카세르를 보며 눈빛으로 항의했다. 그는 모르는 척 유진에게 말했다.

"어쩐 일로 여기까지 나왔소?"

"날씨도 좋고, 그냥 걷고 싶었어요."

그는 또다시 그녀에게 고개를 들이밀려는 아부의 갈기를 꽉 잡았다. 아부의 투레질 소리에 불만이 가득했다.

녀석의 태도는 아무래도 이상했다. 아부가 왜 그녀에게 갑자기 친근함을 표시하는지 모르겠다. 전에는 둘이 서로 소 닭 보듯 했다.

서로 처음 만나는 것도 아니고 그녀는 단지 기억을 잃었을 뿐인데.

카세르는 그녀를 말없이 바라보았다. 이런저런 생각을 하다가 문득 예전 왕비의 모습을 떠올릴 때가 있었다.

그런데 막상 그녀를 보면 오히려 과거의 왕비가 어떤 표정을 지었는지 기억나지 않았다.

그는 시간이 지날수록 점점 목이 졸리는 기분이 들었다. 어느 날 갑자기 그녀가 기억을 되찾으면 어떻게 되는 걸까.

하늘이 무너질 일은 아니었다. 그저 원래대로 돌아갈 뿐이었다. 똑같은 생김새의 저 사람이 전혀 다른 표정을 짓고 전혀 다른 말투를 사용할 것이다.

그럼 지금의 그녀를 보며 예쁘다고 생각하는 자신의 마음은 어디로 향해야 하는가. 그 상황을 상상만 해도 절망스러워서 끔찍했다.

"몸은 어떻소?"

"네?"

"복통이나 요통 등의 증상을 겪는다고 들었는데."

'지금 이 남자가 생리통은 괜찮냐고 묻는 거야?'

생각지도 못한 질문을 받아 유진은 순간 당황했다.

"……사람마다 증상이 달라요. 전 심하지 않아요. 잘 아시네요."

"배웠으니까."

"배워요? 누구한테요?"

"마리안."

"마리안이 전하께 뭐라고 했는데요?"

"원래 잔소리가 많아."

유진은 웃음을 터뜨렸다. 그와 마리안이 함께 있는 모습을 상상하자 잔소리하는 어머니와 귀찮아하면서도 네, 네 대답하는 아들의 모습이 겹쳐졌다. 처음으로 사왕이 친근한 보통 사람처럼 느껴졌다.

카세르는 자신의 대답을 듣고 즐거워하며 웃는 그녀의 반응에 기묘한 뿌듯함을 느꼈다. 약간의 성취감과도 비슷했다.

"방해가 아니라면 함께…… 걷겠소?"

카세르는 그녀와 좀 더 이야기를 나누고 싶었다. 매일 같이 그녀의 침실을 찾아갔지만, 제대로 대화를 나눈 적은 거의 없었다.

「전하께서는 너무 무심하십니다.」

언젠가 마리안이 했던 말이 갑자기 떠올라 따끔거렸다.

"바쁘시지 않아요?"

그는 집무실 책상에 쌓인 서류를 떠올렸으나 고개를 저었다.

"그다지."

"좋아요. 같이 산책해요."

유진은 잔느를 돌아보며 여기서 기다리라고 말했다. 주변에 사람이 있을 때는 예의를 차리며 이랬소, 저랬소, 하는 그의 말투가 듣기 싫었다.

두 사람은 얼마간 말없이 함께 걸었다. 유진은 내내 마음에 담고 있던 말을 꺼냈다.

"전하. 실종된 시녀들의 가족에게 보상해 준 일이요."

"끝난 일 아닌가? 뭐가 더 남았어?"

"아뇨. 감사하다고 말씀드리고 싶어서요."

카세르가 그녀를 돌아보았다.

"당신이 한 일이잖아."

"전하께서 묵인하지 않았으면 제가 원하는 대로 안 되었겠지요."

유진은 그를 보며 생긋 웃었다.

"감사해요."

카세르는 멋쩍은 표정으로 말없이 시선을 앞으로 돌렸다.

유진은 어색해하는 그의 표정을 흘끔 보며 소리 죽여 웃었다. 그녀는 화제를 바꿀 겸 살랑살랑 불어오는 바람을 기분 좋게 음미하며 말했다.

"날씨가 이렇게 갑자기 바뀌는 게 신기해요."

유진이 사막의 찌는 듯한 더위에 괴로워하며 모래언덕을 오른 지 한 달도 채 되지 않았다. 왕국이 사막 한복판에 자리 잡지는 않았어도 사막 바로 옆이었다. 기후가 완전히 다를 수가 없다.

활동기와 건기를 기준으로 날씨가 바뀌는 사실은 알고 있었다. 그런데 직접 경험해 보니 이 정도로 차이가 큰 줄은 몰랐다. 요즘 날씨는 기온이 높은 가을 같았다.

"다른 나라 날씨도 다 이런 식으로 변화하나요?"

"대체로 그렇지. 하지만 이곳만큼 기후 차가 큰 곳은 플레크 정도?"

성도에서 가장 최남단으로 내려가면 플레크 왕국이다. 그곳은 얼음산으로 둘러싸인 겨울 나라였다. 하시 왕국과 거리상으로 극과 극이라고 할 수 있다.

"가 보셨어요?"

"아니."

"가 보실 생각은 없어요?"

"글쎄. 아마 평생 갈 일이 없을걸."

유진의 소설은 사왕이 정강이까지 쌓인 눈을 밟으며 플레크 왕국을 방문하는 장면에서 시작한다.

진이 하시 왕국 왕비의 신분으로 실종된 후 마라의 화신이 되어 모습을 최초로 드러낸 곳이 플레크 왕국이었다.

사왕은 정말 왕비가 맞는지, 왕비의 겉모습을 한 마라의 허수아비 인형인지 확인하러 갔다. 그리고 그는 수년 전, 하시 왕국에서 수많은 백성이 죽고 다친 변고를 일으킨 장본인이 진이라는 사실을 알게 된다.

"다른 왕국은요?"

"슬란은 가 봤어."

하시 왕국에서 성도를 가려면 슬란 왕국을 넘어갈 수밖에 없다. 그냥 지나가 봤다는 말일 것이다.

생각해 보면 그럴 만했다. 활동기에 왕은 내내 왕국을 지키느라 꼼짝할 수 없다. 그는 건기가 되었다고 정무를 미룬 채 여기저기 유람 다닐 성격 같지 않았다.

'내가 이 사람을 뺑뺑이 돌린 건가. 좀 미안하네.'

소설 속에서 그는 다섯 왕국을 모두 방문한다. 사건의 중심지이자 최후의 격전지는 성도이지만, 그는 진을 추적하며 쉼 없이 이동하기 때문이다.

모험 소설이란 원래 그렇다. 오지와 험지에서 온갖 고생을 하며 막상 결판이 나는 장소에 도착하면 '차라리 여기서 기다렸으면 되었잖아.'라는 생각이 드는 곳일 확률이 높다. 유진의 소설도 그 공식에 충실히 따랐다.

"다른 왕국에 가 보고 싶은가?"

전에는 관심 없었으면서.

카세르는 속으로 중얼거렸다. 하지만 곧 자신이 잘못 생각했음을 알게 되었다. 그녀가 무엇에 관심이 있는지 모른다. 그녀와 서로의 관심사를 이야기해 본 적이 없었다.

"지금은 별생각 없어요."

'지금은?'

그는 그녀가 단서를 단 표현이 마음에 들지 않았다. 그럼 나중에는 가겠다는 뜻인가?

'나중…….'

두 사람 사이에 '나중'은 없었다. 그녀와의 계약은 후계자 출산까지다. 그 이후 뒷일은 약속한 것처럼 서로에게 묻지 않았다.

그녀와 계약할 당시에는 후계자를 얻은 후 그녀의 거취에 관심 없었다. 아마 높은 확률로 아이만 두고 떠날 거라고 생각했다. 자신의 어머니가 그랬던 것처럼.

하지만 전부가 그의 추측일 뿐, 그녀에게 명확하게 물어본 적은 없었다. 전에는 뻔한 대답이 나올 것 같아서 묻지 않았고 이제는 물을 수가 없었다.

그녀가 뭐라고 말할지 예측이 안 된다. 그리고 지금 그녀의 생각이 나중에 기억을 찾은 후 바뀌지 않으리라는 보장도 없었다.

"아아. 정말 좋은 날씨예요. 라크가 두려워 낮에 마음 편하게 돌아다닐 수 없다니, 안타깝네요."

"……성안이 답답해?"

"괜찮아요. 몰래 나가는 사고는 치지 않을 테니 걱정하지 마세요."

"성 밖 구경이 하고 싶으면 해진 후에는 나가도 괜찮아."

"정말요?"

유진이 환하게 웃었다. 그의 눈빛이 순간 흔들렸다.

"당신에게 성안에서 꼼짝하지 말라고 한 적 없어."

"활동기라서……."

"누구도 활동기이기 때문에 제약받지 않아. 사막으로 나갈 수 없을 뿐이지."

"그럼 나갈 때 전하 허락을 받지 않아도 돼요?"

"성벽을 타 넘을 것만 아니라면."

그가 진이 저지른 짓을 꼬집어 말하자 유진은 살짝 입술을 삐죽여 웃었다. 그가 어떤 사람인지 조금씩 알아가는 게 재미있었다. 그는 뒤끝이 긴 거 같다가도 뜻밖에 느슨한 부분도 있었다.

그는 소설 속 사왕과 상당히 달랐다. 소설 속에서 그는 독선적이었고 날이 서 있었다. 다른 사람에게 의견을 구하는 일보다 명령이 익숙했다.

'사람은 다양한 모습을 지니고 있으니까. 내가 지금 보는 모습은 이 남자의 일부분일 거야.'

유진은 그를 곁눈질하며 신기하다고 생각했다. 그와 자신의 관계가 확실히 달라졌다. 단둘이 말없이 걸어도 불편하지 않았다. 그와 처음으로 점심 식사를 함께했던 날을 생각하면 엄청난 변화였다.

유진은 사람과 빨리 친해지는 편이 아니었다. 그를 처음 만난 날부터 날짜를 계산하면 놀라운 속도였다.

남녀가 살을 맞대고 밤을 보내는 행위가 두 사람 관계를 급격히 변화시키는 데에는 확실히 효과가 있었다.

'그래서 부부는 싸워도 각방을 쓰지 말라는 소리를 하는 건가.'

"혼자 나가는 것도 안 돼. 반드시 호위는 데리고 가."

"그 정도는 알아요."

펑!

두 사람 시선이 동시에 하늘로 향했다. 하늘에 노란색 연기가 번졌다.

'검이…….'

카세르는 미간을 찡그렸다. 지금쯤 보검을 들고 전사가 집무실로 뛰어들어왔을 것이다. 그런데 왕이 자리에 없으니 당황할 것이다.

검을 받으러 당장 집무실로 가야 했다.

'발코니 바깥으로 던지라고 해야겠군.'

"아부."

카세르가 아부에게 변신하라고 신호를 보냈다.

아부는 계속 두 사람 주변을 맴돌며 앞서거니 뒤서거니 쫄래쫄래 따라오고 있었다. 유진은 아부가 하는 행동이 말이라기보다는 마치 애완견 같다고 생각했다.

아부가 머리를 쳐들고 몸을 크게 흔들었다. 온몸이 부풀어 오르기 시작했다. 긴 목과 주둥이가 줄어들고 긴 다리는 짧아지며 두툼하게 벌어졌다. 이마에 솟은 작은 뿔이 크게 뻗어 나오는 단계를 마지막으로 아부의 변태가 끝났다.

유진은 흑마가 흑표범으로 변하는 경이로운 광경을 바라보며 숨 쉬는 것조차 잊었다. 거대한 흑표범이 조금 전까지 말이었다는 흔적은 전혀 없었다. 큼직한 짐승의 앞발은 사람의 얼굴을 다 덮을 정도로 거대했다.

서둘러 아부의 등에 올라탄 카세르는 뒤늦게 실수를 깨달았다. 아부가 변하는 모습을 처음 본 사람들은 대부분이 경기를 일으켰다.

굳은 표정으로 고개를 돌린 그는 생각과 다른 그녀의 모습에 멈칫했다. 두 손을 모아쥐고 탄성을 흘리는 그녀 모습은 겁먹은 것 같지 않았다.

그는 안도의 숨을 내쉬었다가 그녀가 지금 혼자라는 사실을 깨달았다. 주변에 지나가는 궁인도 보이지 않았다.

"여기서 잠시만 있어. 시녀를 보낼 테니까."

"전 걱정 말고 어서 가세요."

유진은 머뭇거리는 그에게 더 강한 어조로 말했다.

"어차피 내성 안이잖아요. 알아서 길 찾아갈 수 있으니까 얼른 가시라니까요."

카세르는 고개를 끄덕이며 아부를 재촉했다. 몇 번의 도약만으로 환수와 왕의 모습은 유진의 눈앞에서 순식간에 멀어졌다.

'환수였구나. 아부가 환수였어.'

유진은 반복해서 탄성을 질렀다. 조금 전 본 광경을 떠올릴 때마다 소름이 돋았다.

사왕이 데리고 다니는 환수는 당연히 알고 있었다. 소설 속 사왕의 환수는 등장부터 마지막까지 흑표범이었다. 말의 모습이 된 적이 없었다.

'사왕은 항상 휘파람으로 환수를 부렸어. 이름이 있었구나. 아부……'

사왕과 환수의 관계는 지배하는 자와 종속된 괴물, 그뿐이었다. 하지만 이름이 있다는 건 훨씬 유대감이 깊다는 뜻이다.

'이상하네. 왜 내가 만든 설정과 다르지?'

설정에 빈틈이 있어서 모르는 것과 그녀가 만든 설정에서 어긋나는 것은 의미가 전혀 달랐다. 유진은 이 사소한 삐걱거림이 마음에 걸렸다.

*　　*　　*

초상화 속 여인은 머리카락을 위로 틀어 올려 정수리보다 높이 세웠다. 머리 스타일만으로도 중요한 정보를 얻을 수 있었다. 마하에서 올린 머리는 기혼만 가능했다. 법으로 정한 것은 아니어도 관습으로 굳어졌다.

"모리엘 백작 부인입니다."

마리안이 초상화의 주인공을 소개했다.

"모리엘 백작 부인이면 전에 마리안이 언급한 적 있는 것 같은데요. 그렇지요?"

"예, 왕비님."

초상화 속 여인의 나이는 이십 대 중후반 정도로 보였다. 전형적인 고양이상이었다. 갸름한 얼굴선에 눈초리가 올라가 새침하면서 도도한 느낌이 풍겼다. 붉은색이 감도는 머리카락도 눈에 띄었다.

'생김새도 예쁘지만, 머리카락 색깔 때문에 더 인기 좋은 미인이겠네.'

마하 사람들은 기본 머리카락 색이 갈색이라서 남다른 색깔의 머리카락을 선망했다.

왕과 아니카의 머리색이 갈색이 아니라는 점이 가장 큰 이유일 것이다. 아무래도 신분제 사회에서는 신분 높은 사람이 가진 모든 것을 동경하기 마련이다.

그러나 독특한 색의 머리카락을 좋아해도 사람들은 염색하지 않았다.

마하에서 사람의 외모는 그 사람의 정체성을 확인하는 가장 중요한 요소였다. 성년이 되면 발급하는 신분증에 그 사람의 머리카락과 눈동자 색을 기재했다. 갈색을 옅고 짙음에 따라 세세하게 구별하는 표현 단어가 수십 개가 넘었다.

마하 사람들에게 타고난 머리카락 색은 그 사람의 운명 같은 것이었다. 그래서 도망 다녀야 하는 범죄자가 아닌 이상 염색은 금기다. 당연히 염색약 같은 제품도 발달하지 않았다.

이런 정보들은 유진이 설정한 내용이 아니었다. 이런 세세한 부분까지는 생각한 적 없다. 유진은 마리안을 통해 이 세계를 배우는 중이었다.

자신이 창조한 세상에 대해 오히려 하나씩 배워갈수록 유진은 '정말 이 세상을 내가 만들었을까?'라는 생각이 들었다.

도무지 한 사람의 머릿속으로 구현할 수 없을 정도로 방대하고 체계

적이었다. 유진은 자신의 머리가 그렇게 대단하다고 자만하지 않았다. 마하가 단순한 소설 속 상상의 세계가 아니라 드넓은 우주 어딘가에 존재하는 것 같았다.

"미인이네요."

"그렇습니까?"

"나이보다 어려 보이기도 하고. 서른두 살이라고 했지요?"

"예."

"대단한 미인이에요. 이 초상화가 실물을 제대로 반영했다면요."

"제 사견으로는 실물이 더 나은 것 같습니다."

"오."

유진이 초상화를 유심히 훑어보며 감탄을 거듭하자 마리안이 빙그레 웃었다.

"왕비님께서 더 아름다우십니다."

유진은 진의 외모를 떠올리며 고개를 끄덕였다.

"그건 그래요."

유진은 무심히 말해 놓고 아차 싶었다. 자신의 외모를 자화자찬하다니, 얼마나 꼴불견인가. 하지만 눈이 마주친 마리안 표정은 당연하다는 반응이라 더 무안했다. 유진은 얼른 화제를 돌렸다.

"이 사람이 현재 사교계 여왕이란 말이군요."

"왕비님. 그저 사교계의 유명인사일 뿐입니다. 여왕이라는 호칭은 오직 왕비님께서만 쓰실 수 있습니다."

"아…… 그렇지요."

유진이 무심코 내뱉은 말이 마리안의 지적을 받는 경우가 몇 번 있었다. 조금 전과 같이 신분제 사회의 질서를 건드리는 민감한 내용이 그러했다.

유진은 신분제 사회 밑바탕에 깔린 사상에 아직 익숙하지 않았다. 법적인 신분제도가 없는 곳에서 태어나 자랐으니 어쩔 수 없었다.

"나는 전에 사교 활동에 관심이 없었다고 했지요?"

"예, 왕비님."

"백작 부인이 사교계 중심으로 자리 잡은 데에는 내가 사교 활동을 하지 않았던 것도 이유가 될까요?"

"물론입니다. 그게 가장 중요한 이유입니다. 왕비님께서 계시는데 백작 부인이 어찌 감히 나설 수 있겠습니까."

"하지만 이 사람의 화술이나 매력이나, 그런 요인들도 작용할 텐데요."

"부차적인 요소에 불과합니다."

"내가 아무 말 하지 않고 서 있기만 해도요?"

"왕비님. 왕비님께서는 전하의 곁에 나란히 서실 수 있는 유일한 분이십니다."

"……그리고 아니카이니까요."

"예, 왕비님."

아니카이자 왕비인 진의 위상은 유진이 막연히 알고 있던 것보다 더 대단했다. 거의 반신처럼 추앙하는 분위기였다.

'왕'이라는 존재에 대한 사람들의 인식이 지구와 마하는 상당히 달랐다. 이곳에서 왕은 지배자이며 동시에 구원자였다.

왕의 자격은 혈통만으로 이어지므로 하늘이 내리는 자리였다. 라크를 사냥하여 백성을 보호하는 왕은 절대 없어서는 안 될 존재다.

백성들에게 그런 왕만큼 특별한 존재가 왕비가 된 아니카였다.

'하긴. 그러니까 진이 그런 패악을 부려도 다들 불만 없이 왕비로 받들어 모셨겠지.'

"내가 왕국으로 오기 이전에는 어땠어요? 원래 사교계는 왕비가 주도했나요?"

마리안이 선뜻 대답하지 못했다.

"왕비님께서 사교계에 나서지 않은 지는 아주 오래되었습니다."

"선대 왕비께서 살아 계셨을 때도요?"

"예. 그리고…… 선대 왕비님께서는 아직 살아 계십니다. 그분의 부고는 듣지 못했습니다."

"살아 계신다고요? 지금 어디에 계시는데요?"

"성도에 머물고 계십니다."

항상 상세한 설명을 해 주던 마리안이 짤막한 대답만으로 입을 다물었다.

유진은 몹시 불편한 뒷얘기가 있음을 짐작했다. 꼬치꼬치 캐물으면 알아낼 수 있겠지만, 괜히 건드리지 말자고 생각했다.

'내가 알 필요가 있으면 언젠가 알게 되겠지.'

대부분 집안마다 복잡한 가정사가 있다. 단순한 호기심으로 파고들 일이 아니었다.

"오랫동안 왕비가 나서지 않았다면 나 역시 물러나 있는 게 옳을까요? 이미 잡혀 있는 질서를 어지럽힐 수 있으니까요."

"왕비님. 이미 질서가 잡혀 있는 게 아니라 혼돈 상태입니다. 사자가 없는 초원에서 여우들이 으르렁대고 있지요."

유진은 멋쩍게 웃었다. 마리안은 부드러운 인상으로 은근히 강한 발언을 잘했다.

'어떻게 할까.'

마리안이 대놓고 말하지는 않았으나 유진이 사교 활동을 하기 바라는 뉘앙스는 충분히 전달했다.

사실 지금 상태가 편했다. 많은 사람을 만나는 일은 에너지 소모가 심하다. 피곤한 사건도 종종 벌어질 것이다.

원래 하지 않던 일을 앞으로도 하지 않겠다고 해서 비난받지는 않을 것이다.

'근데 궁금해.'

사교계라니. 유진이 살던 세상에도 부유층들만 모이는 사교 문화가 있다고 듣긴 했으나 딴 세상 이야기였다.

그 작은 상류 사회 안에 끼리끼리 모였으니 나름대로 치열할 것이다. 그런데 자신은 아등바등 노력할 필요 없이 그저 등장만으로 모두 평정해 버린다지 않는가.

재밌을 것 같다. 속물이라고 해도 할 말은 없다.

"마리안. 건기가 시작된 후 첫 파티에 참석하겠어요. 날 도와줘요."

마리안이 활짝 웃었다.

"성심을 다하겠습니다."

마리안은 추가로 준비한 두 장의 초상화를 유진에게 보여 주었다. 초상화 속 주인공에 대해 알아야 하는 정보도 빠짐없이 전달했다.

초상화는 항상 마리안이 직접 가져왔다. 시녀들을 모두 내보내고 단둘이 있을 때만 보여 주었다.

타인의 초상화를 그려서 소지하는 것은 그 당사자에게 대단히 무례한 짓이었다. 남자가 여자의 초상화를 갖고 있다가 들키면 추행범으로 처벌받았다.

그래서 마리안은 혹시 이상한 말이 새어 나가지 않도록 극도로 조심했다. 유진이 얼굴을 외운 초상화는 즉시 태워 버렸다.

마리안이 초상화를 챙기는 모습을 보다가 유진이 갑자기 의문이 생겼다.

"마리안. 활동기에는 사교 파티를 열지 않는다고 했지요."

"예, 왕비님."

"금지되어 있나요?"

"그렇지는 않습니다."

"그럼 귀족들이 스스로 자제하는 건가요?"

유진은 '활동기라는 이유로 제약하지 않는다'라는 왕의 말이 떠올랐다. 그가 활동기에 귀족들의 사교 모임을 막을 것 같지 않았다.

귀족들이 자제한다는 말은 더 믿기 어려웠다. 귀족이란 향락과 사치의 대명사 아니던가. 그리고 해가 지면 위험하지 않으니 오히려 이슥한 시간에 무도회를 즐기기에 제격이었다.

"현실적인 이유입니다. 활동기에는 사교 모임을 이끌 만한 역량을 가진 사람이 없습니다."

이어지는 마리안의 추가 설명을 듣고 유진은 자신이 듣고 이해한 내용이 맞는지 다시 확인했다.

"그러니까. 건기가 끝날 때쯤 성도로 갔다가 활동기 동안 성도에서 지내고 다시 건기가 시작되면 왕국으로 돌아온다는 거군요."

"모두가 그러지는 않습니다."

"그렇겠지요. 오가는 경비와 성도에서 지내는 체류 비용이 만만치 않을 테니까요. 일부 부유한 귀족만 가능하겠군요."

"예, 그렇습니다."

"그런데 그 소수의 귀족이 사교계를 이끄는 중요 인물들이란 말이지요. 그럼 모리엘 백작 부인도 지금 성도에 있나요?"

"예, 왕비님."

상단을 거느린 와콤 백작도 건기가 되면 돌아올 거라는 말을 들은 기억이 났다.

마리안이 나간 후 유진은 곰곰이 생각에 잠겼다. 사교계 유행을 이끄는 고위 귀족들이 활동기에 모두 왕국을 떠나는 모습을 보면서 다른 귀족이나 백성들은 어떻게 생각할까.

일부 그들을 비난하는 자도 있겠지만, 대부분은 그들을 부러워할 것이다. 성도에는 라크가 나타나지 않으므로 완벽히 안전한 곳에 피난 가 있는 셈이다.

하지만 누구나 그들처럼 할 수 없다. 사람들은 그들을 동경하여 그들처럼 입고 먹으려 할 것이다. 그들은 자연스레 유행을 선도하게 되리라. 그리고 그들의 의상 스타일, 말투, 습관까지 성도에서 유행하는 것들이다.

'왕국의 문화가 성도에 종속될 수밖에 없겠어.'

왕국의 고유성을 해치므로 바람직하지 않았다. 더구나 하시 왕국은 가뜩이나 지리적 위치가 불리했다.

'하지만 누구도 왕국을 떠나지 못하게 국경을 폐쇄하면 길게 봤을 때 더 좋지 않아.'

성도의 문화가 더 앞서 나가는 건 당연했다. 여섯 왕국의 문화가 모두 흘러 들어가는 중심지이기 때문이다. 성도와 교류를 중단하는 나라는 낙후될 것이다.

강제성 없이 성도로 가는 사람을 막을 방법은 없었다. 성벽 안에 라크가 출몰하면 누군가는 죽는다. 돈과 권력으로 죽음을 피할 수 있다면 누구나 그 방법을 택할 것이다.

'흐음…… 박쥐처럼 왔다 갔다 하는 귀족들을 이용하는 방식이 제일 좋은데…….'

그녀는 한참을 고민했다. 좋은 생각은 떠오르지 않고 점점 불쾌했다. 제 몸의 안위만 챙기는 일부 귀족들이 괘씸했다.

'왕은 백성들을 살리겠다고 매일 그 고생인데 말이야. 양심도 없는 것들. 하여튼, 어느 세상이나 꼭 그런 인간들이 있다니까.'

그녀는 귀족들을 성토하다가 피식 웃었다. 진심으로 감정을 이입하여 몰입했음을 깨달았다. 정말 자신이 이 나라의 왕비이고 그 남자의 아내인 것처럼.

'그 사람은 신호탄만 터지면 하던 일 다 내팽개치고 달려간다고. 그런 왕이 어딨어.'

라크가 밤에는 나타나지 않으니 망정이지, 아마 밤에 출몰하면 그는 정사 중에도 당장 뛰어나갈 것이다.

'그래. 그 남자는 그러고도 남아.'

유진은 상상하기도 싫은 가상의 상황을 떠올리며 웃었다.

그녀는 턱을 괴고 생각에 빠져들었다. 어제 그가 환수의 등을 타고 달려가던 뒷모습을 떠올렸다. 그가 출동하는 모습은 처음 봤던 터라 몇 시간 후에 하늘에 푸른색 신호탄이 터질 때까지 계속 안절부절못했다.

'함께 있다가 그런 식으로 가 버리면 남겨진 사람이 궁금해한다는 생각을 못 하나?'

직접 찾아오지는 못하더라도 시종을 보내 간단한 상황 설명을 전해 주는 정도는 어렵지 않을 텐데.

'조금은 친해졌다고 생각했는데…… 나만 그렇게 생각하는 건가.'

그녀는 요 며칠 계속 혼자 잤다. 며칠을 푹 잤더니 몸 상태는 아주 개운했다. 하지만 몸 컨디션과 달리 마음은 싱숭생숭했다.

월경 중인 그녀의 상태를 배려하지 않고 동침을 강요했다면 그 남자가 혐오스러웠을 것이다. 그런데 코빼기도 보이지 않는 지금의 상태도 짜증이 났다.

그가 자신을 아이를 낳아 줄 모체, 그 이상으로 보지 않는다는 사실을 새삼 상기시켰다. 기분이 푹 가라앉았다.

'착각하지 말자. 그 사람이 친절한 건 내가 낳아 줄 후계자 때문이야.'

그는 후계자를 낳아 주겠다는 구두 약속에 무려 삼 년이나 거금을 쏟아부으며 결혼 생활을 유지했다. 목적을 위해서는 자신이 할 수 있는 모든 수단을 동원할 사람이다.

'그리고 나도 누굴 비난할 처지는 못 되는걸. 후계자를 얻기 위해서라면 그 남자가 뭐든 해 줄 거라는 걸 아니까 아이를 낳자고 생각했잖아.'

유진은 멍하게 허공을 응시했다. 가슴속에서 찬 바람이 불었다. 사막에서 눈을 뜨고 주변을 둘러봤을 때 느꼈던 황망함보다 더한 쓸쓸함이 밀려왔다.

유진은 마지막 시중을 마치고 물러가는 시녀를 불러 세웠다.

"전하께서는 아직 환궁하지 않으셨니?"

"예, 왕비님."

해 질 녘, 왕이 출궁했다는 말을 들었다. 그는 외출이 잦았다. 가만히 앉아 명령만 내리는 왕이 아니라 직접 움직이며 챙기는 일이 많았다.

마리안한테 들은 얌체 귀족들 이야기가 떠올라 늦은 시각까지 애쓰는 그가 좀 안쓰러웠다.

유진은 테이블에 놓인 나무함을 열어 안에 들어 있는 여러 개의 찻잎 상자 중 하나를 시녀에게 건네며 말했다.

"시종장에게 전하께서 환궁하시면 차를 한 잔 올려드리라고 전해라."

며칠 전에 마리안이 피로 회복에 도움이 된다며 찻잎을 선물했다. 마셔 보니까 머릿속을 맑게 해 주는 효과가 있고 맛도 좋았다.

"말씀 전해 올리겠습니다. 왕비님."

혼자 남은 유진은 화장대에 앉아 일기를 작성했다.

그녀는 매일 잠들기 전에 그날 하루에 있었던 일을 간략하게 기록했다. 자신만의 비밀 일기이므로 한글로 적었다. 누구도 읽지 못하는 비밀 문자를 갖고 있다는 사실이 제법 든든했다.

유진은 일기장의 맨 앞장에 해야 할 일 리스트를 추가했다.

—첫 사교 파티 참석 전 분위기 파악 필요. 소규모 다과 모임 정도를 열어 볼까?

그녀는 화장대 서랍을 열어 일기장을 넣었다. 일어나려다가 거울에 비친 자신의 모습을 보고 멈칫했다. 낯선 자신의 모습을 거울로 확인하며 놀란 것은 처음 며칠뿐, 이제는 이 모습이 자신의 얼굴 같았다.

'진 아니카…… 나는 네가 되었는데 원래의 너는 대체 어디로 간 걸까?'

그리고 본래 유진의 몸은 어디로 갔을까.

유진은 자신이 마하로 오게 된 순간을 떠올렸다. 아직도 눈에 선했다.

그녀는 대부업자들에게 쫓기고 있었고 막다른 골목길 앞에서 망연자실했다. 그때 그것이 나타났다.

처음엔 헛것을 본 줄 알았다. 담벼락에 생겨난 시커먼 구멍은 절대 이 세상의 것이 아니었다.

주변의 빛을 모두 빨아들일 것처럼 안쪽은 시커멓고 알 수 없는 기운이 소용돌이처럼 빙빙 돌았다. 크기는 딱 한 사람이 드나들 수 있을 만큼이었다. 지옥의 입구가 자신에게 손짓하는 것 같았다.

유진을 쫓는 발소리가 옆 골목에서 들렸다. 붙잡히면 겪을 고초는, 생각만 해도 끔찍했다. 자신이 사라지면 돈을 뜯어낼 호구를 잃은 가족들이 얼마나 당황할까. 그걸 상상하니 깨소금 맛이었다.

그녀는 죽기 위해서가 아니라 살고 싶어서 구멍을 향해 주저 없이 발을 내디뎠다.

어둠에 잠식되는 감각은 놀랍게도 아늑했다. 몸이 붕 떠오른다고 느끼며 편안한 마음으로 눈을 감았다. 그 후의 기억은 없었다.

그 구멍에 들어간 후 얼마나 시간이 흘렀는지는 모르겠다. 그녀는 죽지 않았고 지옥에 떨어지지도 않았다. 바라던 대로 아무도 그녀를 모르는 세상에서 눈을 떴다.

'그 통로…… 그래. 그건 분명히 통로야. 거길 통해 이동할 수 있는 건 영혼뿐일지도 몰라.'

육체는 그 구멍의 어둠 속에서 소멸했는지도 모른다.

'진. 나는 물러설 데가 없어. 이제 네가 돌아와도 네 자리는 없다고.'

처음에는 파멸하는 진의 미래를 바꾸려고만 했다. 그런데 언제부터였을까. 점점 욕심이 생겼다. 단지 살아남기 위해서가 아니라 '유진'으로서 살고 싶다.

유진은 자신의 손을 내려다보았다. 가볍게 주먹을 쥐었다. 이 손에 쥔 특권이 많았다. 하지만 원래는 모두 진의 것이었다. 나쁜 사람이라고 해서 그 사람이 가진 것을 훔쳐도 괜찮을까.

양심의 가책을 받으면 받는 대로, 받지 않으면 또 그런 자신의 모습에 실망해서 계속 마음의 짐을 지고 살아갈 것이다.

'하지만 여기는 현실이 아니잖아. 내가 만든 소설 속 세상이라고. …… 아니야. 어떻게 현실이 아닐 수가 있어. 이렇게 생생한데. 마리안도 잔느도 모두 자신의 인생을 살아가고 있는데.'

그녀는 두 손으로 머리를 감싸 쥐며 꼬리에 꼬리를 무는 생각 속으로 빠져들었다가 벌떡 일어났다.

'나 혼자 땅 파 봤자 어차피 답은 안 나와. 오늘은 오늘 일만, 내일 일

은 내일 생각하자.'

유진은 씩씩하게 침대로 걸어갔다. 오늘따라 유난히 넓어 보이는 침대 위에 올라앉아 이불을 걷어 올렸다.

"왕비님."

시녀의 목소리가 바깥에서 들렸다. 이 시각에 시녀가 온 적이 없는 터라 유진의 표정이 굳었다.

"무슨 일이니?"

문이 열리고 시녀가 들어왔다. 종종걸음으로 가까이 다가와 고했다.

"왕비님. 사왕 전하께서 납시었습니다."

"지금?"

"예, 왕비님."

"응접실에 계신다는 말이냐?"

"예, 왕비님."

왕이 예고 없이 들이닥치는 일이 처음은 아니지만, 그때는 특수한 상황이었고 이런 늦은 시각에는 처음이었다.

"안으로 모셔라."

시녀가 나간 잠시 후 카세르가 안으로 들어왔다. 그는 완벽한 성장 차림새였다. 아무래도 이제 막 환궁한 것 같았다. 두 사람은 소파에 마주 앉았다.

"자는 사람을 내가 깨운 건가?"

"아니에요. 아직 잠들기 전이었어요. 무슨 일이에요? 이 시간에 갑자기."

카세르는 선뜻 대답하지 못했다. 그 역시 자신에게 묻고 싶었다. 여기에 왜 왔는지 모르겠다.

조금 전 그는 환궁하자마자 집무실로 갔다. 그는 며칠 내내 밤늦도록 쌓인 일을 처리했고 오늘도 그럴 생각이었다.

시종장이 차를 내오면서 '왕비님께서 보내셨다'라고 말했을 때 그는 가볍게 한 대 얻어맞은 기분이 들었다. 생각지 못한 선물을 받고 그는 동요했다.

왕비가 왕의 집무실에 차나 간식을 들이는 일 정도는 특별하지 않았다. 일종의 의례적인 선물이었다.

그리고 차 선물은 아예 처음도 아니었다. 결혼한 후 초반에 왕비는 제법 적극적으로 살갑게 굴었다. 아침저녁으로 인사를 보내고 직접 다과를 챙겨 회의실에 등장하기도 했다.

그때 카세르는 왕비의 태도가 달갑지 않았다. 전혀 진심이 아닌데 꿍꿍이가 있다는 생각이 들었다.

「원하는 게 있으면 그냥 말씀하시오. 내 비위를 맞춘다고 안 되는 일이 되지는 않소」

왕비는 눈초리를 휘며 웃더니 말했다.

「재미없는 분이시군요. 보물고를 보고 싶어요.」

왕을 입맛대로 구워삶기는 어렵겠다고 판단했는지, 그 후 왕비가 불필요하게 사근거리는 행동이 줄었다. 왕비와 가능한 한 신경전 하지 않으려는 그의 노력도 한몫했을 것이다.

왕비가 요구사항을 말하면 카세르는 어지간하면 두말없이 들어주었다. 그러니 왕비가 원하는 걸 얻기 위해 왕을 구슬리려고 노력할 이유가 없었다.

그런 부분에서 왕비는 투명한 사람이었다. 카세르가 그녀와 거리를 두었어도 경멸하지 않았던 것은 그녀가 원하는 걸 얻기 위해 자신을 기만할 사람은 아니라고 생각했기 때문이었다.

그런데 왕비한테 거하게 뒤통수를 맞았다. 그녀는 국보를 훔쳐 도망쳤다. 그런데 돌아온 그녀는 기억을 잃었다. 정확한 진상을 알 길이 없었다.

왕비의 실종 사건 이후 혼란의 연속이었다. 그는 어떤 감정으로 왕비를 대해야 하는지 헷갈렸다. 화를 내야 하는지, 의심해야 하는지, 없던 일로 묻어야 하는지.

가뜩이나 중심을 잡지 못하는 중에 오늘 받은 선물이 그를 뒤흔들었다. 과거에는 와닿지 않았던 그녀의 행동이 왜 새삼 특별하게 느껴질까. 같은 사람인데 어째서.

그는 곧바로 집무실을 나왔다. 정신을 차려 보니 어느새 왕비의 침실 안에 들어와 있었다.

"전하. 제가 들어서 불편할 이야기인가요?"

유진은 그가 말이 없자 고민하고 있다고 생각했다.

"알았어요. 마음의 준비를 단단히 할게요."

유진은 크게 심호흡을 몇 번 했다.

"자, 이젠 괜찮아요. 뭐예요?"

카세르는 차를 보낸 의미가 뭐냐고 물으려 했다. 하지만 그녀의 표정을 보니 불필요한 질문 같다는 생각이 들었다.

"차 한 잔…… 마실 수 있을까?"

"……지금, 여기서요?"

카세르가 고개를 끄덕였다.

"대체 무슨 일이기에 그래요. 시간 끌지 마세요. 그러면 더 겁난다고요."

두 손을 허리에 얹고 눈을 좁히며 말하는 그녀의 표정은 생생하게 살아 있었다. 요즘 그녀에게서 눈을 떼지 못하는 순간이 바로 이런 모습이었다.

그는 왕자로 태어나 왕이 되었다. 형제도 친구도 없이 유모의 손에서 자랐다. 모두 그의 앞에서 고개를 조아렸다.

누구도 그에게 안 된다는 말을 하지 못했고 모두가 비슷한 표정을 지었다. 그는 타인의 다양한 감정을 경험할 기회가 없었다.

기억을 잃은 왕비는 그가 전에 어디서도 본 적이 없었던 표정을 지었다. 다소 언짢아하기도 하고 시무룩해 하기도 하고 기분이 좋을 때는 웃었다.

감정에 솔직한 모습이 낯설지만 보기 좋았다. 평범한 사람들의 일상적인 대화가 이런 것이겠구나, 어렴풋이 느꼈다.

"아무 일 없어. 당신이 보내 준 차를 마시지 못하고 왔거든. 지금 집무실로 가면 이미 다 차가 식었을 테니까."

유진은 잠시 그를 바라보다가 시녀를 불렀다. 시녀에게 찻잎을 주고 차를 끓여 내오라고 지시했다. 잠시 후 시녀가 찻쟁반을 들여왔다.

유진이 찻잔에 차를 따라 그의 앞으로 내밀었다. 카세르는 말없이 찻잔을 들었다.

차를 마시는 그를 바라보며 그녀는 기분이 알쏭달쏭했다. 그가 환궁 후 집무실에 들렀다가 여기로 오기까지의 동선이 그려졌다.

그가 무슨 생각인지 알 듯 말 듯 했다. 그냥 차 한 잔일 뿐인데 괜한 설레발인가 싶기도 했다. 내가 보고 싶어서 왔느냐는 질문이 목에 걸려 나오지 않았다.

두 사람 다 아무 말이 없었다. 그들 사이에 감도는 분위기가 미묘했다. 하지만 두 사람이 지키고 있는 선 밖으로 잡아 끌만큼 결정적인 뭔가는 없었다. 적당한 거리를 두고 서로 마주 보며 서 있을 뿐이었다.

"잘 마셨어."

카세르가 빈 잔을 내려놓았다. 즉시 일어나지 않고 그는 잠시 뜸을 들였다. 마음이 복잡했다. 좀 더 앉아서 시간을 보내고 싶은데 무슨 말을 해야 할지 떠오르지 않았다.

그는 가급적 빨리 처리해야 하는 일거리를 떠올렸다. 미련을 끊어 내듯 벌떡 일어났다. 유진도 그를 배웅하려고 따라 일어났다.

돌아서서 나가던 그가 멈추어 섰다. 뒤에서 두어 걸음 간격을 두고 따라가던 유진도 멈추었다.

미적거리는 그의 태도는 누가 봐도 알 수 있었다. 시간을 끄는 그의 뒷모습을 보며 유진은 자신의 심장 박동이 빨라진다고 느꼈다.

유진이 그를 향해 손을 뻗었다. 손이 닿을 정도로 가까운 거리는 아니었다. 허공에 잠시 떠 있던 손을 다시 내리려는 순간, 카세르가 뒤를 돌아보았다. 두 사람의 눈이 마주쳤다.

유진이 무안한 표정으로 얼른 손을 내리고 한 걸음 물러났다. 하지만 그녀가 물러간 거리보다 더 가까이 그가 바짝 다가왔다. 유진이 한 걸음 더 물러나는 것과 동시에 그가 성큼 다가와 한쪽 팔로 그녀의 허리를 감았다.

카세르가 고개를 숙였다. 살짝 기울인 각도의 입술이 그녀의 입술에 닿았다.

유진은 고개를 돌리거나 그를 밀어낼 수 있었다. 그녀의 몸은 오히려 마음보다 솔직했다. 속으로는 '나는 어쩌고 싶은 걸까.'라고 망설이면서 그가 만지는 대로 얌전히 있었다.

그녀가 머뭇거리는 사이에 그가 유진의 아랫입술을 조심스레 깨물었다. 계속해도 될까, 하고 묻는 것처럼.

유진은 웃음이 나왔다. 이미 그와 수많은 밤을 보냈고 육체적으로 깊은 관계를 맺었다. 새삼스레 풋풋한 느낌으로 다가오는 키스가 부끄러우면서 즐거웠다.

웃음을 흘리는 그녀의 입술에 그가 짧게 여러 번 입을 맞췄다. 유진이 소리 내어 웃음을 터뜨렸다.

"전하는 정말 알 수 없는 사람이에요."

카세르의 푸른색 눈동자가 가라앉아 흔들렸다.

"……내가 하고 싶은 말이야."

카세르가 완전히 그녀의 입술을 삼켰다. 그의 혀가 입 안으로 깊이 파고들었다. 안쪽의 여린 살을 훑으며 전체를 더듬는 것처럼 부드럽게 휘저었다.

유진은 눈을 감았다. 그의 입술에서 방금 마신 차의 향이 났다. 그의 어깨에 얹은 유진의 손가락 끝이 움찔했다.

"으응."

그녀의 허리를 감은 팔에 힘이 들어갔다. 당기는 힘에 낭창하게 끌려간 몸이 그와 밀착했다. 단단한 가슴에 갇혀 앞뒤로 몸이 눌렸다.

그의 한 손은 그녀의 턱 아래부터 목덜미까지 받쳐 잡았다. 겹쳐진 두 사람의 입술이 약간의 빈틈도 없이 맞물렸다.

이미 두 사람은 서로의 몸을 알고 정사의 쾌감을 기억했다. 버드 키스로 시작했으나 저항감 없이 농밀한 키스로 이어졌다.

그가 맞닿은 혀를 문질렀다. 작고 말캉한 혀를 잘근잘근 깨물고 싶었다. 며칠 만에 맛보는 그녀의 입술에서 단물이 배어 나왔다.

그는 지난 며칠간 수시로 물을 마시고 차를 마셔도 사라지지 않던 목 안 깔깔함의 정체를 이제 알았다. 일종의 금단 증상이었다. 그녀의 입술을 빨고 타액을 삼켜야 해갈될 터이니 물을 마신다고 될 리가 없었다.

그가 유진의 혀를 휘감아 강하게 빨아들였다.

"홋."

순식간에 찌릿한 감각이 등을 타고 올라갔다. 다리에 힘이 빠지면서 무릎이 꺾였다. 그녀의 허리를 단단히 안고 있는 그의 팔 덕분에 유진은 주저앉는 대신 그의 가슴에 완전히 기댔다. 불룩 튀어나와 아랫배를 찌르는 단단한 것의 정체는 보지 않아도 알 수 있었다.

눈앞이 빙글 돌아갔다. 그가 유진을 안아 들고 침대에 눕혔다. 그의 입술이 떨어진 틈에 유진은 숨을 몰아쉬었다.

"아직 못 해요."

"알아. 끝까지 안 해."

카세르는 침대 위에 놓인 그녀의 손바닥 위에 자신의 손을 겹쳤다. 손가락을 얽어 잡은 후 들어 그녀의 손가락 마디에 입을 맞추었다.

그가 유진의 손가락 끝에 키스하고 혀를 댔다. 그녀의 손가락 하나를 완전히 삼킨 후 혀로 감았다.

유진이 살짝 인상을 썼다. 찌르르한 느낌이 팔꿈치를 타고 올라갔다. 몸이 저절로 움찔했다.

그가 유진의 손가락을 핥아 올리며 위로 눈을 치뜨고 그녀와 시선을 부딪쳤다. 유진이 작게 숨을 들이켰다.

그는 머리카락도, 눈썹도, 속눈썹도 모두 푸른색이다. 설명만 들어서는 이상할 것 같은데 직접 보면 전혀 위화감이 없었다. 가장 강렬한 것은 그의 새파란 눈동자였다.

맑고 차가운 겨울 하늘을 연상시키는 그의 눈동자가 뜨거워 보일 때가 있었다. 그 찰나의 오싹함은 전율에 가까웠다. 갑자기 자신의 체온이 급격히 올라가는 느낌이 들었다.

그는 그녀의 손을 잡은 채 침대 위로 누르며 상체를 낮췄다. 위에서 그녀의 입술을 덮쳐 눌렀다. 자세 때문에 입 안이 더 깊이 맞닿았다. 뜨거운 혀가 그녀의 속살을 문지르면 아랫배가 저릿하게 당겼다.

유진은 온몸이 눌리는 적당한 압박에 나른한 숨을 내쉬었다. 며칠 만에 나누는 온기가 기분 좋았다.

그와 보내는 밤은 언제나 짜릿했다. 그가 과하게 밀어붙여 힘들기는 해도 정사의 쾌감이 주는 기쁨이 충분히 상쇄했다.

그는 유진의 혀를 빨고 입술을 핥았다. 잠시 떨어진 입술이 각도를 바꾸어 다시 겹쳐졌다. 두 사람의 뒤섞인 숨소리가 입술 사이로 흘러나왔다.

"흐응⋯⋯."

어느새 잠옷 안으로 들어온 손이 그녀의 가슴을 쥐었다. 힘주어 잡았다가 부드럽게 손끝으로 눌렀다. 엄지손가락이 그녀의 유두를 몇 번 문지르자 끝이 단단하게 일어났다.

그가 그녀의 볼, 귓가에 키스하고 턱 밑 깊숙이 입술을 붙였다. 자연스레 고개가 들리는 그녀의 목에 몇 번이고 입을 맞추었다.

"응⋯⋯ 전하. 그만⋯⋯."

몸이 달아오르기 시작했다. 아랫배가 당기고 질구가 조여들었다. 유진은 이러다가 그의 허벅지에 음부를 대고 허리를 흔드는 추태를 저지를 것 같았다.

"조금만 더."

잔뜩 가라앉은 그의 목소리가 거칠게 긁혔다.

단추가 달린 원피스형 잠옷은 상의만 따로 벗을 수가 없었다. 단추를 풀어 벌어진 앞섶으로 그녀의 가슴 한쪽만 겨우 드러났다.

그는 잠옷 속에 감추어진 오른쪽 가슴은 한 손 가득 쥐고 아슬아슬하게 보이는 왼쪽 가슴 끝 유실을 입 안으로 삼켰다.

"흑."

유진이 몸을 파드득 떨었다. 뜨겁고 축축한 점막이 가슴을 감싸는 동시에 강한 흡입력으로 빨렸다. 피가 확 몰리는 느낌이 들면서 찌릿찌릿한 쾌감이 등을 타고 올라갔다.

"아…… 흐읏."

그의 혀가 유륜 주변을 돌며 핥았다. 자극받은 유두가 단단하게 뭉쳤다. 볼록 솟아나는 가슴 끝을 그가 입술로 물어 비볐다가 혀끝을 세워 파고들었다. 맛보지 못하는 다른 쪽 가슴은 그의 손이 강약을 조절하여 주물렀다.

"흐읍. 훗……."

유진의 팔이 그의 머리를 안았다. 계속되는 자극에 그녀의 허리가 위로 튀어 올라갔다. 온몸이 오싹오싹하면서 아랫배에 쾌감이 자글거렸다.

월경 기간의 끝자락이었다. 질구로 주르륵 흘러내리는 것은 월경혈이 아니었다.

"흑…… 그만, 그만 해요."

유진은 필사적으로 목소리를 높였다.

"후……."

카세르를 집요하게 물고 빨던 그녀의 가슴에서 입술을 뗐다. 그는 타액으로 젖어 번들거리는 그녀의 가슴을 몹시 갈증이 나는 시선으로 응시했다.

유진이 떨리는 손으로 잠옷 앞자락을 잡아당겼다. 가슴이 잠옷 속으로 감추어진 후에야 그는 겨우 시선을 돌렸다.

그는 유진을 완전히 누르지 않도록 약간 옆으로 비켜 엎드려 누웠다. 그녀의 어깨너머로 얼굴을 묻고 씩씩 숨을 내쉬었다.

"얼마나 더 기다려야 해?"

"며칠은…… 더……."

그가 입 안으로 사납게 중얼거리는 소리는 정확히 알아들을 수 없었다. 귓가에 들리는 그의 호흡이 고르지 않았다. 유진은 화끈거리는 얼굴로 입술을 깨물었다.

잔뜩 흥분하여 어찌할 줄 모르는 모습이 평소 여유로운 그의 분위기와 대비되었다. 어떤 짙은 애무보다 자극적으로 다가왔다.

유진은 천장을 보고 누운 자세로, 카세르는 그녀에게 몸을 반만 겹쳐 엎드린 자세로 열기를 가라앉혔다.

두 사람의 숨소리는 점점 편안해졌다. 달아오른 공기도 서늘하게 식었다.

"전하. 이러다 잠드시겠어요."

잠자리에 들기 직전이었던 유진과 다르게 그는 아직 옷도 갈아입지 않았다.

"아직 못 일어나."

"아……."

유진은 바지 안에서 단단하게 부풀었을 그의 성기 상태를 짐작했다. 꽤 고역이겠구나 싶어서 그녀는 키득키득 웃었다.

카세르가 고개를 들었다.

"누구 때문인데 웃어?"

"제 잘못은 아니라고요. 괜찮으세요?"

카세르는 즐거운 표정의 그녀를 보다가 작게 한숨을 내쉬었다. 끓어오르는 혈기를 주체 못 해 허우적대는 꼴이라니. 갓깣은 애송이가 된 것 같았다. 그런데 그다지 수치스럽지 않아 기분이 이상했다.

"그거…… 남자들은 누구나 빨리 가라앉히게 하는 방법을 알고 있다던데요. 엄숙한 노래를 부른다던가."

카세르는 어이가 없다는 표정으로 그녀를 쳐다봤다. 기억을 잃기 전이든 잃은 후이든 변하지 않은 점은 한 가지 있었다. 그녀는 자신을 전혀 어려워하지 않았다.

'알 수가 없어. 같은 듯하면서도 전혀 다르단 말이지.'

예전의 그녀는 모든 것을 눈 아래로 깔아보는 표정을 감추지 않았다. 그녀는 아니카이고 그녀의 뒷배는 상제이니까 그러려니 했다.

그런데 요즘의 그녀는 오만한 느낌이 없었다. 그래서 가끔 무례할 정도로 그를 격의 없이 대하는데도 화가 나지 않았다.

"별걸 다 아는군. 그런 건 기억 나나 보지?"

그는 불쑥 말해 놓고 바로 후회했다. '말씀을 부드럽게 하셔요.'라는 마리안의 잔소리가 머릿속에 스쳐 지나갔다.

"당신을 비난하려고 한 말은 아니야."

"하아…… 제가 얼른 기억을 되찾아야 할 텐데. 영 조짐이 없네요. 더 노력할게요."

"……."

그는 더욱 후회했다. 다시는 기억에 관해서 말도 꺼내지 않겠다고 다짐했다. 그녀가 기억을 되찾기를 바라지 않았다. 절대.

"전하."

"음."

"……."

"말해."

"여기서 주무실래요?"

유진은 자신의 말이 오해의 소지가 있음을 깨달았다. 그녀는 말 그대로 옆자리에 누워 자고 가지 않겠느냐는 뜻이었다.

그를 유혹할 생각은 전혀 없었지만, 방금까지 농도 짙은 애무를 나눈 터라 말 나온 타이밍이 미묘했다.

"제 말은요."

"침대는 둘이 잘 만큼 충분히 넓으니까."

"……맞아요."

유진이 살짝 미소 지었다. 그가 담백하게 받아치는 대답이 마음에 들었다. 아직은 그를 잘 모르겠지만, 최소한 상대방 마음을 불편하게 하는 사람은 아니었다.

'어떻게 이 모든 게 현실이 아닐 수가 있겠어.'

유진은 복잡한 마음으로 가까이에서 들려오는 그의 숨소리에 귀를 기울였다. 손으로 자신의 입술을 만졌다. 아직도 그의 입술이 닿은 감촉이 남아 있었다.

아이를 얻기 위한 수단이건, 그저 육욕에 불과하건 저 사람이 자신을 원하는 욕망은 손에 잡힐 것처럼 선명했다.

그와 나누는 키스, 포옹, 애무. 전부가 좋았다. 그와 체온을 나누면 묘하게 안도감이 들었다. 특히 그가 이름을 불러 주면 격려받은 것처럼 기운이 났다.

단지 육체적인 끌림이라고 딱 잘라 말할 수가 없었다. 갈피를 잡지 못하는 자신의 마음이 작은 바람에도 흩날리는 작은 먼지 같다는 생각이 들었다.

유진은 새카맣게 그림자 진 천장을 응시했다.

'그날 같아.'

그녀는 이번 달 첫날의 합방일에 사왕과 처음 한 침대에 누웠던 날을 생각했다. 오늘도 그날처럼 두 사람은 침대 위에 나란히 함께 누웠다.

그날 이후의 동침은 항상 격한 정사로 이어졌다. 알몸으로 그와 몸이 얽힌 상태에서 녹초가 되어 잠들었다. 새삼 내외하듯 떨어져 누워 있는 상태가 어색했다.

"주무세요?"

유진은 아주 작은 목소리로 물었다. 또렷한 대답이 즉시 들려왔다.

"아니."

"피곤하지 않으시면 궁금한 게 있어서요. 이야기가 길어질지도 몰라요. 내일 할까요?"

"괜찮아."

원래 물으려던 것과 다른 질문이 불쑥 떠올랐다. 이 남자가 어떤 사람인지 더 알고 싶었다.

'어머니가 살아 계신다면서요?'

왜 그분은 성도에서 지내는 걸까. 왜 아무도 선대 왕비에 관해 이야기하지 않을까. 그에게 그의 어머니는 그리움의 대상일까, 잊고 싶은 상처일까.

차마 물을 수가 없었다. 호기심으로 민감한 부분을 건드는 건 몹쓸 짓이다. 그것을 물을 자격이 자신에게 있는지도 의문이었다. 차가운 거절의 대답이 돌아올 것 같아서 겁이 났다.

"전하는 프라즈가 자신의 몸 안에 존재한다는 사실을 느낄 수 있어요?"

"느낄 수 있지."

"어떤 식인가요? 전하만의 특별한 방법이에요? 막연한 느낌인가요, 아니면 구체적인가요?"

카세르가 눈을 뜨고 고개를 옆으로 돌렸다. 유진도 고개를 옆으로 돌렸다. 어두워서 서로의 눈빛까지 확인할 수 없어도 서로를 마주 보았다.

"혹시 하면 안 되는 질문이에요?"

"지금껏 그런 질문을 한 사람은 없었어."

"답하기 곤란하시다면……."

"설명할 방법은 모르겠군. 그냥 알아. 지금 내가 당신 모습을 온전히 볼 수 없어도 당신이 보이고 거기 있다는 걸 아는 것처럼."

"음…… 무슨 뜻인지 알겠어요. 보이니까 본다…… 어렵네요. 그럼 아니카도 라미타를 그런 식으로 그냥 느끼는 걸까요?"

"아니카는 좀 다르다고 들었어."

"어떤 식으로 달라요?"

흥분한 유진의 목소리가 높아졌다. 그녀는 아예 옆으로 돌아누웠다.

"일정한 나이가 되면 각성을 하지."

"각성이라고요?"

"당신이 아니카잖아. 그것도 기억이 안 나?"

유진은 말문이 막혀 그를 바라보다가 한숨을 푹 내쉬었다.

"제 안의 라미타를 느낄 수 없어요. 전 기억을 잃으면서 라미타도 잃어버렸나 봐요."

라미타는 영혼에 각인된 능력이 아닐까. 그래서 몸이 바뀌면서 능력을 잃었을지도 모른다는 생각이 들었다.

"그럴 리가 없지."

카세르는 피식 웃으며 말했다. 말도 안 되는 소리였다. 라미타는 태어날 때부터 타고난 힘이었다. 왕의 프라즈가 그러하듯 라미타 역시 아니카가 아닌 사람이 얻을 수 없고 아니카가 라미타를 잃을 수도 없었다.

"저장소에 씨앗이 있지요? 모든 등급이 다 있나요?"

"모든 등급을 한 곳에서 전부 관리하지는 않아. 그리고 수도 근처에는 없지. 가장 가까운 저장소까지 반나절은 꼬박 걸려."

라크는 건기에 씨앗의 상태로 잠들어 있다. 건기에는 그 씨앗을 채취하여 에너지원으로 사용했다. 씨앗은 이 세계에서 전기나 석유 같은 것이다.

저장소는 채취한 씨앗을 보관하는 곳이었다. 씨앗이 깨어나지 않도록 철저한 관리가 필요했다. 활동기가 아니어도 씨앗이 깨어나는 경우가 있었다. 사람의 체액에 닿았을 경우다.

그래서 씨앗을 사람이 맨손으로 만지는 것은 금기였다. 땀이 묻으면 씨앗이 깨지고 라크가 깨어나기 때문이다. 이런 식으로 강제로 깨어난 라크는 활동기의 라크보다 위협적이었다.

"저장소를 가야 씨앗을 구할 수 있지요?"

"씨앗이 필요해? 왜?"

"씨앗으로 시험하는 방법을 써 보면 어떨까 하는데요."

"시험이라니?"

"라미타 등급이요."

라미타는 라크의 씨앗을 깨뜨리는 게 아니라 발아시키는 능력이었다. 아니카가 씨앗을 만지면 싹이 나고 나무가 되었다. 그리고 그 나무에 새로 열리는 씨앗은 라크로 변화하지 않는다. 괴물의 알을 식물로 변화시키는 라미타는 창조의 힘이었다.

라크의 씨앗은 아주 다양한 색을 지니고 있다. 색에 따라 씨앗이 깨졌을 때 깨어나는 라크의 등급이 달랐다.

예를 들면 붉은 씨앗에서 깨어난 라크는 노란 씨앗에서 깨어난 라크보다 약했다.

아니카의 라미타는 개개인의 능력 차이가 컸다. 아니카는 자신의 능력보다 낮은 등급의 씨앗만 발아시킬 수 있었다.

유진은 진의 라미타 등급을 모른다. 라미타 등급은 상제만 가늠할 수 있으므로 상제를 만나지 않고서는 알아낼 방법이 하나뿐이었다.

씨앗을 만져 능력치를 재보면 된다. 가장 낮은 등급의 씨앗을 만져 본 후 다음 등급의 씨앗을 만지는 방식으로.

그런데 이 방법은 치명적인 문제가 있었다. 유진은 자신의 한계를 스스로 모른다. 그녀가 감당할 수 있는 능력을 넘는 씨앗을 만지면 발아하지 않고 깨져 버릴 것이다.

"씨앗을 만져서 등급을 알아보겠다고?"

카세르는 자신의 정확히 들은 것인지 다시 확인했다.

"네."

"제정신이야?"

"네?"

"어떻게 그런 생각을 할 수가 있지?"

"아…… 씨앗이 깨지면 위험하니까……."

"위험한 게 문제가 아니야."

카세르가 기가 막힌 한숨을 내쉬었다. 그의 반응이 예상보다 좋지 않아서 유진은 숨죽여 그의 눈치를 살폈다. 딴에는 괜찮은 아이디어라고 생각했다.

"라미타는 함부로 써서는 안 되는 능력이야."

왜 그걸 모르냐는 말을 꺼내기 직전에 카세르는 말을 삼켰다. 생각보다 그녀의 기억 상실은 심각한 수준이었다. 설마 그것도 잊었을 줄이야.

"당장 라미타 등급을 알아야 하는 이유가 있나?"

"그건 아니지만……."

"활동기가 끝날 때까지도 기억나지 않으면."

그는 말을 멈추었다. 상제라면 그녀가 잃어버린 기억 전부를 되찾아 줄 수도 있다. 상제가 비록 의사는 아니지만, 아니카와 교감할 수 있으므로 방법을 찾을 확률이 높았다.

그녀를 성도에 보내야 한다고?

'기억을 찾으면…….'

틀림없이 그녀는 다시는 왕국으로 돌아오지 않을 것이다. 명치가 꽉 막히는 것 같았다.

"결국은 상제를 뵈어야 한다는 거군요."

"……."

유진은 한숨을 내쉬며 다시 정면을 보도록 바로 누웠다. 정말 상제를 만나야 하는 걸까.

"혹시 전에 제가 말한 적은 없나요?"

"라미타 등급은 아니카 본인과 상제 외에는 누구도 몰라. 그게 원칙이지."

상제는 존재만으로 존귀한 아니카가 라미타 등급에 따라 차별받는 일이 없어야 한다고 말했다. 그래서 라미타 등급은 기밀로 관리했다.

일부 사람이 호기심으로 궁금해할 뿐 굳이 공개하라고 주장할 명분은 없었다. 현실에서 아니카의 라미타는 필요하지 않기 때문이다.

성도는 상제의 신성력으로 보호받는 지역이었다. 라크의 공격으로부터 완벽하게 안전했다. 어떤 상황에서도 씨앗이 깨지는 일은 없었다.

라크가 출몰하는 왕국 각지에서도 아니카의 능력은 필요 없었다. 라크의 씨앗은 쓰임새가 있으므로 굳이 발아시킬 이유가 없었다.

"유진."

"네."

"혹시 해서 말하지만 괜한 짓 하지 마."

"씨앗 시험이요? 안 해요."

"당신을 위해서야. 라미타는 물이니까."

"물?"

유진은 마리안이 했던 말이 떠올랐다.

「아니카는 자신의 *라미타*를 물의 이미지로 본다고 합니다.」

"물이라니요? 무슨 뜻이에요?"

"라미타는 물의 이미지로 등급을 나눈다고 하지. 누구보다 잘 아는 사람에게 설명하려니 이상하지만…… 당신이 아무것도 모른다고 전제하고 말할게. 라미타는 대략 열 살 정도에 각성하고 꿈 같은 것으로 자신의 라미타 능력치를 가늠한다고 해. 누군가는 저수지를 보고, 누군가는 연못을 보고, 우물을 보는 사람도 있고. 물의 양이 많고 깊을수록 등급이 높아. 라미타는 무한정 쓸 수 있는 능력이 아니라서 함부로 써서는 안 돼. 물은 퍼내면 줄어드니까."

"아……."

가벼운 전율이 온몸을 스쳤다. 라미타 등급은 오직 상제가 측정할 수 있다고만 알았다. 이것도 설정의 빈틈인가?

하지만 이건 아주 중요한 설정일 것 같은데 왜 몰랐을까.

'그럼 플로라는?'

소설에 등장하는 여주인공 플로라.

그녀는 마라의 화신이 된 진과 맞서 싸우는 유일한 아니카이며 강대한 능력의 소유자였다.

플로라의 라미타는 강력했고 아낌없이 자신의 능력을 써서 마라의 군대를 무력화했다. 주변의 누구도, 심지어 상제조차도 플로라에게 힘의 사용을 자제하라고 조언하지 않았다.

'플로라는 특별한 건가? 주인공이니까 남다르긴 하겠지.'

"그럼 물을 다 퍼내면 어떻게 되나요?"

"나야 모르지. 하지만 이롭지는 않을 거야. 라미타는 당신이 태어날 때부터 지닌 힘이고 당신과 한 몸이야. 빈 곳이 생기면 균형이 무너지겠지."

"지하수를 전부 뽑으면 지반이 무너지는 것처럼요?"

"좋은 비유군."

"……왜 기억이 안 나는지 모르겠어요."

유진은 자신이 쓴 소설인데 왜 이렇게 모르는 것투성이냐는 뜻으로 하소연했다.

"……"

카세르는 그녀가 기억을 잃어 답답해한다고 해석했다. 진심으로 그녀를 위로하며 기억을 어서 되찾기를 바란다고 말할 수 없는 그의 마음이 무거웠다.

유진은 다시 고민에 빠졌다. 기껏 생각해 낸 방법을 쓸 수 없게 되었다.

'진은 타고난 라미타 능력이 거의 없었어.'

진이 각성했을 때 어떤 이미지를 봤을지 궁금했다.

'작은 웅덩이라든가, 그런 걸 보지 않았을까?'

상제가 아니카의 능력 등급을 비밀로 한 것은 잘한 결정이었다. 공개했다면 벌어질 가상의 상황이 그려졌다. 우월한 자가 열등한 자를 깔아뭉개는 짓은 인간의 악한 본성이니까 아니카들도 예외는 아닐 것이다.

서로의 능력치에 따라 기세 싸움을 했으리라. '겨우 웅덩이라고? 난 연못이야. 까불지 마.' 같은 식으로.

"아, 그리고 생각난 김에요. 조금 오래된 일이지만요. 뭐가 없어졌다고 화내신 적 있잖아요. 그게 뭐였어요? 아직 못 찾으셨나요?"

한참을 기다려도 대답이 없었다.

"전하?"

"……"

"주무세요?"

여전히 대답은 없었다.

'조금 전까지 대화하다가 그새 잠이 드나?'

내일 아침 일찍 일어나 또 바쁘게 일해야 하는 사람을 굳이 깨울 만큼 중요하지는 않았다.

'다음에 물어봐야겠다.'

그는 쉽게 흥분하는 성격이 아니었다. 그렇게 화를 냈을 정도면 없어진 물건이 사소한 것은 아닐 것이다. 그런데 그 후 전혀 말을 꺼내지 않아 이상했다.

유진은 눈을 감고 잠을 청했다. 시간이 지나도 잠이 오기는커녕 점점 머릿속이 맑아졌다. 그녀는 머릿속으로 양을 셌다. 한 마리로 시작한 양이 어느덧 백 마리를 넘었다. 피곤하지가 않았다. 이유를 찾아봤더니 며칠을 연달아 푹 잤기 때문이었다.

어둠 속에서 얼굴이 홧홧하게 달아올랐다. 며칠 섹스를 안 했다고 불면증이라니!

'아니야. 운동 부족이라서 그런 거라고. 내일은 산책을 길게 해야겠어.'

유진은 숙면을 위한 새로운 이미지 트레이닝을 시도했다.

'물.'

조금 전에 그에게 들은 이야기가 인상적이었다. 요람처럼 잔잔하게 흔들리는 물 위에 뜬 자신의 모습을 상상했다. 서서히 몸이 나른해지며 팔다리에 기운이 빠졌다. 그녀의 의식도 깊이 가라앉았다.

잠이 들었다고 생각했다. 무슨 이유 때문인지 갑자기 깨어났다.

'자다가 깨면 다시 자기 힘든데.'

그녀는 눈을 감은 채 투덜거렸다. 몸이 조금씩 흔들렸다. 찰랑거리는 물소리도 들렸다. 아무래도 이상했다. 눈을 뜨자 투명하도록 맑은 하늘이 보였다.

'뭐지? 여긴 어디야?'

고개를 옆으로 슬쩍 돌리자 끝이 보이지 않는 수평선이 펼쳐져 있었다. 쭉 뻗은 자신의 손이 보였다. 손바닥이 위로 보이도록 늘어뜨린 팔 아래가 반 정도 물에 잠겨 있었다.

그녀는 히익, 놀란 숨을 들이켜며 벌떡 일어났다. 다급히 주변을 둘러보았다. 어디를 봐도 걸리는 것이 없이 하늘이 반, 물이 반이었다. 몸을 움직일 때마다 첨벙첨벙 물소리가 났다.

유진은 아래를 내려다보았다. 두 발이 발목까지 물에 잠겨 있었다.

'내가 지금 꿈을 꾸나?'

유진은 눈을 꽉 감았다가 천천히 눈을 떴다. 익숙한 침실의 천장이 보였다.

'어?'

유진은 다시 눈을 감았다가 떴다. 역시 천장이 보였다. 고개를 옆으로 돌렸다. 그녀는 침대 위에 혼자 누워 있었다. 어디까지가 현실이고 어디까지가 꿈인지 혼란스러웠다.

기억을 거슬러 올라갔다. 어제 왕이 찾아왔고 나란히 누워서 대화를 나누다가 잠들었다. 비어 있는 옆자리에 누웠다가 일어난 흔적은 남아 있었다. 그의 기상 시각은 이른 편이니까 한참 전에 나갔을 것이다.

그녀는 멍한 기분으로 일어나 앉았다. 굉장히 생생한 꿈이었다.

「누군가는 저수지를 보고, 누군가는 연못을 보고, 우물을 보는 사람도 있고.」

그가 했던 말이 귓가에 맴돌았다.

'설마.'

아닐 것이다. 그냥 꿈이다. 잠들기 전에 구체적인 상상을 해서 그 잔상이 나타났을 뿐이다.

하지만 만약에 단순한 꿈이 아니라 라미타의 등급을 보여 주는 자각몽이었다면.

'그럼 내가 본 그건 뭐야?'

카세르는 매일 집무실 책상에 앉으면 오른쪽에 놓인 은쟁반부터 잡아당겼다. 시종장이 정리한 우편물이 가지런히 놓여 있었다. 무심하게 우편물을 훑던 손길이 멈칫했다.

그는 금색 밀랍으로 봉인된 서신을 집어 올렸다. 상제의 인장이었다. 상제의 인장이 찍혀 있어도 인편으로 직접 보내지 않아 일반 우편으로 분류된 서신이 들어오는 일이 가끔 있었다. 대개는 기사단에서 보내는 안내 문서 등이었다.

봉인을 뜯고 내용물을 꺼내 펼쳤다. 대충 눈으로 훑던 그의 표정이 굳었다.

"시종장."

멀찍이 서 있던 시종장이 대답하고 곁으로 다가왔다.

"이건 언제 받았지?"

"아침에 들어왔습니다."

"누가 가져왔나?"

"새벽 우편 마차로 도착했습니다. 시간도, 가져온 자도 평소와 다르지 않았습니다. 더 확인해서 말씀 올릴까요?"

"……아니다."

왕이 손짓하자 시종장이 다시 뒤로 물러섰다.

카세르는 다시 내용을 확인했다. 아래에 상제의 인장이 찍힌 친필 서신이었다.

올바른 절차에 따르면 상제의 친서는 기사가 직접 서신을 갖고 알현을 청해 왕에게 올린 후 답장을 받아 돌아갔다.

일반 우편은 사람이 오가는 것보다는 빨리 받아 볼 수 있으나 중간에 분실 위험이 있고 비밀 유지에 취약했다. 상제가 굳이 일반 우편으로 보내라고 따로 지시하지 않고서는 이런 식으로 올 리가 없었다.

'비밀 유지가 필요한 내용은 아니긴 한데…….'

무난한 안부 인사였다. 하지만 일반 우편으로 안부 편지를 주고받을 만큼 상제와 개인적인 친분은 없었다.

친분을 도모할 필요성도 느끼지 못했다. 카세르는 결혼에 성공했고 아쉬울 게 없는 입장이었다.

전통적으로 하시 왕국은 성도와 물리적인 거리만큼이나 심리적으로도 멀었다.

다른 왕국의 왕들은 자주 왔다 갔다 했다. 활동기에는 왕국에서, 건기에는 성도에서 지내는 왕도 있었다. 하지만 하시 왕국의 왕은 왕국을 떠나지 않았다.

하시 왕국의 왕이 성도로 가는 이유는 두 가지뿐이었다. 상제가 부를 때와 결혼해야 할 때.

카세르는 성도가 불편했다. 하지만 왕위에 오른 후 돌아오는 건기마다 성도에 가야 했다. 후계자를 얻기 위해서는 결혼해야 하니까.

결혼 후에는 성도에 갈 필요가 없다는 점이 가장 좋았다.

그는 서신의 마지막 문장을 다시 읽었다.

—교단청은 언제나 열린 문으로 그대의 고난을 외면하지 않을 것입니다. 아니카 진에게도 안부를 전합니다.

의례적인 표현이었다. 상제는 아니카를 아끼므로 성도를 떠나 먼 곳으로 간 그녀의 안부를 묻는 게 이상하지 않았다.

하지만 상제가 기사를 통해 정기적인 서신을 보낸 지 얼마 되지 않았다. 상제는 건기가 끝날 무렵에 격려의 서신을, 활동기가 끝난 후 위로의 서신을 보냈다.

카세르가 왕자였던 시절에 부왕 역시 서신을 받았으니 다른 나라의 왕들도 모두 받을 것이다.

그는 얼마 전에 받은 상제의 서신을 꺼내 비교했다. 서신의 끄트머리에 같은 표현이 쓰여 있었다.

—교단청은 언제나 열린 문으로 그대의 고난을 외면하지 않을 것입니다.

그는 시종에게 상제의 서신을 모아 놓은 문서철을 가져오라고 지시했다. 시종한테 문서철을 받아 그동안 받은 서신을 모두 비교했다.

마지막 문장을 모두 같은 표현으로 끝맺었다. 그전에는 주의 깊게 보지 않았다. 상제의 서신은 매번 비슷비슷한 내용이었다. 본론이 아닌 마무리 인사말은 대충 보고 넘겼다.

'묘하군.'

따뜻한 위로라기보다는 의도가 느껴졌다. 무슨 일이 생기면 주저하지 말고 알려 달라는 뜻으로 읽혔다.

'내가 예민한 건가?'

상제에게 도움을 요청할 만한 일은 아직 없었다.

'왕비의 기억 상실을 제외하면.'

하지만 왕성 내에서 거의 눈치챈 사람이 없을 정도로 입단속을 철저히 하는데 상제가 그 사실을 알 리가 없었다. 그리고 상제가 항상 같은 문장으로 끝을 맺은 문서를 보내온 지는 오래되었다.

그의 직감은 문장 속에 숨겨진 뜻이 있다고 해석했다. 눈치 빠르게 상제의 심기를 헤아려 적당히 돌려 묻는 답장을 보내는 게 정답이었다.

그는 종이를 펼쳤다. 펜을 잡고 한참 멈추어 있던 손이 움직였다.

카세르는 아무것도 모르는 척 편지를 작성했다. 뜻밖의 서신을 받아 진심으로 감격하는 마음이 드러나도록, 그러나 누가 봐도 그의 본래 성격에서 튀지 않도록 절제된 미사여구를 끼워 넣었다.

—마하의 찬란한 빛이 언제나 성하 곁에 함께 하실 것입니다.

마지막은 틀에 박힌 인사말로 마무리했다.

그는 시종장을 불러 편지를 건넸다.

"상제께 올리는 서신이다. 반드시 심부름꾼을 통해 보내라."

"예, 전하."

일반 우편으로는 늦어 봤자 열흘이면 들어가겠지만, 활동기 기간에 직접 사람이 움직이려면 아마 한 달은 걸릴 것이다.

그는 상제의 관심이 달갑지 않았다. 괜한 말을 흘렸다가는 성가시게 굴지도 모른다. 왕비의 안부를 더 캐묻는다거나, 최악은 성도로 오라는 초청장을 보낼 경우였다.

'이래도 문제, 저래도 문제로군.'

왕비가 기억을 찾아 이전 모습으로 돌아갈까 봐 전전긍긍하고 있으나 그녀의 상태가 이대로 계속되는 것도 해결책은 아니었다.

그녀는 아니카로서 자신에 대한 것조차 잊었다. 그건 아무나 가르쳐 줄 수 있는 지식이 아니므로 상제를 만나는 것 외에는 방법이 없었다.

'왕비가 성도로 가겠다고 하면……'

활동기 동안에는 위험하다는 이유로 막을 수 있다. 하지만 건기가 시작된 후에는 무슨 명분으로 그녀를 붙들 것인가.

그녀가 계약을 지킬 생각이 없었다는 의심은 거의 확신에 가까웠다. 지금은 순순히 협조하고 있으니 굳이 파헤치지 않았을 뿐이다. 자신이 한 짓을 기억 못 하는 사람에게 따져 봤자 소용없기도 하고.

성도가 간 후에 기억을 되찾으면 그녀는 다시 계약을 내팽개칠 것이다. 절대 왕국으로 돌아오지 않겠지.

남편이라는 이유로 성도에 있는 아니카를 강제로 데려오기란 불가능했다. 상제는 아니카의 절대적 방패막이었다. 어떤 경우에도 아니카의 편에 섰다.

이혼에 이르는 절차가 간단하지도 않거니와 이혼 후 다시 후계자를 낳아 줄 아니카를 찾아야 한다. 그 과정은 상상만으로도 지긋지긋했다.

'왕비가 아니카라는 사실을 모르는 사람이 없는데.'

그걸로 충분하지 않은가? 그녀가 라미타를 느낄 수 있건 없건 전혀 상관없었다. 자신이 누구인지 알고 싶어 하는 그녀 마음을 전혀 이해 못 하는 건 아니지만…….

엊그제 그녀가 했던 말이 떠오르자 웃음이 나왔다.

'어떻게 그런 엉뚱한 생각을 할 수 있지?'

씨앗을 만져 보겠다니.

'그런 짓을 하면 안 된다고 다시 확인을 받아야겠어.'

왕이 심각한 표정으로 생각에 잠겨 있을 때는 눈치를 살피던 시종장이 슬그머니 다가갔다.

"전하. 웨이즈 남작이 알현을 청합니다."

"들이라."

잠시 후 마리안이 들어와 인사를 올렸다. 마리안은 왕족의 유모나 가정교사와 비슷한 자격으로 왕실에 고용되어 재입궁했다. 그래서 명예 남작 위를 받았다.

그녀는 원래 귀족이 아니었다. 총관으로서 성에 머물 때도 역시 명예 작위를 받았고 총관직에서 물러날 때 작위를 반납했다.

카세르는 그녀에게 계승 작위를 내려 주려 했다. 하지만 마리안이 거듭 사양하여 그동안 그녀는 그저 '전 총관'으로만 불렸다.

"전하. 왕비님께서 해가 저물면 출궁하시려 합니다. 전에 전하와 말씀 나누신 적이 있다고 하셨습니다."

"그랬지. 목적지는?"

"따로 정하신 곳은 없습니다. 왕비님은 비공개를 원하십니다. 암행으로 나가실 듯한데 왕비님 호위를 어찌할지 여쭙습니다."

"암행이면 호위 숫자를 많이 붙이면 안 되겠군."

조용하고 은밀한 호위에 적격이며 실력 있는 전사가 누가 있더라. 카세스는 머릿속으로 후보를 몇 떠올렸다.

"하지만 저도 왕비님의 정확한 의중은 모르겠습니다."

마리안의 말은 앞뒤가 맞지 않았다. 카세르가 의아하게 바라보자 마리안이 모르는 척 웃었다.

"아무래도 왕비님께서 종종 바깥바람을 쐬러 나가실 모양입니다. 매번 호위를 정하자면 번거롭지 않겠습니까?"

"그래서?"

"왕비님 호위를 일임할 전사를 선별하시는 편이 나을 듯합니다. 곁에 오래 둘 사람이면 왕비님 마음에도 차는 사람이어야 합니다."

"왕비가 호위 삼고자 하는 사람이 있나?"

"그런 말씀은 없으셨습니다. 왕비님과 함께 논의하시고 결정하시지요. 정오에는 시간이 어떠십니까?"

마리안의 의도를 알아챈 카세르가 헛웃음을 흘렸다.

"왕비와 점심 먹으라는 소리를 참 돌려서 말하는군."

"당치 않습니다, 전하. 소인은 그저……."

"점심은 왕비와 함께하지. 시종을 보내겠다."

"부디 오해는 마셔요. 왕비님께서 저를 보내신 건 아닙니다."

"그런 오해는 안 해."

왕비는 그럴 사람이 아니었다. 그녀는 의뭉스럽게 다른 사람을 통해 자기 생각을 전달하는 것보다 용무가 있으면 본인이 직접 찾아오는 편이 어울렸다.

'어울려……?'

카세르는 그녀가 어떤 사람인지 단정 짓는 자신에게 당황했다. 지난 삼 년의 결혼 생활을 함께 보낸 왕비는 전혀 고려 대상이 아니었다. 그가 생각하는 사람은 기억을 잃은 후의 왕비다.

두 사람은 분명히 같은 사람이었다. 무의식중에 자꾸 둘을 따로 떼어 생각했다.

언제부터였던가. 왕비가 기억을 잃은 척한다는 의심 자체를 하지 않았다.

마리안이 돌아간 후 카세르는 집무실을 나와 보물고로 갔다. 국보가 사라진 사실을 발견한 이후 첫 방문이었다.

그의 지시에 따라 보물고 주변은 병사들이 엄중한 경호로 관리했다. 근위병 외에 감찰 관리를 둘씩 짝지어 잠시의 빈틈도 없도록 했다.

왕이 모습을 드러내자 감찰관이 즉시 달려와 허리를 숙였다.

"누가 찾아온 적은?"

"없었습니다. 전하."

"그동안 아무도 들어가지 않았겠지?"

"예, 전하. 명하신 대로 점검도 하지 않았습니다."

"문을 열어라."

감찰관이 단단히 봉인한 자물쇠를 풀었다. 굳게 닫혀 있던 보물고의 돌문이 열리고 길게 이어지는 안쪽 복도가 드러났다.

카세르는 홀로 들어갔다. 보물고는 긴 복도를 따라 걸으면 좌측과 우측에 여러 개의 방으로 들어가는 문이 있었다. 다양한 크기의 방마다 분류된 보물을 보관했다.

그는 계속 걸어서 복도의 끝에 있는 방으로 들어갔다. 국보 보관실이었다. 가치를 따지기 어려운 귀물들을 모아 둔 곳이다.

왕국 시조의 일기장, 이제는 사용하지 않는 옛 국새, 최초로 발행한 기념주화 등, 주로 역사적으로 의미 있는 보물들이었다.

일확천금을 노리는 도둑이라면 이 방의 보물은 손대지 않는 편이 좋다. 훔쳐 봤자 금전화하기는 불가능했다.

카세르가 걸음을 멈추었다. 돌을 깎아 사람의 두 손을 모아 쥔 형상으로 만든 받침대 앞이었다. 조각가의 솜씨가 신묘하여 진짜 사람 손 같았다.

이 조각품이 국보가 아니다. 모아 쥔 두 손 안에 놓여 있어야 하는 국보가 사라졌다.

크기는 대략 달걀만 하고 모양도 비슷했다. 얼핏 검은색으로 보이지만, 국보에 얽혀 내려오는 이야기에 따르면 엉겨 붙은 피가 세월이 지나 변색한 것이라고 했다.

'왕비는 대체 그걸 왜.'

그것의 정체는 씨앗이었다. 하지만 빈 씨앗이다. 피가 묻었는데도 깨지지 않았다는 뜻이니까.

아주 오래전, 제대로 기록조차 남지 않은 아득한 옛날에 거대한 라크가 왕국을 침공한 적이 있었다. 라크의 크기는 왕성과 비견할 정도였다니 상상하기 어려웠다.

사라진 국보는 조상님께서 라크를 퇴치한 후 얻은 전리품이었다.

씨앗이라고 전해지지만 정말 씨앗인지 의심스러웠다. 채취하는 씨앗의 크기는 최대 손가락 한 마디를 넘지 않았다. 그것이 정말 씨앗이라면 기함할 크기였다.

'국보 도난 사실을 이대로 묻어도 괜찮은가.'

무슨 용도로 쓰려고 가져갔는지 짐작 가는 데가 없으니 생각할수록 찜찜했다. 차라리 값비싼 보석을 가져갔으면 미련 없이 잊었을 것이다.

그는 국보가 사라진 빈자리를 한참 바라보며 서 있다가 돌아섰다.

그는 보물고에서 나와 경비가 느슨해지지 않도록 단단히 주의시켰다. 굳게 닫힌 돌문 위로 관리가 사슬을 걸고 자물쇠를 잠갔다. 왕의 허락 없이는 절대 보물고는 열리지 않을 것이다.

*　　　*　　　*

국왕 부부가 함께하는 점심 식사는 응접실에 차렸다. 지난번과 같은 곳이었다.

식사를 마친 후 유진이 말했다.

"전하. 드릴 말씀이 있습니다."

카세르는 사람들을 모두 내보냈다. 궁인들은 부담 없는 표정으로 물러갔다.

이제 궁인들은 국왕 부부, 두 분만 남겨 두는 상황이 되어도 긴장하지 않았다. 두 분 윗전의 사이가 이전과 달라진 사실을 모두가 느끼고 있었다.

"항상 점심은 이곳이네요."

유진이 응접실 내부를 둘러보았다. 왕의 식사 초대를 받을 때마다 식당이 아니라 이곳으로 왔다.

"식당은 대화를 나누기에 적당한 곳이 아니니까."

유진은 광활하도록 넓고 천장도 높은 식당을 떠올리며 고개를 끄덕였다. 그곳에서는 말을 하면 목소리가 울렸다. 너무 넓어서 안정감도 없었다.

"해가 지면 내성 밖으로 나갈 생각이라고 들었어."

"네. 호위로 누구를 데려갈지 전하와 의논하려고요. 그런데 그전에 지난번 전하께 들은 이야기에서 여쭐 게 있어요."

"무슨 이야기?"

"라미타⋯⋯."

카세르가 살짝 미간을 좁혔다. 유진은 그의 표정을 살폈다. 오늘 그는 기분이 별로 좋지 않아 보였다. 전체적으로 가라앉은 것 같았다.

"라미타 등급을 물의 깊이와 넓이로 판단한다고 하셨지요. 그럼 연못과 우물 중에서는 연못이 높은 건가요?"

카세르가 나직이 웃었다.

"내가 당신에게 한 말은 함부로 떠들 이야기는 아니야. 말조심하지 않으면 크게 봉변을 당할걸. 당신은 괜찮겠지만."

"네?"

"높다느니, 낮다느니. 아니카는 평가 대상이 아니니까."

기억의 잃기 전 왕비라면 자신의 앞에서 아니카에 대해 이러쿵저러쿵 말하는 자를 절대 가만두지 않았을 것이다. 본래 아니카는 자존심이 강하다는 점을 감안해도 왕비는 지나친 감이 있었다.

그런데 이제는 본인이 저런 소리를 하고 있다. 나중에 왕비가 기억을 찾으면 자신이 한 말과 행동을 떠올리며 무슨 생각이 들까.

이래서 왕비가 기억을 잃은 척한다는 의심이 들지 않았다. 그녀는 기억의 잃기 전 왕비의 역린을 아주 가볍게 건드렸다.

보물고를 다녀온 후 불편하게 엉킨 그의 마음이 조금 풀어졌다.

'아니카가 뭐가 그렇게 대단해?'

유진은 속으로 빈정거렸다. 자신도 이제 아니카로서 이 세상에서 살아가겠지만, 그들의 선민의식이 눈꼴시었다.

진이 악역이 된 원인에 거창한 이유는 없을지도 모르겠다. 지나치게 자존심이 높은 나머지 자신이 최고가 아니라는 사실을 견딜 수 없어서 삐뚤어진 것은 아닐까.

"다른 데서는 말조심할게요. 제 질문의 답은요?"

"연못과 우물이라면 우물이지."

"왜요?"

"더 깊으니까."

"넓이보다는 깊이라는 거군요."

"대개는 넓을수록 깊어."

꼭 그렇지만은 않았다. 유진은 어젯밤이 본 광경을 떠올렸다. 수면이 자신의 발목 언저리가 올라와 찰랑거렸다. 끝이 보이지 않을 정도로 수평선이 펼쳐져 있으나 깊이는 얕았다.

"물의 이미지라는 건 어디까지예요? 호수도 보고, 강을 보기도 하나요?"

"유진. 내가 아는 정보는 한계가 있어."

유진은 미간을 찡그렸다가 한숨을 푹 내쉬었다.

"상제를 뵈어야 속 시원하게 모든 걸 알 수 있다는 말씀은 알겠어요. 그런데 상제를 뵙고 싶지 않아서 그래요. 방법이 정말 없을까요?"

카세르의 눈빛이 흔들렸다.

"……왜?"

"상제를 뵈려면 성도로 가야 하잖아요."

"성도에 가고 싶지 않다고?"

"전 아직 제 주변도 다 파악 못 했어요. 보고 듣고 머리에 담아야 할 것을 더는 늘리고 싶지 않아요."

그로서는 환영할 만한 대답이었다. 그는 그녀를 도울 방법을 고민했다.

"다른 아니카를 만나 보는 건 어때?"

"누구요?"

"슬란의 왕자비."

하시 왕국에서 가장 가까이 이웃한 나라, 슬란.

'아. 그 아저씨 아들.'

소설에 등장하는 여섯 왕 중에서 슬란의 왕, 리차드가 차지하는 분량이 가장 적었다. 성격은 가장 좋았지만, 주역으로 내세우기에는 나이가 많았다. 50대의 아저씨였다.

리차드는 호탕한 성품의 호인이었다. 리차드가 아니었으면 여섯 명의 왕으로 구성된 원정대는 내부 싸움으로 초반에 무너졌을 것이다.

왕은 오롯이 홀로 서 있는 만인의 주인이었지, 단체의 구성원이 된 적이 없었다. 더구나 리차드를 제외한 다섯 왕은 나이가 다 고만고만했다. 자신이 제일 잘난 젊은 왕에게 양보란 있을 수 없었다.

그래도 아버지뻘 나이의 리차드가 말하면 귀를 기울였다. 한참 나이가 어린 다섯 명의 왕들을 다독인 리차드의 공이 컸다.

'따지고 들면 마하를 구한 사람은 리차드가 아닐까?'

리차드에게는 장성한 아들이 있으나 왕자는 라크를 사냥하는 전쟁에 전면으로 나설 수 없었다. 선왕이 죽고 왕위를 물려받아야만 프라즈가 안정적으로 자리 잡기 때문이다. 그전까지 왕자의 초능력은 반쪽짜리였다.

왕자가 죽으면 슬란의 미래는 암울했다. 그래서 왕자는 왕이 자리를 비운 왕국을 지켰다. 소설 속에서 대화로 언급만 되고 등장한 적은 없었다.

'그 아저씨 아들이면 성격이 좋을 거 같아.'

"만나려면 제가 슬란으로 가야 해요?"

"당신이 가거나 초대를 해도 되지."

"초대가 좋겠어요. 슬란의 왕자는 언제 결혼했어요?"

"작년에."

"……그럼 왕자비 나이가."

"당신보다 두 살이 어려."

"……."

"무슨 문제라도?"

"아는…… 사람일 것 같아서요. 기억에는 없지만요."

아니카는 평균 일 년에 한 명이 태어날 확률이다. 그런데 한동안 아니카가 꽤 오래 태어나지 않던 시기가 있었다. 그리고 긴 텀을 두고 진이 태어났다. 그래서 진과 진보다 먼저 태어난 아니카의 나이 차이는 열 살이었다.

무려 10년 만에 아니카가 탄생한 그 날은 성도의 잔칫날이었다. 더구나 같은 날 무려 둘이 태어났다.

진과 플로라.

아니카는 원래 특별 대우를 받지만, 아마 그 두 사람만큼 주변의 관심을 독차지한 아니카는 없었을 것이다. 상제가 매일 아침 두 사람의 안부를 물으며 하루를 시작한다는 말이 나돌 정도였다.

그들 이후로 태어난 아니카는 그들만큼의 관심은 받지 못했을 뿐만 아니라 오히려 뒤로 밀려났다.

진보다 두 살이 어린 아니카면 비슷한 나이로 자라 성도에서 자주 마주쳤을 것이다.

"친구였나?"

유진은 어색하게 웃었다. 친구였으면 차라리 다행이지.

진의 성격은 보통이 아니다. 결혼해서 왕국에 온 뒤에 본색을 드러낸 건 아닐 것이다. 성도에서 지낼 때 여왕벌 노릇을 하며 남 괴롭히기를 즐겼을 확률 백 프로.

동갑내기 플로라는 진 못지않게 주변인들이 둥기둥기했을 테니까 건드리기 어려울 테고 두 살이 어린 아니카는 표적으로 딱 좋았다.

"초대하면 안 올 거예요. 사이가…… 안 좋았을걸요."

"사이좋아야 할 이유가 있어?"

"잘 지내는 편이 좋잖아요."

"왜?"

예상치 못한 반응에 유진은 말문이 막혔다. 유진은 좀 더 친절하게 설명을 덧붙였다.

"제 잘못으로 슬란 왕자비와 앙숙이었을 것 같아서 그래요."

"당신이 잘못을 해 봤자지. 슬란의 왕자비도 아니카잖아."

"뒷담화나, 따돌림이라든지."

카세르가 피식 웃었다. 유진은 그가 진심으로 별것 아니라고 생각한다는 걸 깨달았다. '이 사람도 참 어지간히 사회성 별로구나.'라는 생각이 들었다.

그런데 그가 의도한 건 아니겠지만, 그가 자신의 역성을 들어준 것 같아 기분이 묘했다.

그는 무뚝뚝한 듯 친절했다. 귀에 달콤한 말은 하지 않을 뿐 기분 상하게 하는 말이나 행동은 하지 않았다.

소설 속에서 그는 강한 힘을 지닌 만큼 성격적인 결함이 많았다. 입만 벌리면 칼처럼 날카로운 발언을 했다. 상대의 속을 헤집는 말도 툭툭 뱉었다.

'근데 말투가 딱딱하기는 해도 거친 말은 안 하는데⋯⋯.'

소설 속 사왕과 눈앞의 그는 비슷하면서 다르다. 조금씩 괴리가 느껴졌다.

자신이 진과 몸이 바뀌어 소설 내용이 조금씩 달라지기 시작하는 징조일지도 모른다. 바라는 바였지만, 미래를 전혀 알 수 없게 되어 버리는 것은 두려웠다.

"공식 초대장을 보낼 거야. 불가피한 사유 없이 거절할 리가 없어. 당신에게 어떤 감정이 있건, 그건 개인적인 문제야."

유진은 고개를 끄덕였다. 듣고 보니 일리가 있었다.

"하지만 예의는 지켜야지. 혹시 해서 하는 말이지만, 왕자비에게 각성할 때 뭘 봤느냐고 묻는 건 안 돼."

"아⋯⋯."

유진이 눈동자를 데구루루 굴렸다. 카세르는 그녀의 표정에서 정말 그녀가 그럴 짓을 할 생각이었음을 읽었다. 그는 어이가 없어 손으로 관자놀이를 짚었다.

"유진. 당신을 기억을 되찾는 것보다는 자신이 아니카라는 사실을 더 자각할 필요가 있어."

"주의할게요."

유진은 속으로 '난 당신처럼 타고나길 귀하신 몸이 아니라서 잘 모르겠거든요.'라고 투덜거렸다.

마하에서 아니카의 위치가 과하다는 생각이 들었다. 왕은 라크를 때려잡아 백성들을 지킨다지만, 아니카의 라미타는 상징일 뿐 쓰이는 곳이 없었다.

왕의 아이를 낳을 수 있다는 것? 단지 그 이유만으로 상제는 아니카에게 특권을 주는 걸까.

'상제를 만나기는 해야 하나 봐. 슬란 왕자비를 만나도 큰 도움은 안 되겠어.'

유진은 자신을 물끄러미 바라보는 그와 시선이 마주쳤다.

"더 알아 둬야 할 일이 있어요?"

카세르는 고개를 저었다. 순순히 대답하는 그녀가 신기했다.

오래전 일이다. 왕비가 지나치게 궁인들을 험하게 체벌하기에 한마디 한 적이 있었다. 나중에는 언성을 높였지만, 처음 몇 번은 좋게 돌려 말했다. 그때마다 왕비의 대답은 항상 같았다.

「제가 알아서 하겠습니다. 내궁의 일은 제 소관이에요.」

카세르는 사람의 본질은 변하지 않는다고 믿었다. 그런데 왕비를 눈앞에 두고 같은 사람의 과거와 현재를 비교할 때마다 그의 믿음이 흔들렸다.

"아까 당신이 호수와 강을 보기도 하느냐고 물었지. 생각 난 게 있어. 성도 광장에 있는 고목을 기억해?"

"네. 그건 알아요."

카세르가 설명해 주지 않아도 유진은 그 나무를 알고 있었다.

유진은 주된 사건 무대인 성도에 대해서는 당장 그림으로도 그릴 수 있었다. 구조, 넓이, 인구, 도시의 대략적인 모습까지. 그녀의 소설에 등장하는 장소 중 가장 많은 묘사로 서술했으니 당연했다.

성도에는 넓은 광장이 있다. 광장의 중앙에 족히 천 년이 넘은 고목이 있었다.

수십 명이 양쪽 팔을 벌려 에워싸야 할 정도의 아름드리나무이며 그 나무에서 뻗은 가지가 만들어 낸 그늘이 광장을 거의 다 덮었다.

그 나무에 전해지는 전설이 있다. 오래전, 아니카가 씨앗을 만져 발아하여 자란 나무라고 했다.

워낙 오랜 세월이 흘러 꽃도 열매도 맺지 못하지만, 여름내 시원한 그늘을 만들어 주었다. 성도 사람들은 고목을 도시의 상징으로 여기며 변함없이 자리를 지켜 주는 것만으로도 기뻐했다.

진이 이끄는 마라의 군대가 성도를 덮쳤을 때 고목은 반이 날아가고 뿌리가 뽑혀 쓰러진다.

상제까지 나서서 고목을 되살리려 애썼으나 회생은 결국 실패했다. 나중에는 그루터기만 남았다.

정의는 승리했으나 상흔은 남았다. 상처 입은 영광을 상징하는 장치였다.

"그 고목은 원래 보라색 씨앗이었다고 해."

씨앗의 색은 총 일곱 가지. 보라색 씨앗에는 가장 강력한 라크가 잠들어 있다.

"그 씨앗을 싹틔운 아니카는 각성할 때 호수를 봤다고 하더군."

"호수……"

"연못, 우물, 저수지, 호수."

"전부 다 흐르는 물은 아니군요."

유진은 라미타가 퍼내면 줄어드는 물이라는 말의 뜻을 이제 온전히 이해했다. 흐르는 물은 퍼내면 다시 흘러와서 채워진다. 하지만 처음부터 양이 정해진 고인 물은 줄어들 뿐이었다.

'호수가 최고 등급? 그럼 내가 본 건 뭐지? 역시 그건 자각몽이 아니라 그냥 개꿈인가?'

"호위는 어떻게 할 거지?"

"거창한 건 싫어요."

"당신이 어디를 갈 것이냐에 따라 달라."

"그냥…… 시장 구경? 오늘은 가볍게 둘러보기만 할 거예요. 기억이 전혀 안 나니까요."

'기억이 안 나는 게 아니라 원래 기억에도 없을 텐데.'

카세르는 속으로 그녀의 말을 정정했다.

왕비는 서재만 왔다 갔다 했을 뿐 성안에서 꼼짝하지 않았다. 지금 생각해도 이해할 수 없다.

원래 내성적인 사람이면 그러려니 하지만, 성도에서 왕비를 처음 본 장소는 큰 규모의 무도회장이었다. 그녀는 제집인 듯 연회장을 휘젓고 다녔다.

그녀 주변에 잔뜩 사람이 모여 있었고 능숙하게 사람들을 응대했다. 그런 자리에 몹시 익숙해 보였다. 사교 활동을 즐겼을 테고 많은 사람을 만났을 것이다.

그런데 결혼 후 왕국으로 온 이후에는 사교 모임에 아예 관심을 두지 않았다.

"다섯…… 아니, 적은가."

"다섯이요? 다섯씩이나 호위를 데려가라고요? 한 명이면 돼요."

"무슨 말도 안 되는 소리야. 한 명이라니."

"누구도 눈치채지 못하게 거리 구경만 하고 올 건데 다섯 명이나 호위를 데려가면 더 수상해 보일 거예요."

"다섯 명도 최소한이야."

"한 명."

"다섯 명을 데려가. 아니면 못 나가."

"나가는 데 허락받을 필요 없다고 하셨잖아요!"

유진이 언성을 높였다. 덩달아 카세르의 목소리도 커졌다.

"호위는 동반해야 한다고 분명히 말했을 텐데. 실력 있는 전사들이 호위할 테니까 당신이 뭘 하든 방해는 안 해."

"전사를 다섯 명이나요? 키와 체격이 남달라서 겉모습만 봐도 남들이 다 알아요."

"그래서 호위를 동반하는 거야. 일이 벌어진 후에는 늦어. 건드려서는 안 될 사람이라고 보여 줘서 험한 일의 발생을 사전에 차단하는 게 가장 좋아."

유진은 좁힐 수 없는 평행선을 느끼며 한숨을 내쉬었다.

"그럼 차라리 당신이 같이 가든가요."

"그래도 되겠군."

"조용히 나갔다 오겠…… 네?"

유진은 놀란 표정으로 다시 확인했다.

"정말 같이 가실 거예요?"

"불편해?"

"아, 아니요. 괜찮아요."

'이 남자는 고지식한 걸까, 마음이 여린 걸까.'

그는 진과 맺은 계약을 충실히 지켰다. 그런데 진이 배신했으니 얼마나 분노가 컸겠는가.

그가 화가 머리끝까지 난 모습으로 들이닥쳤던 그 날을 떠올렸다. 억울한 마음에 그날은 울컥했지만, 지금 생각해 보면 그는 더 화낼 자격이 있었다.

'기억을 잃었다는 핑계를 댔어도 어쨌든 저 남자가 보기엔 내가 저지른 짓이란 말이지. 근데 그 이후로 화낸 적도 없고 그 일을 끄집어내서 뭐라고 하지도 않고.'

기억을 어서 찾으라고 재촉하지 않았다. 묻는 말에는 전부 대답해 주었다.

이제는 직접 데리고 나가서 바깥 구경도 시켜 주겠단다. 한가한 사람이 아니니 일부러 시간을 내겠다는 말이었다.

'어쩌면 저 사람은…… 진을 그렇게 싫어하지 않았는지도 몰라. 부부 사이는 부부만 안다잖아.'

기분이 가라앉았다.

'내가 진이 아니라는 걸, 완전히 다른 사람이라는 걸 알면 어떤 반응을 보일까?'

"당신이 같이 가면 호위는 없어도 되는 거죠?"

"호위 없이는 안 된다니까."

"그럼 한 명만으로 타협해요. 아니면 그냥 안 나갈 거예요. 온종일 성에 틀어박혀 우울해할 거라고요."

"……."

카세르는 이해할 수 없는 협박을 하는 그녀를 응시했다. 본인의 우울한 감정 상태가 왜 협상의 도구가 된단 말인가. 그런데 '우울'이라는 단어에 불편해지는 자신의 마음이 더 이상했다.

펑!

신호탄이 터졌다. 카세르가 벌떡 일어나 창으로 걸어갔다. 유진도 뒤따라 일어났다. 그의 옆에 서서 창밖의 하늘을 올려다보니 노란색 연기가 보였다.

"하아……."

유진은 안도의 숨을 내쉬었다. 아직 다른 색 신호탄이 터진 적이 없었다.

활동기가 시작된 지 3주가 훌쩍 넘었다. 신호탄을 확인하는 유진의 마음은 시간이 지나면서 계속 달라졌다.

처음에는 놀랐고 두세 번 정도는 '또 터졌구나.' 정도로 생각했다가 이제는 두려웠다.

활동기에 붉은 신호탄은 반드시 터진다고 했다. 언제인지는 모르지만, 반드시 닥쳐올 환난을 기다리는 심정이었다. 신호탄 소리를 들을 때마다 가슴이 덜컹했다.

카세르가 창을 열고 발코니로 나갔다. 아래쪽을 바라보며 길게 휘파람을 불었다. 슬그머니 그의 옆에 서서 유진은 그를 흘끔거렸다. 신호탄이 터지면 그가 즉시 달려 나가는 줄 알았다.

'뭘 보는 거지?'

그의 시선을 따라 유진도 아래를 내려다보았다.

'아부.'

유진은 멀리서 달려오는 흑마를 발견했다.

'아부를 부른 거구나.'

"전하."

유진이 깜짝 놀라 뒤를 돌아보았다. 어느새 들어온 남자가 한쪽 무릎을 굽히고 앉아 두 손에 쥔 검을 왕을 향해 올렸다. 그는 정해진 순서에 따르는 것처럼 자연스럽게 검을 받아 들었다.

"왕비."

"예?"

"호위 선별은 나중에 다시 의논합시다."

"네. 급한 건 아니에요."

검을 쥔 카세르가 다른 손으로 발코니 난간을 짚고 훌쩍 몸을 띄웠을 때 유진의 눈이 휘둥그레졌다.

"위험⋯⋯."

말이 채 끝나기 전에 아예 난간을 넘은 그의 몸이 아래로 떨어졌다. 유진은 두 손으로 입을 막고 히익, 비명을 질렀다.

그녀는 서둘러 난간에 바짝 붙어 아래를 내려다보았다. 푸른 기운에 휩싸여 바닥에 착지하는 그의 모습이 보였다.

유진은 그가 신호탄이 터진 후 달려 나가는 장면을 처음 목격했다. 흑표범으로 변화한 아부의 등을 타고 그가 순식간에 내성벽을 뛰어넘었다.

"와⋯⋯."

놀란 마음이 진정되자 긴장이 풀어진 다리에서 힘이 빠졌다. 난간을 잡은 채 그대로 미끄러지듯 주저앉았다.

"왕비님!"

"괜찮으십니까?"

시녀들이 발코니로 달려 나와 유진을 부축해 일으켰다.

"괜찮아. 잠깐 놀랐어."

그녀는 시녀의 손을 붙들고 응접실로 들어왔다. 소파에 앉은 그녀의 양쪽 옆으로 시녀들이 붙어 팔을 주무르고 따뜻한 차를 가져오는 등 부산스럽게 움직였다.

시종장은 소파 근처를 맴돌며 안절부절못하고 유진에게 '괜찮으십니까?'라고 반복해서 물었다.

"별일 아니니 전하께는 말씀드리지 말게. 괜히 신경 쓰이게 해 드리고 싶지 않아."

"예, 왕비님."

유진이 놀란 건 충격받아서가 아니라 생각지도 못하게 목격한 비현실적 장면이 신비롭고 감격스러웠기 때문이었다.

'정말 끝내줬어.'

그가 난간을 잡고 뛰어넘는 장면, 뱀 형상으로 발현된 프라즈에 휩싸여 낙하하는 모습, 표범이 된 환수의 등에 올라타 도약하는 장면이 정지화면이 되어 그녀의 머릿속에서 사진첩처럼 넘어갔다. 화려한 특수 기술로 연출한 가짜 영상이 아니라 다 눈앞에서 벌어진 현실이었다.

그녀는 적당히 식은 찻잔을 두 손으로 쥐었다. 가슴이 두근거렸다. 발코니 난간에서 뛰어내리는 순간, 그 남자 표정에 완전히 꽂혔다.

약간은 무심한 듯하면서도 자기 자신의 강함을 아주 잘 아는 오만함이랄까. 사람들 위에 군림하는 왕의 카리스마가 무엇인지 알 것 같았다.

응접실 문이 열리고 다급히 마리안이 들어왔다. 그새 누가 마리안에게 달려간 모양이다. 유진은 사색이 된 마리안을 보며 웃었다.

"왕비님. 무슨 일입니까?"

"다들 지나치게 호들갑을 떠는군요."

유진은 주변을 돌아보며 말했다.

"다들 물러가라."

모두 응접실에서 나가고 마리안과 단둘이 남았다. 유진은 대충 어떤 상황인지 마리안에게 설명했다.

"시녀들이 이상하게 생각했을지도 모르겠네요. 처음 본 것처럼 과하게 반응했으니."

"처음 보신 것이 맞을 겁니다. 충분히 놀라실 만합니다. 전하께서 배려가 부족하셨습니다."

"처음 봤을 거라고요?"

마리안이 잠시 주저하다가 조심스레 말했다.

"활동기에 원래 전하께서는 새벽 일찍 나가시어 해가 지면 들어오셨습니다. 온종일 성에 계시는 날은 드물었습니다."

"낮에 집무실에서 온종일 일하신다면서요. 이번 활동기에 유난히 일이 많은 건가요?"

"전에는 밤에 일하셨습니다만……."

"……."

유진은 시선을 아래로 내려 빈 찻잔을 만지작거렸다. 귀가 후끈거렸다. 이번 활동기에는 밤에 일할 시간이 당연히 없을 수밖에. 매일 밤 그녀의 침실에 왔으니까.

"왕비님. 주제넘지만, 감히 말씀드립니다. 두 분께서 돈독하신 모습이 참으로 보기 좋습니다. 전하께서 잘못하실 때 무조건 참으시라는 말씀은 아닙니다만, 전하께서 실수하셔도 조금은 너그럽게 봐주시어요. 표현이 서툰 분입니다."

마리안의 목소리가 살짝 떨렸다. 고개를 들어 마리안의 표정을 살피니 눈시울도 약간 붉었다.

왕을 진심으로 걱정하는 마음이 느껴져 유진은 마음이 뭉클했다. 그에게 복잡한 가정사가 있다고 짐작한다. 하지만 마리안이 곁에 있어서 그는 엇나가지 않고 잘 자랐을 것이다.

그가 부러웠다. 자신의 곁에도 마리안 같은 사람이 있었다면 훨씬 삶이 풍요로웠을 텐데.

"마리안. 전하는 좋은 분이에요."

마리안이 미소 가득한 얼굴로 고개를 끄덕였다.

"친절하시고 상냥한 마음씨를 지니셨지요."

마리안이 애매한 표정을 지었다. 친절과 상냥이라니. 아무리 좋게 보려 해도 그건 절대 왕과 어울리는 표현이 아니었다.

"이따가 전하께서 직접 바깥 구경을 시켜 주겠다고 하셨거든요."

"어머나. 전하께서요?"

마리안이 즐겁게 웃었다. 정말 두 분께서 이제야 비로소 진짜 부부가 되시는구나. 마음의 짐이 모두 덜어지는 기분이었다.

"외출 준비를 하겠습니다."

마리안은 어제 왕을 뵈었던 일을 떠올리며 슬며시 웃었다. 왕께서 부르시더니 사람을 모두 물리기에 중요한 일인 줄 알았다.

「오늘…… 시종을 보내도 되나?」

웃음을 터뜨리는 무례를 저지를 수는 없었다. 마리안은 입술을 꼭 물고 고개를 숙였다.

「내일은 보내셔도 됩니다.」

두 분 사이에 부드러운 바람이 부는 이 시기에 오붓한 외출은 시기적절했다. 소중한 추억은 언젠가 위기가 오더라도 넘어갈 수 있는 디딤돌이 되어 줄 것이다.

밤늦게 왕비님의 침실로 목욕물이 들어갈 테니까 차질 없도록 준비해야겠다.

＊　　＊　　＊

왕을 태운 흑표범이 성벽을 향해 달려갔다. 한 번 도약할 때마다 까마득한 넓이를 건너뛰니 흡사 날아가는 것 같았다.

흑표범 위에 올라탄 그의 몸 주변을 안개처럼 푸른 기운이 감쌌다. 보통 사람이라면 아부의 등 위에 올라타서 잠시도 견디지 못하고 튕겨 나갈 것이다. 짐승이 뛰어오르는 순간의 반동을 프라즈가 흡수했다.

성벽에 가까워지는데도 병사들의 함성이 들리지 않았다. 병사들이 줄을 맞추어 늘어서 있었다. 기합이 잔뜩 들어간 병사들의 눈빛은 터질 때를 기다리며 고요하게 타올랐다.

좋지 않은 징조. 카세르는 아부를 타고 단번에 성벽 위까지 올라갔다. 성벽 너머 사막을 바라보는 그의 얼굴에서 표정이 사라졌다.

누런 사막의 모래가 새카만 색으로 뒤덮였다. 까만 점들이 일사불란하게 움직여 빠른 속도로 성벽을 향해 달려왔다.

숫자를 헤아릴 수가 없었다. 개미의 모습으로 나타난 라크들이었다. 저 정도면 군대라고 불릴 만했다.

"전하."

레스터가 곁으로 다가왔다. 전투를 앞둔 전사의 눈빛에 비장함이 감돌았다.

"노란 등급입니다."

카세르가 미간을 찌푸렸다. 노란 등급의 개미 라크는 덩치가 대형견 정도다. 전사는 혼자서 수월히 사냥할 수 있고 일반 병사는 둘이 붙어야 여유롭게 상대했다.

최악은 아니지만, 손쉬운 상대도 아니었다. 한 마리의 전투력은 별것 아니어도 개미는 숫자로 밀어붙이기 때문이다.

"초록색 신호탄을 올려라."

성벽을 사수하기는 틀렸다.

"예, 전하."

레스터가 몸을 돌려 손을 들어 흔들었다. 잠시 후 병사가 쏘아 올린 녹색 신호탄이 하늘에서 터졌다. 그리고 이어서 또 한 번의 녹색 탄이 터졌다.

연달아 터지는 녹색 탄은 수도 백성들에게 충분한 경고가 될 것이다. 여자와 아이들, 노인과 병자는 대피소로 몸을 피하고 모든 거래는 중단되며 상점은 문을 닫는다.

장정들은 하던 일을 멈추고 수도 곳곳에 방어진을 쌓는다. 어느 집이든 창과 활은 항상 갖췄다. 무기에 바를 기름은 관리들이 재빠르게 배분할 것이다.

"내가 내려가서 한바탕 휘저어야겠다. 레스터. 이곳의 지휘를 맡긴다."

"전하. 전사들을 데려가심이……."

"저놈들은 시간 싸움이야. 이런 일에 전사가 다치면 손해가 막심해. 1차 방어선이 뚫리면 다시 초록 탄을, 2차 방어선이 뚫리면 붉은 탄을 올려라."

"예, 전하."

"가자, 아부."

카세르가 아부의 목덜미를 쥐고 자세를 낮췄다. 아부가 성벽을 넘어 사막으로 뛰어내렸다. 개미 군단을 향해 단 한 마리의 짐승과 짐승 위에 올라탄 왕이 용맹하게 달려갔다.

레스터의 두 손이 주먹을 꽉 쥐었다. 도무지 승산이 없어 보이는 저 무모한 광경을 보며 그의 피가 뜨겁게 끓어올랐다.

무조건 등을 바라보며 따를 수 있는 주군을 모시는 자신은 얼마나 행운아인가. 항상 앞장서는 왕의 수고로움이 안타깝고 죄스럽지만, 불안했던 적은 한 번도 없었다.

파도처럼 밀려오는 가장 앞줄의 라크와 왕을 태운 환수가 서로를 향해 달려갔다.

카세르가 잔뜩 낮췄던 상체를 세우며 아부의 등에 올라섰다. 그는 라크 군대를 이끄는 병정개미를 표적으로 삼았다. 다른 개미들보다 덩치가 두 배는 되었다.

그가 아부의 등을 박차고 공중으로 뛰어올랐다. 두 손으로 검을 쥐어 병정개미의 머리로 내리꽂았다. 푸르스름한 예기가 감도는 검날이 병정개미의 머리통을 쪼개며 그대로 몸통까지 반으로 갈랐다.

그의 몸 주변을 칭칭 감은 푸른 뱀이 선명하게 모습을 드러냈다. 거대한 뱀의 몸통에 선명한 비늘이 다닥다닥 도드라졌다.

카세르를 중심으로 원형의 파동이 사방으로 퍼져 나갔다. 파동은 보이지 않는 칼날이 되어 그의 주변에 있는 개미들을 관통했다.

여기저기서 퍽, 퍽 소리가 나며 개미의 파편이 사방으로 튀었다. 핵이 파괴된 라크는 가루가 되어 공기 중으로 흩어졌다.

순식간에 그의 주변으로 넓은 원형의 공간이 텅 비었다. 성벽에서 내려다보는 병사들은 새카만 융단에 큰 구멍이 뚫린 것처럼 사막의 모래가 드러난 모습을 볼 수 있었다.

잠깐의 적막이 흘렀다. 병사들은 경이로운 광경에 숨을 죽였다.

"와아!!!"

"왕이시여!"

사방을 뒤흔드는 고함 소리가 쩌렁쩌렁 울렸다. 사기가 오른 병사들이 목이 터지도록 왕을 부르며 환호했다. 버거운 전투를 앞둔 자들의 두려움은 압도적인 왕의 무위 앞에서 전부 날아가 버렸다.

카세르는 자신의 손을 내려다보며 주먹을 쥐었다.

'확실히 이상해.'

이번 활동기에는 프라즈가 그의 마음을 읽는 것처럼 순순히 움직였다.

사막 근처의 하시 왕국은 유독 강력한 라크가 빈번히 출몰했다. 그래서인지 사왕은 여섯 왕 중에서 가장 강한 프라즈를 가졌다.

여러 왕국을 오가는 상인들이 술자리에서 툭하면 논쟁을 벌이는 주제가 있었다. 서로 자국의 왕이 강하다며 목소리를 높이고 심심치 않게 싸움도 벌어졌다.

그런데 비교 대상은 언제나 다섯이었다. 사왕이 가장 강하다는 사실은 논쟁의 여지가 없었다.

그러나 강한 힘에는 대가가 따랐다. 왕이 되면 프라즈를 완전히 제어할 수 있음이 원칙이지만, 사왕은 프라즈의 폭주를 막기 위해 항상 기운을 억누르고 있어야 했다.

그나마 건기에는 좀 낫다. 활동기가 시작되면 마치 흥분하는 것처럼 프라즈가 몸 안에서 꿈틀거렸다.

카세르는 프라즈를 자신의 몸에 깃든 또 하나의 생명 같다고 느끼곤

했다. 그의 몸 안에 갇혀 그의 의지에 따라 움직이는 제 신세를 자존심 상해하는 것 같았다.

그래서 가끔은 말을 안 듣고, 때로는 심술도 부렸다. 프라즈를 제어하면서 동시에 쓰고 나면 무척 진이 빠졌다.

원래 이 정도로 프라즈를 썼으면 숨이 가빴을 것이다. 하지만 지금은 아주 몸이 가뿐했다.

'나중에.'

지금은 딴생각할 때가 아니다. 카세르는 검을 고쳐 잡았다. 잠시 멈칫했던 개미들이 다시 그에게 달려들었다.

그 혼자서 개미 군단 전부의 발을 묶어 두기는 무리였다. 개미 일부는 성벽을 향해 움직였다. 언제 끝날지 모를 전쟁이 이제 막 시작됐다.

유진은 침실로 돌아온 후 얼마 안 되어 신호탄이 터지는 소리를 들었다.

'오늘은 빠르게 정리가 되었나 봐.'

푸른 신호탄을 생각하며 하늘을 봤다가 유진은 화들짝 놀랐다. 초록색 연기가 번지고 있었다. 심장이 불안하게 뛰기 시작했다.

"잔느."

"예, 왕비님."

"방금 노란색 신호탄을 봤는데 벌써 초록색 탄이야. 괜찮은 걸까?"

"제가 알아보겠습니다."

잔느가 나가자마자 또 신호탄이 터졌다. 이번에도 초록색이었다. 연달아 두 번의 신호탄이 터지는 경우는 설명을 듣지 못했다.

유진은 초조하게 침실 안을 서성거렸다. 닫힌 문을 계속 흘끔거렸으나 문을 두드리는 소리는 들리지 않았다.

'늦네. 마리안은 왜 안 오지?'

마리안은 이럴 때 가장 먼저 달려와 자세히 설명해 줄 사람이었다. 무슨 일이라도 생긴 건가.

시녀를 통해 부를까 했으나 마음이 다급하여 기다릴 수가 없었다. 이쪽 세상에는 즉시 연락을 주고받을 수 있는 통신 기구가 없다는 점이 새삼 답답했다.

침실을 나와 마침 눈에 띄는 시녀를 불렀다. 마리안의 행방을 묻자 시녀가 대답했다.

"총관님과 말씀을 나누시는 모습을 보았습니다."

"어디서? 네가 봤던 곳으로 안내해."

유진은 시녀와 함께 복도를 걷다가 계단을 내려갔다. 유진이 성 구석구석을 모두 가 보지는 않았으나 대강의 구조는 익혔다. 시녀가 안내하는 곳 근처에 총관의 업무실을 비롯한 궁인들의 거처가 있었다.

총관의 업무실 앞 복도에 시녀들이 모여 있었다. 마리안이 사라와 심각한 표정으로 말을 나누다가 다가오는 유진을 발견했다. 두 사람이 곧바로 유진의 곁으로 다가가 고개를 숙였다.

유진은 마리안과 사라를 차례로 쳐다보고 굳은 표정의 시녀들까지 전부 둘러보았다. 다른 때라면 참견하지 않았을 것이다. 이곳에서의 생활을 아직 모르는 게 많으니 가급적 나서지 말자고 생각했다.

그런데 초록 신호탄 때문에 그녀의 신경이 약간 날카로워져 있었다. 혼자 따돌림당하는 기분이 들어 유쾌하지 않았다.

"어수선하군. 무슨 일인가?"

"안으로 모셔서 말씀 올리겠습니다."

유진은 마리안과 사라와 함께 총관 업무실로 들어갔다. 문을 닫자마자 마리안이 곧바로 용서를 구했다.

"얼마나 놀라셨습니까. 즉시 뵈러 갔어야 했는데 제가 미처 헤아리지 못했습니다."

틀림없이 이유가 있었겠지만, 마리안은 변명하지 않았다. 그런 태도가 더욱 신뢰감을 주었다. 유진은 한결 풀어진 마음으로 돌아가는 상황을 물었다.

"초록색 신호탄이 연달아 올라간 것은 비상 경계령이 내려진 상황을 뜻합니다."

"붉은 신호탄보다 심각해요?"

"경우에 따라서는 더 심각할 수도 있습니다. 초록색 신호탄 이후에 붉은색 신호탄이 올라가면 성벽을 넘은 라크를 막아내지 못해 거리까지 침범했다는 뜻이니까요."

"전하께서 이기지 못할 라크라는 건가요?"

"만약 그런 일이 일어난다면 최악입니다. 전하께서 당해 내지 못하는 괴물에게 누가 맞설 수 있겠습니까. 일반적으로는 수적 열세일 경우입니다."

유진은 알아듣고 고개를 끄덕였다.

"붉은 신호탄으로 이어질 것 같아요?"

"아직 모릅니다만, 너무 걱정은 마셔요."

"그럼 왜 여기에 모여 있는 거지요?"

마리안이 곤란한 표정을 지었다. 사라가 나섰다.

"왕비님. 공연히 심려를 끼쳐 드려 송구합니다. 소인이 궁인들 관리에 소홀하여 소란이 있었습니다."

"소란이라니?"

"시녀 아이의 조모가 홀로 집에 있다고 합니다. 귀가 어두워 신호탄 소리를 듣지 못할 거라 조모의 안위를 챙기러 나가게 해 달라는 요청이었습니다."

사라는 원칙대로 허락하지 않았다. 울며 매달리던 시녀는 자해를 시도했다. 다행히 제때에 저지하여 크게 다치지는 않았고 진정시키기 위해 다른 시녀들이 데려갔다.

그런 자세한 사정까지는 설명하지 않았다.

"그게 왜 문제가 되는가?"

"비상 경계령이 내린 상태에서는 누구도 성 밖으로 나갈 수 없고 누구도 들어올 수 없습니다."

유진이 마리안에게 시선을 돌렸다. 마리안이 무거운 표정으로 고개를 끄덕였다.

"그 아이의 사정은 안타까우나 왕명을 따라야 합니다. 왕성은 절대 침범되어서는 안 됩니다."

"지금이 그렇게까지 급박한 상황은 아니잖아요. 전하께서는 안 된다고 안 하실 거예요."

"예. 하오나……."

"전하의 뜻을 멋대로 재단해 판단할 수는 없겠지요. 그렇다고 당장 전하께 허락을 구하러 갈 수도 없으니까요."

"예. 왕비님."

유진은 생각에 잠겼다. 이름 모를 시녀의 사정이 딱하기는 하지만, 시녀의 조모 목숨이 경각에 달린 상황은 아니었다.

비상 경계령은 반드시 해제될 것이다. 그 남자가 이 정도 위기에 무너질 리가 없었다. 시녀의 조모에게도 아무 일이 없을 거다. 그런데 세상일에는 변수가 있었다.

시녀의 조모에게 예상치 못한 변고가 발생할 수도 있다. 놀란 나머지 심장마비로 쓰러져서 적절한 구조 시기를 놓쳐 죽게 된다면?

"마리안. 방법이 없나요?"

"저희는 왕명을 거역할 수 없습니다."

"그럼…… 내 권한으로는 성문을 열 수 없어요?"

마리안이 유진을 잠시 바라보다가 고개를 숙이며 대답했다.

"……전하께서 왕권이 미치지 않을 정도로 멀리 계신 상황은 아닙니다. 그리고 전하께서 성문을 개폐할 권한을 명시적으로 위임한 적이 없으십니다. 왕비님께서는 왕비님의 권한으로 집행 후 나중에 승인을 받으셔야 합니다."

선집행 후승인. 권한에는 책임이 따른다.

'내가 책임자.'

유진은 자신의 어깨에 뭔가가 얹어진 것처럼 무게를 느꼈다. 지난번에 마리안으로부터 실종된 시녀의 보상 처리 문제를 보고받았을 때 느꼈던 부담감과 비슷했다.

굳이 나설 필요는 없었다. 아무것도 하지 않으면 아무 책임을 지지 않아도 된다.

고작 성문을 여는 문제에 불과했다. 그런데 유진은 심각하게 갈등했다. 단지 귀찮은 일이 생길까 봐 염려해서가 아니었다.

이건 유진이 '왕비'로서 자신의 위치를 자각한 상태로 처음 권한을 행사하는 일이었다. 동정심으로 마리안에게 시녀 보상 문제 처리를 부탁할 때와 달랐다.

"총관."

"예, 왕비님."

"성문을 열게. 책임은 내가 지도록 하지."

"명에 따르겠습니다. 왕비님."

사라는 깊이 허리를 숙였다.

왕이 없는 동안 빈자리를 왕비가 채워야 한다. 하지만 그동안 왕비는 전혀 아무것도 하지 않았다.

아예 왕비가 없는 상황이라면 총관이 권한의 위임을 사전에 요청할 수 있었다. 그런데 엄연히 존재하는 왕비의 권한을 침범할 수 없었다.

왕비의 존재가 오히려 없느니만 못한 상황이었다. 총관으로서 할 수 있는 일에는 명백한 한계가 존재했다.

이제는 혼자 발을 동동 구르며 이러지도 저러지도 못하는 상황은 겪지 않아도 될 것 같았다.

사라는 드디어 올바른 질서가 자리 잡기 시작할 거라고 예감했다.

시녀가 성에서 나왔다. 굳게 닫혀 있어야 할 성문이 열리자 내성 주변을 순찰하던 전사들은 변고라고 판단했다. 소식이 빠르게 재상 베루스의 귀에 들어갔다.

"내성에서 사람이 나오다니. 어떻게 된 일인지 당장 알아 와."

"예, 각하."

왕이 전사들을 이끌고 라크와 싸우는 동안 국정 처리와 수도의 방위는 베루스의 책임 아래 있었다. 베루스의 자택은 임시 행정청이 되고 재상에게 막강한 권력이 집중된다.

하시 왕국만의 특이한 상황이 아니라 다른 왕국들 모두 2인자가 왕을 보좌하며 나라를 이끌었다.

라크 사냥에는 왕이 직접 나서야 했다. 위험한 전투에 왕이 앞장서는 동안 국정에 공백이 발생했다.

라크 사냥은 절대 끝나지 않는 전쟁이었다. 빈번한 책임자의 부재는 왕국의 지속성에 심각한 손상을 입혔다.

누군가 빈자리를 채워야 하고 그래서 왕에 버금가는 권력을 가진 재상이 왕을 보좌했다.

마하의 세계관에서만 가능한 체제였다. 재상의 권력이 아무리 막강해도 절대 왕좌를 빼앗을 수 없었다. 대체할 수 없는 왕의 유일성은 왕권을 공고히 뒷받침했다. 마하의 여섯 왕은 왕위에 오르면 죽을 때까지 왕이었다.

그래서 부작용도 발생했다. 왕은 자신의 자리를 지키려고 아등바등할 필요가 없었다.

자신의 왕국을 보살피는 일은 재상에게 맡기고 라크 사냥에 몰두하거나 성도의 사교 활동에 치중하는 왕도 있었다.

그런 점에서 하시 왕국은 타국와 구별되는 전통이 확실했다. 대대로 왕이 국정을 완전히 장악했다. 재상은 왕의 손을 거드는 보조일 뿐이었다. 왕이 파악하지 못하는 나랏일은 있을 수 없었다.

베루스는 지난 건기의 끝자락에 왕비 실종 사건으로 호되게 골탕을 먹었다. 그래서 라크 개미 군단과의 전쟁이 길어질 조짐이 보이자 왕비의 신변부터 감시했다.

내성 주변에 전사를 몇 명 심어 두고 지난번 같은 불상사가 일어나지 않도록 주시했다.

수하가 조사를 마치고 돌아오기를 기다리는 동안 베루스는 검토한 서류를 분류했다. 적당히 쌓인 서류 뭉치를 앞으로 당겨 직인을 꺼냈다. 그는 감정이 잔뜩 담긴 태도로 직인을 쾅쾅 내리찍으며 구시렁거렸다.

"바깥은 라크, 안에서는 왕비. 안팎으로 공격이로군. 가뜩이나 신경 쓸 일이 넘쳐나는데 왕비의 동태까지 살펴야 한다니."

선대 왕비도, 이번 왕비도, 더 윗대로 올라가도 마찬가지였다. 이 왕국과 끝까지 운명을 함께 한 선대 왕비가 없었다. 선대 왕비 모두가 성도에서 지내다가 세상을 떠났다. 후계자를 계속 남겨서 지금껏 대가 끊기지 않은 게 용하달까.

"……따지고 보면 비극이지."

베루스는 예전에 문득 의문이 들었다. 왕실이 저주라도 받았나. 왜 유난히 하시 왕국에만 제대로 자리를 지킨 왕비가 없는 것인가.

그는 오랫동안 집요한 조사 끝에 왕과 아니카의 초능력은 충돌하는 성질이 있다는 사실을 알아냈다. 왕과 아니카는 서로에게 거부감을 느낀다는 흥미로운 사실도 알게 되었다.

그래서 제법 설득력 있는 답을 얻을 수 있었다.

여섯 왕 중에서 사왕의 프라즈가 가장 강력했다. 특히 강한 사왕의 프라즈를 왕비가 된 아니카가 견디지 못한다는 결론이 나왔다.

'어차피 지금의 왕비님도 여기서 오래 머물지는 않을 거야. 얼른 후계자가 태어나서야 할 텐데.'

한 시간 정도 후에 발 빠른 수하가 조사를 마치고 돌아왔다. 가져온 답이 뜻밖이었다.

"허락을 받아 나왔다고? 누구 허락?"

"왕비님께서 성문을 열라고 지시하셨다고 합니다."

'무슨 꿍꿍이야, 또.'

왕비는 몰래 왕성을 빠져나와 성벽을 타 넘어 사막으로 나간 전적이 있었다. 그 사건으로 베루스는 완전히 왕비에 대한 신뢰를 잃었다.

"일을 이런 식으로밖에 못 하나?"

"예?"

"다시 가서 샅샅이 알아 와. 그 시녀가 정말 나온 목적이 뭔지, 지금 뭐하고 있는지, 누구를 만나는지. 뭐라도 건지는 게 나올 때까지 잠시도 눈 떼지 말고 지켜봐."

"예, 각하."

다시 수하를 쫓아 보낸 후 베루스는 혀를 찼다. 왕비가 아주 문제가 많은 사람이라는 생각은 자신만 하는 것 같아서 속이 갑갑했다.

*　　*　　*

해가 지도록 푸른 신호탄은 터지지 않았다.

라크는 해가 뜬 동안에만 움직인다. 해가 지면 라크의 주변에 단단한 고치 형태의 방어막이 만들어졌다.

바위처럼 단단한 고치는 강한 힘을 가진 전사들이 온 힘을 다해 내리쳐도 깨지지 않았다. 왕의 프라즈는 깨뜨릴 수 있으나 더 상황을 악화시킬 뿐이었다.

해가 뜬 후 부서진 고치는 부서진 개수만큼의 새로운 라크로 변했다. 한 마리를 수십 마리로 늘려 주는 꼴이 되니 건드리면 안 된다.

고치 속에서 밤새 회복한 라크는 에너지를 가득 채운 상태로 깨어났다. 라크의 핵을 파괴하지 못하고 해가 지면 영원한 도돌이표의 반복이었다.

라크와 다르게 인간은 쉽게 지치므로 장기전은 절대적으로 인간에게 불리했다.

하루, 이틀, 사흘.

개미 군단에 맞서는 긴 전쟁은 좀처럼 끝나지 않았다. 이틀째에는 1차 방어선이 뚫렸다는 또 한 번의 초록색 신호탄이 올라갔다. 하지만 모두가 똘똘 뭉쳐 그 이상의 침범은 막아 냈다.

바깥에서 어떤 치열한 전투가 벌어지든 성벽으로 둘러싸인 내성 안은 조용했다. 어떤 의미에서는 요란한 전쟁터보다 더 피를 말리는 현장이었다.

유진은 아침에 눈을 뜨면 간밤의 상황 보고를 들으며 하루를 시작했다.

그녀는 현재 왕성의 지휘관이었다. 고작 며칠 사이에 왕성의 중요 정보가 그녀에게 쏟아져 들어왔다.

성안에 있는 사람 수가 성별, 직급, 나이에 따라 몇 명이나 되는지, 저장된 식량과 생필품으로 얼마나 오랫동안 버틸 수 있는지, 심지어는 성의 지하 깊은 곳에 자리 잡은 비밀 방공호의 존재도 알게 되었다.

방공호는 왕비와 왕의 후계자를 위한 피난처였다. 소수 인원이 족히 일 년은 거뜬히 견딜 비상식량을 준비해 두었다.

"어제는 사상자가 많군요."

유진은 마리안이 건네준 서류를 살피며 한숨을 내쉬었다.

노란 신호탄이 터진 첫날에는 부상자는 몇 있었으나 죽은 자는 없었다. 그런데 개미 군단의 침략에 맞서 싸우는 동안 희생자가 발생했다. 슬슬 사람들의 체력이 바닥나기 시작했다.

"마리안. 전하께서 즉위하신 후 이 정도 사상자가 나온 활동기는 처음이라고 했지요?"

"예, 왕비님."

'나 때문일까?'

자신이 마하에 오면서 안 좋은 영향을 미친 건 아닐까. 계속 마음에 걸렸던 일들이 생각났다.

미묘하게 그녀의 기억과 어긋나는 설정, 자신이 전혀 몰랐던 이 세상에 대한 정보, 이미 틀어지기 시작한 소설 내용 등.

이 전쟁이 자신의 탓인 것만 같았다. 나흘째 성에 돌아오지 못하고 밤낮으로 싸우는 그 남자가 안타깝고 죽은 사람들도 안타까웠다.

성안의 분위기는 비교적 침착했다. 궁인들의 표정이 밝지는 않아도 겁에 질린 모습은 없었다. 자신들의 왕을 믿는 만큼 언제 죽을지 모를 삶에도 익숙하다는 뜻이었다.

"왕비님. 지나친 걱정은 왕비님께 해롭습니다. 마음을 편히 하세요. 안색이 좋지 않으십니다."

유진은 두 손으로 눈을 덮어 꾹 눌렀다가 뗐다. 며칠 내내 거의 잠을 이루지 못했다. 피곤해도 잠이 오지 않았다.

"나는 여기 앉아 걱정하는 것 외에 할 수 있는 일이 없어요."

"왕비님께서는 잘 견디고 계십니다. 그리고 안에서 걱정하며 기다려 주는 사람이 있다는 사실은 대단한 위로가 된답니다."

유진은 그날, 성벽으로 달려가는 그에게 조심하라는 말 한마디 건네지 못한 게 마음에 걸렸다.

자신이 너무 안일하게 생각했다. 신호탄이 터지면 그가 성벽으로 달려가서 순식간에 해치우고 돌아와 한가한 저녁을 맞이하는 하루하루가 이어질 줄 알았다.

시녀가 들어와 고했다.

"왕비님. 총관이 뵙기를 청합니다."

"들어오라고 해."

마리안이 자리에서 일어났다.

"저는 잠시 물러가 있겠습니다."

마리안이 자리를 피한 후 사라가 안으로 들어왔다. 사라는 하루에도 몇 번씩 유진을 찾아와 성에서 발생하는 모든 일을 보고했다.

사라가 대부분 알아서 잘 처리하므로 유진은 듣기만 하면 되었지만, 이번에는 사라가 결정을 내리지 못하고 유진의 의견을 구하러 왔다.

"환자?"

"예, 왕비님. 심한 병증은 아니나 전염성이 있습니다. 어제 아침에 발

열과 두통, 기침 증상을 보인 시녀와 같은 증상을 보이는 시녀가 둘이 더 늘었습니다. 일단 그들은 격리해 두었습니다."

사라가 설명하는 그들의 증세는 유진이 아는 감기와 비슷했다.

"유독 두통이 심한 듯합니다. 진통제 처방을 원하고 있습니다."

약재는 비상 상황인 지금 성안에서 보관하는 물자 중 가장 중요했다. 그래서 사용하려면 최고 결정권자의 허락이 필요했다.

예전이라면 고통스럽게 끙끙 앓아야만 했지만, 이제는 왕비에게 허락을 구할 수 있었다.

"약을 주라고 하게. 약재까지 아껴야 할 정도로 심각한 상황은 아니라고 생각하네. 전하께서 곧 모든 상황을 정리하실 테니까."

"예, 왕비님. 저도 그렇게 믿고 있습니다."

사라가 물러간 후 유진은 한숨을 내쉬었다.

"생각보다 쉽지 않은걸."

사람들 위에 서 있는 자리란 제법 무거웠다. 아직 유진이 중대한 결정을 내린 적은 없으나 자신의 한마디에 모든 게 결정된다는 건 상당한 부담이었다.

"이런 자리에 앉아서 아무것도 하지 않을 수 있다니. 너도 참 대단하다."

유진은 진을 생각하며 중얼거렸다. 진이 마라의 힘을 얻기 위해 얼마나 끔찍한 짓을 저질렀는지 요즘은 더 실감이 났다.

진은 왕국의 백성을 제물 삼아 마라를 소환했다. 마라의 힘에 이끌린 라크의 무리가 하시 왕국을 덮쳤다. 그때 상당히 많은 사람이 죽었다. 정확히는 모르지만, 수십 명 수준은 아닐 것이다.

사왕이 그토록 지키려고 애쓰는 자신의 왕국을 내버려 두고 진을 추적하며 온 세상을 떠돌아다닐 만큼 엄청나고 비극적인 피해가 발생했을 것이다.

그녀는 창가로 가서 하늘을 올려다보았다. 하늘은 구름 한 점 없이 맑았다.

펑!

하늘을 바라보는 유진의 눈이 점점 커졌다. 하늘에 푸른색 연기가 번졌다.

"아……."

그녀의 입에서 '아…….' 하는 탄식 소리만 흘러나왔다. 문이 벌컥 열리는 소리가 들렸다.

"왕비님!"

고개를 돌렸다. 달려 들어온 마리안의 표정은 우는 듯 웃고 있었다. 유진은 마리안을 보며 활짝 웃었다. 눈이 후끈 뜨거워지고 복 안이 따가웠다. 드디어 끝났다.

하늘에 퍼지는 푸른 연기를 보며 모두가 숨을 죽였다. 잠시의 적막 후 귀가 먹먹할 정도의 거대한 함성이 터져 나왔다. 후들거리는 다리를 가누지 못해 주저앉은 자조차 모든 기운을 쥐어짜 고래고래 소리 질렀다.

카세르는 한참을 하늘을 바라보다가 들고 있던 검을 땅에 꽂으며 시선을 내렸다. 그가 조금 전에 해치운 마지막 라크는 이미 흔적도 없었다.

나흘 내내 잠시의 쉴 틈도 없이 닥치는 대로 검을 휘둘렀다. 긴장이 풀리자 피로가 밀려왔다. 하지만 아직 쉴 수가 없었다. 뒤처리가 남았다.

"전하!"

레스터가 달려왔다.

"이만한 라크 군단과 맞서 싸울 수 있는 왕국은 이 하시 왕국뿐일 겁니다."

카세르는 히죽거리는 레스터를 보며 눈살을 찌푸렸다. 핏물이 번진 붕대로 이마를 감고 있었다. 어제는 보지 못한 부상이었다.

"그 꼴이 뭐냐? 고작 노란 등급 라크 상대로 부상을 입어?"

"면목이 없습니다. 이마가 약간 찢긴 정도입니다."

"제대로 치료는 받았나?"

"가볍게 스친 것뿐이니 심려하지 않으셔도 됩니다. 전하. 뒷정리는 소신이 할 터이니 그만 왕성으로 돌아가시지요. 나흘간 거의 주무시지도 못했습니다."

"아니야. 사상자 파악부터 해야겠다."

레스터는 곧바로 몸을 돌려 걸어가는 왕의 뒤를 재빠르게 따라갔다. 왕의 성격을 아는 터라 쉬시라고 두 번 권하지는 않았다. 아마 대략의 피해 상황을 전부 파악하기 전까지 왕께서는 현장을 떠나지 않을 것이다.

카세르는 그날 자정을 넘기고 거의 새벽이 다 되어서 성으로 귀환했다. 그는 잠깐 들렀다가 금방 다시 나갈 생각이었다.

아직 바깥에 수습할 일이 많았다. 하지만 비상 경계령이 내린 후 굳게 닫힌 내성의 문은 왕이 돌아와야 열린다. 그전까지 모두가 궁 안에서 꼼짝하지 못했다.

6. 마라의 종

내성 안으로 들어가는 문이 열렸다. 카세르는 곧바로 들어가려는 아부의 고삐를 잡아당겨 세웠다. 그는 고개를 돌려 방금 성문을 연 근위병 중 한 명을 유심히 보았다.

힘든 전쟁을 승리로 마무리한 지금 이 시기야말로 긴장이 풀어지기 쉽다. 이때의 방심은 가장 치명적인 빈틈이 된다.

타계한 부왕의 가르침이었다. 그래서 카세르는 지금 최고조로 신경이 곤두서 있었다.

평소라면 무심히 지나쳤겠지만, 예민한 그의 시선에 근위병이 거슬렸다. 얼핏 스쳐본 근위병의 외형이 눈에 익었다.

성문 바깥을 지키는 근위병은 계급이 낮았다. 왕이 알 만한 자가 근위병일 리가 없었다.

주변이 어둑어둑했다. 새벽이라도 사람의 얼굴을 식별할 정도로 밝지 않았다.

하지만 카세르는 마음만 먹으면 암흑 속에서도 뚜렷하게 사물을 볼 수 있었다. 짐승의 안광처럼 그의 눈동자에서 푸르스름한 빛이 스며 나왔다.

바닥을 내려다보는 근위병의 얼굴은 말 위에 올라탄 카세르의 눈에 제대로 보이지 않았다.

"고개를 들어라."

근위병의 어깨가 움찔했다. 근위병이 잠시 머뭇거리다가 천천히 고개를 들었다. 잔뜩 긴장한 표정의 사내는 틀림없이 카세르가 아는 얼굴이었다.

"스벤."

"예, 전하."

카세르가 눈을 가늘게 좁혔다. 전사 스벤이 문지기 노릇이라니.

라크와의 긴 전쟁을 마치고 뒷수습으로 이리저리 뛰어다니느라 지금 전사들의 행색은 말이 아니었다. 그런데 스벤은 아주 말끔했다.

만약 스벤이 현장을 이탈하여 이곳으로 와서 문지기 역할을 맡은 거라면 이번 전쟁의 지휘관인 왕의 허락을 구해야 한다. 카세르는 보고받은 적이 없었다.

스벤이 애초에 전쟁에 참여하지 않았다는 결론이 나왔다.

카세르의 눈빛에 서늘한 기운이 스쳤다가 곧 가라앉았다. 스벤은 카세르가 아끼는 전사였다. 우직한 성품의 뛰어난 전사이며 라크와 싸워 죽을지언정 절대 비겁한 짓을 할 사람이 아니었다.

"따라와."

"……예, 전하."

열린 성문 안으로 왕을 태운 말이 앞서 들어가고 뒤에 사람들이 따랐다.

내성 가장 안쪽에 있는 성까지는 거리가 있었다. 멀리서 봐도 거대한 성이었다. 어둠에 잠겨 있어야 할 성은 창마다 빛이 새어 나오고 있었다.

그는 뜰에 이르러 멈추어 섰다. 시종장이 십여 명의 궁인을 데리고 헐레벌떡 뛰어나오고 있었다. 전쟁을 마치고 귀환하는 왕을 맞이하기에는 소박했다. 그런데 이곳 왕성에서는 흔히 보는 광경이었다.

카세르는 평소에도 바깥출입이 잦았다. 평민이 제집을 드나들 듯이 하루에 몇 번씩 훌쩍 성 밖으로 나갔다가 들어오곤 했다. 행선지를 알리지 않고 나갔다가 말없이 들어오는 일이 빈번했다.

오늘도 카세르는 언제 돌아가겠다고 미리 소식을 전하지 않았다. 고작해야 방금 성벽 문이 열리면서 왕보다 한발 앞서 달려간 자가 소식을 전했을 것이다.

아부의 등에서 내려오는 왕의 곁으로 시종장이 다가가 고개를 숙였다.

"무탈하신 모습을 뵈오니 소인, 그저 감읍할 뿐이옵니다. 전하."

"시종장."

"예, 전하."

"저 불은 다 뭐지?"

성의 저 많은 방에 다 불을 켜려면 시간이 걸린다. 왕이 언제 올지, 오늘 돌아올지조차 알 수 없었으니 계속 밤새 불을 밝혀 두었다는 뜻이었다.

불을 켜는 기름은 소모품이다. 그 정도 소모품에 덜덜 떨 정도로 왕실이 가난하지는 않지만, 비상 경계령이 발동된 상황이었다. 시종장은 함부로 왕성에 비축된 물품을 낭비할 권한이 없었다.

"왕비님께서 지시하셨습니다."

예상 못 한 사람이 등장했다. 카세르는 당혹스러움을 감추며 느릿하게 되물었다.

"……왕비가 왜?"

"왕비님께서 자정 가까이 전하를 기다리시다가 침수 드셨습니다. 그리고 말씀하시기를 늦게라도 전하께서 오실지 모르니 불을 켜 두라고 하셨습니다. 밤에 집에 돌아왔는데 불이 전부 꺼져 있으면 쓸쓸한 기분이 든다고 하시며……."

시종장은 한참 아무 말이 들려오지 않자 슬쩍 시선을 들었다. 혹시 왕께서 노여워하신다면 왕비님의 의도를 곡해하시지 않도록 말을 보탤 생각이었다.

왕의 표정은 굳어 있었다. 하지만 화난 것 같지는 않았다. 시종장은 조심스레 왕의 안색을 살폈다.

카세르는 그녀가 성을 '집'이라고 빗대어 말한 표현이 생소했다. 그는 왕성을 그런 식으로 생각해 본 적이 없었다.

왕성은 공고한 왕권을 상징했다. 이 왕국처럼 그가 지배하면서 동시에 지켜야 할 대상이었다.

그는 시종장의 보고에 무슨 반응을 보여야 할지 알 수 없었다. 당장 해야 할 일부터 떠올렸다. 스벤에게 자초지종을 듣고 처분을 결정해야 한다.

"스벤. 따라와."

"예, 전하."

카세르는 성안으로 들어갔다. 늘 다니던 길이 오늘따라 낯설었다. 그는 어둠 속에서도 볼 수 있으므로 해가 진 후 성안에 커두는 등은 궁인들을 위한 것이었다. 넘어지지 않도록 주변을 식별할 정도면 족하기에 오늘처럼 복도 구석구석이 전부 보이도록 불을 밝힌 적은 없었다.

그는 집무실에 들어오자마자 습관적으로 책상부터 눈으로 훑었다. 책상 앞으로 걸어가서 아무것도 없는 책상 위를 다시 눈으로 확인하며 말했다.

"스벤. 누구 지시였지?"

집무실까지 오는 도중 카세르는 대충 결론을 내렸다. 스벤이 몸을 사리느라 라크 사냥에서 빠졌을 리가 없었다. 아마도 스벤이 거역할 수 없는 사람의 지시를 받았을 것이다.

"재상 각하의 명을 받았습니다."

카세르는 고개를 끄덕였다. 그가 예상하는 범위였다.

"구체적으로."

"내성 주변을 순찰하다가 변고가 생기면 보고하라고 하셨습니다."

"보고한 적 있나?"

"예. 내성 문이 열린 적이 있습니다."

"문이 열려? 누가 열었지?"

"왕비님의 허락으로 시녀 한 명이 나왔습니다."

스벤의 대답을 듣고 카세르는 빠르게 상황을 파악했다.

'왕비를 감시하려 한 건가.'

베루스가 왕비를 주시하는 이유도 짐작이 갔다.

'건기의 왕비 실종 사건 때문이겠군.'

그전에는 베루스가 왕비와 충돌할 만한 일이 없었다.

'베루스 성격상 할 만한 짓이지.'

베루스는 완벽을 추구하는 편집증적인 구석이 있었다. 전쟁이 길어지면 사람들의 관심이 전쟁터로 쏠린다. 그 틈을 타 왕비가 또 애먼 짓을 저지를지 모른다고 의심했을 것이다.

그런데 카세르는 머리로는 이해하면서 상당한 불쾌함을 느꼈다. 베루스가 월권행위를 해서도, 베루스를 의심해서도 아니었다.

누군가의 시선이 왕비를 관찰한다는 자체가 그를 언짢게 했다. 논리적인 근거를 댈 수 없는 감정적인 이유였다.

"스벤. 가서 베루스에게 내 말을 전해라. 혹시 왕비 주변에 사람을 심어 놨으면 다 치우도록. 이후에 내 지시 없이 또다시 이런 일을 한다면 엄히 책임을 묻겠다."

"예, 전하."

"이번 일도 그냥 넘어가지는 않겠다. 조만간 부를 테니 그전에 왕성 출입을 삼가라는 말도 전하고."

"예, 전하."

스벤이 물러간 후 카세스는 시종장을 불렀다.

"총관에게 무슨 일이 있었나?"

"전하께서 우려하실 만한 일은 들은 적이 없습니다."

'그럼 왜…….'

카세르는 깔끔히 정돈된 책상을 응시했다.

재상 베루스는 국정 범위에서만 막대한 권한을 위임받았다. 국정과 무관한 내성 안쪽의 일은 간섭할 수 없었다. 왕실 살림은 오직 왕실에서 관리했다.

그래서 카세르는 오래 왕성을 비웠다가 돌아오면 총관이 올리는 결재 문서부터 우선순위로 살폈다. 오직 왕만이 해결할 수 있기 때문이다.

며칠 동안 전혀 아무 일도 없었다 해도 간단한 보고서는 올라와 있어야 한다. 총관의 실수가 의아했다.

"총관을…… 아니다."

자는 사람을 깨워서까지 따질 일은 아니었다. 보고서를 빠뜨릴 정도로 별사건 없이 평온한 며칠을 보냈다면 오히려 잘 되었다.

"혹시 왕비가 내게 남긴 말이 있나?"

"소인께는 말씀을 남기지 않으셨습니다."

'왜 나를 기다렸다는 거지?'

무슨 용건 때문에 왕비가 자신을 기다렸는지 짐작 가는 게 없었다.

"전하. 목욕물이 마련되어 있습니다. 지금 들어가시겠습니까?"

카세르는 아직 바깥에서 정리할 일이 많았다. 짬을 내어 잠깐 성에 들렀을 뿐이다.

경비 경계령 때문에 활동 반경이 묶인 궁인들의 금족령을 풀어 주고 총관이 올린 결재 문서를 빠르게 처리한 후 곧바로 다시 나가려 했다.

그런데 뜻밖의 여유 시간이 생겼다. 시종장의 제안에 귀가 솔깃했다. 그는 며칠 동안 제대로 된 잠, 식사, 목욕 등 일상의 사치를 전혀 누리지 못했다.

"그래."

카세르는 고개를 끄덕였다.

시종장은 시간에 쫓기는 왕의 심기를 파악했다. 목욕하면서 가볍게 먹을 수 있는 간식거리도 마련해 두었다.

오랜만에 욕조에 몸을 담가 느긋한 목욕을 마치고 적당히 빈속도 채우고 나자 카세르의 기분은 한결 느슨해졌다.

옷을 갈아입는 중에 시종장이 고했다.

"전하. 총관이 알현을 청합니다."

카세르는 집무실에서 총관을 만났다. 사라가 깊이 허리를 숙여 인사를 올렸다.

"무탈하신 모습을 뵈어 감읍하옵니다. 전하."

"수고가 많았다."

"소인은 그저 소임만 다했습니다."

"나는 오래 성을 비워도 걱정하지 않는다. 총관이 자리를 지키고 있는 덕분이지."

"과찬이십니다. 진정 소인은 한 일이 없습니다. 왕비님께서 군건한 중심으로 계십니다. 소인은 왕비님을 보좌했을 뿐입니다."

카세르는 유심히 사라의 표정을 살폈다. 총관이 의례적인 겸양의 표현으로 하는 말 같지 않았다.

"왕비의 명으로 문을 열었다고 들었다."

"예, 전하."

사라는 왕비의 허락을 받아 밖으로 나간 시녀의 사정을 간단히 설명했다.

"왜 보고서를 올리지 않았지?"

"보고서는 왕비님께 올렸습니다. 왕비님께서 살피신 후 전하께 올린다고 하셨습니다. 그동안 왕비님께서 질서를 잡으셨습니다. 저희는 왕비님 지시 아래 승복하여 모두 따랐습니다."

사라의 표정이나 대답에 망설이는 기색이 없었다. 하지만 카세르는 이미 사라의 천연덕스러운 표정에 속은 적이 있었다. 사라가 왕비와 불편한 관계라는 사실을 오랫동안 몰랐다.

"총관. 부당한 일이 있다면 내게 무엇도 숨기지 마라."

"전하. 당치 않은 말씀이십니다. 소인이 어찌 감히 전하를 기만하겠습니까."

"알았다."

총관이 물러간 후 카세르는 책상 앞에 앉아 한참 생각에 잠겼다. 늘 반복되는 그의 일상에 최근 갑작스러운 변화가 늘었다. 원인을 거슬러 올라가면 항상 왕비가 있었다.

왕비의 기억 상실은 지나가는 사건이라고 생각했다. 잔잔한 수면 위에 던져진 돌처럼 이토록 넓게 퍼지는 파문을 일으킬 줄은 몰랐다.

그는 창밖을 응시했다. 해가 뜨려면 아직 멀었다.

"시종장."

멀찍이 서 있던 시종장이 왕께 다가갔다.

"예, 전하."

"왕비가…… 보통 언제 일어나지?"

얼마 전에 시종장이 왕의 질문을 받았다면 무척 당황했을 것이다. 하지만 최근 두 분 사이가 전과 같지 않다고 느끼면서 왕비님의 근황을 틈틈이 알아 두었다. 시종장은 자신 있게 대답했다.

"전하. 왕비님께서는 오전의 3시과 전후로 일어나십니다."

마하에서 시간을 나누는 공식적인 기준은 상제가 정한 '시과'에 따랐다. 오전의 3시과는 늦은 아침이었다.

카세르는 어두운 바깥을 보며 시간을 가늠했다. 그녀가 일어날 때까지는 한참을 기다려야 한다.

"전하. 차를 올릴까요?"

"아니야."

카세르는 자리에서 일어났다.

"오늘 안으로 들어올 거다. 혹시 왕비가 묻거든 그렇게 말해."

"예, 전하."

카세르는 집무실을 나왔다. 얼마 후 그는 왕비의 침실 문 앞에 서서 기묘한 기분에 사로잡혔다.

목적지를 이곳으로 잡아 움직인 건 아니었다. 성안을 대충 둘러보고 나가려고 멀리 돌아나가는 길을 잡았는데 어느새 왕비의 침실까지 왔다.

그는 조용히 문을 열고 안으로 들어갔다. 침실은 어두웠다. 그는 불을 켜는 대신 프라즈를 이용해 시력을 돋웠다.

침대에 누워 곤히 잠든 그녀의 모습이 선명히 보였다. 더 가까이 다가가 그녀를 내려다보았다. 모로 누워 눈을 감은 그녀의 표정이 무구했다.

「왕비님께서 자정 가까이 전하를 기다리시다가 침수 드셨습니다.」

속이 울렁거렸다. 그는 나직한 한숨을 내쉬며 머리를 쓸어넘겼다. 그녀가 지금 자신을 농락하고 있다면 예전보다 훨씬 질이 안 좋았다.

주고받는 것이 명확했던 과거에는 아무런 고민을 하지 않았다. 그녀를 자신의 왕성에 머무는 손님처럼 생각했던 것 같다.

하지만 지금은…….

그는 자신이 느끼는 복잡한 기분을 설명할 수 없었다. 몸이 뜨거워지는 육체적 욕망과 달랐다.

돌아서서 나오려다가 소파테이블 위에 펼쳐진 문서를 발견했다. 대충 훑어보니 총관이 말한 보고서였다.

그는 보고서를 들고 응접실로 나왔다. 소파에 앉아 읽기 시작했다.

카세르가 성을 비우면 총관이 임의로 처리한 후 왕의 승인을 받았다. 총관의 권한으로 할 수 없는 일은 보류한 후 허락을 구했다.

총관의 보고서는 지금까지와 달랐다. 비상 경계령 기간 동안 왕성 안에서 있었던 크고 작은 일들을 모두 왕비에게 보고했다. 그리고 왕비가 모두 확인과 승인을 마쳤다.

그는 보고서에 찍힌 왕비의 직인을 물끄러미 바라보았다. 공문서에 찍힌 왕비의 직인은 처음 봤다.

　　　　　　＊　　　＊　　　＊

　유진은 아침에 일어나자마자 아침 시중을 들러 들어온 잔느에게 물었다.

　"전하께서는 안 들어오셨니?"

　"간밤에 잠시 환궁하셨다가 곧 출궁하셨다고 들었습니다."

　"그래……."

　얼굴 한 번 보기 참 힘들다고, 유진은 속으로 투덜거렸다.

　'정말 바쁜 사람이구나.'

　느긋한 하루를 보내는 자신이 무척 게으른 사람인 것 같았다.

　'나도 나름대로 노력 중이라고.'

　마리안이 가져다주는 초상화를 통해 외운 사람 숫자가 제법 누적이 되었다. 성안의 구조를 대충 다 외웠고 대부분 직접 가서 눈으로도 익혔다.

　그리고 어제 온종일 검토한 서류는 그녀가 왕비로서 처음 완성한 성과였다. 그가 라크와 싸우는 동안 자신이 성안에서 놀고만 있지 않았다는 증거물이기도 했다.

　그를 직접 만나서 주고 싶었다. 그래서 왕의 집무실에 가져다 두라고 하지 않고 갖고 있었다.

　유진은 소파테이블 위를 봤다가 당황했다. 가까이 가서 확인해도 서류가 없었다. 소파 위와 테이블 아래도 살폈다. 응접실로 나가서 테이블 위에 놓인 서류를 발견했다.

　'이상하네. 내가 분명히 어제 침실에서 보다가 잤는데.'

　시녀가 옮겼을 리는 없었다. 시녀가 실수로라도 왕비의 물건을 건드렸다면 유진의 앞에 무릎을 꿇고 용서를 구할 것이다.

"잔느. 내가 자는 동안 누가 침실에 들어왔었니? 물건에 손댄 사람이 있어."

"알아보겠습니다. 왕비님."

잔느가 몹시 놀란 표정으로 물러갔다. 잠시 후 잔느가 아니라 마리안이 들어왔다.

"평안히 주무셨습니까, 왕비님."

"잘 잤어요. 마리안. 혹시 어젯밤……."

"예. 왕비님. 전하께서 새벽에 들르셨다고 합니다. 제가 잠들어 있어서 미처 알지 못했습니다. 전하께서 왕비님이 잘 지내셨는지 궁금하셨던 모양입니다. 다시는 이런 일이 없도록 번을 서는 시녀들에게 잘 말해두겠습니다."

유진은 왜 마리안이 대신 들어왔는지 눈치챘다. 유진이 언짢아할까봐 마음을 풀어 주려는 것이다.

부부라도 두 사람의 개인 공간은 확실히 나뉘어 있었다. 왕은 그녀의 침실을 찾아올 때 항상 미리 허락을 구했다. 그러니까 어젯밤에 그녀의 의사를 묻지 않고 침실에 무단으로 들어온 그의 행동은 무례했다.

국왕 부부가 유별나서가 아니라 이곳의 귀족 사회 관습이 그러했다.

마리안의 태도를 보면 알 수 있었다. 마리안은 국왕 부부의 관계 개선을 위해 애쓰면서도 분리된 공간 사용 자체를 자연스럽게 생각했다.

"마리안. 전하께서 예정 없이 내 침실에 들어오시면 안 된다는 법 규정이 있나요?"

"그렇지는 않습니다만."

"그럼 내가 괜찮다고 하면 상관없겠군요."

"예, 왕비님."

굳어진 관습이라고 해도 부부의 금슬이 좋다면 서로의 침실을 자유롭게 드나들 것이고, 드물지만 한 침실을 쓰는 부부도 있을 것이다.

'그래서 진이 사왕과 거리를 둔 걸까?'

진이 왜 사왕과 건조한 부부 관계를 유지했는지 알 것 같았다. 진은 감추어야 할 비밀이 많았다. 부부 사이가 좋으면 자연스레 서로의 공간을 침범하게 된다.

'진이 왕비로서 아무것도 하지 않은 것도 마라 소환에 몰두하기 위해서만은 아니었어. 왕과 사적으로 접촉할 만한 기회를 최대한 없앤 거야.'

진이 침실과 서재에 틀어박혀 지내는 날이 계속되면서 진의 단조로운 생활은 점점 당연시되었을 것이다. 왕은 왕비가 온종일 뭘 했는지 굳이 확인할 필요가 없다.

유진이 보기에 사왕은 사람에게 치대는 성격이 아니었다. 불필요한 간섭도 없었다. 고작 한 달 만에 유진이 파악한 사실이니 진도 당연히 알았을 것이다.

'아마 진은 처음부터 작정했다기보다는…… 하시 왕국에 와서 사왕의 성격을 가늠한 후에 대처한 것이겠지.'

그런데 그가 간밤에 왜 다녀갔는지 모르겠다.

'이 보고서 때문인가? 바쁜 사람을 오게 했네. 그냥 집무실에 가져다 두라고 할 걸 그랬어.'

골똘히 생각에 잠겨 있다가 마리안이 걱정스럽게 자신의 표정을 살피는 모습을 뒤늦게 알아차렸다.

"난 괜찮아요. 마리안. 어젯밤 일 때문에 새로운 조치를 할 필요 없어요."

"예, 왕비님."

"전하께서 들어오시면 알려 줘요."

"예, 왕비님."

마리안이 안도하는 표정으로 대답했다.

유진은 찻잔을 들어 입에 댔다. 적당한 온도의 찻물을 입 안에 머금자 은은한 차향이 퍼졌다. 그녀는 만족스러운 기분으로 찻잔을 내려놓았다.

고개를 옆으로 돌리자 난간 너머 아래쪽으로 내성 안쪽과 그 너머의 도시까지 미니어처럼 펼쳐졌다. 적당히 불어오는 바람이 가볍게 머리카락을 흔들었다.

이곳은 성의 탑과 탑을 연결하는 다리 위였다. 짧은 다리라서 천장이 있었다. 일정한 간격으로 난간을 기둥처럼 높이 세워 천장을 떠받는 구조였다.

오늘 처음 와 봤다가 이 위에서 차를 마시면 정말 근사하겠다는 생각이 들었다.

유진은 테이블과 의자를 가져오라고 지시했다. 그녀의 지시를 받은 시녀들은 놀라는 기색이었다.

다리 위에서 차를 마시는 일이 이 세계의 상식으로는 기행에 가까울지도 모른다. 그래도 왕비의 엉뚱한 명령에 모두 두말없이 따랐다.

유진은 오직 자신만을 위한 작은 카페를 뚝딱 만들었다. 천장 덕분에 그늘이 지고 난간 외에는 벽이 없어서 사방이 탁 트였다.

'정말 좋다.'

해 질 녘의 노을이 하늘을 붉게 물들였다. 이런 장관을 바라보며 차 한 잔 마시는 호사를 언제든 마음만 먹으면 즐길 수 있다니. 이것이야말로 왕비가 된 덕분에 누리는 특권이 아닐까.

그녀는 턱을 괴고 고개를 돌려 점점 붉어지는 하늘을 응시했다. 노을에 정신이 팔려 자신을 바라보는 시선을 알아차리지 못했다.

카세르가 대각선 방향으로 그녀를 뒤에서 보고 있었다. 그의 눈동자에 그녀의 모습이 가득 담겨 흔들렸다.

그는 오늘 안으로 피해 규모 파악과 수습을 마무리 지으려고 밥 먹을 틈도 없이 움직였다. 어지간한 일은 모두 알아서 처리하라고 일임했다.

그러고 나서 쫓기는 사람처럼 해가 지기도 전에 서둘러 성으로 돌아왔다. 오자마자 그녀의 행방을 물었더니 그녀가 다리 위에 있다는 말을 들었다. 뜻밖의 장소에 의아해하며 올라왔다.

다리 한가운데에 테이블을 가져다 두고 차를 마시는 그녀를 발견했을 때 웃음이 나왔다. 느긋한 티타임을 즐기는 그녀의 모습이 보기 좋았다. 그는 자신이 꽤 오랫동안 그녀를 바라보며 서 있다는 사실을 의식하지 못했다.

유진은 돌바닥이 긁히는 소음이 들려 무심히 고개를 돌렸다가 화들짝 놀랐다.

"전하."

카세르가 의자를 잡아 빼 그녀의 맞은편 자리에 앉았다.

'왜 이 남자는 이렇게 갑자기 나타나는 거야.'

마음의 준비를 미리 하지 않으면 표정 관리가 어려웠다. 그는 볼 때마다 감탄할 정도로 매력적인 수컷이었다. 신이 정성 들여 빚은 피조물 그 자체다.

그를 만나면 하고 싶은 말이 많았다. 고생하셨다, 피해 상황은 어떤가, 다치지 않은 모습을 다시 봐서 기쁘다 등. 하지만 아무것도 떠오르지 않았다.

"언제 오셨어요?"

기껏 튀어나온 말이었다. 왜 왔냐는 뜻으로 들릴 것 같아서 얼른 뒷말을 덧붙였다.

"전하께서 오시면 말해 달라고 했는데……."

"방금 왔어. 시녀보다는 내가 오는 속도가 빨랐지."

그는 돌아오자마자 곧바로 여기 왔다는 말이었다. 유진은 보고서 때문이라고 생각했다.

"전하의 집무실에 가져다 두라고 했어요."

"음?"

"총관의 보고서요."

"이미 봤어. 내가 새벽에……."

카세르가 말끝을 흐렸다. 불쑥 그녀의 침실을 들어가서 자는 그녀 얼굴만 보다가 나온 자신의 행동을 설명할 수 없었다.

"네. 들르셨다는 말은 들었어요."

"깊이 자고 있을 시각이라 깨우지 않았어."

"번거롭게 해 드렸네요."

"뭘?"

"보고서요. 그걸 확인하러 오신 거잖아요."

그는 말문이 막혔다. 총관은 보고서는 처음부터 그의 관심 밖이었다. 미세하게 굳어지는 그의 표정 변화를 유진은 알아차리지 못했다.

"총관이 워낙 잘 알아서 하니까 저는 대부분 총관에게 맡기고 확인만 했는데…… 전하의 허락이 필요하다는 일 몇 가지를 제가 허락했거든요. 문제 될 일이 있었나요?"

유진은 성문을 연 일이 마음에 걸렸다. 그가 자신의 권위에 도전한 짓이라고 오해할까 봐 걱정됐다.

자식에게도 칼을 겨누는 권력의 잔인한 속성을 온갖 매체를 통해 간접 경험했지만, 권력의 정점에 선 자의 심리를 온전히 이해할 수 없었다.

어디까지가 적정한 선인지 도무지 모르겠다.

카세르를 그녀를 말없이 바라보다가 입을 열었다.

"왕실 살림은 왕실에서 관리하는 게 원칙이야."

유진은 갑자기 다른 이야기를 하는 그를 멀뚱히 보았다.

"왕실에서 관리한다는 원칙은 자격 있는 사람만이 관리자가 될 수 있다는 뜻이고 오직 왕족에게만 자격이 있지. 현재 자격 있는 관리자는 나. 그리고 당신뿐이야."

"……저요?"

"지금까지는 내가 했어."

"네."

"앞으로 당신이 하겠어?"

유진은 눈을 끔벅거리며 방금 그가 한 말을 해석했다. '통장을 맡길 테니까 알아서 가게 살림을 꾸려라'라는 말로 들렸다.

"왜…… 지금까지는 전하께서 하셨는데요?"

"당신이 안 하겠다고 했으니까. 당신은 기억하지 못하겠지만."

"전에 같은 제안을 하신 적이 있다는 거군요."

"결혼 초에. 보통은 왕비가 맡아 하는 일이야."

"제가 한다고 하면 무슨 일을 하게 되나요?"

"여러 가지. 말로 설명하자면 길어. 나중에 정리한 내용을 보내 주지. 이번처럼 내가 성에 없는 동안은 당신이 책임자야."

"제가 책임자라는 건 전하께 보고할 필요가 없다는 뜻이에요?"

"예외는 있어. 대부분은 당신이 결정하면 확정이야."

유진은 진이 왜 거절했는지 이해했다. 많은 권한이 주어지겠으나 그만큼 신경 써야 할 일도 많을 것이다. 진에게 필요한 것이 고서를 사들일 만큼의 돈뿐이었다면 필요할 때 돈만 타서 쓰는 편이 훨씬 쉬웠다.

"왜 갑자기요?"

"갑자기가 아니야. 말했잖아. 원래 당신이 해야 하는 일이라고."

"하지만 지금까지 전하께서 하셨잖아요. 그러니까……."

유진은 적절한 말을 고르다가 한숨을 푹 내쉬었다. 그녀는 요즘 화술을 공부 중이었다.

그녀의 직설적인 화법을 마리안이 종종 지적했다. 사교 활동을 하려면 고쳐야 한다고 말했다. 노력하고는 있지만, 하루아침에 바꾸기 어려운 습관이었다.

아직은 공부가 부족했다. 의도한 뜻을 제대로 전달하면서 세련되게 돌려 말하는 방법이 떠오르지 않았다.

"전하. 분명하게 말씀해 주세요. 저를 시험하고 싶으신 거예요? 아니면 이제는 절 믿고 맡기겠다는 말씀인가요?"

카세르는 웃음을 터트렸다.

"확실히 당신이 말하는 내용은 분명하군. 사람들이 모두 당신처럼 말하면 좋을 텐데."

마리안은 질색하는 표현 방식을 그가 호의적으로 반응하자 유진은 멋쩍게 웃었다.

"둘 다 아니야."

유진은 떨떠름한 표정으로 대꾸했다.

"……전하도 분명하시네요."

카세르가 다시 웃었다.

"왕실 살림은 중요하면서 사소해. 시녀가 병가를 얻는 일까지 내가 확인해야 하는 건 아주 번거로워."

'반드시 해야 하는 일이지만 귀찮으니까 누군가 대신해 줬으면 좋겠다는 말인가……?'

"절 믿지 못하신다면서 제게 맡기셔도 괜찮겠어요?"

"내가 걱정하는 건 한 가지뿐이야. 당신이……."

말을 멈춘 그의 표정이 가라앉았다. 유진은 그의 새파란 눈동자가 자신을 빤히 바라보자 긴장했다.

"지금 나와 나눈 대화를 나중에 기억하지 못한다고 말하는 것."

"제가 그 정도로 바보는 아니에요."

"기억 상실에 걸린 사람이 나중에 기억을 되찾을 경우 최근의 기억을 오히려 잊을 수도 있다고 들었어."

그를 바라보는 유진의 눈이 점점 커졌다. 유진이 기억 상실증에 걸렸다고 주장하며 과거를 기억 못 하는 것처럼 반대의 상황이 발생할까 봐 염려된다는 말 같았다.

유진은 자신의 추측이 맞는지 조심스럽게 확인했다.

"제가 이대로 과거의 기억을 찾지 못해도 괜찮아요?"

유진은 내심 그가 대답을 회피할 거라고 생각했다. 하지만 카세르는 유진과 눈을 마주치며 마치 기다렸다는 듯 말했다.

"당신이 애쓰지 않았으면 해."

"……네?"

"잊었다면 다시 배우면 그만이야. 과거의 당신을 부정하는 말로 들리 겠지. 내 입장만 내세워서 미안하지만, 거짓말하고 싶지는 않아."

유진은 정말 놀라웠다. '난 기억 못 해요.'라고 주장해 봤자 어차피 그는 자신을 진과 겹쳐서 볼 거라고 생각했다.

편견에 사로잡힌 사람은 오히려 그녀였다. 그는 진과 유진, 두 사람을 분리해서 바라보고 있었다.

'언제부터?'

만약 유진이 정말 기억을 잃은 상태라면 그의 말을 듣고 혼란스러웠을 것이다. 과거의 자신이 얼마나 형편없는 사람이었을까 자괴감에 빠졌을지도 모른다.

그런데 그의 무신경한 발언이 지금 유진에게는 위로가 되었다. 미로 같은 갈림길에서 길을 발견한 기분이었다.

'저 남자가 선택한 사람은 진이 아니라 나야.'

카세르는 속내를 털어놓고 후회 반 후련함 반이었다. 그녀가 지금 이대로이기를 바라면서 겉으로는 위로하는 척하는 건 성격에 맞지 않았다.

왕비의 직인이 찍힌 총관을 보고서를 본 후 오늘 온종일 고민했다.

과거에는 의무를 외면했던 왕비가 스스로 책임지는 자리에 나섰다. 말투가 달라진 정도와는 비교할 수 없는 변화였다. 사람 자체가 바뀐 것이다.

그녀가 만약 기억을 되찾는다고 해도 하루아침에 예전으로 되돌아가지 않을 가능성을 믿어 보자고 결론을 내렸다. 마리안의 말처럼 그녀는 긴 적응기가 필요했을지도 모른다.

왕비와는 첫 단추부터 잘못 끼웠다. 전에는 꼬였다는 것을 알면서도 방관했다. 왕비가 어떤 사람인지 알고 싶지도, 노력하고 싶지도 않았다.

그런데 그의 마음이 바뀌었다. 지금까지와 다른 관계를 만들 수 있을 것 같았다.

"솔직한 김에 이것도 솔직히 말씀해 주세요. 과거의 저보다 지금의 제가 전하께, 이 왕국에 도움이 된다고 생각하시는 거지요?"

카세르는 곧바로 대답하지 못하고 망설였다.

"맞아."

대답한 후 그는 말끔하지 않은 기분이 들었다. 이유를 알 수 없었다.

'역시. 그런 거구나.'

약간은 부풀어 올랐던 유진의 마음이 다시 차분하게 가라앉았다.

'사왕에게 중요한 건 이 왕국뿐이야.'

그는 자신의 왕국을 지키기 위해서라면 세상에서 가장 로맨틱한 남자인 척 연극할 수도 있을 것이다.

'그러니까 착각하지 말자. 마하에서 내 자리를 만드는 데 협조해 준다는 것만으로도 고맙지.'

"말씀하시는 일, 제가 맡아 하면 전하께 도움이 되나요?"

"많은 도움이 돼."

"그럼 해 볼게요."

카세르는 자신을 보며 생긋 웃는 그녀를 보자 심장 안쪽이 따끔거렸다. 거슬리지만 불쾌한 감각은 아니었다.

근래 그는 명확하게 정의할 수 없는 감정을 느끼거나 증상을 경험하는 일이 늘었다. 하지만 그게 무엇인지 진지하게 되짚어 볼 틈이 없었다. 그는 너무 바빴다.

오늘도 할 일은 끝이 없었다. 며칠 그를 대신해서 국정을 처리한 베루스가 왕의 최종 결재를 받을 서류를 산처럼 쌓아 두고 기다릴 것이다.

그런데 그는 그 모든 일을 뒤로 미루고 불쑥 그녀에게 제안했다.

"외출하고 싶다고 했지? 나갈까?"

"지금요?"

"완전히 해가 진 후에."

"아직 어수선할 텐데……."

"이미 다들 일상생활로 돌아왔어. 오히려 한동안은 라크가 나타나지 않을 테니 거리에 활기가 돌겠지."

"왜요?"

"라크가 다수 출몰한 후에는 휴지기가 있어. 이번에는 대군단이 몰려왔으니 길게는 열흘까지도 아무 일 없을 거야."

"와, 정말 잘 됐어…… 군단이 몰려온 게 잘 되었다는 건 아니고요. 그럼 나가요. 나가고 싶어요."

"그래."

그의 입술이 살짝 미소를 지었다. 유진은 자신을 바라보는 그의 눈빛과 표정이 부드럽다고 느꼈다. 후끈 열이 오르는 얼굴이 붉어질 것 같아서 유진은 시선을 돌렸다. 하늘을 보며 '이제 노을이 다 졌네요.'라고 괜히 중얼거렸다.

"여기에서도 뛰어내릴 수 있어요?"

이 다리는 그의 집무실보다 한참 위에 있었다. 아래를 내려다보면 아찔할 정도로 까마득했다.

"해 볼까?"

카세르가 의자를 밀고 일어났다. 유진이 기겁하며 '아뇨!'라고 크게 소리쳤다.

눈을 크게 부릅뜬 그녀의 표정을 보고 카세르가 웃음을 터뜨렸다. 유진은 그가 장난을 쳤다는 게 믿기지 않아 놀라 그를 쳐다봤다.

자신을 놀리고 즐거워하는 그를 흘겨보다가 따라 웃었다.

그를 처음 만났을 때의 인상을 떠올리면 싸늘한 표정으로 할 말만 하고 웃음을 모르는 냉막한 사람인 줄 알았다. 역시 사람은 단편적인 모습으로 판단할 수 없는 복잡한 존재라는 사실을 새삼 깨달았다.

그가 농담을 건네고 자연스러운 웃음을 보여 주는 상대가 오직 자신이 되고 싶다는 욕심이 들었다. 자신도 모르게 들었던 생각이라 퍼뜩 깨달은 후 헛헛함이 밀려왔다.

그녀는 자신의 마음이 흔들리고 있다고 직감했다. 마음을 의지로 다스릴 수 있다면 얼마나 좋을까. 기분이 복잡했다.

유진은 외출 준비를 마쳤다. 암행을 위해서는 눈에 띄는 그녀의 머리카락을 감추어야 했다.

그녀는 갈색의 가발을 쓰고 로브를 걸친 후 후드를 썼다. 날이 어두워서 유진의 코앞에 얼굴을 들이대지 않고서는 눈동자 색을 볼 수 없을 것이다.

마리안이 직접 옷시중을 들었다.

"다 되었습니다. 왕비님."

마리안은 흐뭇하게 웃었다. 상기된 왕비님의 표정에서 기대감이 읽혔다. 윗전께 무례한 생각이지만, 왕비님이 귀여웠다.

왕께서 왕비님을 보는 눈도 자신과 다르지 않을 것이다. 이토록 사랑스러운 분의 매력을 왕께서 늦게라도 알아차린 것 같아 다행이다.

'전하께서 둔한 분이시라 이제야 비로소 곁에 있는 분을 보기 시작하신 것이지.'

두 분이 오붓하게 밤 외출이라니 감격스러웠다. 두 분의 사이가 이 속도로만 가까워져도 더 바랄 게 없었다.

"조심해서 다녀오셔요."

"수도 치안이 잘 잡혀 있다고 들었어요."

"그래도 성안과는 다릅니다. 전하 곁에서 절대 멀리 떨어지시면 안 됩니다."

유진은 어색하게 웃었다. 가까운 사람한테서 진심 어린 걱정의 말은 처음 들어 봤다.

이곳의 모두가 자신에게 친절했다. 왕비이기 때문에 받는 친절이지만, 자신이 왕비로 있는 한 그들의 친절이 거짓은 아니었다.

'모르면 모르는 채로 살았을 텐데.'

유진으로 되돌아간다면 예전처럼 '어차피 인생은 혼자'라는 생각으로 씩씩하게 살 수 없을 것 같다.

시녀가 들어와서 고했다.

"전하께서 납시어 계십니다."

유진은 응접실로 나갔다. 차림새 때문인지 응접실에 서 있는 장신의 사내 모습이 퍽 낯설었다.

카세르도 유진처럼 평복 차림에 가발을 썼다. 하지만 허름한 옷을 입고 흐릿하게 색이 죽은 갈색 가발을 써서 감출 수 있는 외모가 아니었다.

'저 얼굴을 드러내고 다니면 다 쳐다볼 거야.'

눈이 마주친 그의 표정은 좀 화가 나 보였다.

"준비가 다 된 건가?"

"예, 전하."

마리안이 대답했다. 유진은 그가 '그게 다 된 거냐?'라고 따지는 것 같아서 제 차림새가 잘못되었는지 살폈다.

"후드가 더 깊은 로브는 없나? 왕비 얼굴이 다 보일 것 같군."

"전하. 해가 져서 괜찮습니다."

유진은 그의 트집이 못마땅했다. 지금 입은 것보다 더 깊은 후드를 쓰면 앞이 잘 보이지 않을 것이다. 막상 외출하려니까 귀찮아서 저러나 싶었다.

"전하께서는 왜 로브를 안 입으세요?"

"나는 상관없소."

"저는 눈동자 색 때문에 로브를 입은 거예요. 전하도 눈동자 색이 드러나면 누구나 알 텐데요."

"난 바꿀 수 있거든."

카세르가 눈을 잠시 감았다가 떴다. 유진의 눈이 커졌다. 그의 맑은 푸른색 눈동자가 훨씬 짙은 색이 되었다.

"어두운 곳에서 보면 짙은 갈색으로 보이지."

"어떻게 하는 거예요?"

"프라즈를 움직이는 건데 설명하기는 어렵소."

"눈동자 색을 바꿔도…… 누가 알아보면요."

"날 알아볼 사람은 거의 없소."

"네? 수도 사람 전부가 전하의 존안을 아는 게 아니라요?"

"왜 그렇게 생각하오?"

"전하께서 궁 밖 출입이 잦으시니까……."

유진은 말하다가 깨달았다. 왕의 얼굴을 똑바로 쳐다볼 간 큰 백성은 없을 것이다.

얼핏 본다고 해도 푸른색 머리카락에 시선이 분산되고 아마 왕의 푸른색 머리와 눈만 강렬한 기억으로 남겠지.

하지만 문제는 그게 아니다. 저 남자의 얼굴이 문제였다.

"전하를 알아보지 못해도 전하는 눈에 띄어요. 전 조용히 나갔다가 들어오고 싶어요. 어딜 갈 때마다 주변 사람들이 힐끔거리면 불편하고 신경 쓰인다고요. 전하도 저처럼 로브를 입으세요."

주변이 조용해졌다. 유진은 아차, 실수를 깨달았다. 무엄하게도 마치 왕에게 명령한 것 같았다.

주변인이 술렁이는 이유는 유진이 짐작한 것과 달랐다. 유진은 자신이 그와 대화 나누는 모습이 얼마나 친밀해 보이는지 몰랐다.

주변인들에게 보란 듯이 의도한 건 아니었다. 유진이 살던 세상에서는 잘 모르는 사람끼리도 친한 듯 가벼운 대화를 나누는 일이 흔했다.

다들 놀라움을 감추느라 표정이 경직됐다. 그들이 예상한 것보다 국왕 부부는 훨씬 가까워 보였다.

마리안이 웃음 섞인 목소리로 끼어들었다.

"전하. 왕비님을 위한 외출 아닙니까. 왕비님 말씀대로 하시지요."

유진은 그가 불쾌해할까 봐 조마조마했다. 그런데 그는 대수롭지 않게 뒤쪽에 서 있는 시종에게 말했다.

"가져와라."

"예, 전하."

잠시 후 시종이 로브를 가지고 돌아왔다. 로브를 걸쳐 입는 그를 보며 유진은 묘한 기분이 들었다. 별것 아니어도 그가 순순히 자신의 말에 따라 주는 모습이 신기했다.

준비가 끝나자 두 사람이 성 앞뜰로 나갔다. 뜰에는 마차와 한 남자가 기다리고 있었다.

남자의 체격은 멀리서 봐도 궁인들과 확연히 차이가 났다. 유진은 그가 호위일 거라고 짐작했다.

"스벤."

카세르가 남자의 이름을 불렀다.

스벤이 왕께 고개를 숙인 후 왕의 옆에 서 있는 왕비께 다시 고개를 숙였다.

"저메인 스벤입니다. 왕비님께 인사 올립니다. 오늘 왕비님을 곁에서 보위하겠습니다."

유진은 인사를 올리는 전사의 얼굴이 낯설지 않았다.

"오랜만이군요. 스벤 경."

스벤은 유진이 사막에서 눈을 뜨고 처음 만난 사람이자 그녀를 왕성까지 호위한 전사들의 대장이었다. 그때 유진은 그들이 자신을 다른 사람으로 착각한다고 오해했다.

자신이 그들이 찾던 사람이 아닌 사실을 알면 자신을 사막 한복판에 버리고 갈 거라고 생각했다. 그래서 자신의 정보를 최대한 감추기 위해 사막에서 이동하는 내내 입을 꼭 다물고 있었다.

스벤은 불필요하게 말을 걸지 않고 유진과 거리를 두었다. 식사를 챙기고 잠자리를 봐 주는 일에는 소홀함이 없었다.

난데없이 사막에 떨어져 모르는 남자들에 둘러싸여 어딘지 모를 곳으로 끌려가는 동안 유진은 완전히 패닉 상태에 빠져 있었다. 지금 생각해 보면 스벤의 묵묵한 배려가 많은 도움이 되었다.

"그때는 고마웠어요."

"마땅히 소임을 다했을 뿐입니다. 마차에 오르시지요."

두 사람이 마차에 올라타 앉은 후 마차가 출발했다.

"전하. 호위는 스벤 경뿐이에요?"

카세르가 고개를 끄덕였다.

'내가 한 명으로만 하자는 말을 들어줬구나.'

유진은 그 문제로 그와 논쟁하다가 마무리는 짓지 못했다. 그날 그의 태도는 강경해서 그가 자신의 고집대로 할 줄 알았다.

감격할 정도로 대단한 양보는 아니지만, 유진의 소설 속 사왕은 훨씬 더 독선적이었다. 자신이 옳다고 생각하는 방향으로 결정을 내리면 절대 바꾸지 않았다.

'조심해야겠네. 소설 속의 사왕을 기준으로 판단했다가는 실수할지도 몰라.'

"지금 어디로 가요?"

"광장으로. 광장을 중심으로 길이 나뉘니까 어디로 가고 싶은지는 당신이 결정해."

마차가 멈추었다. 잠시 후 바깥에서 문이 열렸다. 카세르가 먼저 내린 후 뒤따라 내리는 유진의 손을 잡아 도와주었다.

유진은 좌우로 고개를 돌려 주변을 천천히 둘러보았다. 마차가 정차한 위치는 광장이 시작되는 가장자리였다.

'와아……'

광장의 한가운데에 아름드리나무가 서 있었다. 나무를 중심으로 기둥을 쭉 둘러 세우고 등을 켜 두었다. 덕분에 어두운 밤인데도 나뭇잎 모양이 보일 정도로 밝았다.

유진은 바닥으로 시선을 내렸다. 다양한 크기와 모양의 색돌이 바닥에 모자이크처럼 깔려 있었다. 이 광장을 보자마자 떠오르는 광경이 있었다.

'성도.'

성도의 광장을 모티브 삼아 만들어진 광장이 분명했다. 다만 구조를 흉내 내었을 뿐 광장의 크기는 성도보다 작았다. 나무도 작았다.

상상 속에서만 그려 봤지만, 성도 광장의 고목은 경이로움이 느껴질 정도로 거대했다.

'사람이 많네.'

저녁 나들이 나온 듯 보이는 일가족, 연인인 듯 바짝 붙어서 걸어가는 남녀, 고목 아래 긴 통나무 의자에 앉아 담소를 나누는 사람들로 넓은 광장은 북적거렸다.

거대하고 화려한 왕성을 처음 봤을 때보다 가슴이 두근거렸다. 왕성은 비현실적이라서 실감이 나지 않았는데 광장의 모습은 유진에게 익숙한 광경이라 훨씬 인상적이었다.

저들은 마하에서 살아가는 보통 사람들이었다. 유진이 살던 세상의 모습과 크게 다르지 않았다.

'난 지금…… 어디에 있는 거지?'

여기는 정말 소설 속 세상일까. 이 모든 게 그저 상상으로 만들어졌다고?

"유진."

유진은 흠칫 놀랐다. 그녀는 시선을 아래로 내렸다. 무의식중에 힘을 주어 그의 손을 꽉 잡고 있었다.

힘을 빼고 손을 놓으려 하자 이번에는 그가 힘주어 잡았다. 유진은 고개를 들어 그와 눈이 마주쳤다.

"돌아갈까?"

그의 목소리에 걱정이 담겼다. 유진은 고개를 저었다.

"생각과 달라서 조금 놀랐어요. 평화롭네요. 아무 일도 없었던 것 같아요."

카세르는 새삼스러운 기분으로 광장의 백성들을 응시했다. 어제 누군가가 죽어도 살아남은 자들은 오늘을 살아야 한다.

왕국의 백성들로서는 당연한 정서를 이곳에서 나고 자란 사람이 아니면 이해하기 어려울 것이다.

"당신도 익숙해졌으면 해."

"싫다는 뜻은 아니었어요. 앗."

유진은 갑자기 그가 자신의 손을 잡아끌며 성큼 걸어가자 종종걸음으로 뒤따라갔다. 카세르가 시선을 돌려 버겁게 따라오는 유진을 보더니 속도를 늦추었다.

유진은 그의 손에 잡힌 자신의 손을 보며 생각했다.

'데이트하는 것 같잖아.'

두 사람은 광장 중앙의 나무 근처까지 걸어갔다.

"어디를 가고 싶어?"

광장을 중심으로 여러 갈래로 길이 나뉘었다. 귀족의 저택가, 평민들의 주택 거리, 장터와 상점이 모인 거리 등.

"으음……."

유진은 제자리에 서서 천천히 돌면서 고민했다.

"오늘 전부 다 갈 수는 없어."

"네. 무리해서 시간 내셨는데 오래는 나와 계실 수 없는 거죠? 시간을 많이 빼앗지 않을게요. 다음에 천천히 구경하면 되니까요."

카세르는 미간을 찌푸렸다. 그녀가 말하는 '다음'에 자신은 포함되지 않은 것 같았다.

그녀와 여기 나온 시간이 아깝다고 생각한 적은 없었다. 그런데 그녀가 비꼬거나 투정을 부리는 게 아니라 당연하다는 태도로 말하니까 그녀의 오해를 바로잡을 적절한 대답이 떠오르지 않았다.

"그……."

"저기 저곳이요."

말을 꺼내기도 전에 가로막힌 그는 유진이 가리키는 방향을 바라보았다.

"저쪽으로 가면 뭐가 나와요?"

"상인들의 재고 창고, 상행하는 상단 무리나 행상 등의 외지인이 머무는 여관이 모여 있지."

"저기로 가 볼래요."

"저기를? 그다지 볼 건 없을 텐데."

"저기가 눈에 띄어요. 갈래요."

카세르는 그녀의 선택이 달갑지 않았다. 뜨내기가 많이 오가는 곳이라 치안이 불안정했다. 하지만 그는 군말 없이 유진이 원하는 방향으로 걸었다. 자신이 함께 있으니 문제는 없을 것이다.

그의 곁에서 함께 걷는 유진의 눈동자가 불안하게 흔들렸다.

'왜 저기가 눈에 익지?'

광장 중앙에서 지금 향하는 방향을 보는 순간 어딘지 모르게 익숙했다.

광장의 끄트머리에 다다를수록 자신의 기시감이 착각이 아니었음을 깨달았다.

'여기를…… 알아. 온 적이 있어.'

정확히는 진의 기억이었다. 유진이 왕성에서 처음으로 식당을 갈 때 각인된 기억을 떠올리던 감각과 흡사했다.

'진은 온종일 침실과 서재에서만 지냈다며. 대체 언제 여기를 온 거지?'

"제가 전에 외출을 자주 했나요?"

"당신은 내성 밖으로 나오지 않았어."

유진의 심장이 쿵쿵 뛰었다.

'세상에. 왜 나는 진이 얌전히 성안에 있었을 거라고 생각했을까. 진은 아무도 모르게 성 밖으로 나왔던 게 틀림없어.'

서재에 틀어박혀 책만 들이파는 진이라니. 자신이 너무 단순하게 생각했다. 마라의 화신이 되어 이 세상을 뒤집으려는 악녀의 행동력을 얕봤다.

'서재는 눈속임이었나? 알리바이를 만들기 위해서?'

세 사람은 광장 끝에서부터 이어지는 거리로 들어섰다.

유진은 눈동자를 굴려 주변을 탐색했다. 창고로 보이는 투박한 건물들 앞에 나무 상자가 쌓여 있고 일꾼으로 보이는 자들이 짐을 옮겼다.

'진은 여기서 뭘 했을까. 상단들의 창고가 있다고 하니까 비밀스러운 물건을 구하러 왔을지도 모르지.'

눈에 띄는 것은 발견하지 못했다. 그때 유진의 시선이 멈추었다. 그녀의 걸음도 덩달아 멈추었다.

대략 2층 높이의 낡은 건물이었다. 원래는 연푸른색으로 칠한 외벽이 오랫동안 추가 보수하지 않아 듬성듬성 떨어져 지저분했다.

유진이 멈추자 카세르 역시 멈추어서 그녀가 바라보는 곳으로 시선을 돌렸다.

"문 닫은 여관이군."

"문을 닫은 곳이라고요?"

"창문을 나무판자로 못 박아 놨지. 건물을 폐쇄했다는 뜻이야."

그의 말대로 못 박은 창문을 멍하게 바라보았다. 그녀가 눈을 감았다가 뜰 때마다 여러 장면이 눈앞에 떠올랐다가 사라졌다.

안으로 들어가면 2층으로 올라가는 돌계단이 나온다. 겉으로는 다 폐허처럼 보이는 건물이지만, 건물 안의 돌계단은 부스러진 모서리도 없이 견고했다.

2층의 좁은 복도를 마주 보며 여러 개의 방이 있다. 그중 하나의 방문이 확대되어 잔상이 남았다.

그다음에 보인 것은 엎드려 있는 사람의 정수리였다. 마치 사진첩을 넘기는 것처럼 다음 장면으로 넘어갔다.

엎드려 있던 사람이 고개를 들었다. 처음 보는 사람이었다. 그 사람의 눈이 붉었다.

유진은 놀란 숨을 들이켰다. 휘청하는 그녀의 몸을 카세르가 빠르게 붙들었다.

카세르의 표정이 심각하게 굳었다. 자신을 바라보는 그녀 안색이 파리하게 질려 있었다.

"괜찮아? 어디가 불편해?"

"……저녁을…… 먹은 게 잘못되었나 봐요."

"그걸 왜 이제 말해. 돌아가자. 걸을 수 있겠어?"

유진은 고개를 끄덕였다. 하지만 몇 걸음 걷지 못해 멈추었다. 어찌나 놀랐는지 다리에 힘이 들어가지 않았다.

"아!"

유진은 갑자기 눈앞이 빙글 돌아가자 짧게 비명을 질렀다. 어느새 그의 품에 안겨 공중에 들렸다.

그녀는 순순히 힘을 빼고 얌전히 그에게 몸을 기댔다. 그의 어깨너머로 보이는 낡은 건물이 점점 눈에서 멀어졌다.

유진은 눈을 감았다. 몹시 피곤했다. 진의 기억이 이토록 많이, 강렬하게 떠오른 건 처음이었다.

'다시는 아프다는 핑계는 대지 말아야지.'

유진은 침대에 앉아 자신을 둘러싼 사람들의 심각한 표정을 보며 생각했다. 과장을 약간 보태자면 그동안 얼굴을 익힌 사람들 모두가 여기 있는 것 같았다.

아까는 바깥 구경이고 뭐고 조용히 혼자서 생각을 정리하고 싶었다.

외출 나오자마자 다시 돌아가자고 해서 변덕스럽다는 인상을 주는 것보다는 속이 불편한 정도의 가벼운 병 핑계가 좋은 방법이라고 생각했다.

하지만 유진은 왕비라는 신분이 이 세상에서 차지하는 비중을 간과했다. 왕비에게 '가벼운 병'이란 있을 수 없었다.

'그날과 비슷하네.'

유진이 왕성에 처음 들어온 날, 그녀의 건강 상태를 진단하겠다는 의사들에게 둘러싸여 쏟아지는 질문에 답해야 했다.

그날보다 더 과했다. 오늘은 왕까지 이 자리에 있었다. 시종장을 비롯한 시종들도 한자리를 차지했다. 넓은 침실이 꽉 찰 정도로 사람들이 모였다.

"속이 울렁이거나 구역질이 나지는 않으십니까?"

"속이 약간 더부룩할 뿐, 그 정도는 아니네."

유진은 '꾀병이었다'라고 말할 수 없으니 아주 가벼운 수준으로 자신의 증상을 꾸며 말했다.

조용히 들어온 시녀가 총관에게 가져온 문서를 건네자 사라는 의관에게 문서를 전달했다. 의관이 문서를 펼쳐 눈으로 쭉 훑었다.

"평소의 식사량보다 많이 드시지는 않았고 생소한 요리가 올라오지는 않았으니……."

의관이 중얼거렸다. 유진은 시녀가 가져온 문서의 정체를 알 것 같았다.

'뭐야. 매일 내가 뭘 먹고 얼마나 먹었는지 다 기록하는 거야?'

왕비에게 사생활은 없다고 어느 정도는 포기했지만, 항상 지켜보는 눈이 있다고 생각하니까 오싹했다.

은밀한 감시의 목적은 아닐 것이다. 문서를 살펴보는 의사의 태도가 거리낌이 없었다. 왕비의 일상을 기록하는 일이 당연하고 일반적인 절차라는 뜻이다.

'진은 저런 눈들을 다 피해서 밖으로 나간 거구나. 대단하다.'

유진은 순수하게 감탄했다. 진과 일대일로 붙으면 자신은 상대가 안 될 것이다.

"명확한 원인은 알 수가 없습니다. 때로는 심리적인 요인이 소화에 영향을 미치기도 합니다. 다행히 체기가 심하지는 않으시니 소화를 돕는 약을 올리겠습니다. 약을 드신 후 가볍게 걷는 산책이 도움이 되실 겁니다."

의관의 말을 주의 깊게 듣던 카세르가 총관을 보며 말했다.

"최근에 주방 인력이 바뀌었나?"

"새로 들어온 보조 요리사가 있습니다. 확인하겠습니다."

"왕비의 저녁으로 올린 요리와 사용된 식자재도 점검하도록."

"예, 전하."

'그럴 필요까지는!'

유진은 내색은 못 하고 속으로 외쳤다. 일이 점점 커졌다.

윗사람은 '확인해'라고 한마디 하면 그만이지만, 아랫사람들은 얼마나 번거로운 일을 떠맡게 되는지 잘 안다. 하지 않아도 될 일거리를 잔뜩 만든 격이라 미안했다.

"전하. 저는 괜찮습니다. 지금도 아까보다 한결 나아졌어요. 따로 드릴 말씀이 있습니다."

유진은 그가 총관에게 시킬 일이 더 늘어나기 전에 끼어들었다.

카세르가 사람들을 둘러보며 말했다.

"다들 물러가라."

사람들이 모두 빠져나간 침실은 갑자기 조용해졌다. 유진은 작게 한숨을 내쉬었다. 앞으로는 자신의 한마디가 미치는 여파를 생각해서 조심해야겠다고 반성했다.

그런데 이 상황 자체는 은근히 기분 좋았다. 모두가 자신을 걱정하며 호들갑스럽게 반응하는 모습이 감격스러웠다. '유진'으로 살 때는 밤새 끙끙 앓아도 들여다보는 사람 하나 없었다.

"죄송해요, 전하. 왔다 갔다 하며 시간만 낭비했네요."

"당신이 사과할 일이 아니야."

"번거롭게 해 드렸으니까요. 바쁘신데도 모처럼 시간 내셨을 텐데요."

유진은 그가 자신을 물끄러미 바라보자 괜히 손으로 볼을 문질렀다.

"……시간 낭비라고 생각한 적 없어."

슬쩍 시선을 돌리며 말하는 그의 표정이 어색했다. 유진은 생소한 기분으로 눈을 깜빡였다가 그녀 역시 시선을 옆으로 돌렸다. 묘한 긴장감이 맴돌았다. 간질간질한 기분이 잡힐 듯 말 듯 했다.

"쉬어."

"전하!"

유진은 당장 침실을 나갈 것 같은 그를 불러세웠다. 그와 시선이 마주치자 머릿속이 하얗게 비었다. 그와 좀 더 함께 시간을 보내고 싶은 자신의 속마음에 스스로 당황했다.

"아까…… 총관에게 시키신 일들이요. 쓸데없는 호기심인지는 모르겠지만, 원래 하는 절차인가요?"

유진은 재빠르게 다른 핑계를 댔다.

"기억이 안 나니까 그런 것들도 모르겠어요. 내가 이걸 정확히 아는지 모르는지조차 알 수 없는 애매한 기분이라고 해야 할까요?"

말하다 보니까 유진은 진심으로 자신이 느꼈던 고충을 털어놓게 되었다.

"마리안의 도움이 부족하다는 뜻은 아니에요. 가끔 마리안에게 묻기가 어려울 때가 있어요. 이런 것조차 모른다고 하면 마리안이 나를 어떻게 생각…… 마리안의 태도가 문제가 있다는 게 아니라요."

카세르는 횡설수설하는 유진을 바라보다가 고개를 끄덕였다.

"당신이 겪는 어려움을 내가 공감할 수는 없지만, 아랫사람이 그저 편하지는 않다는 뜻은 이해해."

"그럼 조금 전 제 질문이 무슨 의미인지는 아시겠어요?"

"내가 총관에게 지시한 일들이 일반적인 절차인지, 당신이 기억을 잃은 후 내가 더 신경을 쓰는 것인지 알고 싶다는 것 아닌가?"

"……네. 맞아요."

유진은 자신도 정리가 안 되는 내용을 간단명료하게 정리하는 그가 신기했다. 이해력이 높고 명석한 사람이라는 생각이 들었다.

생각해 보면 그와 대화하다가 답답함을 느낀 적이 없었다. 그는 왕이라는 신분을 내세워 억압적으로 누르려 하지 않았다. 상대방의 말에 신중히 귀를 기울였다.

진과 3년의 결혼 생활 동안 그가 기다리고 양보한 태도만 봐도 그의 인내심과 타협적인 성격을 추측할 수 있다.

'이쪽이 훨씬 나아.'

유진의 소설에 등장하는 사왕보다.

소설 속 사왕은 외골수였다. 진을 향한 복수심만이 그를 움직이게 했다.

소설 속에서 사왕은 강한 힘을 지녔고 내용 중 차지하는 분량이 많은데도 유진은 사왕의 캐릭터를 그다지 좋아하지 않았다.

가장 강한 사왕이 리더십까지 갖추었으면 참 좋았겠지만, 여섯 왕으로 구성된 원정대에서 사왕은 사람들과 섞이지 않았다.

함께 움직이다가 느닷없이 '확인할 게 있다'라고 툭 말만 던지고 사라져서 며칠 만에 돌아오는 식이었다.

그런 사왕을 못마땅해하는 염왕은 매사 사왕에게 시비를 걸었다. 아무래도 분위기는 험악해질 수밖에 없었다.

만약 소설 속 사왕이 지금 눈앞의 그와 같은 성격이었다면 유진이 쓴 소설 내용은 완전히 바뀌었을 것이다.

소설 속 등장인물은 인간의 복잡한 성격을 모두 담을 수 없다. 대개는 하나의 캐릭터가 하나의 특징적인 성격을 갖는다. 그래야 작가가 이야기를 의도대로 이끌고 갈 수 있기 때문이다.

소설 내용이 바뀔 정도의 성격이 달라지는 캐릭터는, 작가 입장에서는 전혀 다른 인물이었다.

'완전히 달라. 다른 사람이야.'

소설 속 사왕이 그녀가 만난 사왕과 상당히 차이가 있다는 사실은 얼마 전부터 인식했다. 하지만 명확히 별개로 인정하는 것은 달랐다. 자신의 눈앞에 있는 남자의 존재감이 전보다 훨씬 뚜렷해졌다.

"당신의 의문에 답하자면 일반적인 절차야."

"가볍게 얹힌 정도로는 과한 절차 아닌가요?"

"당신이 아프다며 의관을 부른 건 처음 있는 일이니까."

'일상이 아니라 특별한 사건이었다는 거구나.'

"그럼 평소에 잔병치레가 많았으면 주방 인력을 확인하고 식자재를 조사하는 일은 안 했을 거라는 말씀이네요."

"아마 안 했겠지."

'진이 운동은 안 했어도 참 건강했네.'

몸만 건강한 게 아니다. 보통의 정신력이 아니고서는 세계를 뒤엎을 생각은 못 할 것이다.

몸도 튼튼, 마음도 튼튼. 역시 주역급 악녀는 아무나 하는 게 아니었다. 실없는 생각을 하며 유진은 웃었다.

"자주 아파야 번거로운 뒷일이 없겠어요."

"그런 농담은 좋지 않아."

카세르가 정색했다. 유진은 머쓱한 기분으로 시선을 내렸다.

그녀의 심장이 불안정하게 뛰기 시작했다. 그는 특별한 의미 없이 한 말일 텐데 의미를 부여하고 싶었다.

유진은 이 세계의 창조자로서 우월감 있는 시선을 완전히 버리지 못하고 있었다. 그래서 자신이 만든 캐릭터인 '사왕'의 행동이나 성격을 자신이 예측하는 범위 내일 것이라고 막연히 생각했다.

하지만 그가 자신이 통제할 수 있는 대상이 아님을 완전히 깨닫자 그의 존재가 갑자기 입체적으로 다가왔다. 그와 단둘이 있는 상황이 전보다 훨씬 긴장됐다.

"마리안에게 말하기 불편한 일이 있으면 내게 말해."

유진은 시선을 들었다. 그를 보니까 마음속에서 이상한 감정이 꿈틀거렸다.

저 사람을 실망시키고 싶지가 않았다. '사왕에게 잘 보여서 살아남을 확률을 높여야지.'라고 결심했던 마음과는 어딘가 다르고 복잡했다.

그래서 아까 봤던 여관과 떠오른 장면들을 생각하면 정말 체한 것처럼 명치가 꽉 막혔다. 눈앞에 진이 있으면 대체 무슨 짓을 한 거냐고 멱살을 잡아 흔들고 싶었다.

"오늘 나갔다가 곧바로 들어오는 바람에…… 제대로 바깥 구경을 못했어요. 나가고 싶으면 스벤 경을 호위로 데려가도 될까요?"

카세르는 잠시 생각했다가 고개를 끄덕였다. 스벤은 상명하복의 질서에 순응하며 입이 무거웠다.

베루스도 스벤의 사람됨을 알기에 내성 주변을 감시하라는 특별 임무를 맡겼을 것이다.

"스벤 한 명만은 안 돼."

"네. 스벤 경이 알아서 호위대를 만들라고 하세요. 저는 누가 누군지 모르니까 제가 사람을 고르는 것보다 낫겠지요."

카세르는 의아한 표정으로 고개를 기울였다. 전에 같은 화제로 대화를 나누었을 때 그녀의 태도가 강경했던 것으로 기억했다.

"최소한 다섯 명."

"네."

"왜 생각이 바뀌었지?"

"생각이 바뀐 게 아니라 알게 된 거예요. 전하께서 절대 양보하지 않으실 거라는 점을요. 그리고 전하 말씀이 맞다는 것도요."

유진은 왕비로서 모든 것을 누리면서 호위 동반을 거부하며 바깥에 놀러 나가려는 자신의 행동이 철없고, 유치하다는 생각이 들었다.

라크 군단이 밀어닥친 이번 전쟁은 그녀의 마음가짐에 변화를 일으켰다. 왕비라는 자리에 걸맞은 사람으로서 무게를 갖고 싶었다.

왕비의 침실을 나오며 카세르는 슬쩍 올라가는 입가를 손끝으로 쓸었다.

그녀가 자신의 의견을 굽히는 일이 처음은 아니었다. 전에 시녀의 체벌이나 마리안에 관한 의견 충돌이 있었을 때 그녀가 물러섰다.

하지만 그녀의 양보는 전과 느낌이 달랐다. 억지로 꺾여 앙금을 남기는 게 아니라 상대의 의견을 받아들이고 이해하는 양보였다.

그녀와 의견 차이가 해결된 후에 이렇게 말끔한 기분이 드는 것은 처음이었다.

솔직히 호위 문제로 그녀와 실랑이하면서 조금 즐거웠다. 누가 이기든 부담이 없는 주제였고 서로의 감정을 건드리지 않는 언쟁이었다.

별것 아닌 일에 잔뜩 흥분한 그녀의 표정이 재미있어서 일부러 건드린 부분도 있었다.

'가벼운 산책을 하라고 했지.'

아까 의관이 했던 말을 떠올리며 이따가 다시 와야겠다고 생각했다. 기분 좋게 집무실에 돌아온 그에게 시종장이 고했다.

"전하. 재상이 알현을 청합니다."

카세르는 눈살을 찌푸렸다. 분명히 스벤을 통해서 부를 때까지 입궁하지 말라고 말해 두었다.

"재상이 문밖에서 기다리고 있다는 거냐?"

"아니옵니다. 성 밖에서 전하의 부르심을 기다린다고 합니다."

어두운 밤, 성안으로 들어오지도 못하고 밖에 있을 베루스를 떠올리니 언짢았던 카세르의 기분이 누그러졌다.

새벽에 스벤에게 내린 명령은 얼마간 감정적이라서 과한 면이 있었다. 왕비가 기억을 잃지 않았으면 베루스의 조치를 묵인했을 것이다.

왕의 침묵이 길어지는 동안 시종장은 묵묵히 기다렸다. 재상이 왕성 문을 넘지 못하다니, 이제껏 없는 일이었다.

왕좌는 누구도 침범할 수 없으나 재상은 얼마든지 바뀔 수 있다. 베루스에 대한 사왕의 신뢰가 워낙 두터워 대놓고 나서지 못할 뿐 재상의 자리를 호시탐탐 노리는 자들이 넘쳐났다.

권력 구조의 거대한 변동이 시작될 징조일지도 모르지만, 시종장은 호기심을 드러내지 않았다. 시종장은 모시는 윗전의 단호한 성품과 주제넘는 짓을 질색하는 성격을 잘 알았다.

"들여라."

"분부 받잡습니다."

잠시 후 베루스가 집무실로 들어왔다. 그는 왕이 앉아 있는 책상 방향으로 넙죽 엎드렸다.

"소신의 무도함을 너그럽게 용서하여 주시옵소서, 전하."

카세르는 미묘한 시선으로 베루스를 내려다보았다. 바닥에 손을 짚고 이마를 댄 모습이 굴욕적인 굴종의 자세였다.

명색이 재상의 신분으로 사람들의 위에서 군림한 경험이 쌓여 상당히 목이 뻣뻣해졌을 것이다. 아무리 왕의 앞이라지만, 선뜻 엎드리기란 쉽지 않았다. 이는 자존심이고 뭐고 납작 엎드리겠다는 의사 표현이었다.

'여우 같은 녀석.'

베루스의 사람됨을 평가하는 카세르의 중얼거림에 악의는 없었다. 카세르가 베루스를 재상으로 발탁한 데에는 굽힐 줄 아는 그의 성격도 큰 몫을 차지했다.

베루스는 출중한 능력을 지닌 인재이지만, 찾아보면 쓸 만한 자는 얼마든지 있었다. 그런데 베루스처럼 완벽한 조건을 가진 사람은 없었다.

카세르는 재상 자리에 누구를 앉힐까 고민하며 체력 좋은 젊은 인재를 수소문했다. 일을 잔뜩 맡길 터이니 며칠 과로했다고 골골거리면 곤란했다.

하지만 나이가 어리면 트집 잡을 자들이 많을 것이다. 그런데 베루스가 딱 눈에 띄었다.

명망 있는 귀족 가문 출신이라 집안의 뒷배가 있으니 여기저기서 뜯길 염려가 적었다. 그리고 가문의 대를 이를 가능성이 없는 삼남이었다.

이권이나 권력 추구보다는 성취욕에 몰두하는 성격, 자존심을 굽히는 일을 수치스러워하지 않는다는 점이 모두 카세르의 마음에 들었다.

카세르가 재상으로 삼고자 하는 인물상은 중재자였다. 왕명을 내리면 그 왕명이 그대로 이루어지도록 아래를 설득하는 역할을 맡을 자가 필요했고 베루스가 딱 맞았다.

"일어나라."

"망극하옵니다. 전하."

카세르는 뒤쪽에 서 있는 시종장에게 손짓했다. 시종장이 다른 시종들을 모두 데리고 나가자 집무실에는 두 사람만 남았다.

"전하. 소신이 전하께서 내려 주신 권한을 넘어 어리석은 판단을 내렸습니다. 사심은 없었사오니 소신의 진심을 부디 가납하여 주시옵소서."

베루스는 활동기, 그것도 라크와의 긴 전쟁에서 자신이 전사를 빼내어 다른 일을 맡긴 이유로 왕께서 노여워하셨다고 짐작했다.

스벤이 찾아와서 '왕께 들켰다'라고 말했을 때는 심장이 내려앉았고 '부를 때까지 근신하라고 하셨다'라고 말했을 때는 눈앞이 깜깜했다.

왕국 사람들은 사왕을 너그럽고 관용적인 성군이라고 칭송했다.

사왕이 주도하는 회의의 자유로운 토론 분위기를 보면 그런 것 같았다. 라크 사냥에 앞장서는 왕의 영웅시된 모습까지 긍정적인 이미지로 더해졌다.

하지만 베루스의 생각은 달랐다. 그가 눈치 빠르게 파악한 결론으로는 사왕은 폭군 기질이 다분했다.

지금껏 왕께서 최종 결정을 내린 후 바뀌는 걸 본 적이 없었다. 하지만 사람들은 모를 것이다. 그들이 반감을 느끼지 않도록 설득하고 어르며 때로는 억압하는 역할까지 모조리 자신이 떠맡았기 때문이다.

그런 사왕이 '근신해'라고 왕명을 내렸다면 자신의 무고함을 증명하려고 반박해 봤자 상황만 더 악화할 뿐이었다.

돌이킬 수 없는 잘못을 저지른 건 아니니까 무조건 엎드려 비는 것만이 살길이었다.

"스벤을 통해 전하는 말은 모두 알아들었나?"

"깊이 새겨들었사옵니다. 전하."

"왕비 곁에 사람을 심었으면 치우라는 말도?"

베루스는 순간 '어라?'라고 생각했다. 자신이 생각한 초점에서 벗어난 질문이었다.

그러나 그는 당황하지 않고 노련하게 대답했다.

"이를 말씀이옵니까. 하오나 전하. 왕비님 곁에 사람을 심다니요, 그런 무엄한 짓은 한 적이 없고 시도한 적도 없습니다."

"스벤에게 내성 주변을 지키라고 한 의도가 왕비를 감시하라는 뜻이 아니었다는 거냐?"

베루스는 거짓말로 상황을 모면하려는 괜한 수는 쓰지 않았다.

"전하께서 짐작하시는 바는 맞습니다. 소신이 얕은 수작을 부렸으나 이번이 처음입니다. 지난번 같은 사건이 반복될까 봐 염려되는 마음에 그만."

"그런 일은 다시 없을 테니 내성의 일에는 관심 두지 마라."

"명심하여 따르겠습니다. 전하."

잘못을 추궁했으니 잘한 일에는 상을 줄 차례였다.

"라크를 토벌하는 동안 잡음이 들려오는 일 없도록 수고가 많았다."

"마땅히 해야 할 일을 했을 뿐입니다."

"나중에 따로 포상을 내리겠다. 내가 당장 살펴봐야 하는 사안이 있나?"

"시급을 다투는 일은 없사오나 전하께 허락을 구할 일이 있습니다. 일전에 사교의 무리를 주시하고 있다고 말씀 올린 적이 있습니다."

"기억한다."

카세르는 대수롭지 않게 반응했다. 하시 왕국에서 사교를 믿는 무리들이 활동한다는 사실은 알고 있었다.

하지만 아주 오래전부터, 전대 왕이 왕국을 다스리는 동안에도, 그리고 더 먼 오래전으로 거슬러 올라가도 그들은 존재했다.

마하는 이 세상 자체이며 신을 칭하는 이름이기도 했다. 그런데 자신들을 스스로 일컬어 '마라의 종'이라고 부르는 사교 무리는 마하를 부정했다. 마하는 악신이며 마라가 이 세상의 진정한 구원을 가져온다고 믿었다.

이 세상을 부정하는 위험한 사상이지만, 사교 무리를 전부 잡아 죽일 정도로 혈안이 되어 그들을 쫓지는 않았다.

가장 큰 이유는 상제의 태도였다. 성도에서 사교도들이 발각되어 잡혀도 상제는 그들을 성도 바깥으로 추방하는 정도에 그쳤다.

상제는 배덕자들도 모두 끌어안아야 진정한 절대자라고 말했다. 상제의 미지근한 대응은 사교도를 대하는 일반 사람들의 인식에도 영향을 미쳤다.

그리고 인간에게는 '라크'라는 공동의 적이 존재했다. 같은 인간이 다른 신의 이름을 들먹이며 자기들끼리 뭘 꾸미거나 말거나, 그들의 행동을 진정한 위협으로 생각하지 않았다.

그렇다고 사교 무리가 자신들의 정체를 드러낼 정도로 활동을 보장받지는 못했다. 성도에서는 발각되면 즉시 쫓겨났다. 왕국은 나라마다 분위기가 다르지만, 그들을 환영하는 곳은 어디에도 없었다.

상당히 배척하는 왕국이 있고 비교적 덜한 왕국도 있었다. 하시 왕국은 후자에 속했다.

하시 왕국에서는 사교도들 모임이 발각되면 강제 해산시키고 재물을 압수할 뿐이었다. 집집이 문을 두드려 수색한다거나 사교도 사냥을 하지는 않았다.

그래서인지 다른 왕국보다도 하시 왕국에서 사교도들이 제법 눈에 띄었다. 하시 왕국의 위치가 성도에서 가장 멀고 성도의 영향력이 잘 미치지 않는다는 이유도 작용했다.

"근래 움직임이 심상치 않습니다. 소신이 따로 조사대를 꾸려서 알아보려고 합니다."

"심상치 않은 움직임이라니?"

"조직적으로 움직이는 흔적이 발견되었습니다."

"조직적이라……."

카세르의 표정이 굳었다. 지금껏 사교도들을 내버려 둔 이유는 그들이 나라에 위협이 될 만큼 강력한 단체를 구성한 적이 없어서였다.

사교도들은 사회 밑바닥 계층이라 할 정도로 낮은 신분이며 가난했다.

사람이 모이고 움직이려면 돈이 든다. 그들이 조직화 되려면 자본을 대는 자가 있어야 했다.

카세르는 자신이 파악하지 못하는 수상한 단체가 왕국의 질서를 흩트리는 짓은 용납할 수 없었다.

"필요한 조사는 알아서 해. 처리 후 나중에 보고해도 좋다."

"황공하옵니다."

베루스가 깊이 허리를 숙여 대답했다. 사왕의 이런 점 때문에 베루스는 절대 사왕의 눈 밖에 나고 싶지 않았다.

사왕은 아주 폭넓게 권한을 주었다. 어지간한 대부분은 재량에 맡겼다. 보고만 확실히 하면 사소한 것에 트집 잡거나 나중에 딴소리하는 일이 없었다.

베루스는 자신의 손으로 만년 왕국의 기반을 세우는 일이 몹시 즐거웠다. 왕께서 아예 자리를 비우시는 동안에는 책임자가 되어야 하는 부담감 정도는 감수할 수 있었다.

"오늘은 물러가 쉬고 내가 확인해야 하는 사안들을 정리해서 내일 가져와라."

"예, 전하."

집무실을 나오는 베루스의 머릿속이 팽팽 돌아갔다.

'왕비를 감시해서 왕께서 화가 나셨다고?'

활동기에는 베루스가 자택에서 일하므로 관리들도 재상의 저택으로 보고하러 왔다. 자연스레 사람들의 왕성 출입이 뜸해졌다.

그래서 요즘은 내성 안쪽의 정보를 얻기가 어려웠다. 활동기에는 베루스의 업무가 급증했다. 그는 일에 바빠 내성의 정보를 얻으려고 기웃거릴 틈이 없었다.

'도대체 지난 한 달 동안 무슨 일이 생긴 거지?'

왕께서 왕비를 언급하는 일 자체가 처음이었다. 더구나 자신에게 왕비에 관한 일로 경고를 하시다니.

베루스는 열정적인 일 중독자였기에 자신의 역할을 제대로 하지 않는 왕비가 못마땅했다. 그래 봤자 개인적인 감정이었다. 원래 왕비는 그의 관심 밖이었다.

그런데 왕비 실종 사건이 계기가 되었다. 일단 의혹이 생기면 집요하게 파고드는 그의 성격이 발동했다.

왕비에 대한 사감을 넘어서서 왕비가 이 나라에 해롭다는 불길한 예감이 드는 순간부터 왕비가 신경 쓰였다.

베루스는 왕비 실종 사건에 대해서 개인적으로 알아보는 중이었다. 지금은 일이 많으니까 활동기가 끝나면 본격적으로 시작하려고 했다. 일단은 수하를 시켜 실종된 시녀들의 주변을 조사했다.

보고 받는 내용 중에 걸리는 부분이 있었다. 실종된 왕비 시녀가 사교도와 접촉했던 정황을 발견했다. 그러나 왕께 고하지 못했다.

'아무래도 전하께서 그냥 묻으라고 하실 것 같단 말이지.'

그래서 베루스는 살짝 머리를 굴렸다. 사교도를 조사해도 좋다는 허락을 받았으니까 조사하던 중에 실종 시녀에 관해 알아낸 것으로 순서를 바꾸자고.

'단순히 그 시녀만 사교도였다면 별문제는 아니지만……'

사교도 단체에 흘러 들어간 자금 출처가 의심스러웠다.

만약 그 자금의 배후에 왕비가 있다면?

'내가 지나치게 넘겨짚은 거라면 차라리 좋겠군.'

다른 건 몰라도 하나만은 확실했다. 지난 한 달 사이에 국왕 부부 사이에 베루스가 모르는 일이 있다.

'최악의 상황도 대비해야 하나.'

베루스는 사왕의 이성적인 성품을 믿었으나 세상에 변하지 않는 것이 있던가.

'어쨌든 전하께서도 사내이시니 말이지.'

3년 전, 국왕 부부의 성대한 결혼식 후 꽤 오랫동안 왕비의 미모가 화제가 되었다. 왕비가 대단한 미녀라는 사실은 베루스도 동의했다. 왕이 자신의 아름다운 아내에게 빠질 가능성은 충분했다.

'언제 기회를 잡아서 전대 총관과 진지하게 이야기를 나눠 봐야겠어.'

마리안이라면 전과 달라진 변화를 분명히 감지했을 것이다.

*　　　*　　　*

유진은 마리안이 가져온 소화제를 먹었다.

'소화가 너무 잘 되어서 이따 자다가 배가 고플지도 모르겠네.'

약을 먹고 잠시 후에 마리안은 걱정스러운 표정으로 산책을 권했다.

"왕비님. 복도를 따라 잠깐이라도 걷고 오시지요. 주무시다가 체기가 심해지면 고생하십니다."

유진은 어쩔 수 없이 침실에서 나왔다. 뒤에 시녀들이 따라왔다.

'하아…… 날 도무지 혼자 두지 않는구나. 정말, 다시는 아프다고 안 할 거야.'

진이 서재에 틀어박혀 있던 이유를 알았다. 진은 자신만의 시간과 공간을 마련한 것이다.

'이런 식으로 진의 심정을 이해할 줄이야.'

진이 서재에 있는 동안은 누구도 서재에 얼씬하지 못하게 했다고 들었다.

'정말 그 시간 동안 서재에 있었는지 알 게 뭐야. 누가 본 사람도 없잖아.'

걷다 보니까 어둑한 복도를 걷는 기분이 색다르고 괜찮았다. 워낙 천장이 높은 복도는 아무리 불을 밝혀도 짙은 그늘이 졌다.

'진이 바깥으로 나갔다면 모든 것을 원점에 두고 다시 생각해야 해.'

유진은 조금씩 형태가 바뀌는 천장의 그늘을 눈으로 좇으며 걸었다. 머릿속으로는 다른 생각이 가득했다.

'내가 찾으려 했던 진의 비밀 제단은 아마 성안에 없을 거야.'

소설 속에서 진이 왕비이던 시절에 실종되었을 때 사람들은 모두 진이 불행한 사고에 휘말렸다고 생각했다. 그렇게 진은 잊히고 누구도 진의 진정한 정체를 짐작하지 못했다.

총관 사라는 아주 꼼꼼한 사람이었다. 성이 아무리 넓다고 해도 진이 성안에 비밀 제단을 만들었다면 진이 사라진 후 발견했을 것이다.

성안에 존재하는 비밀 제단을 진이 꽁꽁 감춰서 들키지 않은 게 아니라 처음부터 없었다고 생각하면 이해가 됐다.

'그리고 아까 봤던 장면 속에 나온 그 남자.'

남자의 눈이 붉었다. 붉은 눈은 라크의 상징이다,

'그리고 라크는 마라의 권능에 복종하는 마라의 피조물들이지.'

그래서 마라의 추종자들도 또한 눈이 붉었다.

아직 마하 사람들은 모르는 진실이었다. 마하 사람들은 라크와 마라를 연결 지을 생각을 하지 못할 것이다.

눈동자가 완전히 붉어지는 것은 아니었다. 마하에서 '마라의 종'이라고 불리는 사교도들은 배척의 대상이었다. 눈이 붉어져 누가 봐도 알아볼 수 있으면 명맥을 유지하기가 불가능했다.

눈이 붉어지는 것은 마라의 힘이 깃든다는 증거이므로 제사장급 이상 높은 지위에 오른 자의 특징이었다.

그 남자는 평소에는 평범한 갈색의 눈이었다가 붉은 눈으로 변할 수 있을 것이다.

'이해가 가지 않는 점이 있어.'

폐쇄적인 조직일수록 내부 서열이 더 엄격했다. 제사장급의 그 남자는 사교 단체 안에서 대단한 권력자일 것이다. 배척받는 사교에서 높은 자리를 차지했으니 광신도일 확률도 높다.

진이 아직 마라의 힘을 얻기 전인데도 그런 자가 진의 앞에 엎드렸다. 단순한 협조 관계가 아니라 진을 윗사람으로 받는다는 뜻이거나 최소한 공경의 태도였다.

'어쨌든 진은 혼자가 아니었어. 자신의 세력을 갖고 있었던 게 분명해. 문제는 규모인데.'

어디서부터 알아봐야 하는지 모르겠다.

지금 유진은 누구도 모르게 밖으로 나가는 일조차 불가능했다.

과거의 진이 하던 생활로 돌아가면 모를까. 침실과 서재만 왔다 갔다 하며 누구도 간섭하지 못한 개인 시간을 확보하고 측근 시녀 몇 명만 두면서 밖으로 나갈 기회를 노린다면 가능할지도 모르겠다.

'하지만 그건 싫어.'

이미 사왕에게 왕성 살림을 관리하는 일을 넘겨받기로 했다. 지금 와서 말 바꾸고 싶지 않았다.

마리안을 비롯해 사람들과 지금껏 쌓은 관계를 버릴 생각도 없었다.

'일단은 외출해서 그 여관을 다시 가 보자. 더 생각나는 게 있을 수도

있으니까.'

유진은 갑자기 앞이 가로막히는 바람에 부딪혀 뒤로 물러섰다. 갑작스런 충격에 흔들리는 그녀의 몸을 남자의 팔이 허리를 감아 단단히 지탱했다.

"어디를 보고 걷는 거요?"

유진은 눈앞까지 다가온 카세르의 얼굴을 보며 놀란 숨을 들이켰다.

"어두운데 앞을 잘 보며 걸어야지."

"전하께서 갑자기 앞을 막으니까 그렇지요."

"난 아까부터 여기에 서 있었소. 내 앞에서 왕비가 멈출 줄 알았지."

카세르가 웃으며 말했다. 바로 앞에 있는 사람을 발견하지 못하고 와서 부딪치는 그녀 행동은 다시 생각해도 웃음이 나왔다.

카세르는 천장으로 시선을 올렸다.

"위에 뭐가 있소?"

"아니에요. 그냥…… 생각하다가."

"무슨 생각?"

더 바짝 다가오는 그와 눈이 마주치자 유진은 말문이 막혔다. 잠깐 머릿속이 하얗게 비었다가 굳이 그의 질문에 대답할 필요가 없음을 깨달았다.

유진은 그의 가슴을 가볍게 탁, 치고 새침하게 그를 밀어냈다. 순순히 유진을 놓아주고 뒤로 물러난 그가 방향을 바꿔 유진의 옆으로 섰다.

"놀랐잖아요."

"어디 가는 길이오?"

"목적지는 없어요. 의사가 시키는 대로 산책하는 중이에요. 전하는 어디 가세요?"

"나도 산책 중이라오."

"전하는 왜요?"

"산책에 꼭 이유는 없지."

두 윗전의 뒤를 따르는 시녀와 시종들의 걸음이 서서히 느려지다가 시종장이 보내는 신호에 따라 완전히 멈추었다. 어두운 복도 저편으로 두 분의 뒷모습이 멀어지면서 나누던 대화 소리도 작아졌다.

시종장은 흐뭇한 표정으로 바라보다가 고개를 돌렸다. 자기들끼리 소리 죽여 시시덕거리던 궁인들이 찔끔하는 표정으로 얼른 고개를 숙였다.

시종장이 혀를 찼다.

"봐도 못 본 척, 들어도 못 들은 척. 알겠느냐?"

"예, 명심하겠습니다."

시종장이 손짓으로 돌아가라고 신호를 보냈다. 궁인들이 왔던 방향으로 돌아서서 조용히 움직였다.

허락 없이 윗전의 시중을 팽개치는 무엄한 짓이었지만, 시종장은 걱정하지 않았다. 왕께서 이번 일을 꾸중하시지 않을 거라는 확신이 있었다.

유진은 뒤따라오는 사람이 아무도 없다는 사실을 뒤늦게 알아차렸다. 이미 사람 그림자도 보이지 않았다.

"우리 걸음이 너무 빨랐나 봐요."

카세르는 기척이 느껴지지 않는 사실을 이미 아까 알았지만 모르는 척했다.

"다시 불러오라고 할까?"

"아니에요. 딱히 필요한 것도 아니고. 전하는 뒤에 누가 따라다니는 거 신경 쓰이지 않으세요?"

"시킬 일이 있을 때 바로 부르면 되니까 편하지."

'사람 부리는 게 당연한 왕족은 역시 이래야 하는 건가. 난 어쩔 수 없는 서민인가 봐.'

"아직 불편해?"

"불편한 정도는 아니에요. 전보다는 익숙해졌어요."

"아니, 그 질문 아니라 속은 어때?"

"아. 괜찮아요."

유진은 아까 꾀병을 부렸다는 죄책감 때문에 다시 강조해서 말했다.

"정말 아주 괜찮아요. 속도 편하고 아무렇지도 않아요."

걷다 보니 어느새 복도가 끝났다. 두 사람은 복도 끝에서 방향을 왼쪽으로 꺾으면 계단으로 올라가는 모퉁이에 이르렀다. 모퉁이 벽은 완전히 막혀 있지 않고 사람 키만큼 긴 창문이 달렸다.

창문은 여닫을 수 있는 구조였다. 바깥으로 약간의 돌출 부분이 테라스처럼 나와 있었다. 이런 비슷한 구조의 창이 성 곳곳에 있었다.

창을 통해 달빛이 쏟아져 들어왔다. 유진은 창문으로 바짝 다가가서 하늘을 올려다보았다.

'붉은 달……'

활동기에 불그스름하게 변하는 달이지만, 달빛마저도 붉지는 않았다. 손으로 살짝 밀었던 창문이 힘없이 열리자 그녀는 주춤 물러섰다.

"열려 있어요."

"관리 소홀이군."

유진이 재빠르게 변명했다.

"저 때문일 거예요. 오늘 대대적으로 창문 닦기를 한다고 들었어요. 그런데 저녁때 제가 아프다고 해서 소란스러웠잖아요. 그래서 마지막 점검을 놓친 것 같아요. 그러니까 나무라지 마세요."

자신의 꾀병 핑계 때문에 일이 잔뜩 늘어났을 텐데 왕께 야단까지 맞으면 궁인들에게 아주 미안했다.

카세르가 가볍게 웃었다.

"당신 때문이라는 말은 동의할 수 없지만, 내가 참견할 일은 아니야. 관리자는 당신이니까."

"아……."

유진은 다시 시선을 앞으로 돌렸다. 정말 이 거대한 왕성 살림을 자신이 맡게 되는 걸까. 약간은 겁이 나면서도 우쭐해지는 듯한 기분이 들었다.

유진은 조금 열린 창문을 더 손으로 밀어 활짝 열었다. 지나가다가 이런 구조의 창문을 보면 바깥으로 나가 보고 싶다고 전부터 생각했다.

주변에 아무도 없었으면 실행했을 것이다. 그런데 뒤에서 따라오는 시녀들 때문에 엉뚱한 짓을 내키는 대로 할 수가 없었다.

유진은 그를 돌아봤다. 그가 살짝 미간을 찌푸렸으나 별말 없이 서 있자 그녀는 과감하게 창문을 통해 나갔다. 돌출 부분은 제법 넓었고 얇은 난간도 있어서 무섭지 않았다.

그녀는 아래를 내려다보았다. 그가 뛰어내렸던 응접실 높이와 비슷하거나 약간 더 높아 보였다. 그녀의 옆으로 카세르가 와서 섰다.

"전하. 여기로 나와 보셨어요?"

"아니."

"어릴 때도요?"

"어릴 때는 왜?"

"어릴 때는 모험심이 넘치잖아요. 호기심도 많고 어디든 다 가고 싶죠. 특히 이런 위험해 보이는 곳은요."

"당신은 그랬나?"

유진은 무심코 대답하려다가 등에서 식은땀이 났다.

"기억이 안 나서 모르겠어요."

실수할 뻔했다. 유진은 슬쩍 그의 눈치를 살폈다. 그의 표정만으로는 일부러 유도하는 질문을 했는지 알 수 없었다.

"갑자기 높은 곳에서 떨어져도 다치지 않나요?"

"프라즈가 저절로 반응하겠지."

"어느 정도 높이까지 괜찮아요? 다른 사람과 함께 뛰어내려도 되나요?"

"내가 당신 앞에서 뛰어내린 게 그렇게 인상적이었어?"

"이런 질문이…… 불쾌하세요?"

카세르는 잠시 생각하다가 고개를 저었다. 지금껏 그가 프라즈를 쓰는 능력을 신기한 재주인 것처럼 말하는 사람이 없었다.

그녀의 질문은 생소했지만, 의도가 느껴지지 않았다. 그래서 기분 나쁘지 않았다.

"거북하지는 않아?"

"제가요? 어떤 점이요?"

"이것도 당신은 기억 못 하겠군. 프라즈와 라미타는 물과 기름과 같아. 예민한 아니카는 왕의 프라즈에 민감하게 반응해. 왕이 근처에 다가오기만 해도 질색하며 도망가는 아니카도 있지."

"정말요?"

'이건 또 처음 듣는 소리네.'

모르는 정보가 워낙 많아서 이제는 반쯤 체념하는 심정이었다.

'어떻게 내가 모를 수가 있지?'라는 마음에서 '이걸 몰랐네. 기억해 두자.'라는 쪽으로 생각을 바꿨더니 오히려 마음이 편했다.

"전혀 모르겠어요. 제가 아주 둔한가 봐요."

카세르는 시선을 돌려 난간 아래쪽을 내려다보았다. 그는 내색하지 않고 안도했다. 그녀가 거부감을 참고 견디는 게 아니라서 다행이다.

"어느 정도 높이까지 괜찮은지는 측정해 보지 않아서 모르겠고. 이 높이라면 당신은 안고 뛰어도 괜찮을 것 같군."

"네?"

유진은 화들짝 놀랐다. 하지만 웃음을 터뜨리는 그를 보며 눈을 가늘게 좁혔다.

'누가 그러면 겁먹을 줄 알고.'

유진은 고소 공포증이 없었다. 스트레스가 한계까지 쌓이면 놀이동산에 가서 몇 시간 동안 과격한 놀이기구를 타기도 했다.

"좋아요."

"이 높이를 만만하게 보지 마."

"정말 괜찮아요. 재밌을 것 같아요."

"허세 부리지 말고."

"제가 별로 겁이 없어요. 음…… 기억은 안 나지만 없는 것 같아요."

큰소리를 땅땅 치는 그녀를 보고 있으니 카세르는 짓궂은 마음이 들었다.

카세르가 몸을 숙여 그녀의 오금 아래에 한쪽 팔을 넣어 안아 들었다. 유진의 눈이 동그랗게 커졌다. 아까 바깥에서도 느꼈지만, 그가 너무 가볍게 자신을 들어서 종이 인형이 된 것 같았다.

그가 곧바로 난간 위에 올라섰다. 유진은 그가 자신을 안고서 가느다란 난간 위에 흔들림 없이 균형을 잡고 서 있는 것부터가 신기했다. 그녀는 그의 목을 감은 팔에 힘을 주었다.

"울지 마."

"안 울어요."

"그만할까?"

"준비됐어요."

유진의 눈동자가 기대감으로 반짝거렸다. 개구쟁이 소년 같은 표정이 카세르의 마음을 기묘하게 건드렸다.

순수함이 드러나는 이런 표정을 더 자주 볼 수 있다면 몇 번이라도 뛰어내릴 수 있었다.

그는 불과 얼마 전에 이런 비슷한 일로 꽤 오래 고민했다. 작은 일탈이 큰일로 이어질 것처럼 심각했으면서 지금은 진지하게 생각하지 않았다.

그녀의 기대를 저버릴 수 없으니 이쯤 되면 카세르도 물러설 수 없었다. 그가 난간을 박차고 뛰는 순간에 유진은 숨을 들이마신 채 호흡을 멈추었다.

유진은 그의 온몸을 감싸는 프라즈를 황홀하게 바라보았다. 푸른 불꽃이 자신도 집어삼키는 것 같았다.

눈앞의 풍경이 느릿한 장면으로 흘러갔다. 추락하는 짜릿한 감각을 느끼지 못할 정도로 환상적인 광경에 정신을 빼앗겼다.

그는 소리 없이 착지했다. 중력의 영향을 전혀 받지 않는 듯이 아주 가벼웠다.

그의 목을 꽉 끌어안은 채 유진은 눈을 꽉 감았다가 벅찬 기분을 진정시키며 눈을 떴다.

"괜찮아?"

눈이 마주친 그의 표정에 걱정이 가득했다. 유진은 그를 보며 활짝 웃었다.

"최고였어요."

터지는 웃음을 계속 흘리는 그녀의 입술에 그의 입술이 닿았다. 가벼운 버드 키스가 분위기를 순식간에 바꿨다.

유진의 웃음소리가 잦아들었다. 서로를 바라보는 두 사람 사이에 긴장이 감돌았다.

다시 다가오는 그의 얼굴을 보며 유진은 눈을 내리떴다. 심장이 아플 정도로 뛰었다.

대대적인 라크 사냥이 무사히 끝났으니 며칠 안으로 그가 시종을 보낼 거라고 예상했다. 솔직히 말해서 아까 외출 준비를 하며 '어쩌면 오늘?'이라고 은근히 기대했다.

그의 입술이 닿는 순간에 유진의 입술이 벌어졌다. 그가 유진의 입술을 삼키며 입술 사이를 가르고 깊이 혀를 밀어 넣었다.

유진은 눈을 감았다. 그는 아직 유진을 안고 서 있었다. 그녀의 등 아래를 받친 손과 무릎 아래를 들어 올린 팔에 힘이 들어갔다.

그녀의 입 안을 훑은 뜨거운 열기가 그녀의 혀를 휘감았다. 미끈하게 마찰하는 감각에 오싹 소름이 돋았다.

"으응……."

유진의 목 안에서 작은 신음이 저절로 흘렀다. 그녀는 마치 자신이 가르릉대는 고양이 같다고 생각했다.

그녀가 느끼는 만족스러움은 진짜였다. 그가 탐욕스럽게 자신의 혀를 빨아들이면 손가락 끝이 짜릿하게 저렸다.

그가 살짝 방향을 틀어 그녀의 입술을 덮었다. 빈틈없이 맞물리는 두 사람의 입술이 깊이 결합했다. 서로의 입술을 맛보고 타액이 섞이는 키스에 무아지경으로 빠져들었다.

그녀의 날숨마저도 그가 받아 마셨다. 다급히 밀어붙이는 키스에 유진은 코로 숨을 쉬면서도 숨이 가빴다.

그는 마치 그녀의 입술과 입 안 전부를 샅샅이 맛보겠다는 듯이 몰두했다. 그녀의 입술을 훑고 깨물었다가 그녀의 입술 안쪽의 여린 살을 혀끝으로 문질렀다.

그에게 안겨 공중에 뜬 자세 때문인지 유진의 머릿속이 더 빙빙 돌았다. 멀미가 날 것 같았다. 유진은 그의 목을 감았던 팔을 풀면서 그를 밀어낼 듯 몸을 뒤틀었다.

끈질기게 들러붙던 그의 입술이 떨어졌다. 두 사람의 입술이 떨어진후 약간의 틈을 두고 그가 빨아들이던 그녀의 혀를 놓아주었다.

그녀는 가쁘게 몸을 몰아쉬었다. 혀뿌리가 당기도록 강하게 빨렸던혀가 약간 얼얼했다. 그 감각이 부끄러워 그녀는 시선을 내렸다. 귓가에후끈후끈 열이 올랐다.

그의 입술이 유진의 눈가, 볼, 입가에 부드럽게 닿았다가 떨어졌다. 입술만 닿은 가벼운 키스가 이어졌다. 간지러워서 유진은 웃음을 터뜨렸다.

그가 유진의 턱 밑에 키스하고 이를 세워 목을 깨물었다. 갑작스러운자극에 놀란 유진이 눈을 들었다.

마주친 그의 눈동자가 짙었다. 그늘이 져서인지, 정말 눈동자 색이 변한 것인지 알 수 없었다.

"유진."

그녀의 이름을 속삭이는 그의 목소리가 탁하게 가라앉았다. 유혹하는것 같기도 하고 허락을 구하는 것 같기도 했다.

유진은 작게 한숨을 내쉬며 느릿하게 눈을 감았다가 떴다. 불규칙하게 뛰는 심장 소리가 요란했다. 자신의 귓가에 쿵 쿵 울리는 소리가 들렸다.

"방으로…… 가요."

꽉 잠긴 목소리가 이상했다. 유진은 목을 가다듬다가 갑자기 그가 빠르게 걷자 얼른 그를 붙들었다.

주변 경관이 휙휙 지나갔다. 그는 거의 뛰다시피 걷고 있었다.

"아!"

갑자기 몸이 붕 떠올랐다. 유진은 땅이 멀어지는 광경을 보며 눈이 휘둥그레졌다. 그가 높은 곳에서 뛰어내리는 것만 가능한 게 아니라 뛰어오를 수도 있다는 사실을 알게 되었다.

'우와. 엄청나구나.'

마하 사람들이 왕을 신처럼 받드는 이유를 알 만했다. 인간 외의 존재라는 느낌이었다. 우주로 사람을 보낼 정도로 과학이 발달한 세상에서 살았던 유진도 저절로 경외심이 들었다.

카세르가 땅을 박차고 뛰어올라 발코니 난간에 착지했다. 발코니로 내려와서 방으로 이어지는 발코니 창을 밀었으나 잠겨서 열리지 않았다.

그는 잠금쇠가 달린 근처 유리를 깨뜨리고 잠금쇠를 풀었다. 일련의 과정은 잠시의 망설임도 없이 자연스러웠다.

"창을 깼어요, 지금……?"

유진이 놀라 말했다.

"……나도 알아."

그는 창을 밀어 열고 방으로 들어갔다. 어둑한 방 안으로 성큼 걸어 들어갔다.

"여긴 어디예요?"

"글쎄."

"누가 쓰는 방일 수도 있잖아요."

"비어 있는 방이야. 손님맞이 때 쓰는 방이 모인 곳이니까."

유진은 외웠던 성안 구조를 떠올렸다. 대충 여기가 어디쯤인지 떠올랐을 때 그녀의 엉덩이가 푹신하게 눌렸다.

유진을 침대에 내려놓은 그가 곧바로 그녀의 몸 위로 올라갔다. 숨 고를 틈도 없었다. 그에게 떠밀려 유진의 등이 곧바로 침대에 닿았다.

위에서 덮쳐 누르는 입술이 그녀의 입술과 호흡을 단번에 삼켰다. 그녀의 입 안으로 침입한 뜨거운 살덩이가 그녀의 혀를 감아올렸다.

"훗."

저릿한 감각이 손끝에서 팔꿈치까지 타고 올라갔다. 손가락을 바르작거리던 유진이 두 팔을 그의 목에 감았다.

커다란 손이 그녀의 턱 아래와 목을 받쳐 잡았다. 살짝 그녀의 상체가 떠올랐다. 가느다란 팔이 그의 목을 안아 자연스레 그에게 매달리게 되었다.

잠깐 떨어진 입술이 다시 겹쳐졌다. 맞닿은 입술이 타액으로 미끈거렸다.

그의 키스는 섹스 같았다. 부드럽게 핥다가 거칠게 그녀의 혀를 빨아들이고 뜨겁게 입술을 문질렀다.

무엇보다도 그의 키스는 그녀를 갈망하는 조급한 심정이 노골적으로 담겼다. 그녀는 자신에게 흠뻑 취한 남자의 욕망이 기꺼웠다.

흥분도 전염이 되는 걸까. 급격히 체온이 오르고 달뜬 숨이 흘러나왔다.

"아……."

그의 손이 가슴을 움켜쥐었다. 떨어진 입술이 그녀의 귓불을 물고 귓가를 핥았다.

그가 상체를 살짝 일으키자 유진의 상체도 일어나 반쯤 일어나 앉게 되었다. 그녀의 두 팔은 그의 목을 감고 있었지만, 느슨하게 풀려 있었다. 그녀의 등을 받치는 그의 손이 아니었으면 불편한 자세를 유지하도록 버티지 못했을 것이다.

재차 키스가 이어졌다. 그는 자신의 혀로 그녀의 혀를 얽으면서 흐르는 타액을 삼켰다. 한 손이 그녀의 등 뒤에서 단추를 풀었다.

유진은 툭 툭 단추가 열릴 때마다 몸에 딱 맞도록 감싼 옷감이 풀어지는 것을 느꼈다.

마하는 단추 제조 기술이 발달해서 단추를 널리 사용했다. 옷을 입고 벗을 때마다 꿰매거나 뜯는 등의 끔찍한 짓을 하지 않아도 되었다.

다만, 귀족과 평민의 옷은 단추 위치가 달랐다. 시녀들의 옷은 단추가 앞에 달렸다. 유진이 입는 옷은 단추가 등에 있었다. 허리까지 촘촘히 내려오는 작은 단추를 끼어 입으려면 반드시 도와주는 시중인이 필요했다.

잠시 딴생각하는 사이에 단추가 전부 풀리고 그의 손이 비집고 들어왔다. 선뜻한 감각에 유진의 몸이 흠칫 놀랐다. 거침없이 자신을 만지는 남자의 손길이 거북하지 않아서 기분이 이상했다.

얇은 속옷 위로 그녀의 가슴을 쥔 손이 힘을 주었다. 곧바로 상의를 벗겨 낸 그가 속옷마저 위로 끌어 올렸다.

그는 붉은 정점이 도드라진 뽀얀 가슴을 눈에 담았다. 잠시 그는 넋을 놓았다. 말랑말랑하고 보드라운 촉감을 기억하는 입 안에 침이 돌았다.

"읏."

유진이 파르르 몸을 떨었다. 한입 가득히 가슴을 삼킨 그가 강하게 흡입했다. 입술 사이로 가슴 끝을 살짝 물어 비비듯이 문질렀다.

"아. 으응……."

어느새 그녀는 다시 누웠다. 자극받은 유두가 단단하게 곤두섰다. 그에게 가슴을 희롱당하는 동안 아랫배가 욱신욱신 당겼다.

치맛자락을 들치고 들어온 손이 그녀의 다리를 타고 올라갔다. 반사적으로 오므리는 그녀의 허벅지 사이로 파고들었다.

"흣!"

유진은 눈을 질끈 감았다. 속옷으로 감춘 은밀한 균열을 그의 손끝이 스치듯 만졌다. 부드럽게 미끄러지는 감각이 느껴져 얼굴이 화끈거렸다. 속옷이 달라붙을 정도로 그녀의 음부는 이미 흠뻑 젖었다.

"하……."

그가 한숨처럼 낮게 웃었다. 잔뜩 흥분한 그의 온몸 근육이 긴장하면서 오싹 소름이 돋았다. 손가락을 꽉 조이는 그녀의 좁은 벽 안으로 뿌리 끝까지 쑤셔 박고 싶었다.

하지만 이 정도로는 아직 그녀의 몸이 준비되지 않았다. 그는 한 마디 정도 넣었던 손가락을 뺐다가 다시 천천히 밀어 넣었다. 느릿하게 왕복운동을 시작했다.

그의 입술은 그녀의 가슴을 지분거렸다. 핥고 깨물고 문지르며 예민하게 돋은 가슴 끝을 애무했다. 한 손은 그녀의 입술을 만지고 턱을 쓸어올렸다. 그녀의 입 안에 들어간 손가락이 그 안을 휘저었다.

"웃…… 아."

위와 아래, 동시에 가해지는 다양한 자극이 그녀를 괴롭혔다. 머릿속이 몽롱하게 풀렸다. 어딘지 부족한 것 같기도 했다.

"흣. 그냥…… 해요."

"곧바로 하면 아파하잖아. 또 어깨가 깨물리고 싶지 않아."

유진은 반쯤 뜬 눈으로 숨을 헐떡이며 그를 흘겨봤다. 자국도 남지 않게 살짝 물었을 뿐인데 어울리지 않게 엄살은. 오히려 저 남자가 남기는 흔적이 자신의 온몸에 가득했다.

손가락의 움직임이 점점 빨라졌다. 빠른 마찰에 자극받은 음핵이 부풀어 올랐다. 조금씩 떠밀리듯 올라가는 쾌감이 넘칠 듯 말 듯 그녀의 애를 태웠다. 희미한 신음은 흘리며 유진은 고개를 좌우로 돌렸다.

"으읏."

짧은 빛이 눈앞에서 점멸했다. 강렬한 쾌감이 짧게 그녀의 몸을 훑었다. 턱을 들어 올린 유진의 허리가 떠올랐다. 천천히 긴장이 풀리며 몸이 늘어졌다.

유진은 눈을 깜빡이며 몸을 일으키는 그를 응시했다.

카세르는 다급히 윗옷을 벗어 던지며 피식 웃음이 나왔다. 제정신이 아닌 것 같다.

침실로 가는 그 시간도 견디지 못해서 유리를 깨고 정확히 어디인지도 모르는 방으로 들어오다니. 자신이 한 짓이지만 믿기지 않았다.

그는 정말 몸이 달아 숨 쉬는 시간조차도 아까웠다. 아까 충동적으로 그녀에게 키스한 그 순간부터 이미 그의 하복부에 잔뜩 피가 몰렸다. 잔뜩 부푼 앞섶이 팽팽했다. 이제는 아프다 못해서 감각조차도 사라진 것 같았다.

속옷과 함께 바지를 끌어 내리자마자 바지 속에서 억지로 구겨져 있던 성기가 튀어 올랐다. 찔끔찔끔 스며 나온 액으로 젖은 귀두 끝이 번들거렸다. 그는 곧바로 자세를 잡았다.

그녀의 허벅지를 잡아 벌리고 작은 입구에 끄트머리를 댔다. 천천히 허리를 밀어 넣으며 이를 악물었다. 좁은 입구가 귀두를 집어삼키며 사방에서 꽉 눌렀다.

"아아……."

유진은 숨을 몰아쉬었다. 손바닥에 잡히는 시트에 손가락을 세웠다. 아래에서부터 꽉 채우고 들어오는 단단한 기둥이 그녀의 질벽을 밀어내며 진입했다. 생생한 감각이 오싹했다.

아직 절정의 여운이 남은 질구가 움찔거렸다. 충분히 흘러나온 애액 덕분에 부드럽게 진입하고는 있으나 그가 삽입할 때는 항상 버거웠다.

꽤 오랜만이라 그런지 오늘따라 더 힘들었다. 뻐근한 통증을 느꼈다. 하지만 그와 매일 동침할 때도 수월하지는 않았다.

'많이 큰 거 같아.'

그와 꽤 많은 밤을 보냈지만, 항상 어두운 침실이었다.

그의 성기를 제대로 본 적이 없었다. 만져 본 적도 없었다. 아직 그 정도까지 과감해질 수가 없었다. 그런데 얼핏 어둠 속 그림자를 본 것만으로도 그의 성기는 거대했다.

거대한 성기가 자신의 질벽 안으로 박히는 장면을 상상하자 반사작용처럼 아랫배가 당겼다.

"유진."

들려오는 그의 호흡 소리가 거칠었다.

"긴장하지 마. 너무……."

카세르는 말을 다 잇지 못하고 호흡을 가다듬었다. 쥐어짜듯이 눌러오는 질벽이 가뜩이나 좁은 길을 조였다.

그는 상체를 숙이고 두 손을 그녀의 얼굴 옆에 디뎠다. 고개를 내려 그녀의 입술을 머금었다. 부드럽게 핥고 말캉한 입술을 빨아들였다.

"흑……."

"후우."

사타구니가 맞닿을 정도로 그가 완전히 진입했을 때 두 사람 입에서 동시에 작은 탄성이 흘렀다.

잠시 머물러 있던 그가 쑥 뒤로 빠져나갔다. 유진은 눈을 질끈 감았다. 그는 부드럽게 시작했다가 거칠게 몰아붙이기를 좋아했다.

"흐윽!"

단번에 꿰뚫렸다. 다시 빠르게 물러난 그가 끝까지 파고들었다.

"흑! 아!"

그가 힘을 실어 퍽퍽 밀어붙였다. 좁은 질벽을 넓히며 안쪽 깊이 건드렸다가 내벽을 할퀴며 빠져나갔다. 강력한 충격이 머릿속을 뒤흔들었다.

"아! 아웅!"

저절로 교성이 터졌다. 그가 박아 올리는 힘을 견디지 못하는 몸이 흔들렸다. 유진은 얼굴 옆에 있는 그의 팔을 붙들었다. 살이 부딪치는 소리가 음란하게 울렸다.

공중에서 흔들리던 다리가 그의 허리를 감았다. 두 사람의 하복부가 완전히 밀착하면서 그가 진입할 때마다 유진의 허리가 공중으로 떠올랐다. 그러면 더 깊이 박혔다. 고통인지 쾌락인지 모호한 감각이 뇌리에 번쩍했다.

"웃! 아아!"

눈을 감아도 뜬 것 같고 떠도 감은 것 같았다. 온몸이 저렸다. 사방이 어두워졌다가 밝아지기를 반복했다. 그의 눈동자가 푸르스름하게 빛나는 모습이 눈앞에서 흔들렸다.

뜨거운 쇳기가 배 속을 휘젓는 것 같았다. 엉망으로 안쪽이 뒤섞이는 기분이었다. 저절로 터지는 비명이 목 안에서 새어 나왔다.

"흑! 좀…… 천천……."

눈앞이 어지러웠다. 호흡조차도 순서가 자꾸 섞였다.

"천천히…… 하고 있어."

거짓말이 아니었다. 그는 가까스로 자신을 절제하고 있었다. 욕망에만 따르면 이보다 훨씬 더 그녀를 엉망으로 취하고 싶었다.

오랜만에 맛보는 그녀의 모든 것이 지나치게 달았다. 그녀의 쫀득한 속살을 비집고 들어가면 입 안에 단맛이 났다.

그녀를 안으면 갈증이 사라질 줄 알았다. 어째서인지 더 목이 말랐다.

자꾸 밀려오는 사정감을 간신히 견뎌냈다. 몇 번의 위기를 무사히 넘긴 자신이 대견했다.

온몸의 감각이 폭발했다. 그는 자신이 지나치게 흥분했음을 느꼈다. 다소 진정시킬 요량으로 눈을 감았다가 떴다. 하지만 그의 눈동자에서 일렁이는 푸른 빛은 오히려 아까보다 강해졌다.

"아! 흐읏!"

그가 찍어누르듯 강하게 박아 넣을 때마다 그녀의 몸이 침대에 눌렸다. 깊은 안쪽까지 건드린 그의 성기가 뽑히듯 빠르게 빠져나가며 내벽과 마찰했다.

"흐으읏!"

그녀의 고개가 뒤로 꺾였다. 비음 섞인 교성이 길게 이어졌다. 강렬한 쾌감이 예고 없이 그녀를 덮쳤다. 그녀의 허리가 휘면서 공중에 떠올랐다.

그녀의 안쪽에 깊이 박아 넣은 채 그가 움직임을 멈췄다. 경련하며 조여드는 질벽이 그의 성기를 꽉 물며 비틀었다. 그는 숨을 헐떡이며 그녀의 절정이 지나가기를 기다렸다.

질벽의 경련이 조금 느려지면서 압박하는 힘도 느슨해졌다. 그녀의 윗가슴골이 아직 오르락내리락했지만, 그는 천천히 물러났다가 다시 안을 헤집고 들어갔다.

"하읏. 흐응……."

그녀의 신음 소리는 흐느낌에 가까웠다. 절정을 느끼는 그녀의 몸은 몹시 예민해져서 안쪽을 문지르면 힘들어했다.

하지만 그녀가 느끼는 감각은 고통만이 아니었다. 그걸 알게 된 후에 그는 늘어지는 그녀의 몸에 성기를 박고 더 끈질기게 추삽질을 계속했다.

경련하는 질벽은 성기에 들러붙듯이 움직였다. 뜨겁고 쫀쫀한 근육이 성기를 감싸는 감각은 환상적이었다. 몸부림치듯 흐드러진 그녀의 몸짓과 미간을 찡그린 그녀의 표정, 그녀의 교성, 보고 듣는 모든 것이 그의 흥분감을 고조시켰다.

느릿하게 허리를 물린 그가 무게를 실어 깊이 찔러넣었다.

"하읏!"

내지르는 교성이 비명에 가까웠다. 그녀의 허벅지가 덜덜 떨렸다. 근육이 불거진 그의 단단한 팔뚝에 그녀가 손톱을 세웠다.

"아! 그만…….''

"한 번 더 가."

"흑……. 싫……. 아!"

빨라진 속도로 박아 넣던 그가 둥글게 안쪽을 치댔다. 수축과 이완을 반복하는 질벽이 갑자기 경직하면서 쫙 오므라들었다.

"아아!"

"큭…….''

그녀의 동공이 확장됐다. 유진이 울음 섞인 비명을 내지르는 동시에 그의 엉덩이 근육이 바짝 올라붙었다.

그는 괴괴하게 침잠하는 눈빛으로 그녀의 안쪽 깊은 곳에 정액을 쏟아 냈다. 그의 사정이 길게 이어졌다. 그는 모조리 다 쏟아 낼 것처럼 느릿하게 움직여 질벽과 마찰했다.

덜덜 떠는 유진의 몸이 그가 어루만지는 손길에 흠칫흠칫 놀랐다. 아까보다 훨씬 긴 그녀의 절정은 쉽게 가라앉지 않았다. 계속 숨을 할딱거리는 그녀가 간헐적으로 신음을 흘렸다.

"하아……. 하아……."

어느 정도 진정이 되고 나서야 유진은 규칙적으로 숨을 몰아쉬었다.

잘했다고 칭찬하는 것처럼 눈을 감은 얼굴 위로 가벼운 키스가 내려앉았다.

기어이 자신을 한계까지 몰아붙이는 그가 얄미웠다. 그런데 지금은 눈 뜨고 그를 노려볼 기운도 없었다.

여전히 아래쪽을 틀어막고 있던 남자의 물건이 천천히 빠져나갔다. 유진은 다리를 모을 생각도 못 하고 늘어져 있었다. 아래에서 체액이 흘러내리는 느낌이 났다. 피임할 생각을 아예 하지 않는 남자와의 정사는 지나치게 원색적이었다.

그가 만지는 대로 유진의 몸이 힘없이 돌아갔다. 그의 손이 유진의 엉덩이를 받쳐 위로 들어 허리께까지만 벗겨진 드레스를 아예 아래로 벗겨냈다.

유진은 눈을 반쯤 뜨고 움직이는 그의 그림자를 봤다.

그러고 보니 옷을 다 벗지 못했다. 아까 그가 유리창을 깨던 모습까지 생각나면서 웃음이 터졌다.

"침실로 가자는 말이었어요."

카세르는 묵묵히 그녀의 옷 벗기기에만 집중했다. 유진의 옷이 모두 벗겨졌다. 그런데 부스럭거리는 소리가 계속 들렸다.

유진은 그가 자신의 옷마저 벗는 소리라는 것을 알아차렸다. 국왕이 바지만 내린 채 왕비의 치마만 들치고 일을 치렀다. 국왕 부부가 채신 없이 이게 무슨 짓인가. 정말 엉망진창이었다. 그녀의 웃음소리는 그치지 않았다.

"전하가 유리를 깼다고 소문이 날 거라고요."

"……깨진 유리는 갈아끼면 돼."

"왕께서 유리 좀 깼다고 누가 뭐라고 하겠어요. 그런데 이유가 문제라니까요."

카세르는 모로 누운 그녀를 등 뒤에서 끌어안고 귓불을 핥다가 입을 맞추었다.

"당신도 공범이야. 아닌 척하지 마."

"제가 왜요?"

"정말 침실로 갔으면 화냈을 거면서."

"어머나? 덮어씌우지 마세요."

그녀의 아랫배를 쓸며 올라간 손이 가슴을 쥐었다. 그는 힘을 주었다가 풀면서 그녀의 가슴을 주물렀다. 손안에서 일그러지는 말랑한 촉감을 즐겼다.

"서두르라고 했잖아."

"제가 언제요?"

"난 그렇게 들었어."

유진은 엉덩이를 찌르는 단단한 것이 신경 쓰였다. 한 번으로 끝날 거라고는 생각 안 했지만, 좀 쉴 틈을 주었으면 했다.

슬금슬금 엉덩이를 앞으로 뺐으나 소용없는 노력이었다. 그녀의 다리를 살짝 쥐어 올린 그가 뒤에서 밀어붙였다. 완전히 기립한 살기둥이 젖은 입구를 열고 진입했다.

유진은 눈을 감고 한숨을 내쉬었다. 그를 떨쳐내기란 불가능하니 차라리 타협을 시도했다.

"제발…… 좀 살살 해요."

대답 없이 그가 목덜미에 이를 세웠다. 그가 느릿하게 밀어 올렸다. 유진의 몸이 천천히 흔들렸다.

"읏……."

뒤에서 넣을 때는 자극하는 부위가 달랐다. 짐승의 교미 같은 후배위만큼 깊이 건드리지는 않아도 비집고 들어오는 그의 성기가 허벅지 안쪽에 스치는 감각은 더 적나라했다.

그녀의 질 안에 가득한 체액이 마찰을 줄였다. 그의 성기가 왕복할 때마다 허벅지를 타고 흘러내리는 느낌이 났다. 그녀의 얼굴이 새빨갛게 물들었다. 이 민망한 감각에 절대 익숙해질 것 같지 않았다.

'속았어, 진짜.'

유진은 냉랭함이 뚝뚝 떨어지던 그의 첫인상을 떠올렸다. 이렇게 밝히는 남자인 줄은 몰랐다.

"아!"

느릿하던 그가 묵직하게 치밀어 올렸다. 유진의 머릿속 생각이 흩어졌다. 아무래도 오늘 밤은 제대로 자기는 틀렸다. 짧게 스치는 생각 끝으로 그녀는 눈을 감았다.

유진의 옷시중을 들던 시녀들이 한 걸음 뒤로 물러나 고개를 숙이자마자 마리안이 말했다.

"다 되었습니다. 왕비님."

"호위는 준비되었나요?"

"예, 왕비님. 대기해 있습니다."

유진은 고개를 끄덕이며 문으로 향했다. 그녀의 걸음이 늦추어지지 않도록 적절한 순간에 시녀들이 문을 열었다.

유진의 시선이 고개를 숙인 시녀들을 짧게 스쳤다. 과학이 발달하지 않은 세상이지만, 사람이 기계를 대신했다. 오히려 더 나았다. 주입된 명령대로만 움직이는 기계와 다르게 사람은 생각해서 판단하기 때문이다.

'세상의 최상위 계층 사람들에게 편리를 위한 문물의 발전은 큰 의미

가 없겠구나.'

옷 한 벌 갈아입는데도 많은 시녀를 부리는 왕비가 되고 나서야 미처 보지 못했던 부분이 보이기 시작했다.

휴대 전화나 엘리베이터 같은 현대 문물이 없어서 답답함을 느낀 건 며칠뿐이었다. 시녀를 시켜 말을 전하면 되고 계단은 천천히 올라가면 그만이었다.

모든 게 느릿한 만큼 하루도 느리게 갔다. 시간을 아끼려고 종종거릴 이유가 없었다. 시녀들을 수족처럼 부리는 생활은 과학 문명이 발전된 세상의 보통 사람으로 사는 것보다 훨씬 편했다.

복도를 걷는 유진의 뒤로 마리안을 비롯하여 시녀들이 따라붙었다.

오늘 그녀의 외출복 차림새는 왕과 함께 외출할 때와 비슷했다. 평범한 재질의 의복 위에 긴 로브를 걸쳐 입고 후드를 썼다.

뜰에 마차와 호위들이 기다리고 있었다. 그런데 마차의 크기가 전에 탔던 것보다 두 배는 되었다. 앞의 마부석은 세 사람이 앉아도 될 만큼 넉넉하고 마차의 뒤에도 사람이 매달려 서 있을 공간이 달렸다.

유진은 다섯 명의 덩치 큰 전사들이 형형한 눈빛으로 저 마차의 앞뒤로 매달린 모습을 상상했다. 인파가 쫙 갈라지는 기적을 경험할 수 있지 않을까.

'누가 봐도 알겠네. 범상치 않은 사람이 행차 나왔다고 광고를 하는구나.'

차라리 사왕과 외출할 때는 훨씬 단출했다. 하지만 바깥 구경을 하겠다며 바쁜 왕을 매번 끌고 나갈 수는 없었다.

어차피 호위 다섯 명을 타협했을 때 어느 정도는 각오했다. 유진이 다가가자 호위들이 고개를 숙였다. 스벤을 제외하면 모두 처음 보는 얼굴들이었다.

"왕비님께 인사 올립니다. 오늘 호위대를 통솔하는 과분한 임무를 맡게 되었습니다."

"잘 부탁해요, 스벤 경."

"황공하옵니다. 모든 노력을 다하여 왕비님을 보위하겠습니다. 성 밖에서는 주인님으로 칭하겠습니다."

유진은 다른 네 명의 호위들 얼굴을 살폈다. 호위대 구성에 관해서는 이미 보고를 받았으나 종이에 적힌 외모 묘사로는 누가 누군지 알 수 없었다.

마하에서 사람을 구별하는 가장 큰 특징은 머리카락과 눈동자 색이었다. 그런데 근처에 등을 켜 두었어도 날이 어두워서 분간이 어려웠다.

하지만 유진은 환한 낮이라도 아마 구별할 수 없을 거라고 생각했다. 그녀는 갈색을 수십 가지로 분류하는 방식에 익숙하지 않았다. 그녀가 보기에는 그냥 다 갈색이었다.

스벤은 유진이 호위들을 유심히 살피자 전사들에게 말했다.

"왕비님께 인사 올려라."

스벤이 스스럼없이 지시를 내리는 모습에서 유진은 다들 스벤보다 낮은 직급일 거라고 짐작했다. 호위대 구성은 스벤에게 맡겼으니 알아서 편한 사람으로 골랐을 것이다.

"메튜 안센. 왕비님께 인사 올립니다."

전사들이 한 명씩 차례대로 자신을 소개했다. 유진은 이름과 사람을 정확히 매치하기 위해 외모의 특징을 머릿속에 담았다.

유진이 마차에 올라타고 잠시 후 마차가 출발했다. 배웅 나온 마리안과 시녀들이 깊이 고개를 숙였다. 한참 후에 고개를 든 마리안의 표정에 수심이 가득했다.

'아무 일 없이 무사히 잘 다녀오셔야 할 텐데.'

하지만 잠시 후 돌아서는 마리안의 표정이 풀렸다. 자신의 실수를 깨닫고 약간은 어이없는 웃음을 흘렸다.

'노파심이 늘었네. 괜한 걱정을 하고 있군.'

무려 다섯 명의 전사가 호위로 왕비님 곁을 지키는데 별일이 있을 리가 없었다.

전사는 대단한 고급 인력이었다. 특히 요즘 같은 활동기에 왕비님의 호위로 전사를 다섯이나 곁에 붙인 왕의 결정은 파격적이었다.

'왕비님도 아시려나?'

왕비님은 기억을 잃은 후 상식적인 일도 종종 잊으신 터라 이번 호위의 의미도 어쩌면 모르실 것이다.

'다녀오시면 왕비님께 슬쩍 말씀드려 볼까.'

호위 다섯 명이 간소해 보여도 그들이 모두 전사라는 사실은 특별했다. 병사 일백 명으로 구성된 호위대가 겉보기에만 화려하고 훨씬 격이 낮았다.

'그만큼 전하께서 신경을 쓰신다는 거니까. 왕비님도 아셔야지.'

부쩍 가까워진 두 분을 볼 때마다 마리안은 자신이 사랑에 빠진 듯 설레었다. 두 분의 사이를 더욱 부드럽게 만들 어떤 계기만 생겨도 눈이 번쩍 뜨였다.

요즘 마리안은 아침에 일어나면 하루의 시작이 즐거웠다. 좋은 소식만 기다렸다. 두 분의 아기님을 안아 볼 수 있다면 바랄 게 없었다.

마차가 이동하는 동안 유진은 마하에서 특별한 위치를 차지하는 '전사'라는 신분에 대해 생각했다.

'체격부터가 남다른 거 같고.'

스벤을 비롯한 다섯 명 모두가 키와 덩치가 엇비슷했다.

'사왕도 스벤과 비슷해 보였지.'

사왕이 궁인들과 함께 있을 때는 그의 머리 하나가 위로 쑥 올라온 것처럼 단번에 차이가 눈에 띄었다. 그런데 광장에서 봤던 행인들의 체격은 궁인들과 비슷했다.

그러니까 궁인들의 키와 체격이 보통 사람의 평균이라고 보면 될 것 같다.

'다섯 명이 전부 손목에 팔찌를 끼고 있던데. 신분증 같은 걸까?'

가느다란 검은 가죽 줄에 구슬 같은 것이 꿰어 있는 팔찌였다. 남자 다섯이 장신구를 맞춰서 할 리는 없을 테니까 의미가 있는 물건일 것이다.

마하에는 특별한 무인 계급이 존재했다.

왕국에서는 전사, 성도의 상제 밑으로는 기사.

그들은 단지 남다른 체격과 힘으로 줄 세워서 뽑은 인재가 아니었다. 본인이 원한다고 누구나 전사 혹은 기사가 될 수 없다.

그들은 보통 사람들과 남다른 능력을 타고났다. 무기에 특별한 기운을 실을 수 있었다.

왕의 프라즈와 비교할 수는 없어도 어쨌든 초능력의 일종이었다.

전사들은 비전을 전수받아 훈련을 통해 능력 강화가 가능했다. 왕국마다 보유한 비전이 있어서 왕은 전사들에게 비전을 주고 왕국의 검으로 육성했다.

전사들이 무기를 휘두르면 강력한 절삭력으로 목표물을 베어 낸다. 힘으로 베는 게 아니라 초능력이기 때문에 체력 손실이 적으면서 더 위력적이었다. 보통 사람은 절대 전사의 상대가 되지 못했다.

아주 위험한 인간 무기이지만, 세상에 위협이 되지는 않았다. 그들이 무기를 겨누어야 하는 적은 라크였다. 그래서 일반인을 해치면 아주 엄한 처벌을 받았다.

'일단 나는 전사의 능력을 혈통이라고 설정하기는 했는데…….'

아버지가 전사라고 해서 아들이 반드시 전사는 아니지만, 전사의 능력이 발현되려면 윗대 조상에 전사가 있어야만 했다.

'하지만 내가 만든 설정이 완벽히 들어맞지는 않으니까 또 모르지.'

마차가 멈추었다. 유진이 커튼을 슬쩍 열어 바깥을 보자 광장의 나무가 보였다.

바깥에서 마차의 문을 두드렸고 얼마간 기다렸다가 스벤이 문을 열었다.

"스벤 경. 물어볼 것이 있으니 들어와요."

"……예. 주인님."

잠시 머뭇거린 스벤이 마차 위로 올라탔다. 그는 문을 열어 둔 채 안에 들어갔다.

마차 내부가 널찍해서 마주 보는 방향의 좌석에 앉아도 서로의 무릎이 닿지 않았다. 유진은 스벤에게 앉으라고 권한 후 말했다.

"전하께서 따로 경에게 이른 말씀은 없었나요?"

유진은 오늘 외출을 나오면서 따로 왕에게 허락을 구하지 않았다. 그는 외출할 때 허락받을 필요가 없다고 말한 적이 있었다.

그래서 유진은 호위대 구성이나 외출 결정 등을 모두 마리안에게 맡겨서 준비했다.

하지만 그래 봤자 유진은 왕의 눈을 피해서 뭔가를 한다는 건 불가능하다는 사실을 잘 알았다. 마리안도, 오늘 호위하는 전사들도 모두 왕의 사람들이었다.

스벤에게 '내가 어딜 가고 무엇을 봤는지 나중에 왕께 보고할 거냐.'라고 대놓고 물을 수는 없어서 슬쩍 돌려 물었다.

"가면 안 되는 곳을 말씀하셨습니다."

"가면 안 되는 곳?"

"예. 혹시 왕비님께서 저장소에 가겠다고 하시면 그곳으로는 모시지 말라고 하셨습니다."

왕은 '그래도 왕비가 가겠다고 하면 내가 허락하지 않았다고 해.'라고 말을 덧붙였으니 비밀 지시가 아니었다. 그래서 스벤은 부담 없이 말했다.

"저장소? 이 근처에 저장소가 있어요?"

"아닙니다. 한참 가야 합니다."

"내가 왜 저장소를……."

유진은 문득 예전에 그와 했던 대화가 떠올랐다.

'혹시 내가 씨앗으로 등급 시험을 할까 봐?'

그게 언제 일인데. 이미 그녀는 완전히 잊고 있었다.

'하여간 그 남자. 은근히 뒤가 길다니까.'

유진은 그 남자와 적이 되면 몹시 피곤하겠다는 추측에 확신을 더했다.

"그 외에 가면 안 된다는 곳은요?"

"없었습니다."

"다른 말씀도요?"

"예. 저장소 말씀 외에는 없었습니다."

"오늘 나는…… 지난번에 갔다가 되돌아온 그 거리에 가려고 해요."

유진은 이유를 말하지 않고 스벤의 반응을 살폈다.

"예. 왕비님."

스벤은 의문 없는 표정으로 순순히 대답했다. 유진은 스벤의 표정만으로는 아무것도 읽을 수 없었다. 스벤이 마차에서 내린 후 유진 역시 일어나며 한숨을 내쉬었다.

'다들 속내를 감추는 데 능숙할 텐데 내가 헛된 노력만 하는 거지……. 모르겠다. 골치 아프게 머리 굴리지 말고 감추지도 말자.'

유진은 호위들과 그 폐쇄된 여관이 있던 거리로 갔다. 광장은 오늘도 여전히 붐볐다. 활동기인데도 라크가 나타나지 않은 지 오늘로 나흘째였으니 사람들은 이 잠깐의 평화를 즐기는 것 같았다.

상단의 창고가 모여 있다는 거리의 풍경은 지난번과 비슷했다. 늦은 시간에도 부지런히 일하는 일꾼들이 많았다.

그러나 지난번 외출과 차이가 있었다. 유진은 자신의 일행을 흘끔거리는 시선과 피해서 멀리 돌아가는 행인을 몇 번 봤다.

'역시 눈에 띄는구나.'

범상치 않은 일행이라고 생각하는 것 같았다. 혹시 전사들이라는 걸 아는 건가 해서 호위들의 손목을 확인했다. 소매 안쪽으로 팔찌를 넣었는지 안 보였다.

'전사라는 걸 몰라도 딱 보면 평범하지는 않지. 내가 지나가는 사람 입장이라도 괜히 골치 아픈 일에 엮일까 봐 멀리 돌아가겠네.'

폐쇄한 여관 앞에 도착했다. 유진은 며칠 전에 봤을 때와 달라진 게 없는 여관을 차분히 훑어보았다. 그녀는 나무를 덧대 못 박은 창문을 쏘아보았다. 새로 떠오르는 장면은 없었다.

유진은 한참을 일부러 건물 주변을 빙빙 돌면서 누가 봐도 이곳에 볼 일이 있는 것처럼 미적거렸다. 대놓고 두리번거리며 근방을 유심히 관찰했다.

'내가 여기를 누구도 모르게 올 수는 없어.'

어차피 눈에 띄어야 한다면 그런 상황을 이용해야겠다.

진의 기억에서 본 그 남자든, 다른 누구든, 저 여관에 관련된 누군가가 분명히 이 근처에 있을 것이다. 그리고 수상한 일행이 와서 근처를 서

성대면 알아차리고 반응할 것이다.

'정체를 감추려는 자가 근처를 맴도는 자를 발견하면 둘 중 하나로 반응하겠지.'

도망치거나, 상대방의 의도를 알아내려고 접근하거나.

유진은 전자이기를 바랐다. 이대로 진의 과거를 다 덮어 버릴 수 있다면 그러고 싶었다.

하지만 세상일은 언제나 단순하게 가는 법이 없었다. 이튿날, 유진은 마리안으로부터 자신을 찾아온 손님이 있다는 말을 들었다.

"날 만나러 온 사람이라고요?"

"예, 왕비님. 케이지라는 중개인입니다. 제가 알기로는 고가의 예술품이나 매매가 어려운 유물의 판매자와 구매자를 중개하는 일을 합니다."

"그런 자가 내게 무슨 용무로?"

마리안은 조심스레 말했다.

"전에 종종…… 그자를 만나셨습니다. 그자가 아는 희귀한 고서 출처에 관한 정보를 구매하셨습니다."

유진은 긴가민가했다가 고서라는 말이 나오자 그 중개인이 폐쇄된 여관의 관계자라는 느낌이 확 왔다.

진의 고서 수집은 단순한 취미가 아니었다. 고서를 통해 마라의 힘을 얻는 방법을 찾으려 했다.

그런 의미에서 유진은 고서 판매자인 와콤 백작도 의심스러웠다. 활동기가 끝나고 백작이 왕국으로 돌아오면 가장 먼저 만날 사람으로 리스트에 올려 두었다.

'생각보다 반응이 직접적이고 빠르잖아.'

유진은 앞으로 두어 번 정도 더 외출해서 그 여관 주변을 서성거리려 했다.

'어제 전사들과 함께 있던 사람이 나라는 걸 알아차린 걸까? 어떻게?'

누가 들도록 소리 내어 말한 적 없고 모습을 드러내지도 않았다. 여관 근처를 둘러본 후에는 그냥 돌아가기가 아쉬워서 장터 구경도 잠깐 했다.

만약 누가 뒤를 밟았다면 호위들이 놓쳤을 리가 없었다. 하지만 그런 보고는 듣지 못했다.

"내가 그자를 자주 만났나요?"

"저는 자세히는 모릅니다. 총관을 불러 하문하시지요."

잠시 후 사라가 불려 왔다.

"그자는 건기에 한두 번 왕비님을 알현하였습니다. 하지만 활동기에 찾아온 건 처음입니다."

"내가 그 자에게 정보를 샀다고?"

"예, 왕비님."

"그런데 전에 내가 고서 구매 내력을 확인했을 때 왜 그건 말하지 않았나?"

"왕비님께서 그자에게 지급한 정보 비용은 왕비님의 사재에서 처리하셨습니다."

"사재라니? 내가 배정받는 예산 말고 내 사재가 있나?"

당황한 마리안과 사라가 시선을 교환했다. 마리안이 말했다.

"송구합니다, 왕비님. 미처 챙겨서 말씀 올리지 못했습니다. 제 실수입니다."

사라가 덧붙여 말했다.

"왕비님의 사재라서 저희가 관여할 수 없고 정확한 규모도 알지 못합니다."

둘의 말에 유진은 고개를 끄덕였다. 누구도 모르는 개인 통장이라면 그건 '왕비'의 재산이 아니었다. 마리안과 총관은 왕실에 소속된 사람으로서 왕비의 시중을 들 뿐이므로 깜빡 잊었어도 이해가 갔다.

"그럼 내가 왕국으로 올 때 가져온 재산이라는 말이군요."

"예, 왕비님."

공돈이 생긴 기분이었다. 유진은 반갑지 않은 손님 때문에 가라앉았던 기분이 살짝 좋아졌다.

"그럼 내 사재의 규모와 지출 내력을 아는 방법은요?"

"은행장을 부르셔서 확인하시면 됩니다."

유진은 총관에게 물었다.

"내가 그 중개인에게 비용을 지급할 때도 은행장을 불렀나?"

"어음으로 주시면 그자가 환전해 갔을 거라고 추측합니다. 소인은 실제로 왕비님께서 그자에게 비용을 주시는 모습을 본 적은 없습니다."

'어음?'

유진은 은행장을 불렀을 때 그것도 확인해야겠다고 생각했다. 만약 진이 특별한 사인을 넣은 어음을 작성했다면 그 방법을 알아내야 한다.

"보지 못했다면서 그자와 거래한 사실을 어떻게 알지?"

"그자와 거래하실 때 동석했던 시녀한테 전해 들었습니다."

"동석했던 그 시녀……."

그 시녀가 누구냐고 물으려다가 유진은 말을 멈추었다.

"실종된……?"

"예, 왕비님."

"……그럼 총관은 내가 그자를 만나서 이야기하고 거래하는 모습은 본 적이 없다는 거군."

"예, 왕비님."

"알겠네. 그리고 은행장을 만나 봐야겠군. 오늘 볼 수 있겠나?"

"예, 왕비님. 말씀을 전하겠습니다."

사라가 나간 후 유진은 생각에 잠겼다. 진과 직접적으로 관계된 자가 성으로 찾아온 이상 계속 모른 척할 수는 없었다. 무슨 이유로 찾아왔는지, 와서 무슨 이야기를 할지도 궁금했다. 하지만 그자와 단둘이 만나기는 껄끄러웠다.

'진도 시녀를 동석해서 그자를 만났단 말이지.'

진은 조심성이 많았다. 절대 그자와 단둘이 만나지 않았을 것이다.

'전에는 진이 총애하는 시녀들이 있었지만······.'

그 시녀들은 모두 실종되었다. 유진이 지금 가까이에 두고 쓰는 잔느는 모든 걸 믿고 맡길 만한 측근이라기에는 부족했다.

그리고 마리안 역시.

유진이 고개를 들었다. 눈이 마주친 마리안이 살짝 시선을 내렸다.

"마리안. 날 찾아온 손님은 이번이 처음인가요? 혹시 나 모르게 돌려보낸 사람이 있다거나?"

마리안이 굳은 표정으로 대답했다.

"왕비님. 왕비님께 알현을 청하는 자를 어찌 감히 제 선에서 자를 수 있겠습니까. 그런 일은 없었고 앞으로도 절대 없을 겁니다."

"마리안을 의심해서 한 말은 아니었어요. 오늘 누가 날 찾아왔다고 하니까······."

유진은 쓴웃음을 지었다. 한 달 넘도록 왕비를 찾아온 자가 아무도 없다는 상황은 절대 정상이 아니었다.

진이 얼마나 폐쇄적으로 생활했는지 알겠다. 이젠 그걸 용인한 이곳 사람들이 대단하다는 생각이 들었다.

"그자를 만나 보겠어요. 들여보내라고 해요."

"예, 왕비님."

밖으로 나가는 마리안의 표정이 흐려졌다. 언젠가 왕께 '자연스럽게 왕비님께서 기억을 찾으시도록 도와야 한다.'라고 조언했다.

하지만 정작 계기가 될 만한 사건이 생기자 마리안의 마음이 조마조마했다.

얼마 후 마리안이 남자를 데리고 들어왔다. 마리안의 곁에서 왜소해 보일 정도로 남자는 체격이 작았다. 어깨를 구부정하게 숙인 자세 때문인지 더 작아 보였다.

유진은 남자를 보자마자 손을 움찔했다.

'그 남자다.'

폐쇄된 여관 앞에서 봤던 장면에 등장한, 진의 앞에 엎드려 붉은 눈으로 진을 올려다보던 그 남자였다.

사교도의 제사장급이 그동안 왕성을 드나들었다니. 저런 자를 왕성까지 끌어들인 진에게 화가 치밀었다.

'진짜 이름은 케이지가 아니야.'

남자의 얼굴을 보자 누가 옆에서 속삭이는 것처럼 저 남자를 부르던 진의 목소리가 들렸다.

「호드리고」

남자는 몇 걸음 더 다가와서 코가 바닥에 닿을 정도로 허리를 꺾었다.

"고귀하신 아니카께 무궁한 영광이 함께하시기를. 미천한 놈이 인사 올립니다."

유진은 호드리고를 내려다보다가 현재 응접실에 누가 있는지를 생각했다. 마리안 외에 문가에 시녀가 둘이 있고 반대편 구석에도 대기해 서 있는 시녀가 둘이 더 있었다. 유진이 앉은 소파에서 몇 걸음 떨어진 곳에는 잔느도 있었다.

"어쩐 일인가?"

"소인이 다급히 올릴 말씀이 있어서 무례를 저질렀습니다. 너그러이 용서하여 주시옵소서."

"다급한 일?"

"예. 그전에……."

남자는 좌우를 흘끔 돌아보며 말했다.

"긴히 올릴 말씀이라 듣는 귀가 많습니다."

유진은 남자가 어떻게 대처하려는지 궁금하여 시녀 둘을 내보냈다.

"되었나?"

"아주 중요한 일입니다."

유진은 문가에 있는 시녀 둘도 내보냈다. 이제 응접실에는 마리안과 잔느만 남았다. 마리안의 표정은 조금 굳었지만, 나서지는 않았다.

"이제 되었나?"

"예."

남자가 히죽 웃었다.

"그리고 두 분 시녀님들께 당부드릴 말씀이 있습니다."

잔느와 마리안의 시선이 남자에게 향하는 순간, 유진은 남자의 눈동자에 붉은빛이 번뜩였다가 사라지는 모습을 보았다. 그리고 남자는 유진의 바로 앞까지 성큼 다가와서 그대로 바닥에 엎드렸다.

"성녀님께 신의 축복을. 마라의 종이 성녀님께 인사 올립니다."

긴장한 유진의 몸이 뻣뻣하게 굳었다. 심장이 덜컹 내려앉아 숨을 들이마신 채 호흡이 멈추었다.

'이자가 무슨 소릴 하는 거야, 대체 뒷감당을 어찌하려고.'

그런데 주변이 조용했다. 고개를 돌려 잔느를 보자 시선을 앞을 고정하고 멍하게 서 있었다. 다시 고개를 돌려 이번에는 마리안을 보았다.

마리안의 표정도 잔느와 비슷했다. 혼이 빠져나간 모습이었다. 아무것도 보이지도 들리지도 않는 사람이 된 것 같았다.

분명히 저 남자가 무슨 짓을 했다.

"이 두 사람은…… 전의 시녀와 다르게 특별하다. 안 좋은 영향을 주는 건 아니겠지?"

엎드린 채 고개를 드는 남자의 표정에 의아한 빛이 스쳤다.

'말실수를 했나?'

유진은 당황한 내색을 하지 않으려고 안간힘을 썼다.

'진정하자. 사람의 영혼이 바뀌었다는 사실을 누가 짐작이나 하겠어.'

유진은 필사적으로 고민했다. 진이라면 어떻게 했을까. 자신의 특권을 당연하게 누리며 시녀의 목숨을 앗는 일조차 대수롭지 않게 여기는 진이라면.

진은 절대 자신의 행동을 변명하지 않고 자신보다 낮은 자를 설득하려 하지 않을 것이다.

유진은 고압적인 표정으로 살짝 턱을 들었다. 싸늘하게 낮춘 목소리로 말했다.

"호드리고."

남자가 움찔하더니 바로 고개를 숙였다.

"예, 성녀님."

"묻는 말에 대답해라."

"염려 놓으십시오. 그저 잠깐의 기억만 사라질 뿐입니다. 성녀님."

'최면술 같은 건가?'

남자가 최면술을 동시에 걸 수 있는 사람이 최대 둘 혹은 셋인 모양이었다.

'그래서 시녀들을 내보내 달라고 한 거군.'

그렇다면 전에 진이 총애했던 시녀들도 진이 이 자와 무슨 대화를 나눴는지 몰랐을 가능성이 컸다.

짧은 고비는 넘겼으나 더 큰 문제가 남았다.

'그런데 왜 내가 성녀야?'

남자는 자신을 '마라의 종'이라고 했다. 마라를 신으로 모시는 사교도라는 사실을 숨기지 않았다. 그렇다면 남자의 입장에서는 마라의 축복을 받은 신성한 존재만이 성녀일 것이다.

'아직 진은 마라의 힘을 얻기 전이 아니었나?'

등에서 식은땀이 났다. 눈앞이 아득하게 껌껌해졌다. 아직 진이 큰일을 저지르기 전이라서 다행이라고 좋아했는데 이미 벌써 다 일을 저지른 후인가?

남자의 의심을 사지 않으면서 많은 정보를 얻어야 했다.

"경솔하다. 누가 여기 오라고 했느냐?"

유진은 '활동기에 찾아온 건 처음'이라고 했던 사라의 말을 떠올리며 남자를 비난했다.

"중요한 의식을 앞두고 성녀님께서는 소식을 전하지 않으시고, 가여운 마라의 종, 타니야가 변을 당했다는 말을 들었습니다. 성녀님의 안위를 확인하고자 하는 다급한 마음에 달려오고야 말았습니다."

남자의 말은 알아들을 수 없었으나 중요한 내용이라는 사실은 알 수 있었다. 유진은 해석을 뒤로 미루고 남자에게 사납게 소리쳤다.

"건방지구나! 내가 말이 없으면 자중할 일이지, 내가 너에게 모든 걸 보고해야 한다는 말이냐?"

"노여움을 거두어 주시옵소서. 미천한 놈이 경솔하였습니다."

남자의 쩔쩔매는 반응을 통해 유진은 진과 저 남자의 관계를 추측했다. 남자는 진을 예우하는 정도가 아니라 아랫사람으로서 복종했다.

그렇다면 남자가 부르는 '성녀'라는 칭호는 형식적인 높임말이 아니라 사교 종단 내부에서 아주 높은 위치를 상징할 것이다.

'진은 아직 마라의 힘을 얻기 전이야. 이건 확실해.'

유진은 한 달 넘도록 진의 몸으로 생활하는 동안 특별한 힘을 느끼지 못했다.

'그런데 진이 성녀라는 건 진이 이미 오래전부터 사교도들의 연결망에 소속되었다는 뜻이겠지.'

유진의 소설 속에서 진은 마라의 힘을 탐하여 홀로 방법을 찾아내 결국 마라를 소환했다는 식으로 묘사되었다.

이 부분은 굉장히 중요했다. 진은 악역이면서 동시에 비중이 큰 주인공이기 때문이다.

그런데 주인공에 관한 가장 중요한 설정이 다르다는 건 약간 어긋난다거나, 미처 생각하지 않아 빼먹었다는 식으로 넘어갈 수 없었다.

'내가 쓴 소설이 아니야.'

이번 일로 확실히 느꼈다. 그녀의 소설은 그녀가 이 세상에 익숙해지도록 도울 뿐, 그 이상의 역할은 없었다.

반대 입장을 생각해 보면 더 확실했다. 다른 차원에서 지구로 떨어진 누군가가 현대 소설을 읽는다고 지구에서 펼쳐질 자신의 미래를 알 수 없을 테니까.

미래를 안다고 믿었기에, 그래서 자신이 바라는 대로 모든 걸 바꿀 수 있다고 생각했다. '왜 하필 진 아니카가 되었냐'라고 투덜대면서도 진이 가진 부와 권력만 쏙 빼내어 유리하게 이용하면 된다고 자신만만했다.

가장 강력한 아군이자 유일한 의지 대상을 잃은 그녀는 낯선 세계에 내던져진 이방인일 뿐이었다. 이 세계는 자신의 편이 아니다. 그 사실부터 직시해야 한다.

밀려오는 공포감을 억누르며 유진은 눈에 힘을 주어 호드리고를 노려보았다. 저 남자를 통해 가능한 많은 단서를 얻어야 했다.

"너의 신중하지 못한 태도가 실망스럽다. 이래서 장차 너와 무슨 일을 도모하겠느냐?"

사극에서나 들었던 오만한 말투가 제법 매끄럽게 나왔다. 왕비로 살아온 짧은 시간이 결코 헛되지 않았다.

남자는 아직도 엎드린 자세였다. 그대로 쿵쿵 소리가 나도록 바닥에 이마를 부딪쳤다.

"용서하시옵소서. 성녀님. 용서하여 주시옵소서."

유진은 목소리가 떨리지 않도록 숨을 가다듬었다.

"특별한 이유가 있어서 너의 판단력이 흐려진 거라면 참작하겠다."

"미천한 놈이 감히 성녀님의 뜻을 읽으려 하였습니다. 어제 성소에 접근하는 자들이 있었습니다. 그래서 성녀님께서 그들을 보내신 거라고 생각했습니다."

유진의 눈빛이 흔들렸다. 역시 어제 그 여관 근처에서 지켜보는 눈이 있었다.

성소. 그 낡은 여관을 부르는 호칭이 심상치 않았다. 그럼 그곳은 이 자들에게는 중요하고 특별한 장소일 것이다.

'날 알아본 건 아니었나?'

"그들이라니?"

"전사들이었습니다."

"자세히 설명해라."

"어제저녁에 성소 주변에 수상한 자들이 있다는 보고를 받았습니다. 정체 모를 자들이 성소를 기웃거리는데 안으로 침입하거나 딱히 이상한 짓은 하지 않지만, 그냥 지나가는 자들 같지는 않다고 했습니다. 마음에 걸리는 일이 많은 터라 소인도 조심하려 했으나 타니야의 일도 있고, 혹시라도 성녀님께서 보내신 연락책일지도 모른다고 생각했습니다. 소인이 가서 보니까 전사들이었습니다. 그들은 성소 앞에 한참 서 있다가 돌아갔습니다."

'타니야.'

조금 전에도 남자가 같은 이름을 말했다. 유진은 몇 번 되뇌어 기억해 두었다.

"그래서?"

"뭘 알고 온 자들은 아닌 것 같았습니다. 떠난 뒤에도 한참 지켜봤으나 다시 성소에 접근하는 자는 없었습니다."

"어떤 자들이었지? 더 자세히."

"전사는 다섯. 전사가 아닌 자가 하나 있었습니다. 여인인 듯하였는데 정확한 신분은 알아내지 못했습니다."

'날 알아본 게 아니었어.'

유진은 안도의 숨을 내쉬었다. 혹시 사교도들끼리 서로 감응하는 방식으로 알아차린 건 아닌가 해서 식겁했다.

호드리고 같은 제사장들은 상대가 마력을 지닌 교도일 때 알 수 있기 때문이다.

'역시 진은 이름만 성녀였구나.'

진이 마력을 얻어 사교도의 성녀가 되었다면 교단에서 마라와 가장 가까운 위치일 것이다. 그런데 호드리고는 유진을 알아보지 못했고 유진 역시 호드리고를 보면서 아무것도 느낄 수 없었다.

'전사들이 그 여관 근처에서 보이니까 놀라 달려온 거로군.'

제사장급은 마라로부터 자칭 '성력'이라고 부르는 권능을 부여받았다.

성력은 특수한 기운을 감지할 수 있는 능력이었다. 제사장급 이상의 교도를 식별하여 적과 아군을 구분했다. 왕과 전사의 기운도 느낄 수 있었다.

전사를 동원하는 사교도 사냥이 벌어질 때에도 제사장들은 성력 덕분에 재빠르게 위험을 감지하고 도망칠 수 있었다. 일반 교도가 모두 잡혀도 제사장이 빠져나갔다면 어디서든 교세를 확장할 수 있었다.

비밀 유지에도 중요한 역할을 했다. 간자가 침입해도 권능이 없는 이상 간부로 올라갈 수 없으니 중요한 정보 누출의 위험이 적었다.

그래서 사교도들은 오랜 핍박 속에서도 끈질기게 살아남았다.

"어리석구나!"

유진은 언성을 높였다. 자신이 아무것도 모른다는 사실을 남자에게 들킬까 봐 사실 그녀는 몹시 초조했다.

진이 마라와 아직 연결되지 않은 건 다행이지만, 성녀라는 지위가 불안하다는 뜻이기도 했다. 호드리고는 유진이 이상한 낌새만 보여도 돌변할 것이다.

유진은 호드리고가 다른 생각을 하지 못하도록 계속 밀어붙였다.

"참으로 생각이 짧다. 왜 그들을 내가 보냈다고 생각했느냐?"

"활동기에 전사들을……."

호드리고는 고개를 약간 들어서 변명을 하던 중에 말을 멈추고 다시 이마를 바닥에 댔다.

"이놈의 어리석음을 용서하여 주시옵소서."

남자가 하는 말을 한마디도 놓치지 않기 위해 신경을 바짝 곤두세우고 있던 터에 유진은 남자가 갑자기 하던 말을 멈추자 가슴이 덜컹했다.

하지만 남자의 태도가 과거의 경험에 따른 학습된 반응이라는 사실을 깨달았다. 진은 아랫사람의 변명을 몹시 싫어했던 모양이다.

"소인은 그저 성녀님의 무사 안위만을 바랐습니다. 이토록 건재하신 모습을 뵈었으니 되었습니다. 오기 전에 만일의 경우에도 뒤탈이 없도록 손을 써 두었습니다."

유진은 흔들리는 눈으로 남자를 보다가 말했다.

"오늘 너와 긴말은 나눌 수 없다."

그녀는 일단 한 걸음 후퇴했다.

마음 같아서는 강제적인 수단을 다 동원하여 호드리고가 알고 있는 모든 정보를 탈탈 털고 싶었다.

하지만 이자는 자신의 신념에 따라 행동하는 광신도다. 협박과 고문이 통할 상대가 아니었다. 오히려 자신의 신을 위해서 기쁜 마음으로 순교할 것이다.

이자가 교단 내에서 어떤 위치이고 무엇을 아는지, 진이 마라의 종단에 어디까지 관여했는지, 아무것도 모르는 상태에서 섣부르게 건드릴 수 없었다.

'뒤탈이 없도록 손 썼다고 했지. 이자를 잡아 봤자 꼬리 자르기를 한다는 뜻이야.'

그리고 유진은 지금 머릿속이 뒤죽박죽이라 정리할 시간이 필요했다. 더 남자와 말을 섞었다가는 실수할 것 같았다.

"너는 돌아가서 내가 너를 부를 때까지 조용히 기다려라."

"분부에 따르겠습니다. 하오나……."

호드리고가 슬그머니 고개를 들었다.

"타니야가 그리되었으니……."

남자가 유진의 눈치를 살폈다. 유진은 뭐라고 반응해야 할지 알 수 없어서 우선 침묵했다.

"허락하신다면 지난번처럼 쓸 만한 아이를 보내 드리겠으니 편히 부리시옵소서."

'지난번?'

대충 상황 파악이 되었다. 전에 '타니야'라는 사람을 궁인으로 들여보냈는데 모종의 이유로 현재 왕성에 없는 것 같았다.

호드리고가 어떤 식으로 왕궁 안에 사람을 꽂는지 궁금했다. 어지간한 방법으로는 꼼꼼한 총관의 눈을 피하기 어려울 것이다.

'왕성의 보안에 빈틈이 있는 거라면 알아내야지.'

이제 왕성 살림을 관리하는 책임자로서 그냥 넘길 수 없었다. 그녀는 고개를 끄덕였다.

"성녀님께 신의 축복을. 마라의 종이 물러가기 전에 인사 올립니다."

엎드려 인사를 마친 호드리고가 일어났다. 그는 아직도 멍하게 서 있는 두 사람을 바라보며 손뼉을 두 번 쳤다. 그리고 마치 그들에게 기억을 주입하는 것처럼 말했다.

"왕비님께서 예전에 반드시 찾아야 한다고 지시하셨던 고서의 행방을 알게 되었습니다. 암거래로 풀린 물건이라 선점하기 위해서는 선금을 주어야 합니다. 왕비님께서 맡기신 금전을 쓰려면 허락이 필요하여 급히 뵈러 달려왔습니다."

호드리고가 유진을 보는 방향으로 몸을 틀어 깊이 허리를 숙였다.

"소인은 이만 물러가겠습니다. 다시 인사 올릴 때까지 보중하시옵소서."

남자가 나간 후 유진은 일시에 모든 긴장이 풀리면서 급격한 피로가 밀려왔다. 호드리고의 최면 효과는 확실한지, 마리안과 잔느가 정말 아무것도 보고 듣지 못했는지, 확인할 마음의 여유가 없었다.

유진은 소파에서 일어났다. 침실로 이어지는 문 방향으로 돌아서며 말했다.

"마리안. 혼자 있고 싶어요."

마리안이 한 걸음 내디딘 걸음을 멈추고 대답했다.

"예, 왕비님."

"잔느. 너도."

"예, 왕비님."

유진은 자신의 뒷모습을 바라보는 마리안의 시선이 몹시 불안하다는 사실을 알지 못했다. 주변을 살필 겨를이 없었다. 지금 유진은 다리가 흔들리지 않도록 힘주어 걷는 것만으로도 최선이었다.

침실로 들어가 문을 닫자마자 그녀는 등을 문에 기댄 채 주르륵 미끄러져 그대로 주저앉았다. 덜덜 떨리는 자신의 두 손을 내려다보았다.

두 손으로 얼굴을 감싸고 깊은 한숨을 내쉬었다. 절망 같은 상실감이 밀려왔다.

사실, 어긋남을 느낀 지 꽤 되었다. 어렴풋이 알면서도 그동안 회피했다.

여기는 대체 어딘지, 꿈인지 현실인지, 어떤 이유로 이 세상에 오게 된 것인지, 생각하기 시작하면 끝이 없고 답도 보이지 않을 게 뻔했으니까.

그래서 아침에 눈을 뜨면 오늘 하루를 보내는 것만 생각했다. 그게 마하에 적응하려는 유진의 방식이었다.

눈앞의 달콤함에 취해 있었던 것 같기도 하다.

마하에서의 삶은 지구에서 살던 때와 비교하면 지옥과 천국의 차이였다. 모든 것이 풍족하고 모두가 호의적인 사람들 틈에서 노력한 것 이상의 보상이 주어졌다.

유진이 3년 동안 왕비였던 진의 존재를 지우고 그 자리를 자신의 것으로 하려는 과정에 아직 어떤 시련도 없었다. 이대로 순조롭게 시간이 지나면 왕국 사람들은 '진'이라는 사람이 있었다는 사실조차 잊을 것이다.

'참 쉽다'라고 생각했다. 그런 오만한 태도에 벌을 내린 것일까.

걷잡을 수 없는 혼란이 밀려왔다. 지금 그녀가 느끼는 불안의 근원이 무엇인지조차 불확실했다.

무릎을 모아 고개를 묻고 한참을 멍하게 있었다. 얼마나 시간이 지났는지 모르겠지만, 유진은 조금씩 생각을 시작했다.

'내가 쓴 소설과 같은 세계관을 공유한 건 맞아.'

성도를 중심으로 여섯 왕국이 존재하는 마하.

유진의 상상으로 만든 세상이므로 유일무이했다.

'내가 쓴 소설의 인물들이 나오고 그들이 살아가는 동시대야. 그 점도 같아.'

동일한 배경에 동일한 이름, 신분, 외모를 가진 등장인물들.

하지만 일치하는 것은 거기까지다.

'내 잘못이 아니야. 충분히 착각할 만하잖아.'

유진은 고개를 들어 눈을 감고 크게 몇 번 숨을 들이쉬고 내쉬었다.

혼란에 빠져 우왕좌왕해 봤자 그녀를 도와줄 사람은 없었다. 지구나 이곳이나 달라지지 않은 점은 한 가지 있었다. 그녀를 구원할 사람은 그녀 자신뿐이었다.

'여긴 소설 속 세상이 아니야. 내게는 현실이지. 당장 내일 어떻게 될지 알 수 없는 현실.'

소설 속 세상은 상상력을 극대화하는 공간이므로 말도 안 되는 일이 벌어진다고 대부분 사람은 생각할 것이다. 하지만 유진의 생각은 달랐다.

현실이 때로는 더 비현실적이었다. 그리고 규칙이 없기에 더 참혹했다. 소설에는 권선징악이라는 합의된 절대 규칙이 존재하지만, 현실은 아니다.

유진이 이 세상을 소설이라고 믿었기에 미래가 두렵지 않았다. 비록 악역에 빙의했지만 악한 짓을 하지 않으면 벌을 받지 않는 규칙, 그것을 믿었기 때문에 낙관적이었다.

그러나 현실이 된 순간부터 한 치 앞도 볼 수 없다.

그래도 그 정도의 괴리감은 제대로 정신 차리자고 각오하면 극복할 수 있다.

'내 인생에 언제는 쉬운 일이 있었나.'라고 생각하면 그만이었다. 그래도 이 마하에는 그녀를 못 뜯어먹어서 안달인 애물단지 가족들은 없지 않은가.

여전히 마하에서의 삶은 유진에게 쉬웠다. 그녀에게 주어진 것들이 아주 많았다.

유진이 혼란스러움을 떨치지 못하는 부분은 다른 것이었다.

'도대체…… 난 누구지?'

자신의 정체성이 공중에 붕 떠 버렸다.

몸은 진의 것, 영혼은 유진의 것.

현실이라면 모든 이야기 속 상상력은 현실에 맞게 수정해야 한다. 영화 속 주인공이 총에 맞고도 뛰어다니는 일이 현실에서는 불가능한 것처럼.

다른 사람의 영혼이 원래 주인의 영혼을 밀어내고 몸을 차지한다는 일은 불가능했다.

이제는 헷갈리기 시작했다. 원래 '유진'과 전혀 다른 사람인 '진'이 존재하기는 했을까.

'해리성 인격장애…….'

영혼 체인지 따위는 처음부터 없었고 '유진'이라는 인물은 망상으로 만들어 낸 상상 속 인격은 아닐까.

자신이 소설 내용이니까 안다고 생각한 지식이 사실은 원래 이 세계에서 나고 자란 사람이라서 아는 것이었다면?

실체가 보이지 않은 공포에 서서히 끌려 들려갔다. 호흡 소리도 점점 가빠졌다. 핏기가 사라진 그녀의 창백한 표정이 고통스럽게 일그러졌다.

"아!"

유진은 탄성을 내지르며 고개를 들었다.

'상제!'

적어도 한 명은 있었다. 그녀의 의문을 해결해 줄 존재가 있다.

이 세계가 자신의 소설 속이 아니라고 해도 유진이 설정한 내용과 상당 부분이 일치했다. 실제로 라크라는 괴물이 존재하며 왕은 눈으로도 확인 가능한 초능력을 지녔다.

그렇다면 상제의 정체 역시 유진이 아는 그대로일 가능성이 컸다.

마하의 상제는 단순히 신을 받드는 고위급 사제로만 정의할 수 없었다. 신이 강림하여 신의 목소리를 대신 전달할 수 있는 성자였다. 마하에 널리 알려진 사실은 그랬다.

그런데 유진은 감추어진 진실을 알고 있다. 상제는 인간이 아니다. 지구의 개념을 빗대어 설명하면 천사와 비슷했다.

인간이 아니므로 늙지도 죽지도 않는다. 그러한 사실을 숨기기 위해 일정 주기로 모습을 바꾸었다.

'정말 상제의 정체가 내가 아는 대로라면 그건 극비잖아. 보통 사람은 절대 알 수 없어.'

흔들리던 그녀의 눈동자에 또렷한 빛이 돌아왔다.

'그리고 난 그 외에도 아는 것들이 있지.'

소설 속에서 사왕이 진을 추적하여 다른 다섯 왕국을 방문하는 여정을 유진은 창작자로서 함께 했다. 그래서 왕국마다 개성이 드러나는 형태로 건설된 나라별 왕성의 건축 형태를 알았다.

'진은 다른 왕국을 방문한 적이 없으니까.'

아니카는 성도 밖으로 나갈 수 없었다. 아니카를 강제하는 거의 유일하고 가장 엄격하게 지켜지는 법이었다. 유일한 예외가 왕족과 결혼했을 때다.

진은 결혼하자마자 바로 하시 왕국으로 왔고 그 후 3년 동안 왕국을 벗어난 적이 없었다. 성도에서 하시 왕국으로 오는 도중에 들른 슬란 왕국 외에는 당연히 가 본 곳이 없을 터였다.

'그것만이 아니지. 난 플레크 왕국 지하에 있는 비밀 수로의 존재도 아는걸.'

소설 속에서 마라의 지령을 받아 몰려온 라크의 대군단이 플레크 왕국의 왕성을 덮쳤다. 그때 플레크 왕국의 명왕 니콜라스가 지하 수로를 통해 성을 빠져나가는 장면을 묘사했다.

'그 수로의 존재 사실을 내가 확인할 방법은 없긴 하지만……'

상제를 만나는 문제로 갈팡질팡했었는데 확실한 결론이 나왔다.

'성도에 가서 상제를 만나자.'

유진은 눈을 감고 숨을 크게 몰아쉬었다가 눈을 떴다.

'다른 건 다 모르겠지만, 난 유진이야. 유진. 지금의 내가 나야.'

스물여덟 살까지 유진으로 살았다. 행복한 적이 과연 있었나, 생각이 들 정도로 순탄하지는 않았다. 그래도 유진으로서 살아온 자신의 인생을 누구도 부정할 수 없다. 신이라고 해도.

손을 보니 어느새 떨림이 멎었다. 그녀는 주저앉아 있던 자세에서 가볍게 일어나 구겨진 옷자락을 정돈했다.

'당장 성도로 갈 수는 없어.'

최소한 활동기는 끝나야 할 것이다. 그리고 그녀는 왕비니까 움직이려면 많은 준비가 필요하리라.

'아무것도 달라지지 않았어. 난 어제처럼 오늘을 살면 돼.'

넋 놓고 있을 때가 아니었다. 당장 해야 하는 일이 있어서 차라리 다행이다. 진이 지난 3년 동안 꾸민 일이 이제 막 꼬리를 드러냈다. 덮든, 해결하든, 지금은 그 일에 집중해야 한다.

유진은 침실을 천천히 걸어 다니면서 아까 호드리고와 나눈 대화 내용을 되짚었다.

'타니야…… 누굴까. 진이 곁에 두고 쓴 사람은 측근 시녀뿐이라고 들었는데…….'

실종된 다섯 명의 시녀 중에는 그런 이름을 가진 자가 없었다.

'아니지.'

유진의 걸음이 멈추었다.

'시녀에게 사교도들끼리 부르는 다른 이름이 있을 수 있잖아.'

오늘 찾아온 호드리고도 대외적으로 쓰는 이름은 케이지였다.

'그래. 틀림없어. 진이 누구도 모르게 외출을 하려면 조력자는 있어야 해.'

실종된 시녀들의 신원을 철저하게 조사해 보라고 해야겠다.

'그자가 중요한 의식이 어쩌고 했지. 그것에 관해 물었어야 했는데.'

호드리고가 한 말 중에서 가장 중요한 키워드 같은데 더 단서를 얻지 못해서 아쉬웠다. 하지만 아까는 머릿속이 뒤죽박죽이라 냉정하게 생각을 할 수가 없었다.

알고 있는 내용으로만 정리하면 진은 호드리고도 참여하는 중요한 의식을 앞두고 있었다. 당연히 마라에 관련된 종교적 의식일 것이다.

그런데 진은 하필 그 시기에 시녀들과 몰래 성을 빠져나가 사막으로 갔다.

'왜? 뭘 하려고 그런 걸까. 왜 시녀만 데리고…….'

「무슨 일에 쓰기 위해 그걸 가져갔소? 어디에다 뒀지? 그걸 갖고 사막은 왜 나갔소?」

문득 예전에 그가 자신을 윽박지르던 모습이 떠올랐다.

어떤 예감과 함께 오싹 소름이 돋았다.

'뭔가를…… 가지고 사막으로 갔다고? 그게 뭐길래?'

왕에게 물어봐야지 생각만 하다가 잊어버렸다. 그가 그 뒤로 말을 꺼 낸 적이 없어서 별것 아닌 줄 알고 대수롭지 않게 넘어갔다.

'진이 사막으로 가져나간 물건이 뭔지 알아보자.'

유진은 해야 할 일을 하나씩 정리했다.

'그리고 진은 정보를 산다는 명목으로 호드리고를 만나서…… 아!'

총관에게 은행장을 만나겠다고 말했던 것을 까맣게 잊고 있었다.

유진은 곧바로 문을 열고 침실 밖으로 나갔다. 그녀는 응접실에 서성 거리는 마리안을 발견하고 멈칫했다.

마리안이 자세를 바로잡고 고개를 숙였다.

"마리안. 계속 여기 있었어요?"

"부르실 일이 있으실까 봐 기다렸습니다."

"그러면 시녀를 통하면 되지요. 마리안이 온종일 여기서 이럴 필요는 없어요."

"불편하게 해 드렸다면 송구합니다."

"불편하다는 게 아니라……."

유진은 어딘지 모르게 마리안의 표정이 평소보다 무거워 보인다고 느 꼈다.

"무슨 일 있어요?"

"아닙니다."

조심스러운 표정을 짓는 마리안의 눈빛에 할 말이 가득했다.

"무슨 일이에요? 괜찮으니까 말해요."

마리안이 망설이다가 말했다.

"무례한 질문을 올리겠습니다. 혹시…… 아까 그자를 만나신 후 기억나는 일이 있으십니까?"

마리안을 멀뚱히 바라보던 유진이 가볍게 웃었다. 평소에 속내를 드러내지 않는 마리안의 눈빛에 초조함이 보였다. 표정 관리도 못 할 만큼 지금 무엇을 걱정하는지 빤히 보였다.

얼마 전, 왕은 '기억을 찾을 필요 없다.'라고 노골적으로 말했다. 마리안은 대놓고 말하는 이상의 태도로 보여 주고 있었다.

"내가 기억이 돌아왔을까 봐 걱정했어요?"

"아닙니다. 왕비님. 그런 뜻으로 드린 말씀이 아니라……."

유진은 묘한 희열을 느꼈다. 누구도 진을 원하지 않는다. 자신이 진의 자리를 빼앗고 그 존재를 지워 버렸다.

아무도 원하지 않고 기억하지 않는 사람이 과연 존재했다고 말할 수 있을까? 그건 죽음보다도 잔인한 소멸이 아닐까?

"마리안."

"예, 왕비님."

"혹시 최근에 내가 이상한 적은 없었어요? 뜻 모를 말을 한다거나, 내가 했던 말이나 행동을 나중에 내가 기억하지 못한다거나."

마리안이 굳은 표정으로 고개를 저었다.

"제가 알기로는 전혀 그러신 적이 없습니다."

"아주 사소한 거라도 좋아요."

마리안이 심각하게 생각에 잠겼다가 다시 고개를 저었다.

"없습니다. 왕비님."

유진은 혹시 자신이 다중인격일 가능성을 확인했다. 아닐 거라고 믿었지만, 이런 식으로라도 확인하니까 마음이 좀 편해졌다.

"기억이 돌아왔다는 말은 아니니까 표정 풀어요."

마리안은 미소 짓는 유진의 표정을 유심히 살폈다. 평소의 왕비님과 전혀 다르지 않다는 생각이 들자 마리안의 표정도 편안해졌다.

"은행장은 왔나요?"

"예, 왕비님. 아까 총관이 고하러 왔습니다."

"오래 기다리게 했군요. 지금 만나겠어요."

유진은 대답하고 나가려는 마리안을 불러세웠다.

"그리고 마리안. 알아봐 줄 일이 있어요."

"예, 왕비님."

"실종된 시녀들을 조사하려고 해요. 그들 중 누군가가 사교도일 거라고 의심하고 있어요."

"예, 왕비님. 한데…… 아마 그들 중 사교도가 있다면 엘리라는 시녀일 겁니다. 조사하여 확실한 결과로 말씀드리겠습니다."

"그걸 어떻게 알아요?"

"지난번에 왕비님께서 내린 지시에 따라 남은 가족들을 찾아보다가 시녀 엘리의 손위 오라비가 사교도 활동을 했다는 혐의를 받아 조사받은 전적이 있음을 알게 되었습니다."

유진은 조심히 알아봐야 한다고 신신당부하려다가 뜻밖에 간단히 답을 얻어 얼떨떨했다. 그리고 마리안의 말도 이해되지 않았다.

"사교도 혐의? 그런데 어떻게 엘리가 시녀가 될 수 있었지요?"

"엘리가 아니라 그 오라비가……."

"그러니까 가족이 사교도 혐의가 있었다는 말이잖아요."

"예. 조사받은 적이 있었습니다."

유진은 마리안과 말을 주고받으면서 기본적인 관점에서 서로의 말이 어긋난다고 느꼈다.

"마리안. 사교도는 발각되면 처벌받지 않나요?"

"예, 단속 대상입니다."

"내 말은 단속 정도가 아니…… 잡히면 사형 아닌가요?"

"예?"

처음 듣는 소리라는 듯 마리안의 눈이 휘둥그레졌다.

"그럼 성도에서는 어때요?"

"성도에서도 사형까지는 아닙니다. 추방령이라고 들었습니다."

유진은 자신의 소설 설정과 이 세계의 불일치를 또 발견했다. 소설 속에서 상제는 마라의 교도들에게 대단히 적대적이었다.

거기서 사교도는 잡히면 목이 베이는 참형이 기본이었다. 상제의 명을 받은 기사들이 정기적으로 사교도를 사냥하러 다니며 즉결처분했다.

그런데 이곳의 분위기는 퍽 다른 듯했다. 가족에게 그저 혐의가 있는 정도로는 문제 삼지 않는 모양이다.

"……알았어요. 그럼 시녀 조사는 일단 보류할게요."

누군지 짐작할 수 있다면 굳이 조사한답시고 들쑤실 필요가 없었다. 유진이 알고 싶은 점은 어떻게 사교도가 궁에 들어와 진의 시녀가 되었는지, 그 과정이었다.

누군지 알면 총관이 뭔가 기억하는 게 있을 것이다.

유진은 시녀와 들어오는 중년 남자를 보며 옷을 입힌 공을 떠올렸다. 짤막한 키에 살이 오른 동글동글한 얼굴, 두툼한 허리둘레에 비해 왜소해 보이는 상체와 하체 비율. 남자의 체형은 공과 비슷했다.

수도의 은행장, 제임스는 소파에 앉아 있는 유진과 상당한 거리를 유지한 채 고개를 숙였다.

"왕비님께 인사 올립니다. 그간 평안하셨습니까."

유진은 은행장에 대한 간단한 정보는 미리 들었다. 그동안 진이 은행장을 따로 찾은 적은 없었으며 은행장은 그해의 마지막 건기마다 정기적인 보고를 하러 왔다고 했다.

사라는 은행장이 왕비를 알현하는 자리에 자신은 함께한 적이 없어서 어떤 대화가 오갔는지는 모르지만, 은행장은 오래 머문 적이 없다고도 말했다.

그래서 아마 진과 은행장 사이에 남다른 친분은 없을 거라고 유진은 짐작했다.

올해의 마지막 건기는 아직 시작되지 않았다. 즉, 다행스럽게도 은행장이 마지막으로 왕비는 만난 건 약 반년 전이었다.

은행장이 얼마 전에 진과 만났다면 유진은 은행장을 대하기가 조심스러웠을 것이다.

"어서 오게. 와서 앉게."

"황공하옵니다. 아니카…… 왕비님."

은행장이 재빠르게 호칭을 수정했다. 들어오기 전에 바뀐 호칭을 주의하라는 언질을 받은 듯했다.

"확인할 게 있어서 보자고 했네."

"하문하시옵소서."

"내가 자네를 처음 본 때가 언제였지?"

"삼 년 전, 왕비님께서 왕국에 오신 후 얼마 안 되었을 무렵입니다."

"음. 그랬지."

유진은 기억나는 척 시치미를 뗐다.

"벌써 삼 년 전이로군. 내가 자네에게 사재를 맡겨 두고 꽤 시간이 지났으니 그간의 명세를 살펴보려고 하네."

"왕비님. 혹시 소인이 무슨 잘못을 하였습니까?"

"아니. 그저 확인 절차일 뿐이야."

남자는 말하는 내내 안절부절못했다. 남자가 쩔쩔매는 모습을 보며 유진은 새삼 이곳이 신분제 사회라는 사실을 상기했다.

원래 진과 남다른 상하 관계가 형성되어 있는 호드리고를 제외하면 은행장은 유진이 만난 첫 외부인이었다.

모든 사람이 그녀 앞에서 은행장 같은 태도를 보일지는 알 수 없으나 유별난 호들갑은 아닌 듯했다.

남자가 과도했다면 마리안이 한마디 주의를 시켰을 것이다. 하지만 유진의 뒤쪽에서는 아무 말도 들리지 않았다.

'은행장 정도면 나름 사회적으로 성공한 사람인데.'

은행장은 귀족 출신이 아니라고 했다. 그래서 그런가.

자신 앞에서 시선도 제대로 들지 못하는 중년인을 보니까 기분이 이상했다.

"내가 지금 이 자리에서 내용을 확인할 수 있겠나?"

"이를 말씀이옵니까. 어떤 의혹도 없으시도록 사실 그대로를 전부 올리겠습니다."

제임스는 자세를 살짝 뒤로 틀어 뒤쪽에 손짓했다. 제임스가 들어올 때 동행한 청년은 아직 문가에 서 있었다. 청년은 제임스의 손짓에 즉시 다가와 들고 있던 흑색 가죽 가방을 건넸다.

제임스가 가방을 받아 안에 든 서류 뭉치를 꺼냈다. 불러오라고 할 때 용건을 전하지 않았는데도 은행장의 준비성은 칭찬할 만했다.

"이건 최초의 예치금 증서입니다. 이것은 마지막 출금까지 확인하고 잔액을 기록한 명세표입니다."

은행장은 설명을 덧붙이며 한 장 한 장 서류를 테이블에 내려놓았다. 그리고 마지막으로 꽤 두툼하게 엮은 서류 뭉치를 내려놓았다.

"이건 그동안 출금 내력과 관련 서류가 정리된 상세 내력입니다."

살펴봐야 할 서류가 생각보다 많았다. 원래는 돈이 얼마나 있는지만 알아보려다가 생각을 바꿨다.

"내가 시간을 두고 천천히 봐야겠군. 두고 가게."

은행장이 곧바로 답하지 못하고 머뭇거렸다.

"안 될 이유가 있나?"

"이 서류들은 출금할 때 반드시 필요합니다."

"내가 따로 지시를 내릴 때까지 계좌를 동결하지. 어음을 누가 가져와 도 지급하지 말게."

어음 지급은 은행의 신용 문제다. 다른 사람이 이런 요구를 했다면 은 행장은 버럭 화를 냈겠지만, 그는 두말없이 고개를 숙였다.

"분부대로 하겠습니다. 왕비님."

유진은 모두 내보낸 후 두근거리는 마음으로 예치금 증서부터 집어 들었다.

이곳의 숫자는 아라비아 숫자와 표기법이 아주 유사했다. 지구의 보 편적인 기수법인 10진법을 쓰기 때문에 보기 쉬웠다.

표기 기준은 금화다. 유진은 은행장에게 맡겼던 예치금 액수를 지구 의 단위로 환산해 계산했다. 그녀의 입술이 살짝 벌어졌다.

'거의…… 이천억 원?'

용돈 수준의 사재가 아니었다. 진이 이렇게 부자였다니!

'그럼 책값 감당이 안 되어서 사왕과 결혼했다는 가정은 말이 안 되잖 아.'

이런 많은 돈이 있으면서 본인 취미 생활로 왕실 돈을 그렇게 써댔단 말인가. 자신의 돈은 쓰기 싫은 자린고비인 건지, 뻔뻔한 건지.

'얼마나 남아 있으려나. 먹고 입는 비용 전부를 왕국에서 댔는데 돈 쓸 일이 뭐가 있겠어.'

유진은 그다음 최종 잔액이 적힌 명세표를 확인했다. 이번에는 그녀의 눈동자가 마구 흔들렸다. 명세표를 쥔 손마저 떨렸다.

'왜 반밖에 없어.'

유진은 다급하게 두툼한 출금 명세서를 펼쳤다. 정당한 출금이라는 증빙 서류를 잔뜩 첨부해서 두꺼울 뿐이지 내용 자체는 많지 않았다.

지난 3년간 돈은 꾸준히 빠져나갔다. 1회 출금액이 적게는 몇천만, 많게는 수십억까지. 단지 속 곶감을 빼먹듯 엄청난 거금이 고작 3년 만에 사라졌다.

"진……."

유진은 이를 악물며 서류를 테이블에 내던졌다.

고작 몇천 원을 아끼려고 아등바등했던 지구에서의 자신 모습이 겹쳐졌다. 있는지도 몰랐던 돈이지만 너무 아까워서 눈물이 날 것 같았다.

"어떻게 그만한 거금을 겨우 삼 년 만에 탕진할 수가 있어? 아악! 짜증 나!"

유진은 씩씩대다가 진정하고 다시 출금 명세서를 펼쳤다. 출금 증빙 서류로 모두 어음이 첨부되어 있었다.

어음의 형태는 단순했다. 그녀는 마하에서 쓰는 어음을 처음 보지만, 어떤 식으로 통용되는지 알 것 같았다.

어음보증인 이름을 쓰는 공간에 진의 직인이 찍혔다. 유진이 지난번에 공문서에 찍었던 직인은 아니었다.

'이 형태는 아마…… 침실 서랍장 안에 있던 도장 같은데.'

예치금 증서를 다시 보니까 같은 형태의 직인이 찍혔다. 아마 진이 개인 용도로 쓰는 도장인 모양이다.

유진은 다시 처음부터 출금 내용을 되짚었다. 출금 날짜도, 액수도 제각각이었다.

'돈을 뺀 사람은 호드리고, 그자겠지. 유진은 한 번에 그자에게 많은 어음을 미리 주었고 그자는 필요할 때마다 빼서 썼구나.'

유진은 비굴하게 엎드리던 그자를 떠올리며 코웃음 쳤다.

'성녀는 무슨. 물주겠지.'

이 돈이 지출된 의미를 생각하자 유진은 누가 목을 조이는 것처럼 숨이 막혔다. 진은 고서 정보를 산다는 명목으로 돈을 주었지만, 정말 정보 샀일 리가 없었다.

'사교도 단체에 들어갔겠구나. 진이 자금을 댔어.'

지구의 금전 단위로 천억 원에 육박하는 돈이다. 이 돈으로 대체 어느 정도 규모의 단체를 꾸릴 수 있는지 짐작 가지 않았다.

이제부터 돈을 딱 끊어 버리는 방법으로 수습이 될까?

"……될 리가 없지."

그나마 다행은 사교도 단체가 이곳 사람들이 치를 떨며 적대하는 악의 무리로 취급받지 않는다는 사실이다. 돈 준 게 들통나도 거리에서 돌 맞아 죽지는 않을 것 같다.

'돈의 출처도 알아봐야 해.'

진이 결혼 후 왕국으로 오면서 가져온 돈은 가족이 줬다고 하기에는 지나치게 많았다. 진은 성도의 명문가이며 부유한 가문에서 태어났지만, 집안 재산을 모두 끌어모아도 이 금액에는 미치지 못할 것이다.

유진은 소파에 완전히 등을 기댔다. 허공을 바라보며 한숨을 내쉬었다. 할 일이 너무 많아서 뭐부터 시작해야 할지 모르겠다.

'일이 많으니까 기운 빼고 앉아 있을 틈도 없네.'

헛웃음이 나왔다. 다행이라고 해야 할지.

＊　　＊　　＊

유진은 오늘 바빴다. 은행장과의 만남 이후에 본격적으로 왕성 살림을 파악하기 위한 작업에 들어갔다.

원래 왕비가 해야 할 일을 그동안 총관이 맡아 대신했다. 그래서 유진은 오후 내내 총관과 마주 앉아 인수인계를 받았다.

그녀의 침실에서 멀지 않은 곳에 집무실 공간을 꾸미는 작업도 한창이었다. 서재는 침실에서 멀리 떨어져 있어서 집무실로 쓰기에는 적당하지 않았다.

그리고 아직 발견하지 못했을 뿐 진이 그 서재에 숨겨 둔 비밀이 있을지도 모른다. 다른 사람이 드나들게 하기는 꺼림칙했다.

유진이 본격적으로 공무를 처리하려면 보좌할 인력도 필요했다. 사람을 뽑기 위해 검토해야 하는 인사 서류도 제법 많았다.

모든 일이 하루 이틀 만에 끝날 규모가 아니라 한동안은 계속 바쁠 것이다.

바쁘던 낮이 지나고 시간 여유가 생기자 그만큼 생각도 많아졌다. 유진은 저녁 식사 내내 집중하지 못하고 딴생각에 빠져 있었다. 마리안이 계속 걱정스레 자신의 안색을 살피는 것을 알지 못했다.

저녁에 왕의 시종이 다녀갔다. 왕의 시종이 왕비께 다녀가는 절차는 이제 궁인들 사이에서 하루의 당연한 일과처럼 받아들여졌다.

유진은 '전하께서 시종을 보내셨습니다.'라고 마리안이 고할 때 오늘은 선뜻 그럴 기분이 들지 않았다. 그런데 이유 모를 불안감에 흔들리고 싶지 않아 승낙의 대답을 보냈다.

날이 완전히 어두워졌다.

시녀들이 마지막 시중을 마치고 물러갔다. 어둑하게 불을 밝힌 침실에 유진은 혼자 남았다.

밖에서 목소리가 들렸다.

"사왕 전하께서 납시었습니다."

침대에 앉아 있던 유진이 일어났다. 항상 반복되는 절차인데도 이 순간이 가장 어색했다.

왕이 그녀를 향해 성큼성큼 다가왔다. 그의 어깨너머로 서둘러 물러가는 궁인들의 모습이 보였다.

매번 이랬던가? 궁인들이 모두 나가기도 전에 조급하게 구는 그의 태도가 궁인들 보기에 민망했다.

그새 바짝 다가온 그가 유진의 등 뒤로 팔을 둘러 끌어당겼다. 고개를 살짝 기울려 숙인 그가 유진의 입술을 삼켰다.

그녀의 입술에 부드럽게 입을 맞추고 그녀의 입술을 가볍게 빨아들였다. 벌어지는 그녀의 입술 사이를 가르며 그의 혀가 파고들었다.

눈을 감는 유진의 속눈썹이 파르르 떨렸다. 내뱉는 호흡에 작은 비음이 섞였다. 그가 더 깊이 입술을 포개어 깊숙이 혀를 얽었다.

그의 어깨에 얹은 유진의 손끝에 힘이 들어갔다. 휘감아 빨아들이는 그에게 혀를 내주면서 유진은 살짝 눈을 떴다. 바로 눈앞에 약간 기울어진 얼굴의 그가 있었다.

그의 미간 아래로 쭉 뻗은 콧대와 감은 눈의 속눈썹이 확대되어 눈에 들어왔다. 지금 이 순간이, 자신과 키스를 나누고 있는 이 남자가, 그와 체온은 나누는 자신이, 모두가 현실이었다.

갑자기 속이 울렁거리고 온몸에 불이 붙은 것처럼 화끈거렸다. 도망치고 싶었다. 하지만 그가 싫어서는 아니었다. 지금 자신이 느끼는 기분을 어떻게 설명해야 할지 알 수 없었다.

유진은 손에 힘을 주어 그를 밀어냈다. 입술을 떼고 물러난 그가 다시 다가오자 유진은 비스듬히 고개를 돌려 피했다.

"오늘은…… 하고 싶지 않아요."

카세르는 순간 당황하여 그녀를 쳐다보다가 조심스레 말했다.

"내게 화난 일이 있나? 아니면 몸이 안 좋아?"

유진은 고개를 저었다.

"둘 다 아니에요. 그냥 오늘은…… 기분이 내키지 않아요."

그의 가슴 언저리를 보고 있는 유진은 지금 그가 어떤 표정을 짓는지 알 수 없었다. 자신의 거부를 그가 불쾌해할지도 모르지만, 도무지 지금은 그와 살이 맞닿고 싶지 않았다.

"죄송해요."

"유진."

나직이 부르는 목소리에 감정은 실려 있지 않았다. 유진은 시선을 들었다.

그의 표정은 담담했다. 하지만 그의 표정만으로는 그의 기분을 파악하기 어려웠다. 그는 감정 표현이 선명한 사람은 아니었다.

"당신이 사과할 일이 아니야. 당신이 싫다는데 강요할 생각은 없어."

"……제 의무니까요."

카세르의 눈빛이 흔들렸다. 그는 말없이 유진을 바라보다가 가라앉은 목소리로 말했다.

"당신이 회피하려는 의도가 있는 게 아니면 됐어."

"네……."

두 사람 사이에 어색한 침묵이 감돌았다. 딱히 거친 말이 오간 것이 아닌데도 근래 부쩍 가까워진 거리감이 다시 확 벌어진 느낌이었다.

"그럼……."

카세르는 말을 잇지 못했다. '편히 쉬어.'라는 말이 목에 걸려 나오지 않았다. 발걸음도 떨어지지 않았다.

그는 요즘 해가 지면 은근히 기분 좋을 정도로 그녀와 함께 보내는 밤에 푹 빠져 있지만, 그가 만족스러워하는 부분은 단지 육체적 욕구 충족만은 아니었다.

그는 어릴 때부터 항상 혼자 잠들고 혼자 일어났다. 결혼 후 한 달에 한 번 동침할 때는 넓은 침대에 왕비와 뚝 떨어져 자는 데도 불편해서 밤새 거의 잠을 이루지 못했다.

그는 자신이 잠자리를 예민하게 따지는 줄 알았다. 불과 얼마 전까지는.

그는 근래 잠을 설친 적이 없었다. 실질적인 수면 시간이 더 늘지 않았는데도 아침에 눈을 뜨면 몸이 가뿐했다. 옆자리에 다른 사람이 누워 있다는 사실에 오히려 안정감을 느꼈다.

"유진."

"네?"

"혼자 쉬고 싶어?"

"아니에요."

유진이 얼른 고개를 저었다. 이대로 왕이 침실에서 나가면 뒷말이 무성할 것이다. 굳이 그를 쫓아내서 자존심을 건드리고 싶지도 않았다.

"침대는 넓으니까요. 음…… 전하께서 기분이 상하셔서 저 문을 박차고 나가실 것만 아니라면요."

카세르가 가볍게 웃었다. 고상하지는 않으나 그렇다고 경박하다고 할 것도 아닌, 때때로 그녀가 말하는 독특한 표현법이 재미있었다.

"침대 한편을 내준다니, 고맙소, 왕비."

"천만의 말씀입니다. 전하."

조금 무거워졌던 분위기가 다시 부드럽게 풀렸다.

유진은 무던하게 대처하는 그의 태도에 그를 새삼스러운 눈으로 보았다. 이곳을 소설 속 세상이라고 생각할 때는 그가 하는 말이나 행동을 '캐릭터의 고정된 패턴'으로 받아들였다.

하지만 여기가 현실이고 그를 유진과 마찬가지로 살아 숨 쉬는 사람으로서 인식하고 바라보면 그의 말과 행동은 그의 사람됨이었다.

처음에는 그의 완벽에 가까운 외모만 눈에 들어왔다. 그런데 그를 알면 알수록 유진의 그의 성품에 더 마음이 끌렸다.

'내가 여기서 태어나 자란 진이었으면…… 참 좋았을 텐데.'

아무것도 걸리는 것 없이 그와 부부의 연을 맺어 그와 함께 하는 인생을 그려 보았을 것이다.

하지만 유진은 지금 무엇도 확신할 수 없었다. 진이 어디에 언제 터질 폭탄을 묻어 놓았는지 파악 못 했다. 하루아침에 모든 사람의 손가락질을 받는 처지가 될 수도 있었다.

지금은 감정에 흔들릴 때가 아니다.

유진은 마하에 오기 전에 늘 쫓기는 기분으로 살았다. 그런데 여기 와서도 두 발 뻗고 잘 수 없기는 마찬가지였다. 왠지 서글펐다.

두 사람은 침대에 나란히 누웠다. 잠을 청하듯 조용히 눈을 감았으나 두 사람 다 좀처럼 잠들지 못했다.

유진은 오늘 있었던 많은 일을 떠올렸다. 그녀가 마하에 온 후 가장 정신없이 분주했던 하루였다.

'엘리라는 시녀가 타니야가 맞는 것 같아.'

유진이 아까 총관한테 보고 받은 내용 중에는 궁인 선출과 관리에 대한 것도 있었다. 그때 문득 생각이 나서 시녀 엘리가 어떤 방식으로 시녀가 되었는지 물었다.

사라는 그때 일을 아주 자세히 기억하고 있었다.

「엘리는 원래 정식 시녀로 들어온 아이가 아니었습니다. 원래 궁인들의 수는 일정 숫자가 유지되도록 관리하지만, 가끔 생각지 못한 결원이 발생할 때가 있습니다. 그러면 부족한 일손을 채우려고 당분간만 임시로 사람을 들입니다.」

「그럼 엘리는 일하는 기간이 정해져 있었단 말이지?」

「에, 왕비님.」

「그럼 어쩌다가 엘리가 내 시녀가 되었나?」

「왕비님께서 그 아이를 시녀로 두겠다고 하셨습니다.」

「임시로 들어왔다가 시녀가 되는 일이 종종 있는 일인가?」

사라는 조심스럽게 말했다.

「그렇지는 않습니다. 전에는 없었습니다.」

「관행인가?」

사라는 우물거리다가 '엄격한 자격 심사를 거쳐서 시녀를 선출한다'라고 돌려 말했다. 유진은 사라의 태도에서 시녀 선출 절차는 정해진 법에 따라야 하는데 진이 그 법을 어기고 엘리를 시녀로 들였다고 짐작했다.

차마 총관은 왕비님 면전에 '기억나지 않겠지만 당신이 규칙을 어겼다'라고 말하지 못했다.

「내가 무슨 이유로 엘리를 시녀로 들이겠다고 했지?」

「이유는 말씀하지 않으셨습니다.」

「엘리가 원래 내 시중을 들었나?」

「그렇지는 않습니다. 임시로 들어온 사람에게 어찌 왕비님 시중을 맡기 겠습니까.」

총관의 설명에 따르면, 임시 일꾼에게는 잡일을 맡긴다고 했다. 식자 재의 가장 기초적인 손질을 한다거나, 오랫동안 쓰지 않은 방을 청소했 다. 윗전께서 다니는 동선과 겹칠 일이 없었다.

총관은 도대체 어쩌다가 엘리가 왕비님의 눈에 띄었는지 도통 모르겠 다고 말했다.

유진은 방법이야 얼마든지 있을 거라고 생각했다.

'일단 성에 들어오는 데 성공했으면 왕비의 침실이 어딘지는 금방 알 아낼 수 있겠지. 진을 찾아가서 아마 약속된 신호를 보내는 식으로 자신 이 누군지 알려 줬을 거야.'

그렇다면 호드리고가 새로 보내는 사람도 비슷한 방식으로 자신에게 접근할 것이다.

유진이 이런저런 생각으로 잠 못 이루는 동안 카세르 역시 심란해서 잠이 안 왔다.

「제 의무니까요.」

아까 그녀가 던진 말이 계속 그를 괴롭혔다.

그녀가 틀린 말은 하지 않았다. 그녀는 후계자를 낳아 주기로 약속했 고 그건 또한 왕비의 의무이기도 했다. 의무를 다하겠다는 그녀의 말이 왜 속을 불편하게 만드는 것일까.

그는 오히려 그녀가 의무라고 생각해 줘서 고마워해야 한다. 계약 이행보다는 그래도 의무라는 마음가짐이 낫지 않은가.

그녀와 결혼할 때 바라는 건 후계자뿐이었다. 아무것도 기대하지 않았다. 기대가 없었기에 지난 3년의 왕비에게 실망하지도 않았다.

그런데 요즘 그는 후계자 외에 원하는 게 생겼다. 그녀가 왕국의 왕비로서 자신의 자리를 받아들이고 책임을 다해 주기를 바란다. 그래서 그녀에게 왕성 살림을 맡겼다. 그녀가 의욕적으로 시작하는 것 같아 다행이었다.

그럼 그걸로 다 된 건가.

자기 자신에게 물으면 흔쾌히 '그렇다'라는 답이 나오지 않았다. 그럼 그 외에 또 뭘 원하느냐 물으면 머릿속만 복잡했다.

그는 소리 없이 한숨을 내쉬었다. 그런데 옆에서 한숨 소리가 들렸다. 고개를 돌렸다가 당황한 표정의 그녀와 눈이 마주쳤다.

"저 때문에 깼셨어요? 죄송해요."

"무슨 일 있어?"

"아니에요. 생각 좀 하다가……."

"도대체 당신은 무슨 생각이 그렇게 많아?"

"별일 아니에요."

카세르는 얼버무리는 그녀의 태도가 거슬렸다. 말하고 싶지 않아 하는 상대를 추궁하는 행동은 올바른 예의가 아니었다. 하지만 지금 그는 예의고 뭐고 속이 부글거렸다.

'혹시?'

그의 표정이 굳었다.

"유진."

"……네."

"당신, 무슨 기억이……."

"아니에요. 기억나는 거 없어요."

유진은 옆에서 그가 몸을 일으키는 기척을 느끼자 다급히 대답했다. 상체를 약간 일으켜서 팔꿈치를 세워 자세를 잡은 그를 쳐다보며 재차 고개를 저었다.

"그럼 제가 왜 이 문제를 고민 중이겠어요. 아까 은행장을 만났거든 요."

그녀를 한숨 쉬게 한 주제는 아니었지만, 이 문제 역시 고민되는 것이라 유진은 대신 끌어와 핑계를 댔다.

"사재가 있다길래 그걸 확인해 보려고 불렀는데."

"그런데?"

"음…… 너무 많아서요. 정말 내 사재가 맞는지……."

"당신 것 맞아. 상제께서 당신에게 준 축하금이겠지."

"예? 축하금이요? 무슨 축하금이요?"

"결혼 축하금. 아니카는 결혼하면 상제께 축하금을 받아."

그는 말하다가 피식 웃었다.

"잔고가 너무 많아서 고민 중이었다고? 대체 왜 그런 걸 고민해?"

유진은 부루퉁하게 중얼거렸다.

"출처 모르는 돈은 당연히 찜찜하잖아요."

"당신 이름으로 은행에 들어가 있으면 당신 것이지. 출처가 무슨 상관 이야."

유진은 그를 흘겨보며 입술을 삐죽였다. 어마어마한 자산을 보유한 부자의 심리란 저런 것인가. 그는 상제를 제외하고 마하에서 가장 부유한 여섯 명 중 한 명이었다.

'근데 모든 아니카가 결혼하면 그런 거금을 받는단 말이야?'

껄끄럽던 상제에게 호감이 샘솟았다. 아니카를 아낀다는 상제의 진심이 믿어졌다.

자신이 자본주의 논리에 물들어 그런지는 몰라도 마음 가는 곳에 돈이 가는 건 진리라고 생각했다. 모든 아니카가 결혼할 때마다 그런 거금을 척척 내주다니. 생각보다 좋은 사람인가 보다.

"그런데 당신은 아마 더 받았을 거야."

"네? 왜요?"

"왕과 결혼했으니까."

"왕과 결혼하면 축하금이 더 많아요?"

"성도를 떠나 멀리 가는 아니카에게 주는 상제의 위로 겸 도움이겠지. 하지만 이건 어디 가서 말하지 마. 당신이 기억 못 하니까 모를 것 같아서 당부하는데 일반적으로 알려진 사실은 아니야."

"아…… 그럼 전하는 어떻게 아셨어요?"

"어쩌다 보니."

그는 더 묻지 말라는 듯 딱 잘라 말했다. 유진은 그가 대놓고 불편한 내색을 하는 모습이 별일이라고 생각했다. 그런데 딱히 캐묻고 싶을 만큼 궁금하지 않아서 개의치 않았다.

'수상한 돈은 아니라니까 다행이다.'

한 가지 걱정을 덜었더니 마음의 짐이 조금 가벼워졌다.

"유진."

"네."

"아까 당신이 한 말."

그는 말을 꺼내 놓고 한참 조용했다. 유진은 참을성 있게 기다렸다. 그가 이렇게 하기 어려워하는 말이 대체 뭔지 궁금했다.

"당신을 비난하려는 뜻은 아니야. 의무를 다한다는 당신의 생각을 바꾸려는 것도 아니고."

유진은 갑자기 바뀐 화제가 어리둥절했다. 열심히 머리를 굴려서 가까스로 아까 자신이 했던 말을 기억해냈다.

"하지만 원하지 않는데 억지로 아이를 갖지는 않았으면 해. 그렇게 태어난 아이는 주변 상황을 악화시켜."

유진은 그가 말하는 의도를 곧바로 이해하지 못했다. 그러나 곧, 성도에 머무르고 있다는 전대 왕비가 떠오르자 속으로 탄식했다.

아무것도 부족할 게 없는 남자의 숨겨진 상처를 엿본 것 같아서 마음이 이상했다.

"제가 아직 제 성격을 다 보여 드리지 않아서 모르시겠지만, 전 싫은 건 안 해요."

유진은 일부러 가볍게 대답했다. 그의 대답은 들려오지 않았다.

침묵 속에서 얼마간 시간이 지났다. 눈을 감고 잠을 청하려다가 유진은 다시 눈을 떴다.

'맞다. 그걸 물어봐야지.'

진이 사막에 나간 날, 무엇을 가져갔는지.

"전하. 주무세요?"

"아니."

"유쾌한 이야기는 아니에요. 제가 사막으로 나갔다가 실종된 날, 제가 뭔가를 몰래 가져갔다고 하셨잖아요. 그게 무엇인지 말씀해 주세요."

"······그건 왜?"

"제가 한 짓이니까 알아야지요."

카세르는 이미 덮자고 결정한 일을 굳이 다시 끄집어내고 싶지 않았다. 국보 도난 사실을 말하면 보물고에 대해서도 말해야 한다. 그러면 분명히 그녀는 보물고에 가 보려 할 것이다.

그녀의 기억을 자극하지 않으려고 보물고를 봉인했다. 시간이 꽤 흘렀는데도 그녀의 기억 상실은 전혀 나아질 징조가 없었다. 그래서 안심이 된다기보다는 더 불안했다.

결정적인 계기가 있으면 갑자기 모든 기억이 다 돌아오는 건 아닐까. 카세르는 왠지 보물고가 그런 계기가 될 것 같다는 불길한 생각에 사실대로 말하고 싶지 않았다.

"별것 아니었어."

유진은 고개를 옆으로 돌렸다. 어둠 속에서 천장을 바라보는 자세로 누워 있는 그의 옆얼굴이 보였다. 그녀는 미심쩍은 눈으로 그를 응시했다. 그가 답변을 회피한다는 기분이 들었다.

"전하. 저는 그게 뭔지 알아야겠어요. 기억하지 못한다고 해도 제가 저지른 잘못이잖아요. 그리고 그날 분명히 제게 화를 내셨다고요. 별것 아닌 게 없어졌는데 그때 그렇게 절 비난했다는 말씀이세요?"

아무래도 그녀가 대충 넘어갈 것 같지 않았다. 카세르는 눈을 뜨고 짧게 고민한 후 거짓 핑계를 댔다.

"보석이었어."

"보석이요?"

"왕실에 대대로 내려오는 목걸이. 대대로 왕비에게 전해지는 장신구지. 결혼식 때 혹은 즉위식 때 왕비의 목에 걸어 주는 절차가 있어. 왕실 소유이면서 동시에 왕국의 왕비만 착용할 수 있어."

그는 평소에 거짓말을 거의 하지 않지만, 불가피하게 거짓말을 해야 할 때는 어설프게 꾸며대지 않았다. 완벽한 거짓말은 사실에 기반해야 한다.

그가 하는 이야기에는 사실과 거짓이 섞였다. 실제로 그런 목걸이가 존재했다. 다만, 그것은 현재 보물고 안쪽에 잘 보관되어 있다.

보물고에 대해 함구령을 내렸으므로 혹시 그녀가 목걸이에 대해 마리안에게 물어도 마리안이 알아서 현명하게 대답할 것이다.

긴가민가한 표정으로 그의 이야기를 귀 기울여 듣던 유진이 물었다.

"어떻게 생긴 목걸이인가요?"

"일곱 가지 색의 다이아몬드를 엮어서 베일처럼 만들었지. 당신 목을 거의 다 감쌀 정도로."

고작 목걸이 때문에 그 난리를 친 거냐고 생각했다가 유진은 헉, 숨을 들이켰다. 목을 다 감쌀 정도의 다이아몬드 목걸이를 상상했다.

다이아몬드가 수십 개, 아니, 수백 개는 될 것이다. 더구나 마하에서 색이 선명한 보석은 희귀하고 가치가 높았다.

그 목걸이의 가격이 얼마일지 가늠이 안 되었다. 왕가에 내려오는 목걸이라는 역사적 의미까지 있으니까 아마 값을 따질 수도 없을 것이다.

"별것 아닌 게 아닌데요……."

유진은 풀죽은 목소리로 중얼거렸다.

"죄송해요. 전 그게 어디 있는지 기억이 안 나요."

"이미 지난 일이야."

"그걸 어떻게 그냥 지난 일로 넘어가요. 그런 보물을 멋대로 가져갔다가 잃어버렸는데. ……그런데 제가 수습할 능력이 없네요. 혹시 제 사재를 다 털면 조금이라도……? 하아…… 아무래도 터무니없이 부족하겠죠."

끊임없이 이어지는 그녀의 울적한 중얼거림을 들으며 카세르는 눈동자만 굴렸다. 그녀에게 죄책감을 안겨 주려던 의도는 아니었다. 자책하는 그녀가 안타까우면서도 자신의 사재를 턴다는 그녀의 생각에 새어 나오는 웃음을 참았다.

"혹시 그 목걸이에 전해지는 특별한 내력이 있나요? 단순한 목걸이가 아니라 신비한 힘을 지녔다든지."

"보석은 보석일 뿐이지."

유진은 한숨을 내쉬었다.

"정말 죄송해요."

"지난 일이라니까. 신경 쓰지 마."

"대대로 물려줘야 한다면서요. 다음 대 왕비에게 줘야 하잖아요."

"아직 태어나지도 않은 아이의 왕비? 그게 언제인 줄 알고."

유진은 자기도 모르게 슬쩍 자신의 배를 만졌다. 아이가 태어나고 자라서 장성한 그 아이가 아내를 맞이하는 그런 미래가 정말 오게 될까? 그거야말로 소설 속 이야기 같았다.

"내가 알아서 처리할 거니까 당신은 잊어버려."

지금 한 말은 진심이었다. 카세르는 국보가 사라진 사실을 이대로 스리슬쩍 덮을 생각이었다. 널리 알려진 국보는 아니어도 밑 작업이 필요해서 시간은 걸릴 것이다.

멀쩡히 잘 있는 목걸이가 없어졌다는 거짓말로 계속 그녀를 속일 생각은 아니었다. 시간이 필요했다.

"그만 자. 내일도 당신, 할 일이 많지."

"네……."

유진은 한참을 어둠 속에서 그를 응시했다. 자신이 한 짓은 아니었다. 하지만 마하에서 이 몸으로 살자고 결심한 이상, 진이 저지른 일을 회피할 수는 없었다.

그가 단호하게 없던 일로 하자고 해 줘서 고마웠다. 그는 이미 예전에 책임을 묻지 않겠다고 결정한 것 같았다. 그래서 자신이 말을 꺼내기 전까지 도난된 물건에 대해 전혀 말을 꺼내지 않은 것이었다.

'목걸이라…….'

예상과 전혀 다른 물건이었다.

유진은 혹시 진이 사왕과 결혼한 이유가 사막에 가져 나간 물건을 얻기 위해서가 아니었을까, 의심했다.

하지만 물건의 정체가 단지 보석일 뿐이라면 그게 얼마나 귀한 보석이고 역사적 의미가 있든, 결국 그 물건의 가치는 환금성이었다.

'내가 너무 넘겨짚었나 보네. 진은 그 목걸이를 왜 가져갔을까. 사교도에 댈 자금으로 쓰려고?'

목걸이를 통째로 거래하기는 어려워도 해체하여 보석만 거래하면 충분히 팔 수 있을 것이다.

사교도에 거금을 투자한 진의 과거 행적을 보면 충분한 동기 같다는 생각이 들다가도 돈이 필요해서 도둑질이라니, 진이 하는 짓치고는 너무 일차원적이라는 의심도 들었다.

꼬리에 꼬리를 무는 생각을 좇다가 어느새 잠이 들었다. 그녀는 물소리를 듣고 눈을 떴다.

그녀는 크게 뜬 눈을 깜빡거렸다. 구름 한 점 보이지 않도록 푸른 하늘이 보였다. 수면 위에 뜬 그녀의 몸이 가볍게 흔들렸다. 그녀는 살짝 발을 위로 올렸다가 내렸다.

첨벙.

그녀는 몇 번 반복해서 물장구를 치듯이 두 발을 움직였다.

첨벙, 첨벙, 첨벙.

물소리는 들리는데 물에 닿는 촉감은 없었다.

그녀는 천천히 일어나 앉았다. 사방을 둘러보았다. 지난번에 봤던 광경과 같았다. 멀리 하늘과 맞닿은 수평선이 보였다.

이게 꿈이라는 것을 알고 있고 처음도 아니라서 그런지 지난번과 다르게 유진은 침착했다.

그녀는 자신의 모습부터 살폈다. 잠들기 전에 입었던 얇은 재질의 원피스 잠옷이었다. 살짝 상체를 숙여 수면에 비추어진 모습을 확인했다. 지구인 유진이 아니라 진 아니카였다.

"꿈에서도 난 이제 이 모습이네."

유진은 자신이 깔고 앉은 수면 아래에 손을 넣었다. 역시나 물속으로 손이 쑥 들어가는 광경은 어떤 이질감도 없었다. 그러나 물이 손에 닿는 느낌은 없었다.

그녀는 일어났다. 자신의 발아래를 확인하자 발목까지 물이 찼다. 다시 시선을 들어 사방을 둘러보았다. 물과 하늘 외에는 아무것도 보이지 않았다.

"정말 이게 내 자각몽일까?"

그녀는 물 위를 걷기 시작했다. 마치 평지를 걷는 느낌인데 걸을 때마다 물장구치는 소리가 들리는 현상이 기이했다.

주변을 둘러보다가 하늘을 보았다. 푸른 하늘의 모습이 선명하게 보일 정도로 밝은 대낮의 느낌이지만, 태양은 어디에도 보이지 않았다.

지난번과 다르게 꿈이 꽤 길었다. 한참을 걸어도 주변 풍경은 바뀌지 않았다.

'여기가 호수라면 기슭이 보여야 할 텐데……'

아무것도 없는 풍경이 점점 지루해졌다. 그녀는 멈추어 서서 아래를 내려다보았다. 여전히 물은 그녀의 발목 근처에서 찰랑거렸다.

'이렇게 얕은 호수도 있나?'

그녀는 한참 보다가 이상한 점을 발견했다. 촉감이 느껴지지 않아서 자신이 지금 어디를 딛고 있는지 미처 생각을 못 했다.

발목 깊이의 물이라면 발바닥이 닿는 곳에 바닥이 있어야 한다. 하지만 흙바닥은 보이지 않았다. 그 아래가 훨씬 깊게 시퍼렇고 어두웠다.

그녀는 아래를 더 자세히 보기 위해 쪼그려 앉았다. 수면 가까이에 얼굴을 가져다 댔다. 눈을 깜빡여 감았다가 뜨니까 천장이 보였다.

'응?'

그녀는 고개를 좌우로 돌렸다. 침실의 침대 위에 누워 있었다. 이미 날이 밝아 침실이 환했다.

'정말 이상한 꿈이네. 깨는 것도 이상하고.'

유진은 고개를 갸웃했다. 꿈이 이어지는 것으로 봐서는 평범한 꿈은 아니었다. 자각몽일지도 모른다고 생각하지만, 확신할 수 없었다. 그가 해 준 설명과 전혀 맞지 않았다.

혹시나 해서 그녀는 눈을 감고 자신의 내면에 집중했다. 있는지 없는지도 모를 뭔가를 찾아내려고 시도했다. 그녀는 미간을 찡그리며 애쓰다가 눈을 떴다. 여전히 아무것도 느낄 수 없었다.

'다음에 또 꿈을 꾸면 더 꼼꼼하게 탐색을 해 봐야겠어.'

유진은 오늘도 하루를 시작하기 위해 시녀를 불렀다.

*　　*　　*

시종장이 왕께 고했다.

"전하. 부르심을 받고 웨이즈 남작이 당도했습니다."

서류에 막 날인을 마친 카세르가 고개를 들었다.

"들여라. 독대할 터이니 모두 물러가도록."

"분부 받잡습니다."

집무실에 있던 시종들이 모두 나가고 잠시 후 마리안이 들어왔다. 카세르는 인사를 올리는 마리안을 보며 자리에서 일어났다. 그는 책상 앞에서 나와 소파로 가 앉았다.

"이리 와, 앉지."

"예, 전하."

자리를 옮긴다는 건 길어질 수 있는 이야기라는 뜻이라 마리안은 살짝 긴장했다. 최근 왕께서 그녀를 찾은 일이 없어서 독대는 꽤 오랜만이었다.

"마리안. 내게 말하지 않은 게 있나?"

"말씀하시는 뜻을 잘 모르겠습니다. 전하."

"왕비의 기억에 관해서."

"전하. 무엇도 전하께 숨기는 일은 없습니다."

"왕비가 기억을 찾은 것이 전혀 없어? 아주 사소한 것이라도?"

"제가 알기로는 없습니다. 왕비님께서 말씀하지 않으셨다면 저로서는 알아낼 방법은 없지만, 제가 뵙는 왕비님은 달라지신 점이 없습니다."

마리안은 아무 말이 없는 왕의 안색을 살폈다.

"무슨 일이 있으셨습니까?"

"왕비가 어제 은행장을 만났다더군."

"예. 사재가 있다는 사실을 기억 못 하셨다가 말씀을 올려서 알게 되시자 확인하고자 하셨습니다."

"그 외에는? 다른 특별한 사건은 없었고?"

"케이지라는 정보 중개인이 찾아와서 만나셨습니다. 총관 말로는 종종 왕비님을 뵈었던 자라고 합니다. 그자를 만나신 후에도 왕비님께서는 기억 나는 일이 없다고 하셨습니다."

마리안은 왕비의 일상 전부를 왕께 고하지 않았다. 왕도 그런 걸 요구한 적은 없었다. 왕비의 감시자가 되어야 했다면 아마 마리안은 애초에 성으로 다시 돌아오지 않았을 것이다.

마리안은 어디까지나 왕비를 돕고자 했다. 더불어 두 분 사이가 가까워지도록 매개 역할을 맡고 싶다는 욕심이 있었다.

왕과 마리안 사이에 합의된 것은 왕비의 기억 상실이었다. 왕비가 기억을 되찾은 증상이 나타났다면 그건 왕께 고했을 것이다.

"전하."

마리안은 왕의 신하가 아니라 유모로서, 다른 사람은 하지 못할 조언을 건네기로 마음먹었다.

"왕비님의 기억 상실은 인력으로 어찌할 수 있는 일이 아닙니다. 하루아침에 기억이 돌아오실 수도 있지요. 언제까지 가슴 졸이며 걱정하려고 하십니까. 다른 방식으로 왕비님과의 관계 개선에 노력하셔야지요. 밤에 침실에만 납실 것이 아니라 식사도 함께하시고 시간을 내어 산책도 하시고요. 사람과 사람의 관계는 그냥 만들어지지 않습니다."

8. 헤매다

카세르는 자신이 처한 복잡한 상황을 어떻게 설명해야 할지 알 수 없었다.

왕비와 계약을 했고 그 계약에 따라 지금 아이를 갖기 위해 노력 중이었다. 그가 왕비의 기억이 돌아올까 봐 걱정하는 가장 큰 이유는 기억을 찾은 그녀가 말을 바꿀지도 모른다고 의심하기 때문이다.

그는 왕비와 맺은 계약에 대해서는 절대 마리안에게 말할 생각이 없었다. 마리안은 몹시 충격받을 것이다. 이제 마리안의 나이도 적지 않은데 건강을 위해서라도 속 끓이게 하고 싶지 않았다.

"내가 알아서 해."

"전하."

샐쭉해진 마리안의 표정은 본격적인 잔소리가 시작된다는 신호였다.

카세르는 한숨처럼 날숨을 다소 크게 내쉬었다. 마리안은 아랑곳하지 않고 말을 이었다.

"전하의 노고를 제가 어찌 모르겠습니까. 밤낮으로 국정을 살피느라 분주하시지요. 그래도 매일 밤 왕비님 침실에 찾아오실 시간은 되시지 않습니까?"

아이를 갖기 위해서는 그걸로 충분했다. 그렇게 대답하고 물러가라고 하면 마리안은 실망의 눈초리로 바라볼지언정 입 다물고 돌아갈 것이다.

하지만 카세르는 아무 말도 하지 않았다. 마리안이 힐난하는 눈으로 볼 게 뻔한 말을, 진심도 아니면서 하고 싶지 않았다.

솔직히 왕비와의 관계를 개선하라는 마리안의 말에 귀가 솔깃했다. 정말 그럴 수 있을까. 과거를 잊고 새로운 관계를 만들 수 있을까. 그녀의 기억이 돌아와도 지금처럼 지낼 수 있을까.

그는 최근에 이르러 자신이 결혼했다는 사실을 실감했다. 결혼 3년 만에 비로소 함께 살아갈 배우자의 존재를 진지하게 생각하기 시작했다.

그와 동시에 약간의 답답함도 느꼈다. 그녀와의 관계는 가까워질 듯하면서도 묘하게 거리가 있었다.

평소에는 부딪치는 일이 없고 그녀와 보내는 밤은 뜨거웠다. 그녀는 잘 웃고, 잘 말하고, 불만을 드러내지도 않았다. 문제가 없으나 문제가 있는 것 같은, 이 이상한 느낌을 도통 감 잡을 수가 없었다.

"일단은 활동기가 끝난 후에."

"세상에, 전하."

마리안이 절망스러운 표정으로 탄식했다.

"지금 나랏일을 말씀드리는 게 아닙니다. 순서에 따라 처리하는 국정이 아니에요. 대체 왜 미루려고 하십니까? 당장 하실 수 있는 일부터 하시면 됩니다. 전하께서 조금 덜 바쁘시다고 해서 당장 왕국이 어찌 되지는 않습니다. 전하께서는 신이 아니에요. 어떻게 모든 일을 다 하려고 하십니까?"

마리안은 작정한 듯 말을 쏟아 내다가 자신의 말에 흠칫 놀랐다.

왕의 표정은 담담했다. 그래서 마리안은 얼굴이 화끈거렸다. 분수에 넘치는 말을 해도 왕께서 노여워하지 않으리라는, 왕의 관대함에 기댄 자신의 얄팍함을 깨달았다.

마리안이 고개를 숙였다.

"송구합니다. 전하. 주제넘은 말씀을 올렸습니다. 제 무례함을 벌하여 주시옵소서."

카세르는 마리안을 보며 살짝 미소 지었다. 그는 마리안의 잔소리를 싫어하지 않았다. 가끔 성가시기는 하지만.

한창 반항기 시절인 열네다섯 살 무렵에는 마리안이 하는 말 전부가 거슬리고 짜증 나던 때도 분명히 있었다.

그때 그런 속내를 거친 방식으로 마리안에게 풀어내지 않은 건 지금 생각해도 참 잘한 일이었다.

"전하! 시급을 다투는 일이옵니다!"

바깥에서 시종장이 목소리를 높였다. 카세르가 마리안과 독대하겠다고 하였으니 어지간한 일로는 방해할 리가 없었다. 소파에 마주 앉아 있던 두 사람 표정이 굳었다.

"들어오라!"

왕의 허락이 떨어지자마자 문이 열렸다. 시종장과 동행한 사내가 시종장보다 더 빠른 걸음으로 추월해 들어왔다. 그는 바닥에 한쪽 무릎을 굽히고 자세를 낮추어 앉아 들고 있던 붉은 봉투를 위로 들었다.

"전하. 중앙 저장소 관리소장이 보낸 급보입니다."

카세르는 벌떡 일어나 서둘러 사내에게 다가갔다. 그는 사내의 손에서 붉은 봉투를 빼내 열었다.

붉은 봉투 안에 든 것은 작은 종잇조각이었다. 급한 소식을 빠르게 보낼 때 전서구를 이용하므로 중요한 극비나 많은 내용은 담을 수 없었다.

　　—사고, 깨짐, 노란 등급

아무리 관리를 철저히 해도 저장소의 씨앗이 깨지는 사고는 종종 벌어졌다. 특히 활동기에는 아주 작은 자극에도 깨지곤 했다. 드물지만 철저한 안전장치를 해 두어도 깨질 때가 있었다.

카세르는 사내에게 지시했다.

"너는 이 길로 즉시 대장군에게 가서 중앙 저장소로 전사들을 급파하라고 전해라."

"예, 전하."

사내는 즉시 일어나 곧바로 몸을 돌려 달려 나갔다.

"시종장. 재상에게…… 아니, 내가 가 봐야겠다."

사람을 보내서 부르고, 올 때까지 기다려서 만나고, 시간이 너무 걸린다. 좀 더 기다리면 사고에 관한 자세한 정황을 담은 보고서가 도착하겠지만, 마음이 조급했다.

그가 즉위한 후 중앙 저장소에서 처음 생긴 사고였다. 아무래도 지금 저장소로 가 봐야겠으니 가는 길에 들르는 쪽으로 마음을 바꿨다.

수도에서 걸어서 꼬박 반나절이 걸리는 곳에 있는 중앙 저장소는 왕국의 저장소 중에서 가장 규모가 컸다. 푸른색 이상의 고위험 씨앗은 중앙 저장소에서만 보관했다.

채취된 모든 씨앗이 일단 중앙 저장소를 거쳐 곳곳의 다른 저장소로 이동했다. 중앙 저장소와 비교하면 다른 저장소는 보급소에 가까웠다.

그만큼 중앙 저장소의 관리는 다른 곳보다 철저하므로 작은 사고라 할지라도 위험도가 달랐다. 초반에 수습하지 않으면 왕국의 재앙이 될 것이다.

카세르가 시종장 곁을 지나쳐 빠르게 걸었다. 시종장이 곧바로 뒤에 따라붙었다.

"검 가져오라고 해."

"예, 전하."

"대장군에게 지금 바로 내 말을 전해라. 재상의 자택으로 오라고."

"예, 전하."

복도를 걷는 그의 머릿속에 생각이 많았다. 활동기에 자리를 비우는 건 불안했다. 그가 없는 사이에 라크가 나타나면 피해가 크다.

그나마 다행은 라크 군단을 처리한 후 휴지기가 아직 이어지고 있었다.

'아직은 괜찮아.'

불안감을 완전히 떨쳐낼 수는 없었다. 이번 활동기는 어딘지 달랐다. 초반에 유난히 라크의 출몰이 잦았고 심지어는 대군단까지 몰려왔다.

'레스터에게 성벽 경비를 더 강화하라고 해야겠군.'

그는 남아 있는 사람들을 걱정했다. 그리고 가장 먼저 떠오르는 사람은 왕비였다.

당황한 그의 발걸음이 느려졌다. 자신이 없는 동안의 뒷일을 걱정할 때 한 사람의 얼굴만 선명하게 떠올리는 경험은 처음이었다.

그녀는 아니카다. 라크의 공격에서 유일하게 안전한 사람이 있다면 그녀였다.

'꼭…… 라크의 직접적인 공격만이 문제는 아니지.'

라크가 날뛰어서 무너지는 건물에 깔려 다칠 수도 있고 다른 사람이 처참하게 죽는 모습을 목격해 정신적인 충격을 받을 수도 있다.

"시종장. 내가 없는 동안 신호탄이 터지면 지체 없이 지하 방공호를 열고 왕비를 모셔라."

시종장이 순간 움찔했다가 대답했다.

"명심해서 거행하겠습니다. 전하."

늦추어진 그의 발걸음이 다시 빨라졌다.

왕이 급보를 받고 나가 버린 후 집무실에 마리안이 홀로 남았다.

그녀는 쓴웃음을 지었다. 왕께서 자신을 챙기지 않고 잊어버려서 서운한 건 아니었다. 그만큼 왕께서 스스럼없이 생각한다는 의미이니 오히려 기쁘게 생각했다.

일을 좀 줄이라는 말을 꺼내기 무섭게 비상사태가 발생한 이 상황이 참 공교로웠다.

'몸이 열 개라도 부족한 분이시지. 모를 리가 있나.'

그녀는 때로는 신하가 아닌, 어머니의 마음으로 왕을 바라보곤 했다. 무엄한 일이라 입 밖에 내지는 못해도 어릴 때부터 보살핀 왕은 그녀의 마음속에서 혈육보다 가까웠다.

훌륭히 장성하여 척척 나랏일을 하시는 왕을 보면 뿌듯하다가도 애잔했다. 조금은 자신의 행복을 위해 시간을 쓰기를 바랐다.

'가끔은…… 아니, 그보다는 자주 원망스럽습니다.'

마리안은 이제 어렴풋한 기억으로만 남은 전대 왕비를 떠올리며 중얼거렸다.

자신이 아무리 정성을 다해도 친어머니의 사랑에 비할 수 있을까.

왕은 어릴 때부터도 속이 깊었다. 철이 일찍 들어 전혀 내색하지 않으니 왕이 느끼는 고독과 외로움이 어느 정도인지 짐작할 수 없었다.

드러내지 않는다고 해서 결핍이 저절로 채워졌을 거라고는 생각하지 않았다.

요즘 국왕 부부, 두 분을 보면 왕실의 좋지 않은 선례를 깰 수 있을지도 모른다고 기대하게 되었다. 다만…….

'어제부터 왕비님이 좀 이상하신데…….'

새로운 걱정거리가 생겼다.

유진은 다시 방문한 은행장에게 받았던 서류를 모두 돌려주었다.

"그사이에 어음을 가져온 자는 없었나?"

"없었습니다. 왕비님."

"출금 업무는 누가 하지?"

"실무 직원이 있습니다만, 왕비님 계좌의 출금은 제가 직접 담당하고 있습니다."

"항상?"

"예, 왕비님."

"그럼 어음을 가져온 자가 누구인지 기억하는가?"

"예, 왕비님. 세 명이 번갈아 왔습니다."

은행장은 자신이 만났던 세 남자의 외모적 특징을 설명했다. 은행장이 만난 자 중에 호드리고는 없었다.

'본인이 안 가고 아랫사람을 보낸 모양이군.'

"그 세 명이 오는 순서는 정해져 있던가?"

"출금액의 정도에 따라 어음을 가져오는 자가 달라졌습니다."

마하에서 유통되는 금화는 크게 두 종류가 있었다. 성도의 상제가 주조하는 금화와 여섯 왕국이 주조하는 금화.

성도의 금화는 한 종류뿐이며 가장 고액권이었다. 금화 한 개가 유진이 살던 세상의 화폐로 환산해서 약 백만 원 정도의 가치를 지녔다.

워낙 고액권이라 일상적인 화폐로 유통되는 일은 거의 없고 대개 어음 발행 시 기준 화폐로 이용했다.

은행장은 기준 금화 10개 이하, 10개 이상 100개 이하, 그 이상, 셋으로 출금액을 나누어 어음을 가져오는 자가 정해져 있었다고 말했다.

'그들은 사교의 신도들이었을까? 아니면…… 호드리고가 케이지라는 다른 신분으로 부리던 자들이었을 수도 있지.'

은행장은 생각에 잠긴 유진을 불안한 시선으로 흘끔거렸다.

"왕비님. 아뢰옵기 송구하오나 혹시 그동안 출금에 문제가 있었습니까?"

그동안 두말없이 맡겨 두었던 왕비가 갑자기 이것저것 묻고 서류를 꼼꼼히 살피자 그는 덜컥 불안했다. 사고가 발생하면 잘잘못을 떠나 자신의 경력은 끝장이었다.

"아닐세. 아무 문제는 없네. 다만, 내가 당분간 계좌를 동결하려고 하는데 어음 지급을 은행에서 거절할 수 있나?"

유진은 당장 호드리고에게 들어가는 자금을 끊을 생각이었다. 진이 거금을 사교도에 지원한 만큼 그자들이 자금 의존도가 높을 거라고 짐작했다.

없이 살다가 절약하는 것보다 펑펑 쓰다가 허리띠를 졸라매는 일이 훨씬 힘들 테니까 그들에게 압박이 될 것이다.

현재 유진은 그들과 자유롭게 접촉할 수 없었다. 진과 그들이 어떤 관계였는지 알아낼 방법도 떠오르지 않았다. 현재로서는 궁지에 몰아넣어 튀어나오는 반응을 기대하는 방법이 최선이었다.

"아…… 왕비님. 왕비님께서 주인이시니 당연히 뜻대로 하실 수 있습니다만."

은행장이 확실한 대답을 하지 못하고 진땀을 흘렸다. 그는 왕비님을 처음 뵙고 예치금을 받았던 3년 전 그날, '심기를 거슬렸다가는 가차 없는 분'이라고 머릿속에 저장했다.

그는 수십 년 은행원으로 일하며 축적된 자신의 사람 보는 눈을 믿었다. 그래서 말을 꺼내기가 몹시 조심스러웠다.

"편하게 말하게. 무슨 문제가 있나?"

"정당하게 발행된 어음을 은행에서 거절하려면…… 아주 복잡한 일이 발생합니다."

"나는 이 이상 내 예치금에서 출금하지 않기를 바라네. 방법이 없는가?"

은행장이 방법을 찾아 끙끙대다가 말했다.

"현재 계좌의 잔액을 모두 출금하시면 됩니다만…… 그러면 왕비님께서 발행하신 어음이 부도 처리되어 왕비님의 신용이 손상됩니다. 어음 소지자가 소송을 제기하는 망극한 일이 벌어질 수도 있습니다."

공론화되면 그런 망신도 없었다. 귀족에게 명예는 목숨보다 귀했다. 은행장은 그 사태를 상상만 해도 눈앞이 아찔했다.

"그 문제는 내가 알아서 하지."

유진은 절대 그들이 문제를 크게 만들지 않을 거라고 확신했다. 사람들의 눈에 띄고 싶지 않을 테니까.

"그럼 지금 즉시 처리할 수 있겠나?"

"예, 왕비님."

유진은 잔액을 모두 빼서 빈 계좌로 만들고 뺀 금액을 새로운 계좌로 다시 예치했다.

마하의 은행을 이용하는 고객은 사회 부유층들이었다. 하루 벌어 하루를 사는 평민에게 은행에서 요구하는 최소 예치금은 감당하기 어려운 거금이었다.

그래서 돈만 있으면 이용자 자격을 깐깐하게 따지지 않았다. 신분을 증명하지 않아도, 혹은 가명으로도 예치 가능했다.

그녀는 유진의 이름으로 새 계좌를 만들었다. 예치금 증서에는 진의 개인 도장을 쓰지 않았다. 자신의 이름 '유진'을 한글 필기체로 썼다. 마하에서는 누구도 알아보지 못할 자신만의 서명이었다.

유진은 예치금 증서에 쓴 자신의 이름 서명과 거금 액수를 뿌듯하게 바라보았다. 비록 원래 금액에서 반만 건졌지만, 이것만으로도 평생 사치스럽게 살기에 부족함이 없었다.

'역시 사람은 비빌 언덕이 있어야 해.'

왕비로서 무엇 하나 부족함이 없어도 지금 그녀가 누리는 모든 것들은 왕비의 자리에서 내려오는 순간 사라질 것이다.

'하지만 황금은 사라지지 않지.'

유진은 은행의 잔고를 생각하자 마음이 든든했다.

"수고했네. 가 보게."

"예, 왕비님. 물러가겠습니다. 언제든 하문할 일이 있으시면 불러 주시옵소서."

은행장이 돌아간 후 마리안이 들어와 왕의 소식을 전했다. 저장소에 변고가 발생하여 급히 나가셨다는 말을 듣고 유진의 안색이 흐려졌다.

"부디 큰일은 없어야 할 텐데요. 잠시의 평화가 끝났군요."

"활동기가 끝나지 않았으니 오래 자리를 비우시지는 않을 겁니다."

"저장소가 멀리 있다고 했으니 오늘 안으로는 돌아오기 힘드시겠지요?"

"예, 아무래도 그렇습니다."

좋지 않은 일로 서둘러 나간 그 사람에 미안하지만, 걱정하는 한편으로 안도했다. 아직 그녀의 마음은 정처 없이 헤매고 있었다.

오늘은 또 무슨 핑계를 대고 그를 거절해야 하나, 언제까지 거절할 수 있을까, 거절하지 못하면 억지로라도 동침해야 하는 건가. 답을 찾지 못하는 중에 그가 자리를 비웠으니 걱정을 덜었다.

유진은 내색하지 않았다고 생각했으나 마리안은 유진의 우울함을 기민하게 알아차렸다. 상대방의 감정을 빠르게 포착하는 것은 마리안의 능력이었다. 더구나 요즘 마리안의 모든 관심은 왕비에게 쏠려 있었다.

왕비님께서 먼저 털어놓으면 모를까, 마리안은 먼저 말을 꺼낼 수 없었다. 윗전의 심기를 알아서 헤아리는 것이 자신의 본분이라고 생각했다.

'뒤늦은 후유증이실까.'

기억을 잃은 왕비께서 적응이 빨라서 의아해한 적이 있었다. 시간이 지나며 왕비님의 달라진 모습에 점점 익숙해지면서 잊었다가 새삼 예전에 들었던 의사의 말이 떠올랐다.

'혹시 기억 일부를 조금이라도 찾으신 걸까.'

중개인 케이지를 만난 후 왕비께서 확연히 기분이 가라앉았다고 느꼈다.

'그자와 길게 말씀을 나누시지도 않았는데…… 뭔가 왕비님 심경에 변화를 일으킨 것 같단 말이지…….'

하필 이 시기에 왕께서 안 계신다. 왕께 왕비님의 기분을 풀어 주시라고 넌지시 권하려던 계획을 쓸 수 없게 되었다.

"왕비님. 오늘 날씨가 좋습니다. 다리 위에서 차를 드실 수 있도록 준비할까요?"

생각에 잠겨 있던 유진이 시선을 들었다. 눈이 마주친 마리안이 부드럽게 웃었다. 자신을 위로하려는 마리안의 마음이 느껴졌다.

아무것도 모를 텐데, 무슨 일이냐고 캐묻지도 않고.

유진의 마음속에 뭉클한 감정이 울렸다. 살면서 이런 다정한 위로를 받아 본 적이 없었다. 코끝이 찡하여 유진은 더 환하게 웃었다.

"차는 괜찮아요. 날씨가 좋다니 좀 걸어야겠네요."

"외출 준비를 할까요?"

뜻밖의 제안에 놀라 유진은 크게 눈을 떴다.

"이 낮에요?"

"아직 라크는 나타나지 않을 겁니다. 그러니 전하께서도 이 시기에 직접 저장소로 납시었겠지요."

유진이 파악한 마리안은 원리원칙을 중시하는 사람이었다. 유진이 외출하겠다고 해도 말릴 사람이 오히려 부추기다니. 마리안답지 않았다.

'마리안이 이럴 정도로 내가 걱정하게 했구나.'

변화를 주어서 기분을 환기하게끔 하려는 마리안의 배려를 알 것도 같았다.

어제부터 유진의 기분은 수시로 바뀌었다. 자신에게 밀어닥친 과제를 모두 해결하겠다고 의욕이 치솟다가도 갑자기 두렵고 막막해서 모든 걸 다 내팽개치고 싶었다.

마리안의 배려가 주저앉아 있던 유진의 손을 잡아 힘차게 일으켜 주었다. 마리안은 알면 알수록 좋은 사람이었다. 이 사람과의 인연을 계속 이어 가고 싶다.

'……그 사람도.'

유진은 카세르를 떠올렸다. 그 남자가 불편한 건 그가 싫어서가 아니었다. 오히려 그 반대이기 때문에 도망치고 싶다는 걸 모를 만큼 어리석지는 않았다.

아무것도 하지 않고서는 아무것도 가질 수 없을 것이다.

유진은 마리안을 보며 고개를 저었다.

"아니에요. 전하께서 안 계시는데 나마저도 성을 비울 수는 없어요. 뜰에 나가는 것으로 충분해요. 다만…… 혼자 잠시 걷고 싶으니 누구도 따라오지 않게 해 줘요."

마리안은 여전히 푸근한 미소를 지으며 대답했다.

"예, 왕비님."

"그리고 마리안. 내가 알아보고 싶은 일이 있는데……."

"예, 말씀하셔요."

"어제 날 찾아온 정보 중개인 케이지. 그자에 관해 비밀리에 조사하려고 해요."

언제고 다시 호드리고를 만나게 될 것이다. 상대의 정보를 알아야 대처할 수 있을 텐데 그자를 만나서 말을 나누었는데도 기껏해야 떠오른 건 이름뿐이었다.

유진은 쉬운 경로부터 접근해 보기로 했다.

사교도 제사장인 호드리고의 정보는 얻기 어렵겠지만, 그자의 대외적 활동이라도 알아내면 도움이 될 것이다.

"무엇을 알아볼까요?"

"뭐든, 그자에 대한 것 전부요. 하지만 그자는 누군가 자신을 조사한다는 사실을 전혀 몰라야 해요."

"골동품 정보 중개인이니 어렵지 않습니다."

"아니에요. 그자가 마리안이 생각하는 이상으로 정보통이고 비밀도 많은 자라고 전제하고 주의해요."

마리안이 진지한 표정으로 생각에 잠겼다.

"왕비님. 그렇다면 제 능력으로는 부족합니다."

뭐든 말만 하면 척척 결과를 가져오던 마리안한테서 못한다는 말을 들을 줄 몰랐던 유진은 당황했다.

"왕비님께서 괜찮으시다면 제가 다른 사람을 추천해 올리겠습니다."

"누구요?"

"재상님이 그런 일에 적임입니다."

"재상……."

갑자기 거물이 등장했다. 유진이 살던 세상의 총리대신급이었다.

'그런 높으신 분을?' 하고 생각했다가 유진은 문득 밤마다 자신과 함께 자는 남자가 그 높으신 분보다 더 높은 왕이라는 사실을 깨닫자 실소가 나왔다.

"하지만 그런 사소한 일에…… 괜찮을까요?"

"사소하지 않습니다. 왕비님께서 하시는 일인 것을요."

"그럼 전하도 아시게 될 텐데요. 나중에 내가 전하께 말씀드릴지언정 당장은 신경 쓰이게 해 드리고 싶지 않아요. 그래서 마리안에게 부탁한 거예요."

"왕비님. 사람 한 명 조사하는 정도를 전부 전하께 고해 올리지 않습니다. 정 마음이 쓰이시면 재상에게 일임하시면서 전하께는 따로 왕비님께서 말씀드릴 거라고 하시면 됩니다."

"그 정도로 정말 비밀이 지켜지나요?"

유진은 호기심이 들어 질문했다. 눈 가리고 아웅 하는 건 아닐까. 유진은 왕성 안에서 벌어지는 모든 일이 왕에게 전달될 거라고 막연히 생각했다. 그래서 자신의 일상도 모두 그에게 보고되는 줄 알았다.

"비밀리에 몰래 하시는 것보다는 오히려 그편이 더 낫습니다. 재상이 왕비님께 당부를 들었는데도 전하께 고한다면 비난받을 일이지요. 그런데 현명한 사람이니 그런 어리석은 행동은 하지 않을 겁니다."

"흐음……."

재상 베루스에 관해서는 예전에 마리안이 왕국의 중요한 인물을 설명해 줄 때 들었다. 나이 지긋한 중년이 아니라 젊은 청년이라고 해서 놀랐다.

'이번 기회에 만나 봐야겠어.'

왕성 살림을 맡았으니 종종 재상의 협조가 필요한 일이 있을 것이다.

그리고 유진은 진의 폐쇄적인 생활을 완전히 청산하고 이번 활동기만 끝나면 대외적인 활동을 시작할 계획이었다.

재상은 진과 가깝던 사람이 아니라서 부담도 없었다. 진과 유진의 차이를 모를 테니까.

"재상을 만나겠어요. 조만간 자리를 마련해 줘요."

"예, 왕비님."

마리안은 혼자 가겠다는 유진을 침실 문 앞에서 배웅했다. 그녀는 유진의 뒷모습이 사라질 때까지 바라보며 서 있었다.

'잘 견디시다가 힘에 부치셨겠지.'

왕비의 예전 생활은 만나는 사람도, 하는 일도 제한적이었다. 아무리 기억을 잃었다고 해도 생활 습관을 갑자기 바꾸는 것이 쉬울 리가 없다.

마리안의 표정에 걱정이 담겼으나 심각하지는 않았다.

'사람 조사를 지시하셨고 재상도 만나겠다고 하셨으니까. 아직은 지켜봐야겠어.'

의사를 부르거나, 왕과 의논하는 건 미루어도 될 듯했다.

마리안의 곁으로 시녀가 다가왔다.

"남작님. 재상님께서 전언을 보내셨습니다."

마리안은 시녀가 건네는 봉투를 열어 즉시 서신을 꺼냈다. 서신의 내용은 간단했다. 한번 만나자는 용건 외에 만남을 청하는 이유도, 구체적인 시간도 없었다.

'무슨 일일까…… 어쨌거나 마침 잘 되었군.'

왕비님의 지시도 있고, 안 그래도 재상에게 연락을 넣으려던 참에 시기적절했다. 마리안은 빠른 시일 내에 방문하겠다는 답변을 돌려보냈다.

유진은 가뿐한 기분으로 땅을 밟았다. 건물과 건물을 잇는 회랑에서 이어지는 뜰은 제대로 된 산책로로는 아니어도 이곳이 편했다. 아마 성을 나와서 처음 바깥 공기를 마셨던 기분 좋은 기억 때문인 것 같았다.

졸졸 따라다니던 시녀가 없다는 점도 홀가분했다.

'왠지 우습다.'

경호원을 따돌리는 재벌 아가씨의 심정을 자신이 이해할 날이 올 줄이야. 드라마나 영화 속에서 그런 장면을 보면 배불러서 배 터지는 소리한다고 속으로 욕을 퍼부었었는데.

이 넓은 성의 뜰을 거닐며 집 앞마당에 나온 듯 편안함을 느끼는 자신이 낯설었다.

언제부터였을까. 유진은 지나치게 크다고 생각했던 왕성의 규모에 더는 압도되지 않았다.

'난 아마 다시 가면…… 제대로 살 수 없을 거야.'

물질적으로, 정신적으로, 이곳에서 넘치도록 풍부하게 지내고 있다. 유진으로 살던 이전의 삶으로 돌아가면 아마 이곳을 그리워하다가 무너질 것이다.

'내가 어떻게 여기 왔는지는 모르겠지만, 이제 내게 그건 중요한 문제가 아니야.'

유진은 한숨을 내쉬며 자신의 두 손을 내려다보았다. 가볍게 주먹을 쥐었다가 폈다. 이 몸은 자신의 의지로 움직였다. 진 아니카의 몸으로 들어온 후 한순간도 맞지 않은 옷을 입었다고 느낀 적이 없었다.

'이 몸으로 계속 살기 위해서는 진의 과거를 해결해야지. 부족할 게 없는 진이 왜 금서를 모으고 사교도와 접촉했는지 현실적인 동기를 찾아야 해.'

고개를 든 유진의 눈이 커졌다. 멀찍이 서서 자신을 바라보고 있는 흑마를 발견했다.

"어머? 너……."

유진은 아부에게 다가갔다. 흑마는 얌전히 서서 유진을 보기만 했다.

"아부."

이름을 부르자 흑마의 귀가 쫑긋거렸다.

"네가 왜 여기 있어? 전하와 함께 나간 게 아니었니?"

유진이 웃으며 말을 걸었다. 아부는 푸르릉 소리를 내어 반응했다. 그녀는 혹시 아부가 경계하여 도망갈까 봐 천천히 다가갔다. 그런데 손이 말의 콧잔등에 닿자 이상한 생각이 들었다.

자신이 아부에게 조심스레 접근한 것처럼 아부도 마치 '겁내지 마세요. 해치지 않아요.'라고 말하며 얌전히 기다리는 것 같이 느껴졌다.

영리한 동물은 맞지만, 자신이 너무 사람처럼 생각했나 싶어서 유진은 픽 웃었다.

"아부. 오랜만이야. 잘 지냈니?"

유진은 다시 봐도 아름다운 흑마의 털을 손바닥으로 쓸었다. 모든 말의 털이 이렇지는 않을 것 같았다. 오래전에 만져 본 어린 강아지의 털보다 부드럽고 윤기가 흘렀다.

"그 사람이 왜 너를 두고 갔을까. 널 타면 훨씬 빠를 텐데. 하지만 널 실수로 잊었을 리는 없고. 그렇지?"

유진이 말할 때마다 아부는 대답하듯 콧바람 소리를 냈다.

유진의 시선이 흑마의 귀 사이에 볼록 솟은 두 개의 뿔로 향했다.

'두 개의 뿔······.'

금서를 보면 두 개의 뿔이 달린 소의 그림이 항상 등장했다. 마라를 숭상하는 사교에서 형상화한 마라의 이미지다. 환수의 뿔이 그저 우연이라고 할 수 있을까?

라크는 본래 살육의 본능에 지배당하는 괴물이었다. 그런데 아주 드물게 일반적인 라크와 다른 녀석들이 있었다.

그것들은 본능을 억누르는 지능이 있고 자신의 모습을 자유자재로 바꿀 수 있으며 건기에도 활동했다. 사람들은 그런 라크를 환수라고 불렀다.

환수는 인간을 무조건 공격하지 않았다. 오히려 인간의 접근이 어려운 오지에서 지냈다. 보통 사람이라면 접근할 엄두조차 내지 못하겠지만, 왕은 환수를 제압한 후에 종속시켜 부릴 수 있었다.

왕이라면 마땅히 환수를 거느린다는 인식이 널리 퍼져 있었다. 사왕의 환수는 한 마리뿐이지만, 여러 마리의 환수를 거둔 왕도 있었다.

'마라가 라크를 보내 인간을 공격할 때도 환수는 여전히 왕의 명령을 들었지.'

유진은 자신의 소설 내용을 떠올렸다. 여긴 소설 속 세상이 아니어도 여전히 흡사한 부분이 많았다. 기본적인 세계관은 참고할 만했다.

'환수는 이미 왕에게 종속되어 마라의 명령에 따르지 않은 걸까? 근데 왕은 사람이고 마라는 신인데. 왕의 지배력이 신보다 강력하다는 게 말이 돼?'

자신이 만든 설정이지만, 모순이었다.

'내가 왜 그런 식으로 썼더라.'

유진은 자신이 왜 소설을 쓰기 시작했는지, 오래전 과거로 기억을 거슬러 올라갔다.

정확히 언제부터인지는 모른다. 어느 날 문득 전혀 다른 세상의 이야기가 떠올랐다. 당시에 판타지 소설이 영화로 제작되는 유행이 한창이었던 시기라 그 영향을 받았다고 생각했다.

마치 눈으로 직접 본 것처럼 조각조각 떠오르는 생생한 장면을 하나로 정리하고 싶었다. 그래서 끄적이며 적기 시작한 이야기가 선과 악이 대립하는 판타지 모험 소설로 탄생했다.

자신의 머릿속 상상을 글로 풀어내어 구체적으로 만드는 작업 자체가 즐거웠다. 힘든 현실에서 도피하는 위안이기도 했다.

그러나 그녀는 자신이 작가로서 재능은 없다고 생각했다. 그 소설 외에 다른 이야기를 써 볼 생각은 전혀 없었다.

그 소설만 십 년 넘게 붙들고 있었다. 시간 날 때마다 다시 읽으며 문장을 고치고 새 에피소드를 끼워 넣었다.

그녀의 소설은 일기 같은 것이었다. 작가도 독자도 그녀 혼자였다.

아부가 그녀의 손을 핥는 바람에 유진이 흠칫 놀라며 생각에서 깨어났다. 붉은 눈의 짐승이 마치 놀아 달라는 강아지 같은 표정으로 고개를 갸우뚱하는 모습을 보니까 웃음이 나왔다.

"아부. 너는 왜 내게 친절하니?"

이곳 사람들이 그녀에게 친절한 이유는 그녀가 왕비이기 때문이다. 하지만 짐승에게 인간 사회의 신분은 아무 의미가 없을 것이다.

"예전에는 나와 사이가 별로였다며?"

총관에게 왕의 환수가 사람에게 친화적이냐고 물었더니 이해 못 할 질문이라는 표정을 지었다. 총관은 '환수의 주인은 오직 사왕 전하이십니다.'라고 말했다.

만약 왕의 환수가 예전에 왕비를 잘 따랐었으면 총관은 틀림없이 말했을 것이다. 환수를 두려워하던 잔느의 반응을 생각해도 아부가 붙임성이 좋은 것 같지 않았다.

그러나 아부는 유진에게 호의적이었다. 그녀가 동물 마음을 읽는 재주는 없어도 알 수 있었다.

"넌 내가 다른 사람이라는 걸 구별하는 거야? 진보다 내가 더 마음에 들어?"

유진은 두 손으로 아부의 긴 주둥이를 잡아 쓰다듬었다. 아부가 눈을 지그시 감은 모습이 턱 밑을 간질여 줄 때 만족해하는 고양이 같았다. 덩치 큰 말이 귀여워서 그녀는 웃음을 터뜨렸다.

"아부. 혹시…… 표범이 된 모습을 보여 줄 수 있어? 무리한 부탁일까?"

가만히 있던 아부가 뒷걸음질로 물러났다. 유진은 아차 싶었다. 변신은 환수에게 무척 민감한 문제일지도 모른다.

기분이 상한 아부가 가 버리려는 줄 알고 얼른 사과하려 했다. 그런데 아부가 부르르 몸을 떨면서 자세를 낮추었다. 유진은 다가가려던 자세 그대로 멈칫했다.

'아……'

변화가 시작됐다.

유진은 흑마에서 흑표범으로, 전혀 종이 다른 짐승으로 변화하는 모습을 숨죽여 지켜보았다. 눈으로 보면서도 믿기지 않는 경이로운 광경이었다.

털이 길어지고 긴 주둥이가 짧아지며 가느다란 말의 다리가 두툼하게 두꺼워지는 과정이 물 흐르듯 자연스럽게 이어졌다.

마지막으로 두 개의 뿔이 더 크게 솟아올랐다. 변신을 마친 흑표범이 몸을 쭉 늘려 크게 기지개를 켜더니 엉덩이만 바닥에 붙이고 앉았다. 흑색의 긴 꼬리가 좌우로 흔들렸다.

"……와."

유진은 질린 표정으로 탄성을 질렀다.

"정말…… 크구나."

눈을 슬쩍 아래로 떠서 보이는 고양잇과 짐승의 앞발은 무시무시하게 컸다. 보송보송한 털 안쪽에 숨겨진 발톱의 크기를 상상하면 오싹했다.

'지난번보다 더 크잖아.'

절대 기분 탓이 아니었다. 그날보다 훨씬 더 고개를 위로 올려서 봐야 했다. 그리고 초식 동물과 육식 동물은 풍기는 기세가 달랐다.

아부를 처음 본 날은 저 짐승을 완전히 제압하는 왕이 함께 있어서 몰랐는데 막상 혼자서 보니까 겁이 났다.

표범의 귀가 쫑긋 움직였다. 그 작은 움직임에 유진은 자신도 모르게 놀라서 뒤로 물러났다.

아부는 무척 오랜만에 자신의 본신 그대로를 드러냈다. 자신의 대단함을 유진에게 자랑할 셈이었다. 하지만 그녀가 그다지 좋아하지 않는 것 같아서 시무룩했다.

어깨가 축 늘어진 거대한 표범의 모습이 안쓰러웠다. 유진은 멋쩍게 웃으며 말했다.

"미안. 네가 싫어서가 아니라…… 네가 커서 긴장하게 돼."

아부가 엉덩이를 떼고 일어났다. 몸을 털며 꼬리를 위로 세웠다. 흑표범의 몸이 스르륵 줄어들었다. 덩치가 거의 반으로 작아졌다.

"와. 크기도 자유자재야? 너 대단하구나."

그래도 여전히 컸다.

"아부. 더 작아질 수도 있어? 한 이만하게?"

유진은 두 손으로 품에 쏙 들어올 정도 크기의 원을 그렸다.

아부는 고민했다. 덩치는 라크끼리 우위를 겨루는 필수적인 생존 조건이었다. 적자생존 하는 라크의 세계에도 질서는 있었다. 작은 놈은 절대 큰 놈에게 먼저 덤비지 않았다.

아부는 왕의 환수가 된 지금 생활에 순응했다. 주인에게 졌으니 약한 놈이 굴복하는 건 당연했다.

그러나 왕의 환수가 되었어도 아부의 야생성은 사라지지 않았다. 야생 늑대를 잡아 와 기른다고 개가 될 수 없는 것과 마찬가지였다.

주인이 생긴 후 생존을 위해 다른 라크와 싸울 필요가 없어졌지만, 덩치에 대한 집착은 여전했다. 그래서 몸의 크기를 줄이라는 주인의 명령은 불만이었다. 보통의 말보다 유난히 큰 덩치를 유지하는 건 짐승의 소심한 반항이었다.

그런데 더 작아져야 한다니. 짐승에게도 자존심은 있었다!

짐승의 고고한 자존심은 기대하는 눈빛으로 바라보는 인간과 눈이 마주치는 순간 허물어졌다. 항거할 수 없이 좋은 기운이 여자한테서 흘러나왔다.

라크의 공격성은 타고난 본능이었다. 아부가 인간의 언어로 표현할 수 있다면 자신이 느끼는 '무언가를 공격하지 않고서는 견딜 수 없는 충동'에 대해 설명했을 것이다.

왕에게 종속된 후 왕의 프라즈가 아부의 충동을 억눌렀다. 말 그대로 충동이 사라지는 게 아니라 표출되지 못하도록 누를 뿐이었다.

그런데 눈앞의 여자한테서 흘러나오는 기운은 아부의 충동을 부드럽게 가라앉혔다. 아부는 난생처음 느끼는 이 안정감이 좋았다.

아부는 자신의 기운을 안쪽으로 응축했다. 흑표범의 크기가 점점 줄어들었다.

유진은 자신의 무릎 아래까지 키가 작아진 흑표범을 내려다보며 감격스러워했다.

"세상에, 어쩜, 귀여워."

그녀는 조심스럽게 두 손을 아래로 뻗었다. 얌전히 있는 아부의 앞발 겨드랑이 아래에 손을 집어넣어 안아 들었다.

크기가 줄어들어도 무게는 여전하면 어쩌나 싶었는데 묵직하기는 해도 들어 올릴 수 있었다.

유진은 고양이만큼 작아진 흑표범을 품에 안고 털에 얼굴을 비볐다. 부드러운 털이 뺨에 스쳤다.

"아, 너무 귀엽다. 어떡해!"

유진은 발을 동동 구르며 호들갑스럽게 비명을 질렀다. 다행히 왕비의 채신없는 행동을 볼 사람이 없었다.

*　　　*　　　*

왕과 전사들이 전속력으로 말을 달려 중앙 저장소에 도착했다.

카세르는 말을 세우고 저장소를 내려다보았다. 둥근 공으로 땅을 꾹 찍은 듯한 지형의 움푹 들어간 한가운데에 저장소가 있었다. 주변에 드문드문 건축물이 몇 개가 있기는 했으나 사람이 사는 집은 아니었다.

저장소는 위험 시설이었다. 씨앗은 크고 색이 짙을수록 질이 좋고 그만큼 위험했다.

마하에서 가장 최상급의 씨앗은 모두 사막에서 채취하므로 하시 왕국의 중앙 저장소만큼 높은 등급의 씨앗을 보관하는 저장소는 다른 왕국에 없었다.

안에서 라크가 날뛰어도 무너지지 않도록 저장소는 바위를 깎아 벽을 세워 견고하게 지었다. 저장소 주변으로 둥글게 빙 둘러서 돌로 성벽을 2차로 세웠다. 흡사 요새 같았다.

중앙 저장소에서 반경 일정 거리까지는 사람이 거주하지 못하도록 했다. 이런 위험 시설이 비교적 왕성에서 멀지 않다는 사실은 양날의 검이었다.

카세르가 다시 말에 박차를 가했다. 달려 내려가는 왕의 뒤를 전사들이 바짝 따라갔다.

저장소의 성벽 주변으로 한발 앞서 도착한 전사들이 빙 둘러 지키고 있었다. 그들을 지휘하던 소장이 왕께서 오셨다는 소식을 듣고 달려왔다.

"전하."

군더더기를 싫어하는 왕의 성품을 아는 터라 소장은 형식적인 인사말은 생략하고 즉시 보고를 시작했다.

"최초로 목격한 일꾼 증언에 따르면 준비실의 보관병 상태를 점검하는 중에 보관병 하나를 실수로 쏟았다고 합니다. 처음에는 저절로 터졌다고 주장했으나 말이 앞뒤가 맞지 않아 추궁하는 과정에서 거짓을 자백하고 진실을 털어놓았습니다."

카세르는 인상을 쓰며 혀를 찼다. 그래도 최악의 상황은 아니었다.

일꾼의 실수가 차라리 낫다. 관리에 문제가 있어서 씨앗이 깨진 거라면 저장소에 보관 중인 씨앗 전부를 전부 점검해야 할 것이다.

건기에 씨앗의 형태로 잠든 라크는 활동기가 되면 깨어난다. 하지만 불순물이 섞이지 않은 증류수나 기름에 씨앗을 담그면 활동기에도 씨앗의 형태를 유지했다.

그래서 저장소는 활동기가 되면 봉인 역할을 하는 액체를 담은 병에 씨앗을 보관했다. 증류수가 증발하여 기준량에 미달하면 라크가 깨어나므로 매일 확인하고 관리해야 했다.

"다친 사람은?"

"경상자뿐입니다."

"일꾼들은 모두 내보냈나?"

"예, 전하. 한 사람도 빠짐없이 모두 내보냈습니다. 지금 저장소 안에는 사람이 없습니다."

카세르는 고개를 끄덕이며 전사들에게 말했다.

"해가 지면 들어간다."

"예, 전하."

지금은 안에서 라크가 날뛰고 있을 것이다. 해가 진 후 고치가 된 라크의 위치를 확인한 후 아침에 단번에 해치우는 방법이 가장 안전했다.

저장소 내부는 마치 벌집처럼 수십 개의 방이 붙은 구조였다. 평소에는 모든 방끼리 전부 연결되지만, 방과 방 사이 연결 통로마다 거대한 철문이 위에 매달렸다.

비상시에는 한 번의 조작으로 단번에 모든 방과 방을 차단하는 철문이 내려왔다. 그 철문마다 겨우 한 사람이 기어 나올 수 있는 작은 문을 달아 사람만 빠져나올 수 있었다.

완전히 날이 어두워진 후 소장이 장치를 작동하여 철문을 위로 올렸다. 마지막으로 저장소로 들어가는 출입문이 열렸다. 왕과 전사들이 안으로 들어갔다.

"이쪽입니다. 전하."

소장이 길 안내를 맡았다.

저장소의 내부 구조는 복잡했다. 다 똑같은 형태의 방인 데다가 방끼리 전부 연결되어 방향을 잡기가 어려웠다. 안에서 씨앗이 깨져도 라크가 쉽게 밖으로 나갈 수 없는 미로를 만들었다.

보안을 위해서이기도 했다. 높은 등급의 씨앗은 값비싸게 거래될 뿐만 아니라 물건을 구하기도 어려웠다.

"이다음 방입니다. 전하."

목적지에 도착하자마자 카세르의 발에 툭 차인 병이 굴러갔다. 그는 굴러가는 병을 주워 들었다. 시선을 들어 주변을 둘러보는 그의 표정이 굳었다. 굴러다니는 병이 한둘이 아니었다.

'어떤 놈인지 꽤 날뛰었나 보군.'

라크가 방 안에 갇혀서 이리저리 몸부림을 치는 동안 보관 중이던 다른 병을 건드렸을 것이다. 그러면 또 씨앗이 깨져서 라크가 깨어나고, 그런 식으로 여러 마리의 라크가 깨어났으리라고 짐작했다.

전사들은 고치를 찾으려고 사방으로 흩어졌다. 그런데 여러 명의 전사가 내부를 다 꼼꼼히 살피고도 남을 시간이 지났는데도 누구도 고치를 찾았다는 말을 하지 않았다.

"전하. 고치가 없습니다."

"뭐? 고치가 없어? 그렇다면⋯⋯."

카세르의 표정이 일그러졌다.

"철문이 열리자마자 놈은 이 방에서 빠져나갔다."

그는 소장을 다그쳤다.

"최상급 등급 씨앗의 방으로 안내해라. 지금 당장!"

"예! 이쪽입니다!"

소장이 가리키며 달려가는 방향으로 왕과 전사들도 달려갔다.

*　　*　　*

베루스는 팔짱을 낀 채 한참 생각에 잠겼다. 평소라면 한창 일할 시간이지만, 어제 마리안을 만난 이후 좀처럼 일이 손에 잡히지 않았다.

내성의 정보를 얻고 국왕 부부 두 분 사이의 분위기도 살필 겸 마리안

에게 만나자고 했다. 그런데 마리안과 만남은 여러 가지로 그의 예상을
벗어났다.

수십 년 동안 왕궁에서 생활한 마리안은 노련한 사람이었다. 머리는
좋으나 경험이 부족한 베루스가 상대하기 까다로웠다. 입이 무겁고 속
내도 잘 드러내지 않았다.

그녀는 수십 년을 왕실에 헌신했고 왕에 대한 충성심이 대단했다. 어
설픈 협상이 통할 상대가 아니었다.

그래서 어떤 대화가 오갈지 예상 시나리오를 짜고 마리안의 반응에
따른 다양한 질문과 답변을 준비하려 했다.

그러나 마리안에게 심부름꾼을 보낸 이튿날 바로 마리안이 연락 없이
찾아올 줄은 몰랐다. 미처 마음의 준비를 하기도 전이었다.

마리안과의 대화는 역시나 뜻대로 풀리지 않았다. 쓸 만한 정보는 얻
은 게 없었다. 오히려 마리안은 전혀 생각지도 못한 말로 베루스의 허를
찔렀다.

「왕비님께서 재상님을 만나고자 하십니다.」
「……무슨 일로 왕비님께서 저를……?」
「무슨 일인지는 왕비님을 뵈면 알게 되시겠지요.」

마리안이 돌아간 후 아무리 머리를 쥐어짜도 짐작 가는 것이 없었다.

베루스는 그동안 왕비와 거리를 두었다. 공식적인 자리에서만 마주칠
뿐이며 그때도 인사만 했을 뿐, 특별히 교류를 시도하지 않았다.

그는 사람과의 관계보다는 일에 집중하는 성격이었다. 재상직은 정치
적인 자리이니 사람과 얽히는 일은 피할 수 없지만, 가능한 한 일과 관련
해서만 관계를 풀어 나갔다.

왕께서 성혼하신다는 소식을 들었을 때부터 왕비와 가깝게 지내지 말자고 결심했다. 왕비는 그의 정치적인 지위를 더 견고하게 만들어 줄 수 있으나 반대로 복잡한 일에 휘말리게 할 수도 있었다.

베루스는 처음과 끝이 명료한 게 좋았다. 모호한 건 딱 질색이었다. 그런데 사람과 얽히면 대부분 복잡해지고 예상할 수가 없었다.

그렇지만 왕비가 만나자고 하면 거절할 수 없었을 것이다. 그런데 왕비는 베루스뿐만이 아니라 누구도 호출하지 않았다. 낯선 왕국에서 자기 기반을 마련하려고 주변에 영향력을 행사할 거라는 예상과 달랐다.

그래서 베루스는 국혼 초반에는 왕비에게 호의적이었다.

다만, 시간이 지나며 왕비가 그야말로 아무것도 하지 않는다는 사실을 알게 되어 실망했다. 얼마 전 실종 사건을 계기로 완벽하게 불신하게 되었다.

'왜 이제 와서 날 보자는 거지?'

실종된 시녀들을 조사하는 걸 눈치챈 걸까.

'아니야.'

베루스는 고개를 저었다. 꼬리 잡힐 만한 일은 하지 않았다. 만약 왕비에게 그만한 정보력이 있다면 원점으로 돌아가 모든 것을 다시 조사해야 한다. 그동안 왕비가 자신의 세력을 숨겼다는 뜻일 테니까.

'왕비께서 부르시는데 뻗댈 재주는 없고. 별수 있나.'

베루스는 서신을 작성했다. 왕비께 알현을 청하니 날짜와 시간을 정해 달라는 내용이었다. 그는 집사를 불러 서신을 건넸다.

"왕궁에 들어갈 서신이다. 웨이즈 남작에게 전달하라고 해라."

"예, 각하."

서신을 보낸 후 한 시간도 안 되어 답장이 왔다.

"뭐가 와?"

"왕궁에서 서신이 왔습니다."

베루스는 집사가 책상에 올리는 봉투를 들어 확인했다. 봉인된 밀랍 위에 왕실 문양이 찍혀 있었다. 이 인장을 찍을 수 있는 사람은 왕족뿐이므로 현재 왕께서 부재중이니 왕비밖에 없었다.

봉투를 열어 서신을 열어 내용을 확인하니 더 황당했다.

—그대의 알현 요청을 허락합니다. 오늘 오후 2시과.

베루스는 몇 번이고 오늘이 맞는지 확인했다.

아주 막역한 사이가 아니고서는 사람을 만날 때 최소한 하루 전에 약속을 잡았다. 알현 신청이라면 적어도 이틀의 여유는 두고 날짜를 잡는 것이 상식적이었다.

'더구나 지금은 전하께서도 안 계시는데.'

누가 괜한 트집을 잡을까 봐 베루스는 가능하면 왕께서 성을 비울 때는 성에 들어가지 않았다.

그렇다고 왕비께서 정한 약속 시각을 자신이 바꿀 수는 없었다.

"톰슨. 이따가 입궁할 거니까 준비해."

베루스는 낮게 한숨을 쉬며 집사에게 지시했다. 불안하면서도 한편으로는 궁금했다. 이렇게 급히 만나자고 할 정도라면……. 도대체 무슨 일일까.

*　　*　　*

왕비의 집무실 단장이 끝났다. 원래는 손님맞이 응접실로 쓰던 공간이었다.

왕성에는 응접실로 쓰는 방이 아주 많았다. 원래 알현을 기다리는 자들이 대기하는 공간인데 왕비의 개인 응접실 근처의 대기실은 그동안 거의 쓰이는 일이 없었다.

집무실은 유진의 요구사항에 따라 꾸몄다. 책장과 책상 외에 꼭 필요한 가구만 두었다. 과도한 장식은 제외하고 화려한 조각 역시 되도록 적게 들어가도록 새로 제작했다.

그녀의 전공이 인테리어는 아니지만, 회사 다닐 때 대표실 꾸미기를 맡아 한 적이 있었다.

유진이 다니던 회사는 이사가 잦았다. 회사 규모가 크지도 않은데 허세가 잔뜩 들어간 사장은 본인의 대표실은 아주 그럴듯하게 꾸미기를 원했다. 그러면서 돈 들이기는 아까워했다.

어쩌다가 유진이 그 일을 맡게 되었다. 그러나 유진은 그냥 총무 직원일 뿐이었다.

'내가 왜 이런 일까지 해야 해?'라고 생각했지만, 대표가 시키는 일을 거절하지 못하는 말단 직원에 불과했다.

내내 속으로 사장 욕을 퍼부으며 작업한 결과는 전문가에게 맡긴 것보다 낫다는 호평을 받았다. 이후 대표실 꾸미기는 계속 유진이 맡아 하게 되었다. 내심 본격적으로 관련 분야를 공부해 볼까 생각도 했었다.

이곳에서 유행하는 기본 디자인은 유신이 보기에는 지나치게 화려하다 못해서 촌스럽게 느껴졌다. 현란한 미를 극도로 추구한다고나 할까.

관광지에서 보는 예술품이라면 구경하는 맛이 있겠지만, 아침부터 밤까지 온갖 색을 다 넣고 번쩍이는 황금으로 장식한 물건들을 계속 보면 피로가 밀려왔다.

유진은 깔끔한 느낌의 현대적 디자인에 익숙했다. 하지만 그 감각 그대로를 이곳에 적용했다가는 너무 파격적이라서 다들 거부감을 느낄 것이다.

그래서 중간 정도로 적당히 타협했다. 그녀의 집무실은 복고풍이었다. 옛 형태를 버리지는 않되 현대적인 감각을 가미해서 간결하면서 고급스럽게.

완성된 집무실을 처음 둘러보는 자리에 유진은 마리안과 사라를 불렀다.

"내가 좋아하는 느낌으로 꾸몄어요. 어떤가요? 이상해 보이는 데가 있나요?"

마리안과 사라가 호기심 가득한 눈으로 집무실을 둘러보았다.

왕비께서 사소한 부분까지 간섭하신다기에 본격적으로 왕성 관리를 맡게 되어 기합이 단단히 들어가셨나 보다, 정도로 생각했다. 이렇게 색다른 느낌의 공간으로 탈바꿈했을 줄은 몰랐다.

수십 년을 왕성에서 지내며 본의 아니게 왕비가 할 일을 대신 맡고 많은 귀족을 상대한 마리안은 자연히 보고 들은 게 많았다. 귀족 출신은 아니지만, 마리안의 교양 수준은 누구와 견주어도 뒤지지 않았다.

마리안은 집무실 인테리어가 신선하면서도 세련된 느낌이라고 생각했다.

"아주 근사합니다. 왕비님."

"제 부족한 소견에도 지금껏 보지 못한 구성인데 새로워 보입니다."

마리안과 사라 두 사람 모두 반응이 호의적이었다. 이상해도 대놓고 말은 못 하겠지만, 유진은 두 사람이 마음에 들어 한다고 느꼈다. 계속 눈동자를 굴려 내부를 전체적으로 보려고 하는 표정이 진심이었다.

'왕성 분위기를 조금씩 내 스타일로 바꿔 볼까.'

이 거대한 성을 바꾸려면 할 일이 엄청날 것이다. 그런데 막상 상상해 보니 오히려 흥이 났다.

그녀가 왕성의 관리자였다. 누구의 눈치를 볼 필요 없이 오직 그녀의 취향에 맞추어 바꿀 수 있었다. 물론, 왕이 동의해야겠지만, 그의 성격상 분명히 신경 쓰지 않을 것이다.

'그의 성격……'

유진은 무심코 그를 판단했다가 흠칫 놀랐다. 도대체 사왕이 어떤 사람인지 모르겠다고 생각하던 때가 있었다. 불과 얼마 전이었다.

그의 성격 일부분을 단정적으로 판단할 만큼 어느새 그를 알게 되었다. 기분이 이상했다.

"왕비님. 뵙고 드릴 말씀이 있었습니다. 지금 말씀 올려도 될는지요?"

사라의 말에 유진이 고개를 끄덕였다.

"무슨 일인가?"

"임시 인력을 들이는 문제입니다. 본래 활동기에는 임시 인력을 들이지 않지만, 결원이 많아서 궁인들의 부담이 큽니다."

왕비 실종 사건 때 책임을 지고 물러난 자들이 꽤 많았다. 갑작스럽게 인력이 쭉 빠진 후 남은 자들로 메우며 활동기가 끝날 때까지 버티려 했다.

그런데 활동기 초에 발생한 문제라서 계속 버티자니 건기가 올 때까지 너무 멀었다. 한 사람당 일이 많아지면 꼼꼼하지 못한 일 처리가 늘기 마련이었다.

총관이 말하는 안건은 유진도 관심 있는 주제였다. 호드리고가 이 기회를 놓치지 않을 것이다.

"부족한 궁인은 건기가 되면 정식으로 충원하기로 하고 이번 임시 인력은 총관이 알아서 하게."

"분부대로 하겠습니다."

"아, 참. 재상과 만나기로 약속이 되어 있는데 지금 시각이……."

마리안이 대답했다.

"늦지 않으셨으니 염려하지 마셔요."

"지금 나가면 시간이 맞겠지요?"

"예, 왕비님."

유진은 집무실에서 나가려다가 멈칫했다.

"마리안. 재상은 내가 왕성 관리를 맡아 한다는 사실을 알고 있을까요?"

"저는 말한 적이 없습니다. 전하께서 말씀하지 않으셨다면 아마 모를 겁니다."

"재상은 여기서 만나겠어요."

"예, 왕비님."

유진은 진과 재상이 어떤 관계였는지 총관을 통해 대충 들었다. 두 사람은 공식적인 자리 외에는 마주친 적이 없고 형식적인 인사말을 나누는 것 외에는 대화도 없었다고 했다.

'재상은 진에게 그저 무관심했던 걸까, 싫어했던 걸까.'

재상과의 관계를 개선하고 싶었다. 막대한 권한을 가진 권력자인데다가 왕의 신임을 받는 사람이니 잘 지내면 많은 도움이 될 것이다.

개인적인 호기심도 있었다.

왕비는 장차 왕의 어머니가 된다. 왕의 아내보다 더 공고한 자리가 왕의 어머니였다. 나이가 젊은 재상으로서는 왕비와 잘 지내지 못한다면 자신의 노년이 걱정될 것이다.

그런데도 재상은 미래를 도모하려 하지 않고 진과 거리를 두었다. 재상의 처신이 흥미로웠다. 특이한 사람 같았다.

약속 시각까지는 아직 남았지만, 이미 와서 기다리고 있었던 모양인지 얼마 지나지 않아서 재상이 알현을 청한다고 시녀가 고했다.

유진이 알현을 허락한 잠시 후 시녀와 함께 젊은 사내가 들어왔다. 초상화 공부를 통해 이미 아는 얼굴이어도 막상 직접 보는 느낌이 달랐다. 생각보다 체격이 좋았다. 곁에 서 있는 시녀보다 키가 상당히 큰 편이었다.

"왕비님께 인사 올립니다. 그간 평안하셨사옵니까."

"잘 지냈어요. 앉아요, 릭센 공."

재상은 공작에 준하는 신분으로 대우했다.

"황공하옵니다. ……왕비님."

베루스는 호칭을 실수할 뻔했다. '아니카'라는 호칭을 더는 쓰지 않는다고 예전에 듣기는 했으나 막상 처음으로 왕비라고 부르려니 입에서 겉돌았다. 시녀들에게 과한 처벌을 하면서까지 집착한 호칭을 왜 하루 아침에 바꾸었는지 모르겠다.

"여기는 내 집무실이에요. 전하께서 내게 왕성 관리를 일임하셨답니다."

"예?"

베루스가 놀라 주변을 눈으로 빠르게 훑었다. 그는 표정을 재빠르게 수습하고 고개를 숙였다.

"막중한 책임을 맡게 되셨습니다. 소신의 도움이 필요한 일이 있으시면 언제든 찾아 주시옵소서. 성심을 다해 도와드리겠습니다."

유진은 베루스와 대화 몇 마디 나눈 것만으로 일전에 만났던 은행장과 그의 차이를 알아차렸다. 재상은 예의를 다하고 있으나 과도하게 자신을 낮추지 않았고 목소리나 표정도 흔들림이 없었다.

나이는 그 은행장이 훨씬 많았고 사회 경험도 그 나이만큼 더 많을 것이다. 그런데 젊은 재상이 더 노련하다는 느낌을 주었다.

'역시 총리대신은 아무나 하는 게 아니구나.'

"내가 하려던 말을 대신해 줘서 고마워요. 오늘 공을 보자고 한 데에는 그런 이유도 있었어요."

"황공하옵니다."

베루스는 시선을 아래로 내리면서 당혹스러움을 감추었다.

'음?'

이상한 위화감이 느껴졌다. 왕비와 긴 대화를 나눈 적은 없지만, 이런 느낌을 주는 사람은 아니었다.

왕비가 무례하게 굴지는 않았어도 형식적 예의 속에 상대를 낮추어 보는 고압적인 우월감은 감추지 않았다. 솔직히 베루스는 왕비만큼 자신을 하찮게 대하는 사람을 보지 못했다.

베루스는 명문가에서 태어나 어디를 가든 대우받았다. 재상이 된 후에는 누구도 그의 앞에서 말조차 함부로 하지 못했다. 자신의 주군이신 사왕은 원래 신분으로 상대방을 누르는 성품이 아니었다.

그래서 왕비의 오만함이 언짢은 한편으로 신기했다. 과연 아니카의 자존심은 대단하구나, 감탄하며 고깝게 생각하지 않으려 했다.

"그리고 지난번에 내 경솔한 행동으로 공에게 수고를 끼쳤어요. 다시는 그런 일이 없을 거예요. 공이 내게 유감이 있다면 풀기를 바라요."

'으응??'

베루스는 자신의 귀를 의심했다. 지금 저 말을 하는 사람이 왕비라는 사실을 믿을 수 없어서 그는 시선을 들었다. 살짝 미소를 짓고 있는 왕비와 눈이 마주쳤다. 왕비의 미소가 순해 보여서 그는 진심으로 놀랐다.

"……유감이라니요. 당치 않은 말씀이십니다. 왕비님께서 무탈하셨으니 소신은 이미 잊었습니다."

"그렇다면 다행이군요."

태연한 표정으로 베루스의 머릿속은 부지런히 회전했다. 왜 왕비의 태도가 바뀌었을까. 3년 동안 조용하던 왕비가 이제 정치적인 세력을 만들어 보려는 건가.

바짝 경계하는 한편으로 그런 경계심을 깊이 감추었다. 그는 어떤 상황에서도 상대에게 호의적인 표정을 지을 수 있었다.

"그리고 공에게 개인적으로 부탁이 있어요. 사람을 한 명 은밀하게 뒷조사를 하고 싶은데 도움을 줄 수 있어요?"

"소신의 능력이 닿는 데까지 마땅히 도와 드려야지요. 말씀하십시오."

"이름은 케이지. 정보 중개인이에요."

유진은 자신이 알고 있는 케이지에 대한 신상 정보를 풀었다. 그자가 하는 일, 정보를 사느라 그자와 종종 만났다는 이야기까지.

"나는 그자가 겉으로 드러난 단순한 정보 중개인이 아닌, 뭔가 다른 세력과 연관되었다고 의심하고 있어요. 그자가 자신을 뒷조사하는 사람이 있다는 사실을 알아차리지 못하게 그자를 조사하기를 원해요."

"그자가 어떤 세력과 연관된 사실과 왕비님께서 그자를 조사하려는 이유와의 관계성을 말씀해 주실 수 있습니까?"

베루스는 대답이 없는 유진의 표정을 살피며 말했다.

"제가 아는 정보가 많을수록 그자를 조사하는 방향의 초점을 맞출 수 있습니다."

유진은 마리안과 재상의 차이점을 발견했다. 지시에 두말없이 '예.'라고 대답하는 마리안과 달랐다.

그녀는 복잡한 수 싸움은 자신 없었다. 이곳의 생활에 더 익숙해지고 배우면서 장차 나아지겠지만, 지금은 어설프게 거짓말해 봤자 노련한 정치인의 눈에는 빤히 보일 것이다.

"난 그자한테 정보를 샀어요. 그런데 내가 준 정보 삯이 엉뚱한 곳에 갔을지도 모른다는 정황을 발견했어요."

유진은 일부는 사실대로 말하고 일부는 아예 말하지 않는 방식을 택했다.

"당장 그자를 추궁하지 않고 뒷조사를 하려는 이유는 지금 말할 수 없어요. 공. 내가 전부 모든 것을 털어놓고 의논할 상대가 필요했다면 공이 아니라 전하를 뵈었을 거예요."

베루스의 눈빛이 순간 흔들렸다. 왕비의 어조에 왕에 대한 신뢰가 느껴진다면 자신의 기분 탓일까.

'내성의 일에 관심 두지 마라.'라고 딱 잘라 말하던 왕의 말이 떠오르면서 기분이 싸해졌다. 역시 뭔가 있다. 지난 한 달 사이에 두 분 사이에 무슨 일이 생겼다.

"그리고 이 일은 내가 따로 전하께 말씀드리겠어요."

베루스가 두려워하는 사람은 왕뿐이었다. 만약 왕비의 뒷배로 왕이 나서면 자신은 절대 당해 낼 수 없었다.

그는 고개를 숙이며 말했다.

"지시하신 대로 은밀히 그자를 조사해서 보고드리겠습니다."

베루스가 돌아간 후 유진은 진이 빠져 지친 기분으로 앉아 있었다. 자리를 피해 나가 있었던 마리안이 들어왔다. 유진은 마리안을 보며 미간을 찌푸렸다.

"이상해요. 재상과 별다른 말을 나눈 것도 아닌데 힘드네요."

마리안이 웃었다.

"긴장하셨나 봅니다. 편하게 대하셔도 됩니다. 재상도 왕비님의 아랫사람입니다."

"편한 사람이 아니에요."

유진이 투덜거렸다. 평소 주변의 우러름만 받다가 오늘 재상을 만나 보니까 차이가 확 느껴졌다.

'역시 만나기를 잘했어.'

사교 활동을 시작하기 전에 좋은 공부가 됐다.

유진은 왠지 그가 자신에게 호의적이지 않은 것 같았다. 그를 만나기 전에 기억 상실을 말할까 말까 고민했는데 하지 말라는 마리안의 의견에 따르기를 잘했다.

"재상이 쉬운 사람은 아니라는 말씀에는 동의합니다. 나이에 비해 심계가 깊습니다."

"재상은 그 나이에, 그 높은 자리까지 올랐으니 세상에 무서운 게 없겠지요?"

"왕비님. 엄연히 왕국의 주인께서 계십니다."

"재상은 전하 앞에서도 뻣뻣할 것 같아요."

"절대 그렇지 않습니다. 언제 두 분이 함께 있는 모습을 보면 아실 겁니다. 전하 앞에서 재상은 세상에서 가장 온순한 사람이 되지요."

"그래요?"

유진은 얼떨떨한 표정으로 웃었다. 재상은 대쪽같이 곧고 유능한 젊은 이인자인 줄 알았다.

"상상이 안 되네요. 재상에 비하면 전하께서는 아주 편한 분인데……."

마리안이 작게 웃음을 터뜨렸다.

"왕비님. 저는 단 한 번도 전하를 편한 분이라고 생각한 적이 없습니다."

마리안은 어리둥절한 표정의 유진을 보며 얄궂게 웃었다.

"왕비님과 함께 계실 때 전하께서는 제가 아는 전하가 아니신가 봅니다."

유진은 슬쩍 시선을 피했다. 얼굴이 화끈거리고 가슴 안쪽이 간질간질했다.

그의 얼굴을 보지 못한 지 사흘째였다. 저장소로 간 왕은 아직 돌아오지 않았다.

어색한 기분으로 그와 마주치지 않을 수 있어서 다행이라는 생각은 첫날뿐이었고 이튿날부터는 뭔가 허전했다. 겨우 사흘인데 아주 오랫동안 그를 보지 못한 것 같았다.

"오늘은 오실까요?"

"오실 때가 되었습니다. 아직 활동기이니 이 이상 오래 성을 비우지 않으실 테니까요."

유진은 그가 지금 뭘 하고 있을지 궁금했다. 지금 느끼는 자신의 감정이 어쩌면 그리움일지도 모른다는 생각이 들었다.

*　　*　　*

아침 시중을 받으며 유진은 잔느에게 물었다.

"전하 소식은 없었니?"

"지금 회의 중이십니다."

"뭐?"

유진은 놀라 돌아보았다. 잔느가 당황한 표정으로 말했다.

"송구합니다. 왕비님. 자정 넘어서 전하께서 귀환하셨습니다. 왕비님께 미처 말씀을 드리는 것을 잊었습니다."

왕은 일이 생기면 훌쩍 나갔다가 예고 없이 돌아오는 일이 빈번했다. 왕께서 의전을 신경 쓰지 않으시니 나가신다, 돌아오셨다, 일일이 반응하지 않고 궁인들은 제 할 일에 집중했다.

잔느 역시 그런 일상에 익숙해서 가장 먼저 왕비님께 소식을 전해야 한다는 사실을 깜빡했다. 잔느는 의기소침해했지만, 자신의 실수 때문에 겁먹어 벌벌 떨지는 않았다. 잔느 자신도 깨닫지 못한 엄청난 변화였다.

"이 아침부터 회의시라고?"

"하루 이상 왕성을 비울 일이 있으시면 늘 오시자마자 회의를 하십니다."

"그래……. 회의가 끝나면 알려 줘."

"예, 왕비님."

유진은 슬그머니 자신의 왼쪽 가슴에 손을 얹었다. 두근거리는 박동이 갑자기 빨라졌다. 그의 소식이 궁금했건만 막상 돌아왔다니까 그를 만나면 어색하게 대할 것 같았다. 갈팡질팡하는 자신의 마음을 그녀 자신도 알 수 없었다.

유진이 아침 식사를 마칠 때까지 회의는 끝나지 않았다. 그녀는 식사 후 집무실로 갔다. 널찍한 책상 한쪽에는 그녀가 봐야 할 서류들이 있었다. 보좌관을 뽑기 위한 인사 서류와 곧 있을 건기의 예산안이었다.

지금은 복잡한 숫자를 볼 기분이 아니라서 인사 서류부터 펼쳤다. 보좌관 후보가 반은 남자, 반은 여자였다.

'다 우수한 사람만 후보로 올라왔을 테고…… 뭘 기준으로 뽑아야 하나.'

출신 신분이 귀족이건 아니건, 그런 점은 유진의 고려 사항이 아니었다.

똑똑.

바깥에서 문을 두드렸다.

노크 소리에 뒤이어 마리안이나 시녀의 목소리가 들려올 줄 알았다.

"왕비. 들어가도 되겠소?"

인사 서류를 들여다보던 유진의 고개가 위로 확 들렸다. 그녀는 반사 작용처럼 문을 바라보며 소리쳤다.

"네. 들어오세요."

유진은 책상에 앉은 채 문을 열고 들어오는 카세르와 시선이 마주쳤다. 그는 엉거주춤 일어나는 유진을 보며 몇 걸음 걸어 들어오다가 멈추어 섰다.

"방해했나?"

"아니에요. 괜찮아요."

유진은 책상 앞에서 소파가 있는 방향으로 걸어 나왔다.

"이쪽…… 으로 앉으세요."

그녀는 어색함을 떨치려고 노력했다. 새삼스럽게 왜 긴장하는지 모를 일이었다. 매일 볼 때는 괜찮더니 며칠 만에 보니 괜스레 그를 의식하게 되었다.

'역시 저 남자를 만나기 전에는 잠깐이라도 마음의 준비가 필요하다니까.'

회의가 끝나면 알려 줄 시녀만 기다리고 있던 터라 왕이 직접 찾아올 줄은 생각도 못 했다.

카세르는 그녀가 반갑게 맞이해 주는 반응을 기대했다. 그러나 불편해하는 유진을 보자 그의 마음도 불편했다. 안 그래도 며칠 전 급하게 나가느라 그녀에게 다녀온다는 인사말을 남기지 못한 일이 계속 마음에 걸렸다.

'노력하셔야지요.'라는 마리안의 잔소리가 떠올랐다. 왕비와의 관계가 과거와 여러모로 달라졌다고 생각한 사람은 자신뿐일지도 모른다.

관계 개선을 위한 노력이라니, 너무 막연했다. 지금껏 그는 아무것도 하지 않아도 주변에 언제나 사람이 많았다.

해 본 적 없는 일이라서 뭐부터 시작해야 할지 모르겠다.

"일하던 중이었나 본데 일이 많아?"

"많다고 할 정도는 아니에요. 보좌관을 뽑아야 해서 후보를 살펴보고 있었어요."

"보좌관, 중요하지."

"누가 좋을지 고민…… 아. 전하. 혹시 괜찮으시면 살펴보고 추천해 주시겠어요?"

카세르가 고개를 끄덕이자마자 유진이 재빠르게 책상에 있는 서류를 가져다가 그에게 건넸다.

그녀는 맞은편에 앉아서 서류를 들추는 그를 응시했다. 조금 전 느꼈던 긴장감은 옅어졌으나 이제는 다른 감정으로 심장이 두근거렸다.

'편한 분이라고 생각한 적 없다'라는 마리안의 말이 떠올랐다. 유진이 그와 함께 있을 때 느끼는 긴장은 불편함과는 달랐다.

재상을 만났을 때처럼 저 사람한테 얕보일까 봐 걱정한 적이 없었다. 오히려 조금 실수해도 도움을 받을 거라는 믿음이 있었다.

'아…….'

유진은 자신의 마음 일부분을 깨달았다. 저 남자를 믿고 있다. 자신도 모르는 사이에 의지하고 있었다.

"저장소에 가셨던 일은 잘 처리하셨어요? 씨앗이 깨졌다면서요."

서류를 넘기던 카세르가 가볍게 웃었다.

"참 빨리도 묻는군."

유진이 얼굴을 붉혔다. 며칠 만에 보는 사람에게 제대로 된 인사를 건네는 것조차 잊었다. 미안하면서 동시에 민망했다.

"혹시 모르는 일이라서 살펴보러 갔지만, 별일은 아니었어."

"그런데 며칠씩이나 계셨잖아요."

"성가신 사건이 있었어. 보통의 라크였으면 해가 진 후에 위치 확인 후 아침에 처리하면 되었겠지. 그런데……."

인사 서류를 빠르게 훑어보던 카세르의 미간에 살짝 주름이 졌다. 거의 스무 명 정도 되는 보좌관 후보 중 반이 남자였다.

"보좌관은 몇을 들일 생각이야?"

"셋 정도요."

세 명. 적당한 숫자였다. 그런데 카세르는 '세 명이나?'라고 중얼거렸다.

보좌관이란 다양한 일을 보조하는 수족 같은 존재라서 많은 시간을 함께 보낸다. 왕비가 일에 익숙해질 때까지는 온종일 보좌관의 얼굴을 볼 것이다.

그녀 곁에 젊은 사내가 셋씩이나, 곁에서, 온종일.

소화불량에 걸린 것처럼 그는 속이 부대끼기 시작했다. 왕비가 누구를 보좌관으로 들이든 그가 관여할 일은 아니었다. 못마땅하지만 트집을 잡을 명분이 없었다.

"이 후보는 누가 추천했지?"

"총관이 줬어요. 우수한 사람들만 후보에 넣었다고 했는데 문제 있는 사람이 있나요?"

"……아니야."

후보 중 카세르가 아는 사람은 없었다. 왕인 그가 기억할 정도로 뛰어난 인재는 이미 발탁되어 일하는 중이었다.

그가 인사 서류를 보면서 판단하는 기준은 그자의 경력과 출신 가문이었다. 능력만큼이나 출신 성분도 중요했다.

귀족이 평민보다 유능해서가 아니라 귀족이면 인맥을 통해 정보를 얻는 능력이 더 나았다. 직무에 따라 정보력이 더 중요한 일이 있었다.

하지만 지금 카세르는 성별과 나이 외에 다른 정보는 눈에 들어오지 않았다. 총관이라면 사심 없이 인재를 추천했을 거라고 믿으면서도 그는 흠집을 찾고 있었다.

유진은 미간에 주름이 잡힌 그의 표정을 살폈다. 그의 표정만 봐서는 인사 서류에 문제가 있는 것 같았다. 그런데 그녀는 지금 자신의 보좌관을 고르는 일보다 그가 조금 전에 하다가 멈춘 말이 더 신경 쓰였다.

"그런데, 뭐요? 무슨 성가신 사건이었는데요?"

"음? 아. 해가 진 후에 들어가 보니까 라크의 고치가 없더군. 그래서……."

카세르는 후보 중에서 눈에 익은 이름을 발견했다.

'레미 하리오? 하리오 백작과 무슨 관계지?'

하리오 백작의 아들들은 난봉꾼으로 유명했다. 백작의 다섯 아들은 모친의 미모를 물려받아 사교계에 데뷔하기 전부터 외모가 출중하다고 소문이 자자했다.

그들이 성년이 된 후부터 백작 저가 조용한 날이 없을 정도로 번갈아 여자 문제를 저질렀다. 사교계에 관심이 없는 카세르의 귀에 들려올 정도이니 귀족 사회에서 모르는 사람이 없을 것이다.

"전하!"

하리오라는 이름을 노려보던 카세르는 시선을 들었다.

"그중에서 아무나 뽑아 주셔도 되니까 하던 말씀이나 계속해 주세요. 고치가 없었다면서요. 그래서 어떻게 되었는데요?"

그녀의 표정에는 반드시 듣고야 말겠다는 결의가 가득했다.

카세르는 픽 웃으며 서류를 소파 테이블에 내려놓고 등을 뒤로 기대어 본격적으로 이야기하겠다는 자세를 잡았다.

"일반적인 라크는 아닐 거라고 짐작했지. 해가 져도 활동하는 라크가 있는데……."

"환수."

유진이 중얼거렸다.

"맞아. 환수."

"씨앗이 깨져서 곧바로 환수가 되었다면 지난번 건기 때 환수가 되기 직전의 라크였던 모양이네요."

"환수가 되기 직전의 라크?"

"활동기에 강제로 소멸당하지 않은 라크는 건기가 오면 씨앗이 되고요. 그런 과정을 몇 번 거친 라크 중 일부는 환수로 변해요. 아주 극히 드문 확률……."

유진은 흥미롭게 자신을 바라보는 카세르와 눈이 마주치자 말끝을 흐렸다.

"계속해."

"제가…… 이상한 말을 했나요?"

"신기한 지식이야. 어디서 들었어?"

유진은 자신이 알고 있는 라크 설정을 일부 풀어냈다가 그가 모른다고 하니까 당황했다.

"그, 글쎄요. 기억이 잘……. 어디서 듣긴 했으니까 알고 있겠지요. 그럼 환수에 관해서는 뭐라고 알려져 있어요?"

"씨앗에서 환수가 된다, 라크가 환수로 변하기도 한다, 결론이 나지 않고 학자들은 계속 싸움 중이지. 이번에 내가 발견한 환수는 중요한 증거 자료가 될 거야. 씨앗 환수 쪽 의견의 주장을 뒷받침해 주겠지."

"그럼 최초의 발견이에요?"

"최초는 아니야. 씨앗에서 환수가 되었다는 옛 기록은 있어. 그런데 라크에서 환수로 변하는 걸 목격한 사람은 아무도 없으니까 그쪽 의견은 증거가 부족해. 그런데 당신 말대로면 아예 새로운 이론이군."

"으음…… 전 그 학자들 틈에 끼어서 싸울 생각은 없어요."

카세르가 웃음을 터뜨렸다.

"현명한 생각이야. 다른 데서는 말하지 마. 금지된 정보일지도 몰라."

"금지된 정보는 뭐예요?"

"그 표현 역시 대놓고 쓰는 말은 아닌데……."

카세르는 작게 한숨을 내쉰 후 말했다.

"우리들, 그러니까 상제와 아니카를 제외한 사람들은 상제와 아니카 만 드나들 수 있는 비밀 서고에 극비가 숨겨져 있다고 믿어. 그걸 금지된 정보라고 칭하지. 혹자는 그 서고에 이 세상의 종말에 관한 예언서도 있 다고 말해. 사실이든, 아니든, 그 서고에 우리는 들어갈 수 없으니까 닿 을 수 없는 지식에 대한 갈망이랄까."

"성도에 상제의 허락을 받은 사람만 들어갈 수 있다는 특별한 서고가 있다고 들었어요. 그건가요?"

"맞아. 그런데 상제가 아니카 외에는 허락을 안 해 줘."

카세르는 '치사해'라고 말하는 듯한 그녀의 표정을 보며 웃었다. 이런 민감한 화제를 '아니카'인 그녀에게 말할 수 있다니.

그녀의 기억이 사라진 덕분이긴 하지만, 그는 때때로 신기했다. 기억 을 잃은 이후로 사람이 이 정도로 달라질 수 있는 걸까.

"당신 기억에 출처가 확실하지 않은 정보는 말할 때 조심해. 당신은 아니카니까 당신이 말하면 의미를 부여하고 말을 와전시키는 자들이 많 아."

"네. 조심할게요."

유진은 고개를 끄덕였다. 그리고 문득, 이 세계에 오자마자 이 남자를 만나 정말 다행이라는 생각이 들었다.

기억을 잃은 특권을 지닌 자란 얼마나 먹음직스러운가.

유진은 기억을 잃은 척하고 있지만, 따지고 들면 정말 기억을 잃은 사 람만큼 모르는 게 많았다. 작정하고 누가 그녀를 속이려 든다면 당할 수

밖에 없다.

그는 남편이라는 지위를 이용해 유진을 속이거나 휘두르려 하지 않았다. 그가 정말 좋은 사람이라는 생각이 들면 들수록 유진은 죄책감을 느꼈다.

이대로 영원히 기억이 안 나는 척, 진 아니카인 척, 그렇게 살아도 괜찮을까.

아니, 죄책감이라기보다는 욕심이었다. 이 남자에게는 진이 아니라 유진으로서 기억되고 싶었다.

유진은 쓴웃음을 지었다.

'말해서 미쳤다는 소리만 안 들어도 다행이겠지만.'

"그럼 그 깨어난 환수를 잡느라 오래 걸리신 거예요? 그렇게 잡기가 어려운 환수였어요?"

"아주 약은 놈이었어."

카세르는 지난 며칠의 고생의 떠올리며 미간을 찌푸렸다.

"처음에는 최상급 등급의 씨앗 방으로 갔어. 놈이 거기 있을 줄 알았거든. 그런데 없더라고. 문을 하나씩 닫으면서 온 방을 뒤져야 했어."

환수는 건기에는 씨앗을, 활동기에는 라크의 핵을 먹이로 삼았다. 일반적인 짐승처럼 육식을 하더라도 생존을 위해서는 정기적으로 씨앗이나 핵을 섭취해야 한다.

'그래서 아부를 안 데려간 거구나.'

유진은 환수의 먹이가 씨앗이라는 사실을 알고 있었지만, 씨앗 저장소와 아부를 연결할 생각을 못 했다.

"왜 최상급 등급 방으로 가셨어요?"

"환수가 최상급 씨앗을 노릴 테니까."

"라크가 등급이 있는 것처럼 환수도 등급이 있잖아요. 환수는 자신보다 높은 등급 씨앗은 먹지 못해요.”

유진은 그의 표정을 보고 이 정보 역시 그가 알던 사실이 아니라는 걸 깨달았다.

“아부는 좋아해.”

“그야 아부는 강한 환수니까요.”

카세르는 진지한 표정으로 생각에 잠겼다가 말했다.

“당신은 자신에 대한 건 기억 못 하면서 환수에 대해서는 기억해?”

“그⋯⋯ 러게요. 원래 관심이 많았던 주제였나 봐요. 그 환수는 어디서 잡았어요?”

유진은 뭐라고 변명을 해야 할지 걱정했다. 그런데 그는 더 캐묻지 않았다. 그저 고개를 끄덕이며 혼잣말을 중얼거렸다.

“노란 등급의 방에서. 그놈이 깨어난 씨앗이 노란 등급이었지. 그래서 그랬군. 그놈이 사람을 피하느라 머리를 굴린 게 아니었어.”

“깨어난 지 얼마 안 된 환수가 그 정도로 머리를 쓰지는 못해요.”

유진은 더 말할까 말까 망설였다. 그가 자신을 의심 어린 눈초리로 봤다면 이쯤에서 대충 얼버무렸을 것이다. 하지만 그가 순수한 호기심을 드러내니까 유진은 그에게 자신이 아는 내용을 말해 주고 싶었다.

“갓 깨어난 환수는 사람으로 치자면 아기예요. 사람처럼 환수도 세월을 보내는 만큼 성장해요. 똑똑하게 머리를 쓰려면 나이를 많이 먹어야 해요.”

카세르는 놀라운 사실을 깨달았다는 듯 탄식을 흘렸다.

“그래서 아부 그 녀석이, 해가 지날수록 약삭빨라진다 했더니만.”

심각한 표정으로 말할 내용은 아니었다. 유진은 작게 웃음을 터뜨렸다.

“당신이 기억을 잃어서 내가 덕을 보는군. 금지된 정보를 다 듣고.”

유진은 미소 지었다. 그가 더 따지지 않고 그렇게 말해 주니 고마웠다.

"라크와 환수에 관해서는…… 더 기억나는 게 있을지도 몰라요."

유진이 쓴 소설 대부분을 차지하는 내용은 라크와 인간의 싸움, 마라의 화신이 된 진을 쫓는 여섯 왕의 이야기였다. 그만큼 라크에 관해 상세히 다루었다. 사왕이 환수를 부리는 장면도 인상적이므로 환수의 특징도 자세하게 서술했다.

그녀가 쓴 소설 중 인간의 역사는 어긋났지만, 세계의 지식은 아직 틀린 것이 없었다. 왠지 앞으로도 틀리지 않을 것 같다는 예감이 들었다.

"듣기 불편하지 않으시다면요."

"내가 불편할 게 뭐가 있어. 말하지 말아야 할 내용을 누설해서 나중에 당신이 후회할까 봐 그러지."

"후회하지 않아요. 저는……."

유진은 말문이 막혔다. '당신에게 숨김없이 모두 말하고 싶다.'라는 말이 턱 밑에서 걸렸다. 자신이 진이 아니라고 했을 때 그의 반응이 두려웠다.

그가 믿어 주느냐는 나중 문제였다. 그녀는 아직 진이 무슨 짓을 저질렀는지 파악하지 못했다. 훗날 잘못한 일이 드러나면 그는 분명히 '이때를 대비해서 미리 거짓말로 작업을 해 두었군.' 하고 생각할 게 뻔했다.

자신이 그의 입장이라도 똑같이 생각할 것이다. 사람을 온전히 믿는 일은 얼마나 어려운가.

유진은 아직 자신과 사왕 사이에 그 정도로 깊은 신뢰가 생겼다고 생각하지 않았다.

"왕은 환수를 부리잖아요. 왕국 간 보유한 환수 정보를 공유하지는 않나요?"

카세르는 유진이 말을 돌리려는 태도를 눈치챘다. 그는 잠깐 갈등했다. 무슨 말을 하려던 거였냐고 묻고 싶었다.

하지만 그런 식으로 추궁해 봤자 소용없을 것이다. 자신이라도 하고 싶지 않은 내용을 숨기고 얼마든지 말을 꾸밀 수 있었다.

그는 모르는 척 말을 받았다.

"왕의 환수는 국가 기밀이야. 공유라니. 있을 수 없는 일이지."

"그럼 왕국 내에서라도 전해지는 정보가 있을 텐데요. 왕은 모두 환수를 거느리니까요."

"환수 정보는 누구와도 공유하지 않아."

"전하는 선왕께도 들은 얘기가 없어요?"

"없어."

'왜?'

유진은 이해할 수 없었다. 알아낸 정보를 죽을 때까지 나만 알고 있다니. 대체 누구를 위한 비밀 유지인가.

환수는 본바탕이 라크이므로 환수의 정보가 많을수록 라크를 파악하는 데 도움이 된다. 정보가 다음 세대로 전해지지 않는다면 아무리 시간이 지나도 마하 사람들은 라크가 무엇인지 알지 못하고 그저 활동기만 견디어 살아남기에만 급급할 것이다.

"아무튼, 저장소에 큰 손해는 없는 거지요?"

"노란 등급 씨앗을 좀 잃은 것 외에는."

"다행이에요. 환수는요?"

"애먹이던 녀석이라 잡아 오기는 했는데……."

"잡아 오셨어요?"

유진이 놀라 되물었다. 그녀의 열렬한 반응을 의아해하며 카세르가 말했다.

"일단은 환수니까."

왕이 종속시킬 수 있는 환수의 숫자는 무한하지 않았다. 프라즈를 써서 환수의 본능을 눌러야 하는데 완전한 지배력을 행사하기 위한 프라즈는 한계가 있었다.

보통은 왕이 왕자였을 때 처음 환수를 얻었다. 왕재의 자격을 증명하기 위한 일종의 통과 의례였다. 왕자 시절에는 프라즈가 불안정해서 첫 환수는 대부분 약했다.

그래서 왕이 된 후에 환수를 한 마리 더 종속시키는 경우가 많았다. 더 강하고 마음에 드는 녀석으로.

환수를 제압한 후에 종속시키지 않으려면 죽여야 한다. 인간의 공격을 받은 환수는 인간을 적으로 인식하기 시작한다. 지능이 있는 환수는 본능만 있는 라크보다 훨씬 위험했다. 오늘 살려 준 환수가 내일 대학살을 일으킬 수도 있었다.

유진의 소설 속 사왕은 워낙 강력한 환수를 처음부터 갖고 있어서 약한 환수는 쓸모없다고 생각했다.

'소설 속의 사왕이라면 그 자리에서 잡아 죽였을 거야.'

지금 유진의 눈앞에 있는 남자는 소설 속 사왕보다 훨씬 여유가 있었다. 기억을 잃었다는 유진을 받아들이고 진의 잘못을 덮어 주는 너그러움도 그의 마음에 여유가 있는 덕분이다.

물론 소설 속 사왕과 이 세계의 사왕은 처지가 달랐다. 복수를 위해 진의 행방을 쫓는 소설 속 사왕의 마음은 메마른 강바닥처럼 각박했을 테니까.

'어쨌든 역시 난 이쪽 사왕이 더 좋아.'

"환수를 구경할 수 있을까요? 어디 있어요?"

"내 집무실에."

"집무실요? 어떤 환수길래…… 아니에요. 말씀하지 마세요. 그냥 제가 볼래요. 지금 보러 가도 돼요?"

카세르는 들뜬 그녀의 모습에 웃으며 소파에서 일어났다. 그는 몸을 돌렸다가 멈칫하고 다시 뒤돌아서 소파테이블 위에 놓인 서류를 집어 들었다.

"보고 돌려줄게. 확인할 게 있어."

"네."

유진은 흔쾌히 고개를 끄덕였다. 이미 인사 서류는 그녀의 관심 밖이었다.

*　　*　　*

사람의 키를 약간 넘는 정도의 울타리에 둘러싸인 허름한 창고였다. 이 근처에는 크고 작은 창고들이 많았다. 여러 상단의 보관 창고가 모두 이 거리에 모여 있었다.

적당한 규모에 허름한 외관의 창고는 특별히 눈에 띄는 건물이 아니었다.

삼엄한 경비병을 세워 두는 다른 창고들과 달리 창고 앞을 지키는 문지기는 한 명뿐이었다. 안에 중요한 물건이 없거나 물품이 빠져나간 후 새 물건이 들어오기 전의 창고 풍경이었다.

문지기는 흐리멍덩한 표정으로 딴청을 부렸다. 누가 봐도 적당히 시간만 때우려는 나태한 일꾼은 사람이 다가오는데도 관심을 보이지 않았다.

바짝 다가온 방문자가 문지기에게 말했다.

"두 번째 상자의 물건을 찾으러 왔다."

남자인지 여자인지 구별할 수 없는 목소리가 탁하게 갈라졌다.

문지기가 눈동자를 굴려서 로브를 입고 후드를 쓴 낯선 방문자의 모습을 살폈다.

정오에 가까운 시각이라 주변에 환했다. 이 정도 거리에서는 당연히 얼굴이 보일 것이다. 그런데 문지기는 방문자의 얼굴 윤곽선조차도 볼 수 없었다. 후드를 깊이 눌러쓰지도 않았는데 참 이상하다는 생각이 들었다.

대놓고 빤히 들여다볼 수는 없었다. 귀빈이 방문할 거라는 말을 이미 들었던 터라 심기를 건드렸다가는 나중에 혼쭐이 날 것이다.

문지기는 약간 과장되게 나태한 일꾼을 연기하며 퉁명스럽게 대꾸했다.

"두 번째 상자는 비어 있는뎁쇼."

"그럼 세 번째 상자의 물건이라도 가져가야겠군."

"난 여기를 지켜야 하니 알아서 찾아가십쇼."

문지기가 허리춤에서 열쇠를 꺼내 손님에게 건넸다. 방문자는 몸의 방향을 돌려 일꾼의 바로 옆, 문에 달린 큼직한 자물쇠에 열쇠를 끼웠다.

덜컥, 자물쇠가 풀리자 곁눈질하던 문지기는 자연스레 시선을 앞으로 돌렸다. 자물쇠가 열렸다면 낯선 방문자의 자격은 증명됐다.

마라의 축복을 받아 마기를 지닌 사람만이 열쇠를 돌렸을 때 특수 제작된 자물쇠 내부의 기관을 움직일 수 있었다.

문을 열자 창고 내부는 아무것도 보이지 않는 암흑이었다. 방문자가 안으로 들어간 후 문이 닫혔다.

목조 창고처럼 보이는 겉모습과 달리 안쪽은 벽돌을 쌓은 후 석회분을 발라 지어 견고했다. 석조건물의 외관에 판자를 붙여 허름해 보이도록 꾸몄다.

창문이 없으므로 한낮에도 전혀 빛이 새어 들어오지 않았다. 빛을 받으면 안 되는 물건을 보관하기 위한 암실 구조의 창고였다.

그러나 사실은 암실 창고로 꾸민 마라 교단의 집회장이었다. 벽이 두꺼워서 많은 사람이 모여 기도하고 찬송가를 불러도 소리가 밖으로 새어 나가지 않았다.

바깥의 빛이 안으로 들어오지 않는 만큼 깊은 밤에 교도들이 모여 등을 켜도 그 빛이 밖에서 보이지 않을 정도였다.

방문자는 어둠은 전혀 방해되지 않는다는 듯 거침없이 걸음을 옮겼다. 정수리에 살짝 걸쳐 올린 후드가 뒤로 벗겨졌다. 긴 머리카락이 가슴 언저리까지 쏟아져 내려왔다.

방문자가 눈을 뜨자 붉은 눈동자에서 안광이 붉게 빛났다.

어둠 속에 작은 불빛이 하나 나타났다. 반딧불처럼 방문자를 중심으로 주변을 회전하던 불빛이 두 개로 갈라졌다.

두 개는 네 개, 네 개는 여덟 개. 순식간에 헤아릴 수 없는 숫자의 불빛이 창고 안에 가득 찼다.

불빛은 창고의 새카만 어둠이 밀어냈다. 창고 안에는 먼저 와서 기다리던 사람이 있었다. 방문자가 걸어가는 방향의 일직선 앞에 한 사람이 엎드려서 귀빈을 맞이했다.

가슴 언저리까지 내려오던 방문자의 풍성한 머리카락은 폭포수처럼 흘러내리며 발목에 닿을 정도로 길어졌다. 방문자가 걸음을 멈추었을 때 머리카락이 땅에 끌려 저 뒤쪽까지 늘어졌다.

"대제사장께 마라의 축복이 영원하시기를. 마라의 종, 호드리고가 인사 올립니다."

바닥에 완전히 코를 박은 호드리고의 목소리가 잘게 떨렸다. 일전에 유진의 앞에서 지극한 예의를 차릴 때와 달랐다.

호드리고의 잔뜩 경직된 태도는 존중을 담은 공경보다는 두려움에 가까웠다.

창고 안에 가득한 수많은 작은 빛이 더욱 강한 빛을 뿜어냈다. 이제 창고 안은 구석구석이 전부 보일 정도로 환했다.

바닥에 얼굴을 바짝 댄 자세 그대로 살짝 옆으로 눈을 돌린 호드리고는 창고 벽의 선명한 벽돌 무늬를 응시했다. 창문이 전혀 없는 이 창고는 한낮에 바깥 문을 활짝 열어도 이 안쪽까지 빛이 들어오지 않았다. 그는 마른침을 꿀꺽 삼켰다.

그는 강력한 마기를 온몸으로 느낄 수 있었다. 그의 몸에 깃든 마기는 이 거대한 힘에 비하면 작은 모래알에 지나지 않았다. 공포와 경외를 느끼는 그의 등이 식은땀으로 젖었다.

호드리고는 교단의 아홉 제사장 중 최고 서열이자 교단을 실질적으로 이끄는 지도자였다.

교단 내에서 사람들은 제사장 호드리고를 믿음이 신실하며 마라의 뜻을 위해서라면 목숨도 아까워하지 않는 마라의 추종자라고 평가했다.

그래서 호드리고가 때로는 과격한 일을 꾸미고 잔혹한 권력욕을 드러내도 지지하는 교도가 많았다.

그리고 호드리고는 대제사장을 유일하게 접견할 수 있는 자였다. 일반 교도 대부분은 대제사장의 존재조차도 몰랐다.

제사장 호드리고는 대제사장을 통해 마라의 말씀을 듣는 성자로서 교단 내에서 흔들리지 않는 위상을 지녔다.

붉은 눈으로 호드리고를 내려다보는 대제사장은 젊고 아름다웠다. 하지만 성별은 확실하지 않았다. 여자라고 하면 절색의 미녀로 보이고 남자라고 생각하고 보면 요사한 미남으로 보였다.

바닥에 끌리는 긴 머리카락은 번쩍이는 실로 자아낸 융단 같았다. 마하 상제의 머리카락 색이라고 알려진 황금색이었다.

"위대하신 마라의 말씀을 전하노라."

대제사장 목소리는 아름다운 외모와 어울리지 않게 탁하고 이질적이었다.

호드리고가 바닥에 쿵쿵 이마를 부딪쳤다.

"위대하신 말씀을 감히 받듭니다."

"마라께서는 너의 충정을 믿어 의심치 않으시지만, 이번에는 너에게 몹시 실망하셨다. 신성한 의식을 차질없이 진행하는 것이 네게 맡겨진 소임일 터. 어찌하여 성녀님을 의식에 모시지 않았느냐?"

"감히 무슨 변명을 하오리까. 부족한 이놈이 위대한 대계를 망치고 말았습니다. 이놈을 벌하여 주시옵소서."

호드리고를 내려다보는 붉은 눈동자가 싸늘했다.

"네 죄를 묻는 것은 급하지 않다. 성녀님께서는 무탈하신 것이냐?"

"얼마 전에 뵈었습니다. 성녀님께서는 무탈하시지만, 자세한 이야기는 듣지 못했습니다. 나중에 부르겠다고만 하셨습니다."

대제사장의 미간에 주름이 잡혔다.

"언제?"

"가까운 시일 내에 교도를 보내 접선하려 합니다."

호드리고는 왕성에서 임시 인력을 구한다는 소식을 들었다. 왕성에 들여보낼 사람은 준비됐다. 흔적이 남지 않게 위장할 수 있도록 추가 작업 중이었다.

이미 손을 써둔 경로를 통해 며칠 안에 교도는 왕성에 들어갈 것이다.

"내가 성녀님을 뵈어야겠다. 자리를 마련하라."

엎드린 호드리고의 표정이 일그러졌다. 울컥, 서운한 원망이 치밀었다.

자신은 간절히 기도를 올리고 마라의 말씀을 듣고자 정성을 다해 수없이 청해도 대제사장을 좀처럼 응답해 주지 않았다. 그토록 자신에게는 인색한 대제사장이 성녀에게는 지나치게 관대했다.

애초에 그 여자가 성녀가 맞는지도 의심스러웠다. 그 여자한테는 마기를 전혀 느낄 수 없었다. 교단과 생사고락을 함께한 신도도 아니었다. 마라의 종으로서 믿음을 드러낸 적도 없었다.

차라리 대제사장이 성녀를 자처했다면 진심으로 승복했을 것이다. 대제사장이 보여 주는 마라의 위대한 기적은 진짜였다.

호드리고는 교단에 자신의 평생을 바쳤다. 언젠가 마라께서 이 땅에 강림하실 그 날을 위해서는 목숨도 아깝지 않지만, 이 교단을 이끌어 나갈 사람은 자신뿐이라고 생각했다.

그런데 느닷없이 어린 계집아이가 나타나서 성녀라는 자리를 꿰차고 호드리고의 윗전 행세를 했다. 대제사장의 명에 따라 성녀로 극진히 대우하고 있지만, 속으로는 배알이 꼴렸다.

이러다가 교단 전부를 그 여자가 날름 삼켜 버릴지도 모른다는 위기감이 들었다.

"위대하신 마라께서 성녀님을 만나고자 하십니까?"

"너는 지금 내가 전하는 마라의 뜻을 의심하는 것이냐!"

제사장의 목소리는 크지 않았으나 공기가 진동했다. 공중에 뜬 불빛에 불꽃이 튀면서 작은 낙뢰가 바닥 여기저기에 내리꽂혔다. 그중 하나가 호드리고의 바로 앞에 떨어졌다.

"아, 아닙니다! 의심이 아닙니다. 성녀님께 곤란한 일이 생길 우려가 있어 드리는 말씀입니다."

"곤란한 일이라니?"

"왕성 안에 아무래도 무슨 일이 생긴 듯합니다. 성녀님을 곁에서 모시던 교도가 사고에 휘말려 죽었습니다. 얼마 전에 뵈었을 때는 저에게 조용히 자중하라고 말씀하셨습니다."

지금까지 끊어 버렸다는 말은 목 안으로 삼켰다. 어음을 쥐어 주고 은행에 보낸 수하들이 줄줄이 빈손으로 돌아왔을 때는 얼마나 황당했는지 모른다.

교단에 바치는 성금마저도 내지 않으면 대체 그 여자가 성녀로서 하는 일이 뭐가 있나.

그런 불만까지 얘기했다가는 개인적인 유감으로 비칠 우려가 있었다. 자신은 어디까지나 교단을 위해서 행동할 뿐이지 사사로운 욕심은 없다고 자부했다.

대제사장이 눈을 가늘게 좁혔다.

"마하의 개가 들어온 흔적은?"

"지난 건기의 끝 무렵에 다녀가고 나서는 없습니다. 그들이 보이면 즉시 알리라고 말씀하셨기에 왕국으로 들어오는 길목에서 잠시도 눈을 떼지 않고 있습니다."

교단에서 마하의 개라고 부르는 상제의 기사들이 이번 활동기가 시작된 후 왕국 수도에 방문한 적은 없었다.

"성녀님과 연락할 방법은 찾고 있느냐?"

"연락책이 될 교도를 왕성에 들여보내려 준비하고 있습니다. 성녀님과 연락이 닿으면 반드시 대제사장의 말씀을 전해 올리겠습니다."

대제사장은 잠시 생각에 잠겼다가 말했다.

"너는 다시 의식을 준비하라. 이번 활동기가 끝나고 다가올 건기와 다시 올 활동기가 겹쳐지는 경계 기간에 의식을 치를 것이다. 그 의식에 반드시 성녀님을 모셔야 한다."

"명심하겠습니다."

"마라께서는 자비로우시지만, 기회를 여러 번 주지는 않으신다. 이번이 네 마지막 기회가 될 것이다."

호드리고는 대답처럼 바닥에 쿵쿵 이마를 부딪쳤다.

"의식 전에 성녀님께서 나를 만나고자 하신다면 언제든 뵐 것이다. 너는 성녀님의 뜻을 신속히 내게 전하라."

"예. 명심해서 따르겠습니다."

"호드리고."

"예."

"고개를 들어라."

머뭇거리던 호드리고가 조심스럽게 상체를 일으켰다. 시선이 천천히 위로 올라갔다.

'아아······.'

호드리고의 눈에 황홀한 빛이 어렸다. 숭고하게 빛나는 황금색 머리카락에서 후광이 뿜어져 나오는 듯했다. 수십 년 전에 봤던 모습에서 전혀 달라지지 않은 대제사장의 젊음은 마라의 기적 그 자체였다.

호드리고는 경외감을 느끼면서도 언젠가 자신도 저런 신성한 존재가 될 수 있을 거라는 꿈을 꾸었다.

"충실한 마라의 종, 호드리고. 마라께서는 너의 성심을 갸륵하게 여기신다. 그분의 총애에 보답하라."

호드리고는 반쯤 넋이 나간 표정으로 대답했다.

"마라의 종은 오직 마라의 뜻에 따를 뿐입니다."

대제사장이 돌아섰다. 멀어지는 뒷모습을 멍하게 보던 호드리고가 다시 바닥에 고개를 숙였다. 창고를 가득 채운 불빛이 모두 사라진 후 다시 암흑 속에서 호드리고는 한참을 그대로 엎드려 있었다.

대제사장은 위장 창고를 나와 거리를 걸었다. 햇빛 아래에 드러나는 그의 미모는 더욱 찬란했다. 피부는 대리석처럼 희고 다시 가슴께까지 짧아진 머리카락은 금색으로 반짝거렸다.

조각가가 공들여 만든 예술품이 살아 움직이는 것 같았다. 하지만 어딘가 전체적으로 조화롭지 않았다. 흰 피부와 금발의 미인에게 피처럼 붉은 눈동자는 이질적이었다.

대제사장은 갈색 머리와 갈색 눈동자의 사람들 틈에서 단연 눈에 띄었다. 마하 사람 대부분은 태어나서 죽을 때까지 다른 색의 머리카락을 보지 못했다. 지나가는 사람들이 전부 눈을 돌리고 술렁일 법한데도 거리 분위기는 평소와 다르지 않았다.

대제사장의 반대 방향에서 오던 자가 서로의 거리가 좁혀들자 옆으로 비켜 지나갔다. 행인은 대제사장을 흘끔거리거나 놀라지 않았다. 주변의 다른 사람들도 마찬가지였다.

사람들은 스스로 의식하지 못하면서 자연스럽게 대제사장 앞의 길을 터 주었다. 대제사장은 일정한 속도의 걸음으로 멈추지 않고 다른 사람과 옷자락도 스치지 않으며 광장에 이르렀다.

붉은 눈이 응시하는 방향에 왕성이 있었다.

'아니카에게 마기를 심어 두었어야 했나.'

마기를 심었다면 저 왕성 어딘가에 있을 아니카의 존재를 바로 느낄 수 있었을 것이다. 굳이 호드리고를 통할 필요 없이 직접 아니카와 감응할 수도 있다.

'아니야. 서두르다가 일을 망칠 수는 없지.'

얼마나 오랫동안 기다렸는지 모른다. 고작 연락의 편의를 위해 위험을 감수할 필요는 없었다.

마하의 개들은 아니카에게 깃든 마기를 바로 알아차릴 것이다. 마하의 개는 정기적으로 왕국을 방문했다. 왕에게 서신을 전하자마자 바로 돌아가서 왕비와 마주칠 일은 없지만, 그래도 혹시 모르는 일이다.

아니카를 완벽히 손에 넣기 전까지는 긴장을 늦추어서는 안 된다.

'마하.'

대제사장의 한쪽 입술 끝이 비스듬히 올라갔다.

'네가 하찮은 생물들 위에 군림하며 신 노릇 할 날이 얼마 남지 않았다. 전부 너의 안일함 탓이지.'

몸을 돌린 그가 광장을 중심으로 갈라지는 여러 갈래를 길을 바라보았다.

'바깥에 소란을 일으켜 볼까.'

휴지기가 오래 이어지고 있었다. 왕을 성 밖으로 끌어내야 왕비인 아니카가 움직이기 편할 것이다. 어수선한 틈에 호드리고가 교도를 성안에 들여보내기도 수월할 테고.

그가 향하는 곳은 수도의 빈민들이 모여 사는 후미진 거리였다. 그는 이 거리에 사는 사람이 아니고서는 들어가지 않는 깊은 안쪽으로 계속 걸어갔다.

잘 정돈된 다른 거리와 다르게 이곳은 길이 좁고 작은 집들이 다닥다닥 붙어 있으며 지나다니는 사람조차 거의 없었다.

그는 주변을 천천히 돌아보았다. 그의 시선이 쓰레기 같은 잡화가 쌓인 모퉁이에서 멈추었다. 붉은 눈동자에 강한 빛이 번쩍인 후 그는 잡화 더미로 다가가 위에 덮인 판자를 들추었다.

시궁쥐 몇 마리가 두 앞발을 든 자세로 앉아 꼼짝하지 않고 있었다. 쥐는 커다란 손이 다가와 자신을 움켜쥘 때까지 움직이지 않았다. 코끝만 경련하는 모습이 마치 뱀 앞에서 굳어 버린 개구리 같았다.

"너희가 수고를 해 줘야겠다."

대제사장이 품 안쪽에 손을 넣었다가 꺼냈다. 그의 두 손가락 사이에는 옅은 보라색의 씨앗이 끼워져 있었다.

*   *   *

카세르가 말한 환수는 대략 손바닥 크기의 도마뱀이었다. 유진은 새장 안에 갇힌 갈색 도마뱀을 흥미롭게 구경했다. 도마뱀의 입에서 빠르게 쭉 나왔다가 제 얼굴을 핥은 후 다시 들어가는 혀는 검은색이었다.

'으엑.'

유진은 인상을 찌푸렸다. 그녀는 털 없는 짐승이 꺼림칙했다. 양서류, 파충류, 이런 종류는 도통 호감이 가지 않았다.

'작은 뿔은 좀 귀엽네.'

이마에 삐죽이 솟은 도마뱀 환수의 뿔은 손가락 한 마디보다 작았다.

"노란 씨앗에서 깨어난 환수라고 하셨죠. 원래 이렇게 작아요?"

"저장소에서 봤을 때는 더 컸어. 머리부터 꼬리 끝까지 길이가 당신 키 정도는 되겠군."

유진은 헉, 소리를 냈다. 그녀는 이내 인상을 쓰며 속으로 '으으. 정말 싫다.'라고 중얼거렸다. 사람 크기의 도마뱀이라니, 절대로 보고 싶지 않았다.

"그럼 전하께서 작아지라고 명령하신 거예요?"

"그렇게 큰 녀석을 데려올 수단이 마땅치 않으니까."

카세르는 새장 속 작은 도마뱀을 보며 어제 이 환수를 새장 속에 넣기까지의 과정을 떠올렸다.

그는 꽤 애를 먹을 줄 알았다. 그의 환수 아부는 작아지는 걸 싫어했다. 말 모습으로 변해 있을 때도 큰 덩치를 고집하여 주변의 다른 말을 겁먹게 했다.

아부가 말을 듣게 하려면 꼭 힘으로 눌러서 기세 싸움을 해야 한다. 힘든 일은 아니고 까부는 녀석과 놀아 주는 게 가끔은 재밌지만, 귀찮기도 했다.

그런데 이 도마뱀 환수는 순순히 작아져서 새장 안에 얌전히 들어갔다. 녀석을 잡을 때는 아주 영악한 놈이라고 생각했기에 안심시키고 빈 틈을 노리려나 싶어 오는 내내 경계했다.

'그런데 왕비 말대로면 이해가 가.'

막 깨어난 환수는 갓 태어난 아기와 같다는 그녀 말이 미심쩍게 생각했던 모든 부분을 설명했다.

"밖으로 나오고 싶은가 봐요."

유진은 새장 안에서 아래위로 계속 오르락내리락하는 환수를 보며 말했다. 도마뱀이 새장의 창살 틈새로 작은 앞발을 내밀어 허우적대는 모양새가 우스웠다.

카세르는 데리고 오는 내내 조용했던 환수가 안절부절못하는 모습이 의아했다. 하지만 곧 어린 환수가 세상에 대한 호기심이 많아 그러나 보다, 생각하니까 그의 마음이 관대해졌다. 그가 새장 문을 열 것처럼 잠금쇠를 풀자 유진이 기겁했다.

"꺼내시려고요?"

카세르는 달갑지 않아 하는 그녀의 표정을 보고 새장에서 손을 뗐다.

"환수를 보고 싶다더니, 왜?"

"도마뱀은 좀……."

유진은 환수가 알아들으니까 직접적인 표현은 삼갔다. 카세르가 어이없다는 듯 말했다.

"이 녀석은 환수야. 진짜 도마뱀이 아니라."

"어쨌든, 도마뱀이잖아요."

"모습을 바꾸면 되지."

"아. 그럼 되겠네요."

유진은 잠시 고민한 후 말했다.

"다람쥐. 다람쥐가 좋겠어요. 그냥 쥐는 절대 안 되고 다람쥐. 음……
꼬마야. 그러고 보니 이름도 아직 없구나. 다람쥐로 변할 수 있겠어?"

유진이 있는 방향으로 새장 벽에 붙은 도마뱀이 눈만 끔벅거렸다. 얌
전해진 모습을 봐서는 유진이 하는 말에 귀를 기울이는 것 같았다. 하지
만 도마뱀은 여전히 그 모습 그대로였다.

"다람쥐가 뭔지 모르나 봐요. 어떻게 생긴 동물인지 보여 줘야겠어
요."

"본 적이 있는 동물로만 변할 수 있는 거야?"

"네. 배워야 알아요. 이 환수에게 지금 시기는 중요해요. 사람처럼 환
수도 어릴 때의 경험에 영향을 많이 받거든요. 태어나자마자 죽음의 위
기를 여러 번 겪으면 나이가 들어서 성격 사나운 환수가 되지요."

카세르는 아부의 어린 시절이 꽤 고달팠나 보다 생각하며 시종을 불
렀다. 시종에게 아이를 위한 동물 그림책을 가져오라고 지시했다.

그림책을 기다리는 동안 계속 책상 앞에 서서 대화를 나누었던 두 사
람은 새장을 들고 소파로 자리를 옮겼다.

유진은 새장 속 환수를 계속 관찰했다. 진짜 도마뱀은 아니니까 비교
적 거부감이 덜했다.

'사왕의 두 번째 환수라니. 신기해.'

그녀의 소설에는 등장한 적이 없었다.

그녀는 환수에게 집중하느라 자신에게서 눈을 떼지 않는 그의 시선을

알아차리지 못했다. 당연히 그의 표정이 점점 안 좋아지는 것도 알지 못했다.

시종이 용케 그림책을 구해서 가져왔다. 유진은 그림책 안에서 다람쥐를 찾아내어 새장 속 환수에게 보여 주었다.

"이게 다람쥐야. 이 모습으로 변해 봐."

도마뱀이 그림책 속 다람쥐를 뚫어지게 쳐다봤다. 작은 머리를 좌우로 갸우뚱 기울였다.

유진은 배움을 시작하는 어린 환수를 즐겁게 구경했다. 그녀는 이 세계에 온 뒤 모르는 것투성이라서 살짝 주눅이 들어 있었다. 그런데 자신이 잘 아는 분야의 지식을 뽐내며 자신감이 살아났다.

'환수에 관심이 많군.'

카세르는 유진의 생기 넘치는 표정을 보며 생각했다. 그녀의 관심이 이 정도일 줄은 몰랐다.

하지만 그녀의 모습이 보기 좋은데도 그의 기분은 썩 유쾌하지 않았다. 그의 표정은 점점 더 굳었다.

창살에 붙어 있던 도마뱀이 새장 바닥으로 내려왔다. 제 꼬리를 무는 것처럼 몸을 둥글게 말고 제자리에서 빙글빙글 돌았다. 길고 뾰족한 꼬리 끝이 둥글게 부풀어 오르며 변하기 시작했다.

매끈한 도마뱀의 피부에 한 꺼풀의 털옷을 입히는 것처럼 꼬리부터 도도록 돋아난 갈색 털이 머리까지 뒤덮었다. 길게 찢어진 눈은 동그랗게 작아지고 긴 몸뚱이는 줄어들었으며 벌어진 다리 사이가 좁아졌다.

조금 전 도마뱀이었다는 흔적은 순식간에 사라졌다. 환수는 완벽한 한 마리의 다람쥐가 되었다.

유진이 탄성을 지르며 서둘러 새장 문의 잠금쇠를 풀었다. 문이 열리자마자 뛰어나온 다람쥐가 유진의 손등을 타고 팔을 따라 어깨 위로 올라갔다.

그녀는 다람쥐가 움직이는 방향으로 이리저리 고개를 돌렸다. 환수는 날쌘 동작으로 그녀의 팔과 어깨 위를 타고 뛰었다.

유진이 혀끝을 입천장에 대고 입술을 둥글게 모아 부르는 소리를 냈다. 종횡무진 그녀의 팔 위를 누비던 환수가 그녀의 왼쪽 손등 위에 멈추어 섰다. 환수는 그녀가 내는 소리에 반응하며 코끝을 찡긋거렸다.

유진은 오른손을 들어 환수가 놀라지 않도록 천천히 가져다 댔다. 손가락 끝으로 다람쥐의 작은 머리통을 쓸고 턱 밑을 문질렀다. 환수는 그녀의 손길을 음미하듯 눈을 감고 그녀의 손에 제 얼굴을 비볐다.

"귀여워."

유진이 중얼거리며 작게 웃음을 터뜨렸다. 환수는 정말 완벽한 생물이었다. 이렇게 영리하고 사랑스럽다니.

갑자기 다가온 카세르의 손이 다람쥐의 등가죽을 잡아 올렸다. 환수의 애교를 흐뭇하게 바라보던 유진이 시선을 들었다.

환수는 카세르의 손가락에 잡혀 공중에서 버둥거렸다. 유진을 향해 애절하게 앞발을 허우적거렸다.

카세르는 같잖다는 표정으로 환수를 보며 새장 문을 열었다. 다람쥐는 거부 의사를 온몸으로 표현했다. 사지를 쫙 펴고 입구 창살을 붙들었다. 그 모습이 참으로 귀엽고 가련했다.

그러나 그는 냉정했다. 버티는 녀석을 손가락 끝으로 탁 튕겨서 넣어 버렸다.

유진은 멋쩍은 기분으로 손을 슬그머니 내렸다. '환수 정보는 누구와도 공유하지 않는다'라는 그의 말이 떠올랐다.

'기분 나쁜가 보네. 하긴, 환수를 내 애완동물처럼 취급했으니.'

왕이 환수와 교감하는 정도는 사람이 동물을 키우며 애정을 쏟는 감정보다 훨씬 강했다. 환수와 융화된 프라즈는 왕의 프라즈와 강하게 연결되었다. 그래서 환수가 크게 다치면 왕이 느낄 수 있었다.

"화나셨어요?"

"아니."

'화났으면서.'

유진은 그의 눈치를 살폈다. 그가 평소에 감정을 흘리고 다니는 사람은 아니어도 불편해하는 표정은 알 수 있었다.

"죄송해요. 함부로 만져서요."

카세르가 터무니없는 오해라는 듯 인상을 찌푸렸다.

"이 녀석을 만졌다고 내가 당신을 탓한다는 거야?"

"그 이유가 아니면 왜 화나셨는데요?"

"화 안 났다니까."

유진은 이 상황이 당황스러웠다. 그가 환수를 보여 준다고 해서 집무실로 왔고 분명히 조금 전까지는 분위기가 좋았다.

이런 경우 대처법에 대해서 비슷한 예를 마리안한테 배운 기억이 났다.

「사교 모임 중에 대화를 나누다가 갑자기 분위기가 싸늘해질 때가 있습니다. 누군가 말실수하거나 순간적으로 대화가 끊길 때지요.」

이때 나서는 사람이 정해져 있다. 어리거나 신분이 낮은 사람이 다른 화제로 슬쩍 이야기를 돌리는 방식이 바람직했다.

마리안은 사교 활동에 능숙해지려면 이러한 보이지 않는 규칙을 습득해야 한다고 말했다.

「왕비님께서 분위기를 바꾸려는 자의 말을 간단한 호응으로 받아 주시
는 건 괜찮습니다. 하지만 먼저 나서시거나 적극적으로 분위기를 바꾸려
하지는 마세요. 아랫사람이 하는 역할을 윗사람이 하면 위엄에 손상이 갑
니다.」

유진은 지금 상황을 대입해 보았다. 절대 왕정 체제에서 왕국의 정점
은 국왕이고 그 외에 모두가 왕의 신하이자 백성이었다.

하지만 규칙이고 뭐고 그의 변덕에 일방적으로 맞춰 주고 싶지 않았
다. 국정을 논의하던 중이 아니니까 지금 자신은 왕의 신하가 아니라 아
내였다.

"전하. 화나신 게 아니라면 제가 전하께 화낼 거예요. 제 손등에 올라
와 있던 환수를 그런 식으로 치우듯 데려가서 절 무안하게 하셨잖아요."

"……."

뚱한 표정으로 침묵하는 그를 보며 유진은 불쾌한 기분이 조금씩 가
라앉았다. 지금껏 본 적 없는 그의 모습이 낯설고 귀여웠다.

그는 이십 대 중반의 나이에 비해서 무척 어른스러웠다. 유진이 살던
세상에서 이십 대는 생각도 행동도 아주 어렸다.

이십 대 초반에 대부분이 결혼하는 이 세계의 사회 분위기를 감안해
도 그의 정신연령은 나이보다 훨씬 높다고 생각했다. 나라의 운명을 짊
어진 왕으로서 철이 일찍 들 수밖에 없다고 이해했다. 그런데 지금은 그
의 표정 때문인지 처음으로 어려 보였다.

'화났다기보다는…… 삐진 거 같잖아.'

사왕에게 절대 어울리지 않는 표현이었다. 유진은 그가 무슨 이유로
심기가 불편해졌는지 궁금했다. 환수 때문이 아니라면 짚이는 구석이
없었다.

카세르가 작은 한숨을 내쉰 후 말했다.

"당신을 무안하게 할 생각은 아니었어. 내 실수야. 사과하지."

"저도 경솔했어요. 환수를 만지기 전에는 전하의 허락을 받을게요."

"환수는 언제든 만져도 괜찮아. 일반적인 동물이 아니라는 사실만 잊지 마. 방심하지 말고."

"네……."

그가 이 정도로 물러서는데 유진은 더 따질 수가 없었다.

카세르는 복잡한 기분으로 새장 속 환수를 응시했다. 소파테이블을 두고 그녀와 마주 앉은 자리였다. 그의 방향에서는 환수의 뒷모습만 보였다.

다람쥐는 그를 등지고 그녀만 보며 새장 안을 바쁘게 돌아다녔다. 주인이 그가 아니라 그녀인 것처럼 행동했다.

주인만 따르는 환수의 특성상 이해할 수 없는 모습이지만, 지금 그는 들쭉날쭉한 감정을 다듬느라 논리적인 생각을 할 틈이 없었다.

'괜히 데려왔나.'

그는 손바닥만 한 녀석 때문에 속이 비틀렸다. 기분이 언짢은데 화가 난 것과 달랐다. 배 속에서 뭔가가 부글거리는 느낌이 분노보다는 짜증에 가까웠다.

도마뱀 환수를 제압한 후 죽이려다가 문득 왕비 생각이 났다. 그녀는 호기심이 많았고 아부를 대하는 모습을 보면 환수를 무서워하지 않았다.

환수를 데려가 보여 주면 그녀와 자연스레 대화를 나눌 공통 화제가 늘어날 거라고 기대했다. 그런데 그녀는 환수에게 정신이 팔려서 그는 안중에도 없었다. 그가 전혀 바랐던 결과가 아니었다.

그는 당장 눈앞에 닥친 일에 집중할 때 다른 일은 잊으려 했다. 왕성을 떠나 있을 때는 남겨진 자들을 생각하지 않았다.

하지만 요 며칠은 달랐다. 저장소에서 환수를 추적하며 잠시 쉴 때마다 한 사람 얼굴만 생각났다. 그 사람을 보러 어서 돌아가고 싶다고 생각한 건 처음이었다.

그런데 정작 그 당사자는 며칠 만에 보는 남편보다 도마뱀을 더 반가워하다니.

'죽일 놈을 살려 줬더니만.'

그는 자신이 느끼는 억울함과 서운함을 모두 은혜 모르는 도마뱀 탓으로 돌렸다.

"점심 식사는 아직 전이지?"

"네."

"함께 할까?"

"네. 좋아요."

이대로 넘어가나 싶어서 유진은 아쉬웠다. 그와 어느 정도는 가까워졌지만, 호기심 충족을 위해 캐물을 정도로 격의 없는 사이는 아니었다.

"외출은 왜 안 해? 자주 나갈 것처럼 호위대도 만들어 놓고."

유진은 딱 한 번의 외출 이후 다시는 나가지 않았다. 호드리고의 눈에 띌지도 모르니까 조심하려고 했다.

처음 외출한 날 호드리고는 다섯 명의 전사를 봤다. 또 외출 나갔다가 전사들이 호위하는 사람이 왕비라는 걸 호드리고가 알아차리면 그날 전사들과 있던 사람이 자신이 아닌 척했던 거짓말이 들통날 것이다.

그런 자세한 사정은 설명할 수 없으니 유진은 다른 핑계를 댔다.

"호위대와 나가는 게 번거롭더라고요. 전하와 외출했을 때가 훨씬 편했어요."

카세르는 귀가 솔깃했다.

"나갈까? 아직 낮에는 성 밖으로 나가 본 적이 없지? 점심은 밖에는 먹으면 되니까."

"점심을 밖에서요? 밖에서 뭘 드셔 본 적이 있어요?"

"당연하지. 온종일 나가 있는 날이 많은데 계속 굶을까."

"그러면 밖에서 먹어요! 낮에 보는 거리 풍경이 궁금했어요."

유진은 적극적으로 호응했다. 언제 휴지기가 끝날지 모르지만, 형식적인 사양의 말은 하고 싶지 않았다.

권유하는 사람이 왕이다. 그가 어련히 알아서 판단했겠지. 그와 나가면 일행이 훨씬 단출해지니까 언제 올지 모를 이런 기회를 놓칠 수 없었다.

그리고 그와 함께 다시 바깥 구경을 하게 되어 마음이 들떴다. 지난번에는 진의 기억을 보는 바람에 제대로 즐기지 못하고 곧바로 돌아와서 두고두고 아쉬웠다.

"아, 근데요. 전하. 제가 환수와 친하게 지내도 정말 괜찮아요? 불쾌하지 않으신 거죠?"

"괜찮아. 신경 안 써."

유진은 카세르의 표정을 살피며 배시시 웃었다.

"나가기 전에 잠깐 들릴 데가 있어요. 약속을 이미 해 놔서요."

잠시 후 두 사람은 회랑에서 이어지는 뜰로 나왔다.

유진이 두 손을 입에 모으고 '아부!'하고 불렀다. 그녀가 한 번 더 이름을 부르자마자 작은 흑표범이 짧은 다리로 열심히 도약하며 달려왔다.

거침없이 유진을 향해 달려온 아부가 양쪽 팔을 벌린 유진의 품으로 뛰어들었다. 그녀의 품에 안기기 직전, 짐승은 덥석 목덜미가 잡혔다.

카세르는 한 손으로 아부의 목덜미 가죽을 쥐고 눈높이로 들어 올렸다. 그는 기가 막힌다는 눈빛으로 짐승을 아래위로 훑었다.

"아부."

그는 확인처럼 짐승의 이름을 불렀다. 환수가 어떤 모습으로 변해도 주인인 그는 알아볼 수 있었다. 그의 프라즈가 고양이처럼 작아진 이 짐승이 아부라고 인정했다.

그런데도 그는 혼란스러웠다. 이 정도로 작아진 아부는 처음 봤다.

사람들은 환수를 두려워했다. 특히 덩치가 큰 아부는 더 위협적이었다. 그래도 카세르는 아부의 몸집을 줄이도록 억지로 강제하지 않았다. 그는 나름대로 덩치에 집착하는 아부를 배려했다.

그런데 이런 몰골이 되어 해맑게 폴짝거리며 달려오는 꼴이라니.

이번 사왕의 환수는 유명했다. 사왕의 부친인 선왕의 환수보다도 강하고 거대했다. 역사상 지금까지 왕이 부렸던 환수 중에서 가장 강하다고 말하는 사람도 있었다.

카세르가 내색은 안 했지만, 크고 강한 자신의 환수가 흡족했다. 아부는 그에게 첫 환수 이상의 특별한 의미가 있었다.

자신의 존재 의의에 끊임없이 질문을 던졌던 어린 나이에는 자기 자신을 증명할 방법을 찾아 헤맸다. 때마침 보란 듯이 자랑할 만한 사냥 성공이 그의 자존심을 세워 주었다.

뒤돌아 생각해 보면 아부를 환수로 삼은 시기를 기점으로 그의 마음속 방황이 끝났다.

아부가 아무리 특별해도 그는 짐승과 자신을 동일시하지는 않았다. 다만, 지금 아부의 꼬락서니는 너무했다.

아부는 전혀 강하고 사나워 보이지 않았다. 어디 가서 그 유명한 사왕의 환수라고 말하기 부끄러운 수준이었다.

한심하게 바라보는 주인의 시선과 짐승의 붉은 눈이 마주쳤다.

유진은 아부가 작아진 날부터 매일 하루에 한두 시간, 혼자 산책 가는 척하며 오후에 아부를 만나 함께 놀았다. 왕의 환수를 함부로 데리고 다닐 수는 없으니 시간과 장소를 정해 만나기로 약속했다.

유진은 아부를 애완 고양이 다루듯 거리낌 없이 대했다. 품에 안고 쓰다듬거나 꼬리나 귀를 잡아당기는 장난을 쳤다.

아부는 주인을 제외한 인간은 형편없이 약하고 하찮다고 생각했다. 그들이 자신을 두려워하면 서운하기는커녕 뿌듯했다. 그런데 인간 여자한테 장난감처럼 취급당하자 처음엔 당황했다.

자신에게 계속 말을 거는 여자의 조곤조곤한 목소리도 낯설었다. 아부의 주인은 원래 살가움과 거리가 멀었다. 주인이 아부의 이름을 부를 때는 명령을 내리거나 혼을 낼 때뿐이었다.

거북했지만 아부는 꾹 참았다. 인간 여자한테 느껴지는 부드러운 기운이 무척 좋아서 불편함은 감수할 만했다.

참다 보니까 어느새 아부는 익숙해졌다. 이제 아부는 유진의 발치에서 안아 달라고 골골 목을 울리기도 했다.

"크아아앙."

아부는 며칠 만에 보는 주인에게 반항적인 눈빛을 보냈다. 짧은 앞다리를 버둥거리며 방해하지 말라고 항의했다.

카세르는 한쪽 입술 끝을 어슷하게 올리며 건방지게 구는 환수를 제압했다. 그의 푸른 눈동자에 푸르스름한 빛이 감돌았다.

유진은 대치하는 사람과 짐승을 번갈아 보며 울지도 웃지도 못하는 표정을 지었다. 주인의 손에 잡혀 공중에 대롱대롱 매달린 작은 흑표범은 사실 거대한 환수다. 동물학대범으로 보이는 저 남자는 환수의 주인이자 왕이었다.

"전하."

그녀가 조심스레 불렀다. 카세르와 아부의 시선이 동시에 유진에게 향했다.

"아부…… 귀엽지 않아요?"

유진은 그의 눈치를 살폈다. 이런 살벌한 재회는 예상 밖이라서 당혹스러웠다. 자신이 뭔가 크게 실수한 걸까 봐 걱정됐다.

"아부가 몸집을 줄이면 장점이 많아요. 궁인들이 훨씬 덜 무서워할 테고요."

유진의 목소리는 점점 작아졌다. 풀 죽은 그녀를 보며 카세르의 굳은 미간이 느슨하게 풀렸다.

"당신에게 화난 거 아니야. 이 녀석 모습이……."

그는 '한심하다'라고 말하려다가 표현을 바꿨다.

"생소해서 살펴본 것뿐이야. 아까 당신이 말한 약속이란 게 이 녀석이었어?"

"네. 오후에 만나기로 했거든요."

"이 녀석과 매일 만나?"

"네."

"언제부터?"

"며칠 안 됐어요."

아부의 꼴에 혀를 찼던 그는 급속도로 기분이 나빠졌다. 자신이 없는 며칠 동안의 빈틈을 짐승 따위가 파고들었다고 생각하자 부아가 치밀었다.

"여기는 왜 왔는데?"

"아부를 보러……."

"나와 외출하기로 했잖아."

"네, 알아요."

"이 녀석을 데려가려고?"

유진은 날카로운 말투로 따지듯이 말하는 그가 이상해서 그를 빤히 보며 대답했다.

"아니요. 아부에게 말을 해 주고 가려고요. 제가 올 때까지 계속 기다릴 테니까요."

카세르가 미간을 살짝 찌푸렸다가 입을 꾹 다물었다. 꽉 붙들고 있는 아부에게 시선을 돌리더니 화풀이하듯 탈탈 흔들었다. 아부가 '캬아앙' 하고 엄살 섞인 비명을 질렀다.

유진은 어색한 그의 모습을 유심히 관찰했다. 그의 집무실에서 봤던 뚱한 표정과 비슷한 것 같았다.

유진은 아까의 상황과 지금 상황을 되짚어 보았다. 평소답지 않은 그의 변덕스러운 감정 변화에 모두 환수가 관련이 있었다. 하지만 그는 유진이 환수를 만지고 친하게 지냈다고 불쾌하지는 않다고 말했다.

'혹시……?'

"전하. 아까 본 도마뱀도, 아부도. 저는 전하의 환수라서 관심이 있어요. 저장소에 가신 동안 제가 아부를 붙들고 얼마나 전하 걱정을 했는데요."

유진이 바라보는 방향에서 살짝 등이 보이도록 방향을 튼 채로 그는 아무 말이 없었다. 그의 침묵은 유진이 '설마'라고 생각했던 부분이 사실이라고 말하는 것 같았다.

유진은 입술을 꼭 물어 웃음을 참았다. 심장이 두근거리기 시작했다.

저 남자가 설마 질투는 아닐 것이다. 굳이 정의하자면 그저 눈앞에 있는 사람이 자신에게만 집중하기를 바라는, 누구나 흔히 느끼는 가벼운 독점욕에 가까울 것이다.

아니면 '너는 왜 나를 우러러보지 않지?'라는 유치한 감정일 수도 있다. 그가 왕으로서 업적을 쌓고 돌아오면 모두가 환호하며 그를 칭송했을 테니까.

유진은 기분 좋은 웃음이 나왔다. 동기가 무엇이든 그는 자신에게 감정을 드러냈다. 그와 처음으로 마음이 살짝 맞닿은 느낌이 들었다.

유진은 지금 그의 표정이 보고 싶으면서 보고 싶지 않기도 했다. 그가 무감한 표정으로 자신을 돌아보면 지금 느끼는 이 설렘이 파사삭 깨져버릴 것 같았다.

유진은 그의 등을 보며 망설였다. 손을 들어 올렸으나 그에게 닿지 못하고 소심하게 주저했다. 전부 자신의 착각에 불과하다면 그녀는 오늘 밤새 잠 못 이루고 창피함에 몸부림치며 허공에 발길질을 해야 할 것이다.

그녀는 결국 자신의 감정이 시키는 대로 따랐다. 그의 등 뒤에서 그를 끌어안았다. 그의 커다란 몸통은 그녀의 두 팔로 모두 감쌀 수가 없었다.

유진은 그의 단단한 몸이 순간적으로 더 단단히 긴장하는 것을 느낄 수 있었다. 그래서 그녀도 덩달아 긴장했다. 그의 손이 유진의 손등을 잡아서 떼는 순간에는 심장이 덜컹 내려앉았다.

그가 몸을 뒤로 돌리자마자 유진의 입술을 덮치듯 삼켰다. 그가 한쪽 팔로 허리를 감아 확 당겨서 그녀를 바짝 품으로 끌어안았다.

그녀의 턱 아래와 목을 받쳐 잡은 손이 그녀를 옴짝달싹할 수도 없게 붙들었다. 마치 그녀가 도망가지 못하도록 미리 길을 막는 것 같았다.

유진은 도망갈 생각이 없었지만, 강하게 붙잡힌 이 상태에 묘한 만족감을 느꼈다. 아무 생각 없이 끌려가고 싶었다.

그녀의 입술 사이를 가르고 그의 혀가 깊숙이 침입했다. 그녀의 입 안쪽을 훑고 여린 살을 문지르는 움직임은 거침없었다.

"흣……."

그의 어깨를 잡은 유진의 손가락에 힘이 들어갔다. 그녀의 호흡까지 모두 빼앗는 그의 키스는 탐욕스러웠다. 그가 고개를 더 기울여 깊숙이 혀를 밀어 넣었다. 두 사람의 입술은 약간의 틈도 없이 밀착했다.

허리를 감은 그의 팔에 더욱 힘이 들어가자 유진은 맞닿은 가슴이 눌려 압박감을 느꼈다. 몸을 옥죄어서 토해지는 숨조차 모두 그의 입술 안으로 빨려 들어갔다.

유진은 몰아붙이는 그의 속도를 따라잡기만 급급하면서도 그가 자신을 갈망하는 이 순간이 좋았다.

그는 미적지근한 적이 없었다. 껐다가 켜는 스위치가 존재하는 사람 같았다. 담백한 태도일 때는 희롱하는 농담 한마디 건넨 적이 없고 키스나 섹스를 시작하면 목마른 자처럼 달려들었다.

그의 혀가 그녀의 혀를 감아올렸다가 강하게 빨아들였다. 그녀의 등허리로 오싹한 소름이 타고 올라갔다.

며칠을 끙끙대며 고민했건만 그녀의 머릿속은 하얗게 비었다. 남녀관계가 이처럼 오묘할 줄은 그녀도 경험하기 전에는 몰랐다.

이성만 일방적으로 육체적 욕망을 억누르는 게 아니었다. 육체적 욕망 앞에서 이성 따위는 무의미하게 흩어지기도 했다.

"꺄오옹."

농밀한 키스를 나누는 두 사람과 어느 정도 떨어진 거리에서 아부가 처량한 목소리로 울었다.

카세르는 유진을 끌어안고 키스를 시작하기 직전에 아부를 대충 던져 버렸다. 유연하게 공중제비를 돌며 아부는 무사히 땅에 착지했다.

아부는 주인이 인간 여자에게 찰싹 붙어 있는 모습을 보자 주인이 야속했다. 저 인간 여자의 좋은 기운을 주인이 모두 독차지하고 있었다. 감히 끼어들어서 방해는 못 하고 소심하게 울음소리로 불만을 토로했다.

서로에게 푹 빠진 남녀는 처음에는 신경 쓰지 않았다. 하지만 짐승은 끈질겼다. 짧은 시간 간격으로 아부는 계속 울었다. 신경을 쓰지 않으려야 안 쓸 수가 없었다.

"캬오옹."

집요하게 그녀의 입술을 빨던 그가 속으로 욕설을 중얼거리며 입술을 뗐다.

카세르는 아부가 온종일 울거나 말거나 무시하려 했지만, 그녀는 집중력이 깨지는지 그를 자꾸 밀어내려 했다.

그는 작게 숨을 할딱이는 그녀의 젖은 입술에 가볍게 입을 맞추고 혀로 핥았다. 그의 눈빛에 아직 충족되지 못한 갈증이 가득했다. 며칠 만에 맛보는 그녀의 입술이 너무 달아서 현기증이 났다.

마음 같아서는 이대로 그녀를 안고 아무 방이나 들어가고 싶었다. 하지만 오늘은 육체적인 얽힘 외에 다른 방식으로 그녀와 시간을 보내고 싶었다.

마리안의 잔소리 때문만은 아니었다. 그녀와 밤을 함께 보내는 것만으로는 그녀와 자신 사이에 좁혀지지 않는 뭔가가 있다고 어렴풋이 느꼈다.

"캬오옹."

카세르는 이를 악물고 중얼거렸다.

"내가 저놈 목줄을 만들어서 묶어 놓겠어."

유진이 아직 발갛게 붉어진 얼굴로 웃음을 터뜨렸다. 그녀는 쪼그려 앉아 아부를 향해 손을 흔들었다.

"아부. 이리 온."

아부가 즉시 유진에게 쪼르르 다가왔다. 카세르는 애완견처럼 구는 아부를 삐딱한 시선으로 내려다보았다.

"아부. 오늘은 못 놀아 주겠다. 오늘은 시간이 안 돼. 우리 내일 보자."

'내일?'

그의 얼굴 근육이 실룩 움직였다. 못마땅했다. 하지만 막을 명분이 없었다. 환수와 친해져도 좋다고 이미 자신의 입으로 말했다.

그는 아부를 그녀의 눈앞에서 멀찍이 치워 버리고 싶었다. 자신의 감정이 차마 입 밖으로 꺼낼 수 없이 유치하다는 정도는 자각했다.

"아부. 이리 와. 한 번 안아 줄게."

흑표범이 주저 없이 양쪽 팔을 벌린 유진의 품으로 파고들었다. 카세르는 아부가 목 안에서 골골 울리는 소리를 듣고 기가 막혀 짧게 헛웃음 쳤다. 자신의 환수가 왜 이 모양이 되었을까, 심각하게 고민했다.

그의 고민은 그녀와 성 밖으로 나가는 마차에 올라탄 후에도 계속되었다. 그는 뒤늦게 이상하다는 사실을 깨달았다. 엄연히 주인이 따로 있는 환수가 다른 사람을 주인처럼 따르는 일은 듣도 보도 못했다.

카세르는 맞은편에 앉은 유진을 보며 아까 환수들이 그녀에게 달라붙던 광경을 떠올렸다. 환수의 특이한 행동을 설명할 이유로 짐작 가는 게 있었다.

그녀는 아니카다. 라크는 아니카를 공격하지 않는다. 환수는 근본이 라크다.

실제로 환수가 아니카에게 호의적인 반응을 보였다는 기록은 남아 있었다.

'호의…… 그런데 그걸 겨우 호의 정도로 정의할 수 있나?'

역사의 기록은 어느 정도 왜곡되기 마련이지만, 아까의 장면을 본 자가 자신의 기억을 기록으로 남긴다면 그 단어 선택은 잘못됐다.

그리고 모든 환수가 아니카에게 반응하지 않았다. 기록에 남을 정도이니 드물다는 뜻이다.

환수가 호의를 보였다는 아니카는 성도 광장의 고목 씨앗을 틔운 주인공이었다. 역사상 가장 강력한 라미타를 지닌 아니카로 기록되었다.

그렇다면 환수가 라미타에 반응한다고 추리할 수 있다.

'하지만 전에는 아부가 저러지 않았단 말이지.'

그녀의 라미타가 강력하기 때문에 환수가 반응한다면 왜 일관성이 없는가. 전에도 아부가 왕비를 가까운 거리에서 보는 일이 종종 있었다. 그때 아부는 그녀에게 관심이 없었다.

카세르는 아니카가 느끼는 라미타가 어떤 힘인지 모르지만, 프라즈와 라미타는 근본적으로 유사하다고 생각했다. 그래야 아니카만 왕의 아이를 낳을 수 있는 현상을 설명할 수 있으니까.

따라서 왕의 프라즈가 그러하듯 아니카의 라미타 역시 본인이 타고난 그릇에서 넘치지도 줄어들지도 않을 것이다.

유진은 차창 밖으로 대낮의 바깥을 구경하다가 광장에 이르렀는데도 마차가 멈추지 않자 시선을 돌렸다. 자신을 바라보는 그와 눈이 마주쳤다.

"제게 하실 말씀이라도?"

"당신에 전에 라미타에 관해 물어봤었지. 라미타를 느낄 수 없다고. 지금도 그래?"

"네. 딱히 잘 모르겠어요."

"자각몽도 기억이 안 나?"

"아……."

유진은 어떻게 설명해야 할지 모르겠다는 표정으로 망설였다.

"원래 자각몽이 뭐였는지는 기억 안 나요. 그런데 최근에 이상한 꿈을 꿔서……."

"이상한 꿈? 무슨 꿈?"

"꿈에서 물을 봤는데…… 그게 자각몽인지는 확실하지 않아요. 정말 이상했거든요. 전하께서 설명해 준 내용과 전혀 맞지 않았어요."

"내가 당신에게 한 말이 정확한지는 나도 몰라. 아니카는 당신이지 내가 아니야. 어떤 꿈이길래……."

카세르는 말을 하다가 멈칫했다. 아니카의 능력은 함부로 캐물어서는 안 될 내용이었다.

상제는 '아니카는 존재만으로 존귀하다.'라는 의미가 담긴 말을 공식적으로 자주 했다. 사람들은 그 말을 들리는 그대로 해석하기보다는 '아니카를 존귀하게 대하지 않으면 후환이 있으리라.'라는 반협박으로 들었다.

아니카에 대해서는 금기가 많았다. 아니카의 존재에 의문을 표하거나 파고들려고 해서는 안 된다. 그래서 아니카의 라미타가 어떤 능력인지 정확히 아는 사람은 아무도 없었다.

"하긴, 들어 봤자 난 도움이 안 되겠지."

"그래도 듣고서 생각나는 게 있으실지도 모르잖아요. 아니카는 꿈 이야기를 누구에게도 말해서는 안 된다는 규칙이 있어요? 혹시 있다고 해도."

유진은 조금 목소리를 낮추며 장난스러운 표정으로 말했다.

"우리 둘만 아는 비밀로 하면 되지요."

카세르가 웃음을 터트렸다. 그는 부드럽게 풀어진 눈빛으로 그녀를 바라보았다. 그녀와 함께 있을 때 자신이 꽤 자주 웃는다는 생각이 들었다.

기묘한 충동이 솟아났다. 흔들리는 마차 안만 아니었어도 그녀에게 키스했을 것이다. 육체적 욕구를 느끼며 몸이 급속히 달아오르는 것과 다른 감정이었다. 그 정도로 뜨겁지는 않되 좀처럼 식을 것 같지도 않았다.

"그런데 제가 꿈에서 뭘 본 건지 사실 정확히 모르겠어요. 꿈속에서 물 위를 걷는 느낌이었어요. 사방을 둘러봐도 하늘과 맞닿은 수평선만 보였어요."

유진은 꿈을 떠올리며 눈을 가늘게 좁혔다. 꿈과 비슷한 풍경으로 떠오르는 장면은 있었다.

바다.

하지만 바다라니. 바닷물이 고작 발목만 잠길 정도로 얕을 리가 없거니와 역사상 가장 강했다던 아니카도 호수를 봤다는데 바다는 말이 안되었다.

"……수평선?"

카세르는 그녀의 꿈이 뭘 뜻하는지는 알지 못했다. 하지만 직감적으로 범상하지는 않다고 느꼈다.

그는 자신의 능력 부족으로 그녀를 도울 수 없는 상황이 답답했다. 그녀가 답을 얻기 위해서는 상제를 만나는 방법뿐이라는 결론이 나왔다.

계속 피하려 했으나 끝내 원점으로 돌아왔다.

'왕비를 성도로 보내야 하나…….'

원칙대로라면 그녀가 기억을 잃은 그 시점에 상제에게 서신을 보냈어야 했다. 그랬다면 진즉 상제의 기사들이 그녀를 데리러 왔을 것이다.

그는 이제 자신이 무슨 이유로 그녀가 기억을 찾을까 봐 걱정하는지도 헷갈렸다. 후계자를 얻지 못한다는 우려 때문에? 정말 단지 그 이유뿐일까?

지난 3년 동안은 3년의 기간만 채우기를 기다렸다. 왕비에게 계약 이행을 요구해서 하루라도 빨리 후계자를 얻겠다고 별렀다.

그런데 막상 요즘 그는 후계자 때문에 조급한 마음이 들지 않았다. 오히려 지금의 이 상태가 유지되기를 바랐다. 그녀가 어떤 사람인지 더 알고 싶었다.

'내가 정말 원하는 건……'

'후계자'인가. '후계자를 낳을 그녀'인가.

3년 전에 왕비와 약속한 내용은 단순했다. 그녀가 아이를 낳은 이후의 미래는 계획에 없었다. 문제는 그가 더 먼 미래를 보고 싶어졌는데 그녀와 관련된 모든 것이 불확실하다는 점이었다.

카세르는 갑자기 묵직한 돌을 올려놓은 듯 가슴이 답답해졌다.

마차가 멈추어 섰다. 잠시 후 바깥에서 '도착했습니다. 문을 열겠습니다.'라는 목소리가 들렸다.

"자세한 이야기는 나중에 하지. 아무래도 이야기가 길어질 것 같으니까."

유진은 놀라 눈을 크게 떴다. 가벼운 마음으로 꿈 이야기를 했는데 그의 반응이 무거워서 당황했다.

"전하. 아무 의미 없는 꿈일 거예요."

"나중에 얘기해. 여기서 말고."

카세르가 일어나 마차 밖으로 나갔다. 그는 계단을 밟지 않고 옆쪽으로 뛰어내린 후 열린 문 안쪽으로 손을 내밀었다.

안에서 나오는 작고 하얀 손이 자신의 손바닥에 놓였을 때 그는 작게 숨을 들이켰다. 머리를 살짝 숙인 그녀의 상체가 바깥으로 나왔을 때 그의 눈동자가 흔들렸다. 그는 가벼운 전율을 느꼈다.

사교 파티 때 마음에 둔 귀부인을 에스코트하는 사내들의 마음을 알 것 같았다. 주변에 보여 주는 과시이며 애먼 놈이 접근 못 하게 하는 경고일 것이다.

그녀의 손을 쥔 그의 손끝에 힘이 들어갔다. 그는 자신의 욕심을 깨달았다. 이 손을 놓고 싶지 않다.

유진은 그의 손을 잡고 계단을 밟아 내려오며 주변을 곁눈질했다. 마차가 멈춘 곳은 고급 식당 앞이었다. 주변의 일정 반경으로 병사들이 빙 둘러싸서 사람들의 접근을 막았다. 보이지 않는 선 바깥에 모인 사람들이 제법 많았다.

오늘 두 사람은 지난 외출 때처럼 변장하지 않았다. 대신 주변을 통제했다. 카세르가 낮 외출에 변장은 더 번거롭다고 해서 유진은 그의 말에 따랐다.

유진은 간이 계단을 전부 내려온 후 그를 보며 어색하게 웃었다. 군중들에 둘러싸인 기분이 얼떨떨했다. 갑자기 술렁거림이 커지자 유진은 흠칫 놀라 고개를 돌렸다.

딱 눈이 마주친 사람은 사람들 틈을 비집고 끼어들던 앳된 소녀였다. 놀라서 눈이 휘둥그레지는 소녀를 왠지 모른 척할 수가 없었다. 유진이 살짝 손을 흔드는 순간 군중의 함성이 폭발했다.

"갑시다. 왕비."

카세르가 그녀의 손을 잡아끌었다. 유진은 어리둥절한 기분으로, 그러나 태연한 척 차분한 표정으로 그와 함께 안으로 들어갔다.

안으로 들어갔는데도 여전히 바깥의 요란한 함성이 들렸다. 더 커진 것 같았다.

두 사람은 직원들의 극진한 안내를 받아 식사 테이블이 놓인 방으로 들어갔다.

"아직도 소란스러워요."

유진은 뒤늦게 부끄러움이 밀려왔다. 거기서 손을 흔들다니. 자신의 행동이 낯뜨거웠다.

얼굴에 손부채질을 하는 그녀를 보며 카세르가 미소 지었다. 주변을 의식하는 그녀의 순진한 반응이 귀여웠다. 살짝 상기되어 얼굴이 붉어진 그녀가 예뻐서 눈을 뗄 수가 없었다.

"당신이 손을 흔들어 주니까 기뻐하는 거지."

"제가 실수했나요?"

"실수는 아닌데, 다만, 오늘 당신을 따라다니는 사람 숫자가 내 예상보다는 많겠어."

유진은 자신이 살던 세상에서 유명인들이 군중들을 이끌고 다니던 광경을 떠올렸다. 그녀는 그 군중 틈에도 낀 적이 없는 지나가던 '행인 1'에 불과했다. 그런데 자신을 보기 위해 사람들이 따라다닌다고 생각하자 기분이 이상했다.

"이런 곳은 자주 오세요?"

유진은 내부 구조를 살폈다. 거대하고 화려한 왕성에 비교할 정도는 아니어도 비슷한 느낌을 내려는 흔적이 보였다. 분명히 평범한 사람이 드나들 만한 식당은 아니라고 짐작했다.

"가끔 와."

카세르는 자신의 식사를 공들여 챙기는 편이 아니었다. 바쁘면 넘기기 일쑤이고 왕성 밖에 나가 있을 때는 평민들이 다니는 음식점에서 가볍게 먹는 경우가 대부분이었다. 하지만 어수선하고 음식 맛이 그저 그런 곳에 그녀를 데려갈 수는 없었다.

"당신이 암행 같은 외출에 더 관심이 많으면 그건 오늘 말고 다음에 하자고."

"전 이런 것도 좋아요."

유진은 웃으며 말했다. 그가 근사한 식당에 데려와 준 것도, 자연스럽게 다음에 또 나오자고 말하는 것도 좋았다. 마음에 들지 않는 점이 하나도 없었다.

"여기에서 식사하려면 자격 제한이 있나요? 평민은 못 들어온다든가."

"그렇지는 않아. 식사 비용을 감당할 수만 있으면 돼."

식당 직원들이 요리를 가져오기 시작했다. 유진은 그들의 모습을 흥미롭게 관찰했다.

'유니폼을 입었네. 왕실을 흉내 낸 거겠지.'

왕성 궁인들의 복색은 하는 일과 경력에 따라 정해져 있었다. 궁인처럼 이곳의 직원들도 같은 디자인의 옷을 입었다.

'음식을 담는 형태도 비슷하네.'

큰 접시의 한가운데에 요리를 조금 담는 형태가 똑같았다.

'이곳 사람들에게 왕실은 기준이구나. 닮고 싶고 배우고 싶은.'

음식은 맛이 좋았다. 유진은 왕성에서 먹는 맛과 크게 다르지 않다고 생각했다. 왕성의 요리사 솜씨에 못지않은 요리사가 일하는 식당이라면 최고로 손꼽히는 식당 중 하나일 것이다.

'돈만 있으면 누구나 들어올 수 있다고 했으니…… 다른 왕국은 어떤지 모르겠지만, 하시 왕국은 신분제도가 존재해도 차별이 절대적인 분위기는 아닌 것 같아. 내 보좌관 후보 중에도 평민이 있었지.'

요즘 유진은 보고 듣는 모든 것에 자연스럽게 스며든 배경지식을 발굴해서 알아가는 일이 재미있었다.

식사를 마친 후 카세르는 다음 일정을 말했다.

"마차를 타고 조금만 이동하면 구경할 만한 곳이 있어. 가장 오래된 옛 건축물들이 원형 그대로 보존된 곳과 최근에 지어진 가장 큰 건물들이 모인 곳이지."

하지만 식당에서 나오자마자 카세르는 식당 주변을 가득 채운 사람들을 보며 고민에 빠졌다. 이 정도로 모여들 줄은 몰랐다. 마차를 타고 이동할 길을 확보하려면 한참 걸릴 것 같았다.

"전하. 멀지 않으면 걸어가요."

유진이 대안을 제시했다.

"괜찮겠어?"

"그럼요."

유진은 몰려든 사람들이 불편하지 않겠느냐고 묻는 줄 알고 대답했다. 그런데 카세르의 질문 의미는 달랐다. 귀족들은 아무리 짧은 거리라도 이동할 때는 마차를 탔다. 평민들과 뒤섞여서 거리를 걷는 건 체면이 떨어지는 일이라고 생각했다.

유진은 그런 문화를 몰랐지만, 알았어도 개의치 않았을 것이다.

국왕 부부는 걷기 시작했다. 함부로 누가 난입하지 못하도록 두 사람 주변으로 크게 원을 그리며 호위들이 에워쌌다.

사람들이 많이 모인 것치고는 조용했다. 유진은 목소리를 높이지 않아도 그와 충분히 대화를 나눌 수 있었다.

"전하께서도 항상 이렇게 사람을 모으고 다니셨어요?"

"나는 이런 적 없어. 다 당신 보러 온 거야."

"저를요? 왜……."

펑! 유진은 소스라치게 놀라며 반사적으로 시선을 위로 올렸다. 붉은 연기가 하늘에 번지고 있었다.

카세르는 신호탄 소리를 듣고 하늘을 보자마자 곧바로 유진을 보호하듯 품으로 끌어안았다. 의식하고 한 행동이 아니었다. 그의 몸은 본능처럼 움직였고 그는 자신의 행동에 의문을 품지 않았다.

그의 머릿속은 '왕비를 안전하게 왕성으로 데려다주어야 한다.'라는 생각으로 가득 찼다.

"마차…… 아니 마차에서 말을 풀어 데려와라. 당장!"

주변에 사람이 많았다. 왕의 곁이 안전하다고 생각한 백성들이 공포에 질린 비명을 지르며 더 모여들었다. 국왕 부부와 거리를 유지하던 대

열이 빠르게 흐트러졌다.

사람들을 밀어내고 마차를 무리해서 끌고 오려면 부상자가 적지 않을 것이다. 출발하는 마차에 사람들이 매달릴 수도 있었다.

"예, 전하!"

왕의 명령에 담긴 뜻을 알아들은 전사들이 움직였다. 몇 명은 마차로 달려가고 몇 명은 '물러나라!'라고 위협적으로 소리치며 길을 만들었다.

그나마 아직은 전사들이 고함을 지르는 소리에 사람들이 반응하며 주춤 물러났다.

하지만 카세르는 한시라도 빨리 이 자리를 벗어나야 한다는 사실을 경험으로 알고 있었다. 질서가 무너지기 시작하면 왕명도 먹히지 않을 것이다. 자신의 한 몸이 빠져나가는 일은 어렵지 않지만, 지금은 혼자가 아니었다.

그는 지금까지 지키기 위해 살아왔다. 이 왕국을, 자신의 백성을. 하지만 품 안에 안은 이 여자를 지키지 못할까 봐 이 순간만큼 절박하고 초조했던 적은 없었다.

그는 전사가 건네주는 검을 받아 쥐었다. 라크를 벨 수 있는 보검이었다. 활동기에는 보검을 보관하는 전사가 항상 왕의 근처에 있었다.

오늘 그녀와 가벼운 기분으로 외출하면서도 보검을 가져온 건 잘한 일이지만, 그는 왕성 안에 남겨 둔 아부를 떠올리며 아쉬움을 느꼈다.

'데려올 것을 그랬어.'

유진은 자신을 꽉 안은 그의 팔을 붙들었다. 지금까지 그녀는 항상 안전한 성에서 신호탄이 터지는 하늘만 바라보았다. 바깥에서 어떤 난리가 벌어지든 왕성 안은 조용하고 평온했다.

그녀는 처음으로 격전지의 한복판에 섰다. 활동기는 이곳 사람들의 일상이니까 라크가 나타나도 담담하게 반응할 거라는 유진의 예상은 틀렸다.

애원처럼 왕을 부르는 자, 소리를 지르는 자, 울음을 터뜨리는 자, 모두가 두려워하고 있었다. 피부로 와닿는 격렬한 감정의 홍수 속에서 유진은 가쁘게 숨을 몰아쉬었다.

'무시무시한 괴물이 코앞에 나타났다는데 누가 죽음 앞에서 담담할 수 있겠어.'

유진은 자신이 온실 속 화초였다는 사실을 깨달았다. 하지만 마하에 오기 전에 그녀는 잡초로 살았다. 때로는 화초를 비웃고 부러워하며 원망했다.

그녀는 숨을 삼켰다. 바짝 마른 목 안이 따끔거렸다. 과거의 자신이 비웃고 원망하던 화초로 살고 싶지 않았다.

'난 왕비야.'

왕비로서 지금 무엇을 해야 할까.

카세르가 유진을 더 바짝 끌어안으며 귓가에 나직이 말했다.

"아무래도 말을 타기도 어렵겠어. 뛰어오를 테니까 날 꽉 잡아."

그는 초능력을 발휘하여 이 자리에서 벗어날 계획을 말했다. 유진은 예전에 그가 자신을 안고 높은 발코니로 뛰어오르던 광경을 떠올리며 다급히 말했다.

"안 돼요!"

그녀는 자신이 해야 할 일이 떠올랐다. 왕을 전쟁터로 보내야 한다.

왕이 유진을 도피시키려고 초능력을 써서 왕성 방향으로 도망치면 이곳의 수많은 목격자는 왕이 백성들을 버렸다고 원망할 것이다.

지금 군중은 공포라는 감정에 전염된 상태였다. 논리적인 판단을 할 수 없다. 왕이 왕비를 피신시킨 후 다시 돌아온다고 해도 감정적으로 대응하는 자들이 더 많을 것이다.

유진은 활동기가 시작된 후 그가 이 왕국을 지키기 위해 밤낮없이 뛰어다니는 모습을 봤다. 그의 고생이 자신 때문에 한순간에 무위로 돌아가게 할 수는 없었다. 누구도 건드리지 못하는 위대한 왕의 이름을 망가뜨리고 싶지 않았다.

"가세요, 전하."

"뭐?"

카세르가 눈살을 찌푸렸다.

"붉은 신호탄이에요. 다른 신호탄과 달라요. 지금 이 사태를 해결할 분은 전하뿐이에요."

"일단 당신부터 피하……."

"아니에요."

유진은 그가 말하는 도중에 끼어들었다. 왕의 말을 도중에 끊는 무례도 지금은 따질 때가 아니었다.

"지금 가서야 한다는 거, 누구보다도 전하가 더 잘 아시잖아요."

유진은 자신이 내린 결론을 그가 모를 리 없다고 생각했다. 말문이 막히는 표정을 짓는 그를 보며 더 확신했다.

펑! 또 한 번의 신호탄이 터졌다. 유진은 다시 번지는 붉은 연기를 보며 입술을 앙다물었다.

상황이 더욱 나빠졌다. 또 한 번의 신호탄은 잔뜩 억눌려 있던 사람들의 공포심에 불을 질렀다. 여기저기서 터지는 비명에 귀가 먹먹할 정도였다.

유진은 그를 힘껏 밀어냈다.

"가시라고요!"

"하지만……."

카세르는 초조한 표정으로 두 번째의 신호탄 연기가 번지는 하늘과 그녀를 번갈아 보았다.

유진은 그가 냉정하게 몸을 돌리고 가 버리지 않아서 기뻤다. 계속 망설이는 그가 고마웠다. 그래서 더 단호하게 그를 보낼 수 있을 것 같았다.

"지금 전하가 지켜야 할 사람은 제가 아니에요. 저는 괜찮아요. 저는 아니카예요. 라크는 절 해치지 않아요."

카세르는 눈을 질끈 감았다가 떴다. 흔들리던 눈빛이 단단하게 중심을 찾았다. 그는 주변의 전사들을 빠르게 눈으로 훑고 마지막은 스벤에게 시선을 고정하며 말했다.

"반드시 왕비를 안전하게 왕성 안으로 모셔라."

스벤은 다른 전사들이 이리저리 뛰어다니는 중에도 자신의 자리를 지키며 움직이지 않았다. 왕비의 호위만이 스벤의 임무였다.

"소인의 목숨을 바쳐서라도 반드시 왕명을 이행하겠습니다."

몸을 돌린 카세르가 자세를 낮추었다가 바닥을 박차고 뛰어올랐다. 높이 솟아오르는 그의 몸 주변을 푸른 프라즈가 휘감았다.

"와아!!"

"사왕 전하 만세!"

붉은 신호탄이 터진 방향으로 순식간에 멀어지는 왕의 뒷모습을 향해 사람들이 함성을 질렀다. 왕이 자신들을 구해 줄 거라고 믿는 사람들의 희망이 공포를 몰아냈다. 무겁게 침잠하던 분위기가 순식간에 한결 가벼워졌다.

유진은 빠르게 눈을 깜빡였다. 그녀는 사실 눈물이 나도록 무서웠다.

지구에서 살 때는 삶이 힘거웠을지언정 그곳은 아주 평화로웠다. 전쟁은 먼 나라의 이야기였고 괴물이 난동을 부리는 비현실적인 상황은 상상도 해 본 적이 없었다.

라크는 아니카를 해치지 않는다지만, 막상 라크와 마주치면 어떻게 될지 알 수 없었다. 솔직한 욕심으로는 그에게 매달려서 자신을 완벽하게 안전한 곳으로 데려가 달라고 하고 싶었다.

'잘한 일이야.'

유진은 조금은 자신이 자랑스러웠다. 그에게 징징대지 않은 자신이 대견했다.

"왕비님."

유진은 자신을 부르는 소리를 듣고 고개를 돌렸다. 아까 왕이 데려오라고 지시했던 말이 겨우 도착했다. 스벤은 전사가 끌고 온 말의 고삐를 넘겨받으며 유진에게 고개를 숙였다.

"말에 오르십시오, 왕비님."

유진은 밟고 올라가라는 듯 엎드린 전사를 보다가 시선을 들었다. 새하얀 백마는 유난히 눈에 띄었다.

그녀는 고개를 돌려 주변을 넓게 둘러보았다. 아무도 왕비의 주변에 접근하지 못하도록 전사들이 흉흉한 기세로 눈을 부라리고 있었다.

왕이 신호탄이 터진 곳으로 떠난 후에 격앙된 분위기는 한결 진정이 되었다. 그래도 여기저기에서 울음소리가 들렸다. 특히 아이들 우는 소리가 많았다. 이대로 도저히 떠날 수 없었다.

"스벤 경."

"예, 왕비님."

"붉은 신호탄 같은 비상사태에는 지하 대피소로 피한다고 들었어요."

거리와 인접한 건물을 세울 때는 반드시 지하 대피소를 지어야 했다. 대피 명령을 겸하는 비상 신호탄이 터지면 거리를 오가던 사람들은 가장 가까이에 있는 건물의 대피소로 피하면 된다.

법에 따라서 건물 주인은 거절하지 못했다. 그런데 주변에 큰 건물들이 많은데도 다 문이 굳게 닫혀 있었다.

"대피소마다 사람을 수용할 수 있는 숫자의 한계가 있습니다. 곧 관리가 와서 정리할 겁니다."

대피소는 건물마다 크기가 다양했다. 아무래도 큰 건물일수록 대피소역시 크고 견고했다. 당연히 사람들은 견고한 대피소로 피하려고 했다.

그런데 오늘은 평소와 다르게 국왕 부부의 행차를 구경하러 사람들이지나치게 몰려나와서 문제였다. 건물 주인들은 군중이 모여들면 골치아프니까 아예 문을 닫았다.

그렇다고 대피소를 확보하지 못한 사람들은 다른 곳으로 이동하지도 못했다. 어디가 안전한지 모르기 때문이다. 안전한 장소를 찾아 우왕좌왕하다가 오히려 라크가 날뛰는 위험 지역으로 들어갈 가능성이 있었다.

유진은 우는 아이를 안고 달래며 초조해하는 아이어머니를 보며 눈살을 찌푸렸다.

"스벤 경. 당장 주변의 모든 대피소를 개방하고 아이들부터 안전한 곳으로 들여보내요."

"예. 말씀을 전달해 두겠습니다."

"당장이라고 말했어요. 지금 상황에서는 언제 올지 모를 관리보다 전사들의 말이 더 잘 통하겠지요."

"왕비님. 하오나……."

"서둘러요. 아이들의 안전부터 챙기라고요."

스벤은 당혹스러운 표정으로 다른 전사들과 시선을 교환했다. 그는왕명에 따라야 했다. 하지만 왕비님의 지시도 무시할 수 없었다. 이러지도 저러지도 못하고 주저하는 스벤에게 유진이 날카롭게 말했다.

"전하께서는 지금 이 자리에 모여 있는 저들을 지키고자 괴물과 싸우러 가셨어요. 나만 몸을 피할 수 없어요. 이 주변이 정돈될 때까지 떠날 생각 없으니까 당장 시작해요."

어느새 사람들의 술렁이던 소리가 가라앉아 주변은 조용해졌다. 유진의 목소리가 크지 않은데도 제법 멀리에서도 들을 수 있었다.

스벤은 유진의 뜻이 확고함을 알고 고개를 숙였다. 나중에 왕의 질책을 들어도 기꺼이 감수하리라고 생각했다.

"분부에 따르겠습니다. 왕비님."

왕비께서 왕성으로 피하셨다고 해도 그의 충성심은 흔들리지 않았을 것이다. 비상 상황에 최종 결정권자의 안전을 확보하는 일은 무엇보다 중요했다.

그런데 왕비께서 백성들의 안위부터 챙기자 그의 우직한 눈빛이 흔들렸다. 자신의 목숨을 바쳐서라도 왕비를 지키겠다고 왕께 고할 때는 당연히 진심이었다. 다만, 그의 충심에 뜨거운 결심이 더해졌다.

"왕비님의 말씀은 들었겠지?"

"예."

전사들이 입을 모아 대답했다.

"너희는 근처의 대피소 문을 열고 너희는 아이들을 모아라."

전사들이 움직이기 시작했다. 몇 명은 건물마다 뛰어다니며 문을 두드리고 몇 명은 사람들을 줄 세웠다.

유진이 구체적인 기준을 제시했다. 아이와 보호자, 여자, 노인 등의 대피 기준이 즉시 만들어졌다.

모두 군말 없이 전사의 지시에 따랐다. 누구도 앞줄에 서겠다고 아우성치지 않았다. 어른은 아이에게 양보하고 젊은 남자는 뒤로 가서 섰다.

펑! 세 번째 신호탄이 터졌다. 하늘을 올려다보는 유진의 표정이 딱딱하게 굳었다. 아까 왕이 달려간 방향과 전혀 다른 곳에서 터진 붉은 신호탄이었다.

세 번의 신호탄이라니. 도대체 상황이 어떻게 돌아가는지 알 수가 없었다.

"왕비님. 피하십시오. 어서 왕성으로!"

유진의 곁에 있던 스벤이 사색이 되어 다급하게 재촉했다. 유진은 여러 곳의 대피소로 나뉘어 들어가는 사람들의 줄을 보며 망설였다. 아직 대피하지 못한 사람들이 많았다.

"왕비님! 가셔야 합니다."

키에에엑!

귀에 긁히는 괴성이 들려왔다. 그다지 멀지 않은 곳이었다.

"흐아아! 비켜!"

줄의 뒤쪽에 서 있던 자들 몇이 비명을 지르며 앞사람을 밀치고 대피소로 달려갔다. 줄은 순식간에 무너졌다.

서로 먼저 들어가려는 자들이 밀고 밀치며 순식간에 아수라장이 되었다. 이성을 잃은 수백 명의 사람을 몇 명의 전사들이 통제하기는 불가능했다.

전사들의 시선이 동시에 유진에게 향했다. 명령권자의 지시를 바라는 눈빛이었다.

'어쩌지?'

라크의 괴성, 스벤의 재촉, 질서가 사라진 현장. 모든 일은 거의 동시에 일어났다.

유진에게 주어진 시간은 짧았다. 깊이 숙고할 때가 아니라 지금은 직관적인 결단이 필요했다.

그녀는 사람들을 줄 세우기 시작할 때 스벤의 권유로 말에 올라탔다. 당장 말을 몰아 왕성으로 달려가는 선택은 가장 빠르고 쉬웠다.

평생 자신이 절대 이타적인 사람은 아니라는 생각으로 살아왔다. 세상을 구원하는 영웅이 되고 싶은 적도 없었다.

하지만 책임감은 쓸만하다고 자부했다. 자신이 시작한 일은 반드시 끝을 냈다. 눈에 보이는 사람들을 이대로 두고 갈 수 없었다. 자신이 떠난 후 운 나쁘게 괴물이 이쪽으로 오면 저들이 미끼가 되어 희생될 것이다.

'미끼…… 내가 미끼가 되면?'

유진은 말고삐를 꽉 쥐었다.

다칠 위험이 없으면서도 가장 효과적인 미끼는 자신이었다.

'그 사람이 올 때까지 시간을 벌자.'

그녀는 괴성이 들려온 방향을 노려보았다.

'나는 아니카야.'

라크는 인간에게 특히 공격적이었다. 사람과 가축이 나란히 함께 있을 때 라크는 반드시 인간을 먼저 공격했다. 인간을 죽여야 한다는 임무가 각인된 듯이 행동했다.

하지만 예외는 존재했다. 인간을 선제공격하지 않는 환수와 라크가 공격하지 않는 아니카.

유진의 소설에 등장하는 두 명의 아니카는 선과 악을 상징했다. 진은 마라의 화신이 되었고 플로라는 진과 대적했다.

그런데 플로라가 진과 일대일로 싸운 적은 없었다. 여섯 왕이 진을 추적하는 동안 플로라는 라크 군단으로부터 인간을 보호하는 역할을 맡았다.

플로라가 씨앗을 싹 틔워 라미타를 방출하면 라크는 모든 동작을 멈추고 마치 사탕에 꼬이는 개미처럼 플로라의 주변으로 몰려갔다.

라크들은 서로 플로라에게 가까운 자리를 선점하기 위해 자기들끼리 서로 물어뜯었다. 작은 라크는 큰 라크에게 무자비하게 밟혀 터지기도 했다.

그러면 그사이에 사람들은 대피하고 병사들이 라크들을 해치웠다. 라크들은 플로라에게 정신이 팔려 있는 동안에 공격을 받아도 거의 반응하지 않았다.

플로라의 강력한 라미타는 신비한 힘을 발휘하여 라크를 유인했다. 라크 군대를 무력화한 덕분에 라크의 대대적인 공격에도 인간의 희생을 대폭 줄일 수 있었다.

물론 플로라니까 가능한 기적이었다. 그런데 플로라만큼 능력이 강하지 않아도 라크는 기본적으로 아니카에게 반응했다. 유진이 쓴 소설 속에 그것을 묘사한 내용이 있었다.

소설의 막바지에 이르면 성역처럼 절대적으로 안전했던 성도마저도 라크 군단의 침공을 막지 못했다. 질서가 사라진 성도의 풍경은 세상의 종말을 앞둔 것처럼 혼돈 그 자체였다.

유진은 공포에 사로잡혀 밑바닥을 드러내는 다양한 인간 군상의 모습을 서술했다. 그중에는 소녀 아니카가 라크의 앞을 막아 시간을 끄는 동안 가족들은 무사히 대피하는 장면도 있었다.

스쳐 지나간 장면에 불과하지만, '라크는 아니카를 공격하지 않는다.'라는 사실을 전제하는 내용이었다.

그렇다면 유진도 소설 속 어린 아니카처럼 라크 한 마리 정도는 붙잡아 둘 수 있을 것이다.

그러나 그녀의 마음 깊은 곳의 의심이 속삭였다.

'정말 라크가 너를 공격하지 않을까?'

유진의 의심은 오래되었다. 그녀가 이 세상에서 진 아니카가 되었다는 사실을 알면서부터 의구심은 사라지지 않았다.

자신이 정말 아니카일까.

아니카의 라미타는 몸에 깃든 힘인가, 영혼에 각인된 능력인가.

몸의 힘이라면 원래 몸 주인이 아닌 자신이 끌어낼 수 있을지 의문이었다. 영혼의 힘이라면 '유진'의 영혼은 그저 아니카의 외형적 특징을 가진 껍데기만 뒤집어쓴 것에 불과했다.

언젠가 상제를 만난다고 해도 상제가 호의적으로 대해 줄지, 오히려 유진을 궁지에 몰아넣을지는 예측할 수 없었다. 어쩌면 라크는 유진의 의문에 답을 줄 거의 유일한 존재였다. 라크는 본능적으로 아니카인지 아닌지를 알아볼 것이다.

위험한 도박이었다. 유진이 아니카가 아니라면 라크의 공격으로 죽을 수도 있었다.

'내가 아니카가 아니면 어차피 이 세계에서 살아도 죽는 것만 못해.'

그녀의 가슴속에서 기이한 감정이 꿈틀거렸다. 조금 전에 괴성을 듣고 오싹 돈은 소름이 아직 가라앉지 않았는데도 그녀는 정면돌파를 결심했다. 자신에게 이런 무모한 면이 있는 줄은 미처 몰랐다.

유진은 흩어져 있는 전사들을 돌아보며 소리쳤다.

"그대들은 이 자리를 지키시오. 사람들이 모두 안전하게 대피소로 피할 때까지!"

전사들이 대답의 뜻으로 고개를 숙였다.

"경은 나와 가요."

유진은 스벤의 대답도 듣기 전에 말의 옆구리를 걷어찼다. 스벤이 빠르게 앞서 달려가는 유진을 서둘러 따라갔다. 당연히 왕비께서 왕성으로 가신다고 생각했다가 전혀 다른 방향이라는 사실을 알고 스벤은 소리쳤다.

"왕비님! 그쪽이 아닙니다! 왕비님!"

유진은 스벤의 외침을 들으면서도 계속 달려갔다. 스벤에게 설명해 줄 시간이 없었다. 그녀는 말 타는 법을 배운 적이 없지만, 말이 흔들리는 리듬에 몸이 저절로 반응했다. 진의 승마술이 꽤 훌륭했던 모양이었다.

"왕비님!"

스벤은 애타게 유진을 불렀다. 그는 왕비께서 두려움 때문에 제대로 판단을 내리지 못하는 상태라고 생각했다. 전속력으로 달려가는 왕비의 말과 좀처럼 거리를 좁히지 못해 초조했다.

키에에엑!

또다시 괴성이 들렸다. 소리의 발생지가 훨씬 더 가깝게 느껴졌고 얼핏 사람 목소리도 희미하게 섞였다. 멀지 않은 곳에서 라크와 전투가 벌어진 듯했다.

유진이 정확한 방향을 가늠하기 위해 속도를 살짝 늦춘 사이에 스벤이 따라잡아 유진의 옆에 붙었다.

"왕비님! 방향을……."

스벤과 눈이 마주친 유진이 고개를 짧게 흔들었다. 스벤은 겁에 질린 표정의 왕비를 상상하며 왕비를 달래거나 몸을 날려서라도 억지로 말을 세울 생각을 하던 중이었다. 그런데 유진이 또렷한 눈빛으로 의사를 표현하자 당황했다.

모퉁이를 돌아서자마자 유진이 말의 고삐를 힘껏 잡아당겼다. 그녀는 완전히 말을 세우고 숨을 몰아쉬었다. 빠르게 뛰는 심장이 두려움 때문인지, 처음 경험한 승마 후 흥분감 때문인지 알 수 없었다.

저 멀리 앞쪽에 라크가 보였다. 주변을 에워싼 병사들이 사방에서 화살을 쏘아대고 있었다. 신호탄이 터진 후 그리 오랜 시간이 지나지 않았으므로 아주 신속한 대처였다.

'으…….'

유진은 미간을 찡그렸다.

'쥐잖아. 징그러워.'

거대한 시궁쥐였다. 병사들이 쏘는 화살은 라크의 몸에 닿지도 않고 공중에서 튕겨 나갔다.

동시다발적인 공격에 라크는 어디부터 공격해야 할지 결정을 못 하고 괴성만 질렀다. 화살이 날아오는 방향으로 고개를 휙 돌리는 순간에 정반대의 방향에서 화살이 날아오는 식이었다. 숙달된 병사들의 솜씨에 번번이 박자를 빼앗겼다.

당장은 병사들이 잘 대처하고 있었다. 유진은 병사들이 이대로 왕이 올 때까지 시간을 끌면 나설 생각이 없었다. 그러나 병사들은 오래 버티지 못할 것이다. 저들에게 벅찬 상대였다.

'보라색 등급.'

유진의 눈에 라크의 몸을 감싼 보호막이 보였다. 보호막에서 흐릿한 보라색 기운이 아지랑이처럼 흘러나왔다. 이번 활동기에 나타난 라크 중 가장 강력했다.

만약 왕이 달려간 곳에도 저 쥐와 비슷한 등급의 라크가 있다면 왕이 그놈을 해치우는 데 시간이 꽤 걸릴 것이다. 즉, 왕이 여기로 금방 오지 않을 가능성이 컸다.

'어떻게 유인하지?'

소설 속에서 플로라는 특수 처리로 봉인된 씨앗을 들고 다녔다. 플로라가 씨앗을 싹 틔우면 라크가 반응했다.

하지만 지금 유진은 씨앗이 없다. 당장 어디에서 구할지도 알 수 없었다.

'가까이 가는 수밖에 없나.'

"스벤 경."

"예, 왕비님."

스벤은 왕비께서 무슨 생각으로 여기까지 왔는지 이해할 수 없었다. 만약 저 라크를 해치우라고 지시하면 그것만은 불복하겠다고 생각했다.

절대 왕비 곁에서 떨어질 수 없었다. 자신의 임무는 오직 왕비님을 무사히 왕성으로 모시는 것이었다.

"내가 라크를 유인하면 경은 내 앞에서 광장까지 길 안내를 해요."

"……예?"

스벤은 거의 소리를 지르다시피 되물었다.

"라크는 가능한 한 광장으로 끌어내야 한다면서요?"

붉은 신호탄이 터졌을 때 왕과 전사들이 도착하기 전까지 병사들은 최대한 라크를 광장으로 몰고 가도록 교육받았다.

광장은 사방이 트여 라크를 에워싸고 동시에 공격하기에 유리했다. 괴물이 날뛰어도 건물이 무너질 염려가 없었다. 그리고 광장에는 가장자리를 따라 바닥에 무기에 바를 기름통을 파묻어 두었다. 비상시에 언제든 꺼내 쓸 수 있었다.

"예, 그렇습…… 왕비님. 대체 지금 무슨 뜻으로 하는 말씀인지……."

"자세한 설명할 시간이 없어요. 내가 광장까지 길을 모르니까……."

키에에엑!

라크가 성가신 공격으로 자신을 귀찮게 하는 인간에게 괴성을 질렀다. 기름 바른 화살 공격에 처음엔 주춤했으나 화살이 자신의 보호막에 그다지 위협적이지 않다는 사실을 알게 되자 공격성을 회복했다.

라크는 자세를 낮추더니 길고 거대한 꼬리를 바닥에 붙여 빠르고 강력한 힘으로 쓸어냈다.

꼬리에 얻어맞은 병사 몇 명이 날아갔다. 공중에 붕 떠서 바닥에 나동그라진 병사들은 충격이 컸는지 금방 몸을 일으키지 못했다. 바닥에서 부들부들 몸을 경련하는 병사 한 명에게 라크의 붉은 눈이 고정됐다.

사냥감을 결정한 라크가 즉시 병사에게 달려들었다.

"안 돼!"

유진이 자신도 모르게 몸서리치며 비명을 질렀다. 이빨을 세워 병사의 목을 물어뜯으려던 라크가 멈칫했다. 라크가 고개를 들어 정확히 유진과 스벤이 있는 곳을 쳐다봤다.

먼 거리에서 들리는 비명에 반응할 만큼 라크는 예민한 생물이 아니었다. 당장 눈에 보이며 가까이에 있는 인간을 닥치는 대로 공격할 뿐이었다.

'어?'

유진은 라크의 유인에 성공했다고 직감했다.

"광장으로!"

유진은 스벤에게 소리치며 말의 옆구리를 걷어찼다. 스벤은 전사답게 반응이 빨랐다. 라크가 쫓아오는지 눈으로 확인한 후에 움직이면 늦을 것이다. 유진이 출발한 후 거의 동시에 달렸다.

라크의 붉은 눈이 번뜩였다. 등을 잔뜩 구부린 후 탄성을 받아 튀어나갔다. 거대한 쥐는 무시무시한 속도로 유진을 쫓았다. 앞서 달려가는 두 마리 말과의 거리가 조금씩 좁혀졌다.

스벤은 이를 악물고 말을 재촉해 달렸다. 등 뒤로 쭈뼛 소름이 돋았다. 뒤를 돌아보지 않아도 라크가 따라온다고 느꼈다.

'왜지?'

그는 라크가 왜 주변의 다른 병사들을 두고 자신과 왕비님을 쫓아 오는지 이해할 수 없었다. 그가 아는 라크의 행동 유형은 단순했다. 가까이에 있는 인간부터 공격한다.

하지만 세상일에는 언제나 변수가 있다는 사실을 간과했다. 병사들이 미끼가 되어 시간을 벌 수 있을 거라고 믿고 방심한 자신이 한심했다.

뒤에서는 라크가 따라오고 이미 달리기 시작한 말을 멈출 수 없었다. 스벤은 일단 광장으로 유인하자는 왕비의 계획에 따랐다. 광장으로 가면 기다리는 전사들이 있을 것이다.

그는 수시로 시선을 돌려 옆을 확인했다. 길 안내를 위해 그는 조금 앞서 달렸다. 왕비의 말보다 큰 걸음으로 한 발자국 정도만 추월하는 속도를 유지했다.

하지만 일부러 속도를 늦추지 않아도 왕비는 조금도 뒤처지지 않았다. 그는 '왕비님의 승마술은 수준이 높다'라고 기억해 두었다.

"오른쪽!"

스벤은 곧 나올 갈림길에서 꺾어지라고 소리쳤다. 두 마리의 말이 모퉁이에서 방향을 틀었다. 광장으로 이어지는 쭉 뻗은 길이 나왔다. 멀리 광장 중앙의 나무가 보였다.

'됐다.'

이제 자신의 길 안내가 더는 필요하지 않을 것이다. 스벤은 라크의 관심을 자신에게 쏠리게 할 생각으로 고개를 뒤로 돌렸다.

그는 이를 으득 물었다. 어느 정도는 거리를 벌린 줄 알았는데 어느새 라크는 바짝 따라붙었다. 왕비의 말꼬리가 곧 라크의 입에 덥석 물릴 것만 같았다. 광장이 코앞이지만, 왕비 곁에서 라크를 떼어 내는 일이 먼저였다.

그는 말의 속도를 늦추며 허리띠에 꽂아 둔 표창을 라크에게 던졌다. 전사라면 항상 소지하는 비상 암기였다. 긴 송곳 형태의 특별한 암기는 라크의 보호막을 통과해 충격을 가할 수 있었다.

표창은 곧장 라크의 귀에 꽂혔다. 비상 암기는 치명상을 입힐 수는 없으나 라크의 관심을 돌리는 데에 효과적이었다. 그는 이어질 라크의 공격에 대비했다.

그러나 라크는 스벤이 기대한 반응을 보이지 않았다. 암기가 꽂힌 귀를 움찔거렸을 뿐, 스벤을 쳐다보지도 않았다.

'이런!'

스벤이 힘껏 말의 옆구리를 걷어차도 말은 그의 지시에 따르기는커녕 오히려 속도를 줄였다. 눈으로 라크를 확인한 말은 포식자와 마주친 초식 동물처럼 가까이 가기를 거부했다. 스벤은 앞서 달리는 유진의 말과 순식간에 거리가 벌어졌다.

'조금만 더.'

유진은 조금 전에 모퉁이를 돌 때 광장의 나무를 봤다. 그 후 공기의 저항을 줄이기 위해 상체를 숙였다. 직진만 하면 되니까 말의 속도를 높이는 일에 집중했다.

바람 소리가 요란하게 귓가에 부딪히고 눈 옆으로 거리의 풍경이 휙휙 지나갔다. 자전거도 탈 줄 몰랐던 자신이 능숙하게 말을 몰아 달리고 있었다. 바닥을 차는 요란한 말발굽 소리가 비현실적으로 느껴졌다.

그녀는 오른쪽 옆쪽에서 뒤에서부터 자신을 따라잡는 움직임을 감지했다.

'스벤 경이 언제 저쪽으로 갔지?'

유진은 흘끔 눈동자만 왼쪽으로 돌렸다. 조금 전까지 달리던 스벤이 보이지 않았다. 그녀는 이제 시선을 오른쪽으로 돌렸다.

말에 올라탄 사람이라고 볼 수 없는 거대한 크기와 회색 털.

스벤이 아니라 라크가 자신의 옆에서 나란히 달린다는 사실을 깨닫자마자 그녀를 태운 말도 라크의 존재를 알아차렸다.

겁이 많은 말은 몹시 놀라 경기를 일으켰다. 버릇처럼 앞다리를 공중에 치켜들었다. 하지만 이미 달리던 관성 때문에 제 뜻대로 몸이 움직여지지 않았다. 꼬이는 제 다리에 걸려 넘어지는 말이 몸을 요란하게 뒤틀었다.

"악!"

유진은 말 위에서 튕겨 나갔다. 그녀의 몸이 빠른 속도로 날아갔다. 눈을 한 번 깜빡일 정도의 짧은 순간이지만, 거꾸로 보이는 세상이 그녀의 눈앞에 파노라마처럼 펼쳐졌다.

처음 느끼는 감각이 무척 불길했다. 말로만 듣던 주마등이 이런 것인가 싶었다. 그리고 세상이 새카맣게 어두워지면서 의식을 잃었다.

어디선가 튀어나온 흑색의 짐승이 바닥으로 내던져지는 그녀를 낚아챘다. 거대한 흑표범은 유진을 입에 문 채 가벼운 몸놀림으로 바닥에 착지했다.

아부는 유진을 조심스럽게 바닥에 내려놓았다. 그녀의 몸이 축 늘어졌다. 아부가 움직이지 않는 유진을 코끝으로 툭툭 건드렸다. 그래도 유진이 반응이 없자 끙끙 소리를 냈다.

잠깐 기절했던 유진은 곧 정신을 차렸다. 그녀는 자신을 내려다보는 붉은 눈동자와 눈이 마주쳤다.

머릿속이 멍했다. 어린아이의 머리통만 한 눈동자를 보면서도 겁이 나지 않았다. 피처럼 붉은 눈동자가 자신을 보는 시선이 왠지 따뜻했다.

"……아부?"

"캬아앙!"

유진은 아부의 날카로운 포효를 듣고 정신이 번쩍 들었다.

라크가 아부의 꼬리를 물었다. 아부는 지금 본신으로 돌아온 상태이고 시궁쥐 라크의 크기는 아부보다 작았다. 작은 라크는 큰 라크에게 선제공격하지 않는 절대 규칙에 어긋나는 이변이었다.

작은 녀석이 감히 먼저 공격할 거라고 생각지도 않았던 아부는 황당했다. 이를 드러내며 경고하는 아부에게 시궁쥐 라크도 뾰족한 앞니를 세우며 괴성을 질렀다.

아부가 발톱을 세워 시궁쥐에게 앞발을 휘둘렀다. 강력한 힘이 실린 발에 얻어맞은 라크가 나동그라졌다.

라크는 오뚝이처럼 일어나서 아부에게 주저 없이 덤벼들었다. 칼처럼 날카로운 앞니가 아부의 앞다리에 쑥 박혔다.

아부는 분노했다. 주인의 허락 없는 라크 사냥은 금지된 터라 주인이 올 때까지 적당히 제압만 하려 했다. 이제는 참을 수 없었다.

"크아아앙!"

"키에에엑!"

두 마리의 거대한 괴물이 맞붙었다. 두 마리가 엎치락뒤치락하는 움직임에 바닥이 쿵쿵 울렸다. 필사적으로 덤벼드는 라크와 아부의 전투는 쉽게 끝나지 않았다.

그래도 승자는 아부가 될 것이 뻔했지만, 유진은 초조한 표정으로 발을 동동 굴렀다.

아부의 덩치가 아무리 커도 유진에게 아부는 작고 귀여운 흑표범이었다. 아부가 징그럽게 커다란 시궁쥐에게 깨물릴 때마다 안타까운 비명이 절로 나왔다.

아부가 공중으로 튀어 오르는 라크의 목덜미를 제대로 물었다. 긴 송곳니를 깊이 박아 힘차게 흔들었다. 라크가 반항하지 않자 호기롭게 휙 내던졌다.

"꺄아악!"

공교롭게도 던져진 라크는 바로 유진의 근처에 떨어졌다. 목이 반쯤 잘려 너덜너덜한 거대 쥐를 보고 유진은 비명을 질렀다.

핵이 파괴되지 않는 이상 라크는 소멸하지 않는다. 라크의 붉은 눈이 유진을 발견한 순간 더 붉게 번뜩였다. 라크는 순식간에 유진에게로 기어갔다.

"꺄아아악! 오지 마!"

유진은 진저리치며 비명을 질렀다. 라크가 무서운 게 아니라 쥐라서 끔찍하게 싫었다.

뒷걸음질로 도망가는 그녀보다 기어가는 라크가 더 빨랐다. 마구 휘젓는 그녀의 손끝에 라크가 닿았다. 거부감을 강렬하게 표출하는 순간, 그녀는 자신의 몸 안에서 뜨거운 것이 쑥 빠져나간다고 느꼈다.

이상한 감각이었다. 해방감과 비슷했다. 잔뜩 허리를 조였던 끈이 탁 끊어지는 순간의 느낌이었다.

'어?'

그녀의 손이 닿은 부분부터 라크의 회색 털이 불붙은 것처럼 쪼그라들었다. 털이 사라지는 짐승의 피부가 딱딱하게 굳으며 갈라졌다.

갈라진 틈 사이로 긴 줄기가 비죽이 솟아올랐다. 줄기 끝이 도톰하게 부풀다가 두 개의 이파리로 활짝 벌어졌다.

'나뭇잎……?'

그녀는 갑자기 시작된 라크의 변화를 넋 놓고 눈으로 좇았다. 바짝 말라비틀어지는 라크의 몸이 여기저기 갈라지고 틈 사이에서는 새싹이 솟아올랐다.

처음에는 라크가 미라로 변하는 줄 알았다. 그런데 계속 보고 있으니까 원래 쥐였다는 사실을 알아볼 수 없을 정도로 형태가 점점 사라졌다.

'나무…… 잖아.'

라크는 나무로 변하고 있었다. 마지막까지 남아 있었던 붉은 눈이 녹듯이 사라지며 구멍이 뻥 뚫렸다. 그 자리는 나무의 옹이 자국으로 채워졌다.

유진은 눈을 느릿하게 감았다가 떴다. 자신이 보고 있는 것이 뭘 의미하는지 알 수 없었다. 그녀는 두 손을 내려다보았다. 느낌으로는 자신이 한 일이었다. 하지만 모르겠다. 정말 자신 때문인가?

'하아……'

유진의 몸에서 힘이 쭉 빠졌다. 그녀는 그대로 주저앉아 나무가 되어가는 라크에게 기댔다. 견딜 수 없는 졸음이 밀려왔다. 그녀는 기절하듯 잠들었다.

그 시각, 마하 곳곳에서 이상한 일이 발생했다. 각지에서 라크와 싸우던 사람들은 갑자기 라크가 공격을 멈추더니 하늘을 바라보며 이상한 소리로 우는 현상을 목격했다.

한 마리의 라크를 해치우고 두 번째 라크를 사냥 중이던 카세르도 역시 같은 현상을 봤다.

사납게 이를 세우며 공격성을 드러내던 거대 쥐가 갑자기 동작을 멈추고 하늘을 쳐다봤다. 사실은 유진이 있는 방향을 보는 것이었지만, 현장에 있는 사람들 눈에는 하늘을 우러르는 것처럼 보였다.

키이이이. 키이이이.

라크는 지금껏 카세르가 들은 적이 없는 소리로 울었다. 슬퍼하는 듯, 탄식하는 듯, 처연한 느낌을 자아냈다.

'처연?'

카세르는 말도 안 되는 비유라고 생각했다. 라크는 감정이 없었다. 공격 본능만 존재하는 괴물에 불과했다.

라크의 갑작스러운 변화가 의아하지만, 지금은 라크를 해치우는 일이 더 급했다. 이 녀석을 빨리 치우고 세 번째 신호탄이 터진 곳으로 가야 한다.

'아부 녀석이 사냥하기 전에.'

그는 아부를 보내 시간을 끌라고 지시했다. 라크가 사람을 해치지 못하도록 견제만 하라고 단단히 일렀다.

환수가 라크 사냥을 통해 핵을 섭취하는 맛을 들이면 자꾸 멀리 나돌아 다니려 해서 곤란했다. 그래서 어쩔 수 없는 경우 이외에는 아부가 라크를 직접 사냥하지 못하게 했다.

카세르는 몸을 날려 라크의 목에 검을 휘둘렀다. 라크는 목이 잘리는데도 반응하지 않았다. 그는 목이 날아간 쥐의 몸을 반으로 갈라 핵을 파괴했다. 라크는 먼지처럼 부스러져 공기 중으로 흩어졌다.

'이상하군.'

무려 보라색 등급의 라크였다. 그런데 그가 했던 사냥 중에서 가장 터무니없이 쉬웠다.

"전하!"

전사가 말을 끌고 왔다. 카세르는 즉시 말 위로 뛰어올랐다. 지금은 딴생각할 시간이 없었다. 왕과 전사들을 태운 말이 빠르게 달려갔다.

9. 그녀의 라미타

　유진은 눈을 깜빡거리며 푸른 하늘을 응시했다. 한낮처럼 밝은 하늘 어디에도 태양은 없었다. 그녀는 이런 풍경을 전에도 봤다.

　그녀는 누워 있는 상태로 두 발을 굴렀다. 느낌은 없는데 첨벙거리는 물소리만 들렸다. 역시, 자각몽인지 개꿈인지 알 수 없는 이상한 꿈속이었다.

　유진은 잠들기 전 마지막 장면을 떠올리며 벌떡 일어나 앉았다. 라크가 나무로 변하는 그 현상은 틀림없이 라미타의 작용이었다.

　'라미타는 물.'

　물은 퍼내면 줄어든다.

　'이 꿈이 자각몽이라면…….'

　라크를 나무로 변하게 할 정도의 라미타를 썼다면, 고작 발목 깊이의 물은 바닥까지 말라붙었을 것이다.

그녀는 일어나서 자신의 다리를 내려다보았다. 그런데 변화는 없었다. 물은 여전히 그녀의 발목까지 올라와 있었다. 시선을 들어 주변을 둘러보자 하늘과 맞닿게 끝없이 펼쳐진 수평선도 여전했다.

'넓으니까 얕아도 양이 많은 건가?'

그녀는 바닥을 내려다보았다. 깊이가 겨우 발목인데도 여기가 바다 같다고 생각하는 이유는 물 색깔 때문이었다. 물 아래쪽 색이 시퍼렇고 어두웠다. 마치 발 디딘 아래 더 깊은 곳에 뭔가가 있는 것 같았다.

그녀는 한쪽 발을 들어 올렸다가 더 깊은 곳으로 들어간다고 생각하며 발을 쑥 밀어 넣었다. 당연히 단단한 바닥에 닿을 줄 알았던 발이 아래로 쑥 들어갔다. 그녀는 화들짝 놀라 다리를 들어 올렸다.

유진은 땅을 딛겠다고 생각하며 들어 올린 다리를 조심스럽게 내려놓았다. 발끝에 뭔가가 닿았다. 발끝으로 조금씩 더듬다가 판판한 바닥에 발바닥을 붙였다. 더 힘을 주어도 조금 전처럼 푹 들어가지 않았다.

그녀는 살그머니 발을 떼고 몇 걸음 걸어보았다. 발목까지 올라온 물의 깊이는 변하지 않았다. 좀 더 빠르게 걷다가 더 과감하게 뛰기 시작했다.

그녀의 발이 수면 아래로 들어갈 때마다 작은 파도가 일어나고 물방울이 튀어 올랐다. 첨벙거리는 물장구 소리도 요란하게 났다.

지난번 꿈처럼 물의 감각은 느낄 수 없었다. 마치 현실과 구별할 수 없을 정도로 생생하게 구현된 3D 입체영상을 틀어 놓은 현장에 들어온 기분이었다.

한참 달리던 그녀는 멈추어 섰다. 꽤 오래 뛰었는데도 숨이 차지 않았다. 오히려 몸이 더 가벼웠다. 언제까지라도 달릴 수 있을 것 같았다.

'확실히 평범한 꿈은 아니야.'

보통의 꿈이라면 '이건 꿈이야.'라고 또렷이 자각하면서도 이렇게 맑은 정신인 상태로 계속 꿈을 꾸지는 않을 것이다.

그녀는 그 자리에 쪼그려 앉았다. 몸을 둥글게 접고 앉아 손을 쫙 펼쳐서 수면 아래로 천천히 내렸다.

바닥이 있다고 생각하니까 딱딱한 면이 손바닥에 닿았다. 깊이 들어간다고 생각하니까 아래로 막힘 없이 들어갔다. 유진은 장난치듯 여러 번 같은 행동을 반복했다.

'잘 안 보여.'

쪼그려 앉아서 들여다봐도 시퍼런 바닥 더 아래의 가시거리는 일어서서 바라볼 때와 비슷했다. 그녀는 다시 일어났다가 바닥에 무릎을 꿇고 앉았다. 상체를 숙여 두 손바닥으로 바닥을 디디고 네발 달린 동물처럼 자세를 잡은 후 천천히 머리를 아래로 내렸다.

수면 아래로 얼굴을 담갔다. 이쯤이면 바닥이라고 생각되어도 멈추지 않았다. 바닥을 디딘 팔의 팔꿈치를 굽히며 시퍼렇고 어두컴컴한 아래에 천천히 얼굴을 넣었다.

자신도 모르게 눈을 꼭 감고 숨을 멈추었다. 조심히 숨을 쉬었더니 호흡에는 아무 문제가 없었다. 게슴츠레 눈을 뜨고 그녀는 고개를 좌우로 돌렸다. 그녀의 눈이 점점 커졌다. 새파란 물속이었다.

'설마…… 이게 다 물이야?'

그녀가 숨을 쉴 때마다 입에서 나오는 물방울이 뽀르르 올라갔다. 머리카락은 해초처럼 가닥가닥 유영하듯 흔들렸다.

하지만 그녀는 전혀 숨 쉬는 데 불편함이 없었고 물의 촉감도 느낄 수 없었다.

그리고 보이는 곳은 그녀의 시선 높이일 뿐 더 깊은 아래쪽은 여전히 시퍼렇고 어두웠다.

유진은 바닥을 지탱하던 손을 떼고 쭉 펴서 옆구리에 붙였다. 물속 깊이 잠영을 한다는 느낌으로 몸을 밀어 넣었다. 어떤 저항도 없이 그녀의 몸이 쑥 들어갔다. 겨우 발목 높이였던 물은 그녀를 흔적도 없이 삼켰다.

＊　　＊　　＊

번쩍이는 은색 갑옷은 사내의 몸에 맞춤옷처럼 딱 맞았다. 가슴과 등, 어깨와 팔등에는 장인의 손길이 느껴지는 섬세한 세공이 가득했다. 방어구라기보다는 갑옷 형태의 예술품에 가까웠다.

한쪽 어깨에 고정한 브로치 아래로 펼쳐진 망토는 사내가 걸을 때마다 멋스럽게 흔들렸다.

사내는 기사였다. 그는 본명이 있지만, 본명을 쓰지 않은 지 오래되었다. '기사'라는 호칭 뒤에 상제로부터 받은 세례명을 붙인 '기사 피데스'라고 불렸고 어디서든 스스로 자신을 그 이름으로 소개했다.

그는 마하에서 가장 성스럽고 존귀한 상제를 보위하는 기사로서 자신이 자랑스러웠다.

상제의 기사는 그를 포함하여 단 99명뿐이었다. 오직 그들만 '기사'로 불렸다. 명예만이 아니라 무력도 갖추었다. 여섯 왕을 제외하면 신성력으로 무장한 그들을 이길 수 있는 사람이 없었다.

사내는 지하로 내려가는 계단을 밟았다. 기도실 앞은 지키는 사람이 아무도 없이 비어 있었다. 원래 상제가 지하의 기도실로 갈 때는 누구도 동반하지 않았다.

어차피 지하로 내려가는 계단은 한 군데뿐이고 위에서 삼엄한 경비를 서고 있었다.

기사는 기도실의 거대한 문을 밀고 들어갔다. 거침없이 안으로 들어가 중앙의 단상에 무릎 꿇고 앉아 기도를 올리는 상제에게 다가갔다.

처음 성도궁에 입궁하여 상제를 알현하는 자들 대부분이 기사의 무례에 당혹스러워했다. 기사의 안내를 받아 알현실에 도착하면 기사는 제 방 들어가듯 알현실 문을 열었다. 알현신청자는 안에 또 다른 방이 있나 보다, 생각하여 들어갔다가 상제를 보고 화들짝 놀라곤 했다.

하지만 기사들이 예의를 몰라서 그러는 게 아니었다. 상제는 기사들이 가까이 오면 보지 않아도 알았다. 정확히 누군지도 알아맞혔다. 그리고 상제는 형식적인 예절에 연연하지 않았다.

그래서 기사들은 문을 두드리고, 허락을 구하고, 자신을 소개하는 과정을 자연스레 하지 않게 되었다.

"성하."

기사 피데스가 상제의 뒷모습을 바라보며 말했다. 눈부시도록 찬란한 금발은 그의 마음에 경건한 신앙심을 북돋웠다.

"아니카 플로라가 부르심을 받고 입궁했습니다. 알현실에서 기다리고 있습니다."

상제가 천천히 일어나 몸을 돌렸다. 어리다는 표현이 어울릴 정도로 젊었다. 선대 상제로부터 이번 상제가 자리를 물려받은 후 족히 40년이 지났으니 나이를 계산하면 불가능했다.

마하의 축복을 받은 상제에게 시간은 더디 흘렀다. 최소한 백 년은 자리를 지켰다. 그럼 백 년 동안은 전혀 늙지 않느냐는 물음에 답을 아는 자는 없었다.

계승 기간인 십여 년 동안 상제는 외부에 모습을 드러내지 않았다. 가까이에서 시중을 드는 사제나 기사는 상제의 마지막 모습을 봤을 수도 있지만, 누구도 입을 연 자가 없으니 수수께끼로 남았다.

상제는 늙지 않을 뿐만 아니라 아름다웠다. 윤기가 흐르는 흰 피부는 혈색이 없는데도 창백해 보이지 않았다. 오히려 싱그럽고 맑은 느낌이 났다. 바닥에 끌릴 정도로 긴 금발은 금을 가늘게 제련한 실처럼 빛났다.

상제를 알현한 자는 모두 극상의 아름다움에 넋을 놓았다. 도무지 인간으로서는 가질 수 없는 미모였으니 다들 상제는 신의 축복을 받은 성자라고 믿었다.

그러나 빛이 있으면 어둠도 있는 법, 젊고 아름다운 상제는 보지 못하고 말하지 못했다. 신의 휘광에 눈이 멀고 신의 목소리를 담느라 성대가 타 버렸다는 말이 돌았다.

사람들은 신성한 존재가 짊어진 인간의 비극을 가슴 아프게 받아들였다.

기사 피데스를 보는 방향으로 돌아선 상제는 눈을 감고 있었다. 피데스는 상제가 앞을 못 본다는 사실을 평소에 거의 잊고 지냈다. 항상 저 감은 눈꺼풀 너머로 세상을 바라본다는 느낌을 받았다.

"성하. 아니카 플로라를 기도실로 모셔올까요?"

ㅡ 아닙니다. 내가 알현실로 가지요.

상제의 붉은 입술은 조금도 움직이지 않았다. 하지만 청아한 음성이 피데스의 귓가에 울렸다.

성대를 울려 목소리를 내지 않을 뿐, 상제는 자신의 의사를 다른 방식으로 전달했다. 그래서 피데스는 상제가 말을 못 한다는 사실도 의식하지 못했다.

피데스의 옆을 지나쳐 걸어가던 상제가 멈추어 섰다.

ㅡ 피데스. 하시 왕국에서 보낸 서신은 오늘도 없습니까?

"예, 성하. 오전과 오후, 하루 두 번 확인하고 있습니다. 들어오는 대로 즉시 보고해 올리겠습니다."

피데스는 요즘 같은 질문을 몇 번 들었다. 상제가 누군가의 편지를 기다리다니, 내심 별일이라고 생각했다.

상제는 특정한 누군가와 교류하지 않았다. 아니카를 특별 대우하기는 하지만, 각별한 친분을 나누지는 않았다.

'아니카 진이 가 있는 왕국이라서 그런가?'

십 년 만에 태어난 두 명의 아니카에게 상제가 유난히 관심을 보이며 세심히 챙기는 사실을 모르는 사람이 없었다.

상제는 고개를 끄덕이며 다시 걸었다. 상제가 문 가까이 다가가자 기사의 힘으로도 묵직하게 밀리는 문이 저절로 활짝 열렸다.

눈을 감고 걷는 상제는 안정적인 걸음으로 앞이 보이는 사람처럼 길을 찾아갔다. 정확히 계단을 밟아 올라가자 위에서 지키고 있던 기사들이 고개를 숙였다.

소파에 앉아 있던 흑발의 여인이 문이 열리자 일어났다. 풍성한 검은색 곱슬머리가 어깨를 덮었고 그녀의 눈동자는 머리카락처럼 검은색이었다.

큼직한 이목구비가 조화로운 미인이었다. 순한 느낌의 커다란 눈동자는 자칫 어수룩해 보일 수도 있지만, 그늘을 드리울 정도의 긴 속눈썹이 눈매가 깊어 보이는 효과를 주었다.

플로라는 안으로 들어오는 상제에게 고개를 숙였다.

"마하의 축복이 영원하시기를. 아니카 플로라가 인사 올립니다."

―그대에게도 마하의 축복이 영원하기를.

플로라와 마주 보는 자리에 상제가 앉은 후 플로라도 앉았다. 알현실에는 두 사람뿐이었다. 상제는 아니카를 만날 때는 언제나 독대했으므로 모두 알아서 물러갔다.

— 아니카 플로라. 내가 갑자기 그대를 불러서 그대의 안온한 휴식을 방해하지는 않았습니까?

"아닙니다. 성하께서 부르시는데 어찌 기쁜 마음으로 달려오지 않겠습니까."

플로라가 생긋 미소 지으며 말했다.

상제를 알현하는 것을 평생의 소원으로 삼고 끝내 그 소원을 이루지 못하고 생을 마감하는 자들이 허다했다. 오직 아니카만이 원할 때마다 상제를 알현할 수 있었다.

그런데 아니카가 알현을 청해서가 아니라 상제가 아니카를 불러 만나는 일은 거의 없었다. 만약 아니카가 알현을 청하지 않으면 평생 상제를 만나는 횟수는 단 세 번이었다.

태어난 후, 자각몽을 꾼 후, 결혼식에서.

다만, 아니카 중에서 특별한 대우를 받는 사람이 두 명이 있었다. 십년 만에 태어난 두 명의 아니카, 진과 플로라.

그들은 꽤 자주 상제의 부름을 받았다. 특별한 아니카 중에서도 더욱 특별한 아니카였다.

플로라는 자신이 받는 특별 대우가 좋았다. 상제의 기사가 다녀가면 자신에게 쏟아지는 부러움과 시기심이 담긴 눈빛에 어깨가 으쓱했다. 진이 하시 왕국으로 간 후부터 모든 관심을 한몸에 받으며 플로라는 근 몇 년 아주 행복한 나날을 보냈다.

하지만 오늘만큼은 상제의 부름이 달갑지 않았다.

─아니카 플로라. 그대에게 물을 일이 있습니다.

"하문하십시오."

─자각몽을 마지막으로 언제 보았습니까?

시선을 살짝 내리뜬 플로라의 눈동자가 순간 흔들렸다. 하지만 플로
라는 능숙하게 표정을 관리하며 미소를 잃지 않았다.
"어제 보았습니다."
아니카는 처음 자각몽을 꾼 후 비정기적으로 자각몽을 보았다. 몇 달
에 한 번일 수도 있고 그보다 더 긴 간격일 수도 있었다.
아니카의 라미타는 일반인들에게 극비로 다루어지지만, 아니카끼리
는 공유하는 정보가 있었다. 상제가 알려 준 정보 혹은 비밀 서고에서 알
아낼 수 있는 정보였다.
그런 정보에 따르면 아니카의 자각몽 기간은 라미타가 강력할수록
주기가 짧고 약하면 주기가 길었다. 역사상 가장 강력한 라미타를 가진
아니카는 석 달에 한 번 자각몽을 보았다는 기록이 있었다.

─그 전의 자각몽은 언제였습니까?

"두 달 전이었습니다."

─어제 본 자각몽의 내용을 알려 줄 수 있습니까?

"예. 전에 봤던 자각몽과 다르지 않았습니다. 저는 아주 멀리 둔치가 보이는 호수 한가운데에 서 있었습니다. 호수를 가득 채운 물이 넘쳐서 둔치의 형태가 거의 보이지 않을 정도였습니다."

플로라는 꿈을 꾸는 듯한 표정으로 마치 그 광경이 눈에 보이는 사람처럼 말했다.

플로라의 기억은 아주 오래전으로 거슬러 올라갔다. 상제 앞에서 자신의 첫 자각몽을 이야기하던 어린 소녀로 되돌아간 듯한 기분에 빠졌다.

플로라는 절대 그날을 잊을 수 없었다. 다양한 어휘력이 부족했던 소녀는 자신이 본 광경과 그때 느낀 감동을 자신이 할 수 있는 최선의 표현을 동원해 더듬더듬 설명했다.

그녀의 자각몽을 들은 후 상제는 말했다.

「아니카 플로라. 그대는 마하의 특별한 축복을 받고 있군요.」

─ 아니카 플로라. 그대는 마하의 특별한 축복을 받고 있습니다.

플로라는 그날처럼 다시 귓가에서 울리는 상제의 음성을 들으며 미소를 지었다.

"자애로운 마하의 은혜에 늘 감사한 마음으로 살고 있습니다."

그녀가 어릴 때는 몰랐지만, 지금은 알고 있다. 상제는 아니카를 모두 공평하게 대했다. 아니카를 평가하거나 우위를 나누는 말은 절대 하지 않았다. '특별하다'라는 표현은 최고의 찬사였다.

─ 나는 최근에 그분의 말씀을 들었습니다.

플로라는 놀란 표정으로 일어나 상제를 향해 정중히 인사를 올렸다.

"마하의 축복이 영원하시길. 감축드립니다. 성하."

─그분의 말씀은 언제나 깊은 뜻을 담고 계십니다. 미루어 헤아리기가 조심스럽지요. 그래서 오늘 그대를 만나자고 했습니다.

다시 자리에 앉던 플로라가 눈을 크게 떴다.

"그분께서 제게 내리는 말씀이 있었습니까?"

상제는 고개를 저었다.

─감히 뜻을 헤아릴 수는 없습니다. 다만, 그대를 만나야 한다고 강하게 느꼈을 뿐입니다.

"……저를요?"

─마하께서는 특히 그대를 굽어살피고 계십니다. 혹시 그대에게 무슨 일이 있을까 봐 걱정했습니다만, 평온해 보이니 다행입니다.

"예. 성하께서 살펴 주시는 덕분에 저는 잘 지내고 있습니다."

─아니카 플로라. 혹시 그대의 자각몽에 변화가 있다면 알려 주기를 바랍니다. 아주 사소한 변화라도 말입니다.

"예, 성하."

―그대의 진실함을 믿습니다.

플로라의 호흡이 아주 잠깐 흐트러졌다. 본인 외에는 느끼지 못할 만큼 짧은 순간이었다. 플로라는 신실한 믿음이 가득한 표정으로 두 손을 모으고 고개를 숙였다.

"마하의 위대한 뜻에 순종할 뿐입니다."

플로라가 나간 후 기사가 안으로 들어왔다.

―부를 때까지 아무도 들어오지 마십시오.

"예, 성하."

기사가 나가면서 알현실 문이 닫혔다. 고요한 알현실에 미동 없이 앉아 있던 상제가 작은 한숨을 내쉬었다.

아니카 플로라가 아주 어릴 때부터 관심 있게 지켜보았다. 플로라는 품성이 순수하고 솔직했다. 플로라와 함께 자주 부른 진과 비교가 되어 그런지 플로라의 순진함이 더 돋보였다. 플로라는 자신의 앞에서 거짓을 말할 사람이 아니다.

그러나 오랜 세월에 걸쳐 수없이 많은 인간이 상제의 곁을 스쳐 지나갔다. 인간은 선하면서 악하고 선하지 않으며 악하지도 않았다. 인간처럼 예측 불가능한 존재는 없었다.

'인간이란 참 어렵구나.'

많은 사람이 평생 상제의 얼굴 한 번 보기를 갈망하는 만큼 가까이 다가오기를 두려워하는 자들도 많았다. 그들은 상제의 곁에 가면 자신의 속마음이 낱낱이 읽힐 거라고 생각했다.

상제는 그 말을 듣고 내심 코웃음 쳤다. 자신의 정말 인간의 속마음을 읽을 수 있다면 고심하던 모든 문제가 간단히 해결될 것이다.

'진. 플로라. 둘 중 누구냐. 누가 마지막 여행을 끝내 줄 것인가.'

내리감은 상제의 금색 속눈썹이 파르르 떨렸다.

'혹은, 둘 다 아닌가? 더 기다려야 하는가?'

상제의 속눈썹이 천천히 위로 올라갔다. 선명한 붉은색 눈동자가 드러났다. 또렷하게 초점이 잡혀 허공을 응시하는 눈동자는 차가운 유리 구슬 같았다.

성도궁에서 나온 플로라는 대기해 있던 마차에 올라탔다. 마차가 출발한 잠시 후 그녀의 표정이 일그러졌다. 겨우 억눌렀던 심장이 뒤늦게 미친 듯이 뛰었다. 두 손은 치맛자락이 구겨지도록 움켜쥐고 초조한 듯 입술을 깨물었다.

'내가 잘못 본 거야. 잘못 봤어. 라미타가 변할 리가 없잖아.'

아니카는 상제 이외의 모든 사람, 심지어 자신의 가족에게도 자신의 자각몽이 무엇인지 말해서는 안 된다.

어릴 때는 기사들이 종종 찾아와 상제의 당부라면서 거듭 경고하니까 두려워서 입을 다물었고 나이가 든 후에는 비밀을 지키는 것이 곧 자신을 지키는 거라는 사실을 알게 되어 스스로 입을 다물었다.

자각몽은 비밀스럽지만, 동시에 자랑스러운 것이기도 했다.

아니카에게 자각몽은 귀족 사회의 사교계 데뷔와 비슷했다. 라미타가 드러난 후에야 비로소 온전한 아니카로 인정받았다. 아니카만 참석이 가능한 모임 명부에 이름이 올라가고 비밀 서고에 출입할 자격도 얻었다.

그래서 어린 아니카들은 하루라도 빨리 자각몽을 꾼 후에 상제를 뵈러 입궁하는 날을 고대했다.

그런데 플로라의 자각몽이 무엇인지 아는 사람은 없어도 그녀의 라미타가 강하다는 사실은 공공연한 비밀이었다.

보통 아니카의 자각몽은 열 살 전후가 일반적이지만, 플로라는 일곱 살에 첫 자각몽을 꾸었다. 그녀의 이른 자각몽은 아니카들 사이에서 상당히 화제가 되었다.

더구나 플로라는 십 년 만에 태어난 아니카 중 한 명이고 상제의 부름도 잦으니 자연스레 사람들은 플로라가 남다르다고 생각했다.

'나는 마하의 특별한 축복을 받은 아니카라고.'

플로라는 비밀 서고에서 역사상 가장 강한 라미타의 소유자였던 '아니카 록시'의 기록을 보았다.

자각몽으로 호수를 봤다는 아니카 록시.

록시는 자신의 꿈에서 본 호수가 너무 넓어서 기슭을 따라 한 번도 다 걸어 보지 못했다고 했다. 그 기록을 보며 플로라는 희열을 느꼈다.

플로라 역시 꿈에서 호수를 봤다. 둔치가 까마득히 멀어 온종일 걸어도 닿을 수 없을 것 같은 거대한 호수였다. 그런데 록시는 석 달에 한 번 자각몽을 봤다고 했는데, 플로라는 두 달에 한 번이었다. 그건 플로라의 라미타가 더 강하다는 뜻이었다.

자신이 역사적인 인물보다도 특별한 사람이라니!

그런데 어젯밤, 플로라는 평소와 다른 자각몽을 보았다. 예전의 자각몽에서는 사방을 둘러봐도 물만 보였다. 그런데 어젯밤은 물이 눈에 띄게 줄어 호숫가 기슭이 드러나 있었다.

그러자 끝이 보이지 않게 넓은 줄 알았던 호수는 생각했던 규모가 아니었다. 넘치는 물 때문에 둔치가 보이지 않았을 뿐이었다.

그녀는 꿈속에서 몹시 당황하여 망연히 서 있다가 잠에서 깼다.

'그래. 내가 잘못 봤어. 뭔가…… 착오가 있었어.'

상제가 자각몽에 관해 물었을 때는 심장이 내려앉는 줄 알았다. 도저히 솔직히 말할 수 없었다.

물이 줄었다고 해도 호수를 봤다는 자체가 강력한 라미타를 상징했다. 하지만 진미를 맛본 자가 어찌 평범한 맛으로 만족할 수 있겠는가. 흘러넘치던 물이 눈이 선했다. 자신이 예전보다 특별하지 않다는 사실을 인정할 수 없었다.

플로라는 자신의 첫 자각몽 때 느꼈던 감동을 되살려 상제의 물음에 답했다. 그녀가 느낀 감격은 진짜였으므로 상제 앞에서 흔들리지 않고 대답할 수 있었다.

'나는 거짓말하지 않았어. 다음 자각몽에서는 원래의 내 라미타를 보게 될 거야.'

그녀는 두 달 후의 자각몽에서 다시 차오른 물을 볼 수 있을 거라고 믿었다.

*　　　*　　　*

광장으로 이어지는 쭉 뻗은 길에 난데없이 한 그루의 나무가 자리를 잡았다. 원래 두 대의 마차가 동시에 오갈 수 있는 널찍한 길이었으나 아름드리나무가 길의 중앙을 차지하는 바람에 마차 한 대조차도 통과하기 어렵게 되었다.

장정 두 사람이 팔을 쭉 펼쳐서 감쌀 만큼의 두께에 높이는 대략 사람 키의 두 배 정도 되었다. 나뭇가지가 보이지 않을 정도로 이파리는 무성하게 우거졌다.

족히 수십 년의 수령이 짐작되는 나무였다. 그러나 이 나무는 어제까지만 해도 이 자리에 없었다. 하루아침에 솟아났다.

카세르는 심란한 표정으로 나무를 올려다보았다. 상황 파악을 위해 우선 나무 주변에 울타리를 치고 경비를 세워 사람의 접근을 막았다. 그래도 카세르가 여기 왔을 때 사람을 밀쳐서 길을 일부러 만들어야 할 정도로 백성들이 나무 주변을 에워싸고 있었다.

왕의 행차로 구경꾼들은 자연스레 더 커다란 원의 공간을 만들며 뒤로 물러나게 되었다. 사람의 수는 아까보다 더 늘었다.

무려 보라색 등급의 라크가 세 마리나 나타난 붉은 신호탄이 어제 터졌다. 피해 규모는 크지 않았으나 사상자는 발생했다.

성벽 너머에서 라크가 나타날 때와 도심지에서 라크가 날뛸 때 백성들이 체감하는 공포는 하늘과 땅 차이였다. 붉은 신호탄이 터진 후 한동안은 거리에 나다니는 사람이 거의 없었다. 하지만 이번에는 달랐다.

모두 붉은색 신호탄의 충격은 잊은 듯 보였다. 마치 활동기가 끝나고 건기가 시작된 것처럼 들뜬 분위기였다.

"저 나무가 정말 라크였단 말이야?"

"그렇다니까. 본 사람이 한둘이 아니야."

"나도 얘기 들었어. 아니카 왕비님께서 라크를 만지니까 놈이 꼼짝도 못 하고 픽 쓰러지더니 저렇게 나무가 되어 버렸대."

"오오."

"저 나뭇가지 하나만 부적으로 갖고 있으면 라크가 덤비지 않는다며?"

"그게 정말이야?"

여기저기서 떠드는 소리가 카세르의 귀에도 들려왔다. 대화가 마구잡이로 섞였지만, 대부분이 비슷한 이야기를 하는 중이라 그는 대강 추측할 수 있었다.

"레스터."

왕의 한 걸음 뒤에 있던 레스터가 얼른 대답했다.

“예, 전하.”

“유언비어가 돌고 있군. 이 나무의 일부분을 소지하면 라크의 공격을 받지 않는다느니, 그런 엉뚱한 말을 믿지 않도록 단속하라고 해.”

“예, 전하.”

아니카가 싹 틔운 나무는 라크를 쫓는다는 근거 없는 소문이 마하에 알음알음 퍼져 있었다. 성도에 라크가 접근하지 못하는 이유도 광장에 있는 나무 때문이라고 믿는 자도 있었다.

그러나 정말 그런 효과가 있었다면 진즉 아니카의 라미타를 활용하는 방법이 나왔을 것이다. 상제가 금지한다고 해도 살고 싶어 하는 인간의 욕심을 막을 수 없었으리라.

‘그랬다면 성도 광장의 나무는 이미 흔적도 남지 않았겠지.’

너도나도 가지를 꺾어 갔을 테니까.

카세르는 어제의 기억을 떠올렸다. 라크를 처치하러 달려왔더니 못 보던 나무가 솟아올라 있고 주변에 전사와 병사들이 모여 술렁거리고 있었다.

그리고 그 나무 밑에 쓰러져 있는 왕비를 발견했을 때 눈앞이 아득해지던 심정은 뭐라고 설명할 수가 없었다. 지금도 그 장면만 떠올리면 심장이 덜컹 내려앉았다.

“전하.”

레스터가 왕의 눈치를 살피며 물었다.

“왕비님께서는 아직⋯⋯.”

꼬박 하루가 지났다. 정신을 잃은 왕비님을 왕께서 왕성으로 데리고 들어가신 후 아직 왕비님께서 깨어나셨다는 말은 듣지 못했다.

카세르는 레스터의 질문에 대답 없이 인상만 썼다. 레스터는 ‘앗, 뜨거워.’라는 표정으로 입을 다물었다. 슬쩍 스벤을 비롯한 전사들의 용서를 구하려 했으나 괜히 나섰다가는 역효과일 듯했다.

어제 왕비님을 호위했던 전사들은 현재 투옥된 상태였다. 왕비님을 곧바로 왕성으로 모시라고 했던 왕명에 따르지 않았다는 죄목이었다.

물론 그들이 잘못을 저질렀으나 이만한 일로 내치기에는 무척 아까운 인재들이었다. 특히 스벤은 실력도 성품도 나무랄 데가 없어서 왕께서도 그를 아꼈다. 그에게 죄를 묻는 왕의 마음도 편하지는 않을 거라고 짐작했다.

'그래도 일단은 왕비님께서 무탈하게 일어나셔야 전사들의 처분에 관해 말씀을 올릴 수 있겠군. 지금은 씨알도 안 먹히겠어.'

카세르는 한숨을 내쉬었다.

'소문을 막기는 어렵겠지.'

어제 그 현장에 있던 사람은 많지 않았다. 붉은 신호탄이 세 번이나 터진 후라서 백성들은 지하 대피소로 들어가 숨죽이고 있었을 것이다. 목격자 대부분은 전사와 병사들이었다.

나중에 보고받은 내용에 따르면 아부가 라크와 맞붙어 싸우느라 한바탕 소란이 벌어졌다고 했다. 호기심에 슬쩍 내다본 백성들을 포함한다고 해도 서둘러 주변을 단속했으면 충분히 소문을 막을 수 있었다.

하지만 어제 그는 그런 걸 생각할 경황이 없었다. 라크 사냥 후의 뒷정리고 뭐고 왕비가 깨어나기만을 기다리며 곁을 지키며 앉아 있었다.

문득 주변이 어두운 것 같아서 창 너머 하늘을 보니 어느새 어두컴컴했다. 그렇게 오랫동안 넋 놓고 앉아 있었던 경험은 처음이었다. 뒤늦게 '입단속'이 떠올라 레스터를 불러서 확인했을 때는 이미 늦었다.

사실 어제 일어난 사건은 소문이 더 과장되게 퍼져도 득을 볼지언정 손해는 없었다. 백성들의 애국심을 고취시키고 왕실의 위엄을 드높일 만한 미담이었다.

그러나 그의 마음은 착잡했다. 소문이 퍼지면 상제의 귀에 곧 들어갈 것이다.

'환수들이 따르는 모습이 심상치 않다 싶더니만.'

씨앗이 아니라 라크가 나무가 되다니. 이런 일은 들어 본 적이 없었다.

역사 속 인물인 아니카 록시가 남긴 성도 광장의 나무도 씨앗에서 자라났다. 도대체 왕비의 라미타가 얼마나 강력한지 짐작이 안 되었다.

상제가 그냥 넘어갈 리가 없었다. 소문을 들은 즉시 기사들을 보내 왕비를 부를 것이다.

"전하."

레스터가 생각에 잠긴 왕을 조심스레 불렀다.

"원래 통행량이 많은 길이었던 터라 이 길을 쓰지 못하면 여러 가지 불편함이 큽니다."

레스터는 어제 융통성 있게 현장 뒷정리는 알아서 했다. 그런데 이 나무만큼은 도무지 그의 권한으로 처리할 수 없었다.

이 엄청난 성물 곁에 보초만 세워 두자니 내키지 않았다. 그렇다고 온종일 나무만 지키고 있기엔 자신도 할 일이 많았다. 그래서 납시어서 살펴보신 후 답을 주십사, 왕께 청을 올렸다.

그런데 그는 아까 '꼭 지금 나를 불러내야겠냐?'라고 말하는 듯한 왕의 표정을 보자마자 제 생각이 짧았음을 깨달았다. 그렇게 성가신 언짢음을 얼굴에 드러내는 주군 모습을 처음 뵈었다.

'내가 눈치가 없었지.'

자리 깔고 며칠 자면서 나무를 지키더라도 왕비님께서 깨어나실 때까지 기다렸어야 했다.

분위기를 잘 살피다가 슬그머니 투옥된 전사들 얘기를 꺼냈으면 다 잘 풀렸을 텐데.

"유언비어가 가라앉을 때까지 나무 주변에 울타리를 높이 세우고 병사들을 배치하겠습니다. 이 주변 건물을 허물어 돌아가는 길을 만들면 어떨까 합니다. 서둘러 절차를 처리한 후에 건기가 시작되면 본격적으로 공사하려 합니다."

카세르는 주변을 한 바퀴 돌아본 후 고개를 끄덕였다.

"전하!"

다급한 부름에 카세르의 시선이 즉시 돌아갔다. 전사가 왕의 곁으로 다가와 고개를 숙였다.

"웨이즈 남작이 전언을 보냈습니다. 서둘러 환궁해 주십사, 청하고 있습니다."

카세르의 눈썹이 꿈틀했다. 전사의 말을 들은 레스터가 화들짝 놀라 재빠르게 말을 끌고 왔다. 카세르가 곧바로 말에 올라 속도를 높여 왕성으로 달려갔다.

멀어지는 왕의 뒷모습을 보는 레스터의 표정에 근심이 가득했다. 부디 별일이 아니기를 바랐다.

*   *   *

마리안은 뜰에 나와 왕을 기다리고 있었다. 카세르는 말에서 뛰어내리자마자 마리안에게 물었다.

"무슨 일이야?"

마리안이 사소한 일로 전언을 보낼 리가 없으니까 그는 이유도 묻지 않고 냅다 왕성으로 달려왔다. 그런데 마리안의 표정이 이상했다. 좋은 소식이라기에는 웃음이 없었고 나쁜 소식이라기에는 심각하지 않았다.

"전하. 어서 왕비님께 가 보셔요."

"무슨 일이냐니까!"

"뭐라고 말씀드려야 할지, 저도…… 저도 모르겠습니다. 어서 가 보셔요."

카세르가 마리안의 앞을 지나쳐 갔다. 복도를 지나 계단을 오르며 그가 걷는 속도는 점점 빨라졌다. 왕의 뒤를 따르는 자들이 아무도 없었다. 그는 왕비의 침실로 가는 데에만 집중하느라 이상하다고 생각하지 못했다.

그는 왕비의 침실 앞 복도에 이르러서 비로소 위화감을 느꼈다. 지나치게 주변이 조용했다. 텅 빈 복도에는 아무도 없었다.

그는 응접실로 들어가며 혀를 찼다. 윗전 시중이 이토록 허술하단 말인가. 어디에도 궁인이 보이지 않았다. 그는 노여워하며 완전히 닫히지 않은 침실의 문고리를 잡았다.

문을 당겨서 안으로 들어서려다가 그는 흠칫 놀라 뒤로 한 걸음 물러났다.

활짝 열린 문 안쪽 침실을 보며 그는 눈을 꾹 감았다가 떴다. 헛것을 보는 게 아니라면 대체 지금 자신이 보고 있는 건 무엇일까.

침실 안에 물이 가득 차 있었다. 무겁게 너울너울 흔들거리는 움직임은 틀림없이 물의 형태였다.

그런데 침실 밖으로는 한 방울의 물도 흘러나오지 않았다. 마치 침실이라는 커다란 그릇에 물을 가득 부어 채운 것 같았다.

침실의 경계에서 그는 당혹스러운 표정으로 물의 잘린 단면 같은 매끈한 형태를 훑어보았다.

그는 물의 단면에 천천히 손을 가져다 댔다. 살짝 손끝으로 만졌다가 손끝끼리 맞대어 문질렀다. 젖은 느낌은 없었다.

카세르는 아까 마리안의 이상한 표정이 이제 이해가 됐다.

그는 다시 손을 가까이 댔다. 딱딱한 벽에 막힐지도 모른다고 생각했지만, 어떤 저항도 없이 그의 손은 물 안으로 들어갔다.

그의 몸은 응접실에 서 있고 그의 손만 침실 안에 들어갔다. 그는 물 안으로 담근 자신의 손을 이리저리 돌리며 살폈다. 손을 움직일 때마다 물방울이 떠오르는데 촉감은 없었다. 즉, 실질적인 형태는 없고 눈에만 보이는 물이었다.

그는 침실 안으로 걸어 들어갔다. 완전히 침실로 들어와서 열린 문 너머를 돌아보았다. 틀림없이 자신은 물 안에 들어와 있었다.

'이게 라미타인가?'

라미타는 '물'이라고 들었지만, 정말 말 그대로 물인 줄은 몰랐다. 라미타가 눈에 보이도록 구체적인 형상으로 드러날 수 있다니.

라미타는 미지의 힘이었다. 존재하는데 본 사람은 없다. 아니카가 씨앗을 싹 틔우는 모습을 '누가 봤다더라.'라는 말은 돌아도 '내가 봤다.'라고 말하는 사람은 없었다.

일부 음모론자들은 라미타가 상제가 만든 가상의 힘은 아니냐고 비아냥댔다. 그자들이 이 장면을 보면 모두 입을 닥칠 것이다.

'도대체 왕비에게 무슨 일이 벌어지고 있는 거지?'

그는 그녀가 누워 있는 침대로 서둘러 걸어가다가 가슴을 움켜쥐며 멈추어 섰다. 몸 안쪽에서 뜨거운 기운이 요동쳤다.

익숙한 감각이다. 프라즈가 오랜만에 존재감을 드러냈다.

활동기 동안에는 프라즈가 몸속에서 시도 때도 없이 날뛰었다. 그래서 활동기에는 항상 프라즈를 통제하느라 그는 내내 신경이 곤두서 있었다.

그런데 이번 활동기에는 프라즈가 이상하게 조용했다. 라크 사냥 때는 손에 착 잡히는 맞춤 무기처럼 제어하기도 쉬웠다. 라크를 잡느라 바뻔 것과는 별개로 개인적으로는 무척 평온한 활동기였다.

그는 호흡을 가다듬으며 자신의 내면에 집중했다. 프라즈를 억누르려고 집중했지만, 마구 꿈틀거리는 프라즈는 좀처럼 진정되지 않았다.

'라미타에 영향을 받는 건가?'

카세르는 밖으로 나가는 문을 흘끔 봤다. 지금 움직였다가는 집중력이 흐트러지고 간신히 누른 프라즈를 다시 놓칠 것 같았다.

그는 사슬로 프라즈를 묶는다고 생각하며 더 강하게 압박했다. 그의 통제가 조금씩 먹혔는지 내부가 점점 잠잠해졌다.

그가 잠시 긴장을 늦추는 순간 불덩어리 같은 기운이 몸 밖으로 훅 튀어나왔다. 붙잡기에는 이미 늦었다. 순식간에 그의 몸에서 빠져나온 푸른색 기운은 거대한 뱀의 형상이 되어 침실 안을 가득 채웠다.

'큰일이다.'

통제를 잃은 프라즈는 재앙이 될 것이다.

그는 프라즈를 노려보며 다시 잡아 묶을 빈틈을 찾았다. 반투명한 푸른 뱀을 눈으로 좇던 그의 미간에 주름이 점점 펴졌다. 프라즈는 카세르와 신경전을 하려 들지 않았다. 다른 데 정신이 팔린 듯 보였다.

프라즈는 거대한 몸을 힘겹게 접어 침실 안 물속을 한 번 돌더니 몸의 크기를 줄였다. 반으로 작아진 몸으로 침실을 한 바퀴 돈 후 더 몸을 줄였다.

그런 식으로 점점 작아져서 나중에는 고작 한 뼘 정도가 되었다. 마음껏 헤엄치기에는 이곳이 좁으니까 몸을 줄인 것 같았다. 드디어 만족했는지 그 크기로 침실 안을 신나게 유영했다.

"……."

카세르는 고양이처럼 작아진 아부를 처음 봤을 때와 비슷한 심정이 되었다. 한 뼘 길이의 푸른 뱀에게 위엄은 전혀 없었고 참으로 하찮았다.

'도대체 뭐가 뭔지 모르겠군.'

그는 혼자 놀고 있는 프라즈를 내버려 두고 침대로 다가갔다. 침대에 누워 눈을 감고 있는 그녀의 흑발이 물속에서 흔들렸다. 흰 피부가 유난히 창백해 보여서 그는 가슴이 철렁했다.

'능력의 폭주 같지는 않은데······.'

물이 채워진 곳은 침실만으로 한정했다. 그녀가 무의식적으로 제어한다는 뜻이었다.

한편으로 이 현상은 그녀가 라미타를 쓴 부작용일지도 모른다는 생각이 들었다. 지나치게 능력을 써서 몸이 받아 들지 못하는 거라면?

지금 그녀를 도와줄 수 있는 사람은 자신이 아니었다. 그 사실을 인정하면서도 그는 속이 쓰렸다. 자신의 아내가 맥없이 누워 있는데 할 수 있는 일이 아무것도 없다니.

'성도에 급보를 보내야겠어.'

새를 통해 전달하는 서신에는 많은 내용이나 비밀을 담을 수는 없지만, 속도는 어떤 경로보다도 빨랐다. 특급은 며칠이면 성도에 닿을 것이다.

"유진."

그녀가 처음 이름으로 불러 달라고 했을 때는 그녀의 변덕에 맞춰 준다는 생각뿐이었다. 그런데 갈수록 그녀를 '유진'이라고 부를 때 묘한 만족감을 느꼈다.

그녀가 왕비라는 자리 때문에 왕국에 머무는 것이 아니라 '유진'이라는 사람이 자신의 의지로 그의 곁에 있는 것 같았다.

"유진. 유진. 유진······."

그는 몇 번이고 그녀의 이름을 작게 되뇌었다. 쓰러져 있는 그녀를 처음 봤을 때는 아뜩한 기분이었고 무슨 일이 있었는지 들은 후에는 화가 났고 이제는 그녀만 무탈하면 다른 일은 아무래도 좋다는 생각뿐이었다.

유진의 눈꺼풀 안쪽이 미세하게 움직였다. 급보 작성을 하러 돌아서려던 그는 눈을 부릅떴다.

"유진."

그녀가 눈을 떠 자신을 바라보기를 바라는 간절한 마음으로 그는 그녀를 불렀다.

그녀의 감은 눈꺼풀 안쪽에서 안구의 움직임이 더 커졌다. 그녀 주변으로 물이 서서히 회전했다. 점점 그 회전은 빨라지면서 침실 안의 가득한 물이 그녀의 몸으로 빨려 들어가기 시작했다.

격렬한 물의 흐름은 바로 곁에 서 있는 카세르에게 어떤 물리적인 영향도 주지 않았다. 그는 자신의 눈앞에서 펼쳐지는 환상 같은 장면을 응시했다. 거대한 물길이 소용돌이를 만들며 유진 안으로 흡수되었다. 침실 가득했던 물이 순식간에 줄었다.

푸른 뱀은 빨아당기는 물살의 힘을 역으로 헤치며 거슬러 헤엄쳤다. 마지막까지 버티고 버티다가 원래 집을 찾아가듯 카세르의 몸 안으로 뛰어들어 사라졌다.

카세르는 침실 안을 둘러보았다. 어디에도 물의 흔적은 남지 않았다.

유진이 크게 숨을 몰아쉬며 눈을 떴다. 깊은 잠에서 막 깨어난 사람처럼 개운한 표정으로 카세르를 향해 눈매를 접으며 미소 지었다.

카세르의 가슴 깊은 곳에서 뜨거운 것이 울컥 치밀었다. 프라즈가 날뛸 때와 전혀 달랐다. 도저히 제어할 수 없었다. 그는 누워 있는 그녀의 어깨 아래에 손을 넣어 그녀를 끌어안았다.

유진은 그에게 꽉 안긴 채 어리둥절한 표정으로 눈동자를 굴렸다. 잠시 꿈과 현실의 경계가 모호했으나 그녀는 곧 잠에서 완전히 깼다.

그녀는 슬며시 웃었다. 눈을 뜨자마자 그의 얼굴을 보는 순간 기분이 좋았고 그가 왜 이러는지 모르겠지만, 자신을 강하게 붙잡는 것처럼 안아 주는 것도 좋았다.

가슴이 두근두근했다. 정확히 언제부터인지 모르겠다. 그와 체온이 맞닿을 때마다 이 순간이 더 오래 계속되기를 바랐다. 타인과의 스킨십에 어색한 성장기를 보내서 그런지 사람의 품이 이토록 기분 좋은 줄 몰랐다.

하지만 모든 사람의 품에서 이런 안정감을 느끼지는 않을 것이다. 이 남자니까. 이 사람이 좋으니까.

유진은 살짝 미간을 찡그렸다. 날카로운 끝이 심장이 콕 찌르는 것 같았다.

'좋아. 이 사람이…… 좋아.'

그녀는 작은 한숨을 내쉬었다.

'이런 게 사람을 좋아하는 감정이구나.'

조금은 아프고 조금은 달콤했다. 그녀는 팔을 들어 그의 어깨를 안았다.

유진은 상체만 살짝 일으킨 불안정한 자세로 그에게 안겨 있었다. 그가 상체를 세우자 덩달아 그녀의 몸도 일어나게 되었다. 그는 유진이 침대에 앉은 자세가 된 후 끌어안았던 팔을 풀었다.

"괜찮아?"

"네?"

"어디 아프거나, 기분이 이상하거나. 뭐든, 이상한 증상은 없어?"

유진은 고개를 저었다.

"아무렇지도 않아요."

유진은 그의 표정이 좀 이상하다고 생각했다. 피곤해 보이는 듯도 하고 고민이 쌓인 사람 같기도 했다. 자신을 물끄러미 바라보는 그에게 강조하듯 말했다.

"정말 아무렇지도 않아요. 아주 멀쩡해요."

그녀는 마지막 기억이 떠올랐다. 나무로 변하는 라크 밑에서 잠든 후 꿈을 꾸다가 눈 떠보니까 침실이었다. 아마 그가 의식이 없는 자신을 발견했으면 몹시 놀랐을 것이다.

"제가 얼마나 누워 있었어요?"

"당신은 하루 만에 깨어난 거야."

"……하루 만이요? 그럼 붉은 신호탄이 어제 일이었어요?"

카세르는 한숨을 내쉬었다.

"유진."

그의 목소리가 잔뜩 낮았다. 유진은 심상치 않음을 느끼며 기어들어가는 목소리로 대답했다.

"네……."

"곧장 왕성으로 가라고 했잖아. 난 당신이 안전할 거라고 믿었으니까 그 자리를 떴어."

"……도움이 되고 싶었어요. 저 혼자 도망가고 싶지 않았다고요. 라크는 저를 해치지 않으니까요. 결과적으로는 다 잘됐잖아요."

"라크가 문제가 아니야. 당신은 낙마했어. 낙마가 얼마나 위험한지 몰라? 불구가 되거나 죽을 수도 있었다고!"

"아……."

유진은 그건 할 말이 없었다. 말에서 튕겨 나가던 순간에 그녀도 아찔한 공포를 느꼈다. 아부가 아니었으면 크게 다쳤을 것이다.

"결과적으로 잘됐다니. 그런 경솔한 말이 어디 있어. 요행에 기대어 일을 저지르고 결과만 좋으면 손뼉 친다는 거야? 당신의 안전을 담보하면서?"

그녀는 시무룩한 표정으로 카세르의 눈치를 살폈다. 그런데 그가 심각하게 다그치는데도 유진은 전혀 무섭지 않았다.

자신을 걱정하는 그의 마음이 느껴져 오히려 약간 기분이 들떴다. 가족한테서 비아냥대는 구박, 이유 없는 욕설 등은 귀에 인이 박이도록 들었지만, 진심이 담긴 걱정은 처음 들었다.

'가족……?'

유진은 그 범주 안에 그를 포함해서 생각하는 자신에게 놀랐다. 그는 남편이니까 가족이 맞다. 하지만 그는 진과 계약 결혼할 상태이고 자신은 계약한 당사자도 아니었다.

> 「삼 년이면 되어요. 삼 년만 형식적인 혼인 관계를 유지하도록 도와주신다면 삼 년 후에 후계자를 낳아 드리겠어요.」
> 「왜 나지?」

그때 갑자기 유진의 머릿속에 단편적인 기억이 떠올랐다. 그녀가 바라보는 카세르의 얼굴 위로 겹쳐졌다. 자신이 그와 대화를 나누는 장면이었다.

정확히 말해서 진이 그와 대화를 나누는 모습이다.

> 「아이를 낳은 후에는 어쩔 셈이오?」
> 「그것도…… 나중에 말씀드릴게요. 사왕께 나쁜 제안은 아니라고 생각합니다만? 후계자가 필요하시잖아요?」

장면이 바뀌었다.

「제가 모르는 줄 아시나요? 왕께서는 뭐든 그 여자에게 털어놓으시지요. 저만 우스운 꼴이 되고 있어요.」

「말도 안 되는 트집 잡지 마시오. 그대가 무슨 말을 하건 마리안이 여기를 떠날 일은 없을 거요.」

카세르는 딴생각하는 듯한 그녀의 멍한 표정을 보며 인상을 찌푸렸다.

"유진. 듣고 있어?"

"네…… 듣고 있어요."

유진은 생소한 시선으로 그를 응시했다. 기억 속에 보이는 사왕 카세르는 틀림없이 눈앞의 이 남자와 동일인인데 퍽 다른 사람처럼 느껴졌다.

딱딱한 표정과 건조한 말투.

자신을 '유진'이라고 부르는 이 남자는 떠오른 기억처럼 냉랭하게 말한 적이 없었다.

그녀는 문득 깨달음을 얻은 사람처럼 탄식했다.

"당신이었군요."

"뭐가?"

"날 부른 사람이요."

그녀는 꿈속에서 바다처럼 무한한 물속을 탐험했다. 수영을 배운 적 없는 그녀에게 호흡이 자유로운 물속은 평지처럼 편안했다. 마치 인어가 된듯한 기분을 만끽하며 바닷속을 유영했다.

한참 노는 동안 아예 다른 일은 잊고 있었다. 그런데 무슨 소리가 들리는 순간 '그만 돌아가야겠다.'라는 생각이 들었다. 그 소리는 자신의 이름이었던 것 같다.

"꿈을 꾸다가 당신 목소리를 들은 것 같아서요."

카세르가 허탈한 표정으로 말했다.

"진작 알았으면 더 빨리 부를 걸 그랬어. 하루를 꼬박 의식이 없다가 일어나서 하는 말이 내가 불러서 깼다고?"

의식이 없던 게 아니라 길게 잠을 잤을 뿐이지만, 유진은 지금 그 말을 해 봤자 좋은 변명은 아닐 것 같았다. 그의 목소리가 누그러진 틈을 놓치지 않고 두 손으로 그의 손을 꼭 잡으며 그를 보고 배시시 웃었다.

"다음부터는 꼭 일 저지르기 전에 당신과 의논할게요. 이번에는 제가 잘못했어요."

"……안 하겠다는 말은 아니군."

"지키지 못할 약속은 하지 말자는 주의라……."

카세르는 온종일 속을 끓였다. 의식 없는 그녀를 보면서 그의 마음은 걱정과 원망이 교차했다. 그런데 그녀가 자신의 눈치를 슬금슬금 살피며 천진하게 웃으니까 모든 부정적인 감정이 허무하게 흩어졌다.

흐지부지 넘어갈 일이 아니다. 알고 있지만…….

카세르는 그녀의 두 손이 잡은 자신의 손을 흘끔 내려보더니 다른 쪽 팔을 들어 유진의 등을 둘러 감싸며 당겼다.

휙 당기는 힘에 유진은 넘어지듯 그의 가슴에 기댔다. 그의 손이 어깨를 더듬어 그녀의 목덜미를 어루만지고 그의 입술이 유진의 볼과 눈두덩이와 관자놀이에 부드럽게 닿았다 떨어졌다.

그의 가벼운 키스를 받는 동안 유진은 꼼짝할 수가 없었다. 심장이 콩닥콩닥 뛰었다. 이보다 훨씬 노골적인 애무를 받을 때보다 이상하게 부끄러웠다. 묘하게 그가 더 다정한 것 같았다.

"의사 부를 테니까 진찰받아."

"네."

"상제의 기사가 올 때까지 성 밖으로 나가지 말고."

"네? 상제의 기사라니요?"

유진이 그를 밀어내며 고개를 들었다.

"성도에 급보를 보낼 거야. 활동기가 끝나기 전에는 아마 여기에 기사가 당도하겠지. 그럼 건기가 시작되면 바로 출발하면 돼."

유진은 당황했다. 잠들어 있는 하루 동안 대체 무슨 일이 생긴 걸까.

"무슨 말씀이에요? 기사는 왜 오고, 즉시 출발이라니요?"

"성도로 가."

유진의 눈이 휘둥그레졌다.

"아무래도 당신은 하루라도 빨리 상제 성하를 만나 뵙는 편이 좋겠어."

"라크가 나무가 되어서요?"

"그것도 그렇지만, 다른 일도 있었어. 차차 얘기할게. 어차피 상제는 당신을 부를 거야. 라크가 나무가 됐다는 소문이 퍼질 테니까. 당신의 라미타는 일반적인 범주를 넘은 것 같아."

"아니요."

유진은 고개를 흔들었다.

"상제를 뵈어야겠다는 생각은 있어요. 그런데 이렇게 갑자기는 아니에요. 그리고 어차피 상제께서 절 부를 거라면서요. 기다렸다가 기사가 오면 그때 결정해도 되잖아요."

카세르가 무거운 표정으로 말했다.

"당신은 기억을 잃은 후 바로 성도로 갔어야 했어."

그때는 그녀를 믿을 수 없었다. 처음에는 기억을 잃은 척한다고 의심했고 그런 의심이 사라진 후에는 그녀가 성도로 가면 계약을 저버릴 거라고 생각했다.

그녀가 성도로 가면 다시 오지 않을지도 모른다는 의혹은 여전했다. 그런 가정을 상상하면 화가 난다기보다는 위가 뒤틀렸다. 그녀를 한순간도 눈앞에서 떨어뜨리고 싶지 않았다.

그러나 자신의 욕심 때문에 그녀에게 문제가 생기면 더 후회할 것이다. 그녀가 잘못되지 않기를 바라는 마음은 진심이었다.

유진은 그가 무슨 생각인지 알 수 없었다. 요즘은 후계자도 언급하지 않았다.

"저를 보내고 싶으세요?"

"당신을 위해서야."

유진은 '상제를 만나자.'라고 마음먹은 후 성도로 가려면 어떤 핑계로 그의 동의를 얻을지 고민했다. 아이를 낳기 전에는 보내 주지 않을 줄 알았다. 그런데 막상 등 떠밀어 가라고 하니까 별생각이 다 들었다.

아까 떠오른 진의 기억에 의하면 두 사람 사이는 계산된 계약 관계였다. 영혼이 바뀐 사실을 알 리가 없는 그의 눈에 자신은 계약한 '진 아니카'다. 새삼스레 이런 결혼 생활에 염증을 느낀 걸까.

"혹시…… 저한테 후계자를 얻겠다는 생각이 바뀌셨나요?"

"무슨 뜻이야?"

그녀가 계약 파기를 언급하려는 줄 알고 되묻는 그의 어조가 날카로웠다.

"제가 자격이 부족하다고 생각하시냐고요."

전혀 예상 못 한 말이었다. 카세르는 한숨을 내쉬며 말했다.

"아니야. 절대 아니야."

"그러면요. 막연한 이유로 다짜고짜 가라고 하시면 저는 최악의 경우를 상상할 수밖에 없어요."

건기가 시작된 후 유진은 이것저것 하고 싶은 일들을 목록으로 작성해 두었다. 성안의 인테리어를 바꾸기, 보좌관들과 본격적으로 일 시작하기, 사교 모임에 참석하기 등.

이제 겨우 이곳 생활에 익숙해졌고 왕비 자리에 적응하기 시작했는데 지금 성도로 가면 맥이 다 끊길 것이다.

"무슨 최악의 경우?"

"이 결혼 생활을 더 유지하고 싶지 않다는 뜻으로요."

그가 말없이 유진을 바라보았다. 유진은 그의 표정에서 아무것도 읽을 수가 없었다. 표정 관리에 능한 정치인은 상대하기 버겁다고, 유진은 내심 투덜거렸다.

"난 당신이 상제를 만나서 기억을 찾았으면 해."

카세르는 이제 더는 피하지 않고 정면으로 부딪치고 싶었다.

"기억을…… 왜요? 애쓰지 말라고 하셨잖아요."

"당신에게 묻고 싶은 게 있는데 당신이 기억을 찾아야 답해줄 수 있어."

그녀가 3년의 결혼 생활을 통해 얻고자 하는 게 무엇이었을까. 카세르는 그걸 알아야 그 이후를 이야기할 수 있다고 생각했다.

"제가…… 기억을 찾았다고 하면요?"

"뭐?"

카세르의 눈빛이 흔들렸다.

"조금 전에 눈을 뜨고 당신을 보니까 기억이 조금 돌아왔어요."

유진은 아까부터 진이 그와 나누었던 대화가 장면이 바뀌며 계속 머릿속에 떠올랐다. 몸의 기억이 전보다 훨씬 많이 흡수된 느낌이랄까.

"기억을 찾았다고?"

"네. 전부는 아니고요. 전하와 나누었던 대화가 꽤 많이 기억나요."

카세르는 그녀의 표정을 유심히 살폈다. 그녀가 기억을 잃고 사람이 달라진 것처럼 이번에도 혹시?

"제가…… 음……."

유진은 말을 잇지 못하고 헛기침했다.

"결혼 제안을 한 것도 기억났어요."

어색하게 웃는 그녀를 보며 카세르의 표정이 풀렸다. 그녀는 여전히 '유진'이었다.

"제게 묻고 싶은 것이 뭐예요?"

"……이유. 당신이 나에게 결혼하자고 한 이유."

"아……."

유진이 멋쩍어하며 말했다.

"그건 기억이 안 나서 모르겠어요."

유진이 얻은 새로운 기억은 불안정했다. 그 당시 진의 감정이나 생각까지는 알 수 없었다. 영화를 보는 관객처럼 진이 했던 말이 들리고 진의 눈으로 바라보던 그를 볼 뿐이었다.

잔뜩 긴장하여 그녀의 대답을 기다렸던 카세르는 헛웃음을 흘렸다.

"이유가 중요해요?"

"당신이 원한 대가를 내가 줄 수 있는 거라면 주고 정리하려고."

복잡한 감정으로 흔들리는 그녀의 눈을 보며 그는 이어 말했다.

"그리고 다시 시작하고 싶어."

유진은 그의 말을 들리는 그대로 해석하기가 두려웠다. 혼자 착각해서 그가 말한 의도와 다르게 자의적으로 해석할까 봐 유진은 확인차 물었다.

"다시 시작이라는 말씀은…… 저와요?"

"지금 여기에 다른 사람이 누가 또 있나?"

카세르는 삐딱하게 대답했다. 그녀가 이 화제를 피하려 한다고 생각했다.

"무슨 시작이요?"

유진은 인상을 쓰는 그의 표정을 보고 나서 자신이 잘못된 질문을 했다는 사실을 깨달았다. 아둔해 보이거나, 아둔한 척 시치미 떼는 사람으로 보였을 것이다.

"그러니까 제 말은……."

유진은 말을 잇지 못하고 한숨을 내쉬었다.

"절 싫어하시는 줄 알았는데요."

카세르가 아연한 표정으로 말했다.

"당신이 그런 생각을 할 정도로…… 내가 그렇게 지독하게 굴었어?"

"아니요, 아니에요."

유진은 빠르게 고개를 저었다. 그녀는 두 손으로 제 머리를 부여잡았다. 갑자기 멍청이가 된 것 같았다. 복잡하게 엉키는 생각이 머릿속에만 빙빙 돌고 적절한 말이 떠오르지 않았다.

그는 친절했다. 말도 행동도 함부로 하지 않았다. 그런데 그의 친절함은 제대로 교육받은 사람이 갖춘 기본 소양이라고 생각했다. 혹은 후계자를 얻으려는 목적 달성을 위한 투자이거나.

그렇다고 그가 목적을 위해 수단 방법 가리지 않으며 거짓 감정을 꾸밀 정도로 철면피라고 평가한 건 아니었다.

진이 이 왕국에서 어떤 왕비였는지 과거 정보를 조금씩 접할 때마다 오히려 사왕 카세르가 어떤 사람인지 알게 되었다. 그는 감정적이지 않으며 인내심 강하고 인간미도 있었다.

그가 좋은 사람이라는 생각이 들 때마다 유진은 흔들리는 자신의 마음을 누르고 무감한 사람이 되려고 애썼다. 꼴사납게 굴고 싶지 않았다.

그가 보는 자신은 '진 아니카'이고 그가 바라는 건 후계자뿐일 테니까.

"기억을 잃기 전의 저요. 음…… 삼 년의 결혼 생활이 그다지 순탄하지 않다고 들었거든요."

"당신을 싫어했다기보다는……."

카세르는 유진의 얼굴을 보며 과거의 왕비 모습을 떠올려 보려 했다. 좀처럼 그려지지 않았다.

불과 얼마 전까지만 해도 두 모습을 비교하며 '사람이 이렇게 달라지나?'라고 의아해했다. 그러나 언제부턴가 아예 예전의 그녀를 생각조차 하지 않았다.

"당신이 어떤 사람인지 몰랐어."

그는 한 사람 안에 완전히 다른 두 사람이 들어갈 수 없다고 생각했다. 그러니까 과거의 그녀 모습 어딘가에도 지금 그녀의 모습도 있었을 것이다. 다만, 자신이 몰랐을 뿐이다.

유진은 그동안 카세르가 꽤 내적 갈등을 겪었다는 사실을 몰랐다. 그래서 그의 말이 갑작스러웠다.

'혹시?'

얼마 전에 잠자리를 거부해서 그런가?

"전하. 후계자를 낳겠다는 약속은 지킬 거예요."

카세르는 영문을 모르겠다는 듯 유진을 보다가 점점 미간이 굳더니 '하.' 하고 헛웃음을 쳤다.

"당신 말은 내가 후계자를 얻으려고 지금 당신을 구슬리고 있다는 거군. 나에 대한 신뢰도가 아주 바닥인데?"

유진은 울상을 지었다. 정말 그럴 의도가 아니었는데 말을 할수록 그는 형편없는 남자가 되었다.

"하, 하지만 이상하잖아요. 다시 시작하자는 말은 기존의 것과 단절한다는 말처럼 들려요. 과거에도 지금도 저는 저예요."

유진은 '진 아니카'가 이 세계에서 살았던 과거를 부정할 생각이 없었다. 어차피 이 몸으로 살기 위해서는 이 몸의 과거를 끌어안아야 한다. 유진이 할 수 있는 최선은 과거에 저지른 잘못이 있으면 최대한 바로잡는 일이었다.

카세르는 당황하며 '그런가?'라고 중얼거린 후 생각에 잠겼다. 그리고 잠시 후 말했다.

"그런 뜻으로 들렸으면 내가 말을 잘못했어. 그런데⋯⋯."

그는 말을 멈추고 또 생각에 잠기더니 뭔가 결론을 내린 듯 홀로 고개를 끄덕인 후 말했다.

"역시 다시 시작한다는 말보다 적당한 표현이 없어. 난 지금 이 자리에 앉아 있는 당신과 우리 관계에 관해 이야기하고 싶거든. 솔직히 과거의 당신까지 내가 수용할 수 있을지는 모르겠어."

"⋯⋯이럴 때는 당신이 어떤 모습이든 괜찮다, 이런 감동적인 말을 해줘야 하는 거 아닌가요?"

다시 표정이 심각해지는 그를 보다가 유진은 웃음을 터뜨렸다.

"한 사람을 어떻게 딱 잘라서 나눠요? 지금의 저는 누군데요?"

"당신은 유진."

유진은 숨이 턱 막히는 기분으로 웃음을 멈췄다. 놀라서 그를 바라보았다. 설마 그가 알아차린 것일까? 그럴 리가 없었다. 영혼이 바뀌었다고 누가 상상이나 할 수 있겠는가.

"유진이라고 불러 달라던 당신. 나는 당신과 시작하고 싶은 거야."

"제가 기억을 찾아서 예전 모습으로 돌아간다면요?"

카세르가 쓴웃음을 지었다.

"이상한 억지를 부린 것처럼 들렸겠어. 당신 말대로 과거의 당신만 잘라내는 건 당연히 불가능해. 기억을 되찾고 예전 모습이 나타난다고 해

도 괜찮아. 지금의 당신이 아예 사라지는 것만 아니라면 그 모습도 당신
이지. 그걸 부정하겠다는 말은 아니야."

역시 그는 '진'과 '유진'을 별개의 사람으로 생각하지 않았다. 그런데
유진은 그가 둘을 구별한다고 말하는 것보다 더 놀라운 의미로 다가왔
다.

그는 '과거의 당신은 감당 못 해.'라고 하면서도 과거가 어떻든 상관없
다고 말하는 것처럼 들렸다.

불과 얼마 전까지의 유진이었다면 그의 말에 대답을 줄 수 없어서 슬펐
을 것이다. 자신이 누구인지 몰라서 답을 찾기 위해 그녀는 계속 헤매고
있었다. 하지만 어제의 사건으로 존재 의의가 증명됐다.

"전하. 지금 상황에서 좀 엉뚱한 질문인데요. 라미타는 영혼의 힘일까
요, 육체의 힘일까요?"

카세르는 잠시도 망설이지 않고 대답했다.

"당연히 영혼의 힘이지."

그의 확고한 대답이 유진에게 위안이 되었다. 유진이 누구이건 그녀
는 틀림없는 아니카였다. 이 세계에서 당당히 살아갈 자격이 있었다.

"유진. 예전에는 내가 당신을 이해하지 못했어. 노력하지 않았지. 태
어나 자란 터전을 떠나 멀리 떠나온 사람에게 당연히 이곳은 낯설었을
거야. 내가 지금처럼 당신과 좀 더 대화를 나눴으면 뭔가가 달라졌을지
도 몰라."

말을 하다 보니까 카세르는 자신의 옹졸함이 부끄러웠다. 자신만의
세계에 틀어박혀 있던 과거의 왕비 방문을 두드릴 생각조차 하지 않았
다. 지금 그녀와 달라진 관계는 거의 그녀 덕분이었다.

유진은 고개를 흔들었다. 그가 아쉬워하는 과거가 유진에게는 다행이
었다.

이 사람이 진을 사랑했으면, 아마 자신은 그를 볼 때마다 죄책감이 들고 괴로웠을 것이다.

"과거 얘기는 하고 싶지 않아요. 기억이 완전히 돌아온 것도 아니고 이제 저는 계속 앞만 보고 가자고 마음먹었어요."

"내가 하고 싶은 말이 그거야."

"네?"

"앞만 보며 같이 가자는 거지."

유진은 씩 웃는 그를 보다가 피식 웃음이 나왔다. 지금보다 더 발전된 관계를 만들어 가자는 의미는 충분히 이해했다. 하지만 동업자를 구하는 것도 아니고 이 재미없고 멋없는 표현 방식은 뭐란 말인가.

그가 좋다. 가슴 안쪽이 말랑말랑해지는 감정이었다. 물론 그가 좋아지기까지는 여러 가지 조건이 작용했다. 성격 좋고 잘생겼고 능력 있고 등등.

그런데 일단 감정이 움직이기 시작하면 그런 조건을 떠나 사람 자체가 좋아지는 것이다. 유진은 카세르라는 남자에게 이끌리는 감정에 이르렀다.

하지만 외사랑은 싫다. 자신이 그를 좋아하는 만큼 그도 자신을 좋아해 주기를 바랐다.

그런데 그가 자신에게 어떤 감정을 품었는지 지금 대화로는 알 수가 없었다. '내가 좋아요?'라고 대놓고 물어서 대답을 들어 봤자 진심이라고 느껴지지 않을 것 같았다.

그는 그저 왕국의 왕비로서 자리를 지켜 사람이 필요한 것일 수도 있다.

유진은 미소 지으며 가볍게 고개를 끄덕였다.

"네. 다시 시작해요. 이제 계약 얘기는 더는 하지 말자는 거지요?"

"그렇지."

카세르는 긴가민가한 표정으로 그녀의 표정을 살폈다. 원하는 답을 들었으나 만족스럽지 않았다. 중요한 것을 빠뜨린 것 같은데 뭔지 모르겠다.

"그런데 제가 전하와 결혼한 목적이 무엇이든 그걸 제게 보상하실 필요는 없어요. 그러니까 그것 때문에 제가 기억을 찾으러 당장 상제를 뵈러 갈 이유도 없고요."

유진이 상제를 만나 봤자 기억을 찾을 수 있을 리가 없었다. 기억 상실이 아니라 아예 다른 사람이니까.

"상제를 뵈러 갈 시기는 제가 결정할게요. 성도에 급보는 보내지 마세요."

카세르는 곤란해하며 말했다.

"기억 때문만이 아니야. 당신의 라미타가 심상치 않아서 그래."

"몸에 딱히 이상이 있는 것도 아닌걸요."

"당신이 능력을 과용했을까 봐 걱정도 되고."

"물이 바닥났을지도 모르니까요?"

카세르는 아까 침실을 가득 채웠던 물의 환상을 떠올렸다.

"……그렇지는 않은 것 같지만."

"정 그게 걱정되면 방법이 있어요. 바닥났는지 괜찮은지 알아보면 되지요."

"어떻게?"

"씨앗으로 등급 시험을……."

"유진!"

카세르가 버럭 언성을 높이자 유진이 눈을 꼭 감았다가 살짝 뜨면서 헤실헤실 웃었다.

"안 갈래요. 네?"

카세르는 새카맣게 반짝거리는 그녀의 눈동자를 홀린 듯 바라보았다. 커다란 손이 그의 내부를 휘젓는 것처럼 속이 울렁거렸다. 그는 그녀가 바라는 게 무엇이든 다 해 주고 싶었다.

"……당신 뜻대로 해."

그는 자신이 갑자기 약자가 된 것 같은 기분이 되었다. 항상 강자로 살아온 그가 처음 경험하는 기이한 무력감이었다. 그런데 불쾌하지 않다는 것이 더 이상했다.

이튿날, 해가 진 후에 유진은 라크 나무를 보러 외출했다. 굳이 변장하는 암행을 고집할 생각은 없었는데 이번에는 카세르가 권유했다. 그리고 유진은 그가 왜 그런 권유를 했는지 밖으로 나온 후에 알았다.

나무 주변에 모여 있는 사람이 엄청 많았다. 군중들 틈새를 비집고 나무 가까이 가려면 당연히 다른 사람들과 몸이 닿을 수밖에 없었다.

그렇지만 유진은 자신을 보호하듯 감싼 그의 품에서 편하게 이동했다.

'키 크고 덩치 큰 사람이 길을 열어 주니까 좋은걸.'

그들이 나아가는 속도는 더뎠다. 유진은 사람이 많기 때문이라고 생각했지만, 단지 그 이유만은 아니었다.

카세르가 조금이라도 가까이 오는 사람을 전부 힘주어 밀쳐 내면서 공간을 확보하느라 늦어졌다. 그는 유진이 다른 사람과 닿는 게 싫었다. 그녀의 안전상 이유 때문만이 아니라 그냥 싫었다.

두 사람은 군중의 앞쪽으로 나왔다. 나무 주변에 울타리를 세웠고 병사들이 지키고 있었다. 울타리 주변으로 몇 걸음 정도의 공간 주변에 2차 울타리를 쳤다.

1차 울타리는 나무를 지키기 위한 것이라면 2차 울타리는 사람의 접근을 막기 위한 것으로 보였다.

'경비가 삼엄하네.'

유진은 유언비어가 떠돈다는 설명을 들어서 울타리를 친 것에 대해서는 이해했다. 그래도 좀 아쉬웠다. 이곳 광장의 나무처럼 사람들이 지나다니며 나무 밑 그늘에서 휴식도 즐기는 등, 자연스러운 분위기면 좋았을 텐데.

나무를 보여 웅성거리는 사람들 목소리가 들려왔다.

"생각했던 것보다 큰 나무인데?"

"저것을 보려고 반나절을 걸어온 보람이 있네. 딱 봐도 성스럽잖아."

"정말 저 나무가 라크였다는 거야?"

"왕비님께서 딱 등장하니까 라크가 그 자리에서 벌벌 기었대."

"라크에게 나무가 되어라, 하시니까 나무가 되었다더라고."

여기저기서 들려오는 소리에 유진의 얼굴은 점점 붉게 물들었다. 나뭇가지가 라크를 쫓는 부적이 된다는 소문보다 더한 유언비어가 퍼지는 현장이었다. 허무맹랑한 헛소문을 직접 본 것처럼 말하며 자신을 찬양하는 소리를 듣고 있으니 낯이 뜨거웠다.

유진은 나무를 신기한 눈으로 바라보았다. 겉모습은 평범한 나무였다. 모르고 보면 원래 라크였다는 사실을 아무도 알 수 없을 것이다.

'정말 내가 한 일이라고?'

유진은 자신의 손에 닿은 라크가 나무로 변하는 모습을 보던 중에 잠들었다. 온전하게 한 그루의 나무로 다 자란 모습은⋯⋯ 생각보다 컸다.

'나의 라미타⋯⋯.'

원래의 진은 이런 일을 할 수 있었을까?

유진은 이 세계의 인물을 판단할 때 자신의 소설 속 인물과 비교해서 어느 선까지 참고할 수 있을지 생각해 봤다.

자신의 뒤에 바짝 붙어 있는 남자, 사왕 카세르는 이름, 신분, 지닌 능력이 그녀가 쓴 내용과 일치했다.

유진이 차지한 이 몸, 진 아니카는 이름, 신분, 사왕과 결혼해 하시 왕국으로 왔다는 점이 소설 내용과 같았다.

소설 속에서 특권 계층이며 부족함이 없이 누리며 살아온 진이 마라의 힘을 탐낸 이유는 진이 아니카이되 아니카다운 힘을 갖지 못했다는 자격지심 때문이었다.

유진은 자신이 썼던 소설 구절을 떠올렸다.

　　　—진 아니카는 본래 타고난 라미타의 힘이 희미했다. 그녀의 빈 그
　　릇 같은 몸은 암흑의 기운을 갈구했고 그래서 더욱 마(魔)와 강력하
　　게 결합했다.

'내가 이 몸으로 들어오기 전에 진의 라미타는 어느 정도였을까.'

유진은 끝이 보이지 않는 바닷속을 헤엄치던 꿈이 아직도 선명했다. 그 자각몽은 자신의 것이었다. 이유는 설명할 수 없지만, 그 꿈속의 세계가 온전히 자신을 위해 존재한다고 느꼈다.

'진은 왜 마라의 사교도들과 접촉했을까.'

소설 내용처럼 단지 마라의 힘을 탐해서일까, 다른 이유가 있어서일까.

'사왕과 결혼한 이유만 알아도 중요한 단서가 될 텐데.'

진이 사왕과 3년의 결혼으로 얻으려 한 게 무엇이었는지는 여전히 기억나지 않았다. 하지만 유진은 이 불완전한 기억이 아쉽지 않았다.

완벽한 기억의 동화는 '진'과 '유진'이 구별될 수 없도록 섞인다는 것을

뜻했다. 유진은 그건 원하지 않았다. 지금처럼 자기 자신이 누구인지 확실히 인식한 채 한걸음 떨어져서 '진 아니카'를 바라보는 현재 상태가 좋았다.

"그럼 우리 아니카 왕비님께서 세상에서 가장 세다는 거 아닌가? 모든 라크를 손짓 하나만으로 나무로 만들어 버리실 테니까."

"그렇게 되나?"

유진이 아무리 못 들은 척하려 해도 사람들의 말소리가 계속 귓가로 파고들었다. 그들의 대화 속에서 점점 위대한 영웅이 되어 가는 자신 모습을 더 이상 듣는 것은 힘들었다.

그녀는 고개를 뒤로 돌렸다. 살짝 그녀 쪽으로 고개를 숙이는 카세르에게 속삭였다.

"그만 가요."

"나뭇가지는?"

유진은 라크 나무를 눈으로 확인하고 가지 하나를 꺾어서 가져올 계획이었다. 라미타의 영향을 받아 변화한 나무에 특별한 힘이 담겨 있을지 궁금했다.

그런데 그녀는 나무를 보는 순간 알았다. 저건 이미 라크가 아니었다.

라크는 특유의 이질적인 느낌을 풍겼다. 카세르에게 물어보니까 그도 역시 느낀다고 했다. 건기에서 활동기로 바뀔 때 달라지는 공기의 흐름을 감지하는 것처럼 특별한 능력을 지닌 자들만의 감각이었다.

지금 분위기에서 나무에 가까이 가면 대번 눈에 띌 것이다. 나무를 꺾으면 소란이 일어날지도 모른다. 나무에 특별한 힘이 담겨 있다고 해도 그런 번거로움을 감수하면서까지 살펴볼 정도의 가치는 없을 듯했다.

"없어도 돼요. 지금은 꺾기도 힘들 것 같고요. 나중에 사람이 줄면 찬찬히 살펴보고 싶어요."

'나중? 글쎄, 과연.'

카세르는 아마 한동안은 울타리를 치우기 어려울 거라고 생각했다. 그나마 활동기라서 이 정도이지 건기가 되면 사람이 더 많아질 것이다. 소문이 퍼질 테니까 타국에서도 몰려오겠지.

두 사람은 다시 인파를 헤치며 나갔다. 군중의 중심 밖으로 나가는 것이라 그나마 수월했다.

두 사람이 무리 바깥으로 나오자마자 기다리고 있던 호위들이 얼른 따라붙었다. 공식 행차하여 길을 통제했으면 훨씬 편했겠지만, 지금 왕비가 모습을 드러냈다가는 더 군중들이 흥분할 우려가 있었다.

광장 가장자리에 세워 둔 마차에 오르기 전에 유진은 뒤를 돌아보았다. 호위들이 전부 낯설었다. 아까 왕성에서 출발할 때부터 스벤 경은 물론이고 얼굴을 기억한 전사가 아무도 보이지 않아서 이상했다.

마차 안으로 들어가 앉자, 곧 마차가 출발했다. 유진은 그에게 물었다.

"전하. 혹시 그날 절 호위했던 전사들 중에서 다친 사람이 있어요?"

"아니."

잠깐 근심했던 유진의 표정이 다시 편해졌다. 그날 자신이 실수했다. 전사들에게 백성들을 무사히 대피시키라는 지시만 내렸지, 그 뒤에는 어찌해야 하는지 말하지 않았다. 반쪽짜리 명령이었다.

"스벤 경은 어디 갔나요? 안 보여서요."

"당신 호위는 새로 뽑을 거야."

유진의 눈이 동그랗게 커졌다.

"왜요?"

"호위로서 적절한 교육을 받은 자들을 뽑는 게 낫겠어. 기존의 당신 호위들은 호위 임무를 맡은 경험이 없어."

"다들 잘해 줬는데……."

유진은 시무룩하게 중얼거렸다. 역시 그날 호위에 불과했던 그들에게 여러 가지 무리한 지시를 내린 것이 문제였던 모양이다.

"스벤 경이 제 호위를 못 하겠대요?"

"당신 호위를 할지 말지, 그건 스벤이 결정할 일이 아니야."

유진은 그의 말투가 묘하게 차갑다고 생각했다. 문득 그녀는 어제 그가 다그치던 말이 떠올랐다.

「당신은 낙마했어. 낙마가 얼마나 위험한지 몰라?」

유진이 낙마하는 현장에 있었던 사람은 스벤뿐이었다. 즉, 당시의 상황을 스벤이 그에게 말해 주었으니까 그가 알게 되었을 것이다.

그녀의 낙마는 절대 스벤 잘못이 아니었다. 하지만 위험할 뻔했던 것은 사실이고 곧바로 왕성으로 가라는 왕명에도 따르지 않았다. 불길한 예감이 들었다.

"전하. 스벤 경이 벌을 받나요?"

카세르는 대답하지 않았다. 그의 침묵은 긍정이나 다름이 없었다. 유진은 자신 때문에 벌 받게 될 스벤을 생각하자 몸 둘 바를 모르겠다는 심정이 되었다.

"전하. 스벤 경이 잘못하지 않았어요. 제가 고집을 부린 거예요. 스벤 경은 절 말리려고 필사적이었다고요. 다른 전사들도 제 지시에 따른 것뿐이에요."

그 사람들에게는 선택의 여지가 없었다. 왕명을 따르고자 왕비의 명을 무시했다면 불복종에 따른 벌을 받을 수도 있을 테니까.

"……."

유진은 자신을 말없이 바라보는 그가 처음으로 무서웠다. 저 남자는 왕이었다. 신분제 사회에서 왕이 갖는 권력은 유진이 살던 세상과 격이 달랐다. 그의 말 한 마디에 누군가 죽고 살았다.

유진은 스벤을 비롯한 전사들이 처한 상황을 과거의 자신과 겹쳐 보았다. 그녀는 구경도 한 적 없는 돈 때문에 사채업자에게 쫓겨 다녔고 회사 앞에서 난동을 부린 도박꾼 오빠 때문에 해고를 당했다.

본인 의지와 상관없이 타의로 좌우되는 인생은 정말 비참했다.

그녀는 자신이 앞날이 창창한 사람들의 미래를 가로막는 가해자가 될까 봐 끔찍했다.

"차라리 저를 비난하세요. 제 잘못을 무고한 사람에게 전가하는 건…… 정말 싫어요."

카세르는 작은 한숨을 내쉬었다. '정말 싫다.'라고 말하는 그녀의 표정은 단순히 제 사람을 감싸는 정도를 넘어서 불합리한 처사에 관한 혐오에 가까워 보였다.

전사들의 투옥을 명령한 그의 마음도 편하지 않았다. 그녀가 무사히 깨어났으니 중한 벌을 내릴 생각은 없었다.

얼마간 근신 처분, 호위의 교체 정도로 마무리하려 했다. 하지만 그녀가 이렇게 완강한 태도를 보이는데 군이 전사들 처벌을 강행할 필요가 있을까.

"그래서 당신이 원하는 게 뭐야?"

"이미 처분을 내리셨나요?"

"아직. 근신 중이야."

"근신 정도면 되었어요. 그들 직위로 복귀시켜 주세요. 제 호위도 계속 맡아 줬으면 좋겠어요."

"그러지."

유진은 그가 순순히 동의하자 미심쩍어하며 그의 눈치를 살폈다. 카세르가 가볍게 웃으며 말했다.

"원하는 대로 해 준다는데, 왜."

서서히 속도를 줄이던 마차가 멈추어 섰다. 잠시 후 바깥에서 '문을 열겠습니다. 전하.'라는 소리가 들렸다.

유진은 자리에서 일어나는 그를 불렀다. 고개를 돌려 자신을 바라보는 그에게 고마움과 미안함이 교차하는 표정으로 말했다.

"제가 억지를 부렸어요? 전하를 곤란하게 해 드릴 생각은 아니었어요."

"당신이 억지를 부린다고 안 되는 일이 되지는 않아."

그의 얼굴 위로 장면이 떠올랐다. 진의 기억이었다.

　「원하는 게 있으면 그냥 말씀하시오. 내 비위를 맞춘다고 안 되는 일이
　되지는 않소.」
　「재미없는 분이시군요. 보물고를 보고 싶어요.」

유진이 자신이 본 장면을 미처 해석하기 전에 카세르가 마차 밖으로 나가서 안쪽의 그녀를 향해 손을 내밀었다. 그녀는 그의 손을 잡고 마차에서 내려왔다.

"다녀오셨습니까."

두 사람을 마중하러 나온 마리안이 깊이 고개를 숙였다. 유진은 마리안을 보며 미묘한 웃음을 지었다. 어제부터 마리안을 볼 때마다 기분이 전과 달랐다. 마리안을 보면 떠오르는 진의 기억 때문이었다.

자각몽을 꾼 후 유진은 진의 기억을 훨씬 많이 보게 되었다. 그전에는 익숙한 느낌이라든가, 사진처럼 정지된 장면을 보는 것에 불과했다면 이

제는 움직이는 영상이 보이고 말소리도 들렸다.

방식은 전과 비슷했다. 기억이 떠오를 만한 계기가 있어야 했다. 사람, 장소, 대화 등.

어제 마리안을 봤을 때 떠오른 기억은 그리 유쾌하지 않았다. 첫 장면이 마리안의 얼굴에 찻잔을 내던지는 순간이라 흠칫했다.

「건방지구나. 근본도 없는 것이 어디서 또박또박 말대꾸하느냐.」

그 후 계속 떠오른 기억 대부분이 진이 마리안을 모욕하는 모습이었다.

진은 자신보다 한참 나이가 많은 왕의 유모에게 거침없이 하대하고 막말을 던졌다. 귀족이 아닌 마리안의 낮은 신분을 경멸하는 태도도 노골적이었다.

유진은 자신이 저지른 짓이 아닌데도 굉장히 미안했다. 그런 모욕을 당했으면서도 전혀 내색도 없이 마음을 다해 자신을 보필하는 마리안의 품성이 감탄스러웠다.

새로 얻은 기억 덕분에 유진은 진의 말투를 알게 되었다. 현실에서 이런 사람과 마주치면 정말 소름 끼치겠다는 생각이 들었다.

왕에게 말할 때는 콧소리로 끈적한 느낌을 내고 마리안에게 호령할 때는 오만한 우월감 그 자체였다.

보고 사항이 있다는 시종장과 함께 왕은 먼저 가고 유진은 마리안과 느긋하게 함께 들어갔다.

"나무는 보셨습니까?"

"봤어요. 그런데 사람이 너무 많더군요."

"지금은 어딜 가든 그 이야기뿐이지요. 저도 보고 싶습니다."

"그냥 나무일 뿐이에요. 기대했다가는 실망할걸요."

"실망이라니요. 두 눈으로 볼 수 있는 것만으로도 영광입니다."

유진은 어제 카세르한테 침실을 가득 채웠던 물의 환상에 관해 들었다. 그 장면을 마리안도 봤을 거라고 했는데 마리안은 그런 얘기는 하지 않고 묻지도 않았다. 태도도 달라지지 않았다.

"아까 시종이 왕비님 집무실에 다녀갔습니다. 전하께서 보내신 서류를 가져왔기에 책상에 올려 두었습니다."

"그래요? 뭐지."

유진은 집무실로 갔다. 책상에 올려 둔 봉투를 열어 서류를 꺼냈다. 전에 봤던 서류였다. 보좌관 후보들의 인사 서류를 왕이 보겠다면서 가져간 기억이 났다. 다만, 서류량이 확 줄었다.

'왜 세 명뿐이지? 아…… 내가 추천해 달라고 했었지. 이 사람들인가?'

유진은 세 명의 서류를 들추어보았다. 이십 대 후반 두 명과 삼십 대 초반 한 명. 세 명 모두 여자였다.

'이 사람들이 유능한가?'

어차피 유진은 누가 누군지 모른다. 그가 어련히 일 잘하는 사람으로 추천해 줬을 거라고 믿었다.

유진은 혹시 마리안이 아는 사람일까 싶어서 마리안을 불러서 물어보았다. 마리안은 모른다며 고개를 젓는 게 아니라 '평판을 알아보겠습니다.'라는 대답으로 유진을 흡족하게 했다.

"고마워요. 마리안."

"마땅히 제가 할 일입니다. 왕비님."

"아, 그리고."

유진은 아까 마차에서 떠오른 기억을 잠시 잊고 있었다. 다시 문득 생각났다.

"보물고가 뭔가요? 어디에 있어요?"

〈다음 권에서 계속〉